Evelyn Waugh

Wiedersehen mit Brideshead

*Die heiligen und
profanen Erinnerungen des
Captain Charles Ryder*

Roman

*Aus dem Englischen von pociao
Mit einem Nachwort von
Daniel Kampa*

Diogenes

Titel der 1945 bei Chapman & Hall, London,
erschienenen Originalausgabe:
›Brideshead Revisited‹
Copyright © 1945 by Evelyn Waugh
Die Übersetzerin bedankt sich beim Deutschen
Übersetzerfonds, Berlin, für seine großzügige Unterstützung
Das Zitat aus T.S. Eliot, *Das wüste Land,*
ist übersetzt von Robert Curtius, Insel Verlag, Frankfurt 1962
Die Zitate im Nachwort sind von Claus Sprick
und Cornelia Künne aus dem Englischen übersetzt
Daniel Kampa dankt Cornelia Künne
für ihre entscheidende Mitarbeit am Nachwort
Schuberillustration: Fotografie von Andrew Montgomery
Aus: Jasper Conran, ›Country‹
Mit freundlicher Genehmigung

Für Laura

Neuübersetzung

Alle deutschen Rechte vorbehalten
Copyright © 2013
Diogenes Verlag AG Zürich
www.diogenes.ch
20/13/8/2
ISBN 978 3 257 06876 4

*Ich bin nicht ich;
du bist nicht er oder sie,
sie sind nicht sie.*

       E. W.

Inhalt

Vorwort des Autors 9

WIEDERSEHEN MIT BRIDESHEAD

  Prolog 15

I ET IN ARCADIA EGO
  1 Begegnung mit Sebastian Flyte – und Anthony Blanche – Erster Besuch auf Brideshead 39
  2 Die große Standpauke meines Cousins Jasper – Warnung vor dem Charme – Sonntagmorgen in Oxford 67
  3 Mein Vater zu Hause – Lady Julia Flyte 97
  4 Sebastian zu Hause – Lord Marchmain im Ausland 122
  5 Herbst in Oxford – Mittagessen mit Rex Mottram und Abendessen mit Boy Mulcaster – Mr Samgrass – Lady Marchmain zu Hause – Sebastian *contra mundum* 158

II ABSCHIED VON BRIDESHEAD
  1 Samgrass entlarvt – Abschied von Brideshead – Rex entlarvt 223
  2 Julia und Rex 265

3 Mulcaster und ich verteidigen unser Land – Sebastian im Ausland – Abschied von Marchmain House 297

III EIN RUCK AN DER SCHNUR
  1 Waisen im Sturm 331
  2 Privater Blick – Rex Mottram zu Hause 386
  3 Der Springbrunnen 404
  4 Sebastian *contra mundum* 429
  5 Lord Marchmain zu Hause – Tod im chinesischen Salon – Das große Ganze 452

Epilog 494

Nachwort von Daniel Kampa 505

Vorwort des Autors

Dieser Roman, der hier mit zahlreichen kleinen Ergänzungen und einigen massiven Kürzungen neu aufgelegt wird, hat mich eine Menge Hochachtung gekostet, die mir einst von meinen Zeitgenossen zuteil wurde, und mich in eine befremdliche Welt von Fanpost und Pressefotografen gestürzt. Sein Thema – das Wirken göttlicher Gnade auf eine Gruppe von unterschiedlichen, aber eng miteinander verbundenen Charakteren – war möglicherweise übertrieben weit gefasst, aber dafür möchte ich mich nicht entschuldigen. Weniger glücklich bin ich mit seiner Form, deren eklatante Mängel den Umständen geschuldet sind, unter denen er entstand.

Im Dezember 1943 hatte ich das Glück, mir bei einem Fallschirmsprung eine kleinere Verwundung zuzuziehen, die mir eine Pause vom Militärdienst gewährte. Diese wurde von einem mitfühlenden Offizier verlängert, indem er mich bis zum Juni 1944, als das Buch fertig war, vor neuen Aufgaben verschonte. Ich schrieb mit einem Eifer, der mir völlig fremd war, wartete aber auch ungeduldig darauf, wieder in den Krieg zurückzukehren. Es war eine trostlose Zeit echter Entbehrungen vor einer drohenden Katastrophe – geprägt von Sojabohnen und einem begrenzten Wortschatz – und deshalb ist das Buch durchdrungen von einer maßlosen

Gier nach Essen und Wein, nach dem Glanz der jüngeren Vergangenheit, aber auch nach phrasenhafter, ornamentaler Sprache, die ich heute, mit vollem Magen, widerlich finde. Die schlimmsten Passagen habe ich überarbeitet, aber nicht ganz gestrichen, weil sie ein wichtiger Bestandteil des Buches sind. Was Julias Ausbruch hinsichtlich Todsünde oder den Monolog des sterbenden Lord Marchmains anbelangt, bin ich gespaltener Meinung. Natürlich sollten diese Teile nie tatsächlich gesprochene Worte wiedergeben. Sie gehören einer anderen Art des Schreibens an als beispielsweise die frühen Szenen zwischen Charles und seinem Vater. Heute würde ich sie nicht mehr in einen Roman integrieren, der ansonsten authentisch sein will. Doch ich habe sie fast unverändert belassen, weil sie wie der Burgunder oder der Mondschein einigermaßen zu der Stimmung passten, in der er geschrieben wurde, und außerdem vielen Lesern gefielen, wenngleich das nicht die wichtigste Überlegung ist.

Im Frühjahr 1944 war der heutige Kult um die englischen Landsitze unmöglich vorauszusehen. Damals schien es, als wären die uralten Stätten, die zu den bedeutendsten künstlerischen Errungenschaften unserer Nation gehören, dazu bestimmt, wie die Klöster des sechzehnten Jahrhunderts der Plünderung und dem Zerfall anheimzufallen. Deshalb habe ich wohl mit leidenschaftlicher Aufrichtigkeit ziemlich dick aufgetragen. Heute würde Brideshead Ausflüglern offen stehen, seine Schätze von fachkundigen Händen neu arrangiert und die Bausubstanz besser erhalten werden als unter der Ägide von Lord Marchmain. Die englische Aristokratie hat ihre Identität in einem Maße bewahrt, das damals undenkbar schien. Hoopers Aufstieg ist an mehreren Punkten gestoppt worden. Deshalb ist ein großer Teil dieses Buches so etwas wie ein Abgesang vor einem leeren Sarg. Aber es wäre unmöglich gewesen, es zu aktualisieren, ohne es zu zerstören. Möge es einer jüngeren Generation von Lesern eher als Andenken an den Zweiten Weltkrieg denn an die zwanziger oder dreißiger Jahre dienen, von denen es nach außen hin handelt.

E.W.
Combe Florey, 1959

Wiedersehen mit Brideshead

Prolog

Als ich die Quartiere der Dritten Kompanie oben auf der Anhöhe erreichte, hielt ich inne und wandte mich zu dem Lager um, das im grauen Dunst des frühen Morgens unter mir soeben in seiner ganzen Größe sichtbar wurde. An diesem Tag rückten wir ab. Bei unserem Einzug drei Monate zuvor hatte Schnee gelegen, jetzt spross das erste Frühlingslaub. Damals hatte ich gedacht, dass ich mir nichts Grausameres vorstellen könnte, egal, welch trostlose Szenen noch vor uns lagen, und jetzt dachte ich, dass ich keine einzige glückliche Erinnerung daran bewahrte.

Hier war die Liebe zwischen mir und der Armee gestorben.

Hier endeten die Gleise der Elektrischen, so dass die Männer, die benebelt aus Glasgow zurückkehrten, so lange auf ihren Sitzen dösen konnten, bis das Ende der Reise sie aufschrecken ließ. Von der Haltestelle bis zum Lager war es noch ein Stück zu Fuß; eine Viertelmeile, auf der sie sich die Uniformjacken zuknöpfen und ihre Mützen zurechtrücken konnten, ehe sie die Wachstube passierten, eine Viertelmeile, auf der das Pflaster am Straßenrand in Gras überging. Dies war das äußerste Ende der Stadt. Hier endete das dichte, homogene Gebiet von Wohnsiedlungen und Kinos und begann das Hinterland.

Das Lager stand da, wo noch bis vor kurzem Wiesen und Felder gewesen waren. Das Bauernhaus, das uns als Büro für das Bataillon gedient hatte, schmiegte sich in eine Mulde des Hangs. Noch stützte Efeu einen Teil dessen, was einmal die Mauer eines Obstgartens gewesen war; ein halber Morgen verkrüppelter alter Bäume hinter den Waschhäusern hatte überlebt. Alles war zum Abriss bestimmt gewesen, bevor die Armee hier einzog. Ein weiteres Jahr Frieden, und es hätte kein Bauernhaus, keine Mauer und keine Apfelbäume mehr gegeben. Schon führte eine halbe Meile gepflasterter Straße zwischen kahlen Lehmböschungen entlang, und auf beiden Seiten offenbarte ein Netzwerk offener Gräben, wo die städtischen Bauunternehmer ein Abwassersystem geplant hatten. Ein weiteres Jahr Frieden, und diese Gegend wäre Teil des sich ausbreitenden Vorstadtviertels gewesen. Jetzt aber warteten die Baracken, in denen wir überwintert hatten, darauf, abgerissen zu werden.

Auf der anderen Seite lag das städtische Irrenhaus, das selbst im Winter hinter dichtstehenden Bäumen halb verschwand und Anlass zu bissigen Kommentaren gab. Mit seinen schmiedeeisernen Gittern und vornehmen Toren konnte unser primitiver Drahtverhau nicht mithalten. An schönen Tagen sahen wir, wie die Verrückten über die gepflegten Kieswege und hübsch angelegten Rasenflächen schlenderten oder hüpften, glückliche Kollaborateure, die den ungleichen Kampf aufgegeben, sich aller Zweifel entledigt und alle Pflichten abgeschüttelt hatten. Sie waren die unbestrittenen Nutznießer eines Jahrhunderts voller Fortschritt, die behaglich genossen, was man ihnen hinterlassen hatte. Wenn wir an ihnen vorbeimarschierten, riefen unsere Männer ihnen über den Zaun hinweg zu: »Halt mir ein Plätzchen warm, Kumpel, ich bleib nicht lange.« Doch Hooper, mein frisch zu uns gestoßener Zugführer, gönnte ihnen ihr privilegiertes Leben nicht. »Hitler würde sie in die Gaskammer stecken«, erklärte er. »Vermutlich könnten wir das eine oder andere noch von ihm lernen.«

Als wir mitten im Winter eingerückt waren, hatte ich eine Kompanie kräftiger und hoffnungsvoller Männer gehabt. Wir waren aus der Moorlandschaft hier in die Hafengegend verlegt worden, und sie meinten, dass es nun endlich in den Nahen Osten gehen sollte. Doch die Zeit verging, und als wir anfingen, den Schnee zu räumen und einen Exerzierplatz anzulegen, beobachtete ich, wie sich ihre Enttäuschung in Resignation verwandelte. Sie schnupperten den Duft von Bratfischbuden und spitzten die Ohren, wenn sie vertraute Geräusche des Friedens hörten wie die Sirene der Fabriken oder die Musik der Tanzorchester. An freien Tagen lungerten sie jetzt an Straßenecken herum und verdrückten sich rasch, wenn ein Offizier auftauchte, aus Angst, ihr Gesicht bei ihren neuen Freundinnen zu verlieren, wenn sie salutierten. Im Kompaniebüro häuften sich Protokolle kleinerer Straftaten und Anträge auf Urlaub aus familiären Gründen, und schon im Morgengrauen begann der Tag mit dem Jammern der Simulanten oder dem düsteren Gesicht und starren Blick eines Mannes, der eine Beschwerde vortragen wollte.

Doch wie sollte ich, der nach allen Vorschriften verpflichtet war, ihre Moral zu heben, ihnen helfen, wenn ich doch mir selbst nicht zu helfen wusste? Der Colonel, unter dem wir uns formiert hatten, wurde woandershin beordert und von einem jüngeren, weniger liebenswürdigen Mann abgelöst, den man aus einem anderen Regiment hierher versetzt hatte. Mittlerweile war in der Messe kaum noch jemand von denen übrig, die sich bei Ausbruch des Krieges als Freiwillige gemeldet hatten und zusammen ausgebildet worden waren. Auf die eine oder andere Art waren fast alle abhandengekommen – manche ausgemustert, andere zu anderen Bataillonen oder zum Stab versetzt; einige hatten sich als Freiwillige zu Spezialeinheiten gemeldet, einer war auf dem Schießplatz getötet und einer vor ein Kriegsgericht gestellt worden. Ihre Plätze hatten normale Rekruten eingenommen. Inzwischen lief ununterbrochen das Radio im Vorzimmer, und man trank eine Menge Bier vor dem Essen. So war es vorher nicht gewesen.

Hier, mit neununddreißig Jahren, begann ich alt zu werden. Abends fühlte ich mich steif und müde und hatte keine Lust, das Lager zu verlassen. Ich entwickelte Besitzansprüche auf bestimmte Sessel und Zeitungen; ich trank regelmäßig drei Gläser Gin vor dem Abendessen, nicht mehr und nicht weniger, und ging gleich nach den Neun-Uhr-Nachrichten schlafen. Und immer war ich schon eine Stunde vor dem morgendlichen Weckruf hellwach und gereizt.

Hier starb meine letzte Liebe. Ihr Tod hatte nichts Bemerkenswertes. Eines Tages, nicht lange vor diesem letzten im Lager, lag ich wieder einmal vor der Reveille wach in der Baracke und starrte in die rabenschwarze Dunkelheit, umgeben vom tiefen Atmen und schläfrigen Murmeln der vier anderen Kameraden. Ich wälzte in Gedanken, was an diesem Tag alles zu erledigen war: Hatte ich die Namen der beiden Unteroffiziere für den Waffenausbildungskurs eingetragen? Würde der Großteil der Männer, die sich an diesem

Tag zurückmelden sollten und ihren Urlaub überzogen, wieder zu meiner Kompanie gehören? Konnte ich Hooper die Aufgabe anvertrauen, mit der Aspirantenklasse zum Kartenlesen ins Gelände zu gehen? Ich lag dort, in dieser dunklen Stunde, und erkannte zu meinem Entsetzen, dass etwas in mir nach langem Siechtum unversehens gestorben war. Ich fühlte mich wie ein Ehemann, der nach gut drei Jahren Ehe plötzlich weiß, dass er keine Zärtlichkeit, kein Verlangen, keine Achtung für seine einst geliebte Frau mehr empfindet, kein Vergnügen an ihrer Gesellschaft, nicht den Wunsch, ihr zu gefallen, oder Neugier auf das, was sie jemals sagen oder denken könnte, keine Hoffnung, alles wieder in Ordnung zu bringen, und sich keine Selbstvorwürfe wegen dieser Katastrophe macht. Ich kannte das alles, das ganze triste Ausmaß ehelicher Ernüchterung; wir hatten es gemeinsam durchgemacht, die Armee und ich, vom ersten stürmischen Werben bis jetzt, da uns nichts mehr blieb als die eiskalten Bande von Recht, Pflicht und Gewohnheit. Ich war an jeder Szene der häuslichen Tragödie beteiligt gewesen, hatte gemerkt, wie die ersten Unstimmigkeiten sich häuften, die Tränen ihre Wirkung verloren, die Versöhnung von Mal zu Mal weniger süß war, bis daraus ein Gefühl von Distanziertheit und kühler Kritik hervorging, aber auch die wachsende Überzeugung, dass es nicht an mir, sondern an ihr lag – sie war die Schuldige. Ich registrierte die falschen Töne in ihrer Stimme und lernte, bang auf sie zu horchen; ich nahm den leeren, verbitterten Ausdruck von Verständnislosigkeit in ihren Augen wahr und auch die egoistisch verzogenen Mundwinkel. Ich kannte sie, so wie man eine Frau eben kennt, mit der man dreieinhalb Jahre tagein, tagaus zusammengelebt hat. Ich kannte ihre Schlampigkeit, den routinierten Einsatz ihres Charmes, ihre Eifersucht, ihre Selbstsucht und das nervöse Zucken der Finger, wenn sie log. Sie hatte all ihren Zauber verloren, und ich sah sie nur noch als unsympathische Fremde, an die ich mich in einem unbedachten Augenblick für immer gebunden hatte.

An diesem Morgen des Aufbruchs war mir unser Ziel daher völlig gleichgültig. Ich würde meine Arbeit wie gewohnt erledigen, aber mehr als Gehorsam brachte ich nicht dafür auf. Wir hatten Befehl, um 9.15 Uhr an einem nahegelegenen Nebengleis in den Zug zu steigen und in unserem Tornister den Rest unserer täglichen Essensration mitzunehmen; mehr musste ich nicht wissen. Der stellvertretende Kompaniechef war mit einem kleinen Vortrupp bereits unterwegs. Die Lager der Kompanie waren tags zuvor geräumt worden. Hooper hatte Anweisung bekommen, die Quartiere zu inspizieren. Um 7.30 Uhr trat die Kompanie an, ihr Gepäck hatten die Männer schon vor den Baracken aufgestapelt. Solche Verlegungen hatte es viele gegeben seit jenem herrlich erregenden Morgen im Jahr 1940, als wir uns einbildeten, zur Verteidigung von Calais abkommandiert zu werden. Seitdem hatten wir drei- oder viermal im Jahr unseren Standort gewechselt. Diesmal legte unser neuer Kompaniechef übertriebenen Wert auf »Sicherheit« und trug uns sogar auf, sämtliche Abzeichen von Uniformen und Gepäck zu entfernen. Es gehe um »wertvolle Ausbildung unter aktiven Kriegsbedingungen«, sagte er. »Wenn ich sehe, dass die üblichen weiblichen Bewunderer uns am anderen Ort erwarten, weiß ich, dass irgendwer nicht dichtgehalten hat.«

Der Rauch aus den Küchen trieb mit dem Morgendunst davon, so dass ersichtlich wurde, dass das Lager, das nun wie eine archäologische Ausgrabungsstätte dalag, als planloses Labyrinth von Abkürzungen einem unvollendeten Bebauungskonzept übergestülpt worden war.

»*Die Pollock-Grabungen offenbaren ein bedeutsames Bindeglied zwischen der Bürger-Sklaven-Gesellschaft des zwanzigsten Jahrhunderts und der Stammesanarchie, die sie ablöste. Man sieht deutlich, wie ein Volk mit fortschrittlicher Kultur, das ein kompliziertes Abwassersystem und ein gutes Straßennetz entwickelt hatte, von einer Rasse niedrigster Sorte überrollt wurde.*«

Das, so glaubte ich, würden die zukünftigen Experten schreiben, und als ich mich abwandte, begrüßte ich den Sergeant-Major der Kompanie: »Haben Sie Mr Hooper irgendwo gesehen?«

»Den ganzen Morgen noch nicht, Sir.«

Wir gingen zu dem ausgeräumten Kompaniebüro, wo ich ein Fenster entdeckte, das nach Abschluss des Schadensberichts zerbrochen war. »Wind-in-der-Nacht, Sir«, sagte der Sergeant-Major.

(Alle Schäden wurden entweder so oder mit »Pionierübung, Sir« erklärt.)

Hooper erschien. Er war ein blasser Junge mit scheitellosem, aus der Stirn zurückgekämmtem Haar, einem flachen Midland-Akzent und erst seit zwei Monaten in der Kompanie.

Die Soldaten mochten Hooper nicht, weil er zu wenig Erfahrung hatte und sie manchmal mit ihrem Vornamen anredete, wenn sie zwanglos beisammenstanden, doch ich brachte ihm ein Gefühl entgegen, das beinahe an Zuneigung grenzte und auf einen Vorfall in der Messe zurückging, der sich an seinem ersten Abend ereignet hatte.

Der neue Colonel war damals erst seit knapp einer Woche bei uns, und wir wussten noch nicht recht, woran wir bei ihm waren. Er hatte im Vorzimmer mehrere Runden Gin ausgegeben und war in ausgelassener Stimmung, als er zum ersten Mal Notiz von Hooper nahm.

»Dieser junge Offizier gehört zu Ihnen, nicht wahr, Ryder?«, sagte er zu mir. »Sein Haar muss geschnitten werden.«

»Ganz recht«, gab ich zurück. »Ich werde mich darum kümmern.«

Der Colonel trank noch einen Gin, starrte Hooper an und sagte so, dass jeder es hören konnte: »Mein Gott, was für Offiziere man uns heutzutage schickt!«

An diesem Abend schien sich der Colonel geradezu auf Hooper eingeschossen zu haben. Nach dem Essen erklärte er plötzlich mit lauter Stimme: »Wenn in meinem letzten Regiment ein junger Offizier so aufgekreuzt wäre, hätten ihm die anderen untergeordneten Offiziere aber verdammt schnell die Haare geschnitten.«

Niemand zeigte große Begeisterung für dieses Spiel, und unsere ausbleibende Reaktion schien den Colonel aufzubringen. »Sie«, sagte er, an einen ordentlichen Jungen aus der Ersten Kompanie gewandt, »besorgen Sie sich eine Schere, und schneiden Sie dem jungen Offizier die Haare!«

»Ist das ein Befehl, Sir?«

»Es ist der Wunsch Ihres Kompaniechefs, und das ist der beste Befehl, den ich kenne.«

»Jawohl, Sir.«

Und so saß Hooper in einer Atmosphäre frostiger Betretenheit auf einem Stuhl und ließ sich ein bisschen am Hinterkopf herumschnippeln. Zu Beginn der Operation hatte ich das Vorzimmer verlassen und mich später bei Hooper für diesen Empfang entschuldigt. »So etwas passiert normalerweise nicht in diesem Regiment.«

»Ach, nicht weiter schlimm«, gab er zurück. »War ja nur Spaß.«

Hooper machte sich keine Illusionen über das Militär – oder besser gesagt, keine besonderen Illusionen, keine, die sich von dem allgemeinen, alles umfassenden Nebel unterschieden, durch den er das Universum betrachtete. Er war nur widerwillig gekommen, unter Zwang, nachdem er alles unternommen hatte, was in seinen schwachen Kräften stand, um sich zurückstellen zu lassen. Er nahm seinen Militärdienst laut eigener Aussage hin »wie Masern«. Hooper war kein Romantiker. Er war nicht als Kind mit Ruprecht von der Pfalz ausgeritten oder hatte an den Gestaden des Xanthus am lodernden Feuer gesessen. In einem Alter, in dem mich nur die Dichtung rühren konnte – in jenem stoischen Ein-Indianer-kennt-keinen-Schmerz-Intermezzo, das unsere Schulen zwischen die rasch fließenden Tränen des Kindes und das Leben als Erwachsener setzen –, hatte Hooper oft geweint, allerdings weder über König Heinrichs Rede am Crispianusfest noch über die Grabinschrift bei den Thermopylen. Die Geschichte, so wie man sie ihm beigebracht hatte, enthielt nur wenige Schlachten, dafür eine Fülle von Details über eine humane Rechtsprechung und die industrielle Entwicklung der jüngsten Vergangenheit. Gallipolli,

Balaklawa, Quebec, Lepanto, Bannockburn, Roncesvalles und Marathon – wie auch die Schlacht im Westen, in der König Arthur fiel –, sie alle sowie Hunderte ähnlicher Namen, deren Fanfaren mich selbst in dieser dürren, gesetzlosen Zeit über die dazwischenliegenden Jahre hinweg mit der Klarheit und Kraft der Kindheit unwiderstehlich in ihren Bann schlugen, stießen bei Hooper auf taube Ohren.

Er beklagte sich selten. Obwohl man sich nicht einmal bei den kleinsten Aufgaben hundertprozentig auf ihn verlassen konnte, legte er übermäßigen Wert auf Effizienz. Gelegentlich zog er seine bescheidenen kaufmännischen Kenntnisse zurate und erklärte zu den Methoden des Militärs bezüglich Bezahlung, Proviant und Arbeitsstunden: »Im Geschäftsleben könnte man sich so etwas nicht leisten.«

Er schlief fest, während ich mich hin und her wälzte.

In den Wochen, die wir zusammen verbrachten, wurde Hooper für mich zum Inbegriff für das Junge England, so dass ich jedes Mal, wenn sich in der Öffentlichkeit jemand dazu äußerte, was die Jugend von der Zukunft erwartete und was die Welt der Jugend schuldete, diese Behauptungen überprüfte, indem ich Jugend durch »Hooper« ersetzte und schaute, ob sie immer noch einleuchtend klangen. So dachte ich in der dunklen Stunde vor dem Weckruf manchmal über »Hooper-Versammlungen«, »Hooper-Herbergen«, »Internationale Hooper-Zusammenarbeit« oder »Hoopers Religion« nach. Er war der Härtetest für all diese Legierungen.

Wenn er sich überhaupt verändert hatte, wirkte er heute noch weniger soldatisch als an dem Tag, an dem er aus seinem Ausbildungslager für Offiziersanwärter gekommen war. Beladen mit seiner Ausrüstung, hatte er an jenem Morgen kaum noch Ähnlichkeit mit einem menschlichen Wesen. Beim Strammstehen vollführte er so etwas wie einen schlurfenden Tanzschritt und legte die mit einem Wollhandschuh geschützte Hand auf die Stirn.

»Ich habe etwas mit Mr Hooper zu besprechen, Sergeant-Major ... nun, wo zum Teufel haben Sie gesteckt? Ich habe doch gesagt, Sie sollen die Quartiere inspizieren.«

»Bin ich zu spät dran? 'tschuldigung. Ich musste noch meine Ausrüstung packen.«

»Dafür haben Sie doch einen Burschen.«

»Nun ja, das stimmt, wenn man es genau nimmt. Aber Sie wissen ja, wie das ist. Er musste seine eigenen Sachen packen. Wenn man es sich mit diesen Leuten verdirbt, zahlen sie es einem irgendwann heim.«

»Na schön, dann inspizieren Sie jetzt die Quartiere.«

»Alles klar.«

»Und sagen Sie um Himmels willen nicht ›Alles klar‹!«

»'tschuldigung. Ich versuch ja, dran zu denken, aber es rutscht mir so raus.«

Als Hooper gegangen war, tauchte der Sergeant-Major wieder auf.

»Der Kompaniechef ist im Anmarsch, Sir«, sagte er.

Ich ging hinaus, um ihn zu begrüßen.

An den Borsten seines kleinen roten Schnurrbarts hingen Tröpfchen von Feuchtigkeit.

»Ist hier oben alles fertig?«

»Ja, ich denke schon, Sir.«

»Sie *denken*? Sie sollten es *wissen*.«

Sein Blick fiel auf das zerbrochene Fenster. »Ist das als Schaden gemeldet?«

»Noch nicht, Sir.«

»Noch nicht? Ich frage mich, ob Sie überhaupt daran gedacht hätten, wenn ich es nicht gesehen hätte.«

Er fühlte sich nicht wohl in meiner Gegenwart, und vieles von seinem Gepolter hatte mit Unsicherheit zu tun, aber das machte es in meinen Augen nicht besser.

Er führte mich hinter die Baracken zu einem Drahtzaun, der meinen Bereich von dem des Transportkorps trennte, sprang schnurstracks darüber und steuerte auf einen überwucherten Graben zu, der seinerzeit dem Bauern als Feldbegrenzung gedient hatte. Hier stocherte er wie ein Trüffelschwein mit seinem Gehstock herum und stieß plötzlich einen triumphierenden Schrei aus. Er hatte einen jener Müllhaufen entdeckt, die dem Ordnungsempfinden einfacher Soldaten entsprechen: Ein Besen ohne Stiel, ein Ofendeckel, ein durchgerosteter Eimer, eine Socke und ein Brotlaib lagen zwischen Zigarettenschachteln und leeren Blechdosen im Gestrüpp.

»Sehen Sie sich das an«, sagte der Kompaniechef. »Das Regiment, das uns ablöst, wird ja einen schönen Eindruck von uns bekommen.«

»Schlimm«, sagte ich.

»Eine Schande! Sorgen Sie dafür, dass alles verbrannt wird, bevor Sie das Lager verlassen.«

»Jawohl, Sir. Sergeant-Major, schicken Sie jemanden zum Transportkorps, und lassen Sie Captain Brown ausrichten, der Kompaniechef wünscht, dass der Graben gesäubert wird.«

Ich fragte mich, ob der Colonel diese Zurechtweisung schlucken würde; er sich wohl auch. Einen Augenblick stocherte er noch unschlüssig in dem Abfall herum, mit dem der Graben übersät war, dann machte er auf dem Absatz kehrt und marschierte davon.

»Das sollten Sie nicht tun, Sir«, sagte der Sergeant-Major, der mir in allem beigestanden hatte, seit ich bei der Kompanie war. »Wirklich nicht.«

»Es war nicht unser Müll.«

»Vielleicht nicht, Sir, aber Sie wissen ja, wie das ist. Wenn man es sich mit den ranghohen Offizieren verdirbt, zahlen sie es einem irgendwann heim.«

Als wir an der Irrenanstalt vorbeikamen, standen zwei oder drei ältere Insassen hinter dem Zaun und stammelten irgendetwas vor sich hin oder bewegten nur höflich die Lippen.

»Alles Gute, Kumpels, bis zum nächsten Mal!«, »Wir sind bald wieder da!« oder »Lasst euch nicht unterkriegen«, riefen unsere Leute ihnen zu.

Ich marschierte mit Hooper an der Spitze des vordersten Zugs.

»Sagen Sie, wissen Sie, wo es hingeht?«

»Keine Ahnung.«

»Glauben Sie, dass es jetzt richtig losgeht?«

»Nein.«

»Wieder nur viel Lärm um nichts?«

»Ja.«

»Alle sagen, diesmal wären wir dran. Ich weiß wirklich nicht, was ich denken soll. Irgendwie ist das absurd, so viel Drill und Übung, und dann kommen wir nie zum Einsatz.«

»Da würde ich mir keine Sorgen machen. Wir werden noch genug davon abkriegen.«

»Oh, ich reiße mich nicht gerade drum, wissen Sie. Ich möchte nur sagen können, dass ich dabei war.«

Ein Zug mit uralten Waggons wartete am Nebengleis auf uns, wo ein Eisenbahnbeamter Aufsicht führte. Ein Arbeitskommando war dabei, die restlichen Seesäcke aus den Lastwagen in die dafür bestimmten Gepäckwagen zu laden. Nach einer halben Stunde waren wir abfahrbereit, und nach einer Stunde ging es los.

Meine drei Zugführer und ich hatten ein Abteil für uns. Sie aßen belegte Brote und Schokolade, rauchten und dösten. Keiner von ihnen hatte ein Buch dabei. Während der ersten drei oder vier Stunden lasen sie die Stationsnamen oder beugten sich aus den Fenstern, wenn wir auf offenem Gelände hielten, was häufig der Fall war. Später verloren sie das Interesse. Um die Mittagszeit und dann noch einmal, als es schon dunkel war, füllte man unsere Becher mit lauwarmem Kakao aus einem Kessel. Der Zug rollte gemächlich durch eine flache, triste Durchgangslandschaft Richtung Süden.

Das wichtigste Ereignis des Tages war die »Befehlsausgabe« des Kompaniechefs. Wir versammelten uns in seinem Abteil, auf Einladung eines Offiziersburschen, und trafen den Kompaniechef und seinen Adjutanten mit Stahlhelm und in voller Montur an. Als Erstes sagte er: »Dies ist eine Befehlsausgabe. Ich erwarte entsprechende Kleiderordnung. Die Tatsache, dass wir uns in einem Zug befinden, spielt keine Rolle.« Ich glaubte schon, er würde uns wieder zurückschicken, doch nachdem er uns einen Moment finster gemustert hatte, sagte er: »Setzen Sie sich.«

»Das Lager befand sich in einem beschämenden Zustand,

als wir es verließen. Überall fand ich Indizien dafür, dass die Offiziere ihre Pflicht vernachlässigen. Ein geräumtes Lager ist der bestmögliche Ausweis für die Autorität seiner Regimentsoffiziere. Auf solchen Dingen beruht die Reputation eines Bataillons und seines Kommandanten. Und« – sagte er das wirklich oder erfinde ich nur gerade Worte für den Ärger in seiner Stimme und seinem Blick? Ich glaube, er sprach es nicht aus – »ich habe nicht die Absicht, mir meine professionelle Reputation von der Schlampigkeit einiger Aushilfsoffiziere ruinieren zu lassen.«

Wir saßen mit unseren Notizbüchern und Stiften da und warteten auf die Einzelheiten unserer anstehenden Aufgaben. Ein empfindsamerer Mensch hätte gemerkt, dass er uns nicht groß zu beeindrucken vermochte, und vielleicht war es ihm ja tatsächlich aufgefallen, denn plötzlich setzte er schmollend und schulmeisterlich hinzu: »Ich verlange nur Loyalität und Kooperation.«

Schließlich warf er einen Blick auf seine Notizen und las vor:

»Befehle.

Information. Das Bataillon ist auf der Fahrt von Standort A nach Standort B. Dies ist eine wichtige Verkehrsverbindung, auf der mit Bombardierungen und Giftgasangriffen von Seiten des Feindes gerechnet werden muss.

Ziel. Mein Ziel ist es, am Standort B anzukommen.

Methode. Der Zug wird gegen 23.15 Uhr am Zielort eintreffen...«, und so weiter.

Das dicke Ende kam unter der Überschrift »Administratives«. Die Dritte Kompanie sollte bis auf einen Zug die Waggons nach unserer Ankunft auf dem Nebengleis entladen, wo drei Dreitonner zur Verfügung standen, um die gesamte Bagage zu einem Bataillonsdepot in dem neuen Lager zu transportieren; die Arbeit würde so lange fortgesetzt, bis sie abgeschlossen war; der überzählige Zug hatte Wachen am Depot und im Umkreis des Lagerbereichs aufzustellen.

»Irgendwelche Fragen?«

»Können wir heißen Kakao an das Arbeitskommando ausgeben?«

»Nein. Noch weitere Fragen?«

Als ich dem Sergeant-Major von diesen Befehlen erzählte, sagte er: »Schon wieder hat es die arme Dritte Kompanie getroffen!«, und mir war klar, das war ein Vorwurf, weil ich den Kompaniechef geärgert hatte.

Ich informierte die Zugführer.

»Das macht es noch schwieriger für die Jungs, würde ich sagen«, meinte Hooper. »Sie werden ziemlich sauer sein. Offenbar pickt er sich für die Drecksarbeit immer gerade uns heraus.«

»Sie machen den Wachdienst.«

»Okay. Aber verraten Sie mir eins: Wie soll ich im Dunkeln rauskriegen, wo der Lagerbereich ist?«

Kurz nach der Verdunkelung wurden wir von einem Ordonnanzoffizier aufgeschreckt, der mit einer Klapper düster durch den ganzen Zug schwankte. Einer der weltgewandteren Sergeants rief: »*Deuxième service.*«

»Wir werden mit flüssigem Senfgas besprüht«, erklärte ich. »Sorgen Sie dafür, dass die Fenster geschlossen bleiben.«

Dann schrieb ich einen sauberen kleinen Lagebericht, um zu erklären, dass wir keine Verwundeten zu beklagen hatten, nichts kontaminiert war und die Männer Anweisung hätten, die Außenbereiche der Abteile zu dekontaminieren, bevor sie ausstiegen. Dies schien den Kompaniechef zufriedenzustellen, denn wir hörten nichts weiter von ihm. Danach legten wir uns alle schlafen. Es war schon sehr spät, als wir endlich an unserem Nebengleis ankamen. Von unserer Sicherheitsausbildung unter aktiven Kriegsbedingungen wussten wir, dass wir uns von Bahnhöfen und Bahnsteigen fernzuhalten hatten. Der Sprung vom Trittbrett auf die Kiesböschung neben den Gleisen sorgte für Unordnung und Bruchschäden im Dunkeln.

»Antreten auf der Straße unterhalb des Bahndamms. Die Dritte Kompanie lässt sich wie üblich mal wieder viel Zeit, Captain Ryder.«

»Jawohl, Sir. Wir haben ein paar Schwierigkeiten mit dem Kalk.«

»Kalk?«

»Zum Dekontaminieren der Abteile von außen, Sir.«

»Oh, sehr gewissenhaft. Blasen Sie das ab, und beeilen Sie sich.«

Mittlerweile brachten sich meine halbwachen, mürrischen Männer auf der Straße einigermaßen in Stellung. Wenig später war Hoopers Zug in die Dunkelheit abmarschiert; ich fand die Lastwagen, ließ die Männer mehrere Ketten bilden, um das Gepäck von Hand zu Hand den Bahndamm hinunterzureichen, und als sie plötzlich merkten, dass sie etwas Sinnvolles taten, besserte sich ihre Stimmung. Ich blieb die erste halbe Stunde bei ihnen, um mitzuhelfen, dann ging ich dem stellvertretenden Kompaniechef entgegen, der gerade mit dem ersten Lastwagen zurückgekommen war.

»Es ist kein schlechtes Lager«, berichtete er. »Ein großer

Privatbesitz mit zwei oder drei Seen. Wenn wir Glück haben, erwischen wir ein paar Enten. In der Nähe gibt es ein Dorf mit einer Kneipe und einer Post. Keine Stadt meilenweit. Ich habe es geschafft, eine Baracke für uns beide freizuhalten.«

Gegen vier Uhr früh war die Arbeit getan. Ich fuhr mit dem letzten Lastwagen die gewundenen Straßen entlang, wo die tiefhängenden Zweige der Bäume gegen die Windschutzscheibe peitschten. Irgendwann verließen wir eine Chaussee und bogen in eine Zufahrt ein; irgendwann erreichten wir einen offenen Platz, wo zwei Zufahrten ineinander mündeten und ein Kreis von Sturmlampen den Gepäckstapel kennzeichnete. Hier entluden wir den Lastwagen und wurden dann unter einem sternenlosen Himmel, aus dem mittlerweile ein feiner Nieselregen fiel, zu den Quartieren geführt.

Ich schlief so lange, bis mein Bursche mich weckte, stand müde auf, zog mich an und rasierte mich schweigend. Erst als ich an der Tür stand, fragte ich den stellvertretenden Kompaniechef: »Wo sind wir hier eigentlich?«

Als er es mir sagte, war es, als hätte jemand das Radio ausgeschaltet, und eine seit unzähligen Tagen unablässig sinnlos in meinem Kopf brüllende Stimme wäre plötzlich verstummt. Eine gewaltige Stille folgte, die anfänglich leer war, sich dann aber, als meine aufgewühlten Sinne sich wieder beruhigten, mit einer Vielfalt süßer, natürlicher und längst vergessener Klänge füllte, denn er hatte einen Namen ausgesprochen, der mir vertraut war, einen Zaubernamen von so uralter Kraft, dass sich allein bei seinem Klang die Phantome der letzten gespenstischen Jahre verflüchtigten.

Vor der Baracke blieb ich verwirrt stehen. Es hatte aufgehört zu regnen, doch die Wolken hingen tief und schwer über uns. Es war ein windstiller Morgen, der Rauch aus der Feldküche stieg geradewegs in den bleiernen Himmel. Ein Feldweg, einst mit Schotter bedeckt, dann von Unkraut überwuchert, jetzt schlammig und durchzogen von Fahrzeugspuren und aufgewühlten Pfützen, folgte dem Hang und verschwand unterhalb einer Anhöhe aus dem Blickfeld. Er war auf beiden Seiten von Baracken gesäumt, aus denen sich das Klappern und Schwatzen, Pfeifen und Johlen, kurz, all die Zoogeräusche eines Bataillons erhoben, das einen neuen Tag beginnt. Ringsum breitete sich, noch vertrauter, eine wunderbare, von Menschenhand geschaffene Landschaft aus. Es war ein abgelegenes Anwesen, eingeschlossen und geschützt von einem gewundenen Tal. Unser Lager lag an einem sanft ansteigenden Hang; auf der anderen Seite führte das noch unberührte Land zum angrenzenden Horizont, und dazwischen sprudelte ein kleiner Bach. Er hieß Bride und entsprang keine zwei Meilen entfernt bei einem Bauernhof namens Bridesprings, wo wir manchmal zum Tee hingegangen waren. Weiter unten schwoll er zu einem richtigen Fluss an, der dann in den Avon mündete. Hier aber war er eingedämmt worden, um drei Seen zu bilden, einer davon nicht mehr als eine blaugraue Lache zwischen dem Röhricht, die anderen beiden jedoch größer, so dass sie die Wolken und die mächtigen Buchen an den Ufern widerspiegelten. Der Wald bestand nur aus Buchen und Eichen, die Eichen grau und kahl, die Buchen mit einem ersten grünen Anflug von Knospen. Sie bildeten schlichte, sorgfältig auf die grünen Lichtungen und weiten grünen Wiesen abgestimmte Muster – ob das Damwild hier noch äste? –, und damit der

Blick nicht ziellos umherschweifte, stand ein dorischer Tempel am Ufer des Sees, und ein von Efeu überwucherter Bogen spannte sich über die niedrigen, miteinander verbundenen Wehre. All das war vor mehr als anderthalb Jahrhunderten geplant und ausgeführt worden; mittlerweile hatte es wohl seine Vollendung erreicht. Da, wo ich stand, verwehrte mir ein moosiger Felsvorsprung den Blick auf das Haus, aber ich wusste genau, wie und wo es lag, zwischen den Linden verborgen wie eine Hirschkuh im Farn.

Hooper schloss zu mir auf und salutierte auf seine oft nachgeahmte und doch unnachahmliche Weise. Sein Gesicht war grau von der Nachtwache, und rasiert hatte er sich auch noch nicht.

»Die Zweite Kompanie hat uns abgelöst. Ich habe die Männer in die Baracken geschickt, damit sie sich waschen.«

»Gut.«

»Das Gebäude liegt da drüben, gleich um die Ecke.«

»Ja«, antwortete ich.

»Die Brigade wird nächste Woche hierher verlegt. Großartiges Quartier, dieses Haus. Ich hab mich ein bisschen umgesehen. Ziemlich überladen, würde ich sagen. Und das Verrückteste, eine Art römisch-katholische Kapelle gehört auch dazu. Ich habe einen Blick hineingeworfen, es fand gerade ein Gottesdienst statt – nur der Priester und ein alter Mann. Mir war ganz komisch. Wohl mehr Ihr Ding als meins.« Vielleicht machte ich den Anschein, nicht zuzuhören. In einem letzten Versuch, mein Interesse zu erwecken, sagte er: »Außerdem gibt es noch einen fürchterlich großen Springbrunnen vor der Freitreppe, ganz aus Stein und voller in Stein gehauener Tiere. So was haben Sie noch nie gesehen.«

»Doch, Hooper, habe ich. Ich war schon einmal hier.«

Die Worte schienen jetzt voller aus den Gewölben meines Kerkers widerzuhallen.

»Ach wirklich? Na, dann kennen Sie das ja alles. Ich gehe mal los, um mich zu waschen.«

Ich war schon einmal hier gewesen, ich kannte das alles.

I

ET IN ARCADIA EGO

I

Ich war schon einmal hier«, sagte ich. Ja, ich war schon hier gewesen, zum ersten Mal mit Sebastian, vor mehr als zwanzig Jahren an einem wolkenlosen Tag im Juni, als die Straßengräben voller sahnig weißem Mädesüß standen und die Luft schwer war von den Düften des Sommers; ein außergewöhnlich schöner Tag, und obwohl ich so oft und in so unterschiedlichen Stimmungen hier gewesen war, kehrte mein Herz bei diesem meinem letzten Besuch zu jenem ersten zurück.

Auch damals war ich hergekommen, ohne das Ziel vorher zu kennen. Es war Regattawoche. Oxford, heute versunken und ausgelöscht, unwiederbringlich verloren wie das mythische Lyonesse in den reißenden Fluten, Oxford war zu der Zeit noch eine Aquatinta-Stadt. In ihren weitläufigen, ruhigen Straßen gingen und sprachen die Menschen wie zu Newmans Zeiten; ihr herbstlicher Dunst, der graue Frühling und die seltene Pracht ihrer Sommertage, wenn – wie an jenem Tag – die Kastanien in Blüte standen und die Glocken hoch und klar über den Giebeln und Kuppeln erklangen, atmeten den leisen Hauch der Jugend von Jahrhunderten. Diese klösterliche Stille gab unserem Lachen seinen Klang und trug es friedlich und heiter selbst über den gelegentlichen Lärm hinweg. Gestört wurde die Ruhe nur, wenn in der Regattawoche Hunderte von Frauenzimmern hierherströmten, die aufgeregt zwitschernd und vergnügungssüchtig über Pflastersteine und Treppen flatterten, Sehenswürdigkeiten inspizierten, Claret Cup tranken und Gurken-Sandwiches verzehrten. Man stakte sie in Kähnen über den Fluss, trieb sie in Scharen auf die College-Boote und begrüßte sie im *Isis Magazine* oder in der Oxford Union Society mit einem Feuerwerk kurioser, überaus peinlicher Operetten-Scherze im Gilbert-and-Sullivan-Stil und kuriosen Choreffekten in den College-Kapellen. Das Echo der Eindringlinge drang bis in den letzten Winkel vor, in meinem College jedoch war es kein Echo, sondern eine Quelle überaus unangenehmer Belästigung. Wir gaben einen Ball. Auf dem Hof vor meiner Wohnung wurde unter Zeltplanen ein Bretterboden gezimmert; um die Portiersloge herum stellte man Palmen und Azaleen auf. Am schlimmsten aber war, dass der Dozent, der über mir logierte, ein unscheinbarer Naturwissenschaftler, den Damen seine Wohnung als Garderobe zur Verfügung gestellt hatte. Ein handgeschriebener Anschlag, der auf diesen Frevel aufmerksam machte, hing keine Handbreit von meiner Eingangstür entfernt.

Niemand empörte sich darüber mehr als mein Hausdiener.

»Gentlemen ohne Damenbegleitung werden gebeten, ihre Mahlzeiten in den nächsten Tagen möglichst auswärts einzunehmen«, verkündete er missmutig. »Sind Sie zum Lunch hier?«

»Nein, Lunt.«

»Im Interesse des Personals, heißt es. Na, besten Dank! Jetzt soll ich für die Damengarderobe ein *Nadelkissen* be-

sorgen. Und die Tanzerei? Ich versteh das einfach nicht. In der Regattawoche ist noch nie getanzt worden. Commemoration ist was anderes, da sind Ferien, aber doch nicht in der Regattawoche, als wären Teegesellschaften und der Fluss nicht genug. Wenn Sie mich fragen, Sir, da ist nur der Krieg dran schuld. Sonst wär es gar nicht so weit gekommen.«
Denn wir schrieben das Jahr 1923, und für Lunt wie für Tausende andere würde die Welt nie wieder so sein wie im Jahr 1914. »Ein Glas Wein am Abend«, fuhr er fort, halb noch in der Tür und halb schon draußen, wie es seine Gewohnheit war, »ein oder zwei Gentlemen zum Lunch, von mir aus, das kann man verstehn. Aber diese Tanzerei? Das haben wir nur denen zu verdanken, die vom Krieg zurückgekommen sind. Sie waren zu alt und kannten sich nicht aus, aber dazulernen wollten sie auch nicht. Stimmt doch! Und es gibt sogar welche, die gehn wie die Leute aus der Stadt zum Tanzen in die Masonic Hall – aber die Proktoren werden sich die schon vorknöpfen, warten Sie nur... Ah, da kommt Lord Sebastian. Und ich steh hier herum und schwatze, wo ich doch ein Nadelkissen kaufen soll.«

Sebastian kam herein – taubengrauer Flanell, weißes Crêpe de Chine, eine Charvet-Krawatte, meine übrigens, mit Briefmarkenmuster. »Charles – was zum Teufel ist in deinem College los? Ist ein Zirkus da? Bis auf Elefanten habe ich so ziemlich alles gesehen. Oxford ist auf einmal *äußerst* kurios. Gestern Abend wimmelte es nur so von Frauen. Du musst hier weg, sofort. Ich habe ein Automobil, ein Körbchen Erdbeeren und eine Flasche Château Peyraguey. Das ist ein Wein, den du noch nie probiert hast, also tu gar nicht erst so als ob. Er schmeckt himmlisch mit Erdbeeren.«

»Wo fahren wir hin?«

»Jemanden besuchen.«

»Wen?«

»Hawkins. Nimm ein bisschen Geld mit, falls wir unterwegs etwas sehen, das wir kaufen wollen. Das Automobil gehört einem Mann namens Hardcastle. Bring ihm die Einzelteile zurück, falls ich mir den Hals breche; mit meinen Fahrkünsten ist es nicht weit her.«

Hinter dem Tor, hinter dem Wintergarten, der einst als Portiersloge diente, stand ein offener Zweisitzer, ein Morris Cowley. Sebastians Teddybär saß am Steuer. Wir setzten ihn zwischen uns – »Gib acht, dass ihm nicht übel wird« – und fuhren los. Die Glocken von St. Mary schlugen neun Uhr. Um Haaresbreite entgingen wir einem Zusammenstoß mit einem Geistlichen, schwarzer Strohhut, weißer Bart, der seelenruhig auf der falschen Seite die High Street entlangradelte, überquerten Carfax, kamen am Bahnhof vorbei und waren bald auf dem offenen Land auf der Straße nach Botley. Offenes Land erreichte man damals schnell.

»Es ist doch noch früh, oder?«, meinte Sebastian. »Die Frauen sind damit beschäftigt, sich zurechtzumachen – was immer das heißt –, bevor sie nach unten kommen. Der Müßiggang verdirbt sie. Und wir sind entwischt. Gott segne Hardcastle.«

»Wer immer das ist.«

»Er wollte uns eigentlich begleiten. Aber der Müßiggang hat auch ihn verdorben. Nun ja, ich hatte ihm *zehn* gesagt. Er ist ein ziemlich obskurer Bursche aus meinem College. Führt ein Doppelleben. Zumindest vermute ich das. Er kann doch unmöglich die ganze Zeit, Tag und Nacht, Hardcastle sein, oder? Das müsste ihn umbringen. Er behauptet, meinen Vater zu kennen, aber das ist unmöglich.«

»Warum?«

»Niemand kennt Papa. Er ist ein Ausgestoßener. Wusstest du das nicht?«

»Wie schade, dass keiner von uns singen kann«, antwortete ich.

Bei Swindon bogen wir von der Hauptstraße ab und fuhren, während die Sonne höher und höher stieg, zwischen Trockenmauern und Steinhäusern dahin. Es war gegen elf, als Sebastian ohne Vorwarnung in einen Feldweg einbog und anhielt. Inzwischen war es so heiß, dass wir Schatten suchten. Auf einer von Schafen abgeweideten Anhöhe aßen wir unter einer Gruppe von Ulmen die Erdbeeren und tranken den Wein – eine köstliche Kombination, wie es Sebastian versprochen hatte. Dann zündeten wir uns dicke türkische Zigaretten an und legten uns auf den Rücken. Sebastians Blick ruhte in den Zweigen über uns, meiner auf seinem Profil, während der blaugraue Rauch von keinem Windhauch gestört zu den blaugrünen Schatten des Blattwerks hinaufstieg, das süße Aroma des Tabaks sich mit den süßen Sommerdüften ringsum vermischte und der Geist des süßen goldenen Weins uns einen Fingerbreit vom Boden emporzuheben und in der Schwebe zu halten schien.

»Genau die richtige Stelle, um einen Topf voller Gold zu verstecken«, sagte Sebastian. »Ich würde gern überall, wo ich glücklich war, etwas Kostbares vergraben. Dann kann ich später, wenn ich hässlich, alt und trübsinnig bin, zurückkommen, es ausgraben und mich daran erinnern.«

Es war das dritte Trimester nach meiner Immatrikulation, doch ich datiere mein Leben in Oxford erst ab meiner ersten zufälligen Begegnung mit Sebastian, Mitte des vorangegangenen Trimesters. Wir waren auf unterschiedlichen Colleges und kamen von unterschiedlichen Schulen; ich hätte durchaus meine drei oder vier Jahre an der Universität verbringen können, ohne ihm je über den Weg zu laufen, hätte er sich nicht zufällig eines Abends in meinem College betrunken, und hätte ich nicht die Parterrezimmer des vorderen Hofes bewohnt.

Mein Vetter Jasper hatte mich vor den Gefahren dieser Räumlichkeiten gewarnt. Er war der Einzige, der in mir den idealen Adressaten für ausführliche Belehrungen sah, als ich anfing, in Oxford zu studieren. Von meinem Vater war nichts dergleichen zu erwarten. Damals wie heute ging er jeder ernsthaften Unterhaltung mit mir aus dem Weg. Erst zwei Wochen bevor es losging, war er zum ersten Mal überhaupt auf das Studium zu sprechen gekommen, steif und ein wenig spöttelnd: »Ich habe heute von dir geredet, als ich im Athenäum deinem zukünftigen Hausvater begegnete. Ich wollte mich über die Vorstellungen der Etrusker von Unsterblichkeit unterhalten, er hingegen über zusätzliche Vorlesungen für die Arbeiterklasse, daher machten wir einen Kompromiss und sprachen über dich. Ich fragte, wie viel Geld ich dir geben sollte. Er meinte, dreihundert im Jahr, geben Sie ihm auf keinen Fall mehr, so viel etwa haben die meisten Studenten. Ich fand seine Antwort erbärmlich. *Ich* bekam damals mehr als die meisten anderen Studenten, und soweit ich mich erinnere, wirken sich ein paar hundert Pfund mehr oder weniger nirgendwo sonst auf der Welt und in keiner anderen Phase des Lebens derart auf Ansehen und Beliebtheit aus. Ich dachte an sechshundert«, erklärte mein Vater und schniefte ein wenig, wie immer, wenn er belustigt war, »aber dann wurde mir klar, dass der Hausvater es für einen mutwilligen Affront halten könnte, wenn ihm das zu Ohren käme. Ich gebe dir also fünfhundertfünfzig.«

Ich bedankte mich.

»Ja, das ist sehr großzügig, aber es geht alles von deinem Kapital ab, wie du weißt... Ich nehme an, dass ich dir auch noch einige Ratschläge mitgeben sollte. Ich selbst habe nie welche bekommen, abgesehen von einem einzigen Mal, von deinem Onkel Alfred. Wusstest du, dass dein Onkel Alfred im Sommer vor meiner Immatrikulation nach Boughton geritten kam, nur um mir einen Ratschlag zu erteilen? Ned, sagte er, um eins muss ich dich bitten. Geh während des Trimesters am Sonntag *niemals* ohne Zylinder aus dem Haus. Danach – und fast nur danach – wird man beurteilt. Und wusstest du«, fuhr mein Vater fort und schniefte noch mehr, »dass ich mich *immer* daran gehalten habe? Manche Studenten trugen einen, andere nicht. Ich habe nie einen Unterschied bemerkt oder davon reden hören, aber ich habe meinen Zylinder *immer getragen*. Das zeigt nur, welche Wirkung kluge Ratschläge haben können, wenn sie angemessen sind und im richtigen Moment ausgesprochen werden. Ich wünschte, ich hätte einen für dich, aber mir fällt keiner ein.«

Mein Vetter Jasper machte diesen Mangel wett. Er war der Sohn des älteren Bruders meines Vaters, den er mehr als einmal und nur halb im Scherz als »Familienoberhaupt« bezeichnete. Jasper war bereits im vierten Jahr und hätte es im Trimester davor beinahe ins Regattateam der Ruderer geschafft; er war Sekretär des Canning-Clubs und Präsident des *Junior Common Room;* er hatte am College etwas zu sagen. In der ersten Woche stattete er mir einen offiziellen Besuch ab und blieb zum Tee. Nachdem er reichlich süßes Gebäck, Sardellentoast und Fuller's Walnusskuchen gegessen hatte, zündete er seine Pfeife an, lehnte sich im Korbstuhl zurück und erläuterte mir die Verhaltensregeln, die ich zu befolgen hatte. Er ließ so ziemlich nichts aus, und noch heute kann ich vieles von dem, was er sagte, Wort für Wort wiederholen. »... Du studierst Geschichte? Ein sehr respektables Fach. Das Schlimmste überhaupt ist Englische Literatur und das Zweitschlimmste sind Sozialwissenschaften. Versuch, entweder mit Bestnote abzuschließen oder gerade noch durchzurutschen. Alles andere ist der Mühe nicht wert. Für eine gute Durchschnittsnote zu büffeln ist vertane Zeit. Du solltest die besten Vorlesungen besuchen, Arkwright über Demosthenes zum Beispiel, egal, ob sie an deiner Fakultät gehalten werden oder nicht... Garderobe. Zieh dich an wie in einem Landhaus. Trage niemals Tweedjacken zu Flanellhosen – immer einen Anzug. Und such dir einen Schneider in London, da bekommst du einen besseren Schnitt und länger Kredit... Clubs. Tritt jetzt in den Carlton Club ein und zu Beginn des zweiten Jahres in den Grid. Solltest du eine Mitgliedschaft in der Oxford Union Society anstreben, was keine schlechte Idee ist, mach dir zuerst *außerhalb* davon einen Namen, im Canning Club oder im Chatham, und äußere dich zu aktuellen Themen... Mach einen Bogen um Boar's Hill...« Der Himmel über dem Dachgiebel gegenüber glühte auf und verdunkelte sich dann; ich legte Holz im Kamin nach und schaltete die Lampe an, so dass seine in London gefertigten Knickerbocker und sein Leander-Club-Schlips in ihrer ganzen Respektabilität zur Geltung kamen... »Behandele Dozenten nicht wie Lehrer, sondern so wie den Pfarrer zu Hause... Kann sein, dass du die Hälfte des zweiten Jahres damit verbringst, unerwünschte Freunde aus dem ersten Jahr wieder loszuwerden... Hüte dich vor den Anglokatholiken – das sind durchweg Homosexuelle mit unangenehmen Akzenten. Besser noch, geh allen religiösen Gruppierungen aus dem Weg, sie richten nur Schaden an...«

Am Schluss, kurz bevor er ging, sagte er: »Und noch etwas: Such dir ein anderes Quartier.« Meine Räume waren groß, mit tief eingelassenen Fenstern und bemalten Holzvertäfelungen aus dem achtzehnten Jahrhundert. Als Studienanfänger konnte ich von Glück reden, sie ergattert zu haben. »Ich habe schon manch einen jungen Mann gesehen, dem es zum Verhängnis wurde, dass er die Parterrezimmer zum Hof bewohnte«, sagte mein Vetter im vollen Ernst. »Die Leute gewöhnen sich an, einfach vorbeizuschauen. Sie lassen ihre Talare bei dir liegen und holen sie auf dem Weg zur Mensa wieder ab. Du fängst an, sie mit Sherry zu bewirten. Und ehe du dich versiehst, hast du eine Gratisbar für sämtliche zweifelhaften Existenzen am College eröffnet.«

Ich kann mich nicht erinnern, je bewusst einem seiner Ratschläge gefolgt zu sein. Meine Wohnung habe ich jedenfalls nicht aufgegeben; unter den Fenstern wuchsen Levkojen, deren süßer Duft an Sommerabenden hereinströmte.

Im Nachhinein ist es leicht, seine Jugend mit falscher

Frühreife oder falscher Unschuld zu verklären oder bei den Markierungen am Türrahmen zu schummeln, mit denen man seine Größe festgehalten hat. Ich würde mir gern einbilden, und manchmal tue ich es auch, dass ich diese Räume mit Morris-Tapeten und Kunstdrucken der Arundel Society ausgestattet hätte oder dass meine Bücherregale mit Folianten aus dem siebzehnten Jahrhundert und französischen, in Juchten und Moiré eingebundenen Romanen aus der Zeit Napoleons gefüllt gewesen wären. Doch so war es nicht. An meinem ersten Nachmittag hängte ich stolz eine Reproduktion von van Goghs Sonnenblumen über den Kamin und stellte einen Paravent auf, den Roger Fry mit einer provenzalischen Landschaft bemalt hatte. Ich hatte ihn günstig erstanden, als die Omega Workshops liquidiert wurden. Außerdem prangte ein Plakat von McKnight Kauffer an der Wand, Blätter mit Reimen aus dem Poetry Bookshop, und es stand – was mir im Rückblick überaus peinlich ist – eine grässliche Porzellanfigur von Polly Peachum zwischen schwarzen Wachskerzen auf dem Kaminsims. Meine wenigen Bücher waren nichts Besonderes – Roger Frys *Vision and Design*, die Medici-Press-Ausgabe von *A Shropshire Lad*, Lytton Stracheys *Eminent Victorians*, ein paar Bände *Georgian Poetry*, die Romane *Sinister Street* und *South Wind*. Meine ersten Freunde passten perfekt in diesen Rahmen: Collins, Winchester-Absolvent, schon jetzt eine Miniaturausgabe des Dozenten, der er einmal sein würde, ein ungemein belesener Mann mit kindlichem Humor, sowie ein kleiner Kreis von College-Intellektuellen, die in ihrer Geisteshaltung zwischen den extravaganten »Ästheten« und jenen proletarischen Stipendiaten standen, die in billigen

Pensionen auf der Iffley Road und am Wellington Square wohnten und fieberhaft Fakten und Daten paukten. Dieser Zirkel hatte mich im ersten Trimester in seine Reihen aufgenommen; das war der Umgang, den ich aus dem letzten Schuljahr kannte, auf die mich das letzte Schuljahr vorbereitet hatte, doch selbst in den allerersten Tagen, als das Leben in Oxford mit eigenen Zimmern und einem eigenen Scheckbuch noch für jede Menge Aufregung sorgte, spürte ich tief in meinem Innern, dass dies nicht alles war, was Oxford zu bieten hatte.

Als Sebastian in meinem Leben auftauchte, schienen diese grauen Gestalten in der Landschaft aufzugehen und darin zu verschwinden, wie Hochlandschafe im nebligen Heideland. Collins hatte mir bereits den Trugschluss der modernen Ästhetik dargelegt: »... die ganze These der *Signifikanten Form* beruht auf dem *Volumen*. Wenn man Cézanne erlaubt, auf einer zweidimensionalen Leinwand eine dritte Dimension darzustellen, dann muss man Landseer auch den Funken der Treue im Auge seines Spaniels zubilligen« ... aber erst, als Sebastian müßig in einer Ausgabe von Clive Bells *Kunst* blätterte und las: »Wen vermag schon ein Schmetterling oder eine Blume ebenso zu entzücken wie eine Kathedrale oder ein Bild?«, und dann hinzusetzte: »Mich«, wurden mir die Augen geöffnet.

Ich kannte Sebastian vom Sehen, schon lange, bevor ich ihm zum ersten Mal richtig begegnete. Das war nicht weiter verwunderlich, denn von Beginn an war er der auffälligste Mann seines Jahrgangs, einmal weil er so atemberaubend gut aussah, zum anderen weil er sich so exzentrisch benahm, als gäbe es für ihn keine Grenzen. Zum ersten Mal fiel er mir auf, als wir in der Tür von Germer's aneinander vorbeigingen, und bei dieser Gelegenheit beeindruckte mich weniger sein Äußeres als die Tatsache, dass er einen großen Teddybär bei sich hatte.

»Das«, so erklärte der Barbier, nachdem ich auf seinem Stuhl Platz genommen hatte, »war Lord Sebastian Flyte. Ein *höchst* amüsanter junger Mann.«

»Scheint so«, gab ich kühl zurück.

»Der zweite Sohn des Marquis von Marchmain. Sein Bruder, der Earl of Brideshead, hat letztes Trimester seinen Abschluss gemacht. Aber der war *vollkommen* anders, ein sehr ruhiger Herr, fast wie ein alter Mann. Was glauben Sie wohl, was Lord Sebastian hier wollte? Eine Haarbürste für seinen Teddybär, mit besonders harten Borsten, *nicht* etwa, um ihm das Fell zu bürsten, sagte Lord Sebastian, sondern um ihm Prügel anzudrohen, wenn er bockig ist. Er hat eine sehr schöne gekauft, mit einem Griff aus Elfenbein, in den er ›Aloysius‹ eingravieren lassen will – so heißt der Bär.« Dieser Mann hätte im Lauf seines Lebens reichlich Gelegenheit gehabt, der Spinnereien junger Studenten überdrüssig zu werden, doch er war sichtlich fasziniert. Ich hingegen behielt meine kritische Haltung, und spätere flüchtige Begegnungen mit Sebastian, etwa wenn er in einem Einspänner an mir vorbeifuhr oder mit falschem Schnurrbart im George Inn zu Mittag aß, konnten mich nicht umstimmen, obgleich Collins, der sich mit Freud auskannte, eine Reihe von Fachbegriffen hatte, die alles erklärten.

Auch als wir uns dann wirklich kennenlernten, waren die Umstände alles andere als erfreulich. Es war kurz vor Mitternacht Anfang März; ich hatte ein paar College-Intellektuelle auf ein Glas Glühwein eingeladen; das Feuer im Kamin prasselte noch, die Luft in meinem Zimmer war schwer von Rauch und Gewürzen und mein Geist müde von metaphysischen Überlegungen. Ich riss die Fenster auf, und aus dem Hof draußen drang der keineswegs ungewohnte Lärm trunkenen Gelächters und unsicherer Schritte. Eine Stimme sagte: »Warte«, eine andere: »Komm schon«, eine dritte: »Noch viel Zeit... House... bis Tom zu läuten aufhört«, und wieder eine andere, deutlicher als die anderen: »Also, ich weiß nicht, aber mir ist ganz unerklärlich übel. Ich muss euch kurz verlassen«, und dann erschien an meinem Fenster das Gesicht, von dem ich wusste, dass es Sebastian gehörte, allerdings nicht, wie ich es kannte, lebendig und strahlend fröhlich. Er sah mich einen Augenblick an, ohne mich wirklich zu sehen, beugte sich dann weit in mein Zimmer hinein und übergab sich.

Es war nicht ungewöhnlich, dass Dinnerpartys auf diese Weise endeten; es gab für solche Gelegenheiten sogar einen offiziellen Tarif für den Aufwärter, der hinterher saubermachen musste. Wir alle lernten durch praktisches Ausprobieren den Umgang mit Alkohol. Außerdem offenbarte Sebastians Entscheidung für ein offenes Fenster trotz seiner äußersten Not auch eine verrückte und liebenswerte Ordnungsliebe. Trotzdem änderte dies nichts daran, dass es eine unerquickliche Begegnung war.

Seine Freunde schleppten ihn zum Tor, und wenige Minuten später kehrte sein Gastgeber, ein liebenswürdiger Eton-Absolvent meines Jahrgangs, zurück, um sich zu entschuldigen. Auch er war ein bisschen beschwipst; seine Erklärungen wiederholten sich, und am Ende kamen ihm fast die Tränen. »Wir haben zu viel durcheinandergetrunken«, sagte er. »Es war keine Frage von Qualität oder Quantität. Es war die Mischung. Wenn man das begreift, weiß man, wo der Hund begraben liegt. Und alles zu verstehen heißt alles zu vergeben.«

»Ja«, sagte ich, doch mit einer gewissen Gereiztheit dachte ich an Lunts Vorwürfe, die mich am nächsten Morgen erwarteten.

»Zwei Krüge Glühwein für fünf Studenten«, schimpfte Lunt. »Das *konnte* ja nicht gutgehn. Nicht mal bis zum Fenster hat er's geschafft. Leute, die Alkohol nicht vertragen, sollten besser die Finger davonlassen.«

»Es war keiner von meinen Gästen. Es war jemand von außerhalb des Colleges.«

»Egal, wer's war, es ist einfach widerlich, das wegzumachen.«

»Auf der Kommode liegen fünf Schilling.«

»Hab ich gesehn, vielen Dank auch, aber lieber würd ich auf das Geld genauso wie auf die Schweinerei verzichten und den Tag nie mehr so anfangen müssen.«

Ich nahm meinen Talar und überließ Lunt seiner Aufgabe. Damals besuchte ich noch Vorlesungen, und es war nach elf, als ich zum College zurückkehrte. Zu meiner Überraschung war meine Wohnung voller Blumen. Es sah nicht nur so aus wie der gesamte Tagesvorrat eines Blumenstandes, sondern war es auch. Sie standen in allen nur denkbaren Gefäßen überall im Zimmer. Lunt wickelte gerade die überzähligen in ein Stück braunes Packpapier, um sie mit nach Hause zu nehmen.

»Was ist denn hier los, Lunt?«

»Der Gentleman von letzter Nacht, Sir, er hat Ihnen eine Nachricht dagelassen.«

Die Nachricht war mit einem Conté-Stift auf einen frischen Bogen meines feinen Whatman-H.-P.-Zeichenpapiers geschrieben: *Ich bin zerknirscht. Aloysius spricht erst wieder mit mir, wenn Sie mir verziehen haben, daher kommen Sie bitte heute zum Essen zu mir. Sebastian Flyte.* Typisch, er geht davon aus, dass ich weiß, wo er wohnt, dachte ich, aber ich wusste es tatsächlich.

»Ein höchst amüsanter Gentleman; es muss eine Freude sein, für ihn sauberzumachen. Ich nehme an, Sie essen auswärts, Sir. Das hab ich auch Mr Collins und Mr Partridge gesagt – sie wollten nämlich mit ihren belegten Broten zu Ihnen kommen.«

»Ja, Lunt, ich esse auswärts.«

Diese kleine Lunchparty – denn als Party stellte es sich heraus – markierte den Anfang eines neuen Abschnitts in meinem Leben.

Etwas unsicher machte ich mich auf den Weg, denn ich begab mich auf fremdes Terrain, und eine winzige, tugendhafte Stimme in meinem Ohr warnte mich in Collins' Tonfall, dass es schicklicher wäre, nicht hinzugehen. Aber damals war ich auf der Suche nach Liebe, und daher ging ich voller Neugier und mit der schwachen, kaum spürbaren Vorahnung, hier das niedrige Türchen in der Mauer zu finden, das andere, wie ich wusste, schon vor mir entdeckt hatten, und das mich in einen eingefriedeten, verzauberten Garten führen würde, den es, von keinem Fenster aus einzusehen, irgendwo im Herzen dieser grauen Stadt gab.

Sebastian wohnte im Christ Church, in einem der oberen Stockwerke der Meadow Buildings. Er war allein, als ich eintraf, und pellte gerade ein Kiebitzei, das er einem großen Moosnest in der Mitte des Tischs entnommen hatte.

»Ich habe sie gerade gezählt«, sagte er. »Es gibt fünf für jeden, zwei sind überzählig, und die genehmige ich mir. Ich habe nämlich heute einen ganz unerklärlichen Hunger. Nachdem ich mich rückhaltlos den Mixturen von Dolbear und Goodall anvertraut habe, bin ich jetzt so benebelt, dass ich mir beinahe einbilde, die ganze Sache gestern Abend könnte ein Traum gewesen sein. Bitte, wecken Sie mich nicht auf.«

Er war hinreißend, von jener androgynen Schönheit, die in früher Jugend um Liebe fleht und beim ersten kalten Windhauch vergeht.

Sein Zimmer beherbergte ein seltsames Sammelsurium – ein Harmonium mit einem gotischen Umbau, einen Papierkorb, der aus einem Elefantenfuß gemacht war, Wachsfrüchte unter einer Glasglocke, zwei überproportionale Sèvres-Vasen, gerahmte Zeichnungen von Daumier – und all das wirkte noch unpassender angesichts der kargen College-Einrichtung und des riesigen gedeckten Tischs. Auf dem Kaminsims standen haufenweise Einladungen von Damen der Londoner Gesellschaft.

»Dieser schreckliche Hobson hat Aloysius ins Nebenzimmer eingesperrt«, sagte er. »Aber vielleicht ist es auch gut so, denn wir hätten nicht genug Kiebitzeier für ihn gehabt. Hobson hasst Aloysius, wissen Sie. Ich wünschte, ich hätte einen Hausdiener wie den Ihren. Er war heute Morgen ganz reizend zu mir; ein anderer wäre verstimmt gewesen.«

Die Gäste trudelten ein. Drei Eton-Absolventen, sanfte,

elegante, reservierte Männer, die am Abend zuvor auf einer Tanzveranstaltung in London gewesen waren und sich darüber unterhielten, als ginge es um die Bestattung eines nahen, aber ungeliebten Angehörigen. Sie alle schnappten sich, kaum dass sie eingetreten waren, zuerst ein Kiebitzei und nahmen erst dann Notiz von Sebastian und dann von mir, mit einem höflichen Mangel an Neugier, so als wollten sie sagen: »Wir denken nicht im Traum daran, ungehörigerweise anzudeuten, dass du uns noch nie begegnet bist.«

»Die Ersten in diesem Jahr«, sagten sie. »Wo hast du sie her?«

»Mummy schickt sie aus Brideshead. Für sie legen sie immer besonders früh.«

Als die Eier aufgegessen waren und wir beim Hummerragout saßen, erschien der letzte Gast.

»Ich kam einfach nicht früher weg, mein Lieber«, sagte er. »Ich war zum Lunch mit meinem a-a-albernen Tutor. Er war ziemlich befremdet, als ich so früh aufbrach. Ich habe ihm gesagt, dass ich mich umziehen muss, zum *F-F-Football*.«

Er war groß, schlank, eher dunkel, mit großen, lebhaften Augen. Wir Übrigen trugen grobe Tweedanzüge und Budapester. Er kam in einem weichen schokoladebraunen Anzug mit grellweißen Streifen, Wildlederschuhen, einer großen Fliege und streifte seine gelben Waschlederhandschuhe ab, als er das Zimmer betrat. Halb Franzose, halb Amerikaner, halb Jude vielleicht, auf alle Fälle ganz und gar exotisch.

Das, man musste es mir nicht erklären, war Anthony Blanche, der »Ästhet« *par excellence*, Inbegriff der Lasterhaftigkeit, wenn es nach der weiblichen Studentenschaft von Oxford ging. Man hatte ihn mir auf der Straße oft gezeigt, wo er entlangstolzierte wie ein Pfau. Ich hatte seine Stimme im George gehört, wenn er sich gegen die Konventionen auflehnte, und als ich ihn jetzt in Sebastians Zauberkreis kennenlernte, ertappte ich mich dabei, wie ich ihn mit den Augen verschlang.

Nach dem Mittagessen stellte er sich mit einem Megaphon, das er überraschenderweise zwischen all dem Klimbim in Sebastians Zimmer aufgestöbert hatte, auf den Balkon und rezitierte den schwitzenden Scharen, die auf dem Weg zum Fluss waren und deren Stimmen bis zu uns drangen, in schmachtenden Tönen Passagen aus *Das wüste Land*.

»*Und ich, Tiresias, litt dies alles vor*«, schluchzte er ihnen von den venezianischen Bogenfenstern aus zu.

»Was sich auf diesem B-B-Bett abspielt, das Gleiche
Ich, der ich saß zu Theben unterm Thron
Ich, der ich wandelte im T-T-Totenreiche…«

Dann trat er leichtfüßig zurück ins Zimmer. »Sie waren so was von überrascht! R-R-Ruderer sind für mich lauter heldenhafte Grace Darlings.«

Wir saßen da und nippten unseren Cointreau; der sanfteste und reserviertest Eton-Absolvent sang *Home they brought her warrior dead* und begleitete sich dabei auf dem Harmonium.

Es war vier Uhr, als wir aufbrachen.

Anthony Blanche ging als Erster. Förmlich und liebenswürdig verabschiedete er sich nacheinander bei jedem von uns. Zu Sebastian sagte er: »Am liebsten würde ich dich mit Pfeilen spicken wie ein N-N-Nadelkissen, mein Lieber.«

Und zu mir: »Ich finde, es war absolut genial von Sebastian, dass er Sie entdeckt hat. Wo halten Sie sich versteckt? Ich komme in Ihren Bau und sch-sch-scheuche Sie auf wie ein altes W-W-Wiesel.«

Die anderen gingen kurz nach ihm. Ich stand auf, um mich ihnen anzuschließen, doch Sebastian sagte: »Nehmen Sie noch einen Cointreau«, und so blieb ich, und später sagte er: »Ich muss zum Botanischen Garten.«

»Warum?«

»Weil ich mir das Efeu ansehen will.«

Das schien ein ausreichender Grund zu sein, daher begleitete ich ihn. Er hakte sich bei mir ein, als wir unter den Mauern von Merton entlanggingen.

»Ich bin noch nie im Botanischen Garten gewesen«, sagte ich.

»Ach, Charles, Sie müssen noch eine Menge lernen. Es gibt dort einen herrlichen Torbogen und mehr Efeu-Arten, als ich je für möglich gehalten hätte. Ich wüsste wirklich nicht, was ich ohne den Botanischen Garten tun würde.«

Als ich schließlich zu meiner Wohnung zurückkam und sie genauso antraf, wie ich sie am Morgen verlassen hatte, wehte mich dort ein Hauch von Langeweile an, den ich bislang nicht wahrgenommen hatte. Was stimmte hier nicht? Nichts außer den goldenen Narzissen erschien mir echt. War es der Paravent? Ich stellte ihn mit der Vorderseite zur Wand. Schon besser.

Es war das Ende des Paravents. Lunt hatte ihn noch nie gemocht, und nach ein paar Tagen nahm er ihn ganz weg und verstaute ihn in einer finsteren Nische unter der Treppe, wo er seine Schrubber und Eimer aufbewahrte.

Jener Tag markierte den Beginn meiner Freundschaft mit Sebastian, und so kam es, dass ich an diesem Morgen im Juni im Schatten der hohen Ulmen neben ihm lag und zusah, wie der Rauch von seinen Lippen in das Geäst hinaufzog.

Bald darauf fuhren wir weiter, und eine Stunde später bekamen wir Hunger. Wir machten Rast an einer Gastwirtschaft, die auch so etwas wie ein Bauernhof war, und aßen Eier mit Speck, Walnut Pickles und Käse und tranken unser Bier in einem schummrigen Speisesaal, wo eine alte Uhr im Dunkeln tickte und eine Katze vor dem leeren Kaminrost schlief.

Dann fuhren wir weiter und kamen am frühen Nachmittag an unser Ziel: schmiedeeiserne Tore und zwei klassische Pförtnerhäuschen an einem Dorfanger, eine Chaussee, weitere Tore, eine offene Parklandschaft, eine Wegbiegung, und plötzlich tat sich eine neue, verborgene Landschaft vor uns auf. Wir befanden uns am Eingang eines Tals. Eine halbe Meile entfernt, grau und golden inmitten eines Schutzwalls aus Gebüsch, schimmerten Kuppel und Säulen eines alten herrschaftlichen Hauses.

»Na?«, sagte Sebastian und hielt den Wagen an. Jenseits der Kuppel und im Schutz der sanften Hügel ringsum waren mehrere hintereinanderliegende Wasserflächen zu erkennen.

»Na?«

»Was für ein Leben, an so einem Ort!«, rief ich.

»Warte, bis du den Garten und den Springbrunnen gesehen hast.« Er beugte sich vor und schaltete den Motor an. »Meine Familie wohnt da«, und schon damals, als ich noch ganz verzaubert von dem Anblick war, spürte ich einen Moment lang einen ahnungsvollen Schauder bei seiner Wortwahl – nicht: »Das ist mein Zuhause«, sondern: »Meine Familie wohnt da.«

»Keine Sorge«, fuhr er fort. »Sie sind alle weg. Die Bekanntschaft mit ihnen bleibt dir erspart.«

»Ich hätte nichts dagegen.«

»Nun, das geht nicht. Sie sind in London.«

Wir fuhren um die Fassade herum in einen Seitenhof – »Alles verschlossen. Wir gehen besser hier entlang« –, betraten das Gebäude durch die festungsartigen Gänge des Dienstbotentrakts mit ihren Steinfliesen und Steingewölben – »Ich möchte dir Nanny Hawkins vorstellen. Deshalb sind wir hier« – und stiegen über eine blanke, sauber geschrubbte Treppe aus Ulmenholz nach oben, folgten weiteren Gängen mit breiten Holzdielen, die in der Mitte von schmalen einfachen Läufern aus dicker Wolle bedeckt waren, oder anderen mit Linoleumboden, kamen an mehreren kleinen Treppenhäusern und reihenweise roten und goldenen Feuerlöscheimern vorbei, und stiegen dann noch eine letzte Treppe hinauf, die oben mit einer Gittertür verschlossen war. Die Kuppel war falsch und so konzipiert, dass sie von unten an die berühmten Türme von Chambord erinnern sollte. In ihrem Unterbau befand sich ein zusätzliches Stockwerk, das in mehrere kleine Räume unterteilt war. Hier hatte man die Kinderzimmer untergebracht.

Sebastians Nanny saß am offenen Fenster mit Blick auf den Springbrunnen, die Seen, den Tempel, und weit hinten, ganz am Ende der Weite, einen schimmernden Obelisken. Sie hatte die Hände im Schoß liegen, mit einem lose darumgeschlungenen Rosenkranz, und war fest eingeschlafen. Lange Arbeitszeiten in der Jugend, Verantwortung in der Mitte des Lebens, Ruhe und Sicherheit im Alter hatten ihr zerfurchtes, abgeklärtes Gesicht gezeichnet.

»Na so was«, sagte sie beim Wachwerden. »Was für eine Überraschung!«

Sebastian küsste sie zur Begrüßung.

»Wer ist das?«, fragte sie und sah mich an. »Ich glaube, ich kenne ihn nicht.«

Sebastian stellte uns einander vor.

»Du bist genau im richtigen Moment gekommen. Julia ist heute hier. Sie amüsieren sich alle sehr. Sonst ist es hier langweilig, so ohne euch. Nur mit Mrs Chandler, zwei von den Mädchen und dem alten Bert. Bald fahren sie schon alle in die Sommerferien, und im August muss der Boiler gemacht werden, du reist zu Seiner Lordschaft nach Italien, und die anderen auf diverse Besuche; da wird es Oktober, bis alles wieder seinen gewohnten Gang nimmt. Na ja, wahrscheinlich muss Julia sich genauso vergnügen wie die anderen jungen Damen, obwohl es mir schleierhaft ist, warum sie immer ausgerechnet dann nach London wollen, wenn der Sommer am schönsten ist und die Gärten in voller Blüte stehen. Father Phipps war am Donnerstag hier, und ich habe ihm genau dasselbe gesagt«, setzte sie hinzu, als hätte sie sich damit den geistlichen Segen für ihre Meinung geholt.

»Hast du eben gesagt, dass Julia hier ist?«

»Ja, Schatz, du musst sie ganz knapp verpasst haben. Wegen der Konservativen Frauengemeinschaft. Eigentlich sollte Ihre Ladyschaft teilnehmen, aber es geht ihr nicht gut. Julia wird nicht lange bleiben, sie wollte gleich nach ihrer Rede wieder gehen, noch vor dem Tee.«

»Ich fürchte, dann werden wir sie verpassen.«

»Ach, bitte nicht, es wird eine solche Überraschung für sie sein, dich zu sehen, obwohl sie den Tee lieber abwarten sollte, das habe ich ihr auch gesagt, deshalb kommen die Frauen doch bloß. Und was gibt es Neues bei dir? Studierst du auch tüchtig?«

»Nicht wirklich, Nanny.«

»Ach, wahrscheinlich spielst du den ganzen Tag Kricket, wie dein Bruder. Aber er hatte trotzdem noch Zeit zum Lernen. Seit Weihnachten war er nicht mehr hier, doch zur Landwirtschaftsschau kommt er bestimmt. Hast du den Artikel über Julia in der Zeitung gesehen? Sie hat ihn mir mitgebracht. Nicht, dass er ihr auch nur annähernd gerecht würde, aber was da steht, ist wirklich *sehr* nett. ›Die bezaubernde Tochter, die Lady Marchmain in dieser Saison in die Gesellschaft einführt... ebenso geistreich wie ansehnlich... die umschwärmteste Debütantin überhaupt‹, nun, das entspricht ja auch der Wahrheit, allerdings ist es eine Schande, dass sie sich das Haar hat abschneiden lassen; sie hatte wundervolles Haar, genau wie Ihre Ladyschaft. Das ist doch nicht normal, habe ich zu Father Phipps gesagt. Und er hat gemeint, Nonnen machten das auch, und darauf ich: ›Nun, Father, Sie wollen doch wohl keine Nonne aus Julia machen, oder? Was für ein Gedanke!‹«

Sebastian und die alte Frau unterhielten sich weiter. Es war ein hübsches Zimmer, dessen spezieller Schnitt sich dem Unterbau der Kuppel anpasste. Die Tapeten hatten ein Muster von Bändern und Rosen. In der Ecke stand ein Schaukelpferd, und über dem Kamin prangte ein Herz-Jesu-Öldruck. Ein Topf mit Pampasgras und Rohrkolben stand vor der leeren Feuerstelle. Auf der Kommode lag sorgfältig abgestaubt die Sammlung kleiner Geschenke, die die Kinder ihr gelegentlich mitgebracht hatten, bearbeitete Muscheln und vulkanisches Gestein, geprägtes Leder, bemaltes Holz, Porzellan, Mooreiche, Damaszener Silber, blauer Flussspat, Alabaster, Korallen: Souvenirs aus vielen Ferien.

Dann sagte Nanny: »Läute mal, damit sie uns den Tee bringen, mein Lieber. Normalerweise gehe ich nach unten zu Mrs Chandler, aber heute können wir ihn hier oben trinken. Mein gewohntes Mädchen ist mit den anderen nach London gefahren. Das neue ist gerade erst aus dem Dorf gekommen. Zuerst hatte es von nichts eine Ahnung, aber allmählich macht es sich. Läute doch!«

Doch Sebastian erklärte, wir müssten fahren.

»Dann werdet ihr Julia wirklich nicht sehen? Sie wird bestimmt böse sein, wenn sie das hört. Es wäre *so* eine nette Überraschung für sie gewesen!«

»Arme Nanny«, sagte Sebastian, als wir das Stockwerk verließen. »Sie hat wirklich ein langweiliges Leben. Ich hätte große Lust, sie zu mir nach Oxford zu holen, aber sie würde mich ständig drängen, in die Kirche zu gehen. Wir müssen uns beeilen, bevor meine Schwester zurückkommt.«

»Für wen schämst du dich – für sie oder für mich?«

»Ich schäme mich für mich selbst«, erwiderte Sebastian ernst. »Ich möchte nicht, dass du mit meiner Familie zu tun hast. Sie sind alle so unglaublich charmant. Mein ganzes Leben lang haben sie mir so viel weggenommen. Wenn sie dich erst einmal mit ihrem Charme eingewickelt haben, betrachten sie dich als *ihren* Freund, nicht als meinen, und das will ich nicht.«

»Na schön«, sagte ich. »Mir soll's recht sein. Aber darf ich doch noch ein wenig mehr von dem Haus sehen?«

»Es ist alles dicht. Wir sind nur hergekommen, um Nanny zu besuchen. Am Queen Alexandra's Day kann man alles für einen Schilling besichtigen. Na gut, komm und sieh es dir an, wenn du unbedingt willst...«

Er führte mich durch eine grünbespannte Tür in einen dunklen Gang. Undeutlich erkannte ich vergoldete Stuckleisten unter der gewölbten Decke, dann öffnete er eine schwere, gutgeölte Mahagonitür und führte mich in einen abgedunkelten Saal. Licht drang durch die Ritzen in den Läden. Sebastian löste den Riegel von einem und stieß ihn auf. Das weiche Nachmittagslicht flutete herein, über den blanken Boden, die beiden riesigen Kamine aus behauenem Marmor, die gewölbte Decke, die mit klassischen Göttern und Helden bemalt war, die vergoldeten Spiegel und Halbpfeiler aus Scagliola, die Inseln von verhängten Möbeln. Es war nur ein Blick, so wie man ihn vom oberen Deck eines Busses in einen erleuchteten Ballsaal wirft, dann sperrte Sebastian die Sonne rasch wieder aus. »Da hast du es«, sagte er. »So sieht es überall aus.«

Seine Stimmung war umgeschlagen, seit wir den Wein unter den Ulmen getrunken und später die Wegbiegung erreicht hatten, wo er »Na?« gesagt hatte.

»Du siehst, es gibt nichts zu sehen. Ein paar hübsche Dinge würde ich dir eines Tages gern zeigen – nicht jetzt. Aber die Kapelle. Die musst du sehen. Reiner Jugendstil.«

Der letzte Architekt in Brideshead hatte eine Kolonnade

und auf beiden Seiten Gebäudeflügel angebaut. In einem war die Kapelle untergebracht. Wir betraten sie über den für die Öffentlichkeit bestimmten Vorplatz; ein weiterer Zugang befand sich im Innern des Hauses. Sebastian tauchte die Fingerspitzen in das Weihwasserbecken, bekreuzigte sich und beugte das Knie. Ich tat es ihm nach. »Warum machst du das?«, fragte er ärgerlich.

»Aus Höflichkeit.«

»Nun, meinetwegen brauchst du das nicht. Du wolltest doch unbedingt die Sehenswürdigkeiten bestaunen. Was sagst du dazu?«

Das gesamte Innere war entkernt, dann im Stil der Arts-and-Crafts-Bewegung aus der letzten Dekade des neunzehnten Jahrhunderts neu ausgestattet und dekoriert worden. Engel in gemusterten Hemdchen, Kletterrosen, blumenübersäte Wiesen, herumtollende Lämmchen, Texte in keltischer Schrift und Heilige in Rüstung bedeckten die Wände in klaren, frischen Farben. Ein Triptychon aus heller Eiche war so geschnitzt, dass man den seltsamen Eindruck hatte, es sei aus Knetgummi gemacht. Das Ewige Licht wie überhaupt alle metallenen Gegenstände bestanden aus Bronze und waren von Hand so bearbeitet, dass sie nun mit einer Patina überzogen waren, die an pockennarbige Haut erinnerte. Auf den Altarstufen lag ein grasgrüner Teppich, bestreut mit weißgoldenen Maßliebchen.

»Meine Güte!«, sagte ich.

»Das war Papas Hochzeitsgeschenk für Mama. Wenn du nun genug gesehen hast, fahren wir.«

Auf der Zufahrt kam uns ein geschlossener Rolls-Royce mit Chauffeur entgegen. Im Fond erkannte ich eine schemenhafte Mädchengestalt, die sich umdrehte und uns durch die Rückscheibe nachsah.

»Julia«, sagte Sebastian. »Das war knapp.«

Wir hielten noch einmal an, um uns mit einem Mann auf einem Fahrrad zu unterhalten – »Das war der alte Bat«, sagte Sebastian –, und dann waren wir fort, vorbei an den schmiedeeisernen Toren und den Pförtnerhäuschen, wieder auf der Straße nach Oxford. »Tut mir leid«, sagte Sebastian nach einer Weile. »Ich fürchte, ich war nicht sehr nett heute Nachmittag. Brideshead hat oft diese Wirkung auf mich. Aber du musstest Nanny kennenlernen.«

Warum?, fragte ich mich, sagte aber nichts – Sebastians Leben wurde von einem Kodex solcher Imperative beherrscht: »Ich *brauche unbedingt* einen Pyjama, der so rot wie ein Briefkasten ist.« »Ich *muss* im Bett bleiben, bis die Sonne das Fenster erreicht hat.« »Ich *muss einfach* heute Abend Champagner trinken!« –, nur: »Auf mich hatte es genau die umgekehrte Wirkung.«

Nach einer langen Pause meinte er bockig: »Ich stelle dir auch nicht dauernd Fragen über deine Familie.«

»Tue ich ja gar nicht.«

»Aber du siehst so neugierig aus.«

»Nur weil du so ein Geheimnis aus ihr machst.«

»Ich hatte gehofft, aus allem ein Geheimnis zu machen.«

»Vielleicht bin ich tatsächlich besonders neugierig, was andere Familien betrifft. Es ist etwas, das ich nicht kenne, verstehst du? Ich lebe allein mit meinem Vater. Eine Zeitlang hat sich meine Tante um mich gekümmert, bis mein Vater sie ins Ausland vertrieben hat. Meine Mutter ist im Krieg ums Leben gekommen.«

»Oh ... wie ungewöhnlich.«

»Sie war mit dem Roten Kreuz in Serbien. Seitdem ist mein Vater ein bisschen verrückt. Er lebt ohne Freunde allein in London und beschäftigt sich mit seinen Sammlungen.«

»Du weißt nicht, was dir erspart geblieben ist«, sagte Sebastian. »Von uns gibt es jede Menge. Du kannst sie im *Debrett's* nachschlagen.«

Seine Laune besserte sich allmählich. Je weiter wir uns von Brideshead entfernten, umso mehr schien das Unbehagen von ihm abzufallen – die fast hinterhältige Unruhe und Gereiztheit, die ihn gepackt hatten. Die Sonne stand hinter uns, als wir fuhren, so dass es aussah, als jagten wir unsere eigenen Schatten.

»Es ist halb sechs. Wir sind rechtzeitig zum Dinner in Godstow, trinken ein Glas im Trout, lassen Hardcastles Wagen dort stehen und gehen am Fluss zurück. Wäre das nicht das Beste?«

Das ist der vollständige Bericht meines ersten, kurzen Besuchs in Brideshead. Hätte ich damals ahnen können, dass sich eines Tages ein Infanteriehauptmann mittleren Alters mit Tränen in den Augen daran erinnern würde?

2

Gegen Ende jenes Sommers besuchte mich mein Cousin Jasper ein letztes Mal, um mir eine Standpauke zu erteilen. Die Examen lagen gerade hinter mir, ich hatte am Nachmittag zuvor die letzte Klausur in Vorgeschichte geschrieben. Jaspers schwarzer Anzug und die weiße Krawatte verrieten, dass er noch mittendrin steckte; außerdem hatte er den erschöpften und auch verbitterten Ausdruck eines Menschen, der befürchtet, sich beim Thema »Pindars Orphismus« nicht auf der Höhe seiner Fähigkeiten gezeigt zu haben. Allein das Pflichtgefühl hatte ihn an diesem Nachmittag zu meiner Wohnung geführt, obwohl es ihm selbst und zufälligerweise auch mir äußerst lästig war, denn er erwischte mich genau in dem Moment, als ich los wollte, um die letzten Vorbereitungen für das Dinner zu treffen, das ich an diesem Abend gab. Es war eine von mehreren Partys mit dem Ziel, Hardcastle zu versöhnen, denn Sebastian und ich hatten den Wagen außerhalb von Oxford stehen gelassen und Hardcastle damit ernste Schwierigkeiten mit den Proktoren eingebrockt.

Jasper wollte nicht Platz nehmen, dies würde kein gemütliches Plauderstündchen. Er stellte sich mit dem Rücken zum Kamin und sprach laut eigener Aussage »wie ein Onkel« mit mir.

»Ich habe in den letzten paar Wochen mehrfach versucht, dich anzutreffen. Ich muss gestehen, dass ich den Eindruck habe, dass du mir aus dem Weg gehst. Und sollte das der Fall sein, Charles, würde es mich nicht wundern.

Möglicherweise bist du der Ansicht, dass es mich nichts angeht, aber ich empfinde so etwas wie Verantwortungsgefühl dir gegenüber. Du weißt ebenso gut wie ich, dass seit deine – nun, dass seit dem Krieg dein Vater nicht mehr so ganz auf der Höhe ist und in seiner eigenen Welt lebt. Ich möchte nicht einfach dasitzen und mitansehen, wie du Fehler machst, die ein Wort zur rechten Zeit möglicherweise verhindern kann.

Ich habe durchaus damit gerechnet, dass du im ersten Jahr Fehler machst. Das geht uns allen so. Ich selbst bin ein paar höchst dubiosen Vertretern der Oxford Student Christian Union auf den Leim gegangen, die in den großen Ferien versuchten, die Hopfenpflücker zu missionieren. Du aber, mein lieber Charles, ob es dir klar ist oder nicht, bist auf die *übelste Clique an der ganzen Universität* reingefallen. Vielleicht denkst du, dass ich nicht weiß, was in den Colleges vor sich geht, weil ich extern wohne, aber mir kommt so allerlei zu Ohren. Besser gesagt, mir kommt *zu viel* zu Ohren. Deinetwegen bin ich im Dining Club zur Zielscheibe des Spotts geworden. Da ist dieser Sebastian Flyte, von dem du unzertrennlich zu sein scheinst. Vielleicht ist er ein feiner Kerl, ich weiß es nicht. Sein Bruder Brideshead war ganz vernünftig. Aber dein Freund kommt mir etwas eigenartig vor, und außerdem redet man zu viel über ihn. Natürlich ist die ganze Familie eigenartig. Die Marchmains leben seit dem Krieg getrennt, wusstest du das? Das ist höchst erstaunlich;

alle Welt hielt sie für ein Traumpaar. Dann ging er mit seiner Milizkavallerie nach Frankreich und kehrte nie wieder zurück. Es war fast so, als wäre er gefallen. Sie ist römisch-katholisch, daher kann sie sich nicht scheiden lassen – will es auch gar nicht, nehme ich an. Schließlich lässt sich in Rom mit Geld alles kaufen, und sie sind unfassbar reich. Flyte ist ja *womöglich* kein übler Kerl, aber *Anthony Blanche* – also, der ist wirklich das Letzte.«

»Ich mag ihn auch nicht besonders«, sagte ich.

»Tja, trotzdem lungert er andauernd hier herum, und den anständigen Kerlen am College gefällt das nicht. Im Christ Church können sie ihn nicht ausstehen. Letzte Nacht ist er wieder mal im Merkurbrunnen gelandet. Keiner von den Typen, mit denen du Umgang hast, wird in seinem eigenen College besonders geschätzt, und das ist der eigentliche Test. Sie glauben, sie könnten machen, was sie wollen, bloß weil sie mit Geld um sich werfen.

Und noch etwas. Ich weiß nicht, wie hoch der Wechsel ist, den mein Onkel für dich ausstellt, aber ich könnte wetten, dass du das Doppelte davon ausgibst. All das«, sagte er und zeigte mit ausholender Gebärde auf die Verschwendung ringsum. Es stimmte, mein Zimmer hatte seine strenge Winterkleidung abgestreift und sich in rasender Geschwindigkeit eine kostspieligere Ausstattung zugelegt. »Ist das bezahlt?« (die Kiste mit den hundert Partagas-Zigarren auf der Anrichte), »oder die da?« (ein Dutzend neuer Unterhaltungsromane auf dem Tisch), »und die?« (eine Lalique-Karaffe mit passenden Gläsern), »oder dieses ganz besonders abscheuliche Objekt?« (ein menschlicher Schädel, den ich vor kurzem der Medizinischen Fakultät abgekauft hatte, lag in einer Schale mit Rosen und bildete im Augenblick die Hauptdekoration meines Tisches. Auf der Stirn trug er die Inschrift *Et in Arcadia ego.*)

»Ja«, antwortete ich, froh, mich wenigstens dieses Vorwurfs entledigen zu können. »Den Schädel musste ich sogar in bar bezahlen.«

»Du hast unmöglich Zeit, um zu lernen. Nicht, dass es eine Rolle spielen würde, wenn du die Zeit anders nutzt, um deine Karriere voranzutreiben – aber ist das der Fall? Hast du in der Union Society oder einem der Clubs debattiert? Hast du Kontakt zu einer der Zeitschriften? Machst du dir einen Namen in der Oxford University Dramatic Society? Und wie du *aussiehst!*«, fuhr mein Cousin fort. »Bei deiner Ankunft in Oxford riet ich dir, dich zu kleiden wie in einem Landhaus. Aber dein heutiger Aufzug scheint mir ein unglücklicher Kompromiss zwischen der Maskerade für eine Kostümparty in Maidenhead und einem Gesangswettbewerb in einem Villenvorort zu sein.

Und Alkohol – kein Mensch hat etwas dagegen, wenn man ein- oder zweimal im Trimester über die Stränge schlägt. Das muss sogar so sein, bei bestimmten Anlässen. Aber wie ich höre, bist du regelmäßig schon nachmittags betrunken.«

Er brach ab, sein Pulver war verschossen. Schon machten sich die drückenden Fragen seiner Examensvorbereitung wieder in seinem Kopf breit.

»Tut mir leid, Jasper«, sagte ich. »Ich weiß, dass es überaus peinlich für dich sein muss, aber mir gefällt diese üble Clique nun mal. Ich betrinke mich gern schon beim Mittagessen und bin ganz sicher lange vor Beendigung des Trimesters pleite, wenngleich ich nicht ganz das Doppelte meines

Wechsels ausgegeben habe. Normalerweise trinke ich um diese Zeit ein Glas Champagner. Darf ich dir auch eins anbieten?«

Jasper gab es auf und berichtete, wie ich später herausfand, seinem Vater in einem Brief von meinen Exzessen, der wiederum *meinem* Vater schrieb. Dieser ergriff jedoch weder irgendwelche Maßnahmen, noch machte er sich groß Gedanken, teils, weil er meinen Onkel seit sechzig Jahren nicht ausstehen konnte, und teils, weil er, wie Jasper ganz richtig gesagt hatte, seit dem Tod meiner Mutter in seiner eigenen Welt lebte.

So hatte Jasper in groben Umrissen die hervorstechenden Merkmale meines ersten Jahrs skizziert, doch ein Detail mag noch hinzugefügt werden.

Ich hatte mich zu Anfang des Trimesters bereit erklärt, die Osterferien mit Collins zu verbringen. Dieses Versprechen hätte ich bedenkenlos gebrochen und meinen früheren Freund allein fahren lassen, hätte Sebastian ein entsprechendes Zeichen gegeben. Das Zeichen blieb aus, und so verbrachten Collins und ich ein paar sparsame und lehrreiche Wochen zusammen in Ravenna. Ein rauher Wind strich von der Adria die mächtigen Grabmäler entlang. In einem für wärmere Jahreszeiten entworfenen Hotelzimmer schrieb ich lange Briefe an Sebastian und ging täglich im Postamt vorbei, um nach seinen Antworten zu fragen. Es kamen nur zwei, aus unterschiedlichen Orten, und beide gaben nicht viel über ihn preis, denn er schrieb in abseitigen Phantasiebildern – ... »*Mummy hat zwei Dichter zu Gast, und sie haben drei schlimme Migränen, deshalb bin ich hierhergekommen. Heute ist das Fest des heiligen Nikodemus von*

Thyatira, der den Märtyrertod starb, als man ihm ein Ziegenfell auf den kahlen Schädel nagelte. Seitdem gilt er als Schutzheiliger der Glatzköpfe. Erzähl das Collins, der hat bestimmt noch vor uns einen kahlen Kopf. Es sind zu viele Leute da, aber einer, dem Himmel sei Dank!, hat ein Hörrohr, und das hält mich bei Laune. Doch jetzt muss ich versuchen, einen Fisch zu fangen. Du bist zu weit weg, als dass ich ihn dir schicken könnte, daher behalte ich die Mittelgräte...« – das alles beunruhigte mich. Collins machte sich Notizen zu einem kleinen Aufsatz, mit dem er darauf hinwies, dass die Originalmosaiken von deutlich minderwertigerer Qualität waren, als es die Fotografien, die man von ihnen gemacht hatte, vermuten ließen. Hier wurde gesät, was er später im Leben ernten sollte. Als nach vielen Jahren der erste umfangreiche Band seines bis heute unvollendeten Werks über die byzantinische Kunst erschien, war ich gerührt, inmitten der höflichen, dem Buch vorangestellten zwei Seiten mit Danksagungen auch meinen Namen zu finden: »... Charles Ryder, der mir mit seinem alles sehenden Blick die Augen öffnete bei meinem ersten Besuch des Mausoleums von Galla Placidia und von San Vitale...«

Manchmal frage ich mich, ob ich ohne Sebastian nicht in dieselbe kulturelle Tretmühle geraten wäre wie Collins. Mein Vater hatte sich in seiner Jugend für ein Stipendium beim All Souls College beworben, und da die Konkurrenz in jenem Jahr besonders groß war, hatte man ihn abgelehnt. Später fielen ihm andere Erfolge und Ehren zu, doch dieses frühe Scheitern prägte ihn und über ihn auch mich, so dass ich mit dem Irrglauben aufwuchs, darauf laufe es im Leben eines Kulturwissenschaftlers automatisch hinaus. Auch ich wäre zweifellos abgelehnt worden, hätte aber vielleicht anschließend eine weniger erlauchte akademische Rolle irgendwo anders spielen können. Es ist denkbar, wenn auch nicht sehr wahrscheinlich, wie ich glaube, denn die heiße Quelle des Anarchistischen entsprang einer Tiefe, in der es keinen festen Boden mehr gab, und brach dann mit einer solchen Macht ans Licht der Sonne – ein Regenbogen funkelte in seinem abkühlenden Dampf –, dass kein Felsbrocken sie hätte aufhalten können. Jedenfalls bildeten die Osterferien eine kurze ebene Strecke auf dem abschüssigen Weg, vor dem Jasper mich gewarnt hatte. Abstieg oder Aufstieg? Es kommt mir vor, als wäre ich mit dem erwachsenen Habitus, den ich nach und nach annahm, von Tag zu Tag jünger geworden. Ich hatte eine einsame Kindheit gehabt und eine von Krieg und Entbehrung überschattete Jugend. Zu dieser schwierigen Pubertät nur unter Männern und dem altehrwürdigen und autoritären englischen Schulsystem kam noch meine eigene Neigung zu Ernst und Schwermut. Jetzt, in diesem Sommertrimester mit Sebastian, sah es so aus, als wäre mir für kurze Zeit etwas geschenkt worden, das ich nie gekannt hatte, eine glückliche Kindheit, und obgleich unser Spielzeug aus Seidenhemden, Alkohol und Zigarren bestand und unsere Unarten ganz oben auf der Liste der schweren Sünden rangierten, umgab uns eine kindliche Unverdorbenheit, die an ausgelassene Unschuld grenzte. Am Ende des Trimesters machte ich die ersten Examen; ich musste sie bestehen, um in Oxford bleiben zu können, und ich bestand sie, nachdem ich Sebastian eine Woche lang den Zugang zu meinen Zimmern verweigert und mit schwarzem Eiskaffee und Charcoal-Keksen bis spät in die Nacht aufgeblieben war, um mir die bislang vernachlässigten Lehrtexte einzubleuen. Heute erinnere ich mich an keine Silbe mehr, doch die andere, viel ältere Lehre, die ich in diesem Trimester erwarb, wird mir in der einen oder anderen Form bis an mein Lebensende erhalten bleiben.

»Mir gefällt diese üble Clique, und ich betrinke mich gern zum Mittagessen«; das war damals genug. Braucht es jetzt mehr?

Wenn ich heute, zwanzig Jahre später, zurückblicke, gibt es nur wenig, das ich gar nicht oder anders gemacht hätte. Ich hätte der Gockelreife meines Cousins Jasper etwas Stärkeres entgegensetzen können. Ich hätte ihm sagen können, dass meine Lasterhaftigkeit in jener Zeit wie der Alkohol war, den man mit der reinen Traube des Douro mischt: eine berauschende Mischung voller dunkler Zutaten. Sie bereichert und verzögert zugleich den gesamten Reifeprozess wie der Alkohol, der die Gärung des Weins verlangsamt und ihn ungenießbar macht, so dass er im Dunkeln lagern muss, Jahr für Jahr, bis er endlich seine Trinkreife erreicht hat und man ihn herausholen kann.

Ich hätte ihm auch sagen können, dass es die Wurzel aller Weisheit ist, einen anderen Menschen zu kennen und zu lieben. Doch ich sah keine Notwendigkeit für solche Sophistereien, als ich damals vor meinem Cousin saß, ihn befreit von seinen wenig überzeugenden Kämpfen mit Pindar betrachtete, mit seinem dunkelgrauen Anzug, seiner weißen Krawatte, seinem Talar, seinen ernsten Tonfall hörte und mich die ganze Zeit an den Levkojen erfreute, die unter meinem Fenster in voller Blüte standen. Ich hatte meinen unsichtbaren, wirksamen Schutz, wie ein Talisman, den man auf der Brust trägt und nach dem man im Augenblick der Gefahr tastet, um ihn fest zu umklammern. Deshalb behauptete ich, obwohl es nicht der Wahrheit entsprach, dass ich normalerweise um diese Zeit ein Glas Champagner trank, und bot ihm ebenfalls eins an.

Am Tag nach Jaspers Standpauke bekam ich noch eine, in anderer Form und von unerwarteter Seite.

Das ganze Trimester hindurch hatte ich Anthony Blanche öfter gesehen, als es meiner Sympathie für ihn entsprach. Ich verkehrte nun im gleichen Freundeskreis, doch unsere häufigen Treffen kamen mehr auf seine Initiative hin zustande als auf meine, denn ich hatte eine gewisse Scheu vor ihm.

Er war kaum älter als ich, strahlte aber etwas von der bedrückenden Erfahrung des Ewigen Juden aus. Und in der Tat war er ein Nomade ohne Nationalität.

In seiner Kindheit hatte man den Versuch unternommen, einen echten Engländer aus ihm zu machen. Er hatte zwei Jahre in Eton verbracht, dann aber mitten im Krieg den U-Booten getrotzt, um zu seiner Mutter nach Argentinien zurückzukehren. Ein cleverer und wagemutiger Schuljunge wurde also in den Haushalt aus Kammerdiener, Hausmädchen, zwei Chauffeuren, einem Pekinesen und dem zweiten Ehemann aufgenommen. Er reiste mit ihnen kreuz und quer um die Welt und eignete sich wie einer von Hogarths Pagen allerlei brauchbare Fähigkeiten an. Nach Kriegsende kehrten sie nach Europa zurück, lebten in Hotels und möblierten Villen, verkehrten in Kurorten, Kasinos und an Badestränden. Mit fünfzehn verkleidete man ihn für eine Wette als Mädchen und nahm ihn zum Spielen am großen Tisch des Jockey Clubs in Buenos Aires mit. Er dinierte mit Proust und Gide und war mit Cocteau und Djagilew intim befreundet. Firbank schickte ihm seine Romane mit glühenden Widmungen; in Capri hatte er drei irreparable Fehden ausgelöst, eigenen Worten zufolge in Cefalù schwarze Magie praktiziert sowie sich in Kalifornien von der Rauschgiftsucht und in Wien von seinem Ödipuskomplex kurieren lassen.

Gelegentlich erschienen wir neben ihm wie Kinder – meistens, aber nicht immer, denn er hatte etwas Unbändiges und Leidenschaftliches, das wir anderen irgendwo während unserer geruhsameren Pubertät verloren hatten, entweder auf dem Spielfeld oder im Klassenraum. Seine Laster hatten weniger mit der Suche nach Vergnügen als mit dem Wunsch zu schockieren zu tun. Häufig musste ich bei seinen geschliffenen Auftritten an ein Straßenkind denken, das ich einmal in Neapel gesehen hatte, wie es vor einer Gruppe englischer Touristen spöttisch und mit unzweideutig obszönen Gesten herumkasperte. Wenn er die Geschichte von dem Abend am Spieltisch erzählte, verdrehte er die Augen, so dass man sich vorstellen konnte, wie er verstohlen die schwindenden Stapel von Chips in der Gruppe seines Stiefvaters beobachtet hatte. Während wir uns mit unseresgleichen auf einem schlammigen Fußballfeld gewälzt oder mit Teekuchen vollgestopft hatten, war Anthony verwelkten Schönheiten an subtropischen Stränden dabei behilflich gewesen, sich mit Sonnenöl einzureiben, und hatte in eleganten kleinen Bars seinen Aperitif geschlürft. Das Wilde, das wir in uns gezähmt hatten, war in ihm noch quicklebendig. Er konnte grausam sein, auf die ungehemmte, insektenverstümmelnde Art der Kinder, aber er war auch furchtlos wie ein kleiner Junge, der mit gesenktem Kopf und wirbelnden Fäusten auf seine Schulpräfekten losgeht.

Er hatte mich zum Abendessen eingeladen, und zu meiner Beunruhigung stellte ich fest, dass wir allein sein würden. »Wir fahren nach Thame«, sagte er, »dort gibt es ein entzückendes Hotel, das den aufgeblasenen Mitgliedern des Bullingdon zum Glück nicht gefällt. Wir werden Rheinwein trinken und uns vorstellen, wir wären... wo? Jedenfalls nicht auf der J-J-Jagd mit J-J-Jorrocks. Aber zuerst nehmen wir unseren Aperitif.«

In der Bar des George bestellte er »vier Alexandra-Cocktails, bitte«, und baute sie mit einem genüsslichen »Mmmmh!« vor sich auf, womit er empörte Blicke auf sich zog. »Ich nehme an, Sie hätten lieber Sherry, aber Sie werden keinen Sherry *bekommen*, mein lieber Charles. Ist das nicht ein köstliches Gebräu? Wie, Sie mögen es nicht? Dann trinke ich es an Ihrer Stelle. Eins, zwei, drei, vier, runter damit! Und wie die Studenten wieder gaffen!« Damit führte er mich hinaus zu dem wartenden Automobil.

»Ich hoffe, wir stoßen dort nicht auf irgendwelche Erstsemester. Im Moment ist meine Sympathie für sie erschöpft. Haben Sie gehört, was sie mir am Donnerstag angetan haben? Eine Frechheit. Zum Glück hatte ich meinen ältesten Pyjama an, und es war entsetzlich heiß an dem Abend, sonst wäre ich ernstlich böse geworden.« Anthony hatte die Angewohnheit, einem beim Sprechen mit seinem Gesicht ganz nahe zu kommen. Ich roch den süßen, sahnigen Cocktail in seinem Atem und rückte auf dem Rücksitz, so weit ich konnte, von ihm weg.

»Stellen Sie sich vor, mein Lieber, wie ich allein zu Hause saß, um mir ein Buch vorzunehmen. Ich hatte gerade ein ziemlich widerwärtiges Werk gekauft, es heißt *Narrenreigen*, und ich wusste, dass ich es lesen musste, bevor ich am Sonntag nach Garsington fuhr, denn bestimmt würde jeder dort darüber reden, und es ist einfach unstatthaft zu sagen, man hätte das Buch, das in aller Munde ist, nicht gelesen. Die einfachste Lösung wäre vermutlich gewesen, gar nicht erst nach Garsington zu fahren, aber das ist mir erst jetzt eingefallen. Und so, mein Lieber, aß ich nur ein Omelett und einen Pfirsich, trank Vichy-Wasser dazu, zog meinen Pyjama an und machte es mir gemütlich, um zu lesen. Ich muss gestehen, dass ich nicht ganz bei der Sache war, aber ich blätterte immer weiter und beobachtete, wie das Licht abnahm, was in Peckwater eine echte Erfahrung ist, denn je dunkler es wird, umso mehr hat man den Eindruck, das Gemäuer vor seinen Augen zerfallen zu sehen. Ich musste an die leprösen Fassaden im *vieux port* von Marseille denken, als ich plötzlich von einem Brüllen und Johlen aufgeschreckt wurde, wie Sie es noch nie gehört haben. Unten auf der kleinen Piazza versammelte sich eine Gruppe von etwa zwanzig schrecklich jungen Männern, und wissen Sie, was sie skandierten? ›*Wir wollen Blanche. Wir wollen Blanche.*‹ Es klang wie eine Litanei. Was für eine *Kundgebung*, noch dazu in aller Öffentlichkeit! Nun, da war mir klar, dass es mit Mr Huxley an diesem Abend vorbei war, und ich muss zugeben, dass ich einen Punkt von Überdruss erreicht hatte, an dem mir jede Unterbrechung recht war. Das Geschrei machte mich halb verrückt, aber stellen Sie sich vor, je lauter sie grölten, umso schüchterner kamen sie mir vor. Immer wieder riefen sie: ›Wo ist Boy?‹ ›Er ist Boy Mulcasters Freund.‹ ›Boy muss ihn uns herholen.‹ Sie kennen Boy sicher, oder? Er geht bei Sebastian ein und aus und verkörpert genau das, was wir Südländer uns unter einem englischen Lord vorstellen. Eine glänzende *parti*, das kann ich Ihnen versichern. Alle jungen Damen in London sind hinter ihm her. Ich habe gehört, dass er sich ihnen gegenüber sehr hochnäsig geben soll. In Wirklichkeit hat er nur schreckliche Angst, mein Lieber. Ein dummer Trottel, das ist Mulcaster, und was noch schlimmer ist, *ein Lump*. Er kam zu Ostern nach Le Touquet, und aus irgendeinem unerfindlichen Grund muss ich ihn eingeladen haben zu bleiben. Er hat beim Kartenspielen eine winzige Summe verloren und daraufhin von mir erwartet, dass ich für all seine restlichen Vergnügungen aufkomme – nun ja, jedenfalls war Mulcaster dabei, ich konnte seine ungelenke Gestalt da unten erkennen und hörte, wie er sagte: ›Das hat keinen Zweck. Er ist nicht da. Gehen wir lieber was trinken.‹ Deshalb steckte ich den Kopf aus dem Fenster und rief ihm zu: ›Guten Abend, Mulcaster, alter Schnorrer und Schleimer, warum versteckst du dich unter diesen jungen Tollpatschen? Bist du gekommen, um mir die dreihundert Francs zurückzubezahlen, die ich dir geliehen habe? Weißt du noch, für die armselige Schlampe, die du im Kasino aufgegabelt hast? Es war ein lausiger Lohn für ihre Mühe, und eine Mühe war es bei Gott, Mulcaster! Komm rauf und bezahl mich, du lächerlicher Hanswurst.‹

Das, mein Lieber, schien sie ein wenig aufzumuntern, jedenfalls polterten sie umgehend die Treppe herauf. Etwa sechs von ihnen kamen in mein Zimmer, der Rest blieb lärmend draußen stehen. Es war wirklich ein unglaublicher Anblick. Sie kamen von einem ihrer albernen Club-Dinner und trugen farbige Gehröcke – eine Art Livree. ›Ihr seht aus wie ein Haufen zerzauster Lakaien, meine Lieben.‹ Einer von ihnen, eigentlich ein ganz verführerischer Bengel, warf mir vor, perversen Lastern zu frönen. ›Ich bin vielleicht andersrum, mein Lieber, aber nicht unersättlich‹, sagte ich zu ihm. ›Komm wieder, wenn du *allein* bist.‹ Daraufhin fingen sie an, mich wüst zu beschimpfen, bis allmählich auch ich wütend wurde. ›Also wirklich‹, dachte ich, ›wenn ich an all das Tamtam zurückdenke, als ich siebzehn war, und der Duc de Vincennes (der alte Armand natürlich, nicht Philippe) mich wegen einer romantischen Affäre mit der Herzogin (Stefanie natürlich, nicht die alte Poppy), bei der es um einiges mehr ging als nur Romantik, zum Duell aufforderte – werde ich mich jetzt doch nicht der Unverschämtheit dieser pickligen, beschwipsten Jungfrauen beugen…‹ Nun, ich gab den lockeren, scherzhaften Ton auf und wurde ein ganz kleines bisschen anstößig.

Dann riefen sie: ›Packt ihn und werft ihn in den Merkurbrunnen.‹ Wie Sie wissen, besitze ich zwei Skulpturen von Brancusi und mehrere andere hübsche Dinge und wollte nicht, dass sie anfangen, etwas kaputtzumachen, deshalb sagte ich: ›Hört mal, ihr süßen Lümmel, wenn ihr auch nur die geringste Ahnung von Sexualpsychologie hättet, dann wüsstet ihr, dass mir nichts auf der Welt mehr Befriedigung verschaffen kann, als mich von ein paar scharfen Kerlen wie euch in die Mangel nehmen zu lassen. Was für eine köstliche, verbotene Ekstase! Sollte also einer von euch den Wunsch haben, sich mit mir zu vergnügen, soll er kommen und mich packen. Wenn ihr aber nur hier seid, um eine obskure und weniger leicht zu klassifizierende Libido zu befriedigen oder mir beim Baden zuzusehen, dann kommt jetzt gesittet mit mir runter zum Brunnen, ihr Rüpel.‹

Sie können sich vorstellen, dass nun alle ein wenig blöd aus der Wäsche guckten. Ich ging mit ihnen nach unten, und keiner kam mir näher als einen Meter. Dann stieg ich in den Brunnen, und es war wirklich enorm erfrischend, also turnte ich dort ein bisschen herum und nahm ein paar Posen ein, bis sie mürrisch wieder abzogen. Ich hörte noch, wie Boy Mulcaster sagte: ›Aber zumindest haben wir ihn in den Brunnen geworfen!‹ Wissen Sie, Charles, das ist genau das, was sie noch in dreißig Jahren sagen werden, wenn sie alle mit flachbrüstigen Frauchen verheiratet sind, die aussehen wie Hennen, und schwachsinnige Söhne haben, Ferkel wie sie selbst, die sich genau wie sie beim Club-Dinner besaufen und dieselben farbigen Gehröcke tragen, dann werden sie, wenn mein Name fällt, immer noch behaupten: ›Den haben wir damals in den Merkurbrunnen geworfen.‹ Und ihre Töchterküken werden kichern und glauben, dass ihr Vater damals ein ganz toller Hecht gewesen sein muss, und wie schade, dass er so langweilig geworden ist. *Oh, la fatigue du Nord!*«

Ich wusste, es war nicht das erste Mal, dass man Anthony in den Brunnen gesteckt hatte, doch dieser Vorfall schien ihn sehr zu beschäftigen, denn beim Dinner kam er erneut darauf zu sprechen.

»Man kann sich eigentlich nicht vorstellen, dass so etwas *Unerfreuliches* Sebastian passiert, oder?«

»Nein«, sagte ich; das konnte ich nicht.

»Nein, denn Sebastian hat Charme.« Er hob sein Weinglas ins Licht der Kerze und wiederholte: »*So viel* Charme! Wissen Sie, am nächsten Tag bin ich bei ihm vorbeigegangen. Ich dachte, die Geschichte meiner nächtlichen Abenteuer könnte ihn amüsieren. Und was glauben Sie, wen ich dort antraf – abgesehen natürlich von seinem *amüsanten* Spielzeugbären? Mulcaster und zwei seiner Spezis vom Abend zuvor. Sie wirkten ziemlich belemmert, und Sebastian sagte, gelassen wie Mrs P-P-Ponsonby-de-Tomkyns im *P-P-Punch*: ›Du kennst doch Mr Mulcaster?‹, und die Hohlköpfe erklärten: ›Ach, wir wollten nur mal sehen, wie es Aloysius geht‹, denn sie finden den Spielzeugbären genauso amüsant wie wir – oder sollte ich besser sagen, sogar noch einen Hauch amüsanter? Damit verschwanden sie. Und ich sagte: ›S-S-Sebastian, ist dir klar, dass diese k-k-kriecherischen Sch-sch-schleimer mich gestern Abend zutiefst beleidigt haben, und wäre es nicht so warm gewesen, hätte ich mir eine e-e-ernste Erkältung geholt‹, worauf er antwortete: ›Die Armen! Sie waren bestimmt betrunken.‹ Ihm fällt immer etwas Freundliches ein, egal, um wen es geht, verstehen Sie? Er ist so charmant.

Ich sehe, dass er Sie völlig in seinen Bann gezogen hat, mein lieber Charles. Nun, mich überrascht das nicht. Natürlich kennen Sie ihn noch nicht so lange wie ich. Ich war mit ihm in Eton. Sie würden es nicht glauben, aber damals pflegte man zu sagen, er sei ein kleines *Biest*; jedenfalls ein paar unfreundliche Jungs, die ihn gut kannten, sagten so etwas. In der Eton Society war er natürlich sehr beliebt, und bei den Tutoren auch. Ich nehme an, sie waren einfach nur eifersüchtig auf ihn. Er schien niemals Probleme zu haben.

Wir anderen wurden ständig unter den lächerlichsten Vorwänden fürchterlich verprügelt, aber Sebastian niemals. Er war der Einzige in meinem Haus, der nie geschlagen wurde. Ich sehe ihn heute noch vor mir, mit fünfzehn. Er hatte keinen einzigen Pickel, im Gegensatz zu den anderen. Boy Mulcaster sah geradezu skrofulös aus. Sebastian nicht. Oder hatte er doch einen sogar ziemlich hartnäckigen Pickel im Nacken? Ja, ich glaube, so war es. Narziss mit einer Pustel. Wir waren beide katholisch, daher gingen wir gemeinsam in die Messe. Außerdem verbrachte er unendlich viel Zeit im Beichtstuhl, wobei ich mich fragte, was er da eigentlich erzählte, denn er stellte ja nie etwas an, jedenfalls nichts, wofür er bestraft wurde. Vielleicht ließ er ja einfach seinen Charme durch das Beichtgitter spielen. Ich geriet irgendwann in Misskredit, wie man so sagt – ich weiß auch nicht, was genau damit gemeint ist, mir kam es eher vor wie ein Missverständnis, und nach einer Reihe von peinlichen Befragungen durch den Hausvorsteher musste ich die Schule verlassen. Es war geradezu unheimlich, wie wachsam dieser sanfte alte Mann gewesen sein musste. Was er alles über mich wusste, von dem ich glaubte, kein Mensch – abgesehen von Sebastian – würde es wissen. Es war mir eine Lehre: Traue niemals sanften alten Männern – oder charmanten Schuljungen. Wem von beiden?

Sollen wir bei dem Weißwein bleiben oder lieber einen anderen nehmen? Lieber einen anderen, einen schönen alten Burgunder, was? Sie sehen, Charles, ich weiß genau, was Sie mögen. Sie müssen mit mir nach Frankreich kommen und die Weine probieren. Wir fahren zur Traubenlese. Ich bringe Sie bei den Vincennes unter. Mittlerweile vertragen wir uns wieder, und er hat die besten Weine von ganz Frankreich, er und der Prince de Portallon. Da bringe ich Sie auch hin. Ich glaube, Sie fänden die beiden amüsant, und sie würden Sie *lieben*! Ich möchte Sie gern einigen Freunden vorstellen. Cocteau habe ich bereits von Ihnen erzählt. Er ist schon ganz neugierig. Sehen Sie, mein lieber Charles, Sie sind nämlich etwas sehr Seltenes: ein Künstler. O ja, das muss Ihnen nicht peinlich sein. Hinter Ihrem kalten englischen, phlegmatischen Äußeren sind Sie ein Künstler. Ich habe die kleinen Zeichnungen gesehen, die Sie bei sich zu Hause versteckt halten. Sie sind *bezaubernd*. Und Sie, mein lieber Charles, verstehen Sie mich richtig, sind nicht *bezaubernd*, nein, ganz und gar nicht. Künstler sind nicht bezaubernd. Ich bin es, Sebastian ist es auf gewisse Art, der Künstler aber ist ein Typ für die Ewigkeit: solide, zielgerichtet, aufmerksam – und trotz alledem f-f-feurig, nicht, Charles?

Doch wer würde dem zustimmen? Neulich habe ich mich mit Sebastian über Sie unterhalten, und ich sagte: ›Aber weißt du, Charles ist ein Künstler. Er zeichnet beinahe wie der junge Ingres‹, und wissen Sie, was Sebastian antwortete? ›Ja, Aloysius zeichnet auch sehr hübsch, aber natürlich ist er viel moderner.‹ So was von charmant und amüsant.

Natürlich braucht, wer Charme hat, nicht intelligent zu sein. Von Stefanie de Vincennes war ich vor vier Jahren wirklich hingerissen. Wir benutzten sogar denselben Lack für unsere Zehennägel, mein Lieber. Ich klaute ihre Ausdrücke, zündete meine Zigarette so an wie sie und meldete mich am Telefon mit demselben Tonfall, so dass der Herzog lange, intime Gespräche mit mir führte, weil er mich mit ihr verwechselte. Das war der Hauptgrund für seinen Wunsch, die Sache auf altmodische Art mit Pistole oder Degen auszutragen. Mein Stiefvater fand, es sei eine ausgezeichnete Lehre für mich. Er glaubte, es würde mir meine sogenannten ›englischen Sitten‹ austreiben. Der Ärmste, er ist ein echter Südamerikaner ... ich habe nie jemanden ein schlechtes Wort über Stefanie sagen hören, bis auf den Herzog. Dabei ist sie vollkommen schwachsinnig.«

Anthonys Stottern hatte sich im Abgrund seiner alten Romanze verloren. Als wir bei Kaffee und Likör waren, kehrte es noch einmal kurz zurück. »Echter g-g-grüner Chartreuse, hergestellt noch vor der Vertreibung der Mönche. Man kann fünf verschiedene Geschmacksrichtungen unterscheiden, wenn er über die Zunge rieselt. Es ist so, als probierte man ein ganzes Sp-Spektrum. Wünschten Sie, Sebastian wäre bei uns? Natürlich tun Sie das. Und ich? Ich weiß es nicht. Wie sehr doch unsere Gedanken immer wieder zu diesem kleinen Charmeur zurückkehren, nicht wahr? Ich glaube, Sie haben mich verzaubert, Charles, mein Lieber. Ich bringe Sie unter nicht unerheblichen Kosten hierher, um über mich zu sprechen, und dann rede ich nur von Sebastian. Das ist seltsam, denn eigentlich gibt es nichts Geheimnisvolles an ihm, außer, dass er in eine so *ausgesprochen düstere* Familie hineingeboren wurde.

Ich weiß nicht, ob Sie seine Familie schon mal gesehen haben. Vermutlich wird er es nicht zulassen, dass Sie sie kennenlernen. Dazu ist er viel zu schlau. Sie ist nämlich absolut *grauenvoll*. Haben Sie nie das Gefühl, dass Sebastian auch ein *ganz* klein bisschen grauenvoll ist? Nein? Vielleicht bilde ich mir das nur ein; es ist nur ... er sieht eben manchmal dem Rest der Familie wirklich ähnlich.

Als da wären Brideshead, der etwas Archaisches verkörpert, so als käme er aus einer Höhle, die seit Jahrhunderten versiegelt war. Sein Gesicht sieht aus, als hätte ein aztekischer Bildhauer versucht, ein Porträt von Sebastian zu schaffen. Er ist gelernter Betbruder, ein höflicher Barbar, ein von Schneemassen eingeschlossener Lama… was immer Sie wollen. Und Julia, na, Sie wissen ja, wie sie aussieht. Wer wüsste es nicht? Ihr Foto erscheint ja ebenso oft in den Illustrierten wie die Reklame für Beecham's Verdauungspillen. Ein Gesicht von makelloser florentinischer *Quattrocento*-Schönheit. Beinahe jede Frau mit einem solchen Aussehen wäre versucht, sich affektiert zu geben. Lady Julia nicht; sie ist so intelligent wie – nun, so intelligent wie Stefanie. Sie hat nichts Verweichlichtes oder Schwüles an sich. Sie ist so frisch, so korrekt, so ungekünstelt. Ich frage mich, ob sie eine inzestuöse Beziehung pflegt. Aber vermutlich nicht; sie will einfach alles selbst bestimmen können. Man müsste die Inquisition wiederbeleben, nur um sie auf dem Scheiterhaufen zu verbrennen. Ich glaube, es gibt eine zweite Schwester, die noch zur Schule geht. Man weiß *bislang* nicht viel über sie, nur dass ihre Gouvernante verrückt geworden ist und sich vor kurzem ertränkt hat. Bestimmt ist sie abscheulich. Sie sehen also, es blieb Sebastian nicht viel anderes übrig, als reizend und charmant zu sein.

Aber wenden wir uns den Eltern zu, und es eröffnet sich ein bodenloser Abgrund. Was für ein Paar, mein Lieber! *Wie schafft Lady Marchmain das bloß?* Das ist die Frage des Jahrhunderts. Haben Sie sie schon einmal gesehen? Sie ist sehr, sehr schön, hat nichts Künstliches an sich, ihr Haar wird grau und bekommt elegante Silberstreifen, kein Rouge, sehr blass, mit riesigen Augen – es ist unglaublich, wie groß diese Augen sind, und die Lider sind von blauen Äderchen durchzogen, die jede andere Frau mit einem Hauch von Farbe verstecken würde; Perlen und wenige große, sternenförmige Juwelen, Erbstücke, in uralten Fassungen, eine Stimme, so ruhig wie ein Gebet und genauso mächtig. Und Lord Marchmain, nun, ein bisschen fleischig vielleicht, aber *sehr* gutaussehend, ein *magnifico*, ein Lüstling, byronesk, gelangweilt, von ansteckender Bequemlichkeit. Kein Mensch, bei dem man auf die Idee käme, er ließe sich leicht unterkriegen. Doch diese Reinhardt'sche Nonne, mein Lieber, hat ihn zerstört – und zwar komplett. Er traut sich nicht, sein großes rosiges Gesicht noch irgendwo zu zeigen. Er ist der letzte historische, authentische Fall eines aus der Gesellschaft ausgestoßenen Menschen. Brideshead weigert sich, ihn zu sehen, die Mädchen dürfen wahrscheinlich nicht, nur Sebastian tut es, und das natürlich, weil er so charmant ist.

Sonst kommt keiner auch nur in seine Nähe. Nun, letztes Jahr war Lady Marchmain in Venedig und stieg im Palazzo Fogliere ab. Um ehrlich zu sein, sie benahm sich ein ganz klein wenig lächerlich in Venedig. Natürlich ließ sie sich im Lido nicht blicken, dafür fuhr sie mit Sir Adrian Porson in einer Gondel durch die Kanäle – was für Allüren, mein Lieber, genau wie Madame Récamier. Einmal kam ich an ihnen vorbei, und mein Blick kreuzte sich mit dem des Gondoliere aus dem Fogliere, den ich natürlich kannte – Sie können sich nicht vorstellen, wie er mir zugeblinzelt hat! Sie erschien auf allen Festen in einer Art hauchzartem Kokon, mein Lieber, als wäre sie Teil eines keltischen Renaissancestücks oder eine Heldin von Maeterlinck. Und sie ging in die Kirche. Nun, Sie wissen ja sicher, dass Venedig die *einzige* Stadt in ganz Italien ist, in der *kein Mensch* zur Kirche geht. Wie auch immer, jedenfalls machte man sich in diesem Jahr allgemein lustig über sie, und wer tauchte dann plötzlich in Maltons Jacht auf? Der arme Lord Marchmain! Er hatte in Venedig einen kleinen Palast gemietet, aber durfte er etwa da wohnen? Lord Malton setzte ihn und seinen Kammerdiener in ein Boot und verfrachtete sie auf der Stelle auf einen Dampfer nach Triest. Er hatte nicht einmal seine Geliebte dabei. Sie war in ihren alljährlichen Ferien. Kein Mensch weiß, wie sie Wind davon bekamen, dass Lady Marchmain in der Stadt war. Und wissen Sie was, eine ganze Woche lang schlich Lord Malton herum, als wäre *er* in Ungnade gefallen. Genau so war es auch. Die Principessa Fogliere gab einen Ball, und Lord Malton wurde nicht eingeladen und auch sonst niemand von seiner Jacht – nicht einmal die de Pañoses. *Wie schafft Lady Marchmain das bloß?* Sie hat alle Welt überzeugt, dass Lord Marchmain ein Unmensch ist. Und was ist die Wahrheit? Sie waren etwa fünfzehn Jahre verheiratet, als Lord Marchmain in den Krieg zog. Er kam nie mehr nach Hause zurück, ging aber eine Beziehung mit einer hochtalentierten Tänzerin ein. Solche Fälle gibt es zu Tausenden. Sie lehnt es ab, sich scheiden zu lassen, weil sie so fromm ist. Nun, solche Fälle gab es auch schon. Normalerweise wecken sie Sympathie für den Ehebrecher, bei Lord Marchmain war es allerdings anders. Man könnte meinen, der alte Gauner hätte sie gefoltert, ihr Vermögen durchgebracht, sie vor die Tür gesetzt, ihre Kinder gestopft, am Spieß gebraten und verschlungen und sich dessen gerühmt, geschmückt mit allen Blüten von Sodom und Gomorrha. Aber in Wirklichkeit? Er hat vier fabelhafte Kinder mit ihr gezeugt, ihr Brideshead und Marchmain House in St. James's und so viel Geld überlassen, wie sie nie im Leben ausgeben kann, während er mit schneeweißer Hemdbrust und einer sympathischen Theaterdame mittleren Alters im konventionell-lässigen Stil Edwards VII. vor dem Restaurant Larue sitzt. Derweil hält sie sich eine kleine Gruppe von ausgemergelten versklavten Gefangenen zu ihrem persönlichen Vergnügen. *Sie saugt ihnen das Blut aus.* Sie können die Spuren ihrer Bisse in Adrian Porsons Schultern sehen, wenn er schwimmen geht. Und der, mein Lieber, war der größte, ja, der *einzige* Poet unserer Zeit. Er ist ausgeweidet, es ist nichts mehr von ihm übrig. Es gibt noch fünf oder sechs andere jeden Alters und beiderlei Geschlechts, die ihr wie Gespenster folgen. Hat sie erst einmal zugebissen, gibt es kein Entkommen mehr. Sie ist eine Hexe. Eine andere Erklärung gibt es nicht.

Sie sehen also, dass wir nicht Sebastian die Schuld geben dürfen, wenn er zuweilen etwas fade wirkt – aber das tun Sie ja auch gar nicht, oder, Charles? Bei einem so unerquicklichen Hintergrund blieb ihm gar nichts anderes übrig, als sich schlicht und charmant zu geben, besonders da er nicht der Hellste ist. Das können wir nun *wirklich* nicht von ihm behaupten, sosehr wir ihn auch lieben, nicht wahr?

Sagen Sie mir offen, haben Sie Sebastian je etwas sagen hören, das Ihnen auch nur fünf Minuten im Gedächtnis geblieben ist? Wissen Sie, wenn ich ihn reden höre, muss ich immer an dieses entsetzliche Bild von John Millais denken, *Blasen.* Ein Gespräch sollte wie das Spiel eines Jongleurs sein, Bälle und Teller fliegen auf und nieder, rein und raus, gute solide Objekte, die im Rampenlicht funkeln und scheppernd zu Boden fallen, wenn man sie nicht erwischt. Doch wenn der gute Sebastian spricht, kommt eine kleine runde Seifenblase heraus, die am Rand einer Tonpfeife oder sonst wo hängt, eine Sekunde lang in allen Farben des Regenbogens schillert und dann – pfft! – zerplatzt, ohne dass auch nur irgendetwas übrigbleibt.«

Anschließend ließ Anthony sich über die angemessenen Eigenschaften eines Künstlers aus, die Anerkennung, die Kritik und die Anregung, die er von seinen Freunden erwarten darf, die Gefahren, die er auf der Suche nach Gefühlen auf sich nehmen muss, über dieses und jenes, bis ich schläfrig wurde und meine Gedanken ein wenig abschweiften. So fuhren wir nach Hause, doch als wir auf die Magdalen Bridge einbogen, griffen seine Worte das Hauptthema unseres Abendessens noch einmal auf. »Nun, mein Lieber, ich zweifle keine Sekunde daran, dass Sie morgen früh als Erstes zu Sebastian laufen und ihm *alles* erzählen, was ich über ihn gesagt habe. Ich prophezeie Ihnen zweierlei. Erstens, dass es nicht das mindeste an Sebastians Gefühlen mir gegenüber ändern wird, und zweitens, mein Lieber – und ich bitte Sie, das nicht zu vergessen, denn ich habe Sie sichtlich bis an die Grenze zum Koma gelangweilt –, dass er daraufhin sofort anfangen wird, von seinem amüsanten Teddybären zu sprechen. Gute Nacht. Schlafen Sie in seliger Unschuld.«

Doch ich schlief schlecht. Keine Stunde, nachdem ich benommen ins Bett gefallen war, wachte ich wieder auf, durstig, unruhig, erst war mir heiß, dann kalt, und irgendwie war ich extrem aufgewühlt. Ich hatte eine Menge durcheinandergetrunken, aber weder das noch der Chartreuse, noch das Mavrodaphne-Dessert, ja nicht einmal die Tatsache, dass ich reglos und beinahe stumm den ganzen Abend dagesessen hatte, statt die Alkoholdünste mit irgendwelchen kindischen Streichen oder Rangeleien wieder abzubauen, wie wir es sonst taten, erklärt die Qualen dieser furchterregenden Nacht. Kein Traum verzerrte die Bilder des Abends zu grausigen Schemen. Ich lag wach und mit klarem Kopf da. Ein ums andere Mal ging ich Anthonys Worte durch, rief mir stumm seinen Akzent ins Gedächtnis zurück, die Betonungen und den Klang seiner Rede, während ich unter den geschlossenen Lidern sein blasses, vom Kerzenschein beschienenes Gesicht auf der anderen Seite des Tisches sah. Irgendwann einmal in diesen dunklen Stunden setzte ich mich mit meinen Zeichnungen ans offene Fenster meines Salons und blätterte in ihnen. Auf dem Hof war alles schwarz und totenstill, nur die Glocken erwachten jede Viertelstunde und sangen über den Giebeln. Ich trank Sodawasser, rauchte und grübelte vor mich hin, bis die Dämmerung anbrach und das Rascheln eines aufkommenden Windhauchs mich ins Bett zurücktrieb.

Als ich aufwachte, stand Lunt in der offenen Tür. »Ich hab Sie ausschlafen lassen«, sagte er. »Ich dachte, Sie würden bestimmt nicht zur Abendmahlfeier wollen.«

»Da hatten Sie ganz recht.«

»Die meisten Studienanfänger sind gegangen und auch eine ganze Menge aus dem zweiten oder dritten Jahr. Das haben wir nur dem neuen Kaplan zu verdanken. Früher gab es das nicht – nur die heilige Kommunion für diejenigen, die sie wollten, Morgen- und Abendandacht.«

Es war der letzte Sonntag des Trimesters, der letzte des Studienjahrs. Als ich ins Bad ging, füllte sich der Hof mit jungen Studenten in Talaren und Überwürfen, die von der Kirche zur Aula schlenderten. Als ich zurückkam, standen sie in Grüppchen zusammen und rauchten. Jasper war mit dem Fahrrad aus seiner Studentenbude gekommen, um dabei zu sein.

Ich ging durch die menschenleere Broad Street zum Frühstück in ein Teehaus gegenüber dem Balliol College, wie ich es oft an Sonntagen tat. Die Luft war voller Glockengeläut von den Kirchtürmen ringsum, und die Sonne, die lange Schatten über die freien Plätze warf, vertrieb die Ängste der Nacht. Im Teehaus war es so leise wie in einer Bibliothek; ein paar vereinzelte Balliol- oder Trinity-Studenten mit Pantoffeln an den Füßen sahen kurz auf, als ich hereinkam, und wandten sich dann wieder ihren Sonntagszeitungen zu. Ich verschlang mein Rührei und die bittere Marmelade mit jener Gier, die in der Jugend auf eine unruhige Nacht folgt. Dann zündete ich mir eine Zigarette an und blieb sitzen, während die Balliol- und Trinity-Studenten einer nach dem anderen ihre Rechnung zahlten und dann, schlapp-schlapp, über die Straße zu ihren Colleges schlurften. Es war beinahe elf, als ich aufbrach, und während meines Spaziergangs hörte ich, wie das Wechselläuten überall in der Stadt verstummte und dem einzelnen Glockenschlag wich, der den Bewohnern den Beginn der Messe ankündigte.

Nur Kirchgänger schienen an diesem Morgen unterwegs

zu sein; Studienanfänger und ältere Trimester, Ehefrauen und Kaufleute, und alle hatten den unverwechselbaren englischen Kirchgängerschritt, der sich sowohl von der Hast als auch vom trägen Bummeln absetzte. Sie hatten, in schwarzes Lammleder und weißes Zelluloid gebunden, die Gebetbücher eines halben Dutzends rivalisierender Sekten dabei und waren auf dem Weg zu St. Barnabas, St. Columba, St. Aloysius, St. Mary, Pusey House, Blackfriars und weiß der Himmel, wohin sonst noch, restaurierten normannischen oder neugotischen Kirchen, zu Zerrbildern von Venedig oder Athen, alle in der Sommersonne auf dem Weg zu den Tempeln ihrer Glaubensrichtung. Nur vier Ungläubige trugen ihre ketzerische Haltung stolz zur Schau: Inder aus dem Balliol-College, die sich mit frischgereinigten weißen Flanellhosen und pikobello gebügelten Blazern, schneeweißen Turbanen auf dem Kopf und bunten Kissen, einem Picknickkorb und den *Unpleasant Plays* von Bernard Shaw in den dicken braunen Händen, auf den Weg zum Fluss machten.

In der Cornmarket Street stand eine Gruppe von Touristen auf der Vordertreppe des Clarendon Hotels und diskutierte, über eine Landkarte gebeugt, mit dem Chauffeur, während ich auf der anderen Straßenseite durch den ehrwürdigen Torbogen des Golden Cross ein paar junge Studenten aus meinem College grüßte, die dort gefrühstückt hatten und nun mit ihren Pfeifen noch im efeubewachsenen Hof herumstanden. Ein Trupp von Pfadfindern, ebenfalls auf dem Weg zur Kirche, geschmückt mit bunten Schleifen und Abzeichen, rannte in unmilitärischer Unordnung an mir vorbei. Am Carfax begegnete ich einer Prozession: der Bürgermeister und Gemeindevertreter in scharlachroten Gewändern und goldenen Ketten, angeführt von Stabträgern und gefolgt von gleichmütigen Blicken. Sie wollten die Predigt in der City Church hören. Bei St. Aldates überholte ich ein Krokodil aus Chorknaben mit gestärkten Kragen und kuriosen Kopfbedeckungen, das sich in Richtung Tom Gate und Kathedrale bewegte. Und so ging ich, durch eine Welt der Frömmigkeit, zu Sebastian.

Er war nicht zu Hause. Ich las die Briefe, die auf seinem Tisch herumlagen und nicht besonders aufschlussreich waren, und inspizierte die Einladungen auf dem Kaminsims – keine Neuzugänge. Dann las ich *Meine Frau die Füchsin*, bis er zurückkam.

»Ich war zur Messe im Old Palace«, sagte er. »Im ganzen letzten Trimester bin ich nicht dort gewesen, und Monsignor Bell hat mich letzte Woche zweimal zum Essen eingeladen. Was das bedeutet, weiß ich. Mummy hat ihm geschrieben. Ich habe mich ganz nach vorn gesetzt, wo er mich unmöglich übersehen konnte, und das Ave-Maria am Ende habe ich förmlich geschrien, das wäre also erledigt. Wie war das Essen mit Antoine? Worüber habt ihr geredet?«

»Ach, er hat fast den ganzen Abend allein geredet. Sag mal, hast du ihn wirklich in Eton kennengelernt?«

»Er wurde rausgeschmissen, als ich gerade ein halbes Jahr da war. Aber ich erinnere mich, ihn dort gesehen zu haben. Er war schon immer sehr auffällig.«

»Bist du mit ihm in die Kirche gegangen?«

»Ich glaube nicht, wieso?«

»Hat er je jemanden aus deiner Familie kennengelernt?«

»Charles, du bist heute wirklich komisch. Nein, ich glaube nicht.«

»Auch nicht deine Mutter in Venedig?«

»Ich meine, sie hätte mal so etwas erwähnt. Ich habe vergessen, worum es ging. Ich glaube, sie wohnte bei irgendwelchen italienischen Verwandten von uns, den Foglieres. Dann tauchte Anthony mit seiner Familie in dem Hotel auf, und die Foglieres gaben eine Party, zu denen sie nicht eingeladen wurden. Ich erinnere mich, Mummy erwähnte es, als ich erzählte, dass er ein Freund von mir ist. Es ist mir schleierhaft, warum er auf eine Party bei den Foglieres gehen wollte – die Prinzessin ist so stolz auf ihr englisches Blut, dass sie von nichts anderem spricht. Auf alle Fälle hatte niemand etwas gegen Antoine – jedenfalls nicht viel, soweit ich weiß. Es war mehr seine Mutter, die unangenehm auffiel.«

»Und wer ist die Herzogin von Vincennes?«

»Poppy?«

»Stefanie.«

»Das musst du Antoine fragen. Er behauptet, er hätte eine Affäre mit ihr gehabt.«

»Und stimmt es?«

»Ich glaube schon. Vermutlich geht es in Cannes gar nicht anders. Warum interessierst du dich so dafür?«

»Ich wollte nur wissen, wie viel von dem, was Anthony gestern Abend gesagt hat, der Wahrheit entspricht.«

»Ich würde sagen, kein Wort. Das ist Teil seines umwerfenden Charmes.«

»Du findest das vielleicht charmant. Ich halte es für hinterhältig. Weißt du, dass er fast den ganzen Abend versucht hat, mich gegen dich aufzubringen? Und es wäre ihm fast gelungen.«

»Tatsächlich? Wie blöd. Aloysius wäre gar nicht damit einverstanden, stimmt's, du aufgeblasener alter Bär?«
Und dann trat Boy Mulcaster ein.

3

Ohne Pläne und ohne Geld kehrte ich zu Beginn der großen Ferien nach Hause zurück. Um die Ausgaben am Ende des Trimesters bezahlen zu können, hatte ich meinen Omega-Paravent für zehn Pfund an Collins verkauft. Davon besaß ich jetzt noch vier. Mit dem letzten Scheck hatte ich mein Konto um ein paar Schilling überzogen, und man hatte mir erklärt, dass ich ohne Zustimmung meines Vaters nichts mehr abheben durfte. Mein nächster Wechsel sei erst im Oktober fällig. So erwarteten mich trübe Zeiten, und als ich darüber nachdachte, verspürte ich so etwas wie Reue angesichts der Verschwendung in den vergangenen Wochen.

Zu Beginn des Trimesters hatte ich alle Gebühren für das College bezahlt und noch mehr als hundert Pfund übrig gehabt. Die waren jetzt weg, und es gab keinerlei Aussicht darauf, irgendwo Kredit zu bekommen. Bislang hatte ich keinen gebraucht; nichts war unbezahlbar gewesen, alles war für kostspielige, wenn auch unrentable Vergnügen draufgegangen. Sebastian pflegte mich aufzuziehen – »Du gibst das Geld aus wie beim Pferderennen« –, aber das tat ich für ihn und mit ihm. Seine eigene finanzielle Lage war unerklärlicherweise ständig angespannt. »Es wird alles von Anwälten geregelt«, sagte er hilflos, »und vermutlich lassen sie eine

Menge verschwinden. Auf alle Fälle scheine ich nicht besonders viel zu bekommen. Aber natürlich würde mir Mummy alles geben, worum ich sie bitte.«

»Warum bittest du sie dann nicht um einen richtigen Wechsel?«

»Ach, Mummy möchte immer, dass alles so aussieht wie ein Geschenk. Sie ist einfach süß«, sagte er und fügte dem Bild, das ich mir von ihr machte, einen neuen Pinselstrich hinzu.

Jetzt war Sebastian wieder in sein anderes Leben entschwunden, ohne mich zum Mitkommen einzuladen, und da saß ich nun, allein und voller Reue.

Wie kleinlich wir doch im späteren Leben die tugendhaften Augenblicke unserer Jugend leugnen und dafür im Nachhinein lange Sommertage ungezügelter Ausschweifungen erleben! Eine Geschichte über das Erwachsenwerden ist nicht aufrichtig, wenn sie das Heimweh nach kindlicher Moral verschweigt, die Reue, den festen Vorsatz, sich zu ändern, oder auch jene schwarzen Stunden, die wie die Null beim Roulette mit einigermaßen zuverlässiger Regelmäßigkeit auftauchen.

So verbrachte ich den ersten Nachmittag zu Hause, wanderte von einem Zimmer zum anderen, sah durch die Bleiglasfenster abwechselnd in den Garten und auf die Straße und machte mir heftige Vorwürfe.

Mein Vater war zu Hause, das wusste ich, aber seine Bibliothek war heilig, und so begrüßte er mich erst kurz vor dem Abendessen. Er war zu der Zeit Ende fünfzig, aber es gehörte zu seinen Eigenheiten, dass er viel älter wirkte, als er tatsächlich war. Er sah aus wie siebzig; hörte man ihn sprechen, schätzte man ihn an die achtzig. Jetzt kam er auf mich zu, mit dem leichten Trippelschritt eines Mandarins, den er sich angewöhnt hatte, und einem unsicheren Willkommenslächeln. Wenn er zu Hause aß – und es kam selten vor, dass er ausging –, trug er einen mit Schlaufen verschlossenen Hausmantel aus Samt von der Art, wie sie vor vielen Jahren modern gewesen waren und es eines Tages wieder sein würden, damals aber war es bewusst antiquiert.

»Mein lieber Junge, kein Mensch hat mir gesagt, dass du da bist. Hattest du eine anstrengende Reise? Hat man dir Tee serviert? Es geht dir doch gut, oder? Ich habe gerade einen etwas gewagten Einkauf bei Sonerscheins getätigt – einen Terrakotta-Stier aus dem fünften Jahrhundert. Ich habe ihn untersucht und dabei ganz vergessen, wann du ankommst. War das Abteil sehr voll? Hattest du einen Eckplatz?« (Er selbst reiste so selten, dass er stets besorgt war, wenn er hörte, dass andere es taten.) »Hat Hayter dir schon die Abendzeitung gebracht? Natürlich steht da nichts Neues – nur eine Menge Humbug.«

Man rief uns zu Tisch. Mein Vater nahm aus alter Gewohnheit ein Buch mit, das er verstohlen unter seinem Stuhl verschwinden ließ, als er sich an meine Anwesenheit erinnerte. »Was möchtest du trinken? Hayter, was haben wir für Mr Charles zu trinken?«

»Es ist noch Whisky da.«

»Es ist noch Whisky da. Vielleicht möchtest du etwas anderes? Was haben wir sonst noch?«

»Etwas anderes haben wir nicht im Haus, Sir.«

»Etwas anderes haben wir nicht. Du musst Hayter sagen, was du magst, und er wird es besorgen. Ich habe inzwischen keinen Wein mehr im Haus. Der Arzt hat ihn mir verboten, und zu Besuch kommt ohnehin nie jemand. Doch solange du hier bist, sollst du haben, was du möchtest. Bleibst du länger?«

»Ich weiß es noch nicht genau, Vater.«

»Es sind sehr lange Ferien«, sagte er wehmütig. »Zu meiner Zeit organisierten wir sogenannte Studienwochen, irgendwo in den Bergen. Fragt sich, warum. Warum sollte eine Berglandschaft dem Studium besonders zuträglich sein?«, setzte er verdrießlich hinzu.

»Ich dachte daran, auf eine Kunstschule zu gehen – Stunden im Aktzeichnen zu nehmen.«

»Mein lieber Junge, du wirst sehen, dass sie alle geschlossen sind. Die Studenten fahren nach Barbizon oder an ähnliche Orte und malen im Freien. In meiner Jugend gab es eine Institution, die sich ›Zeichenclub‹ nannte – Männer und Frauen« (schnief), »Fahrräder« (schnief), »graumelierte Knickerbocker, Leinenschirme und, davon ging man allgemein aus, freie Liebe« (schnief). »Was für ein Humbug! Ich nehme an, es gibt sie immer noch. Du könntest es ausprobieren.«

»Eins der Probleme in den Ferien ist das Geld, Vater.«

»Ach, darüber würde ich mir in deinem Alter keine Sorgen machen.«

»Ich bin ziemlich abgebrannt, weißt du.«

»Ach ja?«, gab mein Vater ohne jedes Interesse zurück.

»Ehrlich gesagt weiß ich nicht recht, wie ich die nächsten zwei Monate über die Runden kommen soll.«

»Nun, ich bin jedenfalls der Letzte, den du um Rat fragen kannst. Ich war niemals ›abgebrannt‹, wie du es so unschön ausdrückst. Aber was könntest du sonst sagen? In finanziellen Schwierigkeiten? Knapp bei Kasse? In einer Notlage? In Verlegenheit? Pleite?« (Schnief.) »Auf dem Trockenen? In Schwulitäten? Sagen wir, du bist in Schwulitäten, und belassen es dabei. Dein Großvater hat einmal zu mir gesagt: ›Lebe nicht über deine Verhältnisse, aber wenn du in Schwierigkeiten gerätst, komm zu mir. Geh nicht zu den Juden.‹ Was für ein Humbug! Probier es aus. Geh zu den Herren in der Jermyn Street, die ein Darlehen gegen einen Schuldschein anbieten. Mein lieber Junge, sie würden dir keinen Penny geben.«

»Warum schlägst du es mir dann vor?«

»Dein Cousin Melchior hat sein Geld unvorsichtig angelegt und geriet in enorme Schwulitäten. *Er* ist nach Australien gegangen.« So gutgelaunt hatte ich meinen Vater zum letzten Mal gesehen, als er zwischen den Seiten eines lombardischen Kirchenbreviers zwei Papyrusblätter aus dem zweiten Jahrhundert gefunden hatte.

»Hayter, mein Buch ist heruntergefallen.«

Man holte es unter seinen Füßen hervor und lehnte es gegen den Tafelaufsatz. Den Rest des Essens über schwieg er, abgesehen von einem gelegentlichen fröhlichen Schniefen, das kaum, so glaubte ich jedenfalls, seiner Lektüre geschuldet sein konnte.

Bald darauf erhoben wir uns und setzten uns ins Gartenzimmer, und dort verbannte er mich dann offensichtlich endgültig aus seinem Bewusstsein. Ich wusste, dass er mit seinen Gedanken ganz woanders war, in jenen fernen Gefilden, in denen er sich mit Behagen bewegte, in denen die Zeit nach Jahrhunderten bemessen wurde, die Figuren gesichtslos und die Namen seiner Gefährten falsche Interpretationen von Begriffen mit ganz anderer Bedeutung waren. Er saß in einer schiefen Haltung, die jeder andere als äußerst unbequem empfunden hätte, in seinem hohen Lehnstuhl, das Buch schräg zum Licht erhoben. Hin und wieder öffnete er das goldene Federmäppchen an seiner Uhrkette und notierte sich etwas an den Rand. Durch die offenen Fenster drang die sommerliche Nachtluft; das Ticken der Uhren, das ferne Dröhnen des Verkehrs von der Bayswater Road und das regelmäßige Umblättern der Seiten durch meinen Vater waren die einzigen Geräusche. Ich hatte es unhöflich gefunden, eine Zigarre zu rauchen und mich gleichzeitig als arm auszugeben, doch jetzt ging ich in meiner Verzweiflung in mein Zimmer und holte mir eine. Mein Vater sah nicht einmal auf. Ich knipste ein Stückchen ab, zündete sie an und fragte mit neuer Zuversicht: »Vater, du willst doch sicher nicht, dass ich meine ganzen Ferien hier mit dir verbringe, oder?«

»Hm?«

»Fändest du es nicht ziemlich lästig, mich so lange bei dir zu Hause zu haben?«

»Ich hoffe, dass ich ein solches Gefühl nicht zeigen würde, selbst wenn ich es empfände«, sagte mein Vater milde und wandte sich wieder seinem Buch zu.

Der Abend verging. Schließlich schlugen alle verschiedenen Uhren im Raum in harmonischem Wohlklang elf. Mein Vater klappte das Buch zu und setzte die Brille ab. »Du bist sehr willkommen, mein lieber Junge«, sagte er. »Bleib, solange es dir gefällt.« An der Tür blieb er stehen und drehte sich noch einmal um. »Dein Cousin Melchior erarbeitete sich die Schiffspassage nach Australien *vor dem Mast*.« (Schnief.) »Was, so frage ich mich, bedeutet ›vor dem Mast‹?«

Während der schwülen Woche, die darauf folgte, verschlechterte sich die Beziehung zu meinem Vater massiv. Tagsüber sah ich ihn kaum, denn er verbrachte endlose Stunden in der Bibliothek. Gelegentlich tauchte er wieder auf, und ich hörte, wie er über das Treppengeländer gebeugt rief: »Hayter, bestellen Sie mir ein Taxi.« Dann war er weg, manchmal für eine halbe Stunde oder noch weniger, manchmal den ganzen Tag. Nie erklärte er, was er zu erledigen hatte. Manchmal sah ich, wie zu eigenartigen Zeiten Tabletts zu ihm hinaufwanderten, beladen mit kleinen Kinderhäppchen – Zwieback, Gläser mit Milch, Bananen und so weiter. Wenn wir uns im Flur oder auf der Treppe begegneten, sah er mich mit leerem Blick an und sagte »aha« oder »warm heute« oder »fabelhaft, fabelhaft«, doch am Abend, wenn er in seinem Hausmantel aus Samt ins Gartenzimmer kam, begrüßte er mich immer sehr förmlich.

Unser Schlachtfeld war der Esstisch.

Am zweiten Abend nahm ich mein Buch mit zum Essen. Sein milder, unruhiger Blick blieb mit jäher Aufmerksamkeit daran hängen, und als wir durch die Diele gingen, legte er sein eigenes Buch verstohlen auf einen Beistelltisch. Während wir am Esstisch Platz nahmen, sagte er mit klagender Stimme: »Ich finde, dass du dich mit mir unterhalten könntest, Charles. Ich hatte einen sehr anstrengenden Tag und habe mich auf einen kleinen Plausch gefreut.«

»Sicher, Vater. Worüber sollen wir reden?«

»Muntere mich ein bisschen auf. Lenk mich ab«, und schmollend: »Erzähl mir von der neuen Theatersaison.«

»Ich habe doch keine einzige Vorstellung gesehen.«

»Das solltest du aber, weißt du, das solltest du unbedingt. Es ist nicht normal, dass ein junger Mann jeden Abend zu Hause sitzt.«

»Nun, Vater, wie gesagt, ich habe kein Geld fürs Theater übrig.«

»Mein lieber Junge, du darfst dich nicht in dieser Weise von Geld beherrschen lassen. Nimm deinen Cousin Melchior: Er war in deinem Alter bereits an einer musikalischen Komödie beteiligt. Es war eine seiner wenigen erfolgreichen Unternehmungen. Du solltest das Theater als Teil deiner Bildung betrachten. Wenn du die Biographien bedeutender Männer liest, wirst du feststellen, dass etwa die Hälfte von ihnen ihre Bekanntschaft mit der Schauspielkunst von der Galerie aus machte. Ich habe gehört, dass es ein unvergleichliches Vergnügen sein soll. Hier finden sich die wahren Kritiker und Anhänger. Man nennt es auch ›im Olymp sitzen‹. Es kostet so gut wie nichts, und schon während man auf der Straße steht und auf Einlass wartet, wird man von Straßenmusikanten unterhalten. Wir werden eines Abends zusammen im Olymp sitzen. Wie findest du Mrs Abels Kochkünste?«

»Unverändert.«

»Sie gehen auf deine Tante Philippa zurück. Sie hat Mrs Abel zehn Rezepte hinterlassen, die sie bis heute unverändert kocht. Wenn ich allein bin, fällt mir gar nicht auf, was ich esse, aber jetzt, da du hier bist, müssen wir uns umstellen. Was würde dir schmecken? Was hat gerade Saison? Isst du gern Hummer? Hayter, sagen Sie Mrs Abel, dass sie uns morgen Abend Hummer machen soll.«

An diesem Abend gab es eine weiße geschmacklose Suppe, zu lange gebratenes Seezungenfilet an einer rosafarbenen Sauce, Lammkoteletts mit einem kegelförmigen Klacks Kartoffelpüree und zum Nachtisch Birnenkompott in Gelee auf einer Art Biskuitboden.

»Nur aus Respekt gegenüber deiner Tante Philippa esse ich so üppig. Sie hat festgesetzt, dass ein dreigängiges Abendessen kleinbürgerlich ist. ›Wenn du den Dienstboten freie Hand lässt‹, pflegte sie zu sagen, ›wirst du schnell bei einem einzigen Kotelett pro Abend enden.‹ Nichts wäre mir lieber. Es ist genau das, was ich bestelle, wenn ich an Mrs Abels freiem Tag in meinen Club gehe. Deine Tante aber ordnete an, dass ich zu Hause Suppe und drei Gänge haben muss. Manchmal ist es Fisch, Fleisch und Käse, ein anderes Mal Fleisch, etwas Süßes und Käse – es gibt eine ganze Reihe von möglichen Varianten.

Bemerkenswert, wie entschieden manche Leute ihre Meinung zum Ausdruck bringen können; deine Tante jedenfalls besaß diese Gabe.

Heute kommt es mir seltsam vor, wenn ich daran denke, dass sie und ich jeden Abend zusammen gegessen haben – so wie du und ich heute, mein Junge. *Sie* aber gab sich alle erdenkliche Mühe, mich abzulenken. Meistens erzählte sie mir von ihrer Lektüre. Es war ihre Idee, hier auf Dauer einzuziehen, weißt du. Sie meinte, ich könnte wunderlich werden, wenn ich mir selbst überlassen würde. Vielleicht bin ich tatsächlich etwas wunderlich geworden. Ja? Aber das alles hat nichts genützt. Am Ende musste sie gehen.«

Eine unmissverständliche Drohung lag bei diesen Worten in seiner Stimme.

Es hatte größtenteils mit meiner Tante Philippa zu tun, dass ich mir jetzt im Haus meines Vaters so fremd vorkam. Nach dem Tod meiner Mutter war sie zu meinem Vater und mir gezogen, zweifellos mit der Absicht, für immer zu bleiben, wie er sagte. Damals wusste ich nichts von den allabendlichen Torturen bei Tisch. Meine Tante wurde zu meiner Spielkameradin, und ich akzeptierte sie ohne Wenn und Aber. So ging es ein Jahr. Doch dann änderte sich etwas, sie kehrte in ihr Haus in Surrey zurück, das sie eigentlich hatte verkaufen wollen, lebte dort während meines Schuljahrs und kam nur noch gelegentlich nach London, um einzukaufen oder sich zu zerstreuen. Im Sommer fuhren wir jeweils zusammen ans Meer. Schließlich verließ sie England während meines letzten Schuljahrs. »Am Ende musste sie gehen«, hatte er verächtlich und triumphierend über diese liebevolle Dame gesagt, wohl wissend, dass ich die an mich gerichtete Herausforderung in seinen Worten verstanden hatte.

Als wir das Speisezimmer verließen, sagte Vater: »Hayter, haben Sie Mrs Abel schon etwas von dem Hummer gesagt, den ich für morgen bestellt hatte?«

»Nein, Sir.«

»Dann lassen Sie es bleiben.«

»Sehr wohl, Sir.«

Und während wir im Gartenzimmer Platz nahmen, meinte er:

»Ich frage mich, ob Hayter überhaupt vorhatte, den Hummer zu erwähnen. Ich glaube eher nicht. Vermutlich dachte er, ich machte einen *Witz*.«

Am nächsten Tag spielte mir der Zufall eine Waffe in die Hand. Ich lief einem alten Bekannten aus der Schulzeit über den Weg, einem aus meiner Klasse. Er hieß Jorkins. Ich hatte ihn nie besonders gemocht. Einmal, noch zu Tante Philippas Zeiten, war er zum Tee gekommen, und sie hatte ihr Urteil über ihn gefällt: möglicherweise ein reizender Mensch, aber auf den ersten Blick nicht gerade attraktiv. Jetzt begrüßte ich ihn überschwenglich und lud ihn zum Abendessen ein. Er kam, und es schien, als hätte er sich kaum verändert. Mein Vater musste von Hayter informiert worden sein, dass wir einen Gast hatten, denn statt seines Hausmantels aus Samt trug er einen Frack. Dieser bildete zusammen mit einer schwarzen Weste, einem sehr hohen Kragen und einer sehr schmalen weißen Krawatte seine Abendausstattung. Er trug sie mit einem Anflug von Melancholie, fast so, als wäre Trauer bei Hof angesagt. Diesen Stil hatte er sich in seiner frühen Jugend angeeignet, und da er ihm zusagte, immer beibehalten. Einen Smoking hatte er nie besessen.

»Guten Abend, guten Abend. Wie nett von Ihnen, den ganzen Weg auf sich zu nehmen.«

»Ach, so weit war es ja nicht«, antwortete Jorkins, der am Sussex Square wohnte.

»Die Technik hebt die Entfernung auf«, sagte mein Vater zu Jorkins' Befremden. »Haben Sie geschäftlich hier zu tun?«

»Nun, ich bin Geschäftsmann, wenn Sie das meinen.«

»Ich hatte einen Cousin, der ebenfalls Geschäftsmann war – Sie werden ihn nicht kennen, es war vor Ihrer Zeit. Ich habe Charles erst neulich Abend von ihm erzählt. Ich habe viel an ihn denken müssen. Er ist« – hier machte mein

Vater eine Pause, um den Ausdruck besonders zu betonen – »*schwer abgestürzt.*«

Jorkins kicherte nervös. Mein Vater starrte ihn vorwurfsvoll an.

»Sie finden sein Unglück amüsant? Aber vielleicht war Ihnen auch nur der Ausdruck, den ich verwendete, nicht geläufig. Sie hätten vermutlich gesagt: ›Er hat Pleite gemacht.‹«

Mein Vater war Herr der Lage. Er hatte sich eingeredet, dass Jorkins Amerikaner sein musste, und spielte nun den ganzen Abend ein erlesenes, einseitiges Gesellschaftsspiel mit ihm, indem er ihm alle kuriosen englischen Ausdrücke erklärte, die während der Unterhaltung fielen, Pfund in Dollar umrechnete und galant Rücksicht auf ihn nahm, mit Floskeln wie »Sicher, *Ihren* Maßstäben zufolge ...«, »All das muss Mr Jorkins sehr beschränkt erscheinen« oder »Bei den Distanzen, die *Sie* gewohnt sind ...«, so dass mein Gast das Gefühl haben musste, es gebe hinsichtlich seiner Identität ein Missverständnis, das auszuräumen er jedoch keine Gelegenheit fand. Wieder und wieder blickte er während des Essens meinem Vater prüfend in die Augen, als glaubte er, dort die einfache Erklärung zu finden, dass das alles nur ein raffinierter Witz war. Stattdessen begegnete ihm ein Blick von so milder Güte, dass er ratlos war.

Einmal glaubte ich, mein Vater wäre zu weit gegangen, als er sagte: »Jetzt, da Sie in London leben, werden Sie sicher Ihren Nationalsport vermissen.«

»Meinen Nationalsport?«, wiederholte Jorkins, ein bisschen schwer von Begriff, aber mit dem richtigen Riecher, dass sich hier endlich eine Gelegenheit bot, die Sache zu klären.

Mein Vater sah von ihm zu mir, und sein Ausdruck wechselte von Freundlichkeit zu Gehässigkeit und wieder zurück zu Freundlichkeit, als er sich erneut Jorkins zuwandte. Es war der Blick des Spielers, der einen Vierling gegen ein Full House aufdeckt. »Ihr Nationalsport«, sagte er sanft, »Kricket«, und dann schniefte er hemmungslos, am ganzen Leibe zitternd, und tupfte sich mit seiner Serviette die Augen ab. »Es fällt Ihnen doch sicher auf, dass einem kaum noch Zeit zum Kricketspielen bleibt, wenn man in der City arbeitet, oder?«

An der Tür des Speisezimmers verabschiedete er sich von uns. »Gute Nacht, Mr Jorkins«, sagte er. »Ich hoffe, Sie beehren uns wieder, wenn Sie das nächste Mal über den großen Teich kommen.«

»Sag mal, was meinte dein alter Herr damit? Er schien mich für einen Amerikaner zu halten.«

»Er ist manchmal ziemlich komisch.«

»Ich meine seine Frage, ob ich schon in der Westminster Abbey war. Das ist doch Quatsch.«

»Ja. Kann ich dir auch nicht erklären.«

»Ich dachte schon, er wolle mich zum Narren halten«, meinte Jorkins verwirrt.

Ein paar Tage später ging mein Vater zum Gegenangriff über. Er kam zu mir und fragte: »Ist Mr Jorkins noch hier?«

»Nein, Vater, natürlich nicht. Er ist nur zum Essen gekommen.«

»Oh, ich hoffte, er würde bei uns bleiben. Was für ein *vielseitiger* junger Mann. Aber du wirst hier essen?«

»Ja.«

»Ich gebe nämlich eine kleine Dinnerparty, um die Eintönigkeit deiner Abende zu Hause etwas aufzulockern. Glaubst du, Mrs Abel spielt mit? Nein. Aber unsere Gäste sind nicht besonders anspruchsvoll. Sir Cuthbert und Lady Orme-Herrick bilden so etwas wie den Kern. Vielleicht ein wenig Musik im Anschluss. Und für dich habe ich auch ein paar junge Leute eingeladen.«

Meine Befürchtungen hinsichtlich seines Plans wurden von den Tatsachen noch übertroffen. Als sich die Gäste in dem Zimmer versammelten, das mein Vater ohne jede Verlegenheit als »Galerie« bezeichnete, stand für mich fest, dass er sie sorgfältig ausgesucht hatte, damit es eine Qual für mich würde. Die »jungen Leute« waren Miss Gloria Orme-Herrick, angehende Cellistin, ihr Verlobter, ein glatzköpfiger junger Mann vom Britischen Museum, sowie ein Münchner Verleger, der nur Deutsch sprach. Ich sah, wie mein Vater mit ihnen hinter einer Keramikvitrine stand und mir schniefend einen Blick zuwarf. An diesem Abend trug er eine kleine rote Rose im Knopfloch wie ein ritterliches Kampfabzeichen.

Das Essen war lang und genau wie die Gäste sorgfältig ausgesucht, um sich darüber lustig machen zu können. Tante Philippa hätte es nicht behagt; es war aus einer viel früheren Epoche rekonstruiert worden, als mein Vater noch nicht einmal alt genug gewesen war, um unten zu essen. Die Gerichte wirkten bombastisch und wechselten bei jedem Gang zwischen rot und weiß. Essen und Wein waren gleichermaßen geschmacklos. Anschließend geleitete mein Vater den Münchner Verleger zum Flügel und verließ dann, noch während er spielte, den Salon, um Sir Cuthbert Orme-Herrick den etruskischen Stier in der Galerie zu zeigen.

Es war ein grauenvoller Abend. Als die Gäste endlich aufbrachen, stellte ich zu meiner Überraschung fest, dass es erst kurz nach elf war. Mein Vater schenkte sich noch ein Glas Gerstenwasser ein und sagte: »Was für langweilige Freunde ich habe! Weißt du, ohne den Ansporn deiner Gegenwart hätte ich mich nie dazu aufgerafft, sie einzuladen. In letzter Zeit habe ich meine gesellschaftlichen Pflichten sehr vernachlässigt. Doch jetzt, da du so lange bei mir zu Besuch bist, werde ich noch viele solcher Abende veranstalten. Hat dir Miss Gloria Orme-Herrick gefallen?«

»Nein.«

»Nein? Lag es mehr an dem kleinen Schnurrbart oder an den großen Füßen? Glaubst du, dass sie sich amüsiert hat?«

»Nein.«

»Das war auch mein Eindruck. Keiner unserer Gäste wird diesen Abend als vergnüglich in Erinnerung behalten. Dieser junge Ausländer spielte entsetzlich, fand ich. Wo kann ich ihn bloß kennengelernt haben? Und erst Miss Constantia Smethwick? Aber die Regeln der Gastfreundschaft müssen eingehalten werden. Solange du hier bist, sollst du dich nicht langweilen.«

Während der nächsten vierzehn Tage kam es immer wieder zu bösen wechselseitigen Attacken, doch ich hatte mehr Opfer zu beklagen, denn mein Vater verfügte über größere Reserven und ein breiteres Territorium für seine Manöver, während ich an meinen Brückenkopf zwischen Hochland und Meer gefesselt war. Nie erklärte er mir seine Kriegsziele, und bis zum heutigen Tag weiß ich nicht, ob sie eine reine Strafmaßnahme sein sollten oder ob er irgendwo im Hinterkopf bestimmte geopolitische Strategien verfolgte, um mich außer Landes zu treiben, so wie meine Tante nach Bordighera und Cousin Melchior nach Darwin vertrieben worden waren, oder ob er, und das erscheint mir wahrscheinlicher, aus reiner Lust an der Fehde kämpfte, in der er tatsächlich glänzte.

Eines Tages erhielt ich einen auffälligen Brief von Sebastian, der mir in Anwesenheit meines Vaters überreicht wurde, als er zu Hause beim Lunch saß. Ich sah, wie er einen neugierigen Blick darauf warf, und verließ das Zimmer, um ihn ungestört lesen zu können. Es war eine schwere spätviktorianische Trauerkarte, schwarz umrandet mit passendem Umschlag. Ich überflog sie rasch:

Brideshead Castle
Wiltshire
Keine Ahnung, der Wievielte heute ist

Liebster Charles,
ich fand einen Stapel von diesen Karten im hinteren Teil eines Sekretärs, also muss ich Dir schreiben, denn ich trauere um meine verlorene Unschuld. Es sah nie so aus, als würde sie überleben. Die Ärzte gaben ihr von Anfang an keine Chance.

Bald reise ich nach Venedig, um meinen Papa in seinem Sündenpalast zu besuchen. Ich wünschte, du kämest mit. Ich wünschte, du wärest hier.

Ich bin nie wirklich allein. Unablässig tauchen irgendwelche Mitglieder meiner Familie auf, packen Koffer und verschwinden wieder, aber die weißen Himbeeren sind reif.

Ich glaube, ich nehme Aloysius lieber nicht mit nach Venedig. Ich will nicht, dass er einen Haufen grässlicher italienischer Bären kennenlernt und sich schlechte Manieren angewöhnt.

Alles Liebe oder was Du willst.
S.

Ich kannte seine Briefe, ich hatte sie schon in Ravenna bekommen und hätte nicht enttäuscht sein dürfen, doch an diesem Tag riss ich das steife Papier mittendurch und warf es in den Papierkorb. Dann betrachtete ich missmutig die schmutzigen Gärten und uneinheitlichen Rückwände der Häuser von Bayswater, das Durcheinander von Fallrohren, Feuerleitern und hervorstehenden kleinen Wintergärten, sah wieder das bleiche Gesicht von Anthony Blanche vor mir, das durch die dichten Blätter spähte wie damals durch die Kerzenflamme in Thame, und hörte über den Verkehrslärm hinweg seine klare Stimme… »Sie dürfen nicht Sebastian die Schuld geben, wenn er zuweilen etwas fade wirkt… Wenn ich ihn reden höre, muss ich immer an dieses entsetzliche Bild von John Millais denken, *Blasen*.«

Noch Tage später hasste ich Sebastian, wenn ich an ihn dachte; dann kam eines Sonntagnachmittags ein Telegramm von ihm, das diesen Schatten vertrieb, dafür aber einen neuen, noch düstereren hinzufügte.

Mein Vater war ausgegangen, und ich befand mich in einem Zustand fieberhafter Erregung, als er zurückkam. Mit seinem Panamahut noch auf dem Kopf, stand er in der Diele und strahlte mich an.

»Du wirst nie darauf kommen, wie ich den Tag verbracht

habe. Ich war im Zoo! Es war äußerst angenehm, scheinbar genießen die Tiere den Sonnenschein auch sehr.«

»Vater, ich muss sofort abreisen.«

»Ja?«

»Ein guter Freund von mir hatte einen schrecklichen Unfall. Ich muss zu ihm. Hayter packt bereits meinen Koffer. In einer halben Stunde geht ein Zug.«

Ich zeigte ihm das Telegramm, in dem es nur hieß: »*Bin schwer verletzt komm sofort Sebastian.*«

»Nun«, sagte mein Vater. »Es tut mir leid, dass du dir solche Sorgen machst. Das Telegramm lässt aber darauf schließen, dass es nichts allzu Ernstes ist – sonst hätte das Opfer wohl kaum selbst unterzeichnet. Es könnte natürlich bei vollem Bewusstsein und trotzdem blind oder vom Hals abwärts gelähmt sein. Warum ist deine Anwesenheit dort notwendig? Du hast keinerlei medizinische Kenntnisse. Du bist kein Geistlicher. Machst du dir Hoffnungen auf eine Erbschaft?«

»Ich hab dir doch gesagt, er ist ein guter Freund.«

»Nun, Orme-Herrick ist auch ein guter Freund von mir, trotzdem würde ich nicht auf die Idee kommen, an einem warmen Sonntagnachmittag an sein Sterbebett zu eilen. Ich weiß nicht einmal, ob Lady Orme-Herrick mich empfangen würde. Doch ich sehe, dass du solche Zweifel nicht hegst. Du wirst mir fehlen, mein lieber Junge, aber meinetwegen brauchst du dich mit der Rückreise nicht zu beeilen.«

Es war ein Sonntagabend im August, in Paddington Station strömte die Sonne durch die blinden Fenster im Dach, die Zeitungskioske waren geschlossen, und die wenigen Reisenden schlenderten gemächlich neben ihren Trägern her.

Ein weniger aufgewühltes Gemüt als das meine hätte das alles sicher beruhigen können. Der Zug war beinahe leer. Ich stellte meinen Koffer in die Ecke eines Abteils der dritten Klasse und setzte mich in den Speisewagen. »Die erste Mahlzeit wird nach Reading serviert, Sir, gegen sieben Uhr. Kann ich Ihnen schon etwas zu trinken bringen?« Ich bestellte einen Martini, der serviert wurde, noch während wir aus dem Bahnhof herausfuhren. Messer und Gabel stimmten das übliche Geklimper an, und die helle Landschaft flog an den Fenstern vorbei. Doch ich hatte keinen Sinn für diese schönen Dinge; die Angst gärte wie Hefe in meinen Gedanken, und dieser Prozess brachte in großen schaumigen Klumpen Bilder von Katastrophen an die Oberfläche: ein geladenes Gewehr, das beim Übersteigen eines Zauns unvermittelt losgeht, ein Pferd, das sich aufbäumt und stürzt, ein schattiger Teich mit einem unsichtbaren Pfahl unter der Oberfläche, ein Ulmenast, der an einem friedlichen Morgen plötzlich nachgibt und abbricht, ein Wagen in einer unübersichtlichen Kurve. Der ganze Katalog von Gefahren, die das zivilisierte Leben bedrohen, entfaltete sich vor mir und trieb mich um. Einmal stellte ich mir sogar einen gemeingefährlichen Verrückten vor, der leise vor sich hin murmelnd im Schatten stand und ein Bleirohr schwang. Die Getreidefelder und die dichten Wälder huschten vorbei, tief in den goldenen Abend versunken, und das rhythmische Rattern der Räder hallte monoton in meinen Ohren wider: »Du kommst zu spät, du kommst zu spät. Er ist schon tot. Er ist schon tot. Er ist schon tot.«

Ich speiste zu Abend, stieg in einen Bummelzug um und kam im Zwielicht in Melstead Carbury an.

»Brideshead, Sir? Ja, Lady Julia erwartet Sie auf dem Bahnhofsvorplatz.«

Sie saß am Steuer eines offenen Wagens. Ich erkannte sie sofort, man konnte sie unmöglich verwechseln.

»Sind Sie Mr Ryder? Steigen Sie ein.« Ihre Stimme klang wie die von Sebastian und auch ihr Tonfall.

»Wie geht es ihm?«

»Sebastian? Ganz gut. Haben Sie schon zu Abend gegessen? Nun, das war bestimmt scheußlich, oder? Zu Hause gibt es noch etwas. Sebastian und ich sind allein, deshalb dachten wir, wir warten auf Sie.«

»Was ist denn passiert?«

»Hat er das nicht gesagt? Vermutlich glaubte er, dass Sie nicht kommen würden, wenn Sie es wüssten. Er hat sich einen Knochen im Fußgelenk gebrochen, der so klein ist, dass er nicht einmal einen Namen hat. Doch gestern wurde er geröntgt, und man hat ihm geraten, den Fuß einen Monat lang ruhig zu halten. Das ist natürlich entsetzlich lästig und macht ihm einen Strich durch all seine Pläne. Deshalb veranstaltet er einen Riesenwirbel … Alle anderen sind weg. Er hat versucht, mich zu überreden hierzubleiben, um ihm Gesellschaft zu leisten. Nun, Sie wissen ja sicher, wie entsetzlich mitleiderregend er sein kann. Um ein Haar hätte ich nachgegeben, aber dann meinte ich: ›Es muss doch *irgendwen* geben, den du erreichen kannst‹, und er sagte, alle wären weg oder hätten zu tun, und außerdem wäre ohnehin niemand außer mir geeignet. Aber am Ende hat er dann doch zugestimmt, Sie zu fragen, und ich habe versprochen zu bleiben, falls Sie absagten. Sie können sich also vorstellen, welchen Stein Sie bei mir im Brett haben. Ich muss sagen, es ist sehr anständig von Ihnen, von jetzt auf gleich den weiten Weg auf sich zu nehmen.« Während sie so redete, hörte ich oder meinte zu hören, dass ein leichter Hauch von Verachtung in ihrer Stimme mitschwang, weil ich so bereitwillig zur Verfügung stand.

»Wie ist das passiert?«

»Sie werden es nicht glauben – beim Krocket. Er hat sich so aufgeregt, dass er über einen Reifen gestolpert ist. Nicht besonders ehrenvoll.«

Sie hatte so viel Ähnlichkeit mit Sebastian, dass mich jetzt, als ich in der zunehmenden Dämmerung neben ihr im Wagen saß, diese doppelte Illusion von Vertrautheit und Fremdheit verwirrte. So könnte man, wenn man durch sehr starke Gläser blickt, einen Mann in der Ferne näher rücken, jedes Detail seines Gesichts und seiner Kleider studieren und den Eindruck gewinnen, man bräuchte nur die Hand ausstrecken, um ihn zu berühren, um dann erstaunt festzustellen, dass er einen nicht hört oder aufblickt, wenn man sich bewegt, und erst, wenn man ihn wieder mit bloßem Auge sieht, wird einem bewusst, dass man für ihn nur ein kleiner Fleck in der Landschaft ist, nicht zwangsläufig menschlicher Natur. Ich kannte sie, und sie kannte mich nicht. Ihr dunkles Haar war kaum länger als das von Sebastian und flog ihr genauso aus der Stirn wie ihm. Ihre auf die dunkelnde Chaussee gerichteten Augen waren die seinen, nur größer, der geschminkte Mund strenger. Sie trug ein Armband mit vielen Anhängern und kleine goldene Ohrringe. Unter dem leichten Mantel waren ein paar Zoll geblümter Seidenstoff sichtbar. Damals trug man die Röcke kurz, und ihre ausgestreckten Beine, die die Pedale bedienten, waren schlank, wie es der neuesten Mode entsprach. Da ihr Geschlecht der einzige konkrete Unterschied zwischen dem Vertrauten und dem Fremden war, schien es den Raum zwischen uns zu füllen, so dass ich sie als besonders weiblich empfand, mehr als jede andere Frau zuvor.

»Ich habe immer grässliche Angst, wenn ich um diese Zeit am Steuer sitzen muss«, sagte sie. »Aber zu Hause gibt es anscheinend niemanden mehr, der einen Wagen fahren kann. Sebastian und ich kampieren praktisch dort. Ich hoffe, Sie haben nicht mit einer pompösen Gesellschaft gerechnet.« Sie beugte sich zum Handschuhfach, auf der Suche nach einer Schachtel Zigaretten.

»Nein danke.«

»Zünden Sie mir eine an, ja?«

Es war das erste Mal im Leben, dass mich jemand darum bat. Als ich die Zigarette aus dem Mund nahm und ihr zwischen die Lippen steckte, registrierte ich etwas Sexuelles, das wie der hohe Schrei einer Fledermaus für niemanden zu hören war außer für mich.

»Danke. Sie waren schon einmal hier. Nanny hat es erzählt. Wir fanden es beide sehr eigenartig, dass Sie nicht zum Tee bleiben wollten.«

»Sebastian wollte nicht.«

»Sieht aus, als ließen Sie sich ganz schön herumkommandieren. Das sollten Sie nicht. Es tut ihm nicht gut.«

Wir waren in die Zufahrt abgebogen. In den Wäldern und am Himmel waren alle Farben verschwunden, und das Schloss schien ganz in *grisaille* gehalten zu sein, bis auf das goldene Rechteck mit den offenen Türen in der Mitte. Ein Mann stand dort und wartete darauf, mir den Koffer abzunehmen.

»Da wären wir.«

Sie ging vor mir die Treppe hinauf und in die Eingangshalle, warf ihren Mantel über einen Marmortisch und bückte sich, um einen Hund zu tätscheln, der kam, um sie zu begrüßen. »Ich würde mich nicht wundern, wenn Sebastian schon ohne uns mit dem Essen angefangen hätte.«

In diesem Moment erschien er zwischen den Säulen am anderen Ende der Halle. Er saß in Pyjama und Hausmantel im Rollstuhl und stieß sich mit den Händen vorwärts; ein Fuß war dick verbunden.

»So, mein Lieber, hier bringe ich dir deinen Kumpel«, sagte sie, wieder mit einem kaum wahrnehmbaren Hauch von Verachtung.

»Ich dachte, du liegst im Sterben«, sagte ich, und dabei wurde mir wieder bewusst, dass ich seit meiner Ankunft, statt erleichtert zu sein, vielmehr verärgert darüber war, um die grandiose Tragödie geprellt worden zu sein, mit der ich gerechnet hatte.

»Das dachte ich auch. Die Schmerzen waren unerträglich. Julia, glaubst du, dass, wenn *du* Wilcox fragst, er uns heute Abend Champagner bewilligen würde?«

»Ich hasse Champagner, und Mr Ryder hat schon zu Abend gegessen.«

»*Mister* Ryder? *Mister* Ryder? Charles trinkt Champagner zu jeder Tages- und Nachtzeit. Weißt du, wenn ich diesen Riesenverband um meinen Fuß sehe, werde ich die Befürchtung nicht los, dass ich Gicht haben könnte, und ich bekomme einen schrecklichen Durst nach Champagner.«

Wir aßen in einem Zimmer, das sie den »Bemalten Salon« nannten. Es war ein großer, achteckiger Raum, vom Konzept her jünger als der Rest des Hauses. Die Wände waren mit blumenumkränzten Medaillons geschmückt, und an der Kuppel gruppierten sich steife pompejanische Figuren zu idyllischen Grüppchen. Dies alles bildete zusammen mit den auf Hochglanz polierten, mit Goldbronze verzierten Holzmöbeln, dem Teppich, dem von der Decke hängenden Bronzekandelaber, den Spiegeln und Wandleuchtern eine einzigartig gelungene Komposition; alles erschien wie aus einem Guss. »Hier essen wir normalerweise, wenn wir allein sind«, sagte Sebastian. »Es ist so gemütlich.«

Während sie aßen, verzehrte ich einen Pfirsich und erzählte ihnen von dem Krieg mit meinem Vater.

»Hört sich an, als wäre er ein reizender Kerl«, sagte Julia. »Und jetzt lasse ich euch zwei allein.«

»Wo willst du hin?«

»Ins Kinderzimmer. Ich habe Nanny eine letzte Partie Halma versprochen.« Sie drückte Sebastian einen Kuss auf den Kopf. Ich hielt ihr die Tür auf. »Gute Nacht, Mr Ryder, und auf Wiedersehen. Ich glaube nicht, dass wir uns morgen noch mal über den Weg laufen. Ich breche in aller Frühe auf. Ich kann Ihnen gar nicht sagen, wie dankbar ich bin, dass Sie mich am Krankenbett ablösen.«

»Meine Schwester ist heute Abend sehr schwülstig«, bemerkte Sebastian, als sie weg war.

»Ich glaube, sie macht sich nichts aus mir.«

»Ich glaube, sie macht sich aus niemandem etwas. Ich liebe sie. Sie ist genau wie ich.«

»Du liebst sie? Sie ist genau wie du?«

»Äußerlich und in der Art, wie sie redet. Ich könnte niemanden lieben, der den gleichen Charakter hat wie ich.«

Als wir unseren Portwein getrunken hatten, führte mich Sebastian im Rollstuhl durch die mit Säulen geschmückte Halle in die Bibliothek, wo wir an diesem und fast allen Abenden des folgenden Monats saßen. Sie lag auf der den Seen zugewandten Seite des Gebäudes. Durch die geöffneten Fenster sah man die Sterne in der duftenden Abendluft, das dunkle Blau und Silber, die mondbeschienene Landschaft des Tals und hörte das Plätschern des Wassers im Springbrunnen.

»Wir werden es himmlisch haben, so ganz für uns«, sagte Sebastian.

Als ich am nächsten Morgen beim Rasieren aus dem Badezimmerfenster sah, wie Julia mit ihrem Gepäck auf dem Rücksitz die Zufahrt verließ und hinter dem Kamm des Hügels verschwand, ohne sich ein einziges Mal umzusehen, empfand ich dasselbe Gefühl von Erlösung und Frieden wie Jahre später, wenn nach einer unruhigen Nacht die Sirenen Entwarnung gaben.

4

Die Trägheit der Jugend – wie unvergleichlich und fundamental sie doch ist! Wie schnell und unwiderruflich verloren! Leidenschaft, verschwenderische Gefühle, Illusionen, Verzweiflung, all die wohlbekannten Eigenschaften der Jugend – alles, nur sie selbst nicht –, begleiten uns durchs Leben, sind ein Teil von ihm; die Trägheit aber – das Entspannen von noch unverschlissenen Sehnen, ein absorbiertes, um sich selbst kreisendes Bewusstsein – ist das alleinige Privileg der Jugend und stirbt mit ihr. Vielleicht gewährt man den Helden in den Gefilden der Vorhölle eine ähnliche Entschädigung für den Verlust der Anschauung Gottes; vielleicht hat sogar die Anschauung Gottes selbst entfernte Ähnlichkeit mit dieser simplen Erfahrung. Ich jedenfalls wähnte mich dem Himmel ziemlich nahe, in diesen trägen Tagen auf Brideshead.

»Warum bezeichnet man das Haus als Schloss?«
»Weil es eins war, bis man es verlegte.«
»Was soll das heißen?«
»Genau das. Wir hatten ein Schloss, etwa eine Meile entfernt, in der Nähe des Dorfes. Doch dann verguckten wir uns in das Tal, rissen es ab, karrten die Steine hierher und bauten ein neues Haus. Ich bin ganz froh darüber, du nicht?«

»Wenn es mir gehörte, würde ich nie woanders leben.«

»Nur gehört es mir leider nicht, verstehst du, Charles? Im Moment schon, aber normalerweise ist es voller gefräßiger Bestien. Wenn es nur auf ewig so bleiben könnte – immer Sommer, immer allein, das Obst immer reif und Aloysius gutgelaunt...«

So erinnere ich mich am liebsten an Sebastian, wie er war in diesem Sommer, als wir allein durch den verzauberten Palast wanderten, Sebastian in seinem Rollstuhl, wie er durch die von Buchsbaumhecken gesäumten Wege des Küchengartens rollte, auf der Suche nach Walderdbeeren und warmen Feigen, oder sich durch die Reihen von Gewächshäusern schob, von Duft zu Duft, von Klima zu Klima, um Muskatellertrauben zu schneiden oder uns Orchideenblüten fürs Knopfloch auszusuchen. Sebastian, wie er mit großem Getue zum alten Kinderzimmer hinaufhumpelte, neben mir auf fadenscheinigen geblümten Teppichen saß, die Spielzeuge aus dem Regal um uns herum, und Nanny Hawkins selbstgefällig mit ihrer Stickarbeit in der Ecke: »Ihr taugt einer so viel wie der andere, zwei kleine Kinder seid ihr, alle beide. Bringt man euch so was auf dem College bei?« Oder Sebastian auf der sonnigen Bank in der Kolonnade liegend, so wie jetzt, während ich auf einem Stuhl neben ihm saß und versuchte, den Brunnen zu zeichnen.

»Stammt die Kuppel auch von Jones? Sie wirkt jünger.«

»Ach, Charles, spiel doch nicht den Touristen. Ist doch egal, wann sie gebaut wurde, Hauptsache, sie ist hübsch.«

»Aber so etwas interessiert mich nun mal.«

»Jemine! Ich dachte, davon hätte ich dich kuriert – dieser schreckliche Mr Collins.«

Es war eine ästhetische Schulung, in solchen Mauern zu leben, von Raum zu Raum zu wandern, von der im Soane-Stil eingerichteten Bibliothek zum chinesischen Salon, der den Betrachter mit vergoldeten Pagoden und nickenden Mandarinen, bemalten Tapeten und durchbrochenen Chippendale-Verzierungen blendete, vom pompejanischen Salon zur großen, mit Gobelins dekorierten Halle, die noch genau so war, wie der Architekt sie zweihundertfünfzig Jahre zuvor entworfen hatte, oder Stunde um Stunde im Schatten zu sitzen und auf die Terrasse zu blicken.

Hier fanden die Pläne des Hauses ihre endgültige Vollendung. Die ganze Anlage ruhte auf massiven Steinwällen über den Seen, so dass man von den Stufen der Eingangshalle aus den Eindruck hatte, das Haus schwebte über ihnen und man könnte, an der Balustrade stehend, einen Kieselstein in den ersten See direkt darunter fallen lassen. Zu beiden Seiten säumten Kolonnaden den Vorplatz, und jenseits der Seitenflügel verloren sich kleinere Lindenhaine in den bewaldeten Hängen. Ein Teil der Terrasse war gekachelt, ein anderer mit Blumenbeeten und Arabesken aus Zwergbuchsbaum bepflanzt. Eine dichte Hecke aus höherem Buchs bildete mit ihren für die Statuen getrimmten Nischen ein weites Oval, und in der Mitte, den ganzen herrlichen Platz dominierend, erhob sich der Springbrunnen. Einen solchen Brunnen hätte man auf einer süditalienischen Piazza erwartet, und tatsächlich hatten Sebastians Vorfahren dort ein Jahrhundert zuvor einen gefunden, gekauft, importiert und in einem fremden, aber einladenden Klima wiederaufgebaut.

Sebastian überredete mich, ihn zu zeichnen. Es war ein schwieriges Motiv für einen Laien – ein ovales Becken mit einer Insel aus kunstvoll behauenem Stein in der Mitte. Darauf wuchs eine stilisierte tropische Vegetation aus Stein und wilder englischer Farn mit seinen natürlichen Wedeln, dazwischen plätscherte ein Dutzend falscher Wasserläufe, und ringsum tummelten sich phantastische Tiere: Kamele, Giraffen und ein grimmiger Löwe. Alle spien Wasser. Gekrönt wurde das Werk von einem ägyptischen Obelisken aus rötlichem Sandstein, der sich bis zum Giebeldreieck des Hauses erhob. Die Aufgabe überstieg meine Fähigkeiten bei weitem, doch seltsamerweise schaffte ich es dennoch, das Unterfangen zu beenden, und brachte mit Hilfe geschickter Auslassungen und einiger stilistischer Tricks etwas zustande, das entfernt an Piranesi erinnerte. »Soll ich es deiner Mutter schenken?«, fragte ich.

»Warum? Du kennst sie doch gar nicht.«

»Aus Höflichkeit. Immerhin wohne ich in ihrem Haus.«

»Schenk es Nanny«, sagte Sebastian.

Das tat ich, und als sie es zu der Sammlung auf ihrer Kommode stellte, meinte sie, dass es dem Ding ziemlich nahekäme, von dem alle so schwärmten und nur sie nicht sehe, was daran schön sei.

Für mich war diese Art von Schönheit eine ganz neue Entdeckung.

Seit ich als Schuljunge mit dem Fahrrad durch die Gegend gefahren war, Gedenktafeln abgepaust und Taufbecken fotografiert hatte, hegte ich eine Liebe zur Architektur. Zwar hatte ich den intellektuellen Sprung vom Puritanismus eines Ruskin zum Puritanismus eines Roger Fry vollzogen, der so typisch für meine Generation war, meine Gefühle aber waren im Grunde provinziell und mittelalterlich geblieben.

Jetzt konvertierte ich zum Barock. Hier, unter dieser hohen, anmaßenden Kuppel, unter diesen Holzkassettendecken, hier, wo ich unter Torbögen und reliefgeschmückten Tympana hindurch ins Dämmerlicht der Kolonnaden schlenderte und stundenlang vor dem Brunnen saß, um seinen Schatten und den ihm innewohnenden Reminiszenzen nachzuspüren oder mich an der Fülle seiner wagemutigen und phantasievollen Einzelheiten zu erfreuen, spürte ich, wie ein ganz neues Nervensystem in meinem Innern erwachte, als wäre das zwischen seinem Gestein sprudelnde und schäumende Wasser tatsächlich ein lebensspendender Quell.

Eines Tages fanden wir in einem Schrank einen großen schwarzlackierten Blechkasten mit Ölfarben, die noch brauchbar waren.

»Mummy hat sie vor ein oder zwei Jahren gekauft. Irgendwer hatte ihr erzählt, dass sich die Schönheit der Welt nur dann ermessen lässt, wenn man versucht, sie zu malen. Wir haben sie deswegen ziemlich ausgelacht. Sie konnte gar nicht malen, und egal, wie bunt die Farben in den Tuben waren, immer wenn Mummy sie mischte, kam Olivgrün heraus.« Diverse getrocknete grünlich braune Flecken auf der Palette bestätigten diese Aussage. »Cordelia musste immer die Pinsel reinigen. Am Ende protestierten wir alle, und Mummy hörte damit auf.«

Die Farben brachten uns auf die Idee, das Büro zu verschönern. Es war ein kleiner Raum, der auf die Kolonnade hinausging; früher war er für die Verwaltung des Anwesens genutzt worden, doch jetzt stand er leer, nur ein paar Spiele für den Garten und ein Kübel mit einer abgestorbenen Aloe standen herum. Offensichtlich war er für angenehmere Dinge gedacht gewesen, als Teestube oder Arbeitszimmer, denn die verputzten Wände waren mit feinen Rokoko-Paneelen und die Decke mit einem hübschen Kreuzgratgewölbe versehen. Hier skizzierte ich in einem der kleineren ovalen Rahmen eine romantische Landschaft und führte sie in den folgenden Tagen mit Farben aus. Glück und die frohe Laune des Augenblicks verhalfen mir zum Erfolg. Der Pinsel schien irgendwie genau das zu tun, was ich von ihm wollte. Es war eine Landschaft ohne Figuren, eine sommerliche Szene mit weißen Wolken, blauen Horizonten und einer von Efeu überwucherten Ruine im Vordergrund, Felsen und ein Wasserfall sorgten für einen imposanten Übergang zu der dahinterliegenden Parklandschaft. Ich verstand nicht viel von Ölmalerei und lernte den Umgang damit erst beim Malen. Als ich nach einer Woche fertig war, wollte Sebastian unbedingt, dass ich eins der größeren Paneele begann. Ich machte ein paar Skizzen. Er wünschte sich eine *fête champêtre* mit einer bändergeschmückten Schaukel, einem dunkelhäutigen Pagen und einem Flöte spielenden Hirten, doch der Plan wurde bald wieder aufgegeben. Mir war klar, dass ich meine Landschaft nur dem glücklichen Zufall verdankte und diese komplizierte Pastiche mich überforderte.

Eines Tages gingen wir mit Wilcox in den Weinkeller hinunter und inspizierten die leeren Abteilungen, in denen einst riesige Weinvorräte gelagert hatten. Heute wurde nur noch ein Querschiff benutzt; dort waren die Regale gut gefüllt, einige davon mit erlesenen, fünfzig Jahre alten Jahrgängen.

»Es wurde nichts mehr hinzugefügt, seit Seine Lordschaft

ins Ausland gegangen ist«, erklärte Wilcox. »Viele der alten Jahrgänge wollen getrunken werden. Die Achtzehner und Zwanziger hätten hier gut Platz gehabt. Die Weinhändler haben mich deswegen mehrmals angeschrieben, doch Ihre Ladyschaft sagt, ich soll Lord Brideshead fragen, und er sagt, ich soll Seine Lordschaft fragen, und Seine Lordschaft sagt, ich soll die Anwälte fragen. So ist es gekommen, dass wir jetzt kaum noch Vorräte haben. Schätzungsweise reichen sie noch für die nächsten zehn Jahre, aber was machen wir dann?«

Wilcox freute sich über unser Interesse. Wir ließen uns Flaschen aus allen Regalen nach oben bringen, und so machte ich an diesen friedlichen Abenden mit Sebastian zum ersten Mal ernsthaft Bekanntschaft mit Wein und legte die Saat für die reiche Ernte, die mir über viele trübe Jahre hinweghalf. Meist saßen wir, er und ich, im Bemalten Salon mit drei offenen Flaschen und jeweils drei Gläsern vor uns auf dem Tisch. Sebastian hatte ein Buch über die Kunst der Weinprobe gefunden, dessen Anweisungen wir bis ins Detail befolgten. Wir erwärmten das Glas an einer Kerze, füllten es zu einem Drittel, schwenkten es, umfassten es mit beiden Händen, hielten es gegen das Licht, rochen daran, schlürften den Wein, bewegten ihn im Mund hin und her, so dass er gegen den Gaumen schlug wie eine Münze auf den Tresen, legten den Kopf in den Nacken und ließen ihn langsam durch die Kehle rinnen. Dann unterhielten wir uns über unseren Eindruck, knabberten Bath Oliver Biscuits und gingen zum nächsten über, wieder zum ersten zurück und dann zu einem ganz neuen, bis alle drei im Umlauf waren und die Reihenfolge der Gläser durcheinandergeriet. Wir stritten, welcher welcher war, und reichten die Gläser hin und her, bis alle sechs gefüllt waren, manche mit unterschiedlichen Weinen, weil wir aus der falschen Flasche nachgeschenkt hatten, bis uns nichts anderes übrigblieb, als mit drei sauberen Gläsern noch einmal von vorn anzufangen. Je mehr sich die Flaschen leerten, umso wilder und exotischer wurde unser Lob.

»... das ist ein scheuer kleiner Wein, wie eine Gazelle.«
»Wie ein Kobold.«
»Gesprenkelt wie eine Wiese auf einem Gobelin.«
»Wie eine Flöte an einem stillen Wasser.«
»... und das ist ein weiser alter Wein.«
»Ein Prophet in einer Höhle.«
»... und der hier eine Perlenkette an einem weißen Hals.«
»Wie ein Schwan.«
»Das letzte Einhorn.«

Am Ende verließen wir den goldenen Kerzenschein des Esszimmers und tauschten ihn gegen das Funkeln der Sterne draußen ein oder setzten uns auf den Rand des Brunnens, kühlten die Hände im Wasser und lauschten trunken seinem Plätschern und Rieseln über den Stein.

»Sollen wir uns eigentlich *jeden* Abend betrinken?«, fragte Sebastian eines Morgens.
»Ich glaube ja.«
»Das glaube ich auch.«

Fremde sahen wir kaum. Da war der Verwalter, ein schlanker Colonel mit Tränensäcken, der uns gelegentlich begegnete und einmal zum Tee kam. Gewöhnlich schafften wir es, uns vor ihm zu verstecken. Sonntags wurde ein Mönch aus einem benachbarten Kloster abgeholt, der die Messe las und mit uns frühstückte. Er war der erste katholische Priester, den ich kennenlernte. Er schien mir wenig Ähnlichkeit mit unseren Pfarrern zu haben, doch Brideshead war ein Ort, der mich dermaßen verzauberte, dass ich alles und jeden einzigartig fand. Jedenfalls war Father Phipps ein freundlicher Mann mit einem runden Gesicht und mit einer Vorliebe für Kricketturniere, von der er hartnäckig glaubte, dass wir sie teilten.

»Wissen Sie, Father, Charles und ich haben einfach keine *Ahnung* von Kricket.«

»Ich wünschte, ich hätte miterleben dürfen, wie Tennyson letzten Donnerstag achtundfünfzig Punkte schaffte. Das muss ein Innings gewesen sein. Der Artikel in der *Times* war ganz ausgezeichnet. Haben Sie ihn gegen die Südafrikaner gesehen?«

»Ich habe ihn noch nie gesehen.«

»Ich auch nicht. Seit Jahren schon habe ich kein First-Class-Kricket mehr gesehen – nicht, seit ich mit Father Graves auf dem Rückweg von der Amtseinführung eines Abts in Ampleforth durch Leeds kam. Father Graves war es gelungen, einen Zug zu finden, der uns drei Stunden Zeit ließ, damit wir uns das Match gegen Lancashire an jenem Nachmittag ansehen konnten. Ich erinnere mich bis heute an jeden Wurf. Seitdem muss ich mich mit den Zeitungen begnügen. Sie gehen wohl nicht häufig zum Kricket, wie?«

»Nie«, antwortete ich, worauf er mich mit einem Ausdruck ansah, den ich seitdem an anderen Gläubigen gesehen habe: voller unschuldiger Verwunderung darüber, dass diejenigen, die sich den Gefahren der Welt aussetzen, deren reichhaltige Tröstungen so wenig in Anspruch nehmen.

Sebastian ging immer zur Messe, die sonst schlecht besucht war. Brideshead war kein traditionelles Zentrum des Katholizismus. Erst Lady Marchmain hatte ein paar katholische Dienstboten mitgebracht, doch die meisten und auch alle Dorfbewohner beteten, wenn überhaupt, zwischen den Grabkammern der Flytes in der grauen kleinen Kirche vor den Toren.

Sebastians Glaube war mir damals ein Rätsel, allerdings eins, dessen Auflösung mich nicht besonders interessierte. Ich war nicht religiös. Als Kind wurde ich jede Woche in die Kirche mitgenommen, und auf der Schule nahm ich an den täglichen Andachten teil, doch seit meiner Zeit auf dem Internat war mir wie zur Entschädigung der Kirchenbesuch in den Ferien erlassen worden. Die Lehrer, die mich in Theologie unterrichteten, erklärten, biblische Texte seien in hohem Maße unzuverlässig. Sie brachten mich nie auf den Gedanken zu beten. Mein Vater ging nicht zur Kirche, außer bei Familienfeiern und dann voller Hohn und Spott. Meine Mutter war wohl gläubig gewesen. Damals kam es mir seltsam vor, dass sie es als ihre Pflicht empfunden hatte, meinen Vater und mich zu verlassen, um Sanitätsdienst in Serbien zu leisten und dann im Schnee von Bosnien an Erschöpfung zu sterben. Doch später erkannte ich ähnliche Neigungen in mir. Und später lernte ich auch Behauptungen zu akzeptieren, die ich damals, 1923, einer genaueren Überprüfung nicht für wert befand, oder das Übernatürliche als Realität hinzunehmen. Doch in jenem Sommer in Brideshead war ich mir solcher Bedürfnisse nicht bewusst.

Häufig, fast täglich, seit ich Sebastian kannte, hatte mich ein zufälliges Wort aus seinem Mund daran erinnert, dass er

Katholik war, doch ich hatte es für eine Marotte gehalten, so wie Aloysius. Wir sprachen nicht darüber, bis zum zweiten Sonntag auf Brideshead, als Father Phipps gegangen war und wir mit den Zeitungen in der Kolonnade saßen. Da überraschte er mich plötzlich mit dem Satz: »Ach, es ist nicht einfach, Katholik zu sein.«

»Beschäftigt dich das wirklich?«

»Natürlich. Die ganze Zeit.«

»Nun, ich kann nicht behaupten, dass es mir aufgefallen wäre. Kämpfst du gegen die Versuchung an? Du scheinst nicht tugendhafter zu sein als ich.«

»Ich bin viel schlimmer als du«, sagte Sebastian pikiert.

»Ja und?«

»Wer war es noch, der gebetet hat, ›o Gott, mach mich tugendhaft, aber jetzt noch nicht‹?«

»Keine Ahnung. Du, nehme ich an.«

»Ja, sicher, *ich* tue es jeden Tag. Aber damit hat es nichts zu tun.« Er wandte sich den *News of the World* zu und sagte: »Schon wieder ein Pfadfinderführer auf Abwegen.«

»Bestimmt versuchen sie dir jede Menge Unsinn einzureden, was?«

»Ist es Unsinn? Ich wünschte, es wäre so. Mir kommt es manchmal furchtbar sinnvoll vor.«

»Aber lieber Sebastian, du kannst das doch unmöglich alles *glauben*!«

»Warum nicht?«

»Ich meine Weihnachten, der Stern, die drei Könige, Ochse und Esel.«

»O doch, daran glaube ich, es ist eine entzückende Vorstellung.«

»Aber man kann doch nicht an etwas *glauben*, weil es eine entzückende Vorstellung ist.«

»Tue ich aber. So glaube ich eben.«

»Und Gebete? Glaubst du wirklich, dass man vor einer Statue niederknien und ein paar Worte sagen kann, nicht unbedingt laut, nur im Kopf, und schon schlägt das Wetter um? Oder dass manche Heilige einflussreicher sind als andere und du nur den Richtigen erwischen musst, damit er dir bei einem speziellen Problem hilft?«

»O ja! Weißt du noch, wie ich im letzten Trimester einmal Aloysius mitgenommen und ihn dann irgendwo vergessen hatte und nicht mehr wusste, wo? Am nächsten Morgen betete ich wie besessen zum heiligen Antonius von Padua, und gleich nach dem Lunch stand Mr Nichols mit Aloysius auf dem Arm am Canterbury Gate und sagte, ich hätte ihn in seiner Droschke liegenlassen.«

»Nun«, meinte ich. »Wenn du das alles glauben kannst und trotzdem nicht tugendhaft sein willst, was ist dann so schwierig daran, katholisch zu sein?«

»Wenn du es nicht verstehst, dann verstehst du es eben nicht.«

»Sag schon, was?«

»Ach, lass mich in *Ruhe*, Charles. Ich möchte diesen Artikel über eine Frau in Hull lesen, die ein Instrument benutzt hat.«

»Du hast doch davon angefangen. Ich war nur neugierig.«

»Ich werde es nie wieder erwähnen... für ihre Verurteilung zu sechs Monaten waren achtunddreißig andere Fälle maßgebend – Donnerwetter!«

Doch er kam erneut darauf zu sprechen, etwa zehn Tage später, als wir auf dem Dach des Hauses in der Sonne lagen und mit dem Fernglas die Landwirtschaftsschau beobachteten, die im Park unter uns stattfand. Es war eine bescheidene zweitägige Veranstaltung für die Dörfer der Gegend, die inzwischen eher als Messe und Volksfest denn als Austragungsort eines ernsthaften Wettbewerbs angesehen wurde. Man hatte einen runden Platz mit Fähnchen abgesteckt und ein halbes Dutzend unterschiedlich großer Zelte drum herum aufgeschlagen. Es gab eine Preisrichterloge und ein paar Koppeln für das Vieh, und das größte Zelt war für Erfrischungen reserviert. Hier versammelten sich die Bauern in großer Zahl. Die Vorbereitungen hatten eine ganze Woche in Anspruch genommen. »Wir werden uns verstecken müssen«, hatte Sebastian gesagt, als der Tag näher rückte. »Mein Bruder kommt. Er spielt eine wichtige Rolle bei der Landwirtschaftsschau.« Und deshalb lagen wir unter der Brüstung auf dem Dach.

Brideshead kam am Vormittag mit dem Zug und aß mit dem Verwalter, Colonel Fender, zu Mittag. Ich sah ihn fünf Minuten bei seiner Ankunft. Anthony Blanches Beschreibung war äußerst treffend gewesen: Sein Flyte-Gesicht wirkte wie von einem Azteken bearbeitet. Jetzt beobachteten wir durch das Fernglas, wie er sich mit sichtlichem Unbehagen zwischen den Pächtern bewegte, stehen blieb, um die Preisrichter in ihrer Loge zu begrüßen, und sich über das Gatter einer Koppel beugte, um eingehend das Vieh zu begutachten.

»Schräger Vogel, mein Bruder«, sagte Sebastian.

»Er sieht ganz normal aus.«

»Ja, aber er ist es nicht. Wenn du wüsstest! Er ist der Verrückteste von uns allen, man sieht es nur nicht. Innerlich ist er völlig verkorkst. Er wollte Priester werden, wusstest du das?«

»Nein.«

»Ich glaube, er will es immer noch. Beinahe wäre er Jesuit geworden, als er von Stonyhurst kam. Es war schrecklich für Mummy. Sie hätte ihn natürlich nicht daran hindern können, aber es war das Letzte, was sie wollte. Denk nur, was die Leute gesagt hätten – der älteste Sohn. Bei mir wäre es was anderes gewesen. Und der arme Papa. Er hat schon genug Probleme mit der Kirche, auch ohne das. Es war ein entsetzlicher Trubel – Mönche und Monsignori huschten durchs Haus wie Mäuse, und Brideshead saß einfach nur verdrießlich herum und faselte vom Willen Gottes. Er hat sich am meisten aufgeregt, als Papa ins Ausland ging, verstehst du – eigentlich viel mehr als Mummy. Am Ende brachten sie ihn dazu, nach Oxford zu gehen und drei Jahre Bedenkzeit einzuhalten. Und jetzt versucht er, sich darüber klarzuwerden, was er als Nächstes vorhat. Er redet davon, ins Garderegiment einzutreten, sich fürs Unterhaus zu bewerben oder zu heiraten. Er weiß einfach nicht, was er will. Ob ich auch so geworden wäre, wenn ich nach Stonyhurst gegangen wäre? Eigentlich war es so geplant, aber dann hat Papa das Land verlassen, ehe es so weit war, und darauf bestanden, mich in Eton anzumelden.«

»Hat dein Vater die Religion aufgegeben?«

»Nun, gewissermaßen blieb ihm gar nichts anderes übrig; er hatte sie ja erst angenommen, als er Mummy heiratete. Als er ging, ließ er seinen Glauben ebenso zurück wie uns. Du musst ihn kennenlernen. Er ist ein sehr netter Mensch.«

Sebastian hatte noch nie ernsthaft über seinen Vater gesprochen.

»Es muss ein großer Schock für euch alle gewesen sein, als euer Vater euch verließ.«

»Ja, nur nicht für Cordelia. Sie war zu klein. Mich hat es damals sehr aufgewühlt. Mummy hat versucht, es uns drei Älteren zu erklären, damit wir Papa nicht hassten. Ich war der Einzige, der es nicht tat. Ich glaube, eigentlich wünschte sie, dass ich es täte. Ich war immer sein Liebling. Wenn nicht der Fuß dazwischengekommen wäre, wäre ich jetzt bei ihm. Ich bin auch der Einzige, der ihn besucht. Warum kommst du nicht mit? Du würdest ihn mögen.«

Ein Mann gab mit dem Megaphon die Resultate der letzten Veranstaltung auf dem Platz bekannt; seine Stimme drang schwach bis zu uns herauf.

»Du siehst also, in unserer Familie sind die religiösen Gefühle gemischt. Brideshead und Cordelia sind beide glühende Katholiken: Er leidet darunter, sie ist selig. Julia und ich sind halbe Heiden; ich bin glücklich, Julia, glaube ich, nicht. Mummy gilt allgemein als Heilige, und Papa wurde exkommuniziert – ob einer von ihnen glücklich ist, weiß ich nicht. Wie man es auch betrachtet, mit Glücklichsein hat es wohl nicht viel zu tun, und das ist alles, was ich will… Ich wünschte nur, die Katholiken wären mir sympathischer.«

»Sie scheinen nicht anders zu sein als andere auch.«

»Genau das sind sie eben nicht, mein lieber Charles – besonders in diesem Land, wo es so wenige davon gibt. Sie sind nicht einfach eine Clique – in Wirklichkeit gibt es mindestens vier Cliquen, die sich die meiste Zeit gegenseitig bekämpfen –, sondern haben eine ganz andere Einstellung zum Leben. Sie halten ganz andere Dinge für wichtig als die Allgemeinheit. Sie versuchen es so gut wie möglich zu verbergen, aber es kommt doch immer wieder zum Vorschein. Ist ja auch ganz natürlich. Aber du siehst, es ist schwierig für halbe Heiden wie Julia und mich.«

Bei dieser ungewöhnlich ernsten Unterhaltung wurden wir von einer kindlichen Stimme unterbrochen, die hinter den Schornsteinen laut »Sebastian, Sebastian!« rief.

»Lieber Himmel!«, sagte Sebastian und griff nach einer Decke. »Das hört sich nach Cordelia an. Wirf dir was über. – Wo bist du?«

Ein stämmiges Mädchen von zehn oder elf Jahren trat nun ins Blickfeld. Es hatte die unverkennbaren Züge der Familie, aber sie waren seltsam verteilt, in einer offenen, ein wenig pausbäckigen Schlichtheit. Zwei altmodische dicke Zöpfe hingen über den Rücken.

»Verschwinde, Cordelia. Wir haben nichts an.«

»Warum denn? Ihr seht ganz anständig aus. Ich hab mir schon gedacht, dass ihr hier seid. Du hast mich nicht erwartet, was? Ich bin mit Bridey hergekommen und habe mir unterwegs Franz Xaver angesehen.« (Zu mir:) »Das ist mein Schwein. Dann haben wir mit Colonel Fender gegessen, und dann waren wir an der Schau. Franz Xaver wurde lobend erwähnt. Aber dieser gemeine Randal hat mit seinem schäbigen Tier den ersten Preis gewonnen. *Liebster* Sebastian, ich freue mich so, dich wiederzusehen. Wie geht es deinem armen Fuß?«

»Sag erst mal Mr Ryder guten Tag.«

»Oh, tut mir leid. Guten Tag.« Der Charme der ganzen

Familie strahlte aus ihrem Lächeln. »Da unten sind schon alle ziemlich betrunken, deshalb bin ich gegangen. Sag mal, wer hat das Büro bemalt? Ich war auf der Suche nach einem Jagdstock, da habe ich es gesehen.«

»Pass auf, was du sagst. Es war Mr Ryder.«

»Aber es ist *wunderschön*! Sagen Sie bloß, das haben wirklich Sie gemalt? Warum zieht ihr euch nicht an und kommt runter? Es ist niemand da.«

»Bridey bringt garantiert die Preisrichter mit.«

»Nein, nein. Ich habe ihn sagen hören, dass er das nicht vorhat. Er ist heute besonders schlecht gelaunt. Er wollte auch nicht, dass ich mit euch zu Abend esse, aber ich habe das längst in die Wege geleitet. Kommt schon. Ich bin im Kinderzimmer, wenn ihr euch wieder blicken lassen könnt.«

Wir waren eine trübe kleine Gesellschaft an diesem Abend. Nur Cordelia war ganz unbefangen, freute sich über das Essen, dass es schon so spät war und über die Gesellschaft ihrer Brüder. Brideshead war drei Jahre älter als Sebastian und ich, schien aber einer anderen Generation anzugehören. Er hatte dieselben körperlichen Merkmale wie seine Familie, und sein Lächeln, wenn es sich denn zeigte, war so freundlich wie das ihre. Er sprach mit ihrer Stimme, aber mit einem Ernst und einer Zurückhaltung, die bei meinem Cousin Jasper aufgeblasen und falsch gewirkt hätten, bei ihm jedoch anscheinend ungekünstelt und unbewusst waren.

»Es tut mir leid, dass ich während Ihres Besuchs so wenig hier sein kann«, sagte er, an mich gewandt. »Kümmert man sich auch ausreichend um Sie? Ich hoffe, Sebastian versorgt Sie mit Wein. Wilcox kann ziemlich knauserig sein, wenn er allein verfügt.«

»Uns gegenüber war er sehr spendabel.«

»Das freut mich. Mögen Sie Wein?«

»Sehr.«

»Ich wünschte, mir ginge es auch so. Es verbindet einen so mit anderen Männern. Auf Magdalen habe ich mehr als einmal versucht, mich zu betrinken, aber ich mag es einfach nicht. Bier und Whisky finde ich noch weniger verlockend. Deshalb sind Veranstaltungen wie die heute Nachmittag immer eine Tortur für mich.«

»Ich mag Wein«, sagte Cordelia.

»Im letzten Zeugnis meiner Schwester stand, dass sie nicht nur die ungezogenste Schülerin auf der Schule ist, sondern sogar die ungezogenste, die man dort je gehabt hat, zumindest, soweit sich die älteste Nonne zurückerinnern kann.«

»Bloß, weil ich mich geweigert habe, *Enfant de Marie* zu werden. Die Mutter Oberin meinte, wenn ich mein Zimmer nicht besser aufräumte, könnte ich es nicht werden, und ich antwortete, na gut, dann eben nicht, und außerdem glaube ich, dass es der Muttergottes egal ist, ob meine Turnschuhe links oder rechts von den Tanzschuhen stehen. Die Mutter Oberin war ziemlich geladen.«

»Die Jungfrau Maria verlangt Gehorsam.«

»Bridey, du musst nicht so streng sein«, sagte Sebastian. »Wir haben einen Atheisten unter uns.«

»Agnostiker«, berichtigte ich.

»Wirklich? Gibt es viele davon auf Ihrem College? Es gab auch welche auf Magdalen.«

»Das kann ich wirklich nicht sagen. Ich war schon Agnostiker, lange bevor ich nach Oxford ging.«

»Sie sind überall«, sagte Brideshead.

An diesem Tag war Religion anscheinend ein unausweichliches Thema. Eine Weile sprachen wir über die Landwirtschaftsschau. Dann sagte Brideshead: »Letzte Woche habe ich den Bischof in London getroffen. Wusstet ihr, dass er unsere Kapelle schließen will?«

»Das kann er doch nicht machen!«, sagte Cordelia.

»Das wird Mummy nicht zulassen«, sagte Sebastian.

»Es ist zu abgelegen«, erklärte Brideshead. »Es gibt ein Dutzend Familien in der Umgebung von Melstead, die nicht hierherkommen können. Er möchte dort ein Gotteshaus einrichten.«

»Und was ist mit uns?«, fragte Sebastian. »Müssen wir dann im Winter frühmorgens bis dahin fahren?«

»Wir müssen das Allerheiligste hier bei uns haben«, sagte Cordelia. »Ich gehe gern zu unterschiedlichen Zeiten in die Kapelle, und Mummy auch.«

»Ich auch«, nickte Brideshead, »aber wir sind so wenige. Es ist ja nicht so, dass wir alteingesessene Katholiken wären und dass jeder, der auf unserem Gut lebt, mit zur Messe käme. Früher oder später werden wir sie verlieren, aber vielleicht erst nach Mummys Tod. Die Frage ist, ob wir besser jetzt schon darauf verzichten. Sie sind Künstler, Ryder – wie beurteilen Sie die Kapelle aus ästhetischer Sicht?«

»Ich finde sie wunderschön«, sagte Cordelia mit Tränen in den Augen.

»Ist es gute Kunst?«

»Nun, ich weiß nicht genau, was Sie unter guter Kunst verstehen«, antwortete ich vorsichtig. »Ich finde, sie ist ein bemerkenswertes Exempel ihrer Zeit. In achtzig Jahren wird man sie wahrscheinlich sehr bewundern.«

»Aber sie kann doch sicher nicht vor zwanzig Jahren gut gewesen sein und in achtzig Jahren wieder gut sein und heute nicht, oder?«

»Nun, vielleicht ist sie auch heute gut. Ich meine nur, mir persönlich gefällt sie weniger.«

»Macht es denn einen Unterschied, ob einem etwas gefällt oder ob man es für gut hält?«

»Spiel doch jetzt nicht den Jesuiten, Bridey«, sagte Sebastian, doch mir war klar, dass dieser Meinungsunterschied nicht nur eine Sache von Worten war, sondern eine tiefe und unüberwindliche Kluft zwischen uns ausdrückte. Keiner von uns beiden verstand, was der andere meinte, und würde es auch nie tun.

»Ist das nicht genau der Unterschied, den Sie eben in puncto Wein machten?«

»Nein. Mir gefällt der Zweck, zu dem Wein gelegentlich das Mittel ist, und ich halte ihn für gut – die Förderung eines Gemeinschaftsgefühls zwischen Männern. Doch in meinem Fall wird dieser Zweck nicht erfüllt, und deshalb mag ich Wein nicht und glaube auch nicht, dass er gut für mich ist.«

»Hör auf, Bridey.«

»Tut mir leid«, sagte er. »Ich dachte, es wäre eine interessante Frage.«

»Gott sei Dank war ich auf Eton«, sagte Sebastian.

Nach dem Essen erklärte Brideshead: »Ich fürchte, ich muss Ihnen Sebastian eine halbe Stunde entführen. Morgen habe ich den ganzen Tag zu tun, und gleich nach der Schau reise ich wieder ab. Ich habe eine Menge Unterlagen dabei, die Vater unterzeichnen muss. Sebastian soll sie mitnehmen und sie ihm erklären. – Cordelia, für dich wird es Zeit, ins Bett zu gehen.«

»Zuerst muss ich verdauen«, gab sie zurück. »Ich bin es nicht gewohnt, so spät so üppig zu essen. Ich werde mich mit Charles unterhalten.«

»*Charles?*«, wiederholte Sebastian. »*Charles?* Mr Ryder für dich, mein Kind.«

»Kommen Sie, Charles.« Als wir allein waren, fragte sie: »Sind Sie wirklich Agnostiker?«

»Spricht man in deiner Familie eigentlich die ganze Zeit nur über Religion?«

»Nicht die ganze Zeit. Es ist ein Thema, das sich ganz von selbst ergibt.«

»Wirklich? Für mich nicht.«

»Dann sind Sie wohl tatsächlich ein Agnostiker. Ich werde für Sie beten.«

»Das ist sehr nett von dir.«

»Ich kann leider keinen ganzen Rosenkranz erübrigen, nur zehn Ave-Marias. Meine Liste von Leuten ist sehr lang. Ich nehme sie mir der Reihe nach vor, und jeder bekommt etwa einmal pro Woche zehn Ave-Marias.«

»Das ist bestimmt mehr, als ich verdiene.«

»Oh, ich kenne schlimmere Fälle als Sie. Lloyd George, der deutsche Kaiser und Olive Banks.«

»Wer ist denn das?«

»Sie ist im letzten Trimester aus dem Kloster geflogen. Ich weiß nicht genau, weswegen. Die Mutter Oberin fand etwas, das sie geschrieben hatte. Wissen Sie, wenn Sie kein Agnostiker wären, würde ich Sie um fünf Schilling bitten, um eine schwarze Patentochter zu kaufen.«

»Bei euch Katholiken wundert mich wirklich nichts mehr.«

»Das ist etwas Neues, mit dem ein Missionar im letzten Trimester angefangen hat. Man schickt fünf Schilling an ein paar Nonnen in Afrika, und sie taufen ein Baby und nennen es nach dem Geldgeber. Ich habe schon sechs schwarze Cordelias. Ist das nicht fabelhaft?«

Als Brideshead und Sebastian zurückkamen, schickten sie Cordelia ins Bett. Brideshead nahm den Faden unserer vorherigen Unterhaltung wieder auf.

»Natürlich haben Sie im Grunde recht«, sagte er. »Sie betrachten die Kunst als Mittel, nicht als Zweck. Das ist reine Theologie, aber es ist ungewöhnlich, dass ein Agnostiker so etwas glaubt.«

»Cordelia hat versprochen, für mich zu beten«, sagte ich.

»Sie hat sogar eine Novene für ihr Schwein gebetet«, berichtete Sebastian.

»Wissen Sie, für mich ist das alles sehr verwirrend«, sagte ich.

»Ich glaube, die meisten Leute finden uns sonderbar«, meinte Brideshead.

In dieser Nacht ging mir auf, wie wenig ich eigentlich von Sebastian wusste, und ich begriff, warum er immer versucht hatte, mich von dem Rest seines Lebens fernzuhalten. Er war wie ein Freund, den man an Bord eines Schiffes kennenlernt, auf hoher See. Jetzt hatten wir seinen Heimathafen erreicht.

Brideshead und Cordelia reisten wieder ab, die Zelte wurden abgebrochen, die Fahnenstangen entfernt. Das zertrampelte Gras gewann seine Farbe zurück, und der Monat, der so müßig begonnen hatte, neigte sich rasch dem Ende zu. Sebastian ging jetzt schon wieder ohne Stock und hatte seine Verletzung vergessen.

»Ich glaube, du solltest wirklich mit mir nach Venedig kommen«, sagte er.

»Kein Geld.«

»Das habe ich schon bedacht. In Venedig kommt Papa für uns auf. Meine Reisekosten bezahlen die Anwälte – erste Klasse und Schlafwagen. Für dasselbe Geld können wir zusammen dritter Klasse fahren.«

Und so fuhren wir los, erst die lange, billige Überfahrt nach Dünkirchen, wo wir bei klarem Himmel die ganze Nacht an Deck saßen und zusahen, wie die graue Dämmerung über den Sanddünen anbrach, dann auf Holzsitzen nach Paris, wo wir ins Lotti fuhren, um zu baden und uns zu rasieren, bei Foyot, wo es heiß und halb leer war, zu Mittag aßen, schläfrig an den Geschäften entlangschlenderten und dann lange in einem Café saßen, bis es Zeit für unseren Zug wurde. Es war ein warmer, trockener Abend, als wir an der Gare de Lyon in den Lokalzug nach Süden stiegen. Wieder Holzsitze, ein Abteil voller armer Leute, die ihre Familien besuchten und wie alle Armen in den Ländern des Nordens mit Unmengen von kleinen Bündeln und einer Miene geduldiger Ergebenheit gegenüber der Obrigkeit unterwegs waren, und Seeleute, die aus ihrem Heimaturlaub zurückkehrten. Wir schliefen unruhig, der Zug ratterte und hielt überall an, einmal stiegen wir mitten in der Nacht um, schliefen weiter und erwachten in einem leeren Abteil, mit Kiefernwäldern, die an den Fenstern vorbeiflogen, und Berggipfeln, die in der Ferne zu sehen waren. Neue Uniformen an den Grenzen, Kaffee und Brot am Bahnhofsbuffet, die Menschen ringsum voller südländischer Grazie und Fröhlichkeit; weiter durch flachere Gebiete, wo die Koniferen Platz für Weinstöcke und Oliven machten. In Mailand stiegen wir erneut um und kauften Knoblauchwürste, Brot und eine Flasche Orvieto an einem Verkaufskarren (nachdem wir unser gesamtes Geld bis auf wenige Francs in Paris ausgegeben hatten). Die Sonne stieg höher, und das Land glühte vor Hitze, das Abteil füllte sich mit Bauern, die an jedem Bahnhof hinein- und hinausdrängten, und der Gestank nach Knoblauch in der heißen Luft war überwältigend. Schließlich erreichten wir gegen Abend Venedig.

Eine düstere Gestalt erwartete uns. »Papas Diener, Plender.«

»Ich wartete am Express«, erklärte Plender. »Seine Lordschaft vermutete, dass Sie den falschen Zug ausgesucht hatten. Dieser hier scheint nur aus Mailand zu kommen.«

»Wir sind dritter Klasse gereist.«

Plender gluckste höflich. »Die Gondel wartet. Ich selbst werde mit dem Gepäck in einem Vaporetto nachkommen. Seine Lordschaft war am Lido und wusste nicht genau, ob er vor Ihrer Ankunft zurück wäre. Da meinten wir noch, Sie kämen mit dem Express. Mittlerweile müsste er zu Hause sein.«

Er führte uns zu dem wartenden Boot. Die Gondolieri trugen eine grünweiße Livree und eine silberne Plakette auf der Brust. Lächelnd verbeugten sie sich.

»Palazzo. Pronto.«

»Sì, signor Plender.«

Und schon glitten wir davon.

»Warst du schon einmal hier?«

»Nein.«

»Ich schon – damals kam ich vom Meer aus. Das ist die richtige Art, hier anzukommen.«

»*Ecco, ci siamo, signori.*«

Der Palast war ein wenig kleiner, als man es sich vom Klang her vorgestellt hätte, eine schmale Palladio-Fassade, moosbewachsene Steine, ein dunkler Torbogen aus bearbeitetem Stein. Ein Bootsmann sprang ans Ufer, warf das Tau um den Pfosten und läutete, während der andere am Bug stand und die Gondel in der Nähe der Treppe hielt. Die Tür ging auf, und ein Mann in einer ziemlich unkonventionellen Sommerlivree aus gestreiftem Leinen führte uns die Treppe hinauf, aus dem Schatten ins Licht. Das *piano nobile* lag von Sonnenlicht übergossen vor uns, und seine Fresken aus der Schule Tintorettos loderten in seinem Schein.

Unsere Zimmer lagen ein Stockwerk höher. Man erreichte sie über eine steile Marmortreppe. Die Läden waren gegen die Nachmittagssonne geschlossen worden, jetzt stieß der Butler sie auf, und wir schauten auf den Canal Grande. Die Betten waren mit Moskitonetzen ausgestattet.

»Jetzt keine *mostica*.«

In jedem Zimmer befanden sich eine kleine geschweifte Kommode und ein fast blinder Spiegel mit vergoldetem Rahmen, doch sonst keine weiteren Möbel. Der Fußboden bestand aus schlichten Marmorfliesen.

»Bisschen trist, was?«, fragte Sebastian.

»Trist? Sieh dir das an.« Ich führte ihn erneut zum Fenster und dem unvergleichlichen Schauspiel unter uns und ringsum.

»Nein, trist kann man das nicht gerade nennen.«

Im nächsten Augenblick lockte uns eine fürchterliche Explosion nach nebenan. Wir fanden ein Badezimmer, das offenbar in einen Kaminschacht eingebaut war. Eine Decke gab es nicht, stattdessen verliefen die Wände einfach durch das Stockwerk über uns und ragten in den offenen Himmel. Der Butler war beinahe unsichtbar im Dampf des uralten Badeofens. Es stank entsetzlich nach Gas, aber aus dem Hahn kam nur ein dünnes Rinnsal kalten Wassers.

»Oje!«

»*Sì, sì, subito, signori.*«

Der Butler rannte bis zum Treppenabsatz und brüllte etwas hinunter. Eine noch durchdringendere weibliche Stimme antwortete. Sebastian und ich kehrten zu dem Spektakel vor unseren Fenstern zurück. Plötzlich fand der Streit ein Ende; eine Frau und ein Kind erschienen, warfen uns ein Lächeln und dem Butler böse Blicke zu und stellten ein silbernes Becken und einen Krug mit heißem Wasser auf Sebastians Kommode. Der Butler packte unterdessen unsere Kleider aus, legte sie zusammen und erzählte uns, immer wieder ins Italienische wechselnd, von den unerkannten Vorzügen des Badeofens, bis er plötzlich aufmerksam den Kopf zur Seite reckte, »*Il marchese*« sagte und nach unten schoss.

»Wir schauen besser zu, dass wir anständig aussehen, bevor wir Papa gegenübertreten«, sagte Sebastian. »Umziehen ist nicht nötig. Ich glaube, er ist momentan allein.«

Ich war sehr neugierig auf Lord Marchmain. Als wir ihm gegenüberstanden, fiel mir als Erstes auf, wie normal er war, doch als ich ihn näher kennenlernte, merkte ich, dass diese Haltung einstudiert war. Es war, als wäre ihm seine Byron'sche Ausstrahlung bewusst, und da er sie als geschmacklos empfand, versuchte er sie zu unterdrücken. Er stand auf dem Balkon des Salons; als er sich umwandte, um uns zu begrüßen, lag sein Gesicht im Gegenlicht. Ich nahm nur seine hohe, aufrechte Gestalt wahr.

»Liebster Papa!«, sagte Sebastian, »wie jung du aussiehst!«

Er küsste Lord Marchmain auf die Wange, und ich, der ich meinen Vater nicht mehr geküsst hatte, seit ich mein Kinderzimmer aufgegeben hatte, stand schüchtern hinter ihm.

»Das ist Charles. Findest du nicht auch, dass mein Vater sehr gut aussieht, Charles?«

Lord Marchmain schüttelte mir die Hand.

»Wer immer euch den Zug herausgesucht hat«, sagte er mit einer Stimme, die genau wie die von Sebastian klang, »hat eine *bêtise* gemacht. Es gibt ihn gar nicht.«

»Wir sind aber mit ihm gekommen.«

»Das kann nicht sein. Um diese Zeit kam nur ein Lokalzug aus Mailand an. Ich war am Lido. Seit kurzem spiele ich am frühen Abend dort Tennis mit einem Profi. Es ist die einzige Tageszeit, an der es nicht zu heiß ist. Ich hoffe, dass ihr Jungs es einigermaßen bequem da oben habt. Das Haus scheint so entworfen zu sein, dass es nur für eine Person komfortabel ist, und das bin ich. Ich habe ein Zimmer, das etwa so groß ist wie dieses hier, und ein sehr anständiges Ankleidezimmer. Das andere einigermaßen geräumige Zimmer hat Cara mit Beschlag belegt.«

Es faszinierte mich, dass er so einfach und beiläufig von seiner Geliebten sprach; später argwöhnte ich, dass er es getan hatte, um eine bestimmte Wirkung zu erzielen, und zwar auf mich.

»Wie geht es ihr?«

»Cara? Gut, hoffe ich. Morgen ist sie wieder da. Sie ist zu Besuch bei amerikanischen Freunden in einer Villa am Brenta-Kanal. Wo sollen wir essen? Wir könnten ins Luna gehen, aber da versammeln sich neuerdings zu viele Engländer. Wäre es euch zu Hause zu langweilig? Cara wird morgen bestimmt ausgehen wollen, und die Köchin hier ist wirklich ganz ausgezeichnet.«

Er hatte sich vom Fenster entfernt und stand jetzt im vollen Licht der Abendsonne vor dem roten Damast der Wände. Es war ein vornehmes Gesicht, beherrscht, was er anscheinend beabsichtigte, ein wenig gelangweilt, ein wenig spöttisch, mit einem sinnlichen Zug. Er schien in der Blüte seiner Jahre zu stehen; irgendwie war es seltsam, sich vorzustellen, dass er nur ein paar Jahre jünger war als mein Vater.

Wir aßen an einem Marmortisch vor den Fenstern. In diesem Haus war alles entweder aus Marmor, Samt oder mattvergoldetem Gips. »Und was habt ihr vor, solange ihr hier seid?«, fragte Lord Marchmain. »Wollt ihr zum Strand oder die Sehenswürdigkeiten besichtigen?«

»*Einige* Sehenswürdigkeiten auf alle Fälle«, antwortete ich.

»Das wird Cara gefallen – sie ist, wie Sebastian Ihnen sicher erzählt hat, Ihre Gastgeberin hier. Beides geht nicht, wisst ihr. Wenn man einmal zum Lido geht, gibt es kein Entkommen mehr – man spielt Backgammon, man bleibt in einer Bar hängen, und die Sonne verbrennt einem das Hirn. Haltet euch lieber an die Kirchen.«

»Charles ist ganz erpicht auf Gemälde«, sagte Sebastian.

»Ach ja?« Ich registrierte jenen Hauch von Desinteresse, das ich von meinem eigenen Vater so gut kannte. »Wirklich? Auf einen bestimmten venezianischen Maler?«

»Bellini«, antwortete ich aufs Geratewohl.

»Ja? Welcher?«

»Ich fürchte, ich wusste gar nicht, dass es zwei gibt.«

»Drei, um genau zu sein. Sie werden feststellen, dass die Malerei in den großen Epochen so etwas wie ein Familienbetrieb war. Und wie geht es in England?«

»Oh, ganz fabelhaft«, sagte Sebastian.

»So? *Wirklich?* Es ist tragisch, aber ich kann das englische Landleben nicht ausstehen. Vermutlich ist es eine Schande, ein derartiges Erbe zu übernehmen und keinerlei Interesse dafür aufbringen zu können. Ich bin genau so, wie mich die Sozialisten gern hätten, und eine große Belastung für meine eigene Partei. Nun, mit meinem ältesten Sohn wird sich alles ändern, daran hege ich keinen Zweifel, falls man ihn überhaupt noch etwas erben lässt … Ich frage mich, warum die italienischen Desserts als so besonders gut gelten. Auf Brideshead gab es immer einen italienischen Konditor bis zu Lebzeiten meines Vaters. Er stellte dann einen aus Österreich ein, der war viel besser. Und jetzt ist es vermutlich eine britische Matrone mit feisten Unterarmen.«

Nach dem Essen verließen wir den Palast und bummelten durch ein Gewirr aus Brücken, Plätzen und Gassen, tranken Kaffee im Florian und sahen zu, wie die Menge würdevoll unter dem Campanile auf und ab flanierte. »In Venedig verhalten sich die Leute ganz anders als sonst wo«, sagte Lord Marchmain. »Es wimmelt hier nur so von Anarchisten, andererseits hat neulich abends eine amerikanische Frau versucht, mit bloßen Schultern draußen zu sitzen, und die Leute haben sie vertrieben, indem sie sie unablässig schweigend angafften. Wie Möwen umkreisten sie sie und kamen immer wieder zurück, bis sie schließlich aufstand und ging. Unsere Landsleute sind deutlich weniger vornehm, wenn sie versuchen, ihrer moralischen Missbilligung Ausdruck zu verleihen.«

Ein paar Engländer waren gerade vom Wasser heraufgekommen, hatten einen Tisch in unserer Nähe besetzt und sich dann plötzlich ans andere Ende verzogen, wo sie uns schräge Blicke zuwarfen und die Köpfe zusammensteckten. »Einer dieser Männer und seine Frau kennen mich von früher, als ich noch in der Politik war. Ein prominentes Mitglied deiner Kirche, Sebastian.«

Als wir an diesem Abend zu Bett gingen, meinte Sebastian: »Er ist wirklich ein netter Kerl, findest du nicht?«

Lord Marchmains Geliebte traf am nächsten Tag ein. Ich war neunzehn und hatte keine Ahnung von Frauen. Ich hätte nicht einmal mit Gewissheit eine Prostituierte auf der Straße erkannt. Deshalb war es ziemlich aufregend für mich, unter dem Dach eines ehebrecherischen Paars zu leben, allerdings war ich alt genug, um mein Interesse zu verbergen. Ich begegnete Lord Marchmains Geliebter mit einer Vielzahl widersprüchlicher Erwartungen, denen sie rein äußerlich im ersten Augenblick gar nicht entsprach. Sie war keine üppige Toulouse-Lautrec-Odaliske; sie war kein »Betthäschen«, sondern eine guterhaltene, gutgekleidete und kultivierte Frau mittleren Alters, wie ich sie bei unzähligen öffentlichen Anlässen gesehen und gelegentlich auch kennengelert hatte. Sie wirkte keineswegs gezeichnet von irgendwelchen gesellschaftlichen Stigmata. Am Tag ihrer Ankunft aßen wir am Lido zu Mittag, wo man sie fast an allen Tischen begrüßte.

»Vittoria Corombona hat uns zu ihrem Ball am Sonntag eingeladen.«

»Sehr nett von ihr. Du weißt ja, ich tanze nicht«, gab Lord Marchmain zurück.

»Aber die Jungs? So etwas sieht man nicht alle Tage – der Palast der Corombonas, festlich erleuchtet. Und man weiß nie, wie oft es solche Bälle in Zukunft noch geben wird.«

»Die Jungs können machen, was sie wollen. Aber wir müssen absagen.«

»Und ich habe Mrs Hacking Brunner zum Lunch eingeladen. Sie hat eine charmante Tochter. Sie wird Sebastian und seinem Freund bestimmt gefallen.«

»Sebastian und sein Freund interessieren sich mehr für Bellini als für reiche Erbinnen.«

»Genau das habe ich mir immer gewünscht«, sagte Cara und änderte geschickt ihre Angriffstaktik. »Ich war schon öfter hier, als ich zählen kann, und Alex hat mich nicht einmal San Marco besichtigen lassen. Dann spielen wir also *Touristen*, ja?«

Das taten wir. Cara engagierte einen kleinen, venezianischen Aristokraten, dem alle Türen offen standen. Mit ihm an ihrer Seite und einem Reiseführer in der Hand begleitete sie uns, manchmal ermattet, aber unverdrossen, eine gepflegte, nüchterne Gestalt inmitten der unglaublichen Pracht ringsum.

Die vierzehn Tage in Venedig verflogen rasch und angenehm – zu angenehm vielleicht. Ich versank wehrlos im

Honig. An manchen Tagen verging der Tag mit der Langsamkeit der Gondel, mit der wir durch die Seitenkanäle glitten, während der Gondoliere warnend seinen klagenden Vogelruf ausstieß, an anderen wiederum hüpfte er vorüber wie ein Schnellboot, das in einem Schwall sonnendurchfluteter Gischt über die Lagune schoss. Was übrigblieb, waren wirre Erinnerungen an grelle Sonne auf dem Sand und kühle Marmorräume, an Wasser überall, das gegen den glatten Stein plätschert und sich als Lichtkringel an den bemalten Decken spiegelt, an eine Nacht im Corombona-Palast, wie Byron sie erlebt haben mochte, und eine andere Byron'sche Nacht, in der wir in den Untiefen von Chioggia nach Scampi fischten, an das phosphoreszierende Kielwasser des kleinen Boots, die am Bug schwankende Laterne, und das Netz, das mit Algen, Sand und zappelnden Fischen heraufkam, an Melonen und *prosciutto* auf dem Balkon in der Kühle des Morgens, an mit Käse überbackene Sandwiches und Champagner-Cocktails in Harry's Bar.

Ich erinnere mich, wie Sebastian zum Reiterstandbild Colleonis aufsah und sagte: »Eigentlich ist es traurig, sich vorzustellen, dass du und ich, egal, was passiert, wahrscheinlich nie an einem Krieg teilnehmen können.«

Aber am deutlichsten erinnere ich mich an eine Unterhaltung gegen Ende meines Besuchs.

Sebastian war mit seinem Vater zum Tennisspielen gefahren, und Cara hatte endlich zugegeben, dass sie müde war. Wir saßen am späten Nachmittag an den Fenstern, die auf den Canal Grande hinausgingen, sie mit einer Handarbeit auf dem Sofa, ich müßig in einem Sessel. Es war das erste Mal, dass wir beide allein waren.

»Ich habe den Eindruck, dass Sie Sebastian sehr mögen«, sagte sie.

»O ja, gewiss.«

»Ich kenne diese romantischen Freundschaften nur von Engländern und Deutschen. Hier gibt es das nicht. Ich finde, es ist eine sehr gute Erfahrung, wenn es nicht zu lange anhält…«

Sie war so ruhig und sachlich, dass ich sie kaum falsch verstehen konnte, trotzdem wusste ich nicht, was ich darauf sagen sollte. Sie schien auch keine Antwort zu erwarten, sondern stickte weiter und hielt nur hin und wieder inne, um in dem Handarbeitsbeutel neben sich nach der passenden Seide zu kramen.

»Es ist die Art von Liebe, wie Kinder sie erleben, bevor sie wissen, was Liebe bedeutet. In England lernen die jungen Männer sie erst kennen, wenn sie schon fast erwachsen sind; ich glaube, das gefällt mir daran. Es ist besser, einen anderen Jungen so zu lieben als ein Mädchen. Alex empfand eine solche Liebe für ein Mädchen – für seine Frau, wie Sie wissen. Glauben Sie, dass er mich liebt?«

»Also wirklich, Cara, Sie stellen mir die peinlichsten Fragen. Wie soll ich das wissen? Ich nehme an…«

»Tut er nicht. Kein bisschen. Warum bleibt er dann bei mir? Ich will es Ihnen sagen: weil ich ihn vor Lady Marchmain beschütze. Er hasst sie, und Sie können sich nicht vorstellen, wie sehr! Man könnte ihn für gleichmütig und englisch halten – den Mylord, ein wenig blasiert, bar aller Leidenschaft. Er will es bequem haben und nicht behelligt werden, der Sonne folgen, und ich soll mich um die eine Sache kümmern, die kein Mann selbst erledigen kann. In Wahrheit ist er ein Vulkan von angestautem Hass, mein lieber Freund. Er kann nicht dieselbe Luft atmen wie sie. Er wird England nicht mehr betreten, weil es ihre Heimat ist. Nicht einmal in Sebastians Gesellschaft kann er glücklich sein, weil er ihr Sohn ist. Aber Sebastian hasst sie auch.«

»Das glaube ich nicht.«

»Vielleicht gibt er es vor Ihnen nicht zu. Vielleicht nicht einmal vor sich selbst. Sie sind voller Hass – Hass auf sich selbst. Alex und seine Familie ... Was glauben Sie, warum er keine gesellschaftlichen Anlässe besucht?«

»Ich dachte immer, die Gesellschaft lehnte ihn ab.«

»Mein lieber Junge, Sie sind noch sehr jung. Meinen Sie wirklich, die Leute würden einen attraktiven, intelligenten, reichen Mann wie Alex ablehnen? Nie im Leben. In Wahrheit ist es umgekehrt: Er hat sie abgewiesen. Noch heute kommen sie immer wieder auf ihn zu, nur um sich vor den Kopf stoßen und auslachen zu lassen. Und alles nur wegen Lady Marchmain. Er wird nicht einmal eine Hand schütteln, die möglicherweise die ihre berührt hat. Wenn wir Gäste haben, kann ich förmlich seine Gedanken lesen: ›Ob sie direkt aus Brideshead kommen? Oder auf dem Weg zum Marchmain House sind? Werden Sie meiner Frau von mir erzählen? Stärken sie die Bande zwischen mir und ihr, obwohl ich sie hasse?‹ Aber im Ernst, wahrhaftig, so denkt er. Er ist verrückt. Und wie hat sie sich den ganzen Hass verdient? Sie hat nichts anderes getan, als sich von jemandem lieben lassen, der nicht erwachsen war. Ich habe Lady Marchmain nie kennengelernt und nur ein einziges Mal flüchtig gesehen, aber wenn man mit einem Mann zusammenlebt, erfährt man eine Menge über die Frau, die er einmal liebte. Ich kenne Lady Marchmain ganz gut. Sie ist eine gute, einfache Frau, die auf falsche Art geliebt wurde.

Wenn ein Mensch mit solcher Inbrunst hasst, dann gibt es gewöhnlich etwas in ihm selbst, das er hasst. Alex hasst die Illusionen seiner Jugend ... Unschuld, Gott, Hoffnung. Die arme Lady Marchmain muss für all das herhalten. Als Frau hat man nicht so viele verschiedene Arten zu lieben.

Alex hat mich sehr gern, und ich beschütze ihn vor seiner eigenen Unschuld. So geht es uns gut.

Sebastian ist verliebt in seine Kindheit. Das wird ihn sehr unglücklich machen. Sein Teddybär, seine Nanny ... immerhin ist er schon neunzehn ...«

Sie regte sich auf dem Sofa und verlagerte ihr Gewicht, um hinunter auf die vorbeifahrenden Boote sehen zu können. Liebevoll, aber auch spöttisch sagte sie: »Wie schön es ist, im Schatten zu sitzen und von der Liebe zu sprechen«, kam aber plötzlich wieder auf den Boden der Tatsachen zurück und erklärte: »Sebastian trinkt zu viel.«

»Ich glaube, das tun wir beide.«

»Bei Ihnen macht es nichts. Ich habe Sie zusammen beobachtet. Bei Sebastian ist es anders. Er wird zum Trinker, wenn nicht bald jemand kommt und ihn davon abhält. Ich habe viele wie ihn gekannt. Alex war beinahe so weit, als ich ihn kennenlernte; es liegt ihnen also im Blut. Ich erkenne es an der Art, wie Sebastian trinkt. Sie ist anders als Ihre.«

Wir kamen einen Tag vor Beginn des Trimesters in London an. Auf dem Weg von Charing Cross setzte ich Sebastian vor dem Haus seiner Mutter ab. »Marchers«, seufzte er, um das Ende der Ferien zu kennzeichnen. »Ich bitte dich nicht herein, wahrscheinlich ist die ganze Familie hier versammelt. Wir sehen uns in Oxford.« Ich fuhr weiter durch den Park nach Hause.

Mein Vater begrüßte mich mit dem üblichen Anflug milden Bedauerns.

»Heute hier, morgen dort«, sagte er. »Offenbar bekomme ich nicht viel von dir zu sehen. Vielleicht ist es dir zu langweilig hier. Wie könnte es auch anders sein? Hast du dich gut unterhalten?«

»Sehr. Ich war in Venedig.«

»Ja. Ja. Verstehe. Hattest du gutes Wetter?«

Als er nach einem Abend stummer Lektüre ins Bett ging, wandte er sich noch einmal um und fragte: »Der Freund, um den du so besorgt warst – ist er gestorben?«

»Nein.«

»Das freut mich. Du hättest es mir schreiben sollen. Ich habe mir so viele Sorgen um ihn gemacht.«

5

»Typisch Oxford, das neue Jahr im Herbst zu beginnen«, sagte ich.

Überall fielen die Blätter von den Bäumen auf Kopfsteinpflaster, Kies und Rasenflächen, der Rauch der Feuer vermischte sich mit dem feuchten Dunst des Flusses und trieb über die grauen Mauern. Die Steinplatten unter den Füßen waren rutschig, und wenn in den Fenstern rings um den Hof eine Lampe nach der anderen aufflammte, wirkten die goldenen Lichter verschwommen und fern; neue Gestalten in neuen Talaren wanderten im Zwielicht durch die Torbögen, und die vertrauten Glockenschläge sprachen von den Erinnerungen eines ganzen Jahres.

Die herbstliche Stimmung hatte uns beide im Griff, als wäre die überschäumende Ausgelassenheit des Juni mit den Levkojen verwelkt, deren Duft unter meinen Fenstern nun dem Geruch feuchter Blätter wich, die in einer Ecke des Hofs verbrannt wurden.

Es war der erste Sonntagabend des Trimesters.

»Ich fühle mich exakt hundert Jahre alt«, sagte Sebastian.

Er war am Abend zuvor eingetroffen, einen Tag früher als ich, und dies war das erste Wiedersehen nach unserem Abschied im Taxi.

»Heute Nachmittag hat mich Monsignore Bell ins Gebet

genommen. Er ist der Vierte, seit ich hier angefangen habe: mein Tutor, der Junior-Dean, Mr Samgrass von All Souls und jetzt Monsignore Bell.«

»Wer ist Mr Samgrass von All Souls?«

»Einer von Mummys Bekannten. Alle behaupten, ich hätte im letzten Jahr einen sehr schlechten Start hingelegt, wäre *aufgefallen* und würde, wenn ich mich nicht besserte, rausfliegen. Wie bessert man sich? Vermutlich, indem man der League of Nations Union beitritt, jede Woche das *Isis Magazine* liest und morgens im Cadena Kaffee trinkt, eine große Pfeife raucht, Hockey spielt, zum Teetrinken nach Boar's Hill fährt und Vorlesungen im Keble College hört, auf dem Fahrrad mit einem Korb voller Notizbücher herumfährt, abends Kakao trinkt und ernsthaft über Sexualität diskutiert. Oh, Charles, was ist seit dem letzten Trimester geschehen? Ich komme mir so alt vor.«

»Und ich, als wäre ich in mittleren Jahren. Das ist noch viel schlimmer. Ich glaube, wir haben schon allen Spaß gehabt, den man hier erwarten kann.«

Wir saßen schweigend im Licht des Kaminfeuers, während es draußen dunkel wurde.

»Anthony Blanche kommt nicht wieder.«

»Warum nicht?«

»Er hat mir geschrieben. Offenbar hat er sich eine Wohnung in München genommen – er ist dort mit einem Polizisten liiert.«

»Er wird mir fehlen.«

»Mir vermutlich auch, auf eine Art.«

Dann verstummten wir wieder und saßen so still vor dem Feuer, dass ein Mann, der mich besuchen wollte, einen Augenblick in der Tür stehen blieb und dann wieder ging, weil er glaubte, das Zimmer sei leer.

»So fängt man kein neues Schuljahr an«, sagte Sebastian schließlich, doch dieser düstere Oktoberabend schien seinen kalten feuchten Hauch über die nächsten Wochen zu breiten. Während des Trimesters und das gesamte Jahr über versanken Sebastian und ich immer tiefer im Dunkel, und Aloysius saß wie ein Fetisch, den man zuerst vor dem Missionar versteckt und später einfach vergessen hatte, unbeachtet auf der Kommode in Sebastians Schlafzimmer.

In uns beiden fand eine Veränderung statt. Das Gefühl, etwas Neues zu entdecken, das im ersten Jahr für so viel Anarchisches gesorgt hatte, war uns beiden abhandengekommen. Ich wurde allmählich vernünftig.
Überraschenderweise vermisste ich meinen Cousin Jasper, der einen hervorragenden Abschluss in Klassischer Philosophie gemacht hatte und sich nun in London umständlich auf ein Leben vorbereitete, in dem er ohnehin nur Schaden anrichten würde. Ich brauchte ihn als Blitzableiter; ohne seine massive Präsenz schien es dem College an Stabilität zu mangeln. Es war keine Herausforderung mehr oder bot Anlass für Empörung wie im Sommer. Außerdem war ich gesättigt und ein wenig ernüchtert wiedergekommen, mit dem festen Vorsatz, es langsamer angehen zu lassen. Nie wieder wollte ich mich dem Spott meines Vaters aussetzen; seine schrullige Schadenfreude hatte mich mehr als jeder Tadel davon überzeugt, wie verrückt es war, über seine Verhältnisse zu leben. Ich hatte mir in diesem Trimester keine Standpauken anhören müssen; mein Erfolg in Vorgeschichte und ein Beta minus für eine Hausarbeit hatten das Verhältnis zu

meinem Tutor begünstigt, und es war mir gelungen, es ohne große Mühe aufrechtzuerhalten.

Ich hielt lose Verbindung mit der Historischen Fakultät, schrieb meine beiden Aufsätze pro Woche und besuchte gelegentlich eine Vorlesung. Außerdem schrieb ich mich gleich zu Anfang des zweiten Jahrs in der Ruskin School of Arts ein. An zwei oder drei Vormittagen pro Woche versammelte sich etwa ein Dutzend Schüler – mindestens die Hälfte davon Töchter aus dem Norden von Oxford – zwischen antiken Büsten aus dem Ashmolean Museum. Zweimal pro Woche zeichneten wir Akte in einem kleinen Raum über dem Teegeschäft. Die Obrigkeiten unternahmen große Anstrengungen, um jeden Anschein von Anstößigkeit an diesen Abenden zu vermeiden, und die junge Frau, die uns Modell saß, wurde für einen Tag aus London geholt und durfte nicht in der Universitätsstadt wohnen. Ich weiß noch, dass die dem Ölofen zugewandte Körperseite immer rosig war, und die andere gesprenkelt und schlaff, als hätte man sie gerupft. Dort saßen wir im Dunst der Petroleumlampe auf unseren Malerschemeln und beschworen den kaum sichtbaren Geist von Trilby. Meine Zeichnungen waren wertlos; zu Hause entwarf ich aufwendige kleine Pastiches, von denen einige, die meine damaligen Freunde aufgehoben haben, heute noch gelegentlich auftauchen und mich in Verlegenheit bringen.

Unterrichtet wurden wir von einem Mann in meinem Alter, der uns mit defensiver Feindseligkeit behandelte. Er trug dunkelblaue Hemden, zitronengelbe Krawatten und eine Hornbrille. Hauptsächlich aufgrund dieses warnenden Beispiels modifizierte ich meinen Kleiderstil, bis er mehr oder weniger dem entsprach, was mein Cousin Jasper bei einem Besuch in einem Landhaus für angemessen gehalten hätte. So wurde ich, unauffällig gekleidet und angenehm beschäftigt, zu einem einigermaßen angesehenen Mitglied meines Colleges.

Bei Sebastian war es anders. Sein anarchisches Jahr hatte sein tiefes, inneres Bedürfnis gestillt, vor der Realität zu fliehen, und je mehr er sich in die Ecke gedrängt sah, wo er sich zuvor frei gefühlt hatte, umso apathischer und mürrischer konnte er sein, selbst mir gegenüber.

In diesem Trimester blieben wir fast nur für uns. Wir fühlten uns einander so verbunden, dass wir uns nicht nach anderen Freunden umsahen. Mein Cousin Jasper hatte mir bereits erklärt, dass es völlig normal war, im zweiten Jahr die Freunde aus dem ersten wieder abzuschütteln, und genau so kam es. Die meisten Freunde hatte ich über Sebastian kennengelernt, jetzt legten wir sie gemeinsam ab und suchten keine neuen. Offizielle Erklärungen gab es nicht. Anfänglich schienen wir sie ebenso oft zu treffen wie zuvor; wir gingen auf Gesellschaften, veranstalteten aber selbst kaum noch welche. Ich hatte keine Lust, mich um die Studienanfänger zu kümmern, die wie ihre Londoner Schwestern in die Gesellschaft eingeführt wurden. Es gab jetzt fremde Gesichter auf jeder Party, und ich, der noch vor wenigen Monaten gar nicht genug neue Bekanntschaften hatte machen können, hatte jetzt die Nase voll davon. Selbst unser kleiner Kreis von engen Freunden, der im Sonnenschein des Sommers so lebendig gewesen war, wirkte in dem ewigen Dunst matt und gedämpft, und das dem Fluss entspringende Zwielicht trübte und verdüsterte das ganze Jahr für mich. Anthony Blanche hatte etwas mitgenommen, als er ging; er hatte eine Tür verschlossen und den Schlüssel eingesteckt, und all seine Freunde, denen er immer fremd gewesen war, brauchten ihn jetzt.

Die Wohltätigkeitsmatinee war vorbei, das war mein Gefühl, der Impresario hatte den Astrachanmantel zugeknöpft, seine Gage in Empfang genommen, und die untröstlichen Damen seines Ensembles hatten ihren Direktor verloren. Ohne ihn vergaßen sie ihre Stichworte und verhaspelten sich mit dem Text. Sie brauchten ihn, damit er im richtigen Augenblick den Vorhang hob; sie brauchten ihn, damit er die Scheinwerfer auf sie richtete; sie brauchten sein Flüstern in den Kulissen und sein strenges Auge auf den Kapellmeister. Ohne ihn gab es keine Fotografen von den Wochenzeitschriften, keine abgesprochenen Gefälligkeiten oder Annehmlichkeiten. Kein stärkeres Band hielt sie mehr zusammen als ihr gewöhnlicher Dienst; jetzt wurden goldene Spitzen und Samt wieder eingepackt, dem Kostümverleiher zurückgegeben und gegen die triste Alltagsuniform eingetauscht. Für ein paar glückliche Stunden Probe, ein paar ekstatische Minuten der Vorstellung hatten sie wunderbare Rollen gespielt, wie ihre eigenen großartigen Vorfahren, deren berühmten Ölporträts sie angeblich ähnlich sahen. Jetzt war es vorbei, und im freudlosen Licht des Tages mussten sie wieder nach Hause gehen, zu ihrem Mann, der zu oft nach London fuhr, zu dem Liebhaber, der beim Glücksspiel verlor, und dem Kind, das zu schnell groß wurde.

Anthony Blanches Kreis zerfiel in ein Dutzend lethargischer junger Engländer. Manchmal sagten sie im späteren

Leben: »Erinnerst du dich noch an den extravaganten Burschen, den wir damals in Oxford kannten – Anthony Blanche? Ich frage mich, was aus ihm geworden ist.« Sie trotteten zurück in die Herde, aus der sie so willkürlich herausgepickt worden waren, und verloren immer mehr von ihrer Individualität. Die Veränderung war ihnen selbst weniger bewusst als uns, und es kam vor, dass sie sich gelegentlich noch immer bei uns versammelten, aber wir hörten auf, sie zu besuchen. Stattdessen entwickelten wir eine Vorliebe für schlechte Gesellschaft und verbrachten unsere Abende meistens in kleinen Hogarth'schen Wirtshäusern in St. Ebb und St. Clement oder in den Straßen zwischen dem alten Markt und dem Kanal, wo wir noch fröhlich sein konnten und wo man uns, so glaube ich, mochte. Im Gardener's Arms und Nag's Head, im Druid's Head unweit des Theaters und im Turf in der Hell's Passage kannte man uns gut, doch zumindest in Letzterem konnte es passieren, dass wir anderen Studenten begegneten – kneipenerprobten Jungs aus dem Brasenose College. Sebastian entwickelte geradezu eine Phobie gegen sie, so wie Männer in Uniform manchmal gegen das Militär. Zahllose Abende wurden uns so verdorben; wenn sie auftauchten, ließ Sebastian sein Glas halbvoll stehen und kehrte mürrisch zurück in sein College.

So fand Lady Marchmain uns vor, als sie zu Anfang dieses Michaelmas-Trimesters für eine Woche nach Oxford kam. Sebastian war matt und seine Freundesschar geschrumpft bis auf einen – mich. Sie akzeptierte mich als seinen Freund und versuchte, mich auch zu ihrem zu machen, wobei sie, ohne es zu ahnen, an den Wurzeln unserer Freundschaft rüttelte. Das ist der einzige Vorwurf, den ich ihr in ihrer unermesslichen Freundlichkeit mir gegenüber machen muss.

Sie war in Oxford, um sich mit Mr Samgrass von All Souls zu besprechen, der von da an eine zunehmend wichtige Rolle in unserem Leben spielte. Lady Marchmain hatte sich vorgenommen, ein Buch zum Gedenken an ihren Bruder Ned unter ihren Freunden zu verbreiten. Er war der älteste der drei legendären Helden, die zwischen Mons und Passchendaele gefallen waren, und hatte eine Vielzahl von Papieren hinterlassen – Gedichte, Briefe, Reden, Artikel. Um sie herauszugeben, selbst für einen beschränkten Kreis, waren Taktgefühl und zahllose Entscheidungen vonnöten, bei denen eine bewundernde Schwester sich leicht vertun konnte. Da ihr dies bewusst war, suchte sie den Rat eines Außenstehenden, und ihre Wahl war auf Mr Samgrass gefallen.

Er war ein junger Geschichtsdozent, ein untersetzter, stämmiger Mensch, adrett gekleidet, mit schütterem Haar, das flach auf den übergroßen Kopf geklatscht war. Er hatte zierliche Hände, kleine Füße und erweckte den Anschein, zu oft gebadet worden zu sein. Seine Manieren waren angenehm und seine Ausdrucksweise eigenartig. Wir lernten ihn bald recht gut kennen.

Mr Samgrass hatte die besondere Gabe, anderen bei ihrer Arbeit zu helfen, war aber auch selbst Autor mehrerer stilvoller kleiner Bücher. Er kannte sich in Archiven mit juristischen Dokumenten aus und hatte einen Riecher für das Malerische. Sebastian hatte untertrieben, als er ihn als »einen von Mummys Bekannten« bezeichnete; er war ein Bekannter von jedermann, der etwas besaß, was ihn interessierte.

Mr Samgrass war Ahnenforscher und Legitimist; er hatte eine Vorliebe für entthronte Mitglieder von Herrscherhäusern und war bestens über die legitimen Ansprüche verschiedener rivalisierender Thronanwärter im Bilde. Seine Denkweise hatte nichts Religiöses, aber er wusste besser Bescheid über die katholische Kirche als die meisten Katholiken, denn er besaß Freunde im Vatikan und kannte sich mit dessen Politik und Ernennungen aus. Er wusste, welche zeitgenössischen Würdenträger gerade gefragt und welche in Ungnade gefallen waren, welche neue theologische These suspekt war und welche Jesuiten oder Dominikaner sich auf dünnem Eis bewegten oder sich mit ihren Predigten zur Fastenzeit der Grenze des Erlaubten näherten. Er hatte alles, bis auf den Glauben. Später nahm er gern an den Andachten in der Kapelle von Brideshead teil und sah den Damen der Familie zu, wenn sie den Nacken unter den schwarzen Spitzenmantillas zum Gebet beugten. Er liebte vergessene Skandale der Reichen und Berühmten und war Experte für umstrittene Vaterschaftsfragen. Er behauptete, der Vergangenheit anzuhängen; trotzdem hatte ich immer das Gefühl, dass er all die famosen Herrschaften, mit denen er zu tun hatte, egal, ob tot oder lebendig, ein bisschen absurd fand. Nur Mr Samgrass war echt, alles andere leerer Pomp. Er war der viktorianische Tourist, gediegen und gönnerhaft, zu dessen Vergnügen all diese seltsamen Dinge zur Schau gestellt wurden. Und seine gepflegte Ausdrucksart hatte etwas Aufgesetztes. Ich konnte mich nie des Verdachts erwehren, dass er irgendwo in seinen holzgetäfelten Räumen ein Diktaphon versteckte.

Er war in Lady Marchmains Begleitung, als ich ihnen

beiden zum ersten Mal begegnete, und damals dachte ich, dass sie keinen größeren Kontrast zu sich selbst oder einen besseren Gegenpart für ihren eigenen Charme hatte finden können als diesen Möchtegernintellektuellen. Es war nicht ihre Art, sich offen in das Leben anderer einzumischen, aber am Ende jener Woche sagte Sebastian etwas säuerlich: »Mummy und du scheint euch ja sehr angefreundet zu haben«, und erst da merkte ich, dass ich rasch und unaufhaltsam von ihr in eine gewisse Vertrautheit hineingezogen worden war, denn für Beziehungen, die distanziert waren, hatte sie nichts übrig. Als sie wieder abreiste, hatte ich versprochen, die gesamten Weihnachtsferien, bis auf die eigentlichen Feiertage selbst, auf Brideshead zu verbringen.

Eines Montagmorgens, ein oder zwei Wochen später, wartete ich in Sebastians Zimmer auf seine Rückkehr von einem Tutorium, als Julia hereinkam, gefolgt von einem hochgewachsenen Mann, den sie mir als »Mr Mottram« vorstellte und selbst mit »Rex« ansprach. Sie waren auf der Rückfahrt von einem Wochenendausflug, wie sie erklärten. Rex Mottram trug einen karierten Mantel und machte einen herzlichen, selbstbewussten Eindruck, Julia hingegen wirkte kalt und ein wenig schüchtern in ihrem Pelz. Sie trat direkt zum Kamin und kauerte sich fröstelnd davor.

»Wir hatten gehofft, dass Sebastian uns zum Lunch einladen würde«, sagte sie. »Wenn er nicht kommt, können wir es auch bei Boy Mulcaster probieren, aber irgendwie dachte ich, es wäre netter mit Sebastian, und wir müssen unbedingt etwas essen. Bei den Chasms sind wir fast verhungert.«

»Sebastian und er sind heute zum Lunch bei mir. Kommen Sie doch auch.«

Umstandslos nahmen sie meine Einladung an. Es war eine der letzten Gesellschaften von der alten Art, die ich gab. Rex Mottram bemühte sich, Eindruck zu schinden. Er war ein attraktiver Bursche mit dunklem Haar, das ihm in die Stirn fiel, dichten schwarzen Augenbrauen und einem sympathischen kanadischen Akzent. Ohne weiteres gab er Auskunft über alles, was man über ihn wissen wollte: dass er ein Glückspilz mit viel Geld war, Parlamentsmitglied, ein Spieler, ein anständiger Kerl, dass er regelmäßig mit dem Prince of Wales Golf spielte und mit »Max«, »F. E.«, »Gertie« Lawrence, Augustus John und Carpentier auf Du und Du war – mit jedermann, dessen Name fiel, wie es schien. Über das Studium sagte er: »Das habe ich übersprungen. Es bedeutet nur, dass man sein Leben drei Jahre später beginnt als die anderen.«

Sein Leben, soweit er sich darüber ausließ, hatte im Krieg begonnen, wo er bei den kanadischen Truppen gedient hatte, mit einem Military Cross ausgezeichnet worden war und es bis zum Adjutanten eines berühmten Generals gebracht hatte.

Als wir ihn kennenlernten, kann er nicht älter als dreißig gewesen sein, doch uns Oxford-Studenten kam er sehr alt vor. Julia behandelte ihn so, wie sie anscheinend alle Welt behandelte – mit leichter Herablassung, aber auch mit einem gewissen Besitzanspruch. Während des Mittagessens schickte sie ihn zum Wagen, um ihre Zigaretten zu holen, und ein- oder zweimal, als er besonders dick auftrug, entschuldigte sie sich für ihn und sagte: »Ihr dürft nicht vergessen, dass er aus den Kolonien kommt«, was er mit lautem Gelächter quittierte.

Als sie weg waren, fragte ich, wer er sei.

»Ach, bloß einer von Julias Freunden«, sagte Sebastian.

Wir waren ein wenig überrascht, als wir eine Woche später ein Telegramm von ihm bekamen, mit dem er Boy Mulcaster und uns für den folgenden Abend zu einem »Dinner für Julia« einlud.

»Ich glaube nicht, dass er irgendwelche jungen Leute kennt«, sagte Sebastian. »All seine Freunde sind vertrocknete alte Haie aus der City und dem Unterhaus. Sollen wir trotzdem hinfahren?«

Wir diskutierten eine Weile darüber und beschlossen dann, die Einladung anzunehmen, da unser Leben in Oxford so lichtscheu geworden war.

»Warum will er Boy einladen?«

»Julia und ich kennen ihn schon seit unserer Kindheit. Da er auch zum Lunch bei dir war, hat er ihn vermutlich für unseren Kumpel gehalten.«

Wir mochten Mulcaster nicht besonders, trotzdem waren wir alle drei recht aufgekratzt, als wir die Erlaubnis unserer Colleges bekamen, über Nacht wegzubleiben, und uns mit Hardcastles Automobil auf den Weg nach London machten.

Wir wollten in Marchmain House übernachten. Deshalb fuhren wir zuerst dorthin, um uns umzuziehen, tranken dabei eine Flasche Champagner und liefen zwischen unseren drei Zimmern, die alle zusammen im dritten Stock lagen und im Vergleich zu dem Prunk weiter unten ziemlich schäbig waren, hin und her. Als wir nach unten kamen, begegnete uns Julia auf dem Weg zu ihrem Zimmer. Sie war noch nicht umgezogen.

»Ich werde mich verspäten«, sagte sie. »Fahrt ihr Jungs

lieber schon mal vor zu Rex. Es ist großartig, dass ihr gekommen seid.«

»Was für eine Party ist es?«

»Ein grässlicher Wohltätigkeitsball, in den ich irgendwie hineingeraten bin. Rex hat darauf bestanden, vorher ein Abendessen zu geben. Ich sehe euch dort.«

Rex Mottram wohnte in Fußnähe des Marchmain House.

»Julia kommt ein bisschen später«, sagten wir. »Sie ist gerade erst nach Hause zurückgekommen, um sich umzuziehen.«

»Das bedeutet mindestens eine Stunde. Trinken wir lieber schon mal ein Glas Wein.«

Eine Frau, die uns als »Mrs Champion« vorgestellt wurde, meinte: »Sie würde bestimmt nicht wollen, dass wir auf sie warten, Rex.«

»Na schön, aber trinken wir trotzdem erst ein Glas Wein.«

»Eine Magnumflasche, Rex?«, meinte sie gereizt. »Du musst aber auch alles eine Nummer zu groß haben.«

»Nicht zu groß für uns«, sagte er, griff selbst nach der Flasche und entkorkte sie.

Zwei junge Frauen in Julias Alter waren anwesend und schienen ebenfalls mit der Organisation des Wohltätigkeitsballs zu tun zu haben. Mulcaster kannte sie von früher, und sie kannten ihn, wenn ihnen das auch keine große Begeisterung zu entlocken schien. Mrs Champion unterhielt sich mit Rex. Sebastian und ich blieben zusammen und tranken allein, wie immer.

Schließlich tauchte Julia auf, ohne Eile, ausnehmend schön und keineswegs zerknirscht. »Ihr hättet schon anfangen sollen«, sagte sie. »Das ist nur seine kanadische Höflichkeit.«

Rex Mottram war ein großzügiger Gastgeber. Am Ende des Abendessens waren wir drei aus Oxford ziemlich beschwipst. Während wir noch in der Diele standen und darauf warteten, dass die Frauen herunterkamen, und Rex und Mrs Champion sich ein wenig von uns zurückgezogen hatten, um sich mit gedämpfter Stimme, aber offensichtlich gereizt zu unterhalten, sagte Mulcaster plötzlich: »Ich schlage vor, wir machen uns, sobald das grässliche Getanze losgeht, schnell aus dem Staub und fahren zu Ma Mayfield.«

»Wer ist Ma Mayfield?«

»Ihr kennt doch wohl Ma Mayfield. Jeder kennt Ma Mayfield aus dem Old Hundredth. Ich habe eine Freundin dort – ein süßes kleines Ding namens Effie. Sie würde mir die Hölle heiß machen, wenn sie hört, dass ich in London war und sie nicht besucht habe. Kommt mit und lernt Effie bei Ma Mayfield kennen.«

»Na gut«, sagte Sebastian. »Lernen wir Effie bei Ma Mayfield kennen.«

»Wir genehmigen uns noch eine Flasche von Mottrams Schampus, aber dann verlassen wir den blöden Ball und fahren zum Old Hundredth. Was meint ihr?«

Den Ball zu verlassen war nicht schwer. Die Frauen, die von Rex Mottram eingeladen worden waren, kannten viele Leute, und nachdem wir ein- oder zweimal mit ihnen getanzt hatten, füllte sich unser Tisch allmählich, und Mottram bestellte eine Flasche Wein nach der anderen. Wenig später standen wir drei draußen auf dem Gehsteig.

»Weißt du, wo es ist?«

»Na klar. Sink Street Nummer hundert.«

»Wo ist das?«

»Gleich beim Leicester Square. Wir nehmen lieber den Wagen.«

»Wieso?«

»Ist immer besser, bei so etwas einen Wagen dabeizuhaben.«

Wir stellten seine Erklärung nicht in Frage, was sich als Fehler entpuppte. Der Wagen stand vor dem Marchmain House, keine hundert Meter von dem Hotel entfernt, wo wir getanzt hatten. Mulcaster saß am Steuer und brachte uns auf einigen Umwegen sicher zur Sink Street. Ein Türsteher auf der einen Seite des dunklen Eingangs und ein Mann mittleren Alters in Abendgarderobe auf der anderen, der mit dem Gesicht zur Hauswand stand und seine Stirn an den Backsteinen kühlte, zeigten uns, dass wir unser Ziel erreicht hatten.

»Geht bloß nicht da rein, sonst werdet ihr vergiftet«, sagte der Mann mittleren Alters.

»Mitglieder?«, fragte der Türsteher.

»Mein Name ist Mulcaster«, sagte Mulcaster. »Viscount Mulcaster.«

»Na schön, probiert es mal drinnen«, meinte der Türsteher.

»Ihr werdet ausgeraubt, vergiftet, infiziert und ausgenommen«, sagte der Mann mittleren Alters.

Im Innern des dunklen Eingangs gab es eine erleuchtete Luke.

»Mitglieder?«, fragte eine stämmige Frau im Abendkleid.

»Na, das ist ja nett«, sagte Mulcaster. »Mittlerweile müssten Sie mich kennen.«

»Ja, mein Kleiner«, sagte die Frau gleichmütig, »zehn Schilling pro Nase.«

»Moment mal, bisher habe ich noch nie bezahlen müssen.«

»Schon möglich, Kleiner. Aber heute ist der Laden voll, deshalb kostet es zehn Schilling. Alle, die nach euch kommen, müssen ein Pfund berappen. Da habt ihr noch Glück.«

»Ich möchte mit Mrs Mayfield sprechen.«

»Ich *bin* Mrs Mayfield. Zehn Schilling für jeden.«

»Ach, Ma, ich habe Sie gar nicht erkannt in Ihrer feinen Aufmachung. Sie kennen mich doch, oder? Boy Mulcaster.«

»Ja, Süßer. Zehn Schilling.«

Wir zahlten, und der Mann, der vor der Saaltür gestanden hatte, ließ uns durch. Im Innern war es heiß und voll, denn damals war das Old Hundredth auf dem Höhepunkt seines Erfolgs. Wir fanden einen Tisch und bestellten eine Flasche; der Kellner kassierte ab, bevor er sie öffnete.

»Wo ist denn Effie heute Abend?«, fragte Mulcaster.

»Welche Effie?«

»Effie, eins der Mädels, die hier arbeiten. Die hübsche Dunkle.«

»Hier arbeiten jede Menge Mädchen. Manche sind dunkel und andere blond. Einige könnte man als hübsch bezeichnen. Ich habe keine Zeit, mir alle Namen zu merken.«

»Ich gehe mal nachsehen, ob ich sie finde.«

Während er weg war, blieben zwei junge Frauen an unserem Tisch stehen und musterten uns neugierig. »Komm«, meinte dann die eine zur anderen. »Wir vertun nur unsere Zeit. Das sind Schwuchteln.«

Wenig später kehrte Mulcaster triumphierend mit Effie zurück, und der Kellner servierte ihr, ohne dass jemand etwas bestellt hätte, augenblicklich einen Teller mit Eiern und Speck.

»Ich habe den ganzen Abend noch nichts zu essen gehabt«, erklärte sie. »Das Einzige, das hier was taugt, ist das Frühstück, und von der Rumsteherei kriegt man Hunger.«

»Macht sechs Schilling«, sagte der Kellner.

Als sie fertig war, tupfte sich Effie den Mund mit einer Serviette ab und sah uns an.

»Ich hab dich hier schon mal gesehen, öfter sogar, stimmt's?«, sagte sie zu mir.

»Ich fürchte nein.«

»Aber dich?«, an Mulcaster gewandt.

»Nun, das will ich schwer hoffen. Du hast doch unseren kleinen Abend im September nicht vergessen, oder?«

»Nein, Darling, natürlich nicht. Du warst der Junge bei der Leibgarde, der sich den Zeh verletzt hatte, stimmt's?«

»Jetzt hör schon auf mit den Witzen, Effie.«

»Nein, das war ein anderer Abend, stimmt's? Jetzt weiß ich es wieder, du warst mit Bunty hier, als die Polizei kam und wir uns alle bei den Mülleimern versteckt haben.«

»Effie zieht mich gern auf, was, Effie? Sie ist böse, weil ich so lange nicht hier war, stimmt's?«

»Wie du meinst. Aber ich weiß genau, dass ich dich schon mal gesehen habe.«

»Hör endlich auf, mich aufzuziehen.«

»Ich wollte dich nicht aufziehen. Ehrlich nicht. Wollen wir tanzen?«

»Im Augenblick nicht.«

»Gott sei Dank. Meine Schuhe drücken heute Abend nämlich ganz entsetzlich.«

Bald waren Mulcaster und sie in ein Gespräch vertieft. Sebastian lehnte sich zurück und sagte: »Ich bitte die beiden da drüben, sich zu uns zu setzen.«

Die beiden unbegleiteten Frauen, die uns zuvor in Augenschein genommen hatten, bewegten sich erneut auf uns zu. Sebastian lächelte und stand auf, um sie an unseren Tisch zu bitten. Bald hatten auch sie ein herzhaftes Mahl vor sich stehen. Eine hatte das Gesicht eines Totenkopfs, die andere sah aus wie ein krankes Kind. Der Totenkopf schien für mich bestimmt zu sein. »Wie wär's mit einer kleinen Party?«, meinte sie. »Nur wir sechs bei mir zu Hause?«

»Warum nicht?«, meinte Sebastian.

»Wir haben euch zuerst für Schwuchteln gehalten.«

»Das liegt bestimmt daran, dass wir so jung sind.«

Der Totenkopf kicherte. »Ihr versteht wenigstens Spaß«, sagte sie.

»Ihr seid wirklich süß«, sagte das kranke Kind. »Ich muss nur Mrs Mayfield Bescheid sagen, dass wir aus dem Haus gehen.«

Es war noch früh, kurz nach Mitternacht, als wir wieder auf der Straße standen. Der Türsteher versuchte uns zu überreden, eine Droschke zu nehmen. »Ich behalte Ihren Wagen im Auge, Sir. Ich an Ihrer Stelle würde nicht fahren, Sir, wirklich nicht.«

Doch Sebastian setzte sich ans Steuer, und die beiden Frauen saßen neben ihm, eine auf dem Schoß der anderen, um ihm den Weg zu zeigen. Effie, Mulcaster und ich saßen hinten. Ich glaube, wir johlten ein bisschen, als wir losfuhren.

Weit kamen wir nicht. Als wir in die Shaftesbury Avenue einbogen und Richtung Piccadilly fuhren, entgingen wir nur um Haaresbreite einem Zusammenstoß mit einem entgegenkommenden Taxi.

»Um Gottes willen«, sagte Effie. »Pass doch auf, wie du fährst. Oder willst du uns alle umbringen?«

»Ein leichtsinniger Bursche war das«, gab Sebastian zurück.

»Du fährst nicht gerade vorsichtig«, sagte der Totenkopf. »Außerdem müssten wir auf die andere Straßenseite wechseln.«

»Stimmt«, meinte Sebastian und machte einen unerwarteten Schlenker nach links.

»Halt an, ich gehe lieber zu Fuß.«

»Anhalten? Aber gewiss doch.«

Er trat auf die Bremse, und wir kamen mitten auf der entgegengesetzten Fahrspur abrupt zum Stehen. Zwei Polizeibeamte setzten sich in Bewegung und eilten herbei.

»Lasst mich bloß hier raus«, sagte Effie, sprang aus dem Wagen und verschwand.

Wir anderen saßen in der Patsche.

»Tut mir leid, wenn ich den Verkehr behindere, Officer«, sagte Sebastian höflich. »Aber die Dame wollte unbedingt hier aussteigen. Sie ließ nicht mit sich reden. Wie Sie sicher gesehen haben, hatte sie es eilig. Schwache Nerven, Sie wissen schon.«

»Lass mich mit ihm reden«, mischte sich der Totenkopf ein. »Seien Sie so lieb, Süßer, und tun Sie so, als ob Sie nichts gesehen hätten. Es sind ja bloß harmlose Jungs. Ich stecke sie in ein Taxi und sorge dafür, dass sie heil nach Hause kommen.«

Die Polizisten musterten uns prüfend, um sich ein eigenes Urteil zu bilden. Es wäre vielleicht noch alles gut ausgegangen, hätte sich nicht Mulcaster eingemischt. »Schauen Sie, guter Mann«, sagte er. »Es gibt überhaupt keinen Grund, etwas zu protokollieren. Wir kommen gerade von Ma Mayfield. Ich schätze, sie zahlt Ihnen eine Stange Geld dafür, dass Sie hin und wieder ein Auge zudrücken. Nun, dann können Sie es auch in unserem Fall tun, Sie haben nichts dabei zu verlieren.«

Das räumte alle Zweifel aus, die die Polizisten möglicherweise noch hatten. Kurze Zeit später saßen wir in unseren Zellen.

An die Fahrt dorthin erinnere ich mich kaum noch und an die Aufnahmeprozedur genauso wenig. Mulcaster protestierte heftig, glaube ich, und als wir unsere Taschen leeren sollten, beschuldigte er die Gefängnisaufseher des Diebstahls. Dann wurden wir eingesperrt, und das Erste, dessen ich mich klar entsinne, ist eine gekachelte Wand mit einer an der Decke angebrachten Lampe unter dickem Glas, eine Pritsche und eine Tür, die auf meiner Seite keinen Griff hatte. Irgendwo links von mir schlugen Sebastian und Mulcaster Krach. Sebastian hatte sich auf dem Weg zur Polizeiwache noch einigermaßen gehalten; jetzt aber war er wie von Sinnen, hämmerte gegen die Tür und rief: »Verdammt, ich bin nicht betrunken! Macht die Tür auf, schickt mir einen Arzt her! Ich habe euch gesagt, dass ich nicht betrunken bin!« Und Mulcaster, noch eine Zelle weiter, krakeelte: »Mein Gott, dafür werdet ihr bezahlen! Ihr macht einen großen Fehler, das kann ich euch sagen. Ruft im Innenministerium an. Schickt nach meinen Anwälten. Ich werde Haftbeschwerde einlegen!«

Protestierendes Stöhnen erhob sich aus den anderen Zellen, wo diverse Obdachlose und Taschendiebe versuchten, ein wenig Schlaf zu finden. »Schnauze, verdammt!« »Gib endlich Ruhe, klar?« ... »Sind wir hier im Knast oder in der Klapsmühle?« Und der Aufseher, der seine Runden drehte, ermahnte sie durch das Zellengitter: »Wenn ihr euch nicht zusammenreißt, bleibt ihr die ganze Nacht hier!«

Ich saß niedergeschlagen auf der Pritsche und döste vor mich hin. Irgendwann verebbte das Geschrei, und Sebastian rief: »Sag mal, Charles, bist du da irgendwo?«

»Ich bin hier.«

»Verdammt blöde Sache.«

»Kann niemand eine Kaution für uns hinterlegen oder so was?«

Mulcaster schien eingeschlafen zu sein.

»Ich sag dir, wer uns rauspauken kann – Rex Mottram. Der wäre hier in seinem Element.«

Es war nicht so einfach, ihn zu erreichen. Zuerst dauerte es eine halbe Stunde, bis der diensthabende Polizist auf mein Läuten reagierte. Am Ende fand er sich widerwillig bereit, eine telefonische Nachricht an das Hotel zu schicken, in dem der Ball stattfand. Dann dauerte es noch mal eine geraume Weile, bis endlich unsere Zellentüren aufgeschlossen wurden.

Durch die verbrauchte Luft der Polizeiwache, wo es nach Schmutz und Desinfektionsmitteln stank, trieb jetzt der süße, satte Wohlgeruch einer Havannazigarre auf uns zu – besser gesagt, zweier Havannazigarren, denn der diensthabende Beamte rauchte ebenfalls.

Rex stand im Dienstzimmer und sah aus wie die Verkörperung – besser gesagt, eine Karikatur – von Macht und Wohlstand; er trug einen pelzgefütterten Mantel mit breiten Astrachanaufschlägen und einen Zylinder. Die Polizisten gaben sich respektvoll und hilfsbereit.

»Wir mussten unsere Pflicht tun«, sagten sie. »Wir haben die jungen Herren zu ihrem eigenen Schutz in Gewahrsam genommen.«

Mulcaster wirkte verkatert und setzte zu einer konfusen Beschwerde an, man hätte ihm einen Anwalt und die Bürgerrechte verweigert. »Am besten überlassen Sie das Reden mir«, sagte Rex.

Ich hatte wieder einen klaren Kopf und beobachtete fasziniert, wie Rex sich um unsere Angelegenheiten kümmerte. Er studierte die Festnahmeprotokolle, redete freundlich mit den Männern, die uns verhaftet hatten, machte eine kaum merkliche Anspielung auf Schmiergeld und nahm sie gleich wieder zurück, als er einsah, dass der Fall schon zu weit fortgeschritten war und schon zu viele Leute Bescheid wussten. Am Ende garantierte er, uns am nächsten Morgen um zehn zum Amtsgericht zu bringen, und nahm uns mit. Der Wagen wartete draußen.

»Es hat keinen Zweck, heute Abend noch weiter darüber zu reden. Wo übernachtet ihr?«

»Marchers«, antwortete Sebastian.

»Kommt lieber mit zu mir. Ich kann euch für eine Nacht unterbringen. Überlasst alles mir.« Er genoss seine Rolle sichtlich.

Am nächsten Morgen verstärkte sich dieser Eindruck noch. Ich erwachte erstaunt und verwirrt darüber, mich in einem fremden Zimmer zu befinden, doch schon in den ersten Sekunden des vollen Bewusstseins kehrte die Erinnerung an den Abend zuvor zurück, ein Alptraum, der real stattgefunden hatte. Rex' Kammerdiener packte einen Koffer aus. Als er sah, dass ich mich regte, trat er zum Waschbecken und füllte ein Glas mit Flüssigkeit aus einer Flasche. »Ich glaube, ich habe alles aus Marchmain House mitgebracht«, sagte er. »Mr Mottram hat Ihnen etwas von Heppell kommen lassen.«

Ich nahm einen Schluck und fühlte mich schon besser.

Ein Friseur von Trumper war gekommen, um uns zu rasieren.

Rex setzte sich an unseren Frühstückstisch. »Es ist wichtig, einen guten Eindruck vor Gericht zu machen«, sagte er. »Zum Glück sieht keiner von euch besonders lädiert aus.«

Nach dem Frühstück kam der Anwalt, und Rex fasste ihm den Fall kurz zusammen.

»Sebastian steckt in der Klemme«, sagte er. »Er muss mit bis zu sechs Monaten Haft rechnen wegen Trunkenheit am Steuer. Blöderweise wird Grigg den Vorsitz haben. Er vertritt in solchen Fällen ziemlich klare Ansichten. Heute Vormittag passiert nicht mehr, als dass wir den Antrag stellen, das Verfahren gegen Sebastian um eine Woche zu verschieben, damit wir die Verteidigung vorbereiten können. Ihr beiden bekennt euch schuldig, erklärt, dass es euch leidtut und zahlt eure fünf Schilling Geldstrafe. Ich werde sehen, was ich tun kann, um die Zeitungen zu schmieren. Der *Star* könnte Schwierigkeiten machen.

Vergesst nicht, das Wichtigste ist, das Old Hundredth mit keinem Wort zu erwähnen. Zum Glück waren die beiden Flittchen nüchtern und werden nicht angeklagt, aber man hat ihre Namen aufgenommen. Wenn wir versuchen, die Aussagen der Polizisten anzufechten, wird man sie als Zeuginnen vorladen. Das müssen wir unter allen Umständen vermeiden, deshalb schlucken wir die Geschichte der Polizei und appellieren an die Gutmütigkeit des Richters, damit er nicht die Karriere eines jungen Mannes ruiniert, nur weil er einmal über die Stränge geschlagen hat. Es wird schon klappen. Wir brauchen einen Dozenten, der bestätigen kann, dass Sebastian ein guter Mensch ist. Julia sagte, dass ihr einen Burschen namens Samgrass kennt, der euch aus der Hand frisst. Das wird genügen. So lange bleibt ihr bei der Geschichte, dass ihr zu einer völlig respektablen Tanzveranstaltung eingeladen wart und keinen Wein gewohnt seid, dass ihr zu viel getrunken und euch auf dem Weg zurück nach Oxford verfahren habt.

Anschließend müssen wir sehen, wie wir die Sache mit den Behörden in Oxford regeln.«

»Ich habe ihnen gesagt, dass sie meine Anwälte anrufen sollten«, sagte Mulcaster. »Aber sie haben sich geweigert. Das war gegen das Gesetz, und ich sehe nicht ein, warum sie damit davonkommen sollten.«

»Um Himmels willen, mach es nicht noch komplizierter. Du bekennst dich schuldig und zahlst die Strafe. Verstanden?«

Mulcaster murrte zwar, fügte sich aber.

Vor Gericht lief alles genau so, wie Rex es vorhergesagt hatte. Um halb elf standen wir wieder in der Bow Street, Mulcaster und ich als freie Männer, Sebastian mit der Auflage, in einer Woche wieder zu erscheinen. Mulcaster hatte den Mund gehalten; er und ich wurden verwarnt und zu jeweils fünf Schilling Strafe und fünfzehn Schilling Gerichtskosten verurteilt. Mulcaster entpuppte sich allmählich als lästig, und deshalb waren wir erleichtert, als er behauptete, er müsse noch etwas erledigen. Der Anwalt eilte geschäftig davon, und Sebastian und ich blieben niedergeschlagen zurück.

»Bestimmt wird Mummy davon erfahren«, sagte er. »Verdammt, verdammt, verdammt. Es ist kalt. Ich will nicht nach Hause. Ich kann nirgendwohin. Lass uns einfach nach Oxford zurückfahren und warten, bis *sie* was von *uns* wollen.«

Die verrufenen Stammgäste des Amtsgerichts kamen und gingen die Treppen hinauf und hinab, und wir standen unschlüssig an der windigen Ecke.

»Wollen wir Julia mal um Rat fragen?«

»Ich könnte ins Ausland gehen.«

»Mein lieber Sebastian, man wird dir nur eine Standpauke halten und dich zu ein paar Pfund Geldstrafe verdonnern.«

»Ja, aber das ganze Drum und Dran – Mummy, Bridey, die Familie und die Dozenten. Lieber würde ich ins Gefängnis gehen. Wenn ich einfach ins Ausland verschwinde, können sie mich nicht zurückholen, oder? Das machen doch viele, wenn die Polizei hinter ihnen her ist. Ich weiß schon, Mummy wird bestimmt so tun, als hätte sie am meisten unter der Sache zu leiden.«

»Lass uns Julia anrufen, damit wir uns irgendwo treffen und alles bereden können.«

Wir verabredeten uns bei Gunter am Berkeley Square. Julia trug wie die meisten Frauen zu der Zeit einen tief in die Stirn gezogenen grünen Hut, der mit einem Pfeil aus Diamanten verziert war; unter dem Arm hatte sie einen kleinen Hund, der zu drei Vierteln im Pelz ihres Mantels verschwand. Sie begrüßte uns mit ungewöhnlichem Interesse.

»Ihr seid wirklich zwei Esel, aber ich muss sagen, dafür macht ihr eine erstaunlich gute Figur. Nach meinem ersten und einzigen Schwips war ich den ganzen nächsten Tag wie gelähmt. Ich finde, ihr hättet mich mitnehmen können. Der Ball war sterbenslangweilig, und ich wollte doch schon immer mal ins Old Hundredth. Keiner nimmt mich mit. Ist es wirklich so herrlich?«

»Das weißt du also auch schon?«

»Rex hat mich heute Morgen angerufen und mir alles erzählt. Wie sahen denn eure Freundinnen aus?«

»Sei nicht so pervers«, sagte Sebastian.

»Meine sah aus wie ein Totenkopf.«

»Meine wie eine Schwindsüchtige.«

»*Meine Güte!*« Wir stiegen sichtlich in Julias Achtung, weil wir mit Frauen aus gewesen waren; das weckte ihr Interesse.

»Weiß Mummy davon?«

»Nicht von euren Totenköpfen und Schwindsüchtigen. Nur, dass man euch eingebuchtet hat. Das habe ich ihr erzählt. Natürlich hat sie fabelhaft reagiert. Ihr wisst ja, alles, was Onkel Ned getan hat, war immer perfekt, und er ist mal verhaftet worden, weil er einen Bären zu einer Sitzung bei Lloyd George mitgenommen hatte, deshalb geht sie einigermaßen gelassen mit der ganzen Sache um. Sie möchte mit euch beiden zu Mittag essen.«

»O Gott!«

»Das einzige Problem sind die Presse und die Familie. Haben Sie eine schreckliche Familie, Charles?«

»Nur einen Vater. Er wird nie davon erfahren.«

»Unsere ist schrecklich. Die arme Mummy wird entsetzlich zu leiden haben. Man wird ihr mitfühlende Briefe schreiben und Besuche abstatten, und die eine Hälfte der Leute wird denken: Das hat sie nun davon, dass sie den Jungen so katholisch erzogen hat, und die andere Hälfte: Das kommt davon, dass man ihn nach Eton statt nach Stonyhurst geschickt hat. Arme Mummy, sie kann es niemandem recht machen.«

Wir aßen mit Lady Marchmain zu Mittag. Sie nahm die Sache mit Humor und Resignation. Der einzige Vorwurf, den sie uns machte, war: »Ich kann nicht verstehen, dass ihr nicht nach Hause gekommen seid, sondern die Nacht bei Mr Mottram verbracht habt. Ihr hättet zuallererst mir davon erzählen müssen. Wie soll ich das bloß der Familie erklären? Alle werden furchtbar schockiert sein, wenn sie erfahren, dass sie sich mehr darüber aufregen als ich. Kennen Sie meine Schwägerin, Fanny Rosscommon? Sie hat schon immer gefunden, dass ich meine Kinder schlecht erziehe. Und allmählich habe ich das Gefühl, sie könnte recht haben.«

Als wir aufbrachen, meinte ich: »Sie hätte nicht charmanter sein können. Was hat dich nur so beunruhigt?«

»Ich kann es nicht erklären«, sagte Sebastian kläglich.

Eine Woche später, als der Fall vor Gericht verhandelt wurde, bekam er eine Geldstrafe von zehn Pfund. Die Zeitungen berichteten an unangenehm prominenter Stelle darüber, eine sogar unter der spöttischen Schlagzeile: *Sohn eines Marquis verträgt keinen Wein.* »Wie der Richter erklärte, ist es nur dem raschen Eingreifen der Polizei zu verdanken, dass er einer schwerwiegenderen Anschuldigung entging... ›Sie können froh sein, dass Sie keinen schweren Unfall verursacht haben‹...« Mr Samgrass sagte als Zeuge aus, Sebastian habe einen tadellosen Charakter, und seine blendende Zukunft an der Universität stehe auf dem Spiel. Auch das griff die Presse auf. *Karriere eines Musterstudenten auf der Kippe.* Ohne die Aussage von Mr Samgrass, so der Richter, hätte er sich dafür entschieden, ein Exempel zu statuieren; das Gesetz gelte für einen Studenten aus Oxford genauso wie für einen jungen Rabauken von der Straße. Im Gegenteil, je besser das Elternhaus, umso schändlicher das Vergehen...

Doch nicht nur in der Bow Street erwies sich Mr Samgrass als nützlich. In Oxford setzte er sich mit ebenso viel Eifer und Scharfsinn für uns ein wie zuvor Rex Mottram in London. Er sprach mit den Behörden, den Proktoren, dem Rektor; er brachte Monsignore Bell dazu, auf den Dean von Christ Church einzuwirken; er arrangierte ein Gespräch zwischen Lady Marchmain und dem Kanzler persönlich. Am Ende wurden wir drei für den Rest des Trimesters unter Hausarrest gestellt. Hardcastle wurde aus unerfindlichen Gründen die Benutzung seines Automobils erneut untersagt, und damit war die Sache erledigt. Die nachhaltigste Strafe, die wir ertragen mussten, war unsere Vertrautheit mit Rex Mottram und Mr Samgrass, doch da sich Rex in London in der Welt der Politik und Hochfinanz bewegte und Mr Samgrass uns in Oxford näher war, hatten wir unter ihm mehr zu leiden.

Für den Rest des Trimesters folgte er uns auf Schritt und Tritt. Da wir unter Hausarrest standen, konnten wir die

Abende nicht mehr zusammen verbringen, waren von neun Uhr an allein und damit Mr Samgrass ausgeliefert. Es verging kaum ein Abend, an dem er nicht einen von uns aufsuchte. Er sprach von »unserer kleinen Eskapade«, als wäre er ebenfalls im Gefängnis gewesen und als bewirkte dies eine besondere Verbundenheit zwischen uns... Einmal entwischte ich, als das Tor schon geschlossen war, durch das Fenster aus meinem College, und Mr Samgrass fand mich bei Sebastian, aber auch daraus versuchte er, eine Art Bündnis mit uns zu machen. Daher war ich, als ich nach den Weihnachtstagen in Brideshead eintraf, nicht überrascht, dass Mr Samgrass allein am Feuer des sogenannten Gobelin-Zimmers saß, als hätte er auf mich gewartet.

»Wie Sie sehen, bin ich der alleinige Gebieter hier«, sagte er, und als er aufstand, um mir die Hand zu schütteln und mich wie ein Hausherr zu begrüßen, hatte es tatsächlich den Anschein, als gebiete er über den Saal und die düsteren Jagdszenen an den Wänden, als verfügte er über die Karyatiden zu beiden Seiten des Kamins und auch über mich. »Heute Morgen haben sich die Marchmain Hounds auf dem Rasen versammelt – ein herrlich archaisches Spektakel –, und jetzt sind all unsere Freunde auf der Fuchsjagd, sogar Sebastian, der, wie nicht anders zu erwarten war, in seinem roten Jackett unglaublich elegant wirkte«, erzählte er. »Brideshead war eher eindrucksvoll als elegant; er ist der Anführer, zusammen mit einer lokalen Witzfigur namens Sir Walter Strickland-Venables. Ich wünschte, man könnte die beiden in diese eher eintönigen Wandbehänge aufnehmen – sie würden ihnen ein wenig Farbe verleihen.

Unsere Gastgeberin ist zu Hause geblieben, ebenso ein

Dominikaner, der zu viel Maritain und zu wenig Hegel gelesen hat und sich jetzt auf dem Weg der Genesung befindet, Sir Adrian Porson natürlich und zwei ziemlich unfreundliche Vettern aus Ungarn – ich habe sie auf Deutsch und Französisch angesprochen, doch sie sind in beiden Sprachen nicht amüsant. Inzwischen sind sie alle losgefahren, um einen Nachbarn zu besuchen. Ich selbst habe mit dem unvergleichlichen Charlus einen gemütlichen Nachmittag vor dem Kamin verbracht. Jetzt, da Sie da sind, kann ich nach dem Tee läuten. Wie soll ich Sie am besten auf die Gesellschaft vorbereiten? Leider wird sie sich morgen auflösen. Lady Julia reist ab, um das neue Jahr woanders zu begrüßen, und nimmt die *beau-monde* mit. Die hübschen Geschöpfe im Haus werden mir fehlen – insbesondere eine gewisse Celia, sie ist die Schwester unseres alten Schicksalsgefährten, Boy Mulcaster, und zum Glück ganz anders als er. Sie unterhält sich wie ein Vogel, sie pickt auf eine ganz bezaubernde Art an dem jeweiligen Gesprächsthema herum, und kleidet sich wie eine brave Schülerin, was ich nur als ›frech‹ bezeichnen kann. Ich werde sie vermissen, denn ich reise noch nicht ab. Ab morgen arbeite ich nämlich ernsthaft am Buch unserer Gastgeberin, und glauben Sie mir, es ist eine Fundgrube kostbarer Zeitdokumente, pures 1914.«

Der Tee wurde serviert, und wenig später traf Sebastian ein. Er habe den Anschluss an die Jagdgesellschaft schon früh verloren, berichtete er, und sei dann gemütlich zu Pferd nach Hause zurückgekehrt. Die anderen kamen nicht viel später, nachdem man sie nach Abschluss der Jagd mit dem Wagen abgeholt hatte. Brideshead war nicht anwesend, er hatte noch mit den Hunden zu tun, und Cordelia hatte ihn begleitet. Die Übrigen strömten jetzt in den Saal, um Rührei mit Toast zu essen, und Mr Samgrass, der zu Hause zu Mittag gegessen und den ganzen Nachmittag vor dem Feuer gedöst hatte, aß mit ihnen Rührei und Toast. Bald darauf kehrte auch Lady Marchmains Gruppe nach Hause zurück, und als sie, bevor wir nach oben gingen, um uns zum Abendessen umzukleiden, fragte: »Wer kommt mit zum Rosenkranzbeten in die Kapelle?«, erklärten Sebastian und Julia, dass sie sofort ihr Bad nehmen müssten, doch Mr Samgrass begleitete sie und den Ordensbruder.

»Ich wünschte, Mr Samgrass würde auch abreisen«, sagte Sebastian, als er in der Badewanne saß. »Ich habe es satt, ihm dankbar zu sein.«

Im Verlauf der nächsten vierzehn Tage verbreitete sich die Abneigung gegen Mr Samgrass wie ein kleines, unausgesprochenes Geheimnis im ganzen Haus. In seiner Gegenwart schienen Sir Adrian Porsons feine alte Augen einen fernen Horizont zu betrachten, und sein Mund verzog sich zu einem klassisch pessimistischen Ausdruck. Nur die ungarischen Vettern, die den Status eines Tutors missverstanden und ihn für einen ungewöhnlich privilegierten, ranghohen Dienstboten hielten, ließen sich durch seine Anwesenheit nicht stören.

Mr Samgrass, Sir Adrian Porson, die Ungarn, der Dominikanermönch, Brideshead, Sebastian und Cordelia – mehr blieb von der Weihnachtsgesellschaft nicht übrig. Die Religion war im Haus ständig präsent, nicht nur wenn sie ausgeübt wurde – mit täglicher Messe und Rosenkranzgebeten morgens und abends in der Kapelle –, sondern auch in den Gesprächen. »Wir müssen aus Charles einen Katholiken machen«, hatte Lady Marchmain erklärt, und so plauderte sie während meiner Besuche gern ein bisschen mit mir, wobei sie die Sprache geschickt auf religiöse Themen brachte. Nach dem ersten Besuch fragte Sebastian: »Hat Mummy eine ihrer kleinen Unterredungen mit dir geführt? Das macht sie immer. Ich wünschte, sie würde es verdammt noch mal bleiben lassen.«

Nie wurde man zu einer dieser kleinen Unterredungen zitiert oder bewusst dorthin gelenkt. Wenn Lady Marchmain den Wunsch hatte, ein Gespräch unter vier Augen zu führen, ergab es sich einfach so, dass man plötzlich allein mit ihr war, im Sommer etwa auf einem abgeschiedenen Pfad an einem der Seen oder in einem Winkel des ummauerten Rosengartens, im Winter in ihrem Salon im ersten Stock.

Dieser Raum gehörte ausschließlich ihr; sie hatte ihn für sich beansprucht und so verändert, dass man beim Eintreten das Gefühl hatte, sich in einem anderen Haus zu befinden. Sie hatte die Decke absenken lassen, so dass die kunstvolle Stuckleiste, die in der einen oder anderen Form alle Räume zierte, hier unsichtbar war. Eine Wand war mit Brokat bespannt, an den anderen hatte man den Stoff entfernt, um sie blau zu streichen und mit zahllosen kleinen Aquarellen zu schmücken, die zärtliche Erinnerungen bargen. Es duftete nach frischen Blumen und muffigen getrockneten Rosenblüten; in einem kleinen Bücherschrank aus Rosenholz standen zerlesene Werke aus Dichtung und Religion in weichen Ledereinbänden und auf dem Kamin kleine persönliche Schätze: eine Madonna aus Elfenbein, ein heiliger Josef aus Gips und posthume Miniaturen ihrer drei Soldatenbrüder.

Als Sebastian und ich jenen herrlichen August allein auf Brideshead verbracht hatten, hatten wir uns vom Zimmer seiner Mutter ferngehalten.

Fetzen von Gesprächen steigen bei der Erinnerung an dieses Zimmer auf. Ich weiß noch, wie sie einmal sagte: »Als ich ein kleines Mädchen war, galten wir als vergleichsweise arm, aber immer noch reicher als die meisten anderen auf der Welt, doch als ich heiratete, wurde ich sehr wohlhabend. Das war mir unangenehm, denn ich fand es nicht richtig, so viele schöne Dinge zu besitzen, während andere gar nichts hatten. Heute ist mir klar, dass Reiche sich versündigen können, wenn sie die Armen um ihre Privilegien beneiden. Die Armen waren immer die Lieblinge Gottes und seiner Heiligen, doch ich glaube, es ist eine der besonderen Eigenschaften der Gnade, dass sie das Leben in seiner Gesamtheit heiligt, auch den Reichtum. Im heidnischen Rom war Reichtum immer mit Grausamkeit verbunden, heute hat sich das geändert.«

Ich murmelte etwas von einem Kamel und einem Nadelöhr, ein Bild, das sie dankbar aufgriff.

»Natürlich ist es ziemlich unwahrscheinlich, dass ein Kamel durch ein Nadelöhr geht«, sagte sie. »Aber das Evangelium ist voll von solch unwahrscheinlichen Dingen. Es ist nicht wahrscheinlich, dass ein Ochse und ein Esel andächtig vor der Krippe stehen. Im Leben der Heiligen machen Tiere die wunderlichsten Sachen. Das ist Teil der Poesie, die Alice-im-Wunderland-Seite der Religion.«

Aber ihr Glaube berührte mich ebenso wenig wie ihr Charme, oder besser gesagt, sie berührten mich beide gleichermaßen. Damals hatte ich nichts anderes im Kopf als

Sebastian, und ich sah ihn bereits gefährdet, obwohl ich noch nicht ahnte, wie groß diese Gefahr war. Er bat nur immer inständig darum, dass man ihn in Ruhe lassen solle. Am blauen Wasser unter den raschelnden Palmen seines Bewusstseins war er glücklich wie ein Südseeinsulaner; erst als das große Schiff jenseits des Korallenriffs vor Anker ging und der Kutter in der Lagune auf den Strand lief und einen Hang hinaufgezogen wurde, der noch nie den Abdruck eines Stiefels gesehen hatte, worauf die Invasion entschlossener Händler, Verwalter, Missionare und Touristen ihren Lauf nehmen konnte – erst da schien es unumgänglich, die uralten Stammeswaffen auszugraben und die Trommeln in den Hügeln zu rühren, oder, einfacher, sich von der sonnenüberfluteten Tür abzuwenden und sich allein ins Dunkel zu legen, wo machtlose, gemalte Götter sinnlos an den Wänden entlangzogen und man sich zwischen Rumflaschen die Seele aus dem Leib hustete.

Und da Sebastian zu den Eindringlingen auch sein eigenes Gewissen und alle Ansprüche menschlicher Zuneigung zählte, waren seine Tage in Arkadien gezählt. Denn in jener, für mich so angenehmen Zeit bekam Sebastian Angst. Ich hatte ihn schon oft in dieser Stimmung zwischen Wachsamkeit und Misstrauen gesehen: wie ein Reh, das beim fernen Klang einer Jagd plötzlich den Kopf hebt. Ich hatte erlebt, wie er beim Gedanken an seine Familie oder seine Religion vorsichtig wurde, und jetzt merkte ich, dass auch ich sein Misstrauen erregte. Seine Liebe zu mir ließ nicht nach, aber er verlor die Freude daran, denn ich war nicht länger Teil seiner Einsamkeit. Je enger mein Verhältnis zur Familie wurde, umso mehr wurde ich Teil der Welt, der er zu entkommen suchte, wurde ich zu einer der Fesseln, die ihn hielten. Das jedenfalls war die Rolle, auf die mich seine Mutter in unseren vielen kleinen Unterredungen vorzubereiten suchte. Alles blieb unausgesprochen. Nur in seltenen Momenten wurde mir vage bewusst, was da vor sich ging.

Rein äußerlich war Mr Samgrass der einzige Feind. Sebastian und ich blieben vierzehn Tage auf Brideshead, wo wir unser eigenes Leben führten. Sein Bruder war mit der Jagd und der Verwaltung des Landsitzes beschäftigt, Mr Samgrass arbeitete in der Bibliothek an Lady Marchmains Buch, und Sir Adrian Porson beanspruchte einen großen Teil von Lady Marchmains Zeit. Wir sahen sie kaum, außer am Abend; das gewaltige Dach des Hauses bot genug Platz für ein breites Spektrum unabhängiger Tätigkeiten.

Nach zwei Wochen sagte Sebastian: »Ich halte Mr Samgrass nicht mehr aus. Lass uns nach London fahren.« Und so kam es, dass er bei mir wohnte und anfing, mein Elternhaus »Marchers« vorzuziehen. Mein Vater mochte ihn. »Ich finde deinen Freund sehr amüsant«, sagte er. »Lade ihn ruhig öfter ein.«

Zurück in Oxford, nahmen wir das gewohnte Leben wieder auf, das in der Kälte immer mehr zu schrumpfen schien. Die Traurigkeit, die Sebastian im letzten Trimester erfüllt hatte, wich einem Missmut, der sich auch gegen mich wandte. Irgendetwas in seinem Innern war krank; ich wusste nicht, was, und litt darunter, konnte ihm aber nicht helfen.

Wenn er jetzt fröhlich war, dann, weil er trank, und wenn er betrunken war, wollte er nur noch eins, sich »über Mr Samgrass lustig machen«. Er komponierte ein Liedchen, dessen Refrain »Blödes Aas, Samgrass – Samgrass, blödes Aas« lautete und das zum Läuten von St. Marys Glocken gesungen wurde. Etwa einmal die Woche brachte er es ihm als Ständchen vor seinem Fenster dar. Mr Samgrass war privilegiert, denn er war der erste Dozent, der sich ein privates Telefon in seiner Wohnung hatte installieren lassen. Manchmal rief Sebastian ihn an, wenn er beschwipst war, und sang ihm das schlichte Liedchen vor. Mr Samgrass machte gute Miene zum bösen Spiel, wie man so sagt, und lächelte, wenn wir uns über den Weg liefen, zuckersüß, aber auch von Mal zu Mal zuversichtlicher, als würde durch jede weitere Schandtat seine Macht über Sebastian gestärkt.

In diesem Trimester ging mir auf, dass Sebastian eine andere Sorte von Trinker war als ich. Ich betrank mich häufig, aber aus schierem Übermut, in der Begeisterung für den Augenblick, den ich damit auszudehnen und zu intensivieren hoffte. Sebastian hingegen trank, um vor etwas zu fliehen. Während wir zusammen älter und vernünftiger wurden, trank ich weniger, er mehr. Manchmal blieb er abends noch lange auf und trank allein weiter, nachdem ich schon in mein College zurückgekehrt war. Dann ereilten ihn gleich mehrere Katastrophen so rasch hintereinander und mit solch unerwarteter Wucht, dass ich kaum festmachen kann, wann genau mir aufging, dass mein Freund ernsthafte Probleme hatte. Aber in den Osterferien war es nicht mehr zu leugnen.

Julia sagte immer: »Armer Sebastian. Es hat etwas mit seiner Chemie zu tun.«

Das war eine verlogene Redensart dieser Zeit; weiß der Himmel, welch falsch verstandene Populärwissenschaft dahintersteckte. »Es liegt an der Chemie zwischen ihnen«, hieß es, wenn zwei Menschen sich übermäßig liebten oder hassten. Es war das alte Konzept des Determinismus in neuer Gestalt. Ich glaube nicht, dass die Chemie meines Freundes irgendeine Rolle dabei spielte.

Die Osterferien auf Brideshead waren eine schlimme Zeit, die in einem kleinen, aber unvergesslich peinlichen Vorfall gipfelte. Sebastian hatte sich schon vor dem Essen im Haus seiner Mutter schwer betrunken und damit einen neuen Abschnitt in der Chronik seines Niedergangs eingeleitet, einen weiteren Schritt auf der Flucht vor seiner Familie getan, der ihn ins Verderben führen sollte.

Es geschah am Ende des Tages, an dem die Ostergesellschaft Brideshead verließ. Sie hieß Ostergesellschaft, obgleich sie erst am Osterdienstag eintraf, denn alle Flytes zogen sich von Gründonnerstag bis Ostern ins Gästehaus eines Klosters zurück. In diesem Jahr hatte Sebastian zunächst erklärt, nicht mitfahren zu wollen, dann im letzten Moment aber doch nachgegeben. Anschließend war er mit einer akuten Depression nach Hause zurückgekehrt, aus der ich ihn trotz all meiner Bemühungen nicht herausholen konnte.

Er hatte schon die ganze Woche über enorm viel getrunken – nur ich wusste, wie viel –, auf nervöse, verstohlene Art, ganz anders als sonst. Solange die Ostergäste da waren, stand immer ein Tablett mit Grog in der Bibliothek, und Sebastian gewöhnte sich an, zu den verrücktesten Zeiten dort vorbeizuschleichen und auch mir nichts davon zu erzählen. Tagsüber war das Haus fast menschenleer. Ich war damit beschäftigt, ein weiteres Paneel des kleinen Gartenzimmers in der Kolonnade zu bemalen. Sebastian klagte über eine Erkältung und blieb in seinem Zimmer. In all der Zeit war er nie ganz nüchtern und fiel nur deshalb nicht auf, weil er sich still verhielt. Hin und wieder zog er neugierige Blicke auf sich, doch die meisten Gäste kannten ihn nicht gut genug, um eine Veränderung zu bemerken, und seine Familienangehörigen waren mit ihren jeweiligen Freunden beschäftigt.

Als ich ihm Vorhaltungen machte, erklärte er: »Ich ertrage diese vielen Leute nicht«, aber erst, als die Gäste endlich abreisten und nichts mehr zwischen ihm und seiner Familie stand, brach er zusammen.

Normalerweise wurde um sechs ein Cocktail-Tablett in den Salon gebracht. Wir mischten uns unsere Drinks selbst, und die Flaschen wurden wieder abgeräumt, wenn wir nach oben gingen, um uns umzuziehen. Später, kurz vor dem Essen, gab es noch einmal Cocktails, diesmal von Hausangestellten gereicht.

Sebastian verschwand nach dem Tee; es dämmerte bereits, und ich spielte eine Stunde Mahjong mit Cordelia. Um sechs, als er wiederkam, war ich allein im Salon. Seine Stirn war auf eine Art gerunzelt, die ich nur allzu gut kannte, und als er sprach, registrierte ich seine schleppende Stimme.

»Sind die Cocktails noch nicht da?« Ungeschickt betätigte er den Klingelzug.

»Wo warst du?«, fragte ich.

»Oben bei Nanny.«

»Das glaube ich nicht. Du hast irgendwo getrunken.«

»Ich habe in meinem Zimmer gesessen und gelesen. Meine Erkältung ist schlimmer geworden.«

Als das Tablett gebracht wurde, füllte er ein großes Glas mit Gin und Wermut und nahm es mit hinaus. Ich folgte ihm nach oben, wo er mir die Tür vor der Nase zuschlug und den Schlüssel im Schloss umdrehte.

Bestürzt und mit düsteren Vorahnungen kehrte ich in den Salon zurück.

Die Familie versammelte sich. »Wo steckt Sebastian?«, fragte Lady Marchmain.

»Er hat sich hingelegt. Seine Erkältung ist schlimmer geworden.«

»Oje. Ich hoffe, es ist keine Grippe. Ich hatte in letzter Zeit hin und wieder den Eindruck, er habe Fieber. Gibt es etwas, das wir für ihn tun können?«

»Nein, er hat sogar ausdrücklich gesagt, dass er nicht gestört werden will.«

Ich erwog, mit Brideshead zu sprechen, aber angesichts seines düsteren, wie versteinerten Gesichts verboten sich derartige Vertraulichkeiten. Stattdessen sagte ich es Julia auf dem Weg nach oben zum Umziehen.

»Sebastian ist betrunken.«

»Das kann nicht sein! Er war nicht mal zum Cocktail unten.«

»Er hat den ganzen Nachmittag auf seinem Zimmer getrunken.«

»Wie seltsam! Er ist wirklich unmöglich. Meinst du, dass er sich bis zum Abendessen wieder erholt hat?«

»Nein.«

»Nun, das ist *deine* Sache. Ich habe damit nichts zu tun. Macht er das öfter?«

»In letzter Zeit ja.«

»Wie dumm von ihm!«

Ich drehte den Knauf von Sebastians Tür, fand sie verschlossen und hoffte, dass er schlief, doch als ich aus dem Badezimmer kam, saß er im Sessel vor meinem Kamin. Er hatte sich zum Abendessen umgezogen; es fehlten nur die Schuhe. Seine Fliege hing schief, und sein Haar war zerzaust. Das Gesicht wirkte erhitzt, er schielte ein wenig und lallte dermaßen, dass er kaum zu verstehen war.

»Du hattest recht, Charles. Ich war nicht bei Nanny. Hab hier oben Whisky getrunken. Gab keinen in der Bibliothek, jetzt, wo die Gäste weg sind. Bin ziemlich betrunken. Besser, man bringt mir was zu essen hoch. Nur kein Dinner mit Mummy.«

»Leg dich hin«, riet ich ihm. »Ich sage ihnen, dass deine Erkältung schlimmer geworden ist.«

»Viel schlimmer.«

Ich geleitete ihn in sein Zimmer, das neben meinem lag, und versuchte ihn ins Bett zu bringen, doch er setzte sich an seinen Toilettentisch, betrachtete sich blinzelnd im Spiegel und fummelte an seiner Fliege herum. Auf dem Sekretär neben dem Kamin stand eine halbleere Karaffe mit Whisky. Ich nahm sie an mich und meinte, er würde es nicht bemerken, doch prompt drehte er sich vom Spiegel zu mir um und sagte: »Stell das wieder hin!«

»Sei kein Esel, Sebastian. Du hast genug getrunken.«

»Was zum Teufel geht dich das an? Du bist nur ein Gast hier – *mein* Gast, und in meinem eigenen Zuhause trinke ich, so viel ich will.«

In diesem Augenblick hätte er sich wegen der Karaffe auch mit mir geprügelt.

»Wie du willst«, sagte ich und stellte sie zurück. »Aber um Gottes willen, lass dich da unten nicht blicken.«

»Ach, kümmer dich um deine eigenen Angelegenheiten. Du bist als mein Freund hergekommen, und jetzt spionierst du mir im Auftrag meiner Mutter nach, ich weiß es. Nun, du kannst gehen und ihr bestellen, dass ich in Zukunft meine Freunde so auswähle, dass sie sich andere Spitzel suchen muss.«

Ich verließ den Raum und ging nach unten zum Essen.

»Ich war bei Sebastian«, sagte ich. »Seine Erkältung hat sich deutlich verschlimmert. Er hat sich hingelegt und gesagt, er möchte nichts.«

»Armer Sebastian«, sagte Lady Marchmain. »Ein Glas heißer Whisky würde ihm guttun. Ich gehe mal nach ihm sehen.«

»Lass nur, Mummy, ich gehe schon«, sagte Julia und sprang auf.

»*Ich* gehe«, sagte Cordelia, die ausnahmsweise mit uns unten essen durfte, um zu feiern, dass die Gäste abgereist waren. Sie war schon zur Tür hinaus, bevor jemand sie aufhalten konnte.

Julia sah mich an und zuckte verstohlen und traurig die Achseln.

Wenige Minuten später war Cordelia wieder da und machte ein ernstes Gesicht. »Nein, er scheint tatsächlich nichts zu wollen«, sagte sie.

»Wie geht es ihm?«

»Tja, also ich *weiß* nicht, aber ich *glaube*, er ist sehr betrunken.«

»Cordelia!«

Plötzlich fing das Kind an zu kichern. »*Sohn eines Marquis verträgt keinen Wein*«, zitierte sie. »*Karriere eines Musterstudenten auf der Kippe.*«

»Charles, ist das wahr?«, fragte Lady Marchmain.

»Ja.«

Dann wurden wir zu Tisch gebeten und gingen in den Speisesaal, wo das Thema nicht weiter erwähnt wurde.

Als Brideshead und ich später allein waren, meinte er: »Sagten Sie, Sebastian sei betrunken?«

»Ja.«

»Komische Zeit, um sich zu betrinken. Konnten Sie ihn nicht daran hindern?«

»Nein.«

»Nein«, bestätigte Brideshead. »Vermutlich nicht. Ich habe meinen Vater einmal betrunken gesehen, hier, in diesem Zimmer. Damals war ich so um die zehn. Man kann niemanden davon abhalten zu trinken. Meine Mutter hat es bei meinem Vater auch nicht geschafft, wissen Sie.«

Er erzählte das alles auf seltsam unpersönliche Art. Je besser ich seine Familie kennenlernte, umso exzentrischer fand ich sie. »Ich werde meine Mutter bitten, uns heute Abend etwas vorzulesen.«

Später erfuhr ich, dass er die Angewohnheit hatte, seine Mutter immer dann darum zu bitten, etwas vorzulesen, wenn es Spannungen in der Familie gab. Sie hatte eine wundervolle Stimme und eine außerordentlich lebhafte Sprechweise. An diesem Abend las sie aus *Father Browns Weisheit* vor. Julia saß vor einem Schemel, der mit Manikürezubehör bedeckt war, und erneuerte sorgfältig den Lack auf ihren Nägeln, Cordelia spielte mit Julias Pekinesen, und Brideshead legte eine Patience. Ich saß einfach nur da, sah mir an, wie hübsch sie alle zusammen waren, und trauerte um meinen Freund im oberen Stockwerk.

Doch die Schrecken dieses Abends waren noch nicht vorüber.

Manchmal, wenn die Familie unter sich war, suchte Lady Marchmain vor dem Schlafengehen noch einmal die Kapelle auf. Sie hatte gerade ihr Buch zugeklappt und einen entsprechenden Vorschlag gemacht, als die Tür aufging und Sebastian erschien. Er war so gekleidet, wie ich ihn zuletzt gesehen hatte, doch statt erhitzt war sein Gesicht jetzt totenblass.

»Bin gekommen, mich zu entschuldigen«, sagte er.

»Sebastian, mein Lieber«, sagte Lady Marchmain. »Geh zurück auf dein Zimmer. Wir können morgen früh darüber sprechen.«

»Nicht bei dir. Bin gekommen, um mich bei Charles zu entschuldigen. Ich war gemein zu ihm, und er ist mein Gast. Er ist mein Gast und mein einziger Freund, und ich war gemein zu ihm.«

Eine eisige Kälte breitete sich aus. Ich brachte ihn auf sein Zimmer zurück, während die Familie zum Beten ging. Oben fiel mir auf, dass die Karaffe jetzt leer war. »Zeit, dass du ins Bett gehst«, sagte ich.

Sebastian brach in Tränen aus. »Warum tust du dich mit ihnen gegen mich zusammen? Ich wusste, dass das passieren würde, wenn ich dich mit ihnen bekannt mache. Warum bespitzelst du mich?«

Er sagte noch mehr unerträgliche Dinge, an die ich mich kaum zu erinnern wage, nicht einmal heute, zwanzig Jahre später. Irgendwann hatte ich ihn überredet, sich hinzulegen, und ging sehr traurig ebenfalls zu Bett.

Am nächsten Morgen kam er in aller Herrgottsfrühe in

mein Zimmer, während das Haus noch schlief. Ich erwachte, als er die Vorhänge aufzog, und sah ihn, voll angekleidet am Fenster stehen. Er hatte mir den Rücken zugewandt, rauchte und sah hinaus, wo die langen Schatten des anbrechenden Tages auf dem Tau lagen und die ersten Vögel in den knospenden Baumwipfeln zwitscherten. Als ich ihn ansprach, wandte er mir das Gesicht zu, das keine Spuren des vorangegangenen Abends zeigte, sondern frisch und schmollend wie das eines enttäuschten Kindes war.

»Und«, sagte ich, »wie geht's dir?«

»Ziemlich seltsam. Ich glaube, ich bin immer noch ein bisschen betrunken. Ich war gerade unten in der Remise und habe versucht, einen Wagen zu nehmen, aber es war noch alles verschlossen. Wir reisen ab.«

Er trank aus einer Wasserflasche auf meinem Nachttisch, warf seine Zigarette aus dem Fenster und zündete sich eine neue an. Seine Hände zitterten wie die eines alten Mannes.

»Wo willst du hin?«

»Keine Ahnung. London, nehme ich an. Kann ich bei dir wohnen?«

»Klar.«

»Na gut, dann zieh dich an. Wir lassen uns das Gepäck mit dem Zug nachschicken.«

»Wir können doch nicht einfach so verschwinden.«

»Jedenfalls können wir hier nicht bleiben.«

Er saß mir abgewandt auf dem Fensterbrett und sah aus dem Fenster. Plötzlich sagte er: »Es steigt Rauch aus den Kaminen. Jetzt ist die Remise sicher auf. Komm schon.«

»Ich kann so nicht gehen, ich muss mich von deiner Mutter verabschieden.«

»Was bist du bloß für ein reizender Sturkopf!«

»Nun, es ist nicht meine Art, einfach wegzulaufen.«

»Meine schon. Und ich werde auch weiterhin weglaufen, so schnell und so weit, wie ich kann. Du und meine Mutter könnt eure Pläne aushecken, solange ihr wollt, ich komme nicht zurück.«

»Genauso hast du gestern Abend auch geredet.«

»Ich weiß. Es tut mir leid, Charles. Ich habe ja gesagt, dass ich noch betrunken bin. Falls es ein Trost für dich ist: Ich verachte mich selbst am meisten.«

»Das ist überhaupt kein Trost.«

»Es sollte aber einer sein, wenigstens ein kleiner, finde ich. Nun, wenn du nicht mitkommen willst, bestell Nanny viele Grüße von mir.«

»Du willst wirklich abreisen?«

»Natürlich.«

»Sehe ich dich in London?«

»Ja, ich wohne doch bei dir.«

Er ging, doch ich schlief nicht wieder ein. Fast zwei Stunden später brachte ein Hausangestellter Tee, Brot und Butter und legte mir die Kleider für den neuen Tag heraus.

Am Vormittag suchte ich Lady Marchmain auf. Der Wind hatte aufgefrischt, und wir blieben im Haus. Ich setzte mich zu ihr vor das Feuer im Kamin, während sie sich über ihre Handarbeit beugte und die knospenden Ranken der Kletterpflanzen gegen das Fenster schlugen.

»Ich wünschte, ich hätte ihn nicht *gesehen*«, sagte sie. »Es war grausam. Dabei habe ich nichts gegen die *Vorstellung*, dass er betrunken ist. Das machen alle Männer durch, wenn sie jung sind. Meine Brüder haben in seinem Alter auch über die Stränge geschlagen. Was mich gestern Abend so verletzt hat, war, dass er so gar nichts *Glückliches* an sich hatte.«

»Ich weiß«, sagte ich. »So habe ich ihn noch nie gesehen.«

»Und ausgerechnet gestern Abend ... als alle weg und wir unter uns waren – Sie sehen, Charles, ich betrachte Sie ganz als einen von uns. Sebastian liebt Sie, deshalb brauchte er sich keine Mühe zu geben, fröhlich zu sein. Er war es auch nicht. Ich habe letzte Nacht sehr schlecht geschlafen, immer wieder hatte ich ihn vor Augen und wie unglücklich er war.«

Ich konnte ihr unmöglich erklären, was ich selbst nur halbwegs verstand. Schon damals dachte ich bei mir: Sie wird es bald genug erfahren. Vielleicht weiß sie es schon.

»Es war fürchterlich«, sagte ich. »Aber glauben Sie bitte nicht, dass er immer so ist.«

»Mr Samgrass hat mir erzählt, dass er im ganzen letzten Trimester zu viel getrunken hat.«

»Ja, aber nicht so. Nicht in dem Ausmaß.«

»Aber warum jetzt? Hier? Bei uns? Die ganze Nacht habe ich darüber nachgedacht und gebetet und mich gefragt, was ich ihm sagen kann, und heute Morgen ist er verschwunden. Das war sehr grausam von ihm, so abzureisen, ohne ein Wort. Ich möchte nicht, dass er sich schämt. Diese Scham macht alles noch schlimmer für ihn.«

»Er schämt sich dafür, unglücklich zu sein«, sagte ich.

»Mr Samgrass sagt, er sei laut und ausgelassen.« Dann setzte sie hinzu, und dabei streifte ein kleiner Schimmer von Humor die düsteren Wolken: »Ich glaube ja, dass er und Sie sich über Mr Samgrass lustig machen. Das ist sehr ungezogen. Ich mag Mr Samgrass gern, und das sollten Sie ebenfalls, nach allem, was er für Sie getan hat. Aber wenn ich ein Mann und in Ihrem Alter wäre, hätte ich womöglich auch Lust, Mr Samgrass aufzuziehen. Nein, dagegen habe ich nichts, aber der gestrige Abend und der heutige Morgen sind etwas anderes. *Das ist alles schon einmal geschehen,* verstehen Sie.«

»Ich kann nur sagen, dass ich ihn schon häufig betrunken erlebt habe, aber das gestern Abend war auch für mich neu.«

»Oh, ich meine nicht mit Sebastian. Ich meine, vor vielen Jahren. Ich habe das alles schon einmal mit jemandem durchgemacht, den ich liebte. Nun, Sie wissen sicher, wen ich meine – mit seinem Vater. Er betrank sich ganz genauso. Man hat mir erzählt, dass sich das geändert hat. Ich bete zu Gott, dass es stimmt, und danke ihm von ganzem Herzen, wenn es so ist. Aber einfach *wegzulaufen* – *er* ist auch weggelaufen, wissen Sie. Es war genau so, wie Sie gerade sagten, er schämte sich dafür, unglücklich zu sein. Beide unglücklich, beschämt und weggelaufen. Das ist einfach jämmerlich. Die Männer, mit denen ich aufgewachsen bin« – und ihr Blick schweifte von der Stickerei zu den drei Miniaturen in dem aufklappbaren Lederrahmen auf dem Kaminsims –, »waren ganz anders. Ich verstehe es einfach nicht. Und Sie, Charles?«

»Nur ansatzweise.«

»Und doch liebt Sebastian Sie mehr als uns alle, glauben Sie mir. Sie müssen ihm helfen. Ich kann es nicht.«

Ich habe hier in wenigen Sätzen zusammengefasst, was dort einer erheblichen Menge mehr an Worten bedurfte. Lady Marchmain war nicht umständlich, aber sie ging ihr Thema auf eine feminine, verführerische Art an, umkreiste es, näherte sich, zog sich wieder zurück, täuschte, umflatterte es wie ein Schmetterling. Sie spielte »Zeitunglesen« und kam ihrem eigentlichen Ziel unmerklich näher, solange man ihr den Rücken zukehrte, blieb aber wie angewurzelt stehen, wenn man sie ansah. Das Unglücklichsein, das Weglaufen – das bereitete ihr Kummer, und auf ihre eigene Art hatte sie das längst erklärt, bevor sie es beim Namen nannte. Es dauerte eine Stunde, bis sie alles gesagt hatte, was sie von Anfang an hatte sagen wollen. Als ich aufstand, um mich zu verabschieden, setzte sie hinzu, als wäre es ihr gerade erst eingefallen: »Haben Sie eigentlich das Buch meines Bruders schon gesehen? Es ist gerade erschienen.«

Ich antwortete, dass ich bei Sebastian darin geblättert hätte.

»Ich möchte, dass Sie auch ein Exemplar bekommen. Darf ich Ihnen eins schenken? Es waren drei fabelhafte Männer, und Ned war der Beste von ihnen. Er fiel als Letzter, und als das Telegramm kam, genau, wie ich von Anfang an geahnt hatte, dachte ich: Nun muss mein Sohn tun, was Ned nicht mehr tun kann. Damals war ich allein. Er bereitete sich gerade darauf vor, nach Eton zu gehen. Wenn Sie Neds Buch lesen, werden Sie mich verstehen.«

Sie hatte ein Exemplar auf ihrem Sekretär liegen, so dass der Gedanke nahelag, dass sie diesen Abschied von Anfang an geplant hatte, noch ehe ich in ihr Zimmer getreten war. Hatte sie unser Gespräch vorher geprobt? Und hätte sie, wenn es anders verlaufen wäre, das Buch wieder in die Schublade zurückgelegt?

Sie schrieb ihren und meinen Namen auf das Vorsatzpapier, dazu Datum und Ort.

»Ich habe auch für Sie gebetet heute Nacht«, sagte sie.

Ich schloss die Tür hinter mir, sperrte die *Bigotterie*, die niedrige Decke, die Chintzbezüge, die Einbände aus Kalbsleder, die Ansichten von Florenz, die Schalen mit Hyazinthen und getrockneten Rosenblättern, die *petit-point*-Stickerei, diese ganze intime, feminine, moderne Welt aus und stand wieder unter der schützenden Kassettendecke, den Säulen und dem Gebälk der Haupthalle, in der erhabenen, maskulinen Atmosphäre besserer Zeiten.

Ich war kein Dummkopf und alt genug, um zu wissen, dass dies ein Versuch gewesen war, mich zu bestechen. Gleichzeitig war ich jung genug, um diese Erfahrung als angenehm zu empfinden.

Julia sah ich an diesem Morgen nicht, aber gerade, als ich aufbrechen wollte, kam Cordelia zur Wagentür gerannt und sagte: »Wenn du Sebastian siehst, bestell ihm bitte Extragrüße von mir. Aber vergiss es nicht – *Extragrüße*, ja?«

*

Im Zug nach London las ich das Buch, das Lady Marchmain mir gegeben hatte. Auf dem Frontispiz war das Foto eines jungen Mannes in Grenadieruniform abgebildet, und da offenbarte sich deutlich der Ursprung jener finsteren Maske, die bei Brideshead die freundlicheren Züge der väterlichen Seite der Familie überlagerte. Dies war ein Mann aus Wäldern und Höhlen, ein Jäger, ein Stammesältester, die Verkörperung jener barbarischen Sitten, die einem Volk eigen sind, das mit allem ringsherum auf Kriegsfuß steht. Es gab noch andere Illustrationen in dem Buch, Schnappschüsse der drei Brüder in den Ferien, und in jedem entdeckte ich dieselben archaischen Züge. Wenn ich an Lady Marchmain dachte, die so gradlinig und zierlich war, konnte ich keinerlei Ähnlichkeit mit diesen düsteren Männern entdecken.

Sie kam in dem Buch nur selten vor. Sie war neun Jahre älter als der Älteste von ihnen gewesen, hatte geheiratet und ihr Elternhaus verlassen, als sie noch zur Schule gegangen waren. Zwischen ihnen und ihr standen noch zwei andere Schwestern. Nach der Geburt der dritten Tochter hatte es Pilgerreisen und fromme Spenden gegeben, in der Hoffnung auf einen Sohn, denn man besaß ein riesiges Vermögen und einen alten Namen. Die männlichen Erben waren spät gekommen, doch dann gleich so viele, dass sie dem Stammbaum Kontinuität zu versprechen schienen, dieser aber tragischerweise trotzdem abrupt mit ihnen endete.

Die Familiengeschichte war typisch für die katholischen Gutsbesitzer von England; von der Herrschaft Elisabeths bis zu der Viktorias lebten sie abgeschieden im Kreis ihrer Pächter und Verwandten und schickten ihre Söhne auf Schulen im Ausland, wo sie sich häufig verheirateten, oder sie vereinbarten Ehen mit Abkömmlingen der wenigen anderen Familien, die ähnlich waren wie sie selbst. Die vergangenen Generationen, denen jegliche Privilegien versagt worden waren, hatten ihre Lehren gezogen, was man dem Leben der letzten drei männlichen Vertreter dieses Hauses noch ansah.

Mr Samgrass hatte als geschickter Herausgeber eine seltsam homogene kleine Sammlung an Texten zusammengestellt und arrangiert – Gedichte, Briefe, Tagebucheinträge, ein oder zwei unveröffentlichte Aufsätze, und von allen ging die gleiche glühende, ernste, ritterliche, übernatürliche Ausstrahlung aus. Auch die Briefe von Zeitgenossen, die nach ihrem Tod geschrieben worden waren, erzählten, mehr oder weniger wortgewandt, allesamt von Männern, die trotz ihrer zahlreichen akademischen und sportlichen Erfolge, ihrer Popularität und des Versprechens auf eine großartige Zukunft irgendwie anders als ihre Altersgenossen wirkten, wie bekränzte Opfertiere, die für den Altar bestimmt waren. Diese Menschen mussten sterben, um eine Welt für Hooper zu schaffen; sie waren Eingeborene, Gesindel vor dem Gesetz, das man nach Belieben erschießen konnte, um die Welt sicher für den Handelsreisenden mit seinem polygonalen Kneifer, seinem kräftigen, feuchten Händedruck, seinem grinsenden Gebiss zu machen. Während der Zug mich immer mehr von Lady Marchmain entfernte, fragte ich mich, ob sie nicht vielleicht ein Mal trug, das sie und die ihren für die Vernichtung kennzeichnete, wenn auch mit anderen Methoden als denen eines Krieges. Sah sie ein Zeichen in der roten Glut ihres gemütlichen Feuers, hörte sie es im Schlagen der Blumenranken gegen die Fensterscheibe, dieses Flüstern des Schicksals?

Dann hielten wir in Paddington, und als ich nach Hause kam, war Sebastian schon da. Das Gefühl einer Tragödie löste sich auf, denn er war genauso fröhlich und frei wie an dem Tag, als ich ihn kennenlernte.

»Cordelia lässt dir Extragrüße ausrichten.«
»Hattest du eine kleine Unterredung mit Mummy?«
»Ja.«
»Bist du auf ihre Seite übergelaufen?«

Noch einen Tag zuvor hätte ich geantwortet: »Es gibt keine zwei Seiten«, jetzt aber sagte ich: »Nein, ich bin bei dir, Sebastian *contra mundum*.« Damit war das Thema abgehakt, und wir kamen nie mehr darauf zurück.

Doch die Schatten zogen sich dichter um Sebastian. Wir fuhren nach Oxford zurück, und wieder blühten die Levkojen unter meinen Fenstern, die Kastanien beleuchteten die Straßen, und die warmen Steine gleißten wie Flocken auf dem Kopfsteinpflaster. Doch es war nicht wie früher, und in Sebastians Herzen herrschte tiefer Winter.

Die Wochen vergingen; wir suchten nach einer Unterkunft für das nächste Trimester und fanden sie in der Merton Street, in einem abgeschiedenen, teuren kleinen Haus unweit des Tennisplatzes.

Als ich Mr Samgrass über den Weg lief, den wir in letzter Zeit weniger oft sahen, erzählte ich ihm davon. Er stand bei Blackwell an einem Büchertisch, wo Neuerscheinungen aus Deutschland ausgestellt waren, und hatte schon mehrere zur Seite gelegt, um sie zu kaufen.

»Sie wollen mit Sebastian zusammenziehen?«, sagte er. »Dann wird er also nächstes Trimester wieder hier sein?«

»Das nehme ich doch an. Wieso nicht?«

»Ich weiß nicht, warum, irgendwie dachte ich, vielleicht käme er nicht. Aber ich irre mich häufig in solchen Dingen. Die Merton Street ist sehr hübsch.«

Er zeigte mir die Bücher, die er kaufen wollte, allerdings konnte ich wegen meiner mangelnden Deutschkenntnisse nicht viel damit anfangen. Als ich ging, sagte er: »Denken Sie bitte nicht, dass ich mich einmischen will, aber ich an Ihrer Stelle würde so lange keinen Vertrag für die Merton Street unterschreiben, bis ich ganz sicher wäre.«

Als ich Sebastian von dieser Unterhaltung erzählte, sagte er: »Ja, da ist irgendein Komplott im Gange. Mummy möchte, dass ich bei Monsignore Bell wohne.«

»Warum hast du mir nichts davon erzählt?«

»Weil ich *auf keinen Fall* bei Monsignore Bell wohnen werde.«

»Trotzdem hättest du mir davon erzählen können. Wie lange geht das schon?«

»Ach, schon eine ganze Weile. Mummy ist sehr schlau, weißt du. Sie hat gemerkt, dass sie bei dir nicht weiterkommt. Ich vermute, es lag an dem Brief, den du ihr geschrieben hast, nachdem du Onkel Neds Buch gelesen hattest.«

»Ich habe doch kaum etwas gesagt.«

»Das war es ja. Wärst du einer, der sich einspannen ließe, hättest du eine Menge gesagt. Onkel Ned ist der Test, verstehst du?«

Dennoch sah es so aus, als hätte sie noch nicht ganz aufgegeben, denn ein paar Tage später bekam ich einen Brief von ihr, in dem sie schrieb: »Ich komme am Dienstag nach Oxford und hoffe, Sie und Sebastian zu sehen. Ich würde Sie gern fünf Minuten allein sprechen, bevor ich ihn treffe. Wäre das möglich? Ich bin gegen zwölf bei Ihnen.«

Sie kam; sie bewunderte meine Räume ... »Meine Brüder Simon und Ned waren auch hier, wissen Sie. Ned hatte seine Zimmer zum Garten hin. Ich wollte Sebastian hierherschicken, aber mein Mann war im Christ Church, und wie Sie wissen, hat er Sebastians Ausbildung übernommen.« Sie bewunderte meine Zeichnungen ... »*Alle* sind hingerissen von Ihren Gemälden im Gartenzimmer. Wir würden Ihnen nie verzeihen, wenn Sie sie nicht beenden.« Schließlich kam sie zur Sache.

»Vermutlich ahnen Sie bereits, was ich Sie fragen wollte.

Es ist ganz einfach: Trinkt Sebastian in diesem Trimester zu viel?«

Ich hatte es geahnt. »Wenn er es täte, dürfte ich diese Frage nicht beantworten. So wie es ist, kann ich nur sagen: Nein.«

»Ich glaube Ihnen«, sagte sie. »Gott sei Dank.« Und dann gingen wir zusammen zum Lunch im Christ Church.

An diesem Abend hatte Sebastian seinen dritten Zusammenbruch. Der Junior-Dean fand ihn nachts um eins, als er hoffnungslos betrunken auf dem Tom Quad herumgeisterte.

Ich hatte mich ein paar Minuten vor zwölf von ihm verabschiedet; er war mürrisch, aber völlig nüchtern gewesen. In der folgenden Stunde hatte er ganz allein eine halbe Flasche Whisky getrunken. Er konnte sich kaum daran erinnern, als er am nächsten Morgen kam, um mir davon zu erzählen.

»Hast du in letzter Zeit öfter allein getrunken, wenn ich schon weg war?«, fragte ich.

»Zweimal, na ja, vielleicht viermal. Es kommt eigentlich nur vor, wenn sie mir allzu sehr auf den Pelz rücken. Alles wäre gut, wenn sie mich einfach in Ruhe ließen.«

»Das werden sie jetzt nicht tun«, sagte ich.

»Ich weiß.«

Es war uns beiden klar, dass diesmal ein kritischer Punkt erreicht war. Ich war an diesem Morgen nicht gut auf Sebastian zu sprechen; er brauchte Zuneigung, aber ich konnte sie ihm nicht geben.

»Also wirklich«, sagte ich. »Wenn du dich nach jeder Begegnung mit einem Mitglied deiner Familie heimlich volllaufen lassen musst, ist es einfach hoffnungslos.«

»O ja«, sagte Sebastian sehr traurig. »Ich *weiß*. Hoffnungslos.«

Doch mein Stolz war verletzt, weil es jetzt so aussah, als hätte ich gelogen, und deshalb konnte ich ihm nicht geben, was er brauchte.

»Und was gedenkst du nun zu tun?«

»Ich? Gar nichts. *Sie* werden alles entscheiden.«

Und ich ließ ihn gehen, ohne ihn zu trösten.

Dann setzte sich die Maschinerie erneut in Gang, und ich sah, wie sich alles wiederholte, was bereits im Dezember geschehen war. Mr Samgrass und Monsignore Bell suchten den Dean von Christ Church auf, Brideshead kam für eine Nacht nach Oxford, die schweren Räder drehten sich langsam und die kleinen schneller. Alle empfanden tiefstes Bedauern für Lady Marchmain; die Namen ihrer Brüder standen in goldenen Lettern auf dem Kriegerdenkmal, und die Erinnerung an sie war noch frisch.

Sie suchte mich auf, und wieder muss ich in wenigen Worten eine Unterhaltung zusammenfassen, die uns von Holywell durch den Park bis zur Mesopotamia-Insel und auf der Fähre bis nach Nord-Oxford beschäftigte, wo sie in einem Haus voller Nonnen übernachtete, die sie auf die eine oder andere Art protegierte.

»Sie müssen mir glauben«, erklärte ich. »Als ich sagte, dass Sebastian nicht trinkt, entsprach das der Wahrheit, wie ich sie kannte.«

»Ich weiß, dass Sie ihm ein guter Freund sein wollen.«

»Das meine ich nicht. Ich glaubte es wirklich. Ich glaube es zu einem gewissen Teil auch jetzt noch. Ich vermute, dass er zwei- oder dreimal betrunken war, mehr nicht.«

»Das bringt doch nichts, Charles«, antwortete sie. »Im Grunde heißt das nur, dass Sie nicht so viel Einfluss auf ihn haben oder über ihn wissen, wie ich dachte. Es bringt nichts, wenn Sie oder ich versuchen, ihm zu glauben. Ich habe Trinker erlebt. Eine ihrer schrecklichsten Eigenschaften ist die Fähigkeit, andere zu täuschen. Die Wahrheitsliebe ist das Erste, was sie verlieren.

Erinnern Sie sich an das nette Mittagessen, das wir neulich zusammen hatten? Nachdem Sie gegangen waren, war er so lieb zu mir, genau wie damals als kleiner Junge, und ich gab ihm in allem nach. Ich hatte meine Zweifel, ob es richtig wäre, dass Sie beide zusammenziehen. Ich glaube, Sie verstehen, was ich meine. Sie wissen ja, wie sehr wir alle Sie ins Herz geschlossen haben, ganz unabhängig davon, dass Sie Sebastians Freund sind. Sie würden uns entsetzlich fehlen, wenn Sie uns nicht mehr besuchen kämen. Aber ich möchte, dass Sebastian viele verschiedene Freunde hat, nicht nur einen. Monsignore Bell hat mir erzählt, dass er sich nie mit den anderen Katholiken trifft, nie zu den Treffen der Newman Society geht und auch nur selten die Messe besucht. Er soll natürlich nicht nur Katholiken kennen, Gott behüte, aber ein paar sollten es schon sein. Man braucht einen starken Glauben, um sich ganz allein zu behaupten, und Sebastian ist nicht sehr stark.

Aber bei diesem Mittagessen am Dienstag war ich so glücklich, dass ich alle Einwände aufgab. Ich bin mit ihm in die Merton Street gefahren und habe mir die Wohnung angesehen, die Sie ausgesucht hatten. Sie ist zauberhaft. Wir überlegten, welche Möbel aus London wir hierherschaffen könnten, um sie noch wohnlicher zu machen. Und dann, noch am gleichen Abend …! – Nein, Charles, das entbehrt jeder Logik.«

Als sie das sagte, schoss mir ein Gedanke durch den Kopf: Diesen Satz hat sie von ihren intellektuellen Hofschranzen aufgeschnappt.

»Nun«, meinte ich. »Haben Sie eine Lösung?«

»Das College war über alle Maßen zuvorkommend. Man hat mir erklärt, dass man ihn nicht suspendieren wird, vorausgesetzt, er zieht zu Monsignore Bell. Ich hätte diesen Vorschlag gar nicht machen können, er kam vom Monsignore selbst. Er lässt Ihnen ausrichten, dass Sie dort jederzeit willkommen sind. Im Moment gibt es leider keine weiteren Räumlichkeiten im alten Palais, aber vermutlich würden Sie auch gar nicht dorthin ziehen wollen.«

»Wenn Sie einen Alkoholiker aus ihm machen wollen, dann ist das der sicherste Weg, Lady Marchmain. Verstehen Sie nicht, dass allein die Vorstellung, unter Aufsicht zu stehen, fatal für ihn ist?«

»Ach, mein Lieber, es hat keinen Zweck, es erklären zu wollen. Protestanten halten katholische Priester immer für Spitzel.«

»Das meine ich nicht.« Ich versuchte es zu erklären, doch es wollte mir nicht gelingen. »Er muss sich frei fühlen.«

»Aber er war frei, immer, bis heute, und sehen Sie sich das Ergebnis an.«

Wir hatten die Fähre erreicht und waren in eine Sackgasse geraten. Es fielen nicht mehr viele Worte, während ich sie bis zum Kloster begleitete und dann den Bus zurück zum Carfax nahm.

Sebastian erwartete mich in meiner Wohnung. »Ich werde

Papa telegraphieren«, sagte er. »Er wird nicht zulassen, dass sie mich zwingen, zu diesem Priester zu ziehen.«

»Aber wenn du nur unter der Bedingung hierbleiben darfst?«

»Dann bleibe ich eben nicht. Kannst du dir vorstellen, dass ich zweimal die Woche die Messe besuche, bei Teegesellschaften für schüchterne katholische Studienanfänger zur Hand gehe, mit dem Gastredner der Newman Society zu Abend esse, ein Glas Portwein trinke, wenn wir Gäste haben, wobei Monsignore darauf achtet, dass ich nicht zu viel bekomme? Und mich obendrein, wenn ich den Raum verlasse, als einen bedauernswerten stadtbekannten Trunkenbold beschreiben wird, den man nur aufgenommen hat, weil seine Mutter so charmant ist?«

»Ich habe ihr gesagt, dass es keinen Zweck hat«, meinte ich.

»Sollen wir uns heute Abend richtig betrinken?«

»Jetzt kann es nicht mehr schaden.«

»*Contra mundum*?«

»*Contra mundum.*«

»Bravo, Charles. Wir werden nicht mehr viele Abende für uns haben.«

Und so kam es, dass wir uns an diesem Abend zum ersten Mal seit vielen Wochen sinnlos betranken. Ich brachte ihn zum Tor, als die Glocken Mitternacht schlugen, und torkelte dann unter einem sternenübersäten Himmel, der schwindelerregend zwischen den Türmen schwamm, zu meiner Wohnung zurück. Dort schlief ich in meinen Kleidern ein, was mir seit einem Jahr nicht mehr passiert war.

Am nächsten Tag verließ Lady Marchmain Oxford und nahm Sebastian mit. Brideshead und ich gingen zu seinem Quartier, um auszusortieren, was man ihm nachschicken sollte und was nicht.

Brideshead war wie üblich ernst und unpersönlich. »Es ist schade, dass Sebastian Monsignore Bell nicht besser kennt«, sagte er. »Sonst wüsste er, wie nett es ist, mit ihm zusammenzuleben. Ich habe mein letztes Jahr bei ihm verbracht. Meine Mutter hält Sebastian für einen ausgemachten Säufer. Stimmt das?«

»Er läuft Gefahr, einer zu werden.«

»Ich bin ja der Meinung, dass Gott für Säufer mehr übrig hat als für viele respektable Menschen.«

»Herrgott noch mal!«, brach es aus mir heraus, denn an diesem Morgen war ich den Tränen nahe. »Warum muss man eigentlich immer Gott ins Spiel bringen?«

»Tut mir leid. Ich vergaß. Aber wissen Sie, das ist wirklich eine komische Frage.«

»Ach ja?«

»Für mich. Für Sie nicht.«

»Nein, für mich nicht. Für mich sieht es so aus, als hätte Sebastian ohne Ihre Religion zumindest die Chance, ein glückliches und gesundes Leben zu führen.«

»Darüber könnte man sich streiten«, sagte Brideshead. »Glauben Sie, dass er diesen Elefantenfuß je wieder brauchen wird?«

An diesem Abend ging ich über den Hof, um Collins zu besuchen. Er war mit seinem Lehrstoff beschäftigt und arbeitete im Dämmerlicht am offenen Fenster. »Hallo«, sagte er. »Komm rein. Ich habe dich in diesem Trimester noch gar nicht gesehen. Leider kann ich dir nichts anbieten, fürchte ich. Wo hast du denn deine schicke Clique gelassen?«

»Ich bin der einsamste Mensch in ganz Oxford«, sagte ich. »Man hat Sebastian Flyte vom College verwiesen.«

Nach einer Weile fragte ich, was er in den großen Ferien machen würde. Er erzählte es mir; es klang sterbenslangweilig. Dann fragte ich, ob er schon eine Unterkunft für das nächste Trimester hatte. Ja, sagte er, ziemlich weit draußen, aber sehr nett. Er teilte sie mit Tyngate, dem Sekretär der Essay Society am College.

»Ein Zimmer ist noch frei. Barker wollte es eigentlich nehmen, aber jetzt, da er sich um den Vorsitz bei der Union Society bewirbt, will er lieber näher am Zentrum wohnen.« Keiner von uns sprach aus, dass ich dieses Zimmer vielleicht nehmen könnte.

»Und du?«

»Ich wollte eigentlich mit Sebastian in die Merton Street ziehen. Aber das hat sich jetzt erübrigt.«

Noch immer machte keiner von uns den Vorschlag, und der Moment verstrich. Als ich ging, sagte er: »Ich hoffe, dass du jemanden für die Merton Street findest«, und ich antwortete: »Und du für die Iffley Road.« Danach sprach ich nie wieder ein Wort mit ihm.

Bis zum Ende des Trimesters waren es nur noch zehn Tage; irgendwie stand ich sie durch und kehrte ohne irgendwelche Pläne nach London zurück, genau wie unter ganz anderen Umständen ein Jahr zuvor.

»Deinen ausgesprochen gutaussehenden Freund hast du nicht mitgebracht?«, fragte mein Vater.

»Nein.«

»Ich hatte den Eindruck, dass er sich bei uns ganz wie zu Hause fühlte. Es tut mir leid. Ich mochte ihn.«

»Vater, ist dir eigentlich sehr daran gelegen, dass ich mein Examen mache?«

»*Mir?* Liebe Güte, warum sollte ich so etwas von dir verlangen? Mir ist das ganz egal. Und dir auch, soweit ich sehe.«

»Ja, das stimmt. Vielleicht wäre es nur Zeitverschwendung, nach Oxford zurückzukehren.«

Bisher hatte mein Vater nur begrenztes Interesse dafür aufgebracht, was ich sagte. Jetzt aber legte er sein Buch beiseite, setzte die Brille ab und sah mich aufmerksam an. »Du bist vom College geflogen«, sagte er. »Mein Bruder hat mich davor gewarnt.«

»Nein, bin ich nicht.«

»Nun, was soll dann das Gerede?«, fragte er gereizt, setzte die Brille wieder auf und suchte nach der Stelle im Buch, an der er aufgehört hatte zu lesen. »Alle bleiben mindestens drei Jahre dort. Ich kannte einen Mann, der sieben brauchte, bis er sein Theologie-Examen in der Tasche hatte.«

»Ich dachte nur, wenn ich ohnehin keinem Beruf nachgehen werde, für den ich ein Examen brauche, kann ich auch gleich damit anfangen, was ich ohnehin vorhabe. Ich will Maler werden.«

Doch darauf gab mein Vater mir in diesem Augenblick keine Antwort.

Dennoch schien die Vorstellung in ihm zu keimen. Als wir das nächste Mal darüber sprachen, war sie schon weiter gediehen.

»Wenn du Maler wirst«, sagte er beim sonntäglichen Mittagessen, »brauchst du ein Atelier.«

»Ja.«

»Nun, wir haben aber kein Atelier hier. Es gibt nicht einmal einen Raum, den du entsprechend nutzen könntest. Jedenfalls werde ich nicht zulassen, dass du auf dem Korridor malst.«

»Nein. Das hatte ich auch gar nicht vor.«

»Ich will auch nicht, dass halbnackte Modelle oder Kritiker mit ihrem fürchterlichen Jargon im Haus herumlaufen. Und der Gestank von Terpentin ist mir zuwider. Ich nehme an, du willst deine Sache richtig machen und Ölfarben benutzen?« Mein Vater gehörte zu einer Generation, die Maler noch in ernsthafte Künstler und Amateure unterteilte, je nachdem, ob sie Öl- oder Wasserfarben verwendeten.

»Ich glaube nicht, dass ich im ersten Jahr sehr viel malen werde. Auf alle Fälle sollte ich eine Kunstakademie besuchen.«

»Im Ausland?«, fragte mein Vater hoffnungsvoll. »Es gibt ein paar ausgezeichnete Schulen im Ausland, glaube ich.«

Es ging viel schneller, als ich erwartet hatte.

»Im Ausland oder hier. Ich müsste mich zuerst einmal umsehen.«

»Sieh dich im Ausland um«, sagte er.

»Dann bist du einverstanden, wenn ich Oxford verlasse?«

»Einverstanden? Einverstanden? Mein lieber Junge, du bist zweiundzwanzig.«

»Zwanzig«, sagte ich. »Einundzwanzig im Oktober.«

»Erst? Es kommt mir *viel* länger vor.«

Ein Brief von Lady Marchmain schließt diese Episode ab.

»Mein lieber Charles«, schrieb sie. »Sebastian hat mich heute Morgen verlassen, um zu seinem Vater ins Ausland zu reisen. Ehe er aufbrach, fragte ich, ob er Ihnen geschrieben habe. Er verneinte, also muss ich schreiben, obgleich ich kaum darauf hoffen darf, in einem Brief klarer zum Ausdruck zu bringen, was ich bei unserem letzten Spaziergang nicht sagen konnte. Aber Sie sollen wenigstens nicht ganz ohne Nachricht bleiben.

Das College hat Sebastian nur für ein Trimester suspendiert und wird ihn nach Weihnachten wieder aufnehmen, unter der Voraussetzung, dass er zu Monsignore Bell zieht. Es liegt also an ihm. Unterdessen hat Mr Samgrass freundlicherweise angeboten, sich um ihn zu kümmern. Sobald Sebastian von dem Besuch bei seinem Vater zurückkehrt, wird Mr Samgrass ihn abholen, und sie werden zusammen in den Nahen Osten reisen, wo Mr Samgrass schon lange eine Reihe von orthodoxen Klöstern besichtigen wollte. Er hofft, damit auch Sebastians Interesse zu wecken.

Sebastians Aufenthalt hier stand unter keinem guten Stern.

Wenn sie Weihnachten zurückkommen, wird er Sie sicher wiedersehen wollen, und wir anderen auch. Ich hoffe, dass Ihre Pläne für das nächste Trimester nicht allzu sehr durcheinandergeraten sind und dass es Ihnen gutgeht.

*Mit besten Grüßen,
Teresa Marchmain*

Heute Morgen bin ich ins Gartenzimmer gegangen, und es tat mir so unendlich leid.

II

ABSCHIED VON BRIDESHEAD

1

»Und als wir auf dem Gipfel des Passes standen«, sagte Mr Samgrass, »hörten wir galoppierende Pferde hinter uns. Zwei Soldaten ritten zum Anführer der Karawane und befahlen uns umzukehren. Der General hatte sie geschickt; sie hatten uns gerade noch rechtzeitig erreicht. Keine Meile vor uns erwartete uns eine Bande.«

Er hielt inne, und sein kleines Publikum saß schweigend da. Es lag auf der Hand, dass er seinen Zuschauern hatte imponieren wollen, sie aber wussten nicht, wie sie höfliches Interesse zeigen sollten.

»Eine Bande?«, wiederholte Julia. »Ach!«

Mr Samgrass schien mehr zu erwarten. Endlich sagte Lady Marchmain: »Die Volksmusik soll eher monoton sein.«

»Keine Band, meine liebe Lady Marchmain, sondern eine Bande von Banditen.« Cordelia, die neben mir auf dem Sofa saß, fing leise an zu kichern. »Die Berge wimmelten davon. Versprengte aus Kemals Armee; Griechen, denen man den Rückzug abgeschnitten hatte. Arme Teufel, das können Sie mir glauben.«

»Bitte kneif mich«, flüsterte Cordelia.

Ich kniff sie, und die Unruhe der Sofa-Sprungfedern ließ nach. »Danke«, sagte sie und wischte sich mit dem Handrücken über die Augen.

»Ihr seid also nie nach Wie-hieß-es-noch? gekommen«, fragte Julia. »Warst du nicht schrecklich enttäuscht, Sebastian?«

»Ich?«, gab Sebastian aus den Schatten jenseits der Lampe zurück, weitab vom angenehm warm brennenden Feuer im Kamin, weitab vom Familienkreis und von den auf dem Spieltisch ausgebreiteten Fotografien. »Ich? Ach, ich glaube, ich war an diesem Tag gar nicht dabei, oder, Sammy?«

»An dem Tag warst du krank.«

»Ich war krank«, wiederholte er wie ein Echo, »und deshalb wäre ich auch nie nach Wie-hieß-es-noch? gekommen, stimmt's, Sammy?«

»Schauen Sie, Lady Marchmain, das ist die Karawane in Aleppo, im Hof unseres Gasthauses. Das ist unser armenischer Koch, Begedbian, da bin ich auf einem Pony, das ist das zusammengefaltete Zelt, das hier ein ziemlich lästiger Kurde, der uns um diese Zeit verfolgte... Das bin ich in Pontus, Ephesus, Trapezunt, auf der Crac des Chevaliers, auf Samothraki, in Batumi... ich habe die Fotografien natürlich noch nicht in chronologischer Reihenfolge geordnet.«

»Nichts als Führer, Ruinen und Maultiere«, sagte Cordelia. »Wo ist Sebastian?«

»Er hat die Fotos gemacht«, sagte Mr Samgrass mit leicht triumphierender Stimme, fast so, als hätte er die Frage erwartet und sich die Antwort schon zurechtgelegt. »Er hat sich zu einem echten Experten gemausert, nachdem er gelernt hatte, die Hand nicht vors Objektiv zu halten, nicht wahr, Sebastian?«

Aus dem Schatten kam keine Antwort. Mr Samgrass wühlte erneut in seinem Tornister aus Schweinsleder.

»Hier ist eine Gruppenaufnahme, die ein Straßenfotograf auf der Terrasse des Hotels St. George in Beirut gemacht hat. Da ist Sebastian.«

»Nanu«, sagte ich, »ist das nicht Anthony Blanche?«

»Ja, wir haben ihn recht oft gesehen. Wir sind ihm zufällig in Konstantinopel begegnet. Ein angenehmer Reisegefährte. Ich weiß nicht, warum ich ihn nicht schon viel früher kennengelernt habe. Er hat uns bis nach Beirut begleitet.«

Das Teegeschirr war abgeräumt, die Vorhänge geschlossen. Es war zwei Tage nach Weihnachten, der erste Abend meines Besuchs und auch der erste für Sebastian und Mr Samgrass, denen ich zu meiner Überraschung bei der Ankunft auf dem Bahnsteig begegnet war.

Lady Marchmain hatte mir drei Wochen zuvor geschrieben: »*Ich habe soeben von Mr Samgrass erfahren, dass Sebastian und er wie erhofft zu Weihnachten nach Hause kommen. Ich hatte so lange nichts von ihnen gehört, dass ich schon befürchtete, es könnte ihnen etwas zugestoßen sein, und ich wollte keine Vorbereitungen treffen, bevor ich nicht Bescheid wusste. Sebastian wird sich wünschen, Sie wiederzusehen. Kommen Sie Weihnachten zu uns, wenn Sie können, oder wenigstens so schnell wie möglich anschließend.*«

Weihnachten bei meinem Onkel war eine Verpflichtung, der ich mich nicht entziehen konnte, und so reiste ich quer durchs Land und stieg dann in den Bummelzug um, in der Meinung, dass Sebastian längst zu Hause war. Stattdessen saß er im Abteil neben meinem, und als ich fragte, was er denn da machte, antwortete Mr Samgrass aalglatt und weitschweifig, erzählte irgendwelche Geschichten von verlorenem Gepäck und dass Cook über die Feiertage geschlossen hatte. Mir war sofort klar, dass es andere Erklärungen geben musste, die er mir vorenthielt.

Mr Samgrass fühlte sich sichtlich unwohl. Zwar zeigte er nach außen alle Anzeichen von Selbstbewusstsein, doch das schlechte Gewissen umgab ihn wie schaler Zigarrenrauch, und als Lady Marchmain ihn begrüßte, spürte ich den Hauch einer Vorahnung. Während des Tees berichtete er lebhaft von seiner Tour, und dann nahm Lady Marchmain ihn mit nach oben, um eine ihrer »kleinen Unterredungen« mit ihm zu führen. Ich sah ihm mit einem Anflug von Mitgefühl nach. Jeder, der auch nur ein bisschen Pokererfahrung besaß, konnte sehen, dass Mr Samgrass sehr schlechte Karten hatte. Beim Tee war in mir der Verdacht aufgekeimt, dass er nicht nur bluffte, sondern sogar schummelte. Es gab etwas, das er über seine Weihnachtserlebnisse sagen musste, nicht sagen wollte und von dem er nicht wusste, wie er es Lady Marchmain sagen sollte. Mehr noch, ich vermutete, dass es eine Menge gab, das er über die Reise in den Nahen Osten hätte sagen müssen, und dass er keineswegs die Absicht hatte, es zu tun.

»Komm, wir begrüßen Nanny«, sagte Sebastian.

»Bitte, darf ich mit?«, fragte Cordelia.

»Na klar.«

Wir stiegen zum Kinderzimmer in der Kuppel hinauf. Unterwegs fragte Cordelia: »Freust du dich denn gar nicht, zu Hause zu sein?«

»Natürlich freue ich mich«, antwortete Sebastian.

»Dann könntest du es ruhig ein bisschen zeigen. Ich konnte es kaum erwarten, dich zu sehen.«

Nanny mochte es nicht besonders, wenn man sich mit ihr

unterhalten wollte. Ihr war es am liebsten, wenn die Besucher ihr keine Beachtung schenkten und sie einfach weiterstricken ließen, dann konnte sie ihre Gesichter beobachten und daran zurückdenken, wie sie als kleine Kinder gewesen waren. Was sie im Moment alles trieben, war für sie im Vergleich zu den früheren Krankheiten oder Vergehen nicht von Belang.

»Nun«, sagte sie schließlich. »Du siehst nicht besonders gut aus. Vermutlich hast du die ausländische Küche nicht vertragen. Du musst ein bisschen zunehmen, jetzt, wo du wieder da bist. Deine Augen sehen aus, wie wenn du nicht allzu viel Schlaf abbekommen hättest – zu viel getanzt, nehme ich an.« (Nanny Hawkins war fest davon überzeugt, dass die höheren Gesellschaftsschichten einen Großteil ihrer freien Abende im Ballsaal verbrachten.) »Und dieses Hemd muss dringend geflickt werden. Bring es mir, bevor du es in die Wäsche gibst.«

Sebastian sah wirklich schlecht aus. Die fünf Monate hatten eine Veränderung bewirkt, wie sie sonst nur nach Jahren eintritt. Er war blasser und dünner, hatte Tränensäcke unter den Augen und zog die Mundwinkel nach unten. Am Kinn war die Narbe eines Furunkels zu erkennen. Seine Stimme schien flacher, und seine Bewegungen waren abwechselnd schlapp oder fahrig. Außerdem wirkte er verlottert, die Kleidung vernachlässigt, und das Haar, das früher so lässig ausgesehen hatte, war jetzt ungepflegt und zerzaust. Am schlimmsten aber war die Wachsamkeit in seinen Augen, die ich Ostern zum ersten Mal an ihm gesehen hatte und die jetzt offenbar zur Gewohnheit geworden war.

Aus diesem Grund stellte ich keine Fragen nach seinem

Befinden, sondern berichtete, wie ich den Herbst und den Winter verbracht hatte. Ich beschrieb meine Wohnung auf der Île Saint-Louis und die Kunstakademie und erzählte, wie gut die Lehrer und wie schlecht die Schüler waren.

»Sie gehen nie auch nur in die Nähe des Louvre«, sagte ich, »oder wenn, dann nur, weil eine ihrer absurden Kunstzeitschriften plötzlich einen Meister ›entdeckt‹ hat, der zu der neuesten ästhetischen Theorie passt. Die eine Hälfte ist ganz versessen darauf, populäre Schmierereien à la Picabia auf die Leinwand zu bringen, und die andere hat keine höheren Ambitionen, als ihren Lebensunterhalt damit zu verdienen, Werbung für *Vogue* zu machen oder Nachtclubs zu dekorieren. Und die Lehrer versuchen ihnen immer noch beizubringen, wie Delacroix zu malen.«

»Charles«, sagte Cordelia. »Moderne Kunst ist doch Quatsch, oder?«

»Großer Quatsch.«

»Ach, da bin ich aber froh. Ich hatte nämlich eine Auseinandersetzung mit einer der Nonnen. Sie sagte, wir sollten gar nicht erst versuchen, etwas zu kritisieren, was wir nicht verstehen. Jetzt kann ich sagen, dass ich es aus dem Mund eines Künstlers habe, und dann möchte ich ihr Gesicht sehen!«

Nach einer Weile wurde es Zeit, dass Cordelia zu ihrem Abendessen ging, während Sebastian und ich auf einen Cocktail in den Salon zurückkehrten. Brideshead saß dort, ganz allein, doch Wilcox folgte uns auf den Fersen und sagte zu ihm: »Ihre Ladyschaft möchte Sie oben sprechen, Mylord.«

»Das sieht Mummy gar nicht ähnlich, nach jemandem schicken zu lassen. Normalerweise lockt sie den Betreffenden selbst nach oben.«

Es gab keinerlei Anzeichen von Cocktails. Nach ein paar Minuten betätigte Sebastian den Klingelzug. Ein Dienstbote erschien. »Mr Wilcock ist oben bei Ihrer Ladyschaft.«

»Ja, macht nichts, bringen Sie uns die Cocktails.«

»Mr Wilcox hat die Schlüssel, Mylord.«

»Ach so ... nun, dann schicken Sie ihn, wenn er wieder da ist.«

Wir unterhielten uns ein wenig über Anthony Blanche – »in Istanbul lief er mit einem Bart herum, aber ich habe ihn dazu gebracht, ihn wieder abnehmen zu lassen« –, und nach zehn Minuten meinte er schließlich: »Also, ich verzichte auf den Cocktail; ich nehme jetzt mein Bad«, und verließ das Zimmer.

Es war halb acht. Ich vermutete, dass die anderen dabei waren, sich umzuziehen, doch als auch ich nach oben gehen wollte, begegnete ich Brideshead auf der Treppe.

»Einen Moment, Charles, ich möchte Ihnen etwas erklären. Meine Mutter hat Anweisung gegeben, keine alkoholischen Getränke in den Zimmern mehr stehen zu lassen. Sie verstehen sicher, warum. Wenn Sie etwas wünschen, klingeln Sie und bitten Wilcox darum. Aber warten Sie lieber, bis Sie allein sind. Es tut mir leid, aber so steht es.«

»Ist das wirklich notwendig?«

»Ich glaube, es ist dringend notwendig. Vielleicht haben Sie es schon gehört: Sebastian hatte einen neuerlichen Rückfall, kaum dass er wieder in England war. Er war über Weihnachten verschwunden. Mr Samgrass hat ihn erst gestern Abend wiedergefunden.«

»So etwas in der Art habe ich mir gedacht. Sind Sie sicher, dass dies die beste Art ist, damit umzugehen?«

»Es ist die Art meiner Mutter. Wollen Sie einen Cocktail, jetzt, da er gerade oben ist?«

»Ich würde daran ersticken.«

Man wies mir immer denselben Raum wie bei meinem ersten Besuch zu, er lag neben dem von Sebastian, und wir teilten das, was früher ein Ankleidezimmer gewesen und vor zwanzig Jahren in ein Badezimmer verwandelt worden war, indem man die Liege durch eine tiefe Kupferwanne mit Mahagonirahmen ersetzt hatte. Um sie zu füllen, musste man an einem Messinghebel ziehen, der so schwer war wie ein Maschinenteil auf einem Schiff. Der Rest des Zimmers war noch im ursprünglichen Zustand, und im Winter brannte hier immer ein Kohlefeuer. Ich denke oft an dieses Bad – der Dampf verwischte die Aquarelle, und ein riesiges Badehandtuch hing zum Aufwärmen über der Rückenlehne des Chintzsessels – und vergleiche es mit den einheitlichen, klinischen kleinen Badezimmern und den funkelnden Chromteilen und Spiegeln, die in der modernen Welt als Luxus gelten.

Ich lag in der Wanne und trocknete mich dann gemächlich vor dem Feuer ab, während ich die ganze Zeit über die düstere Heimkehr meines Freundes nachdachte. Dann warf ich mir den Morgenmantel um und ging, ohne anzuklopfen, wie immer, in Sebastians Zimmer. Er saß halb angekleidet am Kamin, fuhr ärgerlich zusammen, als er mich hörte, und stellte ein Zahnputzglas ab.

»Ach, du bist es. Du hast mir einen Schrecken eingejagt.«

»Du hast also was zu trinken gefunden.«

»Ich weiß nicht, was du meinst.«

»Lieber Himmel«, sagte ich. »Mir musst du doch nichts

vormachen! Im Gegenteil, du könntest mir etwas anbieten.«

»Ich hatte noch einen Rest in meinem Flachmann. Ich hab ihn ausgetrunken.«

»Was ist eigentlich los?«

»Nichts. Eine ganze Menge. Ich erzähl es dir später.«

Ich zog mich an und wollte mit Sebastian hinuntergehen, doch er saß noch genauso da wie zuvor, halb angezogen vor dem Kamin.

Julia war allein im Salon.

»Nun«, sagte ich. »Was ist los?«

»Ach, bloß ein langweiliger Familienkrach. Sebastian hat sich wieder mal betrunken, so dass wir alle auf ihn aufpassen müssen. Es ist einfach lästig.«

»Für ihn bestimmt auch.«

»Na ja, aber er ist selbst dran schuld. Warum kann er sich nicht benehmen wie alle anderen auch? Und da wir gerade von aufpassen reden, wie steht es um Mr Samgrass? Findest du nicht auch, dass an dem Mann etwas faul ist, Charles?«

»Und wie! Glaubst du, deine Mutter sieht es?«

»Mummy sieht nur, was sie sehen will. Sie kann nicht den ganzen Haushalt überwachen. Wie du weißt, bin ich ja ebenfalls ein Sorgenkind.«

»Nein, das wusste ich nicht«, sagte ich zurückhaltend und fügte hinzu: »Ich bin gerade erst aus Paris gekommen.« Ich wollte nicht den Eindruck erwecken, dass Gerüchte über irgendwelche Schwierigkeiten bis zu mir gedrungen waren.

Es war ein seltsam trübsinniger Abend. Wir aßen im Bemalten Salon zu Abend. Sebastian verspätete sich, und wir waren so schrecklich angespannt, dass wir wohl alle damit rechneten, er könnte wie in einer billigen Schmierenkomödie hicksend oder lallend hereinkommen. Als er dann erschien, benahm er sich natürlich völlig korrekt, entschuldigte sich, setzte sich an seinen leeren Platz und ließ Mr Samgrass seinen Monolog weiterspinnen, ohne ihn zu unterbrechen oder ihm auch nur zuzuhören, wie es schien. Drusen, Patriarchen, Ikonen, Bettflöhe, romanische Ruinen, merkwürdige Gerichte mit Augen von Ziegen und Schafen, französische und türkische Beamte – der ganze Katalog des Reisens im Nahen Osten wurde zu unserem Vergnügen ausgebreitet.

Ich beobachtete, wie bei Tisch Champagner gereicht wurde. Als Wilcox zu Sebastian kam, sagte der: »Ich hätte lieber Whisky, bitte.« Ich sah, wie Wilcox Lady Marchmain über Sebastians Kopf hinweg einen Blick zuwarf und sie leicht, fast unmerklich nickte. Auf Brideshead benutzte man kleine, individuelle Karaffen, die etwa ein Viertel einer Flasche enthielten. Man stellte sie immer gefüllt vor denjenigen, der danach fragte. Die Karaffe, die Wilcox jetzt Sebastian hinstellte, war halb leer. Sebastian hob sie demonstrativ in die Höhe, neigte sie zur Seite, musterte sie und schenkte sich dann stumm ein. Der Whisky stand nicht mehr als zwei Finger hoch im Glas. In diesem Augenblick fingen wir alle gleichzeitig an zu reden, alle außer Sebastian, so dass nur die Kerzenständer zuhörten, als Mr Samgrass von den Maroniten erzählte, doch bald verstummten wir wieder, und er hatte den Tisch erneut für sich, bis Lady Marchmain und Julia das Zimmer verließen.

»Kommt bald nach, Bridey«, sagte sie an der Tür, so wie sie es immer tat, und an diesem Abend hatten wir auch nicht die Absicht, noch lange bei Tisch zu bleiben. Man füllte unsere Gläser mit Portwein und nahm die Karaffe sogleich wieder mit hinaus. Wir tranken schnell aus und gingen in den Salon, wo Brideshead seine Mutter bat, etwas vorzulesen. Sie las mit großer Ausdruckskraft aus *Diary of a Nobody*, bis sie gegen zehn Uhr das Buch zuklappte und erklärte, sie sei seltsam müde, so müde, dass sie an diesem Abend nicht einmal mehr in die Kapelle gehen würde.

»Wer will morgen alles auf die Jagd?«, fragte sie.

»Cordelia«, sagte Brideshead. »Und ich nehme Julias jungen Hengst, um ihn an die Meute zu gewöhnen. Mehr als ein paar Stunden wird es nicht dauern.«

»Rex kommt irgendwann morgen an«, sagte Julia. »Ich bleibe lieber hier, um ihn zu empfangen.«

»Wo findet das Treffen statt?«, fragte Sebastian plötzlich.

»Hier in Flyte St. Mary.«

»Dann möchte ich mitkommen, bitte, wenn es möglich ist.«

»Natürlich. Wie schön. Ich hätte dich gefragt, aber du hast dich immer darüber beschwert, dass man dich dazu drängen wollte. Du kannst Tinkerbell haben. Sie macht sich sehr gut in dieser Saison.«

Alle schienen ganz erleichtert darüber, dass Sebastian auf die Jagd mitwollte; offensichtlich machte es den Unfrieden des Abends wieder gut. Brideshead läutete und bat um Whisky.

»Möchte noch jemand?«

»Bringen Sie mir auch noch welchen«, sagte Sebastian, obgleich es diesmal ein Dienstbote war und nicht Wilcox. Ich beobachtete denselben Austausch von fragendem Blick und Nicken zwischen ihm und Lady Marchmain wie zuvor. Alle wussten Bescheid. Die beiden Drinks wurden bereits im Glas serviert, wie Doppelte in einer Bar, und unser aller Augen folgten dem Tablett, als witterten wir wie Hunde die Gerüche in einem Speisesaal.

Die gute Laune, die durch Sebastians Wunsch, mit auf die Jagd zu gehen, ausgelöst worden war, hielt jedoch an. Brideshead schrieb noch eine Anweisung für den Stallmeister, und wir gingen alle recht fröhlich zu Bett.

Sebastian legte sich gleich hin; ich saß noch an seinem Kamin und rauchte eine Pfeife. »Ich wünschte, ich könnte morgen früh mit euch kommen«, sagte ich.

»Ach, du würdest nicht viel von der Jagd mitbekommen«, antwortete er. »Ich kann dir genau sagen, was ich mache. Im ersten dichten Gehölz werde ich Bridey abhängen, zum nächsten guten Wirtshaus reiten und mich den ganzen Tag still und leise vollaufen lassen. Wenn sie mich wie einen Säufer behandeln, sollen sie verdammt noch mal einen haben. Ich kann die Jagd sowieso nicht ausstehen.«

»Nun, ich kann dich nicht davon abhalten.«

»Doch, du könntest – indem du mir kein Geld gibst. Sie haben mein Bankkonto gesperrt, weißt du, schon im Sommer. Das war eins meiner größten Probleme. Ich habe meine Uhr und mein Zigarettenetui versetzt, um mir frohe Festtage zu genehmigen, deswegen muss ich dich morgen früh um ein Taschengeld für meinen Ausflug bitten.«

»Das mache ich nicht mit. Du weißt ganz genau, dass ich das nicht kann.«

»Das machst du nicht mit, Charles? Nun, dann muss ich wohl irgendwie allein zurechtkommen. Darin bin ich in letzter Zeit ziemlich gut geworden – im Alleinzurechtkommen. Mir blieb gar nichts anderes übrig.«

»Was habt ihr eigentlich wirklich gemacht, du und Mr Samgrass?«

»Das hat er euch beim Abendessen doch erzählt – Ruinen und Führer und Maultiere –, das hat Sammy wirklich gemacht. Wir haben einfach irgendwann beschlossen, getrennte Wege zu gehen, das ist alles. Der arme Sammy hat sich bislang eigentlich ganz gut gehalten. Ich hatte gehofft, es würde so bleiben, aber wie es scheint, war er ein wenig indiskret, was meine fröhlichen Weihnachten anbelangt. Vermutlich hat er gedacht, wenn er einen allzu guten Bericht über mich ablieferte, könnte er seinen Job als Wachhund verlieren.

Es ist eine lohnende Sache für ihn, weißt du. Ich will nicht sagen, dass er stiehlt. Ich glaube, dass er in puncto Geld mehr oder weniger ehrlich ist. Auf alle Fälle führt er ein peinliches kleines Notizbuch, in dem er alle Reiseschecks verzeichnet, die er eingelöst hat, und wofür er das Geld ausgegeben hat, damit er es Mummy und den Anwälten vorlegen kann. Aber es war sein Wunsch, an all diese Orte zu reisen, und daher ist es sehr bequem für ihn, mich dabeizuhaben und einen gewissen Komfort zu genießen, statt so zu reisen, wie Dozenten es normalerweise tun. Der einzige Nachteil lag darin, meine Gesellschaft ertragen zu müssen, doch das Problem lösten wir schnell.

Angefangen hat es ganz wie eine Bildungsreise, du verstehst, mit Empfehlungsschreiben an die wichtigen Leute überall. Wir wohnten beim Militärgouverneur von Rhodos und dem Botschafter in Konstantinopel. Dazu hatte Sammy sich von Anfang an verpflichtet. Natürlich war es in erster Linie seine Aufgabe, ein Auge auf mich zu haben, aber er informierte all unsere Gastgeber schon im Voraus darüber, dass ich nicht zurechnungsfähig bin.«

»Sebastian!«

»Nicht *ganz* zurechnungsfähig – und da ich kein eigenes Geld hatte, konnte ich ihm auch nicht oft entkommen. Er übernahm sogar das Trinkgeld, drückte dem Mann einen Geldschein in die Hand und notierte gleichzeitig den Betrag in seinem Notizbuch. Aber in Konstantinopel hatte ich Glück. Eines Abends gewann ich etwas Geld im Spiel, als Sammy nicht aufpasste. Am nächsten Tag entwischte ich ihm und verbrachte eine sehr glückliche Stunde in der Bar des Hotels Tokatlian, als plötzlich Anthony Blanche mit Bart und einem jüdischen Knaben an seiner Seite hereinkam. Anthony lieh mir einen Zehner, kurz bevor Sammy angekeucht kam, um mich wieder einzufangen. Danach ließ man mich nicht mehr aus den Augen. Das Personal der Botschaft brachte uns auf ein Schiff nach Piräus und ließ uns erst aus den Augen, als wir ausgelaufen waren. Doch in Athen war es leicht. Da verließ ich eines Tages nach dem Lunch einfach die Gesandtschaft, wechselte mein Geld bei Cook und erkundigte mich dort auch gleich nach Schiffspassagen nach Alexandria – nur um Sammy auszutricksen. Dann fuhr ich mit dem Bus zum Hafen, fand einen Matrosen, der Amerikanisch sprach, quartierte mich bei ihm ein, bis sein Schiff in See stach, und kehrte zurück nach Konstantinopel. Das war alles.

Anthony und sein jüdischer Knabe lebten in einem sehr schönen, heruntergekommenen Haus in der Nähe des Basars. Dort blieb ich, bis es zu kalt wurde, dann fuhren Anthony und ich Richtung Süden, bis wir uns wie verabredet vor drei Wochen mit Sammy in Syrien trafen.«

»Hat er denn nicht protestiert?«

»Ach, ich glaube, er hat sich auf seine grässliche Weise wirklich amüsiert – nur konnte er sich natürlich keinen Luxus mehr erlauben. Ich glaube, zuerst war er sicher ein bisschen nervös. Ich wollte nicht, dass er die ganze Mittelmeerflotte in Aufruhr versetzte, daher schickte ich ihm ein Telegramm aus Konstantinopel, in welchem ich versicherte, dass es mir gutging, und ihn bat, mir Geld auf die Osmanische Bank zu überweisen. Er kam gleich nach Erhalt des Telegramms herüber. Natürlich war er in einer schwierigen Position, denn ich bin volljährig und noch nicht unter Vormundschaft gestellt, deshalb konnte er mich nicht festnehmen lassen. Aber verhungern lassen und gleichzeitig von meinem Geld leben konnte er auch nicht, und erst recht nicht Mummy davon erzählen, ohne selbst ziemlich dumm dazustehen. Ich hatte ihn in jeder Hinsicht am Wickel. Armer Sammy. Ursprünglich hatte ich vorgehabt, ihm das ganze Geld abzuknöpfen, aber Anthony war in dieser Hinsicht sehr hilfreich und meinte, es wäre besser, solche Angelegenheiten gütlich zu regeln. Das hat er dann auch getan. Und so bin ich wieder hier gelandet.«

»Nach Weihnachten.«

»Ja, ich war fest entschlossen, mich Weihnachten zu amüsieren.«

»Und – hast du das?«

»Ich glaube schon. Ich erinnere mich kaum, und das ist doch immer ein gutes Zeichen, nicht wahr?«

Am nächsten Morgen trug Brideshead beim Frühstück schon sein scharlachrotes Jackett, und Cordelia, selbst sehr elegant, mit erhobenem Kinn über der weißen Halsbinde, schimpfte, als Sebastian in seinem Tweedjackett erschien: »Ach, Sebastian, so kannst du unmöglich mitkommen! Geh und zieh dich um. Du siehst so gut aus in deinem Jagddress.«

»Alles ist weggepackt. Gibbs konnte es nicht finden.«

»Du schwindelst! Ich habe es selbst mit herausgelegt, bevor man dich weckte.«

»Aber die Hälfte fehlte.«

»Dann nehmen wohl bald die scheußlichen Sitten der Strickland-Venables überhand. Sie lassen ja nicht einmal mehr ihre Reitburschen Zylinder tragen.«

Es war Viertel vor elf, als die Pferde vorgeführt wurden, doch sonst erschien niemand unten; es war, als hätten alle sich versteckt und lauschten auf den sich entfernenden Hufschlag von Sebastians Pferd, bevor sie sich zeigten.

Kurz bevor er hinausging, die anderen Jäger waren schon aufgesessen, winkte er mich in die Eingangshalle. Auf dem Tisch entdeckte ich neben seinem Hut, den Handschuhen, der Peitsche und den belegten Broten auch den Flachmann, den er zum Auffüllen dorthin gelegt hatte. Er griff nach ihm, um ihn zu schütteln – leer.

»Siehst du?«, sagte er. »Man traut mir nicht mehr über den Weg. Sie sind verrückt, nicht ich. Jetzt musst du mir einfach Geld geben.«

Ich reichte ihm ein Pfund.

»Mehr«, sagte er.

Ich gab ihm noch eins und sah zu, wie er aufsaß und seinen Geschwistern folgte.

Als wäre das sein Stichwort, erschien in diesem Augenblick Mr Samgrass neben mir, hakte sich bei mir ein und führte mich zurück an den Kamin. Er hielt die gepflegten kleinen Hände vor das Feuer und drehte sich dann um, damit er auch den Hosenboden anwärmen konnte.

»Sebastian ist also auf der Jagd nach dem Fuchs und unser kleines Problem damit für ein, zwei Stunden vom Tisch?«, meinte er.

Auf diese Weise sollte mir Mr Samgrass nicht kommen.

»Ich habe gestern Abend alles über Ihre Kavalierstour erfahren«, sagte ich.

»Ach ja, das hatte ich mir schon gedacht.« Mr Samgrass war keineswegs erschrocken, im Gegenteil, er schien erleichtert darüber, dass nun noch jemand Bescheid wusste. »Ich habe unsere Gastgeberin nicht damit behelligen wollen. Alles in allem ist es ja weit besser gegangen, als man hätte erwarten können. Allerdings hatte ich das Gefühl, ihr eine Erklärung für Sebastians Weihnachtsfestivitäten schuldig zu sein. Vielleicht haben Sie gestern Abend gewisse Vorsichtsmaßnahmen bemerkt.«

»Allerdings.«

»Fanden Sie das übertrieben? Ich bin ganz auf Ihrer Seite, insbesondere, da es die Annehmlichkeiten unseres eigenen Aufenthalts hier schmälert. Ich habe heute Morgen bereits mit Lady Marchmain gesprochen. Sie dürfen nicht glauben, dass ich gerade erst aufgestanden bin. Ich hatte eine kleine Unterredung mit unserer Gastgeberin. Für heute Abend dürfen wir mit einer Lockerung der Maßnahmen rechnen, glaube ich. Eine Wiederholung des gestrigen Abends erscheint gewiss keinem von uns erstrebenswert. Ich finde, man dürfte mir dankbarer sein für mein Bemühen, die ganze Gesellschaft zu unterhalten.«

Es war mir geradezu widerwärtig, mich mit Mr Samgrass über Sebastian auszutauschen, dennoch fühlte ich mich zu einer Bemerkung genötigt. »Ich weiß nicht, ob heute Abend der richtige Zeitpunkt sein wird, um mit einer Lockerung der Maßnahmen zu beginnen.«

»Finden Sie? Warum nicht, nach einem Tag im Freien unter dem strengen Blick von Brideshead? Gäbe es einen besseren Tag?«

»Ach, vermutlich geht mich das gar nichts an.«

»Mich eigentlich auch nicht, jetzt, da er heil wieder zu Hause ist. Lady Marchmain erwies mir die Ehre, mich um Rat zu fragen. Doch ist es weniger Sebastians Wohlergehen als unser eigenes, das mir im Moment auf der Seele liegt. Ich brauche mein drittes Glas Portwein, ebenso ein gastfreundliches Tablett in der Bibliothek. Und doch raten Sie speziell heute Abend davon ab. Ich frage mich, warum. Sebastian kann heute keine Dummheiten anstellen. Zum einen, weil er kein Geld hat. Zufälligerweise bin ich darüber im Bilde, da ich selbst dafür gesorgt habe. Ich habe sogar seine Uhr und sein Zigarettenetui bei mir oben. Er wird ganz brav sein ... solange niemand so niederträchtig ist und ihm Geld gibt ... Ah, guten Morgen, Lady Julia, schönen guten Morgen. Und wie geht es unserem Pekinesen an diesem Jagdvormittag?«

»Ach, dem Pekinesen geht es gut. Hören Sie, ich erwarte Rex Mottram für heute. Wir können unmöglich noch so einen Abend wie gestern haben. Irgendwer muss mit Mummy sprechen.«

»Schon geschehen. Ich habe mit ihr gesprochen. Es ist alles geregelt.«

»Gott sei Dank. Wirst du heute malen, Charles?«

Es hatte sich eingebürgert, dass ich bei jedem Besuch in Brideshead ein ovales Paneel des Gartenzimmers bemalte. Diese Gepflogenheit war mir lieb, denn sie verschaffte mir einen guten Grund, mich vom Rest der Gesellschaft zu entfernen. Wenn das Haus voll war, wurde das Gartenzimmer zu einer Alternative fürs Kinderzimmer, wo man von Zeit zu Zeit Zuflucht suchte, um über die anderen zu lästern. Auf diese Weise blieb ich in puncto Klatsch und Tratsch mühelos auf dem Laufenden. Es gab schon drei fertige Paneele, jedes war auf seine Weise ganz hübsch, doch leider alle auf unterschiedliche Art, denn mein Geschmack hatte sich verändert, und ich hatte in den achtzehn Monaten seit Beginn des Unterfangens viel gelernt. Als dekoratives Ganzes waren sie misslungen. Dieser Morgen war typisch für viele Vormittage, an denen ich das Gartenzimmer als Zuflucht empfunden hatte. Ich ging hinüber und machte mich an die Arbeit. Julia kam mit, um mir eine Weile zuzuschauen, und natürlich unterhielten wir uns über Sebastian.

»Hast du das Thema nicht irgendwann satt?«, fragte sie. »Warum müssen alle so ein Trara darum machen?«

»Weil wir ihn alle so mögen.«

»Ach so. Ich mag ihn ebenfalls, das schon, ich wünschte nur, er würde sich so benehmen wie alle anderen auch. Ich bin schon mit einem Familiengespenst aufgewachsen, weißt du – Papa. Vor dem Personal wurde nicht über ihn gesprochen, vor uns wurde nicht über ihn gesprochen, als wir noch klein waren. Wenn Mummy jetzt auch aus Sebastian ein

Schreckgespenst machen will, reicht es mir. Soll er doch nach Kenia oder sonst wohin gehen, wenn er sich unbedingt betrinken will, da spielt es keine Rolle.«

»Warum spielt es in Kenia weniger eine Rolle, ob man unglücklich ist, als woanders?«

»Stell dich nicht so blöd, Charles. Das weißt du ganz genau.«

»Du meinst, weil es euch peinliche Situationen ersparen würde? Nun, ich habe versucht anzudeuten, dass es möglicherweise heute Abend zu einer peinlichen Situation kommen könnte, falls Sebastian die Gelegenheit dazu bekommt. Er ist in schlechter Verfassung.«

»Ach, ein Tag auf der Jagd, und alles ist wieder gut.«

Es war rührend zu sehen, welches Vertrauen sie alle auf einen solchen Jagdtag setzten. Lady Marchmain, die mich ebenfalls an diesem Morgen besuchte, mokierte sich mit jener feinen Ironie darüber, für die sie so bekannt war.

»Ich habe die Jagd immer verabscheut«, sagte sie, »weil sie selbst bei den nettesten Leuten ein besonders grobschlächtiges Benehmen zutage fördert. Ich weiß nicht, was es ist, aber in dem Moment, in dem sie sich umkleiden und ein Pferd besteigen, werden sie wie die Preußen. Und danach prahlen sie herum! An solchen Abenden sitze ich beim Essen und bin erschüttert, wenn sich Männer und Frauen, die ich kenne, in geistlose, überhebliche, monomanische Rüpel verwandeln!... Und trotzdem, verstehen Sie... Es ist eine jahrhundertealte Tradition – heute ist mir leicht ums Herz, wenn ich daran denke, dass Sebastian mit ihnen da draußen ist. ›Eigentlich ist doch alles in Ordnung mit ihm‹, denke ich dann. ›Er ist auf der Jagd‹ – als wäre ein Gebet erhört worden.«

Sie erkundigte sich nach meinem Leben in Paris. Ich erzählte ihr von der Wohnung mit Blick auf den Fluss und die Türme von Notre-Dame. »Ich hoffe, dass Sebastian mich nach meiner Rückkehr besuchen kommt.«

»Das wäre schön«, sagte Lady Marchmain und seufzte, als wäre es ganz und gar undenkbar.

»Oder auch in London.«

»Charles, Sie wissen doch, dass das nicht geht. London ist am allerschlimmsten. Nicht einmal Mr Samgrass hatte ihn da noch unter Kontrolle. Wir haben keine Geheimnisse in diesem Haus. Er war verschwunden, wissen Sie, die ganzen Weihnachtstage. Mr Samgrass hat ihn nur gefunden, weil er da, wo er war, seine Rechnung nicht bezahlen konnte, deshalb mussten sie in Marchmain House anrufen. Es ist einfach grässlich. Nein, London ist unmöglich, solange er sich hier bei uns nicht zusammennehmen kann… Wir müssen dafür sorgen, dass er hier eine Weile glücklich und gesund ist, ein bisschen auf die Jagd geht, und dann schicken wir ihn wieder mit Mr Samgrass ins Ausland… Ich habe das alles schon einmal mitgemacht, wissen Sie.«

Die Antwort schwebte unausgesprochen im Raum, und wir beide kannten sie. ›Sie konnten schon ihn nicht festhalten, er ist auf und davon. So wird es auch mit Sebastian sein. Denn beide hassen Sie.‹

Ein Jagdhorn und der Ruf eines Jägers drangen aus dem Tal unter uns herauf.

»Da sind sie, die Hunde haben schon Witterung aufgenommen. Ich hoffe, dass er einen schönen Tag hat.«

So war ich mit Julia und Lady Marchmain in eine Sackgasse geraten, nicht, weil wir uns nicht verstanden, sondern weil wir uns zu gut verstanden. Mit Brideshead, der zum Lunch nach Hause kam und mich auf das Thema ansprach – denn dieses Thema war im ganzen Haus zu spüren, wie ein Feuer tief im Innern eines Schiffes, unter dem Wasserpegel, schwarz und rot in der Dunkelheit, das sich in Form beißender Rauchschwaden bemerkbar machte, die aus Klappen herauskräuselten und plötzlich aus Luken und Luftleitungen quollen –, mit Brideshead befand ich mich in einer seltsamen Welt, einer, die für mich ohne Leben war, einer Mondlandschaft aus öder Lava, einer Hochebene, auf dem die Lungen nur mühsam Luft bekamen.

»Ich hoffe, dass es Dipsomanie ist«, sagte er. »Das ist zwar ein großes Unglück, und wir alle müssen ihm helfen, es zu ertragen. Aber meine große Angst war immer, dass er sich vorsätzlich betrinkt, wenn er Lust dazu hat und weil er Lust dazu hat.«

»Genau das hat er getan – haben wir beide getan. Das tut er auch heute noch mit mir. Ich könnte dafür sorgen, dass es so bleibt, wenn Ihre Mutter mir nur vertrauen würde. Wenn Sie ihn mit Aufpassern und Kuren quälen, ist er in ein paar Jahren ein Wrack.«

»Es ist nichts *Schlimmes*, ein Wrack zu sein. Es gibt keine moralische Pflicht, Postminister oder Waidwerkmeister zu werden oder mit achtzig noch zehn Meilen am Tag zu Fuß gehen zu können.«

»*Schlimm*«, gab ich zurück. »*Moralische Pflicht* – schon sind Sie wieder bei der Religion.«

»Das war ich immer«, sagte Brideshead.

»Wissen Sie was, Bridey, sollte ich jemals in Versuchung geraten, Katholik zu werden, müsste ich mich bloß fünf Minuten mit Ihnen unterhalten, und schon wäre ich kuriert. Sie schaffen es, vollkommen vernünftige Vorschläge so hinzustellen, als wären sie blanker Unsinn.«

»Komisch, dass Sie das sagen. Andere Leute haben es auch schon bemerkt. Es ist einer der vielen Gründe, warum ich kein guter Priester geworden wäre. Vermutlich hat es mit meiner Art zu denken zu tun.«

Beim Lunch dachte Julia an nichts anderes als den Gast, den sie erwartete. Sie fuhr zum Bahnhof, um ihn abzuholen, und brachte ihn zum Tee nach Hause.

»Mummy, sieh mal, was Rex mir zu Weihnachten geschenkt hat.«

Es war eine kleine Schildkröte, der man Julias Initialen mit Diamanten in den lebenden Panzer gestanzt hatte, und dieses leicht obszöne Objekt, das mal hilflos über die polierten Dielen rutschte, mal über den Spieltisch oder über den Läufer tappte, sich bei einer Berührung in seinen Panzer zurückzog und ein anderes Mal den Hals reckte und seinen verschrumpelten uralten Kopf schwenkte, wurde zu einem denkwürdigen Teil des Abends, einem jener Haken im Leben, an denen die Aufmerksamkeit hängenbleibt, während es eigentlich um Wichtigeres geht.

»Du meine Güte«, sagte Lady Marchmain. »Ob sie wohl dasselbe frisst wie normale Schildkröten?«

»Was machen Sie, wenn sie stirbt?«, fragte Mr Samgrass. »Können Sie dann eine neue Schildkröte in den Panzer einpassen lassen?«

Rex war über Sebastians Problem im Bilde – sonst hätte er es wohl kaum in dieser Atmosphäre ausgehalten – und hatte auch schon eine Lösung parat. Diese offenbarte er fröhlich und ungeniert beim Tee, und nach einem Tag Getuschel war es eine Erleichterung zu hören, dass endlich über die Sache geredet wurde. »Schicken Sie ihn zu Borethus nach Zürich. Borethus ist genau der Richtige. Er wirkt täglich wahre Wunder in seinem Sanatorium. Sie wissen doch, wie Charlie Kilcartney getrunken hat.«

»Nein«, antwortete Lady Marchmain mit der ihr eigenen sanften Ironie. »Nein, ich fürchte, ich weiß nicht, wie Charlie Kilcartney getrunken hat.«

Als Julia hörte, wie man sich über ihren Freund mokierte, betrachtete sie stirnrunzelnd die Schildkröte, doch Rex Mottram war über solch feine Boshaftigkeit erhaben.

»Zwei Ehefrauen sind an ihm verzweifelt«, sagte er. »Als er sich mit Sylvia verlobte, machte sie zur Bedingung, dass er sich einer Kur in Zürich unterzog. Und es funktionierte. Drei Monate später kam er zurück und war ein anderer Mann. Seitdem hat er keinen Tropfen mehr angerührt, obwohl Sylvia ihn dann doch verlassen hat.«

»Warum denn?«

»Ach, der arme Charlie wurde ziemlich langweilig, nachdem er aufgehört hatte zu trinken. Aber darum geht es hier ja nicht.«

»Nein, vermutlich nicht. Ich nehme an, Sie wollten uns eher Mut machen.«

Julia warf ihrer juwelengeschmückten Schildkröte finstere Blicke zu.

»Er übernimmt übrigens auch Sexualfälle, wissen Sie.«

»Oje, da wird der arme Sebastian ja seltsame Bekanntschaften in Zürich machen.«

»Der Mann ist auf Monate hinaus ausgebucht, aber ich

glaube, es ließe sich etwas machen, wenn ich ihn frage. Ich könnte ihn heute Abend von hier aus anrufen.«

(In seiner Hilfsbereitschaft konnte Rex einen geradezu tyrannischen Eifer entwickeln; dann war es so, als drängte er einer widerstrebenden Hausfrau einen Staubsauger auf.)

»Wir werden darüber nachdenken.«

Und wir dachten noch darüber nach, als Cordelia von der Jagd zurückkehrte.

»Julia, was ist denn *das*? Wie *scheußlich*!«

»Das hat Rex mir zu Weihnachten geschenkt.«

»Ach, tut mir leid. Schon wieder ins Fettnäpfchen getreten. Aber ist das nicht grausam? Es muss schrecklich weh getan haben!«

»Sie spüren nichts.«

»Woher weißt du das? Wetten wir?«

Sie küsste ihre Mutter, die sie an diesem Tag noch nicht gesehen hatte, schüttelte Rex die Hand und läutete nach den Rühreiern.

»Ich habe schon Tee bei Mrs Barney getrunken, wo ich nach dem Wagen telefoniert habe, aber ich habe immer noch Hunger. Es war ein famoser Tag! Jean Strickland-Venables ist in den Schlamm gefallen. Wir sind von Bengers bis Upper Eastrey galoppiert, ohne anzuhalten. Ich schätze, das sind fünf Meilen, was, Bridey?«

»Drei.«

»Nicht bei dem Tempo!« Sie stopfte sich den Mund voll und erzählte uns von der Jagd. »... Ihr hättet Jean sehen sollen, als sie aus dem Schlamm stieg.«

»Wo ist Sebastian?«

»In Ungnade!« Die Worte in dieser klaren Kinderstimme

hatten den Nachhall einer läutenden Glocke, doch sie fuhr fort: »Als er in seinem scheußlichen Rattenfängerjackett mit dem fürchterlichen Schlips erschien, musste ich an Captain Morvins Reitschule denken. Ich habe ihn beim Treffen vor dem Haus gar nicht beachtet, und ich hoffe, die anderen auch nicht. Ist er noch nicht zurück? Bestimmt hat er sich verirrt.«

Als Wilcox kam, um das Geschirr abzuräumen, fragte Lady Marchmain: »Noch immer kein Zeichen von Lord Sebastian?«

»Nein, Mylady.«

»Wahrscheinlich ist er bei jemandem zum Tee. Aber das passt eigentlich gar nicht zu ihm.«

Eine halbe Stunde später, als Wilcox das Tablett mit den Cocktails brachte, sagte er: »Lord Sebastian hat gerade angerufen, man möge ihn in South Twining abholen.«

»South Twining? Wer wohnt denn da?«

»Er rief aus dem Hotel an, Mylady.«

»South Twining?«, wiederholte Cordelia. »Liebe Güte, dann hat er sich gewaltig verirrt.«

Als er ankam, war er erhitzt, und seine Augen glänzten fiebrig. Ich sah, dass er zu zwei Dritteln betrunken war.

»Mein lieber Junge«, sagte Lady Marchmain. »Wie schön, du siehst schon viel besser aus. Ein Tag an der frischen Luft hat dir gutgetan. Die Drinks stehen auf dem Tisch, bedien dich bitte.«

Es war nichts Ungewöhnliches an ihren Worten, bis auf die Tatsache, dass sie sie für nötig hielt. Vor sechs Monaten wären sie ungesagt geblieben.

»Danke«, sagte Sebastian. »Das tue ich.«

Wie ein erwarteter Schlag, der wiederholt eine wunde Stelle trifft und nicht den Schmerz oder Schock der Überraschung hervorruft, sondern nur eine dumpfe, unerträgliche Qual, die man kaum mehr auszuhalten meint – so fühlte es sich an, als ich an diesem Abend Sebastian beim Essen gegenübersaß, seinen glasigen Blick und die tapsigen Bewegungen sah oder seine schleppende Stimme hörte, wenn er nach langem, stumpfsinnigem Schweigen überhaupt ein Wort sagte. Als Lady Marchmain, Julia und die Dienstboten endlich aufstanden, um sich zurückzuziehen, sagte Brideshead: »Du gehst am besten zu Bett, Sebastian.«

»Erst noch einen Port.«

»Ja, nimm einen Port, wenn du unbedingt willst. Aber komm nicht mehr in den Salon.«

»Bin verdammt betrunken«, sagte Sebastian und nickte schwerfällig. »Wie in alten Zeiten. In alten Zeiten waren die Herren immer zu betrunken, um zu den Damen zu gehen.«

(»Aber so war es nicht«, sagte Mr Samgrass, als er später versuchte, mit mir zu plaudern. »Es war nicht wie in alten Zeiten. Nur, woran liegt es? An der Stimmung? Mangel an guter Gesellschaft? Wissen Sie, ich glaube, dass er heute irgendwo ganz allein getrunken haben muss. Wo hatte er bloß das Geld her?«)

»Sebastian ist schon nach oben gegangen«, erklärte Bridey, als wir in den Salon kamen.

»Ach ja? Soll ich etwas vorlesen?«

Julia und Rex spielten Bézique; die Schildkröte wurde von dem Pekinesen verfolgt und zog sich in ihren Panzer zurück; Lady Marchmain las laut aus *Diary of a Nobody* vor, bis sie recht früh erklärte, es sei Zeit zum Schlafengehen.

»Darf ich noch ein bisschen aufbleiben und weiterspielen, Mummy? Nur drei Spiele.«

»Na gut, Liebling. Komm und sag mir gute Nacht, bevor du ins Bett gehst. Ich bin bestimmt noch wach.«

Für Mr Samgrass und mich war klar, dass Julia und Rex allein sein wollten, daher gingen wir auch. Für Brideshead war es offensichtlich nicht so klar; er machte es sich gemütlich und schlug *The Times* auf, die er an diesem Tag noch nicht gelesen hatte. Auf dem Weg zu unseren Zimmern sagte Mr Samgrass: »In alten Zeiten war es ganz und gar nicht so.«

Am nächsten Morgen fragte ich Sebastian: »Sag mir ganz ehrlich, möchtest du, dass ich bleibe?«

»Nein, Charles, ich glaube nicht.«

»Ich bin dir keine Hilfe?«

»Keine Hilfe.«

Ich ging also zu seiner Mutter und entschuldigte mich.

»Es gibt etwas, das ich Sie fragen möchte, Charles. Haben Sie Sebastian gestern Geld gegeben?«

»Ja.«

»Obwohl Sie wussten, wofür er es wahrscheinlich ausgeben würde?«

»Ja.«

»Das verstehe ich nicht«, sagte sie. »Ich kann einfach nicht verstehen, wie man so gefühllos und böse sein kann.«

Sie hielt inne, doch ich glaube nicht, dass sie eine Antwort erwartete. Es gab nichts, was ich hätte sagen können, ohne mit der ganzen endlosen Geschichte noch einmal ganz von vorn anzufangen.

»Ich mache Ihnen keinen Vorwurf«, sagte sie. »Gott weiß,

dass ich nicht das Recht habe, jemandem Vorwürfe zu machen. Jedes Versagen meiner Kinder geht auf mein eigenes Versagen zurück. Aber ich verstehe es nicht. Es ist mir unbegreiflich, wie man so nett sein kann in vielerlei Hinsicht und dann etwas so Hinterhältiges und Grausames tun kann. Ich verstehe nicht, wie wir Sie alle so ins Herz schließen konnten. Haben Sie uns denn die ganze Zeit gehasst? Ich weiß nicht, womit wir das verdient haben.«

Ich blieb unbewegt; ihr Schmerz berührte mich nicht im mindesten. Es war so wie früher, als ich in meiner Phantasie von der Schule verwiesen wurde. Fast rechnete ich damit, dass sie sagte: »Ich habe bereits Ihren Vater in Kenntnis gesetzt.« Doch als ich im Wagen saß und mich noch einmal umdrehte, um einen, wie mir damals schien, letzten Blick auf das Haus zu werfen, hatte ich das Gefühl, dass ich einen Teil von mir zurückließ, der mir fehlen und nach dem ich verzweifelt suchen würde, wo immer ich auch hinginge, so wie man es Geistern nachsagt, die jene Orte aufsuchen, wo sie einst materielle Schätze begraben haben, weil ihnen ohne sie der Zugang zur Unterwelt verwehrt wird.

»Ich werde nie wieder zurückkehren«, sagte ich mir.

Eine Tür hatte sich geschlossen, das niedrige Türchen in der Mauer, das ich in Oxford gesucht und gefunden hatte. Wenn ich es jetzt öffnete, würde ich keinen verzauberten Garten mehr entdecken.

Ich war an die Oberfläche gestiegen, ans Licht eines gewöhnlichen Tages und an die frische Seeluft, nach langer Gefangenschaft in den sonnenlosen Korallenpalästen und wogenden Wäldern auf dem Grund des Ozeans.

Hinter mir lag... was? Die Jugend? Die Pubertät? Die

Romantik? Die Zauberkraft von all dem, »das Handbuch des jungen Zauberlehrlings«, der wohlgeordnete Kasten, wo der Zauberstab aus Ebenholz seinen Platz hinter den drei falschen Billardkugeln, der Faltmünze und den Federblumen hat, die sich in eine hohle Kerze ziehen lassen.

»Ich habe die Illusionen hinter mir gelassen«, sagte ich mir. »Ab jetzt lebe ich in einer dreidimensionalen Welt – und mit Hilfe meiner fünf Sinne.«

Später lernte ich, dass es eine solche Welt nicht gibt, doch damals, als der Wagen abbog und ich das Haus aus den Augen verlor, glaubte ich, dass ich sie nicht suchen müsse, sondern sie am Ende der Chaussee auf mich wartete.

So kehrte ich nach Paris zu den Freunden zurück, die ich dort gefunden, und den Gewohnheiten, die ich entwickelt hatte. Ich glaube nicht, dass ich noch einmal von Brideshead hören würde, doch solch scharfe Trennungen gibt es nur selten im Leben. Es dauerte keine drei Wochen, bis mich ein Brief in Cordelias französierter Klosterhandschrift erreichte.

Mein liebster Charles, schrieb sie. *Es ging mir ganz schrecklich, als Du abgereist bist. Du hättest Dich wenigstens verabschieden können!*

Ich habe von Deiner Schandtat gehört und schreibe, um Dir zu erzählen, dass auch ich in Ungnade gefallen bin. Ich habe mir Mr Wilcox' Schlüssel ausgeliehen, um Sebastian Whisky zu besorgen, und wurde erwischt. Er schien ihn so zu brauchen. Das hat einen fürchterlichen Krach gegeben (der immer noch anhält).

Mr Samgrass ist abgereist (gut!), und ich glaube, ein kleines bisschen ist auch er in Ungnade gefallen, allerdings weiß ich nicht, warum.

Mr Mottram steht bei Julia hoch im Kurs (schlecht!) und soll Sebastian zu einem deutschen Arzt bringen (schlecht! schlecht!).

Julias Schildkröte ist verschwunden. Wir glauben, dass sie sich vielleicht eingegraben hat, wie sie es manchmal tun, und damit ist ein kleines Vermögen weg (Mr Mottrams Ausdrucksweise).

Mir geht es sehr gut. *Alles Liebe,*
Cordelia

Es muss etwa eine Woche später gewesen sein, als ich nachmittags in meine Wohnung zurückkehrte und Rex dort auf mich wartete.

Es war gegen vier, denn es wurde zu dieser Jahreszeit schon recht früh dunkel in meinem Atelier. Ich konnte kaum den Ausdruck der Concierge erkennen, als sie sagte, ich hätte Besuch, eine imposante Erscheinung warte da oben. Sie hatte die Gabe, Unterschiede in Alter oder Aussehen sehr lebhaft in ihrem Ausdruck widerzuspiegeln. Ihre jetzige Miene ließ auf jemanden von Bedeutung schließen, und tatsächlich wirkte Rex beeindruckend, als ich ihn beim Eintreten in seinem Reisemantel vor dem Fenster stehen sah, das auf die Seine hinausging.

»Sieh an«, sagte ich.

»Ich war heute Morgen schon einmal hier. Man hat mir gesagt, wo Sie gewöhnlich zu Mittag essen, aber dort habe ich Sie nicht gesehen. Ist er bei Ihnen?«

Ich musste nicht fragen, wer. »Ihnen ist er also auch entwischt?«

»Wir sind gestern Abend angekommen und wollten heute nach Zürich weiterreisen. Ich habe ihn nach dem Essen im Lotti abgesetzt, weil er meinte, er sei müde, und bin noch auf ein Spielchen in den Traveller's Club gefahren.«

Ich registrierte, dass er sich sogar bei mir rechtfertigte, als übte er eine Geschichte ein, die er woanders auch erzählen müsste. »Weil er meinte, er sei müde« war gut. Ich konnte mir beim besten Willen nicht vorstellen, dass Rex sich von einem halbbeschwipsten Jugendlichen am Kartenspielen hindern lassen würde.

»Und als Sie zurückkamen, war er weg?«

»Nein, nein. Ich wünschte, so wäre es gewesen. Er hatte auf mich gewartet. Ich hatte Glück im Spiel gehabt und einen Haufen Geld gewonnen. Sebastian hat es geklaut, während ich schlief. Das Einzige, was er mir dagelassen hat, waren zwei Fahrkarten erster Klasse nach Zürich, die er hinter den Spiegel steckte. Es waren fast dreihundert Pfund, verdammt noch mal!«

»Und jetzt könnte er überall und nirgends sein.«

»So ist es. Sie haben ihn nicht zufällig bei sich versteckt?«

»Nein. Meine Beziehung zu der Familie ist beendet.«

»Meine fängt gerade erst an, glaube ich«, sagte Rex. »Nun, ich habe eine Menge mit Ihnen zu besprechen, aber ich habe einem Bekannten im Traveller's Club gesagt, dass ich ihm heute Nachmittag Revanche geben würde. Wollen Sie mit mir zu Abend essen?«

»Ja. Wo?«

»Ich gehe normalerweise zu Ciro.«

»Warum nicht ins Paillard?«

»Noch nie gehört. Ich lade Sie ein, damit das klar ist.«

»Ich weiß. Überlassen Sie mir die Auswahl.«

»Na schön, einverstanden. Wie heißt das Restaurant noch mal?« Ich schrieb es ihm auf. »Findet man dort so etwas wie Lokalkolorit?«

»Ja, das könnte man so sagen.«

»Na gut, es wird sicher ein Erlebnis. Bestellen Sie was Gutes.«

»Das hatte ich vor.«

Ich war zwanzig Minuten vor Rex da. Wenn ich schon den ganzen Abend mit ihm verbringen musste, dann wenigstens zu meinen Bedingungen. Ich erinnere mich genau an das Essen – Sauerampfersuppe, dann Seezunge, ganz schlicht in Weißweinsauce, *caneton à la presse* und Zitronensoufflé. In letzter Minute bestellte ich noch *caviar aux blinis* vorweg, weil ich befürchtete, sonst würde es vielleicht doch zu einfach für Rex sein. Dazu durfte er mir eine Flasche Montrachet aus dem Jahr 1906 und auf dem Höhepunkt, zur Ente, einen Clos de Bèze aus dem Jahr 1904 spendieren.

Damals war das Leben in Frankreich sehr angenehm. Der günstige Wechselkurs sorgte dafür, dass ich mit meinem Geld lange auskam, und ich lebte keineswegs sparsam. Allerdings kam es nur ganz selten vor, dass ich ein solches Dinner genoss, und deswegen war ich Rex gegenüber wohlgesinnt, als er endlich aufkreuzte. Er gab Hut und Mantel an der Garderobe ab und machte ein Gesicht, als rechnete er nicht damit, die Sachen je wiederzusehen. Argwöhnisch sah er sich in dem düsteren kleinen Raum um, als hoffte er, Apachen zu sehen oder einen Haufen trinkfester Studenten.

Stattdessen entdeckte er vier Senatoren, die sich ihre Servietten in den Kragen unter den Bart gesteckt hatten und in vollkommenem Schweigen speisten. Ich konnte mir vorstellen, wie er seinen Geschäftsfreunden später erzählte: »... ich kenne da einen interessanten Burschen, Kunststudent in Paris. Er hat mich in ein komisches kleines Lokal geführt – eins, an dem man sonst einfach vorbeigehen würde –, und dort gab es einige der besten Gerichte, die ich je probiert habe. Ein halbes Dutzend Senatoren speiste ebenfalls dort, was beweist, dass es ein Insidertipp ist. Billig war es jedenfalls nicht gerade.«

»Irgendein Zeichen von Sebastian?«, fragte er.

»Es wird keins geben«, erwiderte ich. »Bis er wieder Geld braucht.«

»Es ist schon ein starkes Stück, einfach so zu verschwinden. Ich hatte gehofft, dass, wenn alles gutging, es mir in anderer Hinsicht von Nutzen sein würde.«

Offensichtlich wollte er über seine eigenen Angelegenheiten sprechen. Die können warten, dachte ich, bis der Moment der Sättigung und damit der Nachsicht gekommen war, bis zum Cognac, sie konnten warten, bis die Aufmerksamkeit abgestumpft war und man nur mit halbem Ohr zuhören musste. Jetzt, da der *maître d'hôtel* die Blinis in der Pfanne wendete und im Hintergrund zwei Gehilfen die Presse für die Ente vorbereiteten, würden wir über mich reden.

»Sind Sie noch lange auf Brideshead geblieben? Ist mein Name noch einmal gefallen, nachdem ich abgereist war?«

»Ob er gefallen ist? Ich konnte ihn schon nicht mehr hören, alter Freund. Die Marchioness bekam Ihretwegen sogar ›ein schlechtes Gewissen‹. Soweit ich es mir zusammenreimen konnte, muss sie sich bei ihrer letzten Unterredung mit Ihnen ziemlich grob ausgedrückt haben.«

»›Gefühllos und böse‹. ›Hinterhältig und grausam‹.«

»Harte Worte.«

»Stock und Stein brechen mein Gebein, doch Worte bringen keine Pein.«

»Wie?«

»Eine Redensart.«

»Ach so.« Sahne und heiße Butter flossen ineinander und über den Rand, lösten dabei jede einzelne dunkle Kaviarperle von den anderen und überzogen sie mit Weiß und Gold.

»Ich hätte gern ein bisschen gehackte Zwiebel dazu«, sagte Rex. »Ein Feinschmecker hat mir erzählt, dass sie den Geschmack erst richtig zur Geltung bringt.«

»Versuchen Sie es erst mal ohne«, sagte ich. »Und erzählen Sie mir mehr von mir.«

»Nun, dieser Greenacre oder wie er hieß – der aufdringliche Dozent – ist unten durch. Das fanden alle gut. Er war für ein oder zwei Tage nach Ihrer Abreise der Favorit. Es würde mich nicht wundern, wenn er die alte Dame dazu aufgehetzt hätte, Sie vor die Tür zu setzen. Man hat ihn uns so lange als leuchtendes Vorbild unter die Nase gerieben, bis Julia es am Ende nicht mehr aushielt und ihn verpfiffen hat.«

»Julia?«

»Tja, er fing an, sich auch in unsere Angelegenheiten einzumischen, wissen Sie. Julia hatte den Verdacht, dass er uns allen was vorgaukelte, und eines Nachmittags, als Sebastian getrunken hatte – er war allerdings fast immer betrunken –, zog sie ihm die ganze Geschichte von der Kavalierstour aus der Nase. Damit war Mr Samgrass erledigt. Wenig später fand die Marchioness, dass sie möglicherweise ein wenig schroff Ihnen gegenüber gewesen war.«

»Und worum ging es bei dem Krach mit Cordelia?«

»Das stellte alles andere in den Schatten. Dieses Kind ist ein wandelndes Wunder. Sie hatte Sebastian vor unseren Augen eine Woche lang mit Whisky versorgt. Wir konnten uns einfach nicht erklären, wo er ihn herhatte. Da verlor die Marchioness zum ersten Mal ihre Haltung.«

Die Suppe war köstlich nach den schweren Blinis – heiß, dünnflüssig, bitter, schaumig.

»Ich will Ihnen was erzählen, Charles, das Ma Marchmain vor allen geheim hält. Sie ist eine schwerkranke Frau. Könnte jede Minute abkratzen. George Anstruther hat sie im letzten Herbst gesehen und ihr höchstens noch zwei Jahre gegeben.«

»Woher um alles auf der Welt wissen Sie das?«

»Es gehört zu den Dingen, die mir so zu Ohren kommen. Nach dem, was in der Familie los ist, würde ich ihr nicht einmal ein Jahr geben. Ich kenne genau den richtigen Mann für sie in Wien. Er hat Sonia Bamfshire wieder aufgepäppelt, als alle anderen, auch Anstruther, sie schon aufgegeben hatten. Aber Ma Marchmain wird nichts unternehmen. Es hat mit ihrer hirnrissigen Religion zu tun, schätze ich, dass man sich um den Körper nicht kümmert.«

Die Seezunge war so einfach und unaufdringlich, dass Rex sie gar nicht wahrnahm. Wir aßen zur Musik der Entenpresse – dem Knirschen der Knochen, dem Tropfen von Blut und Mark, dem Geräusch des Löffels, mit dem die dünnen Scheiben der Entenbrust übergossen wurden. In der folgenden, gut viertelstündigen Pause trank ich das erste Glas Clos de Bèze, und Rex rauchte seine erste Zigarette. Er lehnte sich zurück, blies eine Rauchwolke über den Tisch und erklärte: »Das Essen hier ist wirklich nicht schlecht; man müsste das Lokal übernehmen und was draus machen.«

Dann kehrte er wieder zu den Marchmains zurück.

»Ich weiß noch mehr über sie – wenn sie nicht aufpassen, stecken sie über kurz oder lang in ernsten finanziellen Schwierigkeiten.«

»Ich dachte immer, sie seien unermesslich reich.«

»Nun ja, das stimmt auch, sie sind reich, wie es die Leute sind, die ihr Geld einfach nur ruhen lassen. Wer es so macht, ist jedenfalls ärmer, als er es 1914 war, aber die Flytes scheinen das nicht zu realisieren. Vermutlich finden die Anwälte, die sich um ihre Angelegenheiten kümmern, es ganz bequem, ihnen Bargeld zu geben, wenn sie danach verlangen, und ansonsten keine Fragen beantworten zu müssen. Sehen Sie sich an, wie sie leben – Brideshead und Marchmain House beide auf vollen Touren, die Jagdhunde, keine Pachtzinserhöhungen, keine Entlassungen, Dutzende von alten Dienstboten, die nichts zu tun haben und von neuen Dienstboten bedient werden, ganz zu schweigen von dem alten Herrn, der noch einmal einen eigenen Hausstand gegründet hat – und ebenfalls nicht gerade bescheiden lebt. Wissen Sie, wie tief sie in den Miesen stecken?«

»Natürlich nicht.«

»In London allein sind es knapp hunderttausend. Und Gott weiß, wie viel woanders noch dazukommt. Das ist ein ganz schöner Batzen, wissen Sie, für Leute, die ihr Geld nicht für sich *arbeiten* lassen. Achtundneunzigtausend letzten November. Ist mir zu Ohren gekommen.«

Was Rex nicht alles zu Ohren kam, dachte ich, nichts als Gerüchte über schwere Krankheiten und Schulden.

Ich genoss den Burgunder. Er schien mich daran zu erinnern, dass die Welt älter und besser war, als wie sie Rex kannte, dass die Menschheit in ihrer langen Leidensgeschichte noch andere Formen der Weisheit hervorgebracht hatte als die seine. Zufällig trank ich diesen Wein noch einmal, als ich im ersten Kriegsherbst mit meinem Weinhändler in der St. James's Street zu Mittag aß. Mittlerweile war er weicher und blasser geworden, kündete aber mit derselben klaren und authentischen Note noch immer von derselben Hoffnung.

»Ich will nicht sagen, dass sie am Hungertuch nagen werden, der alte Herr kann immer mal wieder im Jahr dreißigtausend zuschießen, aber es wird schon bald zu einer Veränderung kommen, und wenn die Oberschicht unter Druck gerät, kommt sie gewöhnlich als Erstes auf die Idee, bei den Töchtern zu sparen. Deshalb würde ich gern so etwas wie einen Ehevertrag unter Dach und Fach bringen, bevor es zu spät ist.«

Wir waren noch lange nicht beim Cognac angekommen, aber schon sprachen wir über ihn. Zwanzig Minuten später wäre ich für alles zugänglich gewesen, was er mir zu erzählen hatte. So aber verschloss ich mich vor ihm, so gut ich konnte, und konzentrierte mich auf das Essen, doch seine Sätze brachen in mein inneres Glück ein und führten mir die grausame, raffgierige Welt vor Augen, die Rex bewohnte. Er wollte eine Frau; er wollte die beste Frau, die auf dem Markt zu haben war, und er wollte sie zu einem Preis, den er selbst festsetzte; darauf lief es hinaus.

»...Ma Marchmain hat was gegen mich. Das ist nicht weiter schlimm, schließlich will ich ja nicht sie heiraten. Aber sie hat nicht den Mumm, mir ins Gesicht zu sagen: ›Sie sind kein Gentleman. Sie sind ein Abenteurer aus den Kolonien.‹ Stattdessen behauptet sie, wir lebten in verschiedenen Welten. Das mag ja sein, aber Julia gefällt zufälligerweise meine Welt... Und dann das Thema Religion. Ich habe nichts gegen ihre Kirche, in Kanada sind die Katholiken kaum wahrzunehmen, aber hier ist es was anderes: In Europa gibt es einige sehr vornehme Katholiken. Von mir aus kann Julia in die Kirche gehen, wann immer sie will. Ich werde bestimmt nicht versuchen, sie daran zu hindern. Es bedeutet ihr gar nichts, offen gesagt, aber ich mag es, wenn Frauen an etwas glauben. Ich werde alle ›Bedingungen‹ erfüllen, die sie verlangen... Und dann ist da natürlich noch meine Vergangenheit. ›Wir wissen so wenig über Sie.‹ Dabei weiß sie bereits viel zu viel. Vielleicht haben Sie es gehört, ich war schon einmal ein oder zwei Jahre mit einer anderen Frau zusammen.«

Ich hatte es gehört. Jeder, der Rex auch nur flüchtig kannte, wusste von seiner Affäre mit Brenda Champion und auch, dass er ihr alles verdankte, was ihn von den anderen Börsenhändlern unterschied. Golf mit dem Prince of Wales, eine Mitgliedschaft im Bratt's Club, ja sogar seine Hinterzimmerbeziehungen im Unterhaus; denn als er zum ersten Mal dort auftauchte, sagten die Parteichefs nicht: »Seht mal, da ist unser vielversprechender junger Mann aus North Gridley, der eine so hervorragende Rede über Pachtzinssenkungen gehalten hat.« Nein, sie sagten: »Seht mal, da ist Brenda Champions neueste Eroberung.« Bei den Männern hatte es ihm enormes Ansehen verschafft; Frauen hingegen konnte er normalerweise mit seinem Charme einwickeln.

»Na ja, aber das ist alles Schnee von gestern. Ma Marchmain war zu höflich, um das Thema zu erwähnen; sie sagte nur, ich hätte ›einen gewissen Ruf‹. Tja, was erwartet sie denn von einem Schwiegersohn? Dass er ein verkorkster Möchtegernmönch ist wie Brideshead? Julia weiß alles; solange es ihr nichts ausmacht, wüsste ich nicht, was es irgendwen angehen könnte.«

Auf die Ente folgte ein Salat aus Brunnenkresse und Chicorée mit einem Hauch von Schnittlauch. Ich versuchte, an nichts anderes als diesen Salat zu denken. Anschließend gelang es mir auch, eine Zeitlang nur an das Soufflé zu denken. Dann kam der Cognac und damit der richtige Moment für diese Art von Vertraulichkeiten. »... Julia ist gerade zwanzig. Ich möchte nicht warten, bis sie volljährig ist. Auf alle Fälle will ich eine richtige Hochzeit mit allem Drum und Dran... keine Nacht- und Nebelaktion in aller Stille... Deshalb muss ich dafür sorgen, dass man sie nicht um ihr eigentliches Erbe betrügt. Und da die Marchioness nicht mitspielt, bin ich auf dem Weg zu dem alten Herrn, um ihn mir vorzuknöpfen. Soweit ich weiß, würde er alles tun, um seine Gattin zu ärgern. Er ist gerade in Monte Carlo. Ich hatte vor, Sebastian in Zürich abzuliefern und dann weiter dorthin zu fahren. Deshalb ist es so ärgerlich, dass er mir entwischt ist.«

Der Cognac entsprach nicht seinem Geschmack. Er war klar und blass und wurde in einer Flasche serviert, die weder Staub noch napoleonische Jahreszahlen aufwies. Er war nur ein oder zwei Jahre älter als Rex und erst vor kurzem abgefüllt worden. Man schenkte ihn in tulpenförmigen Gläser von bescheidener Größe ein.

»Also, von Brandy verstehe ich wirklich was«, sagte Rex. »Der hier hat eine schlechte Farbe. Aber was noch schlimmer ist, dass man ihn in diesen Fingerhüten gar nicht richtig schmecken kann.«

Man brachte ihm ein Cognacglas, das so groß war wie sein Kopf. Er ließ es über einer Spiritusflamme anwärmen. Dann schwenkte er den ausgezeichneten Cognac darin, sog seinen Duft ein und erklärte, das käme in etwa dem Zeug nahe, das er zu Hause mit Soda trinke.

Und so zauberte man verschämt die große, mit Spinnweben überzogene Flasche aus ihrem Versteck, die man für Leute wie Rex bereithielt.

»So muss es sein«, sagte er und hielt das Glas mit der sirupartigen Flüssigkeit schräg, so dass sie dunkle Ringe im Glas hinterließ. »Sie haben immer irgendwo noch was in der Hinterhand, aber das rücken sie erst raus, wenn man Theater macht. Probieren Sie mal.«

»Ich bin ganz zufrieden mit dem, was ich habe.«

»Nun, es wäre ein Verbrechen, davon zu trinken, wenn man es nicht wirklich zu schätzen weiß.«

Er zündete sich eine Zigarre an und lehnte sich, zufrieden mit der Welt, zurück. Auch ich war zufrieden, allerdings in einer anderen Welt als er. Wir waren beide glücklich. Er sprach über Julia, und ich hörte seine Stimme. Sie war unverständlich und weit weg, wie das ferne Bellen eines Hundes in einer stillen Nacht.

Anfang Mai wurde die Verlobung bekanntgegeben. Ich entdeckte die Anzeige in der *Continental Daily Mail* und nahm an, dass Rex »sich den alten Herrn vorgeknöpft« hatte. Doch dann kam alles anders als erwartet. Es war Mitte Juni, als mich die nächsten Nachrichten von den beiden erreichten. Sie waren in aller Stille in der Savoy Chapel getraut worden. Kein Mitglied des Königshauses war anwesend gewesen, ebenso wenig der Premierminister oder irgendjemand aus Julias Familie. Es klang nach einer »Nacht-und-Nebelaktion«, doch den vollen Sachverhalt sollte ich erst einige Jahre später erfahren.

2

Es ist an der Zeit, von Julia zu sprechen, die bis anhin nur eine gelegentliche und etwas rätselhafte Nebenrolle in Sebastians Drama gespielt hat. So jedenfalls sah ich Julia zu dieser Zeit und sie mich auch. Wir verfolgten unterschiedliche Ziele, die uns einander näherbrachten, dennoch blieben wir uns fremd. Später erzählte sie, dass sie mich damals sozusagen vorgemerkt habe, als suchte man im Bücherregal nach einem bestimmten Buch und entdeckte dabei ein anderes, das man herauszieht, einen Blick auf das Titelblatt wirft und sich sagt: »Das muss ich auch noch lesen, wenn ich Zeit habe.« Dann stellt man es zurück und setzt seine Suche fort. Mein Interesse an ihr war stärker, denn die körperliche Ähnlichkeit zwischen Bruder und Schwester, die mir immer wieder in gewissen Posen und bei gewissem Licht auffiel, faszinierte mich jedes Mal neu. Je mehr Sebastian bei seinem jähen Kollaps zu verblassen und zu zerbrechen schien, umso klarer und deutlicher stand Julia vor mir.

Damals war sie dünn, mit flacher Brust und langen Beinen. Sie sah aus, als bestünde sie nur aus Haut und Knochen. Das entsprach der Mode, dennoch konnten die Frisur und die Hüte, der abwesende Blick und die clownesken Rougeflecken auf den hohen Wangenknochen, die zu jener Zeit so angesagt waren, sie nicht auf einen bestimmten Typ reduzieren.

Bei unserer ersten Begegnung in jenem Hochsommer 1923, als sie mich am Bahnhof abholte und durch die Abenddämmerung nach Hause fuhr, war sie gerade erst achtzehn und hatte soeben ihre erste Saison in London hinter sich.

Manche meinten, es sei die schönste Saison seit dem Krieg gewesen und dass die Dinge sich allmählich wieder normalisierten. Julia war ihr strahlender Mittelpunkt. Es gab damals insgesamt vielleicht noch ein halbes Dutzend Londoner Häuser, die man als »historisch« bezeichnen konnte. Das Marchmain House in St. James gehörte dazu, und der Ball, der für Julia gegeben wurde, war in jeder Hinsicht ein legendäres Ereignis, trotz der abscheulichen Mode jener Zeit. Sebastian war hingefahren und hatte mich halbherzig eingeladen mitzukommen. Ich hatte abgelehnt und bereute es später, denn es war der letzte Ball seiner Art, der dort gegeben wurde, der letzte in einer glanzvollen Reihe.

Wie hätte ich das wissen können? Damals schien für alles noch Zeit zu sein, die Welt stand uns offen, wir konnten sie in aller Ruhe entdecken. In jenem Sommer war ich so erfüllt von Oxford, dass London warten konnte, dachte ich.

Die anderen großen Häuser gehörten Verwandten oder Jugendfreunden von Julia, und außer ihnen gab es noch zahllose bedeutende Häuser in Mayfair und Belgravia, von denen jede Nacht das eine oder andere erleuchtet und voller Menschen war. Fremde, die aus ihren eigenen verwüsteten Ländern hergekommen waren, weil sie hier etwas zu tun hatten, schrieben nach Hause, dass sie einen Blick auf eine Welt erhaschen konnten, die sie für immer zwischen Schlamm und Stacheldraht verloren geglaubt hatten. Durch diese glücklichen Tage tanzte und leuchtete Julia wie ein Sonnenstrahl, der durch die Bäume fällt, oder wie eines der Kerzenlichter, die von den Spiegeln zurückgeworfen wurden, so dass ältere Generationen, die in Erinnerungen versunken zuschauten, sie als den Inbegriff des Blauen Vogels sahen, wie auch sie sich selbst. »Bridey Marchmains Älteste«, sagten sie. »Wie schade, dass er sie heute Abend nicht sehen kann.«

In dieser Nacht und der nächsten und übernächsten leuchtete überall, wo sie hinging mit ihrem kleinen Kreis von Vertrauten, Freude auf, so wie es einem am Ufer eines Flusses im Innersten des Herzens berühren kann, wenn über dem Wasser plötzlich der Eisvogel aufblitzt.

Das war das Geschöpf, weder Kind noch Frau, das mich an jenem Sommerabend durch die Dämmerung gefahren hatte, unberührt von der Liebe, verblüfft von der Macht seiner eigenen Schönheit, am kühlen Rand des Lebens zögernd, ein Wesen, das sich unversehens bewaffnet sieht, eine Märchengestalt, die den Zauberring in der Hand hält, den sie nur mit den Fingerspitzen zu berühren und dazu das Zauberwort zu flüstern braucht, damit sich die Erde zu ihren Füßen auftut und einen riesigen Diener ausspuckt: ein unterwürfiges Monstrum, das ihr jeden Wunsch erfüllt, wenn auch vielleicht nicht so, wie sie es erwartete.

An diesem Abend hatte sie kein Interesse an mir; der Dschinn rumorte unter uns und wartete nur darauf, dass man ihn rief. Sie lebte ihr eigenes Leben in einer kleinen Welt innerhalb einer kleinen Welt, Mittelpunkt eines Systems konzentrischer Kreise, wie die kunstvoll geschnitzten Elfenbeinkugeln aus China. Ein kleines Problem beschäftigte sie – klein in ihren Augen, denn sie sah es ganz abstrakt und sinnbildlich. Sie überlegte, leidenschaftslos und meilenweit von der Realität entfernt, wen sie heiraten sollte. So stehen Strategen zaudernd über der Landkarte mit ihren Stecknadeln und farbigen Kreidestiften und grübeln über Verschiebungen von Nadeln und Strichen, eine Frage von Zentimetern, die außerhalb des Raums, außerhalb des Gesichtsfelds der beflissenen Offiziere über Vergangenheit, Gegenwart und Zukunft, Leben und Tod entscheiden können. Damals sah Julia in sich selbst auch nichts anderes als ein Sinnbild; ihr fehlte das Leben des Kindes ebenso wie das der Frau. Sieg und Niederlage waren Verschiebungen von Stecknadeln und Kreidestrichen; sie hatte keine Ahnung vom Krieg.

›Würden wir doch nur im Ausland leben‹, dachte sie, ›wo solcherlei Angelegenheiten von Eltern und Anwälten geregelt werden!‹

Verheiratet zu werden, bald und aufwendig, das war das Ziel all ihrer Freundinnen. Wenn sie über den Hochzeitstag hinausblickte, dann sah sie die Ehe als Beginn einer individuellen Existenz, als Scharmützel, in dem man sich seine Sporen verdiente, von wo man sich aufmachte, um die wahren Ziele im Leben zu verfolgen.

Sie stellte alle anderen jungen Frauen ihres Alters mühelos in den Schatten, aber sie wusste, dass in der kleinen Welt innerhalb der Welt, die sie bewohnte, bestimmte ernstzunehmende Makel ihr das Leben schwermachten. Auf den Sofas an der Wand, wo die älteren Generationen die Punkte zusammenzählten, sprach einiges gegen sie. Zum einen war da der Skandal ihres Vaters, dieser kleine ererbte Fleck, der ihre Schönheit trübte und noch verstärkt wurde durch etwas Widerspenstiges, Eigensinniges in ihrem Wesen und ein

Verhalten, das weniger angepasst war als das der meisten ihrer Altersgenossen; ansonsten, wer weiß?...

Eine Frage beschäftigte die Damen auf den Sofas an der Wand mehr als alles andere: Wen würden die jungen Prinzen heiraten? Eine bessere Herkunft oder ein kultivierteres Wesen als Julias konnte man sich nicht wünschen, aber einerseits lag dieser schwache Schatten auf ihr, der sie für die höchsten Ehren ungeeignet erscheinen ließ, und dazu kam noch ihre Religion.

Nichts hätte Julias Ambitionen ferner liegen können als die Hochzeit mit einem Mitglied des Königshauses. Sie wusste – oder glaubte zu wissen –, was sie wollte, und eine solche Ehe war es nicht. Doch wohin sie sich auch wandte, überall schien ihre Religion wie eine Barriere zwischen ihr und ihrem natürlichen Ziel zu stehen.

Sie empfand die ganze Sache als totalen Reinfall. Wenn sie jetzt abtrünnig würde, nachdem sie im Schoß der Kirche aufgewachsen war, käme sie in die Hölle, während protestantische junge Mädchen ihres Alters, die in seliger Unwissenheit aufgewachsen waren, älteste Söhne heiraten, im Frieden mit der Welt leben und noch vor ihr in den Himmel kommen könnten. Für sie würde es keinen ältesten Sohn geben, und Söhne, die keine Titelerben waren, waren keine gute Partie. Jüngere Söhne konnten das Privileg, nicht so ausgesetzt zu sein, keineswegs genießen; es war ihre Pflicht zurückzustehen, bis eine Katastrophe sie möglicherweise an die Stelle ihres Bruders rückte, und daher war es wünschenswert, dass sie sich für die Nachfolge stets ganz zur Verfügung hielten. In einer Familie mit drei oder vier Söhnen hätte eine Katholikin höchstens den jüngsten heiraten können, ohne auf Widerstand zu stoßen. Es gab natürlich auch noch die Katholiken selbst, doch die betraten nur selten die kleine Welt, die Julia sich erschaffen hatte. Meist handelte es sich um Verwandte ihrer Mutter, die ihr düster und exzentrisch erschienen. Von dem runden Dutzend katholischer Adelsgeschlechter hatte damals keine einen Erben im richtigen Alter. Ausländer – in der Familie ihrer Mutter gab es einige – waren schwierig in puncto Geld, hatten die verrücktesten Marotten und galten unweigerlich als Zeichen dafür, dass man nichts Besseres hatte kriegen können. Was also blieb ihr?

Das war Julias Problem nach den Wochen des Triumphs in London. Sie wusste, es war kein unüberwindliches Problem. Es musste, so dachte sie, eine Reihe von Menschen außerhalb ihrer Welt geben, die dazu taugten, in sie hineingezogen zu werden. Beschämend war es nur, sie suchen zu müssen. Für sie gab es die luxuriöse Qual der Wahl nicht, das träge Katz-und-Maus-Spiel vor dem Kamin. Sie war keine Penelope; sie musste im dunklen Wald selbst auf die Jagd gehen.

Julia hatte sich ein absurdes kleines Bild von der Art Mann gebildet, die in Frage kam: ein englischer Diplomat von gutem, nicht unbedingt besonders männlichem Aussehen, momentan im Ausland, mit einem kleineren Haus als Brideshead, näher bei London gelegen. Er war schon alt, zwei- oder dreiunddreißig, und kürzlich auf tragische Weise zum Witwer geworden. Julia fand es besser, einen Mann zu haben, der durch einen früheren Kummer bereits ein wenig gedämpft war. Er hatte eine große Karriere vor sich, in seiner Einsamkeit jedoch jede Antriebslust verloren. Er war der Typ, der einer skrupellosen ausländischen Abenteurerin auf den Leim gehen könnte. Auf alle Fälle musste ihm jemand neues, junges Leben einhauchen, damit er es an die Botschaft von Paris schaffte. Zwar bekannte er sich zu einer milden Form von Agnostizismus, hatte jedoch eine Vorliebe für religiösen Schnickschnack und erhob keinerlei Einwände dagegen, seine Kinder katholisch erziehen zu lassen. Dafür glaubte er an die durchaus vernünftige Beschränkung der Familie auf zwei Jungs und ein Mädchen, angenehm verteilt über einen Zeitraum von zwölf Jahren, statt wie ein katholischer Ehemann jährliche Schwangerschaften zu verlangen. Außer seinem Gehalt verdiente er noch zwölftausend Pfund extra im Jahr und hatte keine nahen Verwandten. So jemand wäre geeignet, glaubte Julia, so einen Mann suchte sie, als sie mich am Bahnhof abholte. Ein solcher Mann war ich nicht. Das sagte sie mir, ohne es auszusprechen, als sie die Zigarette aus meinem Mund annahm.

All das erfuhr ich über Julia, Stück für Stück, so wie man alles über das frühere Leben – und aus späterer Sicht das Vorleben – einer Frau erfährt, die man liebt, so dass man sich oft einbildet, Teil davon gewesen zu sein und es über allerlei Umwege auf einen Punkt hingelenkt zu haben: zu sich selbst.

Julia hatte Sebastian und mich auf Brideshead zurückgelassen und war zu einer Tante gefahren, Lady Rosscommon, die eine Villa auf Cap Ferrat besaß. Während der ganzen Reise dachte sie über ihr Problem nach. Sie hatte ihrem verwitweten Diplomaten sogar einen Namen gegeben, »Eustace«, und fortan wurde er zu einer Witzfigur für sie, ein kleiner, nicht vermittelbarer Scherz, den sie für sich behielt. Als dann tatsächlich ein solcher Mann ihren Weg kreuzte – kein Diplomat, sondern ein schwermütiger Major im Gardekavallerieregiment –, der sich in sie verliebte und ihr genau das bot, was sie sich vorgestellt hatte, ließ sie ihn abblitzen und schickte ihn noch düsterer und schwermütiger als zuvor davon, denn inzwischen hatte sie Rex Mottram kennengelernt.

Rex' Alter sprach sehr für ihn, da unter Julias Freundinnen eine Art gerontophiler Snobismus herrschte. Junge Männer galten als linkisch und picklig; man hielt es damals für erheblich schicker, wenn man gesehen wurde, wie man allein im Ritz zu Mittag aß – eine Sache, die auf alle Fälle nur wenigen jungen Frauen in dieser Zeit im Kreis von Julias Freundinnen erlaubt war und von den Älteren, die die Punkte zählten, während sie angeregt plaudernd an den Wänden der Ballsäle saßen, mit Missbilligung registriert wurde –, an einem Tisch gleich links, wenn man hereinkam, nur in Begleitung eines steifen, verhutzelten Wüstlings, vor dem schon die eigene Mutter als junges Ding gewarnt worden war, statt in der Mitte des Speisesaals, umgeben von ausgelassenen jungen Leuten. Tatsächlich war Rex weder steif noch verhutzelt. Leute, die älter waren als er, hielten ihn für einen ehrgeizigen jungen Draufgänger, doch Julia erkannte den unverwechselbaren Schick – das Flair von Max, F. E. und dem Prince of Wales, dem großen Tisch im Sporting Club, der zweiten Magnumflasche und der vierten Zigarre, dem Chauffeur, den man ohne Skrupel Stunde um Stunde warten lassen konnte. Um all das würden ihre Freundinnen sie beneiden. Mottrams gesellschaftliche Position war einzigartig, sie hatte etwas Geheimnisvolles, ja beinahe Anrüchiges; angeblich trug Rex immer eine Waffe bei sich. Julia und ihre Freunde kultivierten eine faszinierte Abscheu vor dem, was sie als »Pont Street« bezeichneten. Sie sammelten peinliche Redewendungen und persiflierten damit ihre Benutzer, und sprachen untereinander – oft aber irritierenderweise auch in der Öffentlichkeit – in einer Sprache, die sie selbst erfunden hatten. Es war »Pont Street«, einen Siegelring zu tragen und Pralinen mit ins Theater zu bringen; es war »Pont Street«, auf einem Ball zu fragen: »Kann ich Ihnen etwas zu essen besorgen?« Was immer man über Rex sagen wollte, »Pont Street« war er definitiv nicht. Er war direkt aus der Unterwelt in die Welt von Brenda Champion getreten, die wiederum selbst Mittelpunkt einer Reihe von konzentrischen Elfenbeinkreisen war. Vielleicht erkannte Julia in Brenda Champion eine Andeutung dessen, was sie und ihre Freundinnen selbst in zwölf Jahren sein würden. Zwischen dem jungen Mädchen und der erwachsenen Frau bestand eine Feindseligkeit, die sich ansonsten schwer erklären ließ. Auf alle Fälle verstärkte die Tatsache, dass Rex bei Brenda Champion in festen Händen war, Julias Interesse an ihm.

Rex und Brenda Champion wohnten in der Nachbarvilla auf Cap Ferrat. Ein Medienzar, bei dem Politiker ein und aus gingen, hatte sie für diese Saison gemietet. Normalerweise hätten sie Tante Rosscommons Sphäre nicht einmal gestreift, doch da sie so nah nebeneinanderwohnten, vermischten sich die Gäste miteinander, und Rex begann sofort, Julia vorsichtig den Hof zu machen.

Den ganzen Sommer über hatte ihn eine gewisse Rastlosigkeit umgetrieben. Mrs Champion hatte sich als Sackgasse entpuppt – zuerst war alles ungeheuer aufregend gewesen, doch jetzt begannen die Fesseln allmählich zu scheuern. Mrs Champion lebte, wie viele Engländer, so seine Beobachtung, in einer kleinen Welt innerhalb einer kleinen Welt; Rex hingegen brauchte einen weiteren Horizont. Er wollte seine Gewinne konsolidieren, die Piratenflagge einholen, an Land gehen, das Entermesser über den Kamin hängen und an seine Ernte denken. Es wurde Zeit zu heiraten. Auch er war auf der Suche nach einer »Eustace«, doch so wie er lebte, kam er nur selten in Kontakt mit jungen Frauen. Er hatte von Julia gehört, sie war allen Berichten zufolge *top débutante*, eine lohnende Beute.

Solange Mrs Champions kalte Augen auf Cap Ferrat ihn hinter ihrer Sonnenbrille beobachteten, konnte Rex nicht viel mehr tun als eine Freundschaft knüpfen, die sich später vielleicht vertiefen ließe. Er war nie ganz allein mit Julia, sorgte aber dafür, dass sie in die meisten Dinge, die sie unternahmen, einbezogen wurde. Er brachte ihr Bakkarat bei und achtete darauf, dass sie immer in seinem Wagen nach Monte Carlo oder Nizza fuhren. Er gab sich so viel Mühe, dass Tante Rosscommon an Lady Marchmain schrieb und Mrs Champion ihn eher als geplant nach Antibes bugsierte.

Julia fuhr nach Salzburg, um sich mit ihrer Mutter zu treffen.

»Tante Fanny hat mir geschrieben, dass du dich sehr mit Mr Mottram angefreundet hast. Ich bin sicher, dass er nicht besonders nett ist.«

»Das ist er bestimmt nicht«, gab Julia zurück. »Aber ich weiß auch nicht, ob ich nette Leute mag.«

Gemeinhin umgibt die meisten neureichen Männer ein Geheimnis: wie sie zu ihren ersten zehntausend Pfund gekommen sind. Die Eigenschaften, die sie, bevor sie zu Rüpeln wurden, als junge Draufgänger noch besaßen, als sie alle Welt von sich einnehmen mussten, als nur die Hoffnung sie am Leben hielt und sie nichts von der Welt zu erwarten hatten, außer dem, was sie ihr mit ihrem Charme entlocken konnten – das ist es, was sie bei Frauen so erfolgreich macht, wenn sie ihren Triumph überleben. Im vergleichsweise freieren London passte sich Rex Julia an; er richtete sein Leben ganz nach ihr, ging dahin, wo er ihr begegnen würde, machte sich beliebt bei Leuten, die sich ihr gegenüber positiv über ihn äußern würden. Er ließ sich auf einer Reihe von Wohltätigkeitsveranstaltungen blicken, um Lady Marchmain näherzukommen; er bot sich an, Brideshead zu einem Sitz im Parlament zu verhelfen (was jedoch abgelehnt wurde), und legte ein beachtliches Interesse für die katholische Kirche an den Tag, bis er herausfand, dass dies kein Weg zu Julias Herz war. Er war stets bereit, sie in seinem Hispano herumzukutschieren, besorgte ihr und ihren Freunden die besten Plätze beim Preisboxen und machte sie anschließend mit den Kämpfern bekannt, und in all der Zeit rührte er sie kein einziges Mal an. Erst war er angenehm, dann wurde er unentbehrlich. Nachdem sie anfangs in der Öffentlichkeit stolz auf ihn gewesen war, schämte sie sich seiner nun ein bisschen, doch inzwischen, also irgendwann zwischen Weihnachten und Ostern, war er unentbehrlich geworden. Und dann, ganz unerwartet, merkte sie, dass sie sich verliebt hatte.

Diese verstörende und ungebetene Erleuchtung kam ihr

eines Abends im Mai, als Rex gesagt hatte, er habe im Unterhaus zu tun, und sie ihn, als sie zufällig die Charles Street hinunterfuhr, aus einem Haus kommen sah, von dem sie wusste, dass Brenda Champion dort wohnte. Sie war so verletzt und wütend, dass sie beim Dinner kaum die Fassung wahren konnte; sobald sich die Gelegenheit ergab, ging sie nach Hause und weinte bitterlich etwa zehn Minuten lang. Dann bekam sie Hunger, wünschte, beim Dinner mehr gegessen zu haben, ließ sich Brot und Milch bringen und ging mit den Worten zu Bett: »Falls Mr Mottram morgen früh anruft, richten Sie ihm aus, dass ich nicht gestört werden will, egal, wie spät es ist.«

Am nächsten Morgen frühstückte sie im Bett wie immer, las die Zeitung und telefonierte mit ihren Freundinnen. Schließlich fragte sie: »Hat eigentlich Mr Mottram angerufen?«

»O ja, Mylady, viermal. Soll ich ihn beim nächsten Mal durchstellen?«

»Ja. Nein. Sagen Sie, ich sei ausgegangen.«

Als sie nach unten kam, entdeckte sie eine Nachricht auf dem Tisch in der Halle. *Mr Mottram erwartet Lady Julia um 1.30 Uhr im Ritz.* »Ich esse heute zu Hause«, sagte sie.

Am Nachmittag ging sie mit ihrer Mutter einkaufen, dann tranken sie Tee bei einer Tante und kehrten gegen sechs nach Hause zurück.

»Mr Mottram wartet, Mylady. Ich habe ihn in die Bibliothek gebracht.«

»O Mummy! Ich will ihn nicht sehen. Bitte sag ihm, er soll wieder gehen.«

»Das ist sehr unfreundlich, Julia. Ich habe immer wieder

gesagt, dass er mir nicht der liebste von deinen Freunden ist, aber jetzt habe ich mich schon so an ihn gewöhnt, dass er mir schon beinahe gefällt. Man kann Menschen nicht an sich binden und dann wieder fallen lassen – besonders Menschen wie Mr Mottram.«

»Ach, Mummy, muss das wirklich sein? Es wird eine Szene geben, wenn ich da reingehe.«

»Unsinn, Julia, du wickelst den armen Mann um den Finger.«

So betrat Julia die Bibliothek und kam eine Stunde später frisch verlobt wieder heraus.

»O Mummy, ich habe dich gewarnt, dass etwas passieren würde, wenn ich reingehe.«

»Das hast du nicht getan. Du hast lediglich gesagt, es würde eine Szene geben. An eine *solche* Szene habe ich keine Sekunde gedacht.«

»Wie auch immer, er gefällt dir, Mummy. Das hast du gesagt.«

»Er war in vielerlei Hinsicht sehr nett zu uns. Aber als Ehemann ist er in meinen Augen völlig ungeeignet. Das werden auch die anderen sagen.«

»Zum Teufel mit den anderen!«

»Wir wissen nichts über ihn. Er könnte schwarzes Blut haben – tatsächlich ist er verdächtig dunkelhäutig. Die ganze Sache ist unmöglich, Liebling. Ich verstehe nicht, wie du so dumm sein konntest.«

»Wie dürfte ich mir sonst herausnehmen, es ihm übelzunehmen, wenn er sich mit dieser grässlichen alten Frau abgibt? Du setzt dich doch immer so ein für die Rettung gefallener Frauen. Jetzt rette ich zur Abwechslung mal einen gefallenen Mann. Ich bewahre Rex vor einer Todsünde.«

»Sei nicht so respektlos, Julia.«

»Nun, ist es vielleicht keine Todsünde, mit Brenda Champion ins Bett zu gehen?«

»Oder so unanständig.«

»Er hat mir versprochen, sie nie wiederzusehen. Ich konnte ihn unmöglich darum bitten, ohne zu gestehen, dass ich in ihn verliebt bin, oder?«

»Mrs Champions Moralvorstellungen gehen mich Gott sei Dank nichts an. Dein Glück hingegen sehr wohl. Wenn du es genau wissen willst, so glaube ich, dass Mr Mottram ein netter und nützlicher Freund ist, aber ich würde ihm nicht über den Weg trauen, und ich bin sicher, dass er sehr unerfreuliche Kinder hätte. Das zeigt sich immer wieder. Bestimmt wirst du die ganze Sache in ein paar Tagen bereuen. Bis dahin werden wir nichts unternehmen. Niemand darf davon erfahren oder Verdacht schöpfen. Du solltest dich nicht mehr zum Lunch mit ihm treffen. Du kannst ihn natürlich hier empfangen, aber nicht in der Öffentlichkeit. Am besten schickst du ihn zu mir, und ich unterhalte mich mit ihm darüber.«

So begann das Jahr der heimlichen Verlobung für Julia, eine sehr anstrengende Zeit, denn an diesem Nachmittag war Rex ihr zum ersten Mal nähergekommen, nicht so, wie es Julia ein- oder zweimal zuvor mit sentimentalen und unsicheren jungen Männern erlebt hatte, sondern mit einer Leidenschaft, die etwas in ihr wachrief, was der seinen ähnlich war. Diese Leidenschaft erschreckte sie, und eines Tages kam sie von der Beichte zurück mit dem festen Entschluss, dem ein Ende zu machen.

»Sonst kann ich mich nicht weiter mit dir treffen«, sagte sie.

Rex fügte sich ihren Wünschen, genau wie im Winter, als er Tag für Tag in seinem kalten Wagen gesessen und auf sie gewartet hatte.

»Wenn wir doch nur sofort heiraten könnten«, sagte sie.

Sechs Wochen lang rissen sie sich zusammen, küssten sich nur zur Begrüßung und beim Abschied und hielten ansonsten Distanz. Sie sprachen darüber, was sie tun und wo sie wohnen würden und ob Rex die Chance auf einen Posten als Staatssekretär hätte. Julia war zufrieden, sehr verliebt und lebte ganz in der Zukunft. Dann, kurz vor Ende der Sitzungsperiode, erfuhr sie, dass Rex das Wochenende bei einem Börsenmakler in Sunningdale verbracht hatte, während er ihr gegenüber behauptet hatte, er sei in seinen Wahlkreis gefahren, und dass Mrs Champion ebenfalls anwesend gewesen war.

Als Rex am Abend dieses Tages wie üblich zum Marchmain House kam, spielten sie die Szene von vor zwei Monaten noch einmal durch. »Was erwartest du denn von mir?«, fragte er. »Mit welchem Recht stellst du Forderungen, wenn du selbst so wenig gibst?«

Sie ging mit ihrem Problem zur Church of the Immaculate Conception in der Farm Street und trug es in allgemeinen Begriffen vor, nicht im Beichtstuhl, sondern in einem düsteren kleinen Salon, der für solche Unterredungen reserviert war.

»Es ist doch sicher nicht schlimm, wenn ich selbst eine kleine Sünde begehe, um ihn vor einer weit größeren zu bewahren, nicht wahr, Pater?«

Doch der freundliche alte Jesuit war unerbittlich. Sie hörte ihm kaum zu; er weigerte sich, ihr das zu geben, was sie wollte, und mehr brauchte sie nicht zu wissen.

Als er fertig war, sagte er: »Und jetzt solltest du wohl die Beichte ablegen.«

»Nein danke«, antwortete sie, als lehnte sie ein Angebot in einem Geschäft ab, »heute lieber nicht«, und ging wütend nach Hause.

Von diesem Augenblick an verschloss sie sich gegen ihre Religion.

Lady Marchmain beobachtete es und fügte es ihrem neuen Kummer über Sebastian und ihrem alten Kummer über ihren Mann und der tödlichen Krankheit in ihrem Körper hinzu. Mit all diesen Sorgen ging sie täglich zur Kirche, und es schien, als wäre ihr Herz durchbohrt von den Schwertern ihrer Sorgen, ein lebendiges Herz, das Gegenstück zu dem aus bemalten Gips, und welchen Trost sie mit nach Hause nahm, weiß nur Gott.

So verging das Jahr, und das Geheimnis ihrer Verlobung verbreitete sich über Julias Vertraute zu deren Vertrauten, wie Wellen, die immer größer werden und endlich das schlammige Ufer erreichen. Es gab Anspielungen in der Presse, und Lady Rosscommon wurde als Hofdame ausführlich darüber ausgefragt. Es musste etwas geschehen. Nachdem Julia sich geweigert hatte, die weihnachtliche Kommunion zu empfangen und Lady Marchmain sich in den ersten grauen Tagen des Jahres 1925 zuerst von mir, dann von Mr Samgrass und Cordelia hintergangen fand, untersagte sie Julia und Rex, sich je wieder zu treffen. Sie spielte mit dem Gedanken, Marchmain House sechs Monate lang zu schließen und Julia auf eine Reise zu ihren Verwandten im Ausland mitzunehmen. Es war typisch für eine alte atavistische Gefühllosigkeit, die mit ihrer Empfindlichkeit einherging, dass sie es selbst in dieser Krise keineswegs unlogisch fand, Sebastian für die Reise zu Dr. Borethus in Mottrams Obhut zu geben. Der wiederum reiste, nachdem er mit seinem Auftrag gescheitert war, weiter nach Monte Carlo, wo er ihr den letzten Schlag versetzte. Lord Marchmain interessierte sich nicht für die Feinheiten von Mottrams Charakter; das, so fand er, sei Sache seiner Tochter. Rex erschien ihm als kräftiger, gesunder und wohlhabender Bursche, dessen Name ihm bereits aus politischen Artikeln in der Presse bekannt war. Er spekulierte mit großen Summen, blieb aber vernünftig, er schien einigermaßen anständige Freunde zu haben, gute Aussichten, Karriere zu machen, und Lady Marchmain konnte ihn nicht ausstehen. Im Großen und Ganzen war Lord Marchmain erleichtert, dass Julia eine so kluge Wahl getroffen hatte, und gab sein Einverständnis zu einer baldigen Heirat.

Rex stürzte sich mit Begeisterung in die Vorbereitungen. Er kaufte ihr einen Ring, nicht wie erwartet bei Cartier, sondern in einem Hinterzimmer in Hatton Garden von einem Mann, der die Steine in kleinen Säckchen aus einem Safe holte und sie auf dem Schreibtisch vor ihr ausbreitete. Dann machte ein anderer Mann in einem anderen Hinterzimmer mit einem Bleistiftstummel Entwürfe für die Fassung auf einen aus einem Notizbuch gerissenen Zettel, und das Ergebnis erweckte die Bewunderung all ihrer Freundinnen.

»Woher weißt du so viel über solche Sachen, Rex?«, fragte sie.

Täglich staunte sie darüber, was er alles wusste, aber auch darüber, was er nicht wusste. Damals trug beides zu seiner Anziehungskraft bei.

Sein gegenwärtiges Haus in der Hertford Street bot Platz genug für sie beide und war erst vor kurzem von einer sündhaft teuren Firma möbliert und eingerichtet worden. Julia erklärte, sie wolle jetzt noch kein Haus auf dem Land, sie könnten sich immer etwas Möbliertes mieten, wenn sie London eine Weile verlassen wollten.

Es gab Komplikationen mit dem Ehevertrag, mit dem Julia sich auf keinen Fall beschäftigen wollte. Die Anwälte waren verzweifelt. Rex lehnte es kategorisch ab, eigenes Kapital beizusteuern. »Was soll ich mit mündelsicheren Anlagen anfangen?«, fragte er.

»Weiß ich nicht, Liebling.«

»Ich lasse das Geld für mich arbeiten«, sagte er. »Ich erwarte fünfzehn bis zwanzig Prozent, und ich weiß, dass ich sie kriegen kann. Man wirft das Geld zum Fenster hinaus, wenn man sein Kapital zu dreieinhalb Prozent anlegt.«

»Du hast sicher recht, Liebling.«

»Diese Herren reden so, als versuchte ich, dich zu bestehlen. Dabei sind in Wirklichkeit sie diejenigen, die sich bereichern. Sie wollen dich um zwei Drittel des Einkommens berauben, das ich für dich erwirtschaften kann.«

»Spielt es denn eine Rolle, Rex? Wir schwimmen doch im Geld, oder?«

Rex hoffte, Julias gesamte Mitgift in die Hände zu bekommen, um sie für sich arbeiten zu lassen. Die Anwälte bestanden darauf, sie fest anzulegen, schafften es jedoch nicht, wie ursprünglich gefordert, eine ähnliche Summe von ihm zu erhalten. Am Ende erklärte er sich zähneknirschend bereit, eine Lebensversicherung abzuschließen, nachdem er den Anwälten ausführlich erklärt hatte, dies sei nichts weiter als ein Verfahren, mit einem Teil seines rechtmäßigen Profits anderen Leuten die Taschen zu füllen. Aber er hatte irgendwelche Verbindungen zu einem Versicherungsmakler, was die Sache weniger schmerzhaft für ihn machte. Auf diese Weise konnte er zumindest die Provision kassieren, die die Anwälte für sich erwartet hatten.

Und schließlich ging es auch noch um Mottrams Konfession. Er hatte einmal an einer königlichen Hochzeit in Madrid teilgenommen; etwas Ähnliches schwebte ihm jetzt auch für sich vor.

»Also das muss man deiner Kirche lassen«, sagte er. »Eine Show aufziehen, das kann sie. Du hättest die Kardinäle sehen sollen. Wie viele habt ihr in England?«

»Nur einen, Liebling.«

»Nur *einen*? Können wir noch ein paar aus dem Ausland engagieren?«

Man erklärte ihm, dass eine Mischehe eher unauffällig zelebriert wurde.

»Was meinst du mit Mischehe? Ich bin kein Nigger oder so was.«

»Nein, Liebling. Es bedeutet eine Ehe zwischen einer Katholikin und einem Protestanten.«

»Ach ja? Nun, wenn das alles ist, wird es eben keine Mischehe werden. Ich trete zum Katholizismus über. Was muss man dafür tun?«

Lady Marchmain war bestürzt und verwirrt über diese neue Entwicklung. Sie konnte sich noch so bemühen, wohlgesinnt auf seinen echten Glauben zu vertrauen, es half nichts; es weckte nur Erinnerungen an eine andere Werbung und eine andere Konversion.

»Rex«, sagte sie. »Manchmal frage ich mich, ob Ihnen klar ist, welche Verpflichtung Sie damit eingehen. Es wäre überaus frevlerisch, einen solchen Schritt zu tun, ohne wirklich davon überzeugt zu sein.«

Er war ein Meister in der Kunst, mit ihr umzugehen.

»Ich gebe nicht vor, besonders fromm zu sein oder mich in theologischen Fragen auszukennen«, sagte er. »Aber ich weiß, dass es nicht gut ist, zwei Konfessionen unter einem Dach zu haben. Und eine Religion braucht man nun mal. Wenn Ihre Kirche gut genug für Julia ist, wird sie es auch für mich sein.«

»Na schön«, antwortete sie. »Ich werde mich erkundigen, wie wir Sie unterrichten können.«

»Hören Sie, Lady Marchmain, dafür habe ich keine Zeit. Ihr Unterricht wäre reine Verschwendung bei mir. Geben Sie mir das Formular, und ich unterschreibe in der vorgesehenen Zeile.«

»Normalerweise dauert es mehrere Monate, manchmal ein ganzes Leben.«

»Na schön, ich lerne schnell. Probieren wir's.«

So wurde Rex zu Pater Mowbray in der Farm Street geschickt, einem Priester, der für seine Erfolge mit verstockten Katechumenen bekannt war. Nach dem dritten Treffen kam er zum Tee mit Lady Marchmain.

»Nun, was halten Sie von meinem zukünftigen Schwiegersohn?«

»Er ist der schwierigste Konvertit, mit dem ich es je zu tun hatte.«

»Liebe Güte, ich glaubte, er würde es Ihnen ganz leicht machen.«

»Das ist genau der Punkt. Ich bekomme ihn einfach nicht zu fassen. Er scheint nicht im mindesten intellektuell interessiert zu sein noch natürliche Frömmigkeit zu besitzen. Am ersten Tag wollte ich herausfinden, wie sein religiöses Leben bislang verlaufen war, und fragte, was er unter einem Gebet versteht. ›*Ich* verstehe darunter gar nichts‹, sagte er. ›Sagen *Sie* es mir.‹ Ich versuchte es, mit wenigen Worten, woraufhin er meinte: ›Schön. So weit zum Gebet. Was kommt als Nächstes?‹ Ich gab ihm einen Katechismus mit. Gestern fragte ich ihn, ob unser Herr mehr als eine Natur haben könne. ›So viele, wie Sie meinen, Pater‹, lautete die Antwort.

Dann wieder fragte ich ihn: ›Angenommen, der Papst blickte zum Himmel auf, sähe eine Wolke und sagte: ‚Es wird regnen‘, würde das tatsächlich passieren?‹ – ›O ja, Pater.‹ – ›Und wenn nicht?‹ Er dachte einen Moment nach und sagte dann: ›Ich vermute, dann würde es nur im Geist regnen, doch wir Sünder würden es nicht merken.‹

Er passt in keine Schublade des Heidentums, die den Missionaren bekannt ist, Lady Marchmain.«

»Julia«, sagte Lady Marchmain, als der Priester gegangen war, »glaubst du nicht, dass Rex diesen Schritt nur macht, um sich bei uns einzuschmeicheln?«

»Das liegt ihm sicher fern«, antwortete Julia.

»Du meinst, es ist sein aufrichtiger Wunsch zu konvertieren?«

»Er ist fest entschlossen, Katholik zu werden, Mummy.«

Und bei sich dachte sie: ›In der langen Geschichte der Kirche hat es bestimmt schon ein paar sehr seltsame Konvertiten gegeben. Beispielsweise bin ich nicht überzeugt, dass Chlodwigs ganze Armee katholisch gesinnt war. Einer mehr oder weniger schadet nicht.‹

Eine Woche später kam der Jesuit erneut zum Tee. Es war in den Osterferien; Cordelia war auch da.

»Sie hätten lieber einen von den jungen Patres für diese Aufgabe aussuchen sollen, Lady Marchmain«, sagte er. »Vermutlich bin ich schon tot, ehe Rex katholisch ist.«

»Ach herrje, ich dachte, er macht seine Sache gut.«

»Das tut er auch, in gewisser Weise. Er war bisher außergewöhnlich folgsam, sagte, er akzeptiere alles, was ich erklärte, erinnerte sich später teilweise daran und stellte keine Fragen. Ich war nicht wirklich zufrieden mit ihm. Er schien überhaupt keinen Sinn für die Realität zu haben, da ich aber wusste, dass er einem anhaltenden katholischen Einfluss ausgesetzt sein würde, war ich bereit, ihn aufzunehmen. Manchmal muss man ein Risiko eingehen, beispielsweise bei Halbidioten. Man weiß nie ganz genau, wie viel sie begreifen. Solange man weiß, dass jemand ein Auge auf sie hat, nimmt man das Risiko in Kauf.«

»Ich wünschte, Rex könnte das hören!«, sagte Cordelia.

»Gestern aber wurden mir die Augen geöffnet. Das Problem mit der modernen Bildung ist, dass man nie weiß, wie viel Ahnung die Leute wirklich haben. Bei Menschen über fünfzig kann man ziemlich genau einschätzen, was ihnen beigebracht und was ausgelassen wurde. Die jungen Leute hingegen machen einen so intelligenten, kenntnisreichen Eindruck, doch wenn die Oberfläche plötzlich einbricht, blickt man in Abgründe von Verwirrung, wie man sie nicht für möglich gehalten hätte. Nehmen wir das Beispiel von gestern. Er schien gute Fortschritte gemacht zu haben. Er hatte große Teile des Katechismus auswendig gelernt, dazu das Vaterunser und das Ave-Maria. Dann fragte ich ihn wie immer, ob ihm noch etwas unklar sei. Er warf mir einen arglistigen Blick zu und sagte: ›Hören Sie, Pater, ich glaube, Sie sind nicht ganz offen mit mir. Ich möchte Ihrer Kirche beitreten, und ich werde Ihrer Kirche beitreten, aber Sie halten zu viel zurück.‹ Ich fragte, was er damit meine, und er sagte: ›Ich habe mich lange mit einer Katholikin unterhalten – einer frommen, hochgebildeten Frau, und dabei ein paar Dinge erfahren. Zum Beispiel, dass man mit den Füßen nach Osten schlafen soll, weil dort das Paradies liegt, und dass, wenn man nachts stirbt, man zu Fuß dorthin gehen kann. Ich bin bereit, mit den Füßen in jeder Himmelsrichtung zu schlafen, die Julia gefällt, aber erwarten Sie denn von einem gebildeten Menschen, dass er allen Ernstes daran glaubt, zu Fuß ins Paradies gehen zu können? Und was ist mit dem Papst, der eins seiner Pferde zum Kardinal ernannt hat? Oder mit dem Kästchen am Portal der Kirche, in das man eine Pfundnote mit dem Namen eines Menschen stecken kann, und der Betreffende kommt dann in die Hölle? Sicher gibt es gute Gründe für das alles, aber dann sollten Sie mir davon erzählen und mich nicht alles selbst herausfinden lassen.‹«

»Was kann der arme Mann denn nur gemeint haben?«, fragte Lady Marchmain.

»Wie Sie sehen, muss er noch viel lernen, bevor er der Kirche beitreten kann«, sagte Pater Mowbray.

»Mit wem hat er sich bloß unterhalten? Hat er das alles geträumt? Cordelia, was ist los?«

»Dieser Schwachkopf! Ach, Mummy, was ist er bloß für ein Trottel!«

»Cordelia! *Du* warst es.«

»Aber Mummy, wer hätte sich träumen lassen, dass er das alles schluckt? Ich habe ihm übrigens noch viel mehr erzählt. Über die heiligen Affen im Vatikan zum Beispiel – alles Mögliche.«

»Nun, damit hast du meine Aufgabe erheblich erschwert«, sagte Pater Mowbray.

»Armer Rex«, sagte Lady Marchmain. »Ehrlich gesagt finde ich, dass ihn das ziemlich liebenswert macht. Sie müssen ihn behandeln wie ein zurückgebliebenes Kind, Pater Mowbray.«

So wurden die Unterweisungen fortgesetzt, und am Ende erklärte Pater Mowbray sich bereit, Rex eine Woche vor der Hochzeit in die Kirche aufzunehmen.

»Man sollte glauben, dass sie sich geradezu überschlagen würden, um mich in ihr Netz zu locken«, beklagte sich Rex. »Ich kann ihnen doch auf die eine oder andere Art eine große Hilfe sein, aber sie benehmen sich, als würden sie Eintrittskarten fürs Kasino ausgeben. Schlimmer noch, Cordelia hat mich dermaßen verwirrt, dass ich nicht mehr weiß, was im Katechismus steht und was sie erfunden hat.«

So standen die Dinge drei Wochen vor der Hochzeit. Die Einladungen waren verschickt, schon wurden Geschenke abgegeben, und die Brautjungfern waren entzückt über ihre Kleider. Und dann kam das, was Julia als »Brideys Bombe« bezeichnete.

Mit der ihm eigenen Rücksichtslosigkeit ließ er sie bei einem durchaus vergnüglichen Familientreffen platzen. Die Bibliothek im Marchmain House stand ganz den Hochzeitsgeschenken zur Verfügung; Lady Marchmain, Julia, Cordelia und Rex waren dabei, sie auszupacken und in Listen einzutragen. Dann kam Bridey herein und sah ihnen eine Weile lang zu.

»Chinesische Vasen von Tante Betty«, sagte Cordelia. »Uralt. Ich erinnere mich, dass ich sie an der Treppe auf Buckborne gesehen habe.«

»Was ist denn hier los?«, fragte Bridey.

»Mr, Mrs *und* Miss Pendle-Garthwaite, ein Teeservice für den Morgen. Von Goode, dreißig Schilling, schäbig.«

»Am besten packt ihr alles gleich wieder ein.«

»Bridey, was soll das heißen?«

»Die Hochzeit wird abgesagt.«

»Bridey!«

»Ich hielt es für angebracht, ein paar Erkundigungen über meinen zukünftigen Schwager einzuziehen, da sich sonst anscheinend niemand dafür interessierte«, sagte Brideshead. »Heute Abend erhielt ich die letzten Informationen. Er war 1915 in Kanada mit einer gewissen Miss Sarah Evangeline Cutler verheiratet, die nach wie vor dort lebt.«

»Rex, ist das wahr?«

Rex hatte einen Drachen aus Jade in der Hand, den er gerade kritisch musterte. Jetzt stellte er ihn vorsichtig auf seinen Sockel aus Ebenholz und drehte sich mit einem offenen, unschuldigen Lächeln zu ihnen herum.

»Ja, natürlich ist das wahr«, sagte er. »Was ist denn dabei? Warum seht ihr mich alle so böse an? Sie bedeutet mir nichts.

Sie hat nicht zu mir gepasst. Außerdem war ich damals noch ein halbes Kind. Ein Fehler, der jedem passieren kann. 1919 habe ich mich scheiden lassen. Ich hätte nicht mal gewusst, wo sie lebt, wenn Bridey es nicht gerade erzählt hätte. Was soll das Theater?«

»Du hättest es mir sagen können«, erklärte Julia.

»Du hast mich nie danach gefragt. Glaub mir – ich habe seit Jahren nicht mehr an sie gedacht.«

Seine Aufrichtigkeit war so offensichtlich, dass sie sich alle hinsetzen mussten, um ruhig darüber zu sprechen.

»Ist dir denn nicht klar, du süßer Esel, dass du nicht katholisch heiraten kannst, solange deine andere Frau noch lebt?«

»Ich habe keine andere Frau mehr! Gerade habe ich euch erklärt, dass ich seit sechs Jahren geschieden bin.«

»Als Katholik kann man sich nicht scheiden lassen.«

»Damals war ich nicht katholisch, und ich wurde geschieden. Ich habe die Unterlagen noch irgendwo.«

»Aber hat Pater Mowbray dir nicht alles über die Ehe erklärt?«

»Er hat nur gesagt, dass ich mich von dir nicht scheiden lassen kann. Nun, das habe ich auch gar nicht vor. Ich weiß nicht mehr, was er mir noch alles erklärt hat – heilige Affen, vollkommener Ablass, die vier letzten Dinge – wenn ich mich an alles erinnern würde, was er mir gesagt hat, hätte ich keine Zeit mehr für irgendetwas anderes. Aber egal, was ist mit deiner italienischen Cousine Francesca? Sie war doch auch zweimal verheiratet.«

»Sie hat die erste Ehe annullieren lassen.«

»Na schön, dann will ich das auch. Was kostet das? Wo muss ich das beantragen? Macht Pater Mowbray so was?

Ich will doch nur das Richtige tun. Niemand hat mir etwas davon gesagt.«

Es dauerte eine Weile, bis man Rex begreiflich gemacht hatte, dass nun ein schwerwiegendes Hindernis für seine Ehe aufgetaucht war. Die Debatte setzte sich bis zum Abendessen fort, wurde in Anwesenheit des Personals unterbrochen, sofort wiederaufgenommen, als sie allein waren, und hielt bis weit nach Mitternacht an. Auf und ab, hin und her, kreiste sie zwischen allerlei unwesentlichen Punkten und Wiederholungen immer um dieselbe Frage, wie eine Möwe, die einmal auf das Meer hinaus, aus dem Gesichtsfeld in den wolkenverhangenen Himmel entschwindet und dann genau da wiederauftaucht, wo die Fischabfälle im Wasser treiben.

»Was soll ich jetzt machen? An wen muss ich mich wenden?«, fragte Rex ein ums andere Mal. »Jetzt sagt bloß nicht, es gibt niemanden, der das nicht wieder hinbiegen kann.«

»Da ist nichts zu machen, Rex«, sagte Brideshead. »Es bedeutet schlicht und einfach, dass die Hochzeit nicht stattfinden kann. Es tut mir leid, dass es für alle ein bisschen plötzlich kam. Du hättest es uns selbst sagen sollen.«

»Hör zu«, sagte Rex. »Vielleicht hast du recht; vielleicht sollte ich mich streng nach dem Gesetz nicht in eurer Kathedrale trauen lassen. Aber die Kathedrale ist gebucht, kein Mensch stellt irgendwelche Fragen, der Kardinal hat keine Ahnung, Pater Mowbray auch nicht. Niemand außer uns weiß davon. Wozu also der ganze Aufruhr? Halten wir uns einfach bedeckt und ziehen die Sache durch, als wäre nichts geschehen. Wer hat etwas zu verlieren? Vielleicht komme ich dafür in die Hölle. Nun, das Risiko nehme ich auf mich. Was geht das die anderen an?«

»Ja, genau«, sagte Julia. »Ich glaube sowieso nicht, dass die Priester alles wissen. Oder dass man für so etwas in die Hölle kommt. Ich weiß nicht, ob ich überhaupt an eine Hölle glaube. Jedenfalls ist das unsere Sache. Wir bitten euch nicht, eure Seele aufs Spiel zu setzen. Haltet euch einfach nur da raus.«

»Julia, ich hasse dich«, sagte Cordelia und verließ das Zimmer.

»Wir sind alle müde«, meinte Lady Marchmain. »Wenn es noch etwas dazu zu besprechen gibt, schlage ich vor, dass wir das auf morgen früh vertagen.«

»Es gibt nichts mehr zu besprechen«, antwortete Brideshead. »Außer wie wir der ganzen Angelegenheit so diskret wie möglich ein Ende setzen können. Das werden Mutter und ich bestimmen. Wir müssen Anzeigen in der *Times* und der *Morning Post* schalten, und die Geschenke müssen zurückgeschickt werden. Wie man in solchen Fällen mit den Kleidern der Brautjungfern verfährt, weiß ich nicht.«

»Einen Moment«, sagte Rex. »Einen Moment mal. Vielleicht kannst du uns daran hindern, in eurer Kathedrale zu heiraten. Na gut, schert euch zum Teufel, dann heiraten wir eben in einer protestantischen Kirche.«

»Auch das kann ich verhindern«, sagte Lady Marchmain.

»Aber das wirst du nicht tun, Mummy«, sagte Julia. »Ich bin schon eine ganze Weile Rex' Geliebte, und das werde ich bleiben, ob mit oder ohne Trauschein.«

»Ist das wahr, Rex?«

»Nein, verdammt, ist es nicht«, sagte Rex. »Ich wünschte, es wäre so.«

»Ich sehe schon, wir werden uns morgen früh weiter darüber unterhalten müssen«, sagte Lady Marchmain schwach. »Aber jetzt kann ich nicht mehr.«

Und dann brauchte sie die Hilfe ihres Sohnes, um die Treppe hinaufzugehen.

»Warum um alles in der Welt hast du deiner Mutter so etwas gesagt?«, fragte ich, als Julia mir Jahre später diese Szene erzählte.

»Genau das wollte Rex auch wissen. Vermutlich weil ich dachte, es wäre wahr. Nicht buchstäblich wahr, obwohl ich, wie du weißt, damals erst zwanzig war und man nicht ›aufgeklärt‹ ist, nur weil einem gewisse Dinge erklärt wurden, aber natürlich meinte ich das nicht im wörtlichen Sinne. Ich wusste einfach nicht, wie ich es anders hätte ausdrücken sollen. Ich meinte, dass ich mich Rex zu verbunden fühlte, um sagen zu können: ›Die geplante Hochzeit findet nicht statt‹, und es dabei bewenden zu lassen. Ich wollte zu einer ehrbaren Frau gemacht werden. Das habe ich mir seitdem eigentlich immer gewünscht, wenn ich es recht bedenke.«

»Und dann?«

»Dann gingen die Diskussionen endlos weiter. Arme Mummy. Priester wurden hinzugezogen, und Tanten wurden befragt. Alle möglichen Vorschläge wurden gemacht – dass Rex nach Kanada fahren solle oder Pater Mowbray nach Rom, um herauszufinden, ob es mögliche Gründe für eine Annullierung der Ehe gab, oder dass ich ein Jahr ins Ausland gehen solle. Mitten in all dem Durcheinander schickte Rex meinem Vater ein Telegramm. ›Julia und ich ziehen Hochzeit unter protestantischem Ritus vor. Haben Sie Einwände?‹ Er kabelte zurück: ›Hocherfreut‹, und damit war die Sache geregelt, soweit es die Frage betraf, ob Mummy uns rechtlich daran hindern konnte. Danach gab es noch jede Menge persönlicher Appelle. Man schickte mich zu Priestern, Tanten und Nonnen. Unterdessen verfolgte Rex ganz ruhig – oder relativ ruhig – weiter seine Pläne.

Oh, Charles, was war das für eine schäbige Hochzeit! Damals war die Savoy Chapel eine Kirche, in der geschiedene Paare getraut wurden – ein mieser kleiner Raum, ganz anders als das, was Rex sich vorgestellt hatte. Ich wäre am liebsten nur aufs Standesamt gegangen und hätte die ganze Sache hinter mich gebracht, mit zwei Aufwartefrauen als Zeugen, aber es half nichts, Rex wollte Brautjungfern und Orangenblüten und den Hochzeitsmarsch. Es war grauenhaft.

Die arme Mummy benahm sich wie eine Märtyrerin und bestand darauf, dass ich trotz allem ihren Spitzenschleier trug. Nun, etwas anderes blieb ihr auch kaum übrig – das Kleid war ganz darauf abgestimmt. Meine eigenen Freunde kamen natürlich, und die kuriosen Bekannten von Rex, die er als Freunde bezeichnete, auch, aber der Rest der Gesellschaft war ziemlich bunt gemischt. Kein Mitglied aus Mummys Familie erschien und nur ein oder zwei aus Papas. Die ganze spießige Gesellschaft blieb weg, du weißt schon, die Anchorages, die Chasms und die Vanbrughs, und ich dachte, Gott sei Dank, sie mustern mich sowieso immer so hochnäsig von oben herab, aber Rex war außer sich, denn gerade sie hatte er offenbar unbedingt dabeihaben wollen.

Zwischendrin hatte ich gehofft, dass es gar keine Feier geben würde. Mummy hatte gesagt, wir könnten Marchers nicht haben, und Rex wollte schon Papa kabeln und ganze

Heerscharen von Caterern unter der Führung des Familienanwalts einmarschieren lassen. Am Ende wurde beschlossen, die Feier am Vorabend zu Hause abzuhalten, um die Geschenke zu zeigen – offenbar hatte Pater Mowbray nichts dagegen einzuwenden. Nun, keine Frau kann der Verlockung widerstehen, sich das eigene Geschenk anzusehen, es war also ein voller Erfolg, aber der Empfang, den Rex am nächsten Tag für die Hochzeitsgäste im Savoy gab, war jämmerlich.

Keiner wusste, was wir mit den Pächtern machen sollten. Am Ende ging Bridey hin und lud sie zu einem Abendessen und einem Freudenfeuer ein, ganz sicher nicht das, was sie zum Dank für ihre silberne Suppenschüssel erwartet hatten.

Für die arme Cordelia war es am schlimmsten. Sie hatte sich so darauf gefreut, meine Brautjungfer zu sein. Darüber hatten wir schon gesprochen, lange bevor ich in die Gesellschaft eingeführt wurde, aber natürlich war sie auch ein sehr gläubiges Kind. Zuerst wollte sie nicht mehr mit mir sprechen. Am Morgen des Hochzeitstags – ich hatte die Nacht bei Tante Fanny Rosscommon verbracht, weil das passender erschien – platzte sie in mein Zimmer, noch ehe ich aufgestanden war, direkt von der Farm Street, in Tränen aufgelöst, und flehte mich an, nicht zu heiraten. Dann umarmte sie mich, schenkte mir eine süße kleine Brosche, die sie für mich gekauft hatte, und sagte, sie würde darum beten, dass ich immer glücklich sei. *Immer glücklich*, Charles!

Es war eine Hochzeit, bei der man es keinem recht machen konnte, weißt du? Alle standen auf Mummys Seite, genau wie immer – nicht, dass ihr das irgendetwas eingebracht hätte. Ihr ganzes Leben lang war Mummy bei allen beliebt, außer bei denen, die sie liebte. Alle sagten, ich hätte mich ihr gegenüber ganz schrecklich benommen. Und tatsächlich musste der arme Rex feststellen, dass er eine Ausgestoßene geheiratet hatte, genau das Gegenteil von dem, was er sich gewünscht hatte.

Du siehst also, es konnte nicht gutgehen. Von Anfang an lag ein Fluch auf uns. Aber ich war immer noch verrückt nach Rex.

Seltsame Vorstellung, nicht?

Pater Mowbray hat Rex sofort durchschaut, weißt du, während ich ein ganzes Ehejahr dafür brauchte. Man bekam ihn einfach nicht zu fassen. Er war kein ganzer Mensch, sondern nur ein kleines Stück davon, das sich anormal entwickelt hatte, etwas in einer Flasche, ein im Labor am Leben gehaltenes Organ. Zuerst hielt ich ihn für einen primitiven Wilden, aber in Wirklichkeit war er etwas so absolut Modernes und Zeitgeistiges, wie es nur unser entsetzliches Jahrhundert hervorbringen konnte. Ein winziger Teil eines Menschen, der so tat, als sei er ein Ganzes.

Nun ja, jetzt ist das alles vorbei.«

Das alles erzählte sie mir zehn Jahre später während eines Sturms auf dem Atlantik.

3

Im Frühling 1926 kehrte ich wegen des Generalstreiks nach London zurück.

Es war ein großes Thema in Paris. Die Franzosen, die wie üblich über die Probleme ihrer ehemaligen Freunde jubelten, übersetzten unsere eher vagen Konzepte auf dem Weg über den Ärmelkanal in ihre eigenen festen Begriffe und prophezeiten Revolution und Bürgerkrieg. Jeden Abend lasen wir an den Zeitungskiosken unheilvolle Schlagzeilen, und in den Cafés begrüßten mich Bekannte mit Spott: »Na, mein Freund, hier hast du es besser als zu Hause, nicht wahr?«, bis nicht nur ich, sondern auch einige meiner Studienfreunde ernsthaft glaubten, dass unser Land in Gefahr war und wir verpflichtet seien, ihm zu Hilfe zu eilen. Ein belgischer Futurist schloss sich uns an, der den vermutlich angenommenen Namen Jean de Brissac la Motte trug und das Recht beanspruchte, bei jedem Kampf gegen die unteren Klassen zur Waffe zu greifen, egal, wo.

Wir setzten gemeinsam über, eine übermütige Gruppe, ausschließlich Männer, die erwarteten, dass sich in Dover die Geschichte vor uns entfalten werde, wie sie sich in jüngster Zeit in ganz Europa überall ganz ähnlich abgespielt hatte. Ein klares, festes Bild von der »Revolution« hatte sich in meinem Kopf festgesetzt – die rote Flagge auf dem Postamt, die umgestürzte Straßenbahn, betrunkene Unteroffiziere, gestürmte Gefängnisse, Banden von freigelassenen Verbrechern, die durch die Straßen strichen, und der Zug aus der Hauptstadt, der nicht kam. Man hatte es in den Zeitungen gelesen, in Filmen gesehen, seit sechs oder sieben Jahren immer wieder an den Kaffeehaustischen gehört, bis es ein Teil der eigenen Erfahrung geworden war, wenn auch aus zweiter Hand, so wie der Schlamm in Flandern und die Fliegen in Mesopotamien.

Dann landeten wir, und es war alles wie immer: Zollbaracken, ein pünktlich einfahrender Zug, Träger am Bahnsteig von Victoria Station und eine lange Schlange wartender Taxis.

»Wir trennen uns und sehen uns mal um«, sagten wir. »Zum Abendessen treffen wir uns wieder und vergleichen unsere Beobachtungen«, aber da wussten wir im Grunde schon, dass gar nichts passieren würde, auf alle Fälle nichts, was unserer Gegenwart bedurfte.

»So, so«, sagte mein Vater, als er mir zufällig auf der Treppe begegnete, »wie schön, dich so rasch wiederzusehen.« (Ich war seit etwa fünfzehn Monaten im Ausland.) »Aber du bist zu einem sehr ungünstigen Zeitpunkt gekommen, weißt du? In zwei Tagen soll erneut gestreikt werden – was für ein Humbug –, und wer weiß, ob es dann nicht schwierig für dich wird, hier wieder wegzukommen.«

Wenn ich an den Abend dachte, der mir entging, mit den Lichtern, die an den Ufern der Seine aufflammten, und der Gesellschaft, die ich dort gehabt hätte – damals war ich viel mit zwei emanzipierten Amerikanerinnen zusammen, die gemeinsam eine *garçonnière* in Auteuil bewohnten –, wünschte ich, ich wäre nicht gekommen.

An diesem Abend aßen wir im Café Royal. Dort sah es schon mehr nach Krieg aus, denn das Café war voller Studenten, die sich freiwillig zum »National Service« gemeldet hatten. Eine Gruppe aus Cambridge hatte sich am Nachmittag verpflichtet, Botengänge fürs Transport House zu übernehmen, wo die Streikführung ihren Sitz hatte. Ihr Tisch stand direkt hinter dem einer anderen Gruppe, deren Mitglieder als Hilfspolizisten angeheuert worden waren. Hin und wieder rief jemand eine Provokation über die Schulter, doch es ist nicht einfach, sich ernsthaft zu streiten, wenn man Rücken an Rücken sitzt, und so endete die Sache damit, dass sie sich gegenseitig große Gläser Lagerbier spendierten.

»Ihr hättet in Budapest sein sollen, als Horthy einmarschierte«, sagte Jean. »*Das* war Politik.«

An diesem Abend wurde im Regent's Park eine Party zu Ehren von »Black Birds« gegeben, jener amerikanischen Revue, die seit kurzem in England gastierte. Einer von uns war eingeladen, und so gingen wir alle hin.

Für uns, die wir das Bricktop und das Bal Nègre in der Rue Blomet gewohnt waren, hatte das Spektakel nichts Besonderes. Kaum waren wir angekommen, vernahm ich eine unverwechselbare Stimme, wie das Echo einer Zeit, die der fernen Vergangenheit anzugehören schien.

»Nein«, sagte sie. »Das sind keine Tiere, die man *bestaunen* kann wie im Zoo. Es sind Künstler, mein Lieber, großartige Künstler, die man *verehren* muss.«

Anthony Blanche und Boy Mulcaster saßen an dem Tisch, wo der Wein stand.

»Gott sei Dank, endlich ein bekanntes Gesicht«, sagte

Mulcaster, als ich mich zu ihnen setzte. »Eine Freundin hat mich hergeschleppt. Und ich habe sie aus den Augen verloren.«

»Sie hat dich sitzenlassen, mein Lieber, und weißt du auch, warum? Weil du hier so lächerlich deplatziert bist, Mulcaster. Das ist nicht deine Art von Gesellschaft, du hast hier nichts zu suchen, du solltest woanders hingehen, weißt du, ins Old Hundredth oder in irgendeinen schmalzigen Tanzclub am Belgrave Square.«

»Komme grade von einem«, sagte Mulcaster. »Und für das Old Hundredth ist es noch zu früh. Ich bleibe ein Weilchen hier. Vielleicht wird es ja besser.«

»Du kannst mich mal«, sagte Anthony. »Ich spreche jetzt nur noch mit *dir*, Charles.«

Wir zogen uns mit einer Flasche und unseren Gläsern in die Ecke eines anderen Raums zurück. Zu unseren Füßen hockten fünf Mitglieder des Black Bird Orchesters auf den Fersen und würfelten.

»Der da«, sagte Anthony, »der eher *blasse*, hat Mrs Arnold Frickheimer neulich morgens einen Schlag auf die *Rübe* versetzt. Mit einer *Milchflasche*, mein Lieber.«

Fast sofort kamen wir auf Sebastian zu sprechen.

»Er ist ja so ein Trunkenbold, mein Lieber! Letztes Jahr kam er zu mir nach Marseille, als du ihn im Stich gelassen hattest, und wirklich, das war mehr, als ich ertragen konnte. Schluck, schluck, schluck, den ganzen Tag, wie eine alte Matrone. Und so *raffiniert*. Ich vermisste dauernd irgendwelche kleinen Dinge, mein Lieber, Sachen, die mir am Herzen lagen. Einmal kamen mir zwei Anzüge abhanden, die erst am Vormittag von Lesley und Roberts geliefert worden waren. Natürlich hatte ich keine Gewissheit, dass es Sebastian war – es gab mehrere ziemlich schräge Vögel, die in meiner Wohnung ein und aus gingen, mein Lieber. Aber wer kennt meine Neigung für schräge Vögel besser als du? Nun, schließlich fanden wir das Pfandhaus, wo Sebastian alles v-v-versetzte, und dann hatte er die Pfandscheine nicht mehr; für sie gab es auch einen Markt, im Bistro.

Ich sehe diesen puritanischen, missbilligenden Ausdruck in deinen Augen, lieber Charles, als glaubtest du, dass ich den Jungen noch bestärkt hätte. Es ist eine von Sebastians weniger schönen Eigenschaften, dass er immer den Eindruck erweckt, andere hätten ihn v-v-vorgeführt – wie ein Pferdchen im Zirkus. Aber ich versichere dir, dass ich alles versucht habe. Immer wieder habe ich gefragt: ›Warum muss es denn unbedingt Alkohol sein? Wenn du dich berauschen willst, gibt es viele weit bessere Möglichkeiten.‹ Ich habe ihn zu dem Experten schlechthin gebracht – du kennst ihn auch. Nada Alopov, Jean Luxmore und *alle, die wir kennen*, gehen seit Jahren zu ihm – er ist immer in der Regina Bar –, und dann gab es Ärger, weil Sebastian ihm einen ungedeckten Scheck gegeben hatte – *ra-ra-raffiniert*, was? Plötzlich tauchten jede Menge bedrohliche Typen in der Wohnung auf – *Schläger*, mein Lieber. Sebastian redete damals nur Unsinn, und es war alles höchst unerfreulich.«

Boy Mulcaster kam auf uns zu und setzte sich, ohne dass ich ihn darum gebeten hätte, neben mich.

»Da drinnen gibt es kaum noch was zu trinken«, sagte er und schenkte sich den Rest aus unserer Flasche ein. »Keiner hier, den ich kenne – nur Schwarze.«

Anthony ignorierte ihn und fuhr fort: »Also verließen wir

Marseille und fuhren nach Tanger, und dort, mein Lieber, fand Sebastian seinen *neuen* Freund. Wie soll ich ihn beschreiben? Er ist wie der Diener in Schatten – ein großer trampeliger Deutscher, der in der Fremdenlegion gewesen war. Er kam nur davon, weil er sich den großen Zeh weggeschossen hat. Die Wunde war noch nicht verheilt. Sebastian hatte ihn in einem Haus in der Kasbah angetroffen, wo er halb verhungert hauste, und brachte ihn mit zu uns. Es war grauenhaft. Und so, mein Lieber, bin ich in unser gutes altes England zurückgekehrt – unser *gutes altes England*«, wiederholte er und schloss mit einer Geste die Neger ein, die zu unseren Füßen würfelten, Mulcaster, der leer vor sich hin starrte, und unsere Gastgeberin im Schlafanzug, die sich uns in diesem Augenblick vorstellte.

»Hab euch noch nie gesehen«, sagte sie. »Und auch nicht eingeladen. Wer ist dieses weiße Gesindel eigentlich? Mir scheint, ich bin im falschen Haus.«

»Staatsnotstand«, sagte Mulcaster. »Da kann alles Mögliche passieren.«

»Gefällt euch die Party?«, fragte sie nervös. »Glaubt ihr, Florence Mills würde singen? Wir beide sind uns schon einmal begegnet«, sagte sie zu Anthony.

»Mehrmals, meine Liebe, aber heute Abend haben Sie mich nicht eingeladen.«

»Oh, vielleicht mag ich Sie nicht. Ich dachte, dass ich alle hier mag.«

Als unsere Gastgeberin gegangen war, fragte Mulcaster: »Glaubt ihr, dass es witzig wäre, Feueralarm zu geben?«

»Ja, Boy, lauf los und ruf die Feuerwehr.«

»Bringt vielleicht mehr Leben in die Bude, dachte ich.«

»Genau.«

So machte sich Mulcaster auf die Suche nach einem Telefon.

»Ich glaube, dass Sebastian und sein humpelnder Kumpel nach Französisch-Marokko gegangen sind«, fuhr Anthony fort. »Als ich abreiste, hatten sie gerade Ärger mit der Polizei von Tanger. Die Marchioness hat mich den letzten Nerv gekostet, seit ich wieder in London bin. Sie will, dass ich sie aufspüre. Was diese arme Frau durchmachen muss! Aber das zeigt eigentlich nur, dass es so etwas wie ausgleichende Gerechtigkeit im Leben gibt.«

Plötzlich fing Miss Mills an zu singen, und alle bis auf die Würfelspieler drängten sich in den Nachbarraum.

»Da ist ja meine Freundin«, sagte Mulcaster. »Die da drüben mit dem schwarzen Kerl. Das ist die Frau, die mich hierhergeschleppt hat.«

»Sieht so aus, als hätte sie dich vergessen.«

»Ja. Ich wünschte, ich wäre nicht mitgekommen. Lasst uns woanders hingehen.«

Zwei Feuerwehrwagen fuhren in die Einfahrt, als wir gingen, und eine Gruppe von behelmten Gestalten stapfte hinauf zu der Menge im ersten Stock.

»Dieser Bursche, Blanche«, meinte Mulcaster, »übler Kerl. Ich hab ihn mal in den Merkurbrunnen geworfen.«

Wir zogen durch mehrere Nachtclubs. Innerhalb von zwei Jahren hatte Mulcaster anscheinend sein einziges Ziel im Leben erreicht: in solchen Etablissements bekannt und beliebt zu sein. Im letzten wurden wir beide von einem heftig aufflammenden Patriotismus gepackt.

»Du und ich waren zu jung, um im Krieg mitzumachen«,

sagte er. »Andere Jungs haben gekämpft, Millionen sind tot. Wir nicht. Wir zeigen es ihnen. Wir zeigen den toten Jungs, dass auch wir kämpfen können.«

»Deshalb bin ich hier«, sagte ich. »Ich komme aus dem Ausland, um in der Stunde der Not dem Vaterland beizustehen.«

»Wie die Australier.«

»Wie die armen toten Australier.«

»Bei wem bist du?«

»Noch nirgendwo. Ist noch nicht Krieg.«

»Es gibt nur eins, wo man mitmachen kann – Bill Meadows' Ding – die Bürgerwehr. Alles feine Burschen. Wird im Bratt's Club organisiert.«

»Da tret ich ein.«

»Du kennst doch den Bratt's Club?«

»Nein. Da trete ich auch ein.«

»In Ordnung. Alles feine Kerle, wie die toten Jungs.«

So trat ich bei Bill Meadows' Ding ein. Es war eine mobile Einheit, die den Transport von Lebensmitteln in die ärmsten Viertel von London schützte. Zuerst wurde ich in die Bürgerwehr aufgenommen, legte einen Treueeid ab und bekam einen Helm und einen Schlagstock. Dann wurde ich als Mitglied für den Bratt's Club vorgeschlagen und zusammen mit ein paar weiteren Rekruten in einer eigens dafür anberaumten Sitzung des Komitees aufgenommen. Eine ganze Woche lang saßen wir startbereit im Bratt's und fuhren dreimal am Tag auf einem Lastwagen an der Spitze eines Milchwagenkonvois hinaus. Wir wurden beschimpft und manchmal mit Dreck beworfen, aber nur einmal kamen wir wirklich zum Einsatz.

Eines Tages saßen wir nach dem Lunch noch zusammen, als Bill Meadows in Hochstimmung vom Telefon zurückkehrte.

»Kommt mit«, rief er. »In der Commercial Street geht's rund!«

Wir rasten dorthin und entdeckten bei unserer Ankunft eine zwischen zwei Straßenlaternen gespannte Stahltrosse, einen umgestürzten Lastwagen und einen Polizisten, der hilflos auf dem Straßenpflaster lag und von einem halben Dutzend Jugendlicher mit Tritten malträtiert wurde. Zu beiden Seiten dieses Mittelpunkts der Auseinandersetzung und noch etwas weiter weg hatten sich zwei gegnerische Parteien gebildet. Als wir vom Wagen sprangen, sahen wir nicht weit von uns entfernt einen zweiten Polizisten, der benommen auf dem Pflaster saß, den Kopf in die Hände gestützt. Blut sickerte durch seine Finger. Zwei oder drei Männer hatten sich mitfühlend über ihn gebeugt, und auf der anderen Seite der Stahltrosse wartete ein feindseliger Haufen junger Werftarbeiter. Wir stürzten uns fröhlich ins Getümmel, befreiten den Polizisten und wollten gerade den Feind angreifen, als wir frontal mit einer Gruppe örtlicher Geistlicher und Stadträte zusammenstießen, die im gleichen Moment von der anderen Seite kamen, um es mit gutem Zureden zu versuchen. Sie waren unsere einzigen Opfer, denn gerade, als sie zu Boden gingen, hörte man einen Schrei: »Achtung, die Bullen!«, und eine Wagenladung von Polizisten tauchte hinter uns auf.

Die Menge stob auseinander und zerstreute sich. Wir halfen den Friedenstiftern auf die Beine (nur einer war ernsthaft verletzt), patrouillierten durch einige Seitenstraßen auf der

Suche nach Streit, fanden keinen und fuhren am Ende zum Bratt's zurück. Am nächsten Tag wurde der Generalstreik beendet, und das ganze Land kehrte wieder zur Normalität zurück, bis auf die Kumpel in den Kohlegruben. Es war, als wäre ein Untier, das schon seit Urzeiten für seine Wildheit bekannt war, eine Stunde aufgetaucht, hätte Gefahr gewittert und sich wieder in seinen Bau verzogen. Dafür Paris zu verlassen hatte sich nicht gelohnt.

Jean, der sich einer anderen Gesellschaft angeschlossen hatte, wurde von einem Blumentopf getroffen, den eine ältere Witwe in Camden Town aus dem Fenster geworfen hatte, und musste eine Woche im Krankenhaus verbringen.

Über meine Mitgliedschaft bei Bill Meadows' Truppe erfuhr Julia von meinem Aufenthalt in England. Sie rief mich an, um mir zu sagen, ihre Mutter wolle mich unbedingt sehen.

»Mach dich darauf gefasst, dass sie schrecklich krank ist«, fügte sie noch hinzu.

Am ersten Morgen nach dem Friedensschluss ging ich zum Marchmain House. Sir Adrian Porson kam mir in der Halle entgegen; wir gaben uns die Klinke in die Hand. Er hatte sein Gesicht hinter einem großen bunten Taschentuch versteckt und tastete in Tränen aufgelöst nach seinem Hut.

Man führte mich in die Bibliothek. Es dauerte keine Minute, bis Julia vor mir stand. Sie drückte mir die Hand mit einer Herzlichkeit und Ernsthaftigkeit, die untypisch für sie waren; im Zwielicht des Raums wirkte sie wie ein Geist.

»Es ist sehr lieb von dir, dass du gekommen bist. Mummy hat immer wieder nach dir gefragt, aber ich weiß nicht, ob sie jetzt noch in der Lage ist, dich zu empfangen. Sie hat sich gerade von Adrian Porson verabschiedet, das hat sie ermüdet.«

»Verabschiedet?«

»Ja. Sie liegt im Sterben. Es kann noch ein oder zwei Wochen dauern, aber es könnte auch jede Minute so weit sein. Sie ist so entsetzlich schwach. Ich werde die Schwester fragen.«

Die Stille des Todes schien sich bereits über das Haus gesenkt zu haben. Kein Mensch benutzte die Bibliothek von Marchmain House. Es war der einzige hässliche Raum in den beiden Häusern der Familie. In den Bücherschränken aus viktorianischer Eiche standen Bände mit transkribierten Reden aus dem Parlament und veraltete Enzyklopädien, die niemand je aufgeschlagen hatte. Der leere Mahagonitisch sah aus, als wartete er auf die nächste Kommissionssitzung. Dieser Raum strahlte etwas Öffentliches und zugleich Unbenutztes aus; hinter den Fenstern sah man den Vorplatz, den Eisenzaun, die ruhige Sackgasse.

Wenig später kam Julia zurück.

»Nein, ich fürchte, du kannst sie nicht sehen. Sie schläft. Es ist möglich, dass sie stundenlang so daliegt, aber ich kann dir sagen, was sie wollte. Gehen wir woanders hin. Ich hasse diesen Raum.«

Wir gingen quer durch die Halle zu einem kleinen Salon, wo sich früher die Gäste zum Lunch versammelt hatten, und setzten uns zu beiden Seiten des Kamins. Julia schien das Rot und Gold der Wände zu reflektieren und etwas von ihrer Wärme zu verlieren.

»Ich weiß, dass Mummy dir als Erstes sagen wollte, wie leid es ihr tut, dass sie dich bei eurem letzten Treffen so scheußlich behandelt hat. Sie hat oft davon gesprochen. Heute weiß sie, dass sie dir unrecht getan hat. Ich bin ziemlich sicher, dass du es verstanden und gleich wieder vergessen hast, aber es gehört zu den Dingen, die Mummy selbst sich nicht verzeihen kann – was ihr nicht oft passiert.«

»Bitte, richte ihr aus, dass ich vollkommenes Verständnis dafür habe.«

»Die andere Sache kannst du dir sicher denken – Sebastian. Sie möchte ihn sehen. Ich weiß nicht, ob das möglich ist. Was denkst du?«

»Ich habe gehört, dass es ihm sehr schlecht geht.«

»Das haben wir auch gehört. Wir haben ein Telegramm an die letzte Adresse geschickt, die wir von ihm hatten, doch keine Antwort erhalten. Vielleicht schafft er es noch zu kommen, bevor es zu spät ist. Du warst meine einzige Hoffnung, als ich hörte, dass du in England bist. Willst du versuchen, ihn herzuholen? Es ist sehr viel verlangt, aber ich glaube, es wäre auch in Sebastians Sinn.«

»Ich kann es versuchen.«

»Es gibt niemanden sonst, den wir fragen können. Rex hat zu viel zu tun.«

»Ja. Ich habe gehört, wie er die Gasversorgung organisiert.«

»Ja, ja«, gab Julia mit einer Spur ihres alten trockenen Humors zurück. »Er hat sich bei diesem Streik eine Menge Lorbeeren verdient.«

Dann unterhielten wir uns noch ein paar Minuten über Bratt's und die Bürgerwehr. Sie erzählte, Brideshead habe es abgelehnt, sich in irgendeiner Form am Dienst für die Allgemeinheit zu beteiligen, weil er von der Rechtmäßigkeit der Sache nicht überzeugt war. Cordelia war in London, schlief aber gerade, nachdem sie die ganze Nacht bei ihrer Mutter gewacht hatte. Ich berichtete, dass ich mich der Architekturmalerei zugewandt hätte und mir das großen Spaß machte. All das Gerede bedeutete nichts, wir hatten in den ersten beiden Minuten alles gesagt, was zu sagen war. Ich trank noch Tee mit ihr und brach dann auf.

Air France unterhielt damals eine unregelmäßige Verbindung nach Casablanca. Dort nahm ich im Morgengrauen einen Bus nach Fez und kam gegen Abend in der Neustadt an. Vom Hotel aus telefonierte ich mit dem britischen Konsul und verabredete mich mit ihm zum Abendessen in seinem hübschen Haus unweit der Mauern der Altstadt. Er war ein freundlicher, ernsthafter Mann.

»Ich bin sehr froh, dass endlich jemand gekommen ist, um nach dem jungen Flyte zu sehen«, sagte er. »Er ist ein echtes Problem. Dies ist kein Ort für Emigranten, die finanziell von ihren Familien im Ausland unterstützt werden. Die Franzosen missverstehen das vollkommen. Sie glauben, dass jeder, der nicht Handel treibt, ein Spion sein müsse. Obendrein lebt er nicht gerade wie ein Mylord. Aber es ist nicht einfach hier. Keine dreißig Meilen von diesem Haus entfernt herrscht Krieg, obwohl man es kaum glauben möchte. Erst letzte Woche hatten wir ein paar junge Wirrköpfe auf Fahrrädern hier, die als Freiwillige für Abdel Krims Armee unterwegs waren.

Die Mauren selbst sind eine schwierige Bande. Sie trinken keinen Alkohol, und unser junger Freund verbringt den größten Teil des Tages mit Trinken, wie Sie sicher wissen. Was sucht er ausgerechnet hier? In Rabat oder Tanger hätte er keinerlei Probleme, dort gibt es genügend Touristen. Er hat sich ein Haus in der Medina genommen, müssen Sie wissen. Ich habe versucht, ihn davon abzubringen, doch er hat es von einem Franzosen im Kultusministerium übernommen. Ich will nicht sagen, dass er eine Gefahr darstellt, aber er gibt doch Anlass zur Unruhe. Ein grässlicher Bursche lebt bei ihm und nutzt ihn nach Strich und Faden aus – ein Deutscher aus der Fremdenlegion. Nach allem, was man weiß, nicht gerade vertrauenswürdig. Das wird noch Ärger geben.

Verstehen Sie mich recht: Ich finde Flyte durchaus sympathisch. Aber ich sehe ihn nicht oft. Manchmal kam er zum Baden her, als sein Haus noch nicht fertig war. Er war immer äußerst charmant, und meine Frau hält große Stücke auf ihn. Was er braucht, ist eine Beschäftigung.«

Ich erklärte ihm, warum ich hier war.

»Sie dürften ihn jetzt vermutlich zu Hause antreffen. Man kann weiß Gott in der Medina abends nichts mehr unternehmen. Wenn Sie wollen, gebe ich Ihnen jemanden mit, der Ihnen den Weg zeigt.«

So brach ich nach dem Abendessen auf. Der Portier des Konsulats ging mit einer Laterne in der Hand voran. Marokko war ein neues, fremdes Land für mich. Als ich an diesem Tag auf der glatten, strategisch wichtigen Straße die lange Strecke gefahren war, vorbei an Weingärten, Militärposten und neuen weißen Siedlungen, an Getreide, das schon beinahe reif auf weiten offenen Feldern stand, und Plakatwänden, die für Waren aus Frankreich warben – *Dubonnet, Michelin, Magasin du Louvre* –, hatte ich alles eher vorstädtisch und modern gefunden. Doch jetzt, unter den Sternen, in der ummauerten Altstadt, deren Straßen aus flachen Stufen bestanden und deren Hauswände sich fensterlos zu beiden Seiten erhoben, sich über mir schlossen und dann wieder den Sternen öffneten, wo der Staub dick auf den glatten Pflastersteinen lag und stumme Gestalten mit weißen Gewändern und weichen Pantoffeln oder barfüßig an uns vorbeihuschten, wo es nach Gewürznelken, Räucherwerk und Holzrauch duftete – jetzt wusste ich, was Sebastian hierhergezogen und so lange hier festgehalten hatte.

Der Portier des Konsuls schritt hochmütig vor mir her, schwenkte die Laterne und stieß seinen hohen Stock auf das Pflaster. Manchmal kamen wir an einer offenen Tür vorbei, wo eine Gruppe von Menschen still im goldenen Schein einer Lampe um eine Kohlenpfanne saß.

»Schmutziges Gesindel«, schimpfte der Portier über die Schulter. »Keine Manieren. Franzosen lassen sie weiter im Schmutz leben. Nicht wie Briten. Mein Volk britisch.«

Er kam von der sudanesischen Polizei und sah dieses uralte Zentrum seiner Kultur so, wie ein Neuseeländer vielleicht Rom betrachtet hätte.

Nach einer Weile kamen wir zur letzten der vielen eisenbeschlagenen Türen, und der Portier klopfte mit seinem Stock dagegen.

»Haus von britischem Lord«, sagte er.

Der Schein einer Laterne und ein dunkles Gesicht erschienen hinter dem Gitter in der Tür. Der Portier sprach ein paar herrische Worte; Bolzen wurden beiseitegeschoben, und wir betraten einen kleinen Innenhof mit einem Springbrunnen in der Mitte und einer Kletterpflanze, die sich nach oben rankte.

»Ich warte hier«, sagte der Portier. »Sie gehen mit dem Einheimischen.«

Ich betrat das Haus, ging eine Stufe hinab und stand in einem Salon. Ich sah ein Grammophon, einen Ölofen und dazwischen einen jungen Mann. Später, als ich mich umschaute, entdeckte ich noch andere, hübschere Dinge – die Teppiche auf dem Boden, bestickte Wandbehänge aus Seide, die geschnitzten und bemalten Balken an der Decke, eine schwere schmiedeeiserne Lampe, die an einer Kette herabhing und den weichen Schatten ihres Musters durch den Raum warf. Doch beim Eintreten fielen mir vor allem diese drei Dinge auf, das Grammophon wegen der Lautstärke – es spielte eine französische Jazzaufnahme –, der Ofen wegen des Gestanks und der junge Mann, weil er etwas von einem Wolf hatte. Er fläzte sich auf einem Korbstuhl und hatte den bandagierten Fuß auf eine Kiste vor sich gelegt. Er trug eine dünne, mitteleuropäische Imitation von Tweedanzug mit offenem Polohemd. Der unverletzte Fuß steckte in einem braunen Leinenschuh. Auf einem Messingtisch mit hölzernem Gestell standen zwei Bierflaschen, ein schmutziger Teller und eine Untertasse voller Zigarettenstummel. Er hatte ein Bierglas in der Hand, und eine Zigarette klebte stets, auch beim Sprechen, auf seiner Unterlippe. Das lange blonde Haar war glatt nach hinten gekämmt. Für jemand, der so jung war wie er, hatte er ein ungewöhnlich zerfurchtes Gesicht. Ein Schneidezahn fehlte, so dass sich die Zischlaute manchmal wie ein Lispeln anhörten, manchmal auch von einem irritierenden Pfeifen begleitet waren, das er mit einem Kichern verbarg. Die Zähne waren braun vom Tabak und standen weit auseinander.

Kein Zweifel, das war der »grässliche Bursche« aus der Beschreibung des Konsuls, Anthonys Stummfilmdiener.

»Ich bin auf der Suche nach Sebastian Flyte. Er lebt doch hier, oder?« Ich sprach laut, um die Tanzmusik zu übertönen, doch er antwortete leise in einem relativ flüssigen Englisch. Offenbar war er daran gewöhnt.

»Ja. Aber er ift nicht da. Ef ift niemand da außer mir.«

»Ich bin aus England gekommen und muss ihn in einer dringenden Angelegenheit sprechen. Können Sie mir sagen, wo er zu finden ist?«

Die Schallplatte war zu Ende. Der Deutsche drehte sie um, kurbelte das Grammophon an und setzte es wieder in Gang, bevor er antwortete.

»Febastian ift krank. Die Mönche haben ihn mitgenommen, auf die Krankenstation. Vielleicht dürfen Fie zu ihm, vielleicht auch nicht. Ich muss auch bald hin, um mir den Fuß verarzten zu lassen. Dann frag ich mal. Wenn ef ihm bessergeht, dürfen Fie zu ihm, vielleicht.«

Es gab noch einen zweiten Stuhl, auf den ich mich jetzt setzte. Als der Deutsche merkte, dass ich die Absicht hatte zu bleiben, bot er mir ein Bier an.

»Fie sind doch nicht Febastians Bruder?«, fragte er. »Ein Cousin vielleicht? Oder sind Fie der Mann, den seine Schwester geheiratet hat?«

»Ich bin nur ein Freund. Wir haben zusammen studiert.«

»Ich hatte auch mal einen Freund an der Universität. Wir studierten Geschichte. Mein Freund war schlauer als ich; ein schmächtiger Kerl – manchmal hob ich ihn einfach hoch und schüttelte ihn, wenn ich böse war –, aber *fehr* schlau. Eines Tages sagten wir uns: Und jetzt? In Deutschland gibt es keine Arbeit. Deutschland geht vor die Hunde. Also verabschiedeten wir uns von den Professoren, und fie sagten: Ja, Deutschland geht vor die Hunde. Studenten haben hier keine Chance. Wir sind weggegangen und wanderten immer weiter, und am Ende landeten wir hier. Da sagten wir uns: In Deutschland gibt es keine Armee, aber wir wollen Foldaten sein, und deshalb traten wir in die Fremdenlegion ein. Mein Freund ift letztes Jahr an der Ruhr gestorben, als wir im Atlas kämpften. Wie er tot war, sagte ich mir: Und jetzt? Und schoss mir in den Fuß. Jetzt ift er völlig vereitert, obwohl ef schon ein Jahr her ift.«

»Ja«, sagte ich. »Das ist sehr interessant. Aber im Augenblick mache ich mir eher Sorgen um Sebastian. Vielleicht erzählen Sie mir etwas über ihn.«

»Febastian ift ein netter Kerl. Mir tut er gut. Tanger war ein stinkendes Loch. Er hat mich hierhergebracht – ein schönes Haus, anständiges Essen, freundliches Perfonal – für mich ift hier alles in Ordnung, schätze ich. Ef geht mir sehr gut.«

»Seine Mutter ist schwer krank«, sagte ich. »Ich bin gekommen, um es ihm zu sagen.«

»Hat fie Geld?«

»Ja.«

»Warum gibt fie ihm nicht ein biffchen mehr? Dann könnten wir vielleicht in Cafablanca leben, in einer schönen Wohnung. Kennen Fie fie gut? Könnten Fie nicht dafür forgen, dass fie ihm mehr Geld gibt?«

»Was ist denn los mit ihm?«

»Ich weiß ef nicht. Vermutlich trinkt er zu viel. Die Mönche kümmern sich um ihn. Er hat ef sehr gut bei ihnen. Die Mönche sind nette Kerle. Außerdem ift ef billig.«

Er klatschte in die Hände und bestellte neues Bier.

»Fehen Fie? Ein freundlicher Diener kümmert sich um mich. Alles ift in Ordnung.«

Als ich den Namen des Krankenhauses hatte, verabschiedete ich mich.

»Sagen Fie Febastian, dass ich noch hier bin und alles gut ift. Er macht sich Sorgen um mich, schätze ich, vielleicht.«

Das Krankenhaus, das ich am nächsten Morgen aufsuchte, war eine Ansammlung von kleinen Bungalows irgendwo zwischen Medina und Neustadt. Es wurde von einem Franziskanerorden geführt. Ich bahnte mir einen Weg durch die Menge kranker Mauren bis zur Praxis des Arztes. Er war kein Mönch, glatt rasiert und mit einem gestärkten weißen Kittel. Wir unterhielten uns auf Französisch. Er erzählte, dass Sebastian nicht in Gefahr war, aber sicher auch nicht reisefähig. Er habe eine Grippe gehabt, ein Lungenflügel sei leicht betroffen, überdies sei er sehr schwach. Er habe keine Widerstandskräfte, aber was könne man erwarten? Schließlich sei er Alkoholiker. Der Arzt sprach gleichmütig, beinahe gefühllos, mit dem Vergnügen, das es manchen Wissenschaftlern bereitet, sich auf das Unwesentliche zu beschränken und die eigene Arbeit bis zur Sterilität von allem Beiwerk zu befreien. Doch der bärtige, barfüßige Bruder, in dessen Obhut er mich übergab, ein Mann, der keinerlei wissenschaftliche Ambitionen hatte und stattdessen die schmutzige Arbeit auf den Stationen erledigte, hatte eine andere Geschichte zu erzählen.

»Er ist so geduldig. Ganz anders als andere junge Männer. Er liegt einfach da, ohne sich zu beklagen – dabei gäbe es einiges, worüber man sich beklagen könnte. Die Regierung gibt uns nur das, was sie beim Militär abzweigen kann. Außerdem ist er so freundlich. Der arme deutsche Junge hat einen Fuß, der nicht heilt, und sekundäre Syphilis; er kommt auch hierher, um sich behandeln zu lassen. Lord Flyte fand ihn halbverhungert in Tanger und nahm ihn bei sich auf. Ein echter Samariter.«

›Armer, naiver Mönch‹, dachte ich. ›Armer Dummkopf. Gott, vergib mir!‹

Sebastian befand sich in dem für Europäer reservierten Trakt. Die Betten waren mit niedrigen Trennwänden voneinander separiert, um so etwas wie Privatsphäre zu ermöglichen. Er hatte die Hände auf der Bettdecke liegen und starrte an die Wand, wo als einziger Schmuck ein religiöser Öldruck hing.

»Ihr Freund«, sagte der Mönch.

Langsam wandte er den Kopf.

»Oh, ich dachte, er meint Kurt. Was machst *du* denn hier, Charles?«

Er war ausgezehrter als je zuvor. Der Alkohol, der andere aufschwemmte und ihnen eine rosige Gesichtsfarbe gab, schien Sebastian geradezu auszudörren. Der Mönch ließ uns allein; ich setzte mich neben ihn ans Bett und fragte nach seiner Krankheit.

»Ein oder zwei Tage war ich nicht ganz bei mir«, sagte er. »Die ganze Zeit glaubte ich, in Oxford zu sein. Warst du in meinem Haus? Gefällt es dir? Ist Kurt noch da? Ich werde dich nicht fragen, ob Kurt dir sympathisch ist; niemand kann ihn leiden. Es ist komisch – aber ohne ihn wäre ich verloren, weißt du.«

Dann erzählte ich ihm von seiner Mutter. Eine Zeitlang sagte er nichts, sondern lag nur da und betrachtete den Öldruck der Sieben Schmerzen Mariens. Dann:

»Arme Mummy. Sie war eine echte *femme fatale*, nicht wahr? Jede Berührung von ihr war tödlich.«

Ich telegraphierte Julia, dass Sebastian nicht reisefähig war, und blieb eine Woche in Fez. Täglich besuchte ich ihn im Krankenhaus, bis er sich so weit erholt hatte, dass er es verlassen konnte. Das erste Zeichen der Genesung bestand darin, dass er mich am zweiten Tag nach Brandy fragte. Am nächsten Tag hatte er, weiß der Teufel, woher, welchen bekommen und versteckte ihn unter der Bettdecke.

Der Arzt sagte: »Ihr Freund trinkt schon wieder. Das ist hier verboten. Was soll ich machen? Das Krankenhaus ist keine Besserungsanstalt. Ich kann die Stationen nicht überwachen lassen. Meine Aufgabe ist, die Leute zu heilen, nicht sie vor schlechten Gewohnheiten zu schützen oder ihnen Disziplin beizubringen. Cognac wird ihm in seinem augenblicklichen Zustand nicht schaden. Es wird ihn nur schwächen, so dass er beim nächsten Mal nicht so schnell wieder auf die Beine kommt, und eines Tages macht dann irgendeine kleine Sache ihm den Garaus, puff. Dies ist kein Heim für Alkoholiker. Ende der Woche muss er gehen.«

Der Laienbruder sagte: »Ihr Freund ist heute schon viel fröhlicher, er kommt mir vor wie verwandelt.«

›Armer, naiver Mönch‹, dachte ich, ›armer Dummkopf‹, doch dann setzte er hinzu: »Wollen Sie wissen, warum? Er hat eine Flasche Cognac bei sich im Bett. Es ist schon die zweite, die ich gefunden habe. Kaum nehme ich ihm eine weg, schon hat er eine neue. Es ist wirklich schlimm mit ihm. Die Araberjungs versorgen ihn damit. Aber es ist so schön, ihn wieder fröhlich zu sehen, nachdem es ihm so schlecht gegangen ist.«

An meinem letzten Nachmittag sagte ich: »Sebastian, jetzt, da deine Mutter tot ist« – die Nachricht hatte uns am Morgen erreicht –, »hast du daran gedacht, nach England zurückzukehren?«

»In mancherlei Hinsicht wäre es schön«, sagte er, »aber glaubst du, Kurt würde es dort gefallen?«

»Um Himmels willen«, sagte ich. »Du wirst doch nicht dein ganzes Leben mit Kurt verbringen wollen, oder?«

»Das weiß ich noch nicht. Er jedenfalls scheint seins mit mir verbringen zu wollen. ›Ift gut für ihn, schätze ich, vielleicht‹, äffte er Kurts seltsamen Akzent nach, und dann setzte er etwas hinzu, was mir, wenn ich ihm mehr Aufmerksamkeit geschenkt hätte, den fehlenden Schlüssel zu ihm verschafft hätte. In jenem Augenblick hörte ich es nur und behielt es im Gedächtnis, ohne es mir extra einzuprägen. »Weißt du was, Charles«, sagte er, »wenn du immer umsorgt worden bist, dann ist es wirklich schön, zur Abwechslung jemanden zu haben, für den du selbst sorgen kannst. Aber natürlich muss einer ein ziemlich hoffnungsloser Fall sein, wenn er einen wie mich braucht.«

Es gelang mir noch, seine finanzielle Situation zu regeln, bevor ich wieder abreiste. Bislang hatte er es so gehalten, dass er immer, wenn er in Schwierigkeiten war, seinen Anwälten telegraphiert und um irgendwelche willkürlichen Summen gebeten hatte. Jetzt suchte ich den Filialleiter der Bank auf und verabredete mit ihm, dass Sebastian eine vierteljährliche finanzielle Unterstützung bekommen würde, die er in Empfang nehmen und davon ein wöchentliches Taschengeld auszahlen sollte. Eine Reserve sollte für Notfälle zurückbehalten werden. Dieses Geld durfte nur Sebastian persönlich übergeben werden, und auch nur dann, wenn der Bankdirektor sich davon überzeugt hatte, dass ein angemessener Grund vorlag. Sebastian erklärte sich sofort mit allem einverstanden.

»Sonst würde Kurt, wenn ich betrunken bin, mich dazu überreden, einen Scheck über die ganze Summe auszustellen, um dann loszuziehen und in alle möglichen Schwierigkeiten zu geraten.«

Ich brachte Sebastian vom Krankenhaus nach Hause. In seinem Korbstuhl wirkte er schwächer als zuvor im Bett. Die beiden kranken Männer, Kurt und er, saßen einander gegenüber, mit dem Grammophon in der Mitte.

»Ef wurde Zeit, dass du wiederkommst«, sagte Kurt. »Ich brauche dich.«

»Wirklich, Kurt?«

»Ich schätze schon. Ef tut nicht gut, allein zu sein, wenn man krank ift. Dieser Junge ist ein fauler Kerl – immer, wenn ich etwaf brauche, ift er gerade nicht da. Einmal ift er die ganze Nacht weggeblieben, und ef war niemand da, der mir Kaffee gebracht hat, als ich wach wurde. Es ift schlimm, wenn man einen vereiterten Fuß hat. Manchmal kann ich nachts nicht schlafen. Beim nächsten Mal gehe ich vielleicht auch mal wohin, wo ich gut verforgt bin.« Er klatschte in die Hände, doch kein Dienstbote ließ sich blicken. »Fiehst du?«, meinte Kurt.

»Was willst du denn?«

»Zigaretten. Ich habe welche in dem Beutel unter meinem Bett.«

Sebastian machte mühsame Anstalten aufzustehen.

»Ich hole sie«, sagte ich. »Wo ist das Bett?«

»Nein, das ist meine Aufgabe«, sagte Sebastian.

»Ja«, sagte Kurt, »ich schätze, das ift Febastians Aufgabe.«

So ließ ich Sebastian mit seinem Freund in dem ummauerten kleinen Haus am Ende der Gasse allein. Mehr konnte ich nicht für ihn tun.

Eigentlich hatte ich direkt nach Paris zurückkehren wollen, doch die Frage der Unterhaltszahlung für Sebastian bedeutete, dass ich nach London musste, um mich mit Brideshead zu treffen. Diesmal reiste ich per Schiff, nahm das P. & O. von Tanger und war Anfang Juni wieder zu Hause.

»Halten Sie es für möglich, dass die Verbindung meines Bruders mit diesem Deutschen irgendwie anstößig ist?«

»Nein, bestimmt nicht. Hier haben sich einfach zwei heimatlose Kinder gefunden.«

»Sie sagen, er ist ein Krimineller?«

»Ich sagte, kriminell veranlagt. Er hat im Militärgefängnis gesessen und wurde unehrenhaft entlassen.«

»Und der Arzt sagt, dass Sebastian sich mit seiner Trinkerei umbringt?«

»Sich schwächt. Er leidet weder unter Delirium tremens noch unter Leberzirrhose.«

»Ist er womöglich geistesgestört?«

»Ach was. Er hat einen Gefährten, mit dem er sich versteht, und einen Platz, an dem er sich wohl fühlt, das ist alles.«

»Dann muss er die finanzielle Unterstützung bekommen, die Sie vorschlagen. Das liegt auf der Hand.«

In mancherlei Hinsicht kam man mit Brideshead ganz einfach zurecht. Er hatte zu allem und jedem eine wahnwitzig klare Einstellung, daher traf er seine Entscheidungen immer leicht und schnell.

»Hätten Sie Lust, dieses Haus zu malen?«, fragte er plötzlich. »Eine Ansicht der Fassade, eine der Rückseite, vom Park aus gesehen, eine von der Treppe und eine von dem großen Salon? Vier kleine Ölgemälde, das wünscht sich mein Vater, als Dokumentation; sie sollen in Brideshead aufbewahrt werden. Ich kenne keine Maler. Julia sagte, Sie hätten sich auf Architekturmalerei spezialisiert.«

»Ja«, sagte ich. »Das würde ich sehr gern tun.«

»Sie wissen, dass es abgerissen werden soll? Mein Vater verkauft es. Man will einen Wohnblock mit Mietwohnungen hier errichten. Der Name soll beibehalten werden – das können wir anscheinend nicht verhindern.«

»Wie traurig!«

»Nun ja, ich bedaure es natürlich auch. Aber finden Sie es architektonisch wertvoll?«

»Es ist eins der schönsten Häuser, die ich kenne.«

»Ich kann das nicht erkennen. Ich fand es immer ziemlich hässlich. Aber vielleicht sehe ich es dann durch Ihre Bilder mit anderen Augen.«

Es war mein erster Auftrag. Ich musste gegen die Zeit arbeiten, denn die Bauunternehmer warteten nur auf die letzte Unterschrift, um ihr Zerstörungswerk in Gang zu setzen. Trotzdem oder vielleicht auch gerade deswegen – denn es gehört zu meinen Schwächen, dass ich immer viel zu lange für ein Bild brauche und nie weiß, wann es genug ist – bedeuten mir diese vier Gemälde besonders viel. Der Anklang, auf den sie bei anderen, aber auch bei mir stießen, bestätigten mich in dem, was ich dann zu meinem Beruf machte.

Ich begann im Salon, denn die Möbel, die dort seit der Erbauung gestanden hatten, sollten so bald wie möglich fortgeschafft werden. Es war ein langer, symmetrischer, von Robert Adam entworfener Raum mit zwei Erkern, deren Fenster auf den Green Park hinausgingen. Das Licht, das an dem Nachmittag, als ich mit der Arbeit anfing, von Westen hereinströmte, war frisch und grün vom jungen Laub der Bäume.

Ich hatte die Perspektive mit Bleistift skizziert und die Details sorgfältig platziert. Das eigentliche Malen zögerte ich noch hinaus, wie ein Taucher, der am Ufer eines Gewässers steht, doch als ich einmal angefangen hatte, war ich euphorisch, wie im Rausch. Normalerweise arbeitete ich langsam und bedacht, doch an diesem Nachmittag, am nächsten und auch am übernächsten Tag ging es schnell und leicht von der Hand. Nichts konnte mir misslingen. Am Ende eines jeden Abschnitts machte ich eine Pause, angespannt, voller Angst, den nächsten zu beginnen, und fürchtete wie ein Spieler, dass das Glück sich wenden und sein Gewinn zerrinnen könnte. Stück für Stück, Minute für Minute, entstand etwas. Es gab nicht die geringsten Schwierigkeiten; das komplizierte Wechselspiel von Licht und Farbe fügte sich zu einem Ganzen; die richtige Farbe war immer da, wo ich sie auf der Palette gerade brauchte, und jeder Pinselstrich schien, kaum war er ausgeführt, schon seit jeher da gewesen zu sein.

Am letzten Nachmittag hörte ich plötzlich eine Stimme hinter mir sagen: »Darf ich hierbleiben und zusehen?«

Ich drehte mich um, es war Cordelia.

»Ja«, sagte ich, »wenn du dich ruhig verhältst.« Dann machte ich weiter, ohne auf sie zu achten, bis das Licht schwand und ich aufhören musste.

»Es muss schön sein, so etwas zu können.«

Ich hatte ganz vergessen, dass sie da war.

»Ist es auch.«

Nicht einmal jetzt konnte ich mein Bild verlassen, obgleich die Sonne untergegangen war und der Raum zur Farblosigkeit verblasste. Ich nahm es von der Staffelei und trug es zum Fenster, stellte es zurück und hellte einen Schatten auf. Dann übermannte die Müdigkeit meinen Kopf, die Augen, Rücken und Arm; ich machte Schluss für heute und wandte mich Cordelia zu.

Sie war jetzt fünfzehn und innerhalb der letzten achtzehn Monate so gewachsen, dass sie fast ihre endgültige Größe erreicht hatte. Von Julias *Quattrocento*-Schönheit hatte sie nichts; man erkannte bereits einen Anflug von Brideshead in der Länge ihrer Nase und den hohen Wangenknochen. Sie trug Schwarz, aus Trauer um ihre Mutter.

»Ich bin müde«, sagte ich.

»Das glaub ich dir. Ist es fertig?«

»So gut wie. Ich muss morgen noch einmal darübergehen.«

»Weißt du, dass es schon längst zu spät fürs Abendessen ist? Aber es ist ohnehin niemand da, der uns etwas kochen könnte. Ich bin erst heute gekommen und wusste nicht, wie weit der Auflösungsprozess hier schon fortgeschritten ist. Du hättest nicht zufällig Lust, mit mir essen zu gehen, oder?«

Wir verließen das Haus durch die Gartenpforte und gingen im Zwielicht durch den Park zum Ritz Grill.

»Hast du Sebastian gesehen? Will er nicht einmal jetzt nach Hause kommen?«

Erst jetzt ging mir auf, wie viel sie verstanden hatte. Ich machte eine entsprechende Bemerkung.

»Nun, ich liebe ihn mehr als alle andern«, sagte sie. »Traurig, das mit Marchers, nicht? Wusstest du, dass sie ein Miethaus mit einzelnen Wohnungen errichten wollen und Rex das, was er als ›Penthouse‹ bezeichnet, das Stockwerk ganz oben, nehmen wollte? Ist das nicht typisch für ihn? Arme Julia. Es war einfach zu viel für sie. Er konnte es partout nicht verstehen; er dachte, sie fände es schön, in der alten Umgebung zu bleiben. Die Dinge sind ziemlich abrupt zu Ende gegangen, findest du nicht? Offenbar hatte Papa seit langer Zeit schon grässliche Schulden. Der Verkauf von Marchers hat ihn davon befreit und erspart ihm weiß Gott wie viel Unterhaltskosten im Jahr. Meiner Meinung nach ist es eine Schande, es abzureißen. Aber Julia meint, lieber das, als mit anzusehen, dass jemand anders hier einzieht.«

»Und was wird aus dir?«

»Tja, das ist die Frage. Es gibt alle möglichen Vorschläge. Tante Fanny Rosscommon hat mir angeboten, bei ihr zu wohnen. Rex und Julia reden davon, die Hälfte von Brideshead zu übernehmen und ganz dort hinzuziehen. Papa wird nicht zurückkehren. Wir gingen eigentlich davon aus, aber nein.

Bridey und der Bischof haben die Kapelle in Brideshead geschlossen. Die letzte Messe, die dort gelesen wurde, war zu Mummys Beerdigung. Nach der Bestattung kam der Priester herein – ich war allein dort. Ich glaube nicht, dass er mich gesehen hat. Jedenfalls hat er den Altarstein herausgenommen und in seine Tasche gesteckt. Dann verbrannte er die mit heiligem Öl getränkten Wattebäusche und warf die Asche hinaus. Er leerte das Weihwasserbecken, blies das Ewige Licht im Altarraum aus und ließ das Tabernakel offen und leer zurück, als wäre von nun an immer Karfreitag. Dir sagt das vermutlich alles überhaupt nichts, du armer Agnostiker. Ich blieb so lange da, bis er gegangen war, und dann gab es plötzlich keine Kapelle mehr, nur einen etwas seltsam dekorierten Raum. Ich kann dir nicht sagen, wie sich das anfühlte. Du warst sicher nie in einer Karmette, oder?«

»Nie.«

»Nun, wenn ja, wüsstest du vielleicht, was die Juden für ihren Tempel empfunden haben mochten. *Quomodo sedet sola civitas*... ein wunderbares Lied. Du solltest einmal hingehen, nur um das zu hören.«

»Versuchst du immer noch, mich zu bekehren, Cordelia?«

»Ach, nein. Auch das ist vorbei. Weißt du, was Papa gesagt hat, als er Katholik wurde? Mummy hat es mir mal erzählt. Er sagte zu ihr: ›Du hast meine Familie zum Glauben ihrer Vorfahren zurückgeführt.‹ Bombastisch, oder? Jeder Mensch hat seine eigene Art. Wie auch immer, die Familie ist im Glauben nicht besonders beständig gewesen, was? Er lehnte ihn ab, Sebastian lehnte ihn ab und Julia auch. Aber Gott wird sie zurückholen, weißt du. Kannst du dich an die Geschichte erinnern, die Mummy uns an jenem Abend vorgelesen hat, als Sebastian zum ersten Mal betrunken war – ich meine den *schlimmen* Abend. Father Brown sagte so etwas Ähnliches wie: ›Ich habe ihn – den Dieb – mit einem verborgenen Haken und einer unsichtbaren Leine gefangen, die lang genug ist, um ihn bis ans Ende der Welt wandern zu lassen und dann mit einem kleinen Ruck an der Schnur wieder zurückzuholen.‹«

Ihre Mutter erwähnten wir kaum. Während der gesamten Unterhaltung verschlang Cordelia hungrig ihr Essen. Einmal sagte sie:

»Hast du Sir Adrian Porsons Gedicht in der *Times* gesehen? Es ist komisch: Er kannte sie besser als jeder andere – er hat sie sein ganzes Leben lang geliebt, weißt du –, und trotzdem scheint es überhaupt nichts mit ihr zu tun zu haben.

Ich bin mit ihr besser zurechtgekommen als alle anderen von uns, aber ich glaube nicht, dass ich sie je wirklich geliebt habe. Nicht so, wie sie es sich gewünscht oder es verdient hätte. Es ist eigenartig, weil ich sonst so voller Gefühle bin.«

»Ich habe deine Mutter nicht gut gekannt«, sagte ich.

»Du hast sie nicht gemocht. Manchmal glaube ich, wenn jemand Gott hassen wollte, dann hasste er Mummy.«

»Was meinst du damit?«

»Nun, sie war fromm, aber sie war keine Heilige, verstehst du? Niemand hätte eine Heilige hassen können, oder? Gott kann man auch nicht hassen. Wenn man ihn oder seine Heiligen hassen will, muss man jemanden nehmen wie sich selbst, so tun, als wäre dieser Jemand Gott, und den kann man dann hassen. Wahrscheinlich hältst du das alles für großen Quatsch.«

»Ich habe fast dasselbe schon einmal gehört – von jemand ganz anderem.«

»Oh, ich meine es durchaus ernst. Ich habe viel darüber nachgedacht. Es scheint mir eine Erklärung für die arme Mummy zu sein.«

Dann widmete sich dieses merkwürdige Kind erneut genüsslich seinem Essen. »Es ist das erste Mal, dass ich allein zum Essen im Restaurant eingeladen bin«, erklärte es.

Später: »Als Julia erfuhr, dass wir Marchers verkaufen, sagte sie: ›Arme Cordelia. Sie wird keinen Ball zur Einführung in die Gesellschaft bekommen.‹ Darüber haben wir früher oft gesprochen – genauso wie darüber, dass ich ihre Brautjungfer sein würde. Daraus ist ja auch nichts geworden. Bei Julias Ball durfte ich eine Stunde herunterkommen und mit Tante Fanny in einer Ecke sitzen. Damals sagte sie: ›In sechs Jahren wirst du das auch alles haben.‹ ... Ich hoffe, ich bin berufen.«

»Ich weiß nicht, was das heißt.«

»Es heißt, dass man Nonne werden kann. Wenn man nicht berufen ist, geht es nicht, wie sehr du es dir auch wünschen magst. Aber wenn du berufen bist, kommst du nicht davon los, egal, wie sehr du es hasst. Bridey glaubt, er wäre berufen, aber das stimmt nicht. Ich dachte immer, Sebastian wäre es und sträubte sich dagegen – aber jetzt bin ich verunsichert. Alles ist plötzlich so anders geworden.«

Mit diesem Klostergeplapper konnte ich nichts anfangen. Ich hatte am Nachmittag gespürt, wie der Pinsel in meiner Hand zum Leben erwacht war, hatte eine Ahnung von der großen, erfüllenden Verlockung der Schöpfung bekommen. Nun, an diesem Abend war ich ein Mann der Renaissance – im Stile Brownings. Ich, der in genuesischem Samt durch die Straßen von Rom geschlendert war und durch Galileos

Rohr die Sterne betrachtet hatte, verachtete die Mönche mit ihren verstaubten Folianten, ihren tief in den Höhlen liegenden missgünstigen Augen und ihrer verklemmten, haarspalterischen Ausdrucksweise.

»Du wirst dich verlieben«, sagte ich.

»Ach, hoffentlich nicht. Sag mal, glaubst du, ich könnte noch eins von diesen köstlichen Meringues haben?«

III

EIN RUCK AN DER SCHNUR

I

Mein Leitmotiv ist die Erinnerung, jener geflügelte Schwarm von Bildern, der mich an einem grauen Morgen im Krieg umgab.

Diese Erinnerungen, die mein Leben ausmachen – denn nichts gehört uns so gewiss wie unsere Vergangenheit – hatten mich nie verlassen. Wie die Tauben von St. Markus waren sie überall zu meinen Füßen, einzeln, zu zweit, in kleinen gurrenden Gruppen, nickten, stolzierten und blinzelten sie, sträubten die zarten Federn im Nacken, ließen sich manchmal, wenn ich ganz still stand, auf meiner Schulter nieder, bis der mittägliche Kanonendonner erscholl und sie sich mit flatternden Flügeln erhoben. In Sekundenschnelle war das Pflaster leer, und der ganze Himmel verdüsterte sich unter dem Aufruhr der Vögel. So war es an diesem Kriegsmorgen.

In den zehn düsteren Jahren nach jenem Abend mit Cordelia beschritt ich einen Weg, der nach außen hin abwechslungsreich und aufregend war, doch in all der Zeit fühlte ich mich nie mehr so lebendig wie während meiner Freundschaft mit Sebastian, außer manchmal beim Malen – und auch das nur in immer größeren Abständen. Ich nahm an, dass es meine Jugend war, die mir abhandenkam, nicht das Leben. Meine Arbeit hielt mich aufrecht, denn ich hatte mich für etwas entschieden, was ich gut konnte, jeden Tag besser konnte und gern tat. Zufälligerweise war es außerdem etwas, an dem sich damals niemand sonst versuchte. Ich wurde zum Architekturmaler.

Noch mehr als das Werk großer Architekten liebte ich die Bauwerke, die über Jahrhunderte hinweg stumm heranwuchsen, das Beste jeder Generation einfingen und bewahrten, wobei die Zeit über den Stolz des Architekten ebenso hinwegging wie über die Geschmacklosigkeit der Banausen und das Ungeschick dummer Arbeiter. An solchen Bauwerken war England reich, und im letzten Jahrzehnt ihrer Größe schienen die Engländer zum ersten Mal ein Bewusstsein dafür zu entwickeln, was sie zuvor für selbstverständlich gehalten hatten. Erst jetzt, im Augenblick des Untergangs, wussten sie ihre Leistung zu würdigen. Daraus entsprang mein Wohlstand, der meine Verdienste bei weitem übertraf. Meine Arbeit zeichnete sich durch nichts aus, abgesehen von einem wachsenden handwerklichen Geschick, Begeisterung für mein Fach und Unabhängigkeit von gängigen Meinungen.

Die damalige Finanzkrise, die viele Maler ihre Aufträge kostete, steigerte noch meinen Erfolg, und das allein war ein Symptom des Niedergangs. Als die Wasserlöcher leer waren, versuchten die Menschen, an einer Fata Morgana zu trinken. Nach meiner ersten Ausstellung wurde ich in alle Teile des Landes gerufen, um Porträts von Häusern anzufertigen, die demnächst aufgegeben oder versteigert werden sollten. Tatsächlich traf ich häufig kurz vor dem Auktionator ein, so dass meine Ankunft von außen wie ein Vorzeichen für den Untergang wirkte.

Drei prächtige Folianten von mir erschienen in dieser Zeit:

Ryders Landsitze, Ryders englische Wohnhäuser sowie *Ryders ländliche und provinzielle Architektur*. Von allen dreien wurden Auflagen von tausend Exemplaren zu je fünf Guineen verkauft. Es kam nur selten vor, dass ich Erwartungen enttäuschte, denn zwischen meinen Auftraggebern und mir gab es keinerlei Konflikte; wir wollten beide dasselbe. Dennoch trauerte ich im Lauf der Zeit immer mehr um den Verlust von etwas, das ich im Salon des Marchmain House und später noch ein- oder zweimal erlebt hatte: die Intensität, die Einzigartigkeit und die Überzeugung, dass nicht alles nur Handwerk war – mit einem Wort, die Inspiration.

Auf der Suche nach diesem verblassenden Licht ging ich ins Ausland, ganz im klassischen Stil, beladen mit allem Zubehör meines Berufs, um zwei Jahre lang neue Horizonte zu erforschen. Nicht nach Europa, dessen Schätze sicher waren, allzu sicher, von fachmännischen Händen umsorgt, von Ehrfurcht verschleiert. Europa konnte warten, dachte ich; nur allzu bald würde die Zeit kommen, in der ich einen Gehilfen an meiner Seite brauchte, der mir die Staffelei aufstellte und die Farben trug, und ich mich nicht weiter als eine Stunde von einem guten Hotel entfernen konnte, den ganzen Tag warme Luft und sanften Sonnenschein um mich herum brauchte. Dann würde ich meine alten Augen Deutschland und Italien zuwenden. Doch jetzt, solange ich noch die Kraft dazu besaß, wollte ich in die Wildnis, wo der Mensch seine Stellungen aufgegeben hatte und der Dschungel seine alten Refugien zurückeroberte.

So reiste ich langsam und in unbequemen Etappen durch Mexiko und Mittelamerika, durch eine Welt, die alles hatte, was ich brauchte, in der Hoffnung, dass die Abkehr von Parklandschaften und großen Sälen mich anregen und mit mir ins Reine bringen würde. Ich suchte Inspiration in leeren Palästen und von Unkraut überwucherten Klöstern, in verlassenen Kirchen, in deren Kuppeln Vampirfledermäuse hingen wie vertrocknete Samenkapseln und die Ameisen unablässig damit beschäftigt waren, ihre Tunnel in das prächtige Chorgestühl zu graben, in Städten, zu denen keine Straße führte, und Mausoleen, wo eine vom Fieber geplagte Indiofamilie Zuflucht vor dem Regen suchte. Dort entstanden unter großen Schwierigkeiten, Krankheit und gelegentlich auch Gefahren die ersten Zeichnungen für *Ryders Lateinamerika*. Alle paar Wochen machte ich eine Pause, kehrte in Gebiete zurück, in denen Handel oder Tourismus blühten, erholte mich, richtete mir ein Atelier ein und übertrug die unterwegs gemachten Skizzen auf Leinwand. Die fertigen Gemälde packte ich vorsichtig ein und schickte sie an meinen New Yorker Agenten, dann brach ich mit meinem kleinen Gefolge wieder in die Wildnis auf.

Es lag mir nicht viel daran, den Kontakt zu England aufrechtzuerhalten. Bei meinem Reiseplan verließ ich mich auf die Ratschläge ortsansässiger Bewohner und hatte keine feste Route, so dass ein Großteil meiner Post mich nie erreichte. Der Rest sammelte sich an, bis es zu viel war, um es auf einmal lesen zu können. Meistens stopfte ich ein Bündel Briefe in meine Tasche und las sie erst, wenn mir danach war – in einer Hängematte schaukelnd, unter dem Moskitonetz, im Licht einer Sturmlampe, in einem Kanu auf einem Fluss dahintreibend, während die Jungs am Bug uns träge von den Sandbänken fernhielten und das dunkle Wasser neben uns herfloss, im grünen Schatten der riesigen

Bäume, die sich über uns erhoben, während Affen in der Sonne kreischten, weit über uns, zwischen den Blüten auf dem Dach des Waldes, oder auf der Veranda einer gastfreundlichen Plantage, wo Eis im Glas klirrte und Würfel klapperten und ein Ozelot auf dem gemähten Rasen mit seiner Kette spielte –, in einer so exotischen Umgebung also, dass mir die Stimmen der Briefe fern und ihre Worte belanglos erschienen. Ihr Inhalt passierte mein Bewusstsein, ohne die geringste Spur zu hinterlassen, ähnlich den Einzelheiten ihres Privatlebens, über das mitreisende Passagiere in amerikanischen Eisenbahnen so freigiebig Auskunft geben.

Doch trotz der Abgeschiedenheit, trotz dieses langen Aufenthalts in einer fremden Welt blieb ich innerlich unverändert: immer noch ein kleiner Teil meiner Selbst, der vorgab, das Ganze zu sein. Dann ließ ich die Erfahrungen dieser beiden Jahre zusammen mit meiner Tropenausrüstung zurück und fuhr so zurück nach New York, wie ich von dort aufgebrochen war. Meine Ausbeute war erfreulich – elf Gemälde und um die fünfzig Zeichnungen –, und als ich sie schließlich in London ausstellte, lobten die Kunstkritiker, von denen viele bislang eher herablassend gewesen waren, nun angesichts meines unübersehbaren Erfolgs eine frische und reichere Note in meinem Werk.

Mr Ryder, so der angesehenste Verfasser, *springt wie eine junge Forelle, der eine neue Kultur injiziert wurde, und offenbart eine starke Facette im Spektrum seiner Möglichkeiten… Mit der unverhohlen traditionellen Kraft seiner Eleganz und Bildung richtet Mr Ryder seinen Blick auf den Mahlstrom der Barbarei und hat damit letztlich zu sich selbst gefunden.*

Wohltuende Worte, die an der Wahrheit leider weit vorbeigingen. Meine Frau, die nach New York gekommen war, um mich abzuholen, und die Früchte unserer Trennung im Büro meines Agenten sah, fasste die Sache besser zusammen: »Natürlich sehe ich, dass sie ausgesprochen brillant und auf ihre düstere Art auch schön sind, aber irgendwie habe ich das Gefühl, sie sind nicht ganz *du*.«

In Europa hielt man meine Frau gelegentlich für eine Amerikanerin, wegen ihrer eleganten, kecken Kleidung und ihrer eigenartig sterilen Schönheit, in Amerika hingegen legte sie englische Sanftheit und Zurückhaltung an den Tag. Sie war ein oder zwei Tage vor mir angekommen und stand am Pier, als mein Schiff anlegte.

»Das war eine lange Zeit«, sagte sie zärtlich zur Begrüßung.

Sie hatte sich an der Expedition nicht beteiligt. Unseren Freunden gegenüber hatte sie erklärt, dass das Land nichts für sie sei, und außerdem habe sie ihren Sohn zu Hause. Mittlerweile gebe es auch eine Tochter, bemerkte sie jetzt, und da fiel mir ein, dass sie vor meiner Abreise von so etwas gesprochen und es als weiteren Grund dafür angegeben hatte, warum sie mich nicht begleiten könne. Auch in ihren Briefen hatte sie es erwähnt.

»Ich glaube, du hast meine Briefe gar nicht gelesen«, sagte sie am Abend, als wir sehr spät, nach einer Dinnerparty und ein paar Stunden in einem Kabarett endlich allein im Hotelzimmer waren.

»Manche sind wohl verlorengegangen. Ich erinnere mich deutlich, dass du mir erzählt hast, die Narzissen im Obstgarten seien ein Traum, das Kindermädchen eine Perle, das

Regency-Himmelbett ein Schnäppchen, aber ehrlich gesagt wüsste ich nicht, dass du mir geschrieben hast, dass unsere Tochter Caroline heißt. Warum hast du sie so genannt?«

»Nach dir natürlich, Charles.«

»Ah!«

»Bertha Van Halt ist ihre Patentante. Ich dachte, sie würde ihr wenigstens ein anständiges Geschenk machen. Weißt du, was es war?«

»Bertha Van Halt ist bekannt für ihre Hinterhältigkeit. Was denn?«

»Einen Büchergutschein im Wert von fünfzehn Schilling. Jetzt, da Johnjohn ein Geschwisterchen hat –«

»Wen?«

»Deinen Sohn, Liebling. Du hast ihn doch nicht vergessen, oder?«

»Um Himmels willen«, sagte ich. »Warum nennst du ihn so?«

»Er hat sich den Namen selbst gegeben. Ist das nicht süß? Jetzt, da Johnjohn ein Geschwisterchen hat, finde ich es besser, wenn wir eine Weile keine weiteren Kinder bekommen, was meinst du?«

»Wie du willst.«

»Johnjohn redet die ganze Zeit von dir. Er betet jeden Abend, dass du heil zurückkommst.«

So plapperte sie die ganze Zeit beim Ausziehen, als wollte sie um jeden Preis ungezwungen erscheinen. Dann setzte sie sich an den Frisiertisch, fuhr sich mit einem Kamm durchs Haar und sagte, während sie mir ihren nackten Rücken zuwandte und sich im Spiegel betrachtete: »Soll ich mein Gesicht bettfertig machen?«

Es war ein vertrauter Satz, einer, den ich nicht mochte. Er bedeutete, ob sie ihr Make-up entfernen, sich eincremen und ihr Haar unter ein Netz stecken sollte.

»Nein«, sagte ich. »Nicht sofort.«

Damit wusste sie, was erwünscht war. Sie hatte auch dafür elegante, sterile Möglichkeiten, doch in ihrem zufriedenen Lächeln mischte sich Erleichterung mit Triumph. Später lösten wir uns voneinander, lagen in den beiden Einzelbetten etwa einen Meter voneinander entfernt und rauchten. Ich warf einen Blick auf die Uhr, es war vier, aber keiner von uns konnte schlafen. Über dieser Stadt hängt eine neurotische Unruhe, die ihre Einwohner mit Energie verwechseln.

»Ich glaube, du hast dich überhaupt nicht verändert, Charles.«

»Nein, ich fürchte nicht.«

»Möchtest du dich verändern?«

»Sich zu verändern bedeutet leben.«

»Aber du könntest dich so verändern, dass du mich nicht mehr liebst.«

»Das Risiko besteht.«

»Charles, du liebst mich doch noch?«

»Du hast es selbst gesagt: Ich habe mich nicht verändert.«

»Nun, allmählich glaube ich doch. Ich dagegen nicht.«

»Nein«, sagte ich. »Nein, das sehe ich.«

»Hattest du Angst vor unserem Wiedersehen?«

»Kein bisschen.«

»Hast du dich nie gefragt, ob ich mich in der Zwischenzeit in jemand anders verliebt haben könnte?«

»Nein. Hast du?«

»Nein, das weißt du doch. Und du?«

»Nein. Ich bin nicht verliebt.«

Meine Frau schien mit dieser Antwort zufrieden zu sein. Sie hatte mich sechs Jahre zuvor geheiratet, als ich gerade meine erste Ausstellung hatte, und sich seitdem sehr für mich eingesetzt. Die Leute sagten, sie habe mich »gemacht«; sie selbst behauptete, mir nur eine kongeniale Partnerin gewesen zu sein. Sie glaubte fest an mein Talent, das »künstlerische Temperament« und daran, dass alles, was man heimlich tut, eigentlich gar nicht wirklich stattfindet.

Nach einer Weile sagte sie: »Freust du dich auf zu Hause?« (Mein Vater hatte mir zur Hochzeit den Kauf eines alten Pfarrhauses in der Gegend, aus der meine Frau stammte, ermöglicht.) »Ich habe eine Überraschung für dich.«

»Ach ja?«

»Ich habe die alte Scheune zu einem Atelier umbauen lassen, so dass du jetzt nicht mehr gestört wirst, weder von den Kindern noch von Gästen. Ich habe Emden dafür engagiert. Alle finden es großartig. Es gab sogar einen Artikel in *Country Life*; ich habe die Ausgabe gekauft, um ihn dir zu zeigen.«

Sie zeigte ihn mir: »*... gelungenes Beispiel für architektonisches Feingefühl.... Sir Joseph Emdens diskrete Anpassung der bestehenden Substanz an moderne Bedürfnisse ...*« Ein paar Fotos illustrierten das Ganze. Breite Eichendielen bedeckten nun den Lehmboden, ein hohes, längsgeteiltes Erkerfenster war in die Nordwand eingelassen, und das gewaltige Dach, das zuvor so dunkel gewesen war, dass es sich dem Blick entzog, war jetzt deutlich zu sehen, gut erleuchtet, mit sauberem weißem Gips zwischen dem Gebälk. Es sah aus wie ein ländlicher Gemeindesaal. Ich erinnerte mich an den Geruch der alten Scheune, der nun verloren wäre.

»Mir hat die Scheune immer gefallen«, sagte ich.

»Aber sie ist doch ideal zum Arbeiten, oder?«

»Nachdem ich mit meinem Zeichenblock in einer Wolke von Stechfliegen gehockt habe und die Sonne mir währenddessen das Papier verbrannte, könnte ich sogar auf dem Deck eines Omnibusses arbeiten. Ich nehme an, dass der Pfarrer es für seine Whistnachmittage ausleihen will.«

»Es wartet eine Menge Arbeit auf dich. Ich habe Lady Anchorage versprochen, dass du das Anchorage House malen wirst, sobald du zurück bist. Das soll nämlich auch abgerissen werden, weißt du – Geschäfte im Parterre und Zweizimmerapartments darüber. Du hast diese Art zu zeichnen doch hoffentlich nach all der exotischen Arbeit nicht verlernt, oder, Charles?«

»Warum sollte ich?«

»Nun, weil sie so anders ist. Sei nicht böse.«

»Es ist nur eine andere Art von Dschungel, der näher rückt.«

»Ich weiß, wie du dich fühlst, Liebling. Die Georgian Society hat so ein Trara veranstaltet, aber wir konnten nichts machen... Hast du eigentlich meinen Brief über Boy bekommen?«

»Weiß ich nicht mehr. Was stand denn drin?«

(Boy Mulcaster war ihr Bruder.)

»Dass er sich verlobt hat. Es spielt jetzt keine Rolle mehr, weil alles schon wieder abgesagt ist, aber Vater und Mutter haben sich schrecklich aufgeregt. Sie war ein entsetzliches Ding. Am Ende mussten sie ihr eine Abfindung zahlen.«

»Nein, ich habe nichts von Boy gehört.«

»Er und Johnjohn sind unzertrennlich. Es ist so süß, sie

zusammen zu sehen. Immer wenn Boy in der Gegend ist, kommt er als Erstes zum alten Pfarrhaus. Er tritt ein, ohne irgendwen zu begrüßen, und ruft: ›Wo ist mein Kumpel Johnjohn?‹ Dann stürzt Johnjohn die Treppe runter, und die beiden laufen raus in den Wald und spielen stundenlang zusammen. Wenn man sie miteinander reden hört, könnte man denken, sie wären gleich alt. Eigentlich war es Johnjohn, der ihn zur Vernunft gebracht hat; ernsthaft, er ist wahnsinnig intelligent. Er muss gehört haben, wie Mutter und ich uns darüber unterhalten haben, denn als Boy das nächste Mal kam, sagte er: ›Onkel Boy soll nicht böse Frau heiraten und Johnjohn allein lassen‹, und noch am gleichen Tag einigte man sich außergerichtlich auf eine Zahlung von zweitausend Pfund. Johnjohn bewundert Boy maßlos und macht ihm alles nach. Es ist wirklich gut für alle beide.«

Ich stand auf und versuchte noch einmal vergeblich, die Heizungskörper herunterzudrehen. Ich trank ein wenig Eiswasser und öffnete das Fenster, doch abgesehen von der kalten Nachtluft drangen auch Musikfetzen aus dem Nebenzimmer herein, wo ein Radio lief. Ich schloss es wieder und legte mich neben meine Frau.

Da erzählte sie noch mehr, allerdings schien sie nun langsam müde zu werden… »Der Garten ist nicht wiederzuerkennen… Die Buchsbaumhecken, die du gepflanzt hast, sind letztes Jahr zwölf Zentimeter gewachsen… Ich habe ein paar Männer aus London kommen lassen, um den Tennisplatz herzurichten… erstklassige Köchin im Moment…«

Als die Stadt unter uns erwachte, schliefen wir beide ein, aber nicht für lange. Das Telefon klingelte, und eine aufgekratzte Stimme, deren Geschlecht nicht auszumachen war, sagte: »Savoy-Carlton-Hotel-guten-Morgen. Es ist jetzt Viertel nach acht.«

»Ich hatte keinen Weckanruf bestellt.«

»Wie bitte?«

»Ach, ist egal.«

»Bitte sehr.«

Während ich mich rasierte, sagte meine Frau aus dem Bad: »Genau wie in alten Zeiten. Jetzt habe ich keine Angst mehr, Charles.«

»Gut.«

»Ich hatte schreckliche Angst, dass zwei Jahre alles verändern würden. Jetzt können wir da weitermachen, wo wir aufgehört haben.«

»Wann?«, fragte ich. »Womit? Womit haben wir aufgehört?«

»Als du weggegangen bist, natürlich.«

»Du meinst nicht zufällig etwas anderes, ein kleines bisschen davor?«

»Oh, Charles, das ist lange vorbei. Das hatte nichts zu bedeuten. Es war nicht wirklich ernst. Alles längst vorbei und vergessen.«

»Ich wollte es nur wissen«, sagte ich. »Wir sind also wieder da, wo wir am Tag meiner Abreise waren, ist es das, was du meinst?«

So machten wir an diesem Tag also genau so weiter, wo wir zwei Jahre zuvor aufgehört hatten: bei meiner in Tränen aufgelösten Frau.

Die Sanftheit und englische Zurückhaltung meiner Frau, ihre strahlend weißen, regelmäßigen kleinen Zähne, ihre gepflegten rosa Fingernägel, ihre Schulmädchenkleider und ihre unschuldige Schulmädchenmiene, wenn sie etwas ausgeheckt hatte, ihr moderner Schmuck, der unter hohen Kosten so angefertigt worden war, dass er von weitem den Eindruck von Massenware erweckte, ihr bereitwilliges, dankbares Lächeln, ihre Rücksicht auf mich und ihr Einsatz für meine Angelegenheiten, ihr mütterliches Herz, das sie dazu zwang, jeden Tag dem Kindermädchen zu Hause zu kabeln – kurz, ihr ganzer kurioser Charme –, machten sie bei den Amerikanern so beliebt, dass Freunde, die sie erst seit einer Woche kannte, am Tag unserer Abreise zahllose in Zellophan verpackte Päckchen – Blumen, Obst, Süßigkeiten, Bücher, Spielzeug für die Kinder – in unsere Kajüte schicken ließen. Stewards pflegten, ähnlich wie Schwestern auf einer Säuglingsstation, die Bedeutung ihrer Besucher nach der Zahl und dem Wert solcher Trophäen zu beurteilen; und so begannen wir die Reise als hochangesehene Passagiere.

Als wir an Bord gingen, galt der erste Gedanke meiner Frau der Passagierliste.

»So viele alte Freunde«, sagte sie. »Das wird eine herrliche Reise. Geben wir doch heute Abend eine Cocktailparty.«

Kaum waren die Gangways entfernt, saß sie bereits am Telefon.

»Julia. Hier spricht Celia – Celia Ryder. Wie schön, dass du auch an Bord bist. Wie geht es dir? Komm doch zu einem Cocktail heute Abend vorbei und erzähl mir, was du gemacht hast, seit wir uns das letzte Mal gesehen haben.«

»Julia wer?«

»Mottram. Ich habe sie seit Jahren nicht mehr gesehen.«

Ich auch nicht; seit meinem Hochzeitstag nicht, und davor auch kaum, zuletzt bei der Privatführung durch meine Ausstellung, wo die vier Ölbilder des Marchmain House, die Brideshead uns als Leihgabe überlassen hatte, zusammen gezeigt wurden und auf großes Interesse stießen. Diese Bilder waren mein letzter Kontakt zu den Flytes. Nachdem unser Leben ein oder zwei Jahre so eng miteinander verflochten gewesen war, hatte es uns in verschiedene Richtungen verschlagen. Sebastian, das wusste ich, lebte noch immer im Ausland; Rex und Julia waren unglücklich miteinander, wie mir gelegentlich zu Ohren kam. Rex kam nicht so voran, wie man es erhofft hatte; er blieb immer nur eine Randfigur in der Regierung, prominent, aber auch ein wenig suspekt. Er verkehrte mit den Reichsten des Landes, schien in seinen Reden jedoch einer revolutionären Politik anzuhängen und flirtete mit den Kommunisten wie den Faschisten gleichermaßen. Ich hatte den Namen Mottram bei den unterschiedlichsten Unterhaltungen gehört; ich hatte hin und wieder ihre Gesichter im *Tatler* gesehen, wenn ich auf jemanden wartete und ungeduldig darin blätterte, doch sie und ich lebten in verschiedenen Welten, so wie es in England und nur dort möglich war, auf kleinen Planeten, die sich nur um die eigenen privaten Beziehungen drehten. Wahrscheinlich gibt es in der Physik eine perfekte Metapher für die Art, in der sich, wie ich ansatzweise begriffen habe, Energiepartikel in separaten Magnetfeldern immer wieder neu gruppieren – eine Metapher, griffbereit für Menschen, die sich damit auskennen, aber nicht für mich. Ich kann nur berichten, dass es in England zahllose solcher kleinen Gruppen von engen Freunden gab. Julia und ich hätten in derselben Straße in London leben oder gelegentlich, nur wenige Meilen voneinander entfernt, denselben ländlichen Horizont betrachten können, wir hätten Sympathie oder auch leichtes Interesse füreinander empfinden können, vielleicht sogar Bedauern, dass wir nichts miteinander zu tun hatten, wir hätten wissen können, dass jeder von uns nur zum Telefon neben dem Bett greifen müsste, um dem andern ins Ohr zu flüstern und den intimen Moment des Aufwachens zu genießen, so wie den morgendlichen Orangensaft und die aufgehende Sonne, was aber durch die Zentripetalkraft unserer eigenen kleinen Welt und den kalten, interstellaren Raum dazwischen verhindert wurde.

Meine Frau thronte auf der Rückenlehne des Sofas über einem Müllberg aus Zellophanverpackungen und Seidenschleifen und telefonierte sich fröhlich durch die Passagierliste... »Ja, natürlich, bring ihn mit, er soll ja ganz reizend sein, habe ich gehört.... Ja, Charles ist endlich wieder aus der Wildnis zurück, ist das nicht schön?... Was für eine Überraschung, deinen Namen auf der Liste zu finden! Jetzt kann die Reise losgehen.... Wir waren auch im Savoy-Carlton, Liebes; wie konnten wir uns nur verpassen?« Manchmal drehte sie sich zu mir und sagte: »Ich muss mich vergewissern, dass du wirklich da bist. Ich habe mich noch nicht daran gewöhnt.«

Während wir langsam den Fluss entlangfuhren, ging ich nach oben zu den großen Fenstern, wo die Fahrgäste standen und zusahen, wie das Land an ihnen vorbeiglitt. »So viele Freunde«, hatte meine Frau gesagt. Mir kamen sie wie ein seltsam zusammengewürfelter Haufen vor. Die Gefühlsaufwallungen des Abschieds legten sich gerade wieder; einige Passagiere, die bis zum letzten Augenblick noch etwas mit ihren zurückbleibenden Freunden getrunken hatten, lärmten noch ein bisschen herum, andere überlegten schon, wo sie ihre Liegestühle aufstellen sollten; die Kapelle spielte, ohne dass jemand Notiz davon nahm – und alle wuselten durcheinander wie Ameisen.

Ich warf einen Blick in einige Säle des Schiffs. Sie waren riesig, doch ohne jeden Prunk, als hätte man sie für einen Eisenbahnwaggon entworfen und auf groteske Art vergrößert. Ich trat durch gewaltige Bronzetore, die mit hauchdünnen assyrischen Tierfresken geschmückt waren; ich lief über Teppiche, die die Farbe von Löschpapier hatten, und auch die bemalten Vertäfelungen der Wände waren wie Löschpapier – Kindergartenwerke in blassen, tristen Farben –, und zwischen den Wänden gab es meterweise biskuitfarbenes Holz, das kein Schreinerwerkzeug je berührt hatte, Holz mit runden Ecken, Streifen für Streifen aneinandergefügt, ohne dass man es sah, gedampft, gepresst und poliert. Auf dem löschpapierfarbenen Teppich waren Tische verteilt, die möglicherweise von einem Designer für Sanitärzubehör stammten, und zum Sitzen quadratische Blöcke mit quadratischen Löchern, die ebenfalls mit Löschpapier gepolstert schienen. Beleuchtet wurde der Saal aus unzähligen kleinen Löchern in der Decke, womit für gleichmäßiges Licht gesorgt war und nichts im Schatten lag – Hunderte von Ventilatoren surrten, und alles vibrierte von der Bewegung der mächtigen Maschinen unter uns.

Da bin ich nun, zurück aus dem Dschungel, zurück aus den Ruinen, dachte ich. Hier, wo der Reichtum nicht mehr überwältigend ist und Macht keine Würde besitzt. *Quomodo sedet sola civitas* (vor fast einem Jahr hatte ich diese große

Klage gehört, die Cordelia mir einmal im Salon von Marchmain House zitiert hatte, vorgetragen von einem Mestizenchor in Guatemala).

Ein Steward kam auf mich zu.

»Kann ich Ihnen etwas bringen, Sir?«

»Einen Whisky mit Soda, ohne Eis.«

»Bedaure, Sir, alle Getränke sind eisgekühlt.«

»Das Wasser auch?«

»O ja, Sir.«

»Na gut, macht nichts.«

Verwirrt zog er ab, geräuschlos in dem alles übertönenden Brummen.

»Charles.«

Ich sah mich um. Julia hatte die Hände im Schoß gefaltet und saß so reglos in einem Löschpapierwürfel, dass ich an ihr vorbeigegangen war, ohne sie zu bemerken.

»Ich habe schon gehört, dass du an Bord bist. Celia hat mich angerufen. Welch schöne Überraschung.«

»Was machst du hier?«

Sie öffnete die leeren Hände im Schoß mit einer sprechenden kleinen Geste. »Ich warte. Mein Mädchen packt die Koffer aus. Seit wir England verlassen haben, hat sie schlechte Laune. Jetzt beschwert sie sich über meine Kajüte. Ich kann überhaupt nicht verstehen, warum. Ich finde sie sehr luxuriös.«

Der Steward kam mit dem Whisky und zwei Kännchen – eins mit eisgekühltem und eins mit kochendem Wasser. Ich mischte mir die richtige Temperatur. Er sah mir zu und erklärte: »Beim nächsten Mal weiß ich, wie Sie Ihren Whisky trinken, Sir.«

Die meisten Passagiere hatten irgendwelche Spleens; er wurde dafür bezahlt, ihr Selbstwertgefühl zu stärken. Julia bestellte eine Tasse heiße Schokolade. Ich setzte mich zu ihr in den Nachbarwürfel.

»Ich habe dich in letzter Zeit gar nicht mehr gesehen«, sagte sie. »Offenbar sehe ich in letzter Zeit niemanden mehr, den ich mag. Ich weiß auch nicht, warum.«

Es hörte sich an, als spreche sie nur von ein paar Wochen, nicht Jahren, und als wären wir vor unserer Trennung enge Freunde gewesen. Es war das krasse Gegenteil dessen, was man sonst bei derartigen Begegnungen empfindet, wenn man merkt, dass die Zeit ihre Verteidigungslinien angelegt, wunde Punkte getarnt und alle Wege bis auf wenige, gut ausgetretene vermint hat, so dass man sich höchstens über einen Drahtverhau hinweg zuwinken kann. Sie und ich, die wir niemals zuvor Freunde gewesen waren, begegneten uns hier, als verbände uns eine lange, ungebrochene Vertrautheit.

»Was hast du in Amerika gemacht?«

Sie sah langsam von ihrer heißen Schokolade auf. Den schönen, ernsten Blick auf mich gerichtet, sagte sie: »Weißt du das nicht? Ich erzähl's dir später. Ich war ein Esel. Ich dachte, ich hätte mich in jemanden verliebt, aber dann ist alles anders gekommen.« Und meine Erinnerung kehrte zehn Jahre zurück nach Brideshead, wo dieses wundervolle schlaksige Kind von neunzehn Jahren, das aussah, als dürfte es gerade mal für eine Stunde das Kinderzimmer verlassen, wie aus Enttäuschung über die mangelnde Aufmerksamkeit der Erwachsenen gesagt hatte: »Ich bin ebenfalls ein Sorgenkind.« Und ich hatte gedacht, obwohl ich damals, so erschien es mir jetzt, selbst noch grün hinter den Ohren gewesen war: ›Wie wichtig sich diese jungen Mädchen mit ihren Liebesgeschichten machen.‹

Jetzt war es anders; ihre Art zu sprechen wirkte bescheiden und aufrichtig freundschaftlich.

Ich hätte ihr Bekenntnis gern mit einer ähnlich heiklen Geschichte erwidert, doch es gab nichts in den letzten tristen, ereignisreichen Jahren meines Lebens, das ich ihr erzählen konnte. Stattdessen berichtete ich von der Zeit im Dschungel, den komischen Typen, die ich getroffen, und den vergessenen Orten, die ich besucht hatte, doch das alles passte nicht zu unserer vertrauten Stimmung, weshalb ich stockte und zu einem abrupten Ende kam.

»Ich kann es kaum erwarten, die Bilder zu sehen«, sagte sie.

»Celia wollte, dass ich einige auspacke und sie für die Cocktailparty in der Kajüte aufstelle. Aber das könnte ich nicht.«

»Nein... Ist Celia immer noch so hübsch? Ich fand immer, dass sie aparter war als alle anderen jungen Mädchen in meinem Alter.«

»Sie hat sich nicht verändert.«

»Aber du, Charles. So schmal und finster, ganz anders als der hübsche Junge, den Sebastian mit nach Hause brachte. Auch härter.«

»Und du bist weicher.«

»Ja, das glaube ich auch... und sehr langmütig.«

Sie war noch keine dreißig, näherte sich jedoch dem Zenit ihrer Schönheit; alles, was sich schon in der Jugend angedeutet hatte, war nun überreichlich erfüllt. Der modische, schlaksige Look war verschwunden. Der Kopf, den ich damals für *quattrocento* gehalten hatte und der mir immer ein wenig unpassend vorgekommen war, war jetzt ein Teil von ihr und kein bisschen florentinisch, und hatte weder mit Malerei, Kunst noch irgendetwas anderem als ihr selbst zu tun, so dass es müßig gewesen wäre, diese Schönheit in ihre Bestandteile zu zergliedern und einzeln aufzuführen, sie gehörte ganz zu ihrem Wesen und ließ sich nur in ihr, mit ihrer Genehmigung und in der Liebe erfahren, die ich schon bald für sie empfinden sollte.

Noch eine andere Veränderung hatte die Zeit mit sich gebracht, aber nicht etwa das feine, selbstzufriedene Lächeln der Gioconda. Die Jahre waren mehr gewesen als »Klang von Leiern und Flöten« und hatten sie traurig gemacht. Es war, als sagte sie: »Seht mich an. Ich habe meinen Beitrag geleistet. Ich bin schön. Sie ist etwas sehr Ungewöhnliches, meine Schönheit. Ich bin dazu geschaffen, andere zu entzücken. Aber was habe *ich* davon? Wo ist *mein* Lohn?«

Das war anders als vor zehn Jahren, das war in der Tat ihr Lohn, diese intensive, magische Traurigkeit, die einen mitten ins Herz traf und alles zum Schweigen brachte. Sie war die Vollendung ihrer Schönheit.

»Und trauriger auch«, sagte ich.

»O ja, viel trauriger.«

Meine Frau war in ausgelassener Stimmung, als ich zwei Stunden später in die Kajüte zurückkehrte.

»Ich musste alles selbst machen. Wie findest du es?«

Man hatte uns ohne Aufpreis eine Suite mit mehreren Räumen gegeben. Sie war so groß, dass sie nur selten gebucht wurde, außer von den Direktoren der Schifffahrtsgesellschaft, und auf den meisten Passagen an Reisende vergeben wurde, denen der Chefsteward eine besondere Ehre erweisen wollte, wie er einräumte. (Meine Frau verstand sich fabelhaft darauf, sich solche kleinen Vorteile zu sichern, indem sie diejenigen, die sie ihr verschaffen konnten, zuerst mit ihrer Eleganz und meinem Ruhm beeindruckte und dann, wenn ihre Überlegenheit feststand, umschwenkte zu einer Pose fast koketter Leutseligkeit.) Als Zeichen ihrer Wertschätzung hatte sie auch den Chefsteward zu unserer Party eingeladen, und er wiederum hatte als Zeichen seiner Wertschätzung die lebensgroße Nachbildung eines mit Kaviar gefüllten Schwans aus Eis vorausschicken lassen. Dieses frostige Prachtstück beherrschte jetzt den Raum. Es stand auf einem Tisch in der Mitte, taute langsam vor sich hin und ließ von seinem Schnabel Tropfen auf das silberne Tablett fallen. Die am Vormittag gelieferten Blumen verbargen so gut es ging die Wandverkleidung (denn dieser Raum sah aus wie eine Miniaturausgabe des fürchterlichen Saals oben).

»Du musst dich sofort umziehen. Wo warst du denn die ganze Zeit?«

»Ich habe mich mit Julia Mottram unterhalten.«

»Du kennst sie? O ja, richtig, du warst ja mit ihrem alkoholsüchtigen Bruder befreundet. Meine Güte, sie hat eine solche Ausstrahlung!«

»Sie findet dich übrigens auch sehr attraktiv.«

»Sie war mal mit Boy befreundet.«

»Doch nicht im Ernst!«

»Er hat es jedenfalls immer behauptet.«

»Hast du schon darüber nachgedacht, wie deine Gäste diesen Kaviar essen sollen?«, fragte ich.

»Habe ich. Und keine Lösung gefunden. Aber es gibt das da« – sie zeigte auf ein paar Tabletts mit allerlei gläsernem Schnickschnack –, »und außerdem finden die Leute auf Partys immer irgendeine Möglichkeit zu essen. Weißt du noch, wie wir mal eingelegte Krabben mit einem Brieföffner gegessen haben?«

»Haben wir das?«

»Liebling, es war an dem Abend, als du mir den Heiratsantrag gemacht hast!«

»Wenn ich mich recht erinnere, kam der Antrag von dir.«

»Na ja, dann eben der Abend, an dem wir uns verlobt haben. Aber du hast noch nicht gesagt, wie dir das Arrangement gefällt.«

Das Arrangement bestand abgesehen von Schwan und Blumen aus einem Steward, der bereits unrettbar in einer Ecke hinter der improvisierten Bar gefangen war, und einem zweiten Steward mit einem Tablett in der Hand, der sich einer gewissen Freiheit erfreute.

»Der Traum eines Filmschauspielers«, sagte ich.

»Filmschauspieler«, sagte meine Frau. »Genau darüber möchte ich mit dir reden.«

Sie kam mit ins Ankleidezimmer und legte mir, während ich mich umzog, ihren Einfall dar. Ihr war plötzlich aufgegangen, dass bei meinem Interesse für Architektur die Ausstattung von Filmen das richtige Metier für mich wäre. Deshalb hatte sie auch zwei Hollywood-Magnaten zu der Party eingeladen, die sie auf mich aufmerksam machen wollte.

Wir kehrten in den Salon zurück.

»Liebling, ich glaube, du hast etwas gegen meinen Vogel. Sei bloß vor dem Chefsteward nicht so garstig. Es war reizend von ihm, uns so etwas zu schenken. Außerdem weißt du genau – hättest du in der Beschreibung eines Banketts in Venedig aus dem sechzehnten Jahrhundert von so etwas gelesen, hättest du gesagt: Das waren noch Zeiten!«

»Im sechzehnten Jahrhundert hätte es eine etwas andere Form gehabt.«

»Ach, da ist ja unser Weihnachtsmann. Wir haben gerade von Ihrem Schwan geschwärmt.«

Der Chefsteward trat ein und schüttelte uns kräftig die Hand.

»Meine liebe Lady Celia«, sagte er, »wenn Sie morgen Ihre wärmsten Kleider anziehen und mich auf eine Expedition ins Kühlhaus begleiten, kann ich Ihnen eine ganze Arche Noah mit solchen Objekten zeigen. Der Toast kommt gleich. Sie halten ihn warm.«

»Toast!«, wiederholte meine Frau, als überstiege das ihre kühnsten Vorstellungen von Völlerei. »Hast du das gehört, Charles? *Toast!*«

Bald kamen die ersten Gäste; es gab ja nichts, das sie aufhalten konnte. »Celia«, sagten sie, »was für eine fabelhafte Suite und was für ein herrlicher Schwan!« Obwohl unsere Kajüte die größte auf dem Schiff war, drängten sich hier binnen kurzer Zeit unerträglich viele Menschen. Dann fingen sie an, ihre Zigaretten in dem kleinen See aus Eiswasser auszudrücken, der mittlerweile den Schwan umgab.

Der Chefsteward sorgte für Aufregung, indem er, wie Seeleute es gern tun, einen Sturm voraussagte. »Wie können Sie nur so gemein sein?«, fragte meine Frau und machte ihm damit das schmeichelhafte Kompliment, dass nicht nur die Kabine und der Kaviar, sondern auch die Wellen seinem Kommando unterstünden. »Aber egal, Stürme machen einem Schiff wie diesem doch sicher nichts aus, oder?«

»Er könnte uns ein bisschen bremsen.«

»Aber wir würden doch nicht seekrank, oder?«

»Das hängt davon ab, ob Sie seefest sind. Mir wird immer übel bei solchen Stürmen, das war schon so, als ich noch ein Kind war.«

»Das glaube ich nicht. Er will uns bestimmt nur Angst machen. Kommt mal alle hierher, ich möchte euch etwas zeigen.«

Es war das neueste Foto ihrer Kinder. »Charles hat Caroline noch nicht einmal gesehen. Ist das nicht aufregend für ihn?«

Es waren keine Freunde von mir da, aber etwa ein Drittel der Anwesenden kannte ich, und so unterhielten wir uns ganz höflich miteinander. Eine ältere Frau sagte zu mir: »Sie sind also Charles. Ich habe das Gefühl, Sie in- und auswendig zu kennen, so viel hat Celia mir von Ihnen erzählt.«

›In- und auswendig‹, dachte ich. ›In- und auswendig, das ist allerhand, Madam. Können Sie wirklich bis in jene dunklen Winkel sehen, in die mich meine eigenen Augen vergeblich zu führen versuchen? Können Sie mir verraten, verehrte Mrs Stuyvesant Oglander – wenn ich recht gehe in der Annahme, dass meine Frau Sie so genannt hat –, warum ich in diesem Augenblick, da wir uns über meine nächste Ausstellung unterhalten, an nichts anderes denke, als wann Julia endlich kommt? Wieso unterhalte ich mich hier mit Ihnen und nicht mit ihr? Warum habe ich sie bereits vom Rest der Menschheit abgesondert, und mich gleich mit? Was geht in jenen verborgenen Winkeln meines Ichs vor, über die Sie so freizügig verfügen? Was spielt sich denn da ab, Mrs Stuyvesant Oglander?‹

Immer noch war Julia nicht gekommen, und der Lärm von zwanzig Leuten in diesem winzigen Raum, der so groß war, dass niemand ihn buchte, hörte sich an wie der einer großen Menschenmenge.

Da sah ich etwas Seltsames. Ein kleiner rothaariger Mann, den offenbar niemand kannte, ein schäbiger Kerl, ganz anders als die übrigen Gäste meiner Frau, stand schon seit zwanzig Minuten neben dem Kaviar und stopfte sich voll, so rasch es ging. Gerade wischte er sich mit einem Taschentuch den Mund ab, beugte sich dann, offensichtlich aus einer spontanen Eingebung heraus, nach vorn und tupfte dem Schwan über den Schnabel, um einen Wassertropfen zu entfernen, der im nächsten Moment heruntergefallen wäre. Anschließend blickte er sich verstohlen um, als wollte er sehen, ob ihn jemand beobachtet hatte. Als sich unsere Blicke kreuzten, kicherte er nervös.

»Das hab ich schon die ganze Zeit tun wollen«, sagte er. »Jede Wette, dass Sie nicht wissen, wie viele Tropfen pro Minute fallen. Ich weiß es, hab nämlich mitgezählt.«

»Keine Ahnung.«

»Raten Sie mal. Ein Sixpence, wenn Sie danebenliegen, einen halben Dollar, wenn Sie richtig tippen.«

»Drei«, sagte ich.

»Holla, Sie sind schlau. Haben wohl auch gezählt.« Doch er machte keinerlei Anstalten, seine Schulden zu begleichen, sondern fuhr fort: »Wie erklären Sie sich Folgendes: Ich bin als Engländer geboren und aufgewachsen, und trotzdem ist das mein erstes Mal auf dem Atlantik.«

»Sie sind beim ersten Mal geflogen?«
»Nein.«
»Dann sind Sie vermutlich einmal um die ganze Welt gereist und an der Pazifikküste gelandet.«
»Sie sind wirklich schlau, alle Achtung. Ich habe schon einige Wetten damit gewonnen.«
»Was für eine Route war es denn?«, fragte ich der Höflichkeit halber.
»Das würden Sie gern wissen, wie? Tja, ich muss mich verdünnisieren. Wiedersehen.«
»Charles«, sagte meine Frau. »Darf ich dir Mr Kramm von Interastral Films vorstellen?«
»Sie sind also Mr Charles Ryder«, sagte Mr Kramm.
»Ja.«
»Gut, gut, gut«, sagte er. Ich wartete. »Der Chefsteward sagt, wir müssten mit schlechtem Wetter rechnen. Wissen Sie mehr darüber?«
»Weit weniger als der Chefsteward.«
»Entschuldigen Sie, Mr Ryder, aber ich habe Sie nicht ganz verstanden.«
»Ich meine, ich weiß noch weniger als der Chefsteward.«
»Ach ja? Gut, gut, gut. Es hat mich sehr gefreut, mit Ihnen zu plaudern. Hoffentlich haben wir noch öfter Gelegenheit dazu.«
»Oh, dieser Schwan!«, sagte eine Engländerin. »Nach sechs Wochen in Amerika habe ich eine richtige Eisphobie entwickelt. Erzählen Sie mal, wie war es, Celia nach zwei Jahren wiederzusehen? Ich hätte mich bestimmt noch unanständig frisch verheiratet gefühlt. Aber Celia hat die Orangenblüten im Haar ja ohnehin nie ganz abgelegt, nicht wahr?«

Eine andere Frau sagte: »Ist es nicht himmlisch, sich zu verabschieden und zu wissen, dass man sich in einer halben Stunde wiedersieht und in den nächsten Tagen überhaupt alle halbe Stunde wiedersehen wird?«

Unsere Gäste brachen allmählich auf, und alle berichteten mir, meine Frau hätte versprochen, mich in naher Zukunft zu irgendetwas zu überreden. Das Thema des Abends war, dass wir uns alle oft sehen würden und eins dieser Molekularsysteme bildeten, das Physiker besser erklären können. Am Ende wurde der Schwan hinausgerollt, und ich sagte zu meiner Frau: »Julia ist gar nicht gekommen.«

»Nein, sie hat angerufen. Ich konnte nicht hören, was sie sagte, es war so laut – irgendwas von einem Kleid. Zum Glück, muss man sagen, es war ja überhaupt kein Platz mehr. Aber es war eine reizende Party, nicht wahr? Fandest du es sehr schlimm? Du hast dich tadellos benommen und wirktest sehr vornehm. Wer war denn dein rothaariger Kumpel?«

»Mein Kumpel war er nicht.«

»Sehr eigenartig! Hast du mit Mr Kramm über einen Job in Hollywood gesprochen?«

»Natürlich nicht.«

»Oh, Charles, du könntest dich wirklich etwas anstrengen. Es reicht nicht, einfach nur vornehm herumzustehen und wie ein Märtyrer für die Kunst auszusehen. Gehen wir zum Abendessen. Wir sitzen am Kapitänstisch. Ich glaube ja nicht, dass er heute Abend herunterkommt, aber wir sollten doch einigermaßen pünktlich sein.«

Als wir an den Tisch kamen, hatte sich der Rest der Gesellschaft schon verteilt. Zu den beiden Seiten des leeren

Kapitänsplatzes saßen Julia und Mrs Stuyvesant Oglander, daneben ein englischer Diplomat mit seiner Frau, Senator Stuyvesant Oglander, und ein amerikanischer Geistlicher, der im Moment zwischen je zwei leeren Stühlen völlig isoliert war. Dieser Geistliche stellte sich später – was mir redundant erschien – als Bischof der Episkopalkirche vor. Die Ehepaare saßen hier nebeneinander. Meine Frau musste eine rasche Entscheidung treffen. Obwohl der Steward versuchte, uns anders zu platzieren, entschied sie sich für den Platz neben dem Senator und überließ mir den Bischof. Julia blickte uns beide mitfühlend und kläglich an.

»Es tut mir so leid wegen der Party«, sagte sie. »Mein dämliches Mädchen war verschwunden, mit allen Kleidern, die ich bei mir habe. Erst vor einer halben Stunde tauchte sie wieder auf. Sie hatte Pingpong gespielt.«

»Ich habe dem Senator erzählt, was er verpasst hat«, sagte Mrs Stuyvesant Oglander. »Celia kennt einfach überall die wichtigen Leute.«

»Rechts von mir wird noch ein bedeutendes Paar erwartet«, erklärte der Bischof »Die beiden nehmen alle Mahlzeiten in der Kajüte ein, es sei denn, man informiert sie im Voraus, dass der Kapitän anwesend ist.«

Wir waren ein schauriger Kreis; selbst das ausgeprägte gesellschaftliche Talent meiner Frau stieß an seine Grenzen. Hin und wieder hörte ich Fetzen ihrer Konversation.

»… ein ungewöhnlicher rothaariger Mann, ziemlich klein. Captain Foulenough in Person.«

»Wenn ich Sie recht verstanden habe, kannten Sie ihn doch gar nicht, Lady Celia.«

»*Wie* Captain Foulenough, meinte ich.«

»Ach so, jetzt begreife ich. Er hat sich für einen Freund von Ihnen ausgegeben, um zu Ihrer Party zu kommen.«

»Nein, nein. Captain Foolenough ist bloß eine komische Figur.«

»Dieser Mann scheint aber nichts Amüsantes gehabt zu haben. Ist Ihr Freund Komiker?«

»Nein, nein. Captain Foulenough ist eine fiktive Figur in einer englischen Zeitung. So was Ähnliches wie Popeye bei Ihnen.«

Der Senator hatte Messer und Gabel hingelegt. »Um es noch einmal zu rekapitulieren: Ein Hochstapler erschien auf Ihrer Party, und Sie haben ihn hereingelassen, weil er angeblich Ähnlichkeit mit einer erfundenen Comicfigur hatte.«

»Ja, ich glaube, darauf läuft es hinaus.«

Der Senator warf seiner Frau einen Blick zu, der zu besagen schien: »Wichtige Leute, ha!«

Dann hörte ich quer über den Tisch, wie Julia versuchte, dem Diplomaten die durch Heirat zustande gekommenen Verwandtschaftsgrade ihrer ungarischen und italienischen Cousins zu erläutern. Diamanten funkelten in ihrem Haar und an ihren Fingern, doch die Hände rollten nervös kleine Kügelchen aus Brot, und der sternengeschmückte Kopf war verzweifelt gesenkt.

Der Bischof erzählte mir von der freiwilligen Mission, die ihn nach Barcelona führen würde: »... ist es zu einer sehr, sehr dringlichen Klärung gekommen, Mr Ryder. Jetzt ist die Zeit da, sich auf einem breiteren Fundament neu aufzustellen. Ich habe mir vorgenommen, die sogenannten Anarchisten und die sogenannten Kommunisten miteinander auszusöhnen, und im Hinblick darauf haben mein Komitee und ich alle zugänglichen Quellen zu diesem Thema unter die Lupe genommen. Unser Urteil war einstimmig. Es gibt keine fundamentalen Unterschiede zwischen den beiden Ideologien. Es ist Charaktersache, Mr Ryder, und was Menschen getrennt haben, können Menschen auch wieder zusammenfügen...«

Auf der anderen Seite hörte ich: »Und darf ich mir die Frage erlauben, welche Institutionen die Expedition Ihres Mannes unterstützt haben?«

Die Frau des Diplomaten versuchte tapfer, den Bischof quer über den Abgrund, der sie voneinander trennte, in ein Gespräch zu ziehen.

»Welche Sprache werden Sie in Barcelona sprechen?«

»Die Sprache der Vernunft und der Brüderlichkeit, Madam«, wobei er sich wieder mir zuwandte. »Die Sprache des kommenden Jahrhunderts vollzieht sich im Geist, nicht in Worten. Stimmen Sie mir zu, Mr Ryder?«

»Gewiss«, sagte ich. »Gewiss.«

»Was sind schon Worte?«, meinte der Bischof.

»Genau.«

»Nichts als konventionelle Symbole, Mr Ryder, und wir leben in einem Zeitalter, das völlig zu Recht konventionellen Symbolen misstraut.«

Mir schwindelte es. Nach dem Papageienhausfieber auf der Party meiner Frau und den unergründeten Gefühlen des Nachmittags, nach all den anstrengenden Vergnügungen meiner Frau in New York und der monatelangen Einsamkeit in den dunstigen grünen Schatten des Dschungels war das jetzt einfach zu viel. Ich fühlte mich wie Lear auf der Heide, wie die Herzogin von Malfi, die von Verrückten bedrängt wird. Ich beschwor Katarakte und Wolkenbrüche, und wie von Zauberhand wurde mein Wunsch umgehend erhört.

Ob es die Nerven waren, die verrückt spielten, wusste ich zu diesem Zeitpunkt noch nicht, aber schon seit einer gewissen Zeit hatte ich eine wiederkehrende und hartnäckig zunehmende Bewegung verspürt – ein Heben und Beben des riesigen Speisesaals, ähnlich der Brust eines fest schlafenden Mannes. Jetzt wandte sich meine Frau zu mir um. »Entweder habe ich einen kleinen Schwips, oder der Seegang wird unangenehm«, und noch während sie es sagte, kippten wir auf unseren Stühlen zur Seite. Es folgten ein Krachen und das Klirren von herunterfallendem Besteck an der Wand, und im selben Moment gerieten alle Weingläser auf unserem Tisch ins Wanken und fielen um, während wir unsere Teller und Gabeln festhielten und uns gegenseitig mit einem Ausdruck ansahen, der zwischen blankem Entsetzen im Fall der Diplomatengattin und Erleichterung bei Julia schwankte.

Ungesehen, ungehört und unbemerkt von unserer abgeschnittenen und isolierten Welt hatte sich seit einer Stunde ein Sturm zusammengebraut, der jetzt drehte und uns mit voller Wucht traf.

Auf das Krachen folgte Stille, dann ein hohes, nervöses Lachen. Die Stewards bedeckten den verschütteten Wein mit Servietten. Wir versuchten, das Gespräch wiederaufzunehmen, doch wir alle warteten – so wie der rothaarige kleine Mann auf den Tropfen, der vom Schnabel des Schwans fiel – auf den nächsten Schlag, und als er kam, war er heftiger als der erste.

»Ich sage Ihnen jetzt lieber gute Nacht«, meinte die Frau des Diplomaten und stand auf.

Ihr Mann brachte sie zu ihrer Kajüte. Der Speisesaal leerte sich rasch. Bald saßen nur noch Julia, meine Frau und ich am Tisch, und als hätte sie meine Gedanken gelesen, sagte Julia: »Wie bei König Lear.«

»Nur dass jeder von uns alle drei auf einmal ist.«

»Was meinst du damit?«, fragte meine Frau.

»Lear, Kent, Narr.«

»Oh, das klingt ja genauso wie mein schreckliches Gespräch über Foulenough, mein Lieber. Versuch gar nicht erst, es zu erklären.«

»Ich bezweifle, dass ich es könnte«, sagte ich.

Wieder hob sich der Bug und stürzte dann jäh nach unten. Die Stewards banden viele Gegenstände fest, schlossen andere weg und brachten lose Dekorationen in Sicherheit.

»Nun, wir haben das Abendessen bis zum Ende durchgestanden und ein mustergültiges Beispiel für britische Gelassenheit abgegeben«, sagte meine Frau. »Lasst uns mal sehen, was sonst noch los ist.«

Auf dem Weg zum Aufenthaltsraum mussten wir uns einmal alle drei an eine Säule klammern, und als wir ankamen, fanden wir ihn fast verlassen vor. Die Band spielte, aber niemand tanzte. Die Tische waren fürs Bingospiel vorbereitet, doch kein Mensch holte sich eine Karte, und der Schiffsoffizier, der sich darauf spezialisiert hatte, die Nummern mit all den Sprüchen des Unterdecks zu garnieren – »süße sechzehn und keinen Kuss gesehn« – »Schlüssel zur Tür, einhundertvier« – »klickediklack, sieben im Sack« –, unterhielt sich müßig mit seinen Kollegen. Etwa zwanzig

Passagiere saßen im Raum verstreut und lasen ihre Romane, einige spielten Bridge, manche tranken Brandy im Rauchsalon, doch keiner unserer Gäste von vor zwei Stunden war zu sehen.

Eine Weile setzten wir drei uns in die Nähe der leeren Tanzfläche. Meine Frau schmiedete eifrig Pläne, wie wir, ohne unhöflich zu wirken, an einen anderen Tisch im Speisesaal wechseln könnten. »Es wäre verrückt, ins Restaurant zu gehen und für genau dasselbe Essen extra zu bezahlen«, sagte sie. »Abgesehen davon gehen nur Filmleute dort essen. Ich finde, so weit sollten wir es nicht kommen lassen.«

Plötzlich sagte sie: »So langsam bekomme ich Kopfschmerzen, und außerdem bin ich müde. Ich gehe zu Bett.«

Julia stand ebenfalls auf. Ich drehte noch eine Runde um das Schiff, auf einem der geschützten Decks, wo der Wind heulte und die Gischt aus der Dunkelheit aufwallte, um dann weiß und braun gegen die gläsernen Wände zu klatschen. Man hatte Wachen aufgestellt, um die Passagiere daran zu hindern, die offenen Decks zu betreten. Schließlich ging auch ich nach unten.

In meinem Ankleidezimmer war alles Zerbrechliche weggeschlossen worden. Die Tür zur Kajüte war offen und mit einem Haken gesichert. Meine Frau rief mir mit klagender Stimme zu:

»Mir ist furchtbar übel. Ich wusste nicht, dass große Schiffe so schrecklich ins Schwanken geraten können«, sagte sie. In ihren Augen spiegelten sich Bestürzung und Groll, wie bei einer Frau, die, als ihre Zeit gekommen ist, feststellen muss, dass sie den Wehen nicht entkommen wird, ganz gleich, wie luxuriös die Entbindungsstation und wie gut bezahlt der Arzt ist. Das Auf und Ab des Schiffes kam jetzt so regelmäßig wie die Schmerzen bei einer Geburt.

Ich schlief nebenan, besser gesagt, ich lag dort zwischen Traum und Wachen. In einer schmalen Koje, auf einer harten Matratze, hätte ich vielleicht Ruhe finden können, doch hier waren die Betten breit und weich. Ich sammelte alle Kissen, die ich finden konnte, und versuchte, mir damit einen festeren Halt zu verschaffen, wurde aber die ganze Nacht vom Schaukeln und Stampfen des Schiffes hin- und hergeworfen – mittlerweile hob und senkte es sich nicht nur, sondern schlingerte auch nach rechts und links –, und in meinem Kopf hallte das unablässige Ächzen und Donnern wider.

Etwa eine Stunde vor dem Morgengrauen stand meine Frau einmal wie ein Gespenst in der Tür, hielt sich mit einer Hand am Rahmen fest und fragte: »Bist du wach? Kannst du nicht irgendetwas tun? Könntest du mir etwas vom Schiffsarzt besorgen?«

Ich klingelte nach dem Nachtsteward. Er brachte ihr ein in Wasser aufgelöstes Mittel, das ihr ein wenig Linderung verschaffte.

Und die ganze Nacht, die ich zwischen Traum und Wachen verbrachte, dachte ich an Julia. In meinen flüchtigen Träumen nahm sie alle möglichen phantastischen, schrecklichen oder obszönen Gestalten an, in meine wachen Gedanken aber kehrte sie mit dem traurigen, sternenfunkelnden Kopf zurück, so, wie ich sie beim Abendessen gesehen hatte.

In der Morgendämmerung schlief ich für ein oder zwei Stunden ein und erwachte dann mit klarem Kopf und einem Gefühl erwartungsvoller Vorfreude.

Der Wind habe ein wenig nachgelassen, sagte der Steward, blase aber noch immer heftig. Dazu kam schwerer Wellengang, »und nichts ist schlimmer für die Passagiere als schwerer Wellengang«, setzte er hinzu. »Heute Morgen wollte kaum jemand frühstücken.«

Ich warf einen Blick in die Kabine meiner Frau, sah, dass sie schlief, und schloss die Tür zwischen uns. Dann aß ich Lachs-Kedgeree und kalten Bradenham-Schinken und bestellte telefonisch einen Barbier, um mich rasieren zu lassen.

»Im Salon wurde alles Mögliche für die Dame abgegeben«, sagte der Steward. »Soll ich es vorerst dort lassen?«

Ich ging nachsehen. Es handelte sich um eine zweite Welle zellophanverpackter Geschenke aus den Geschäften an Bord; manche waren per Funk bestellt worden, von Freunden aus New York, deren Sekretärinnen vergessen hatten, sie an unser Abreisedatum zu erinnern, andere hatten unsere Gäste in Auftrag gegeben, nachdem sie die Cocktailparty verlassen hatten. Es war kein Tag für Blumenvasen. Ich sagte ihm, er solle alles auf dem Boden liegenlassen, dann kam ich auf eine Idee, entfernte die Karte von Mr Kramms Rosen und schickte sie mit besten Grüßen an Julia.

Sie rief an, während ich mich rasieren ließ.

»Was für eine Schande, Charles! Das passt nicht zu dir!«

»Gefallen sie dir nicht?«

»Was soll ich an einem solchen Tag mit Rosen anfangen?«

»Dran riechen.«

Es folgte eine Pause und das Rascheln von Papier, während sie sie auspackte. »Sie duften kein bisschen.«

»Was hast du gefrühstückt?«

»Muskatellertrauben und Cantaloupe-Melone.«
»Wann kann ich dich sehen?«
»Vor dem Lunch. Bis dahin habe ich eine Masseurin hier.«
»Eine Masseurin?«
»Ja, ist das nicht kurios? Ich habe mich noch nie massieren lassen, bis auf ein einziges Mal, als ich mir bei der Jagd die Schulter verletzt hatte. Warum benehmen sich auf einem Schiff bloß alle Leute so, als wären sie Filmstars?«
»Ich nicht.«
»Und was ist mit diesen äußerst peinlichen Rosen?«
Der Barbier erledigte seine Arbeit außerordentlich geschickt – man könnte sogar sagen, geschmeidig, denn manchmal stand er wie ein Fechter in einem Ballett auf der Spitze eines Fußes, dann wieder auf dem anderen, schnippte lässig den Schaum von der Klinge und beugte sich wieder über mein Kinn, obwohl sich das Schiff gerade aufrichtete. Ich selbst hätte es nicht gewagt, mich unter diesen Umständen zu rasieren.
Erneut klingelte das Telefon.
Es war meine Frau.
»Wie geht's dir, Charles?«
»Ich bin müde.«
»Kommst du nicht rüber?«
»Ich war schon da. Aber ich komme wieder.«
Ich brachte ihr die Blumen aus dem Salon. Sie vervollständigten den Eindruck einer Entbindungsstation, die sie in der Kajüte geschaffen hatte. Sogar die Stewardess erinnerte an eine Hebamme, als sie so neben dem Bett stand, ein Pfeiler aus gestärktem Leinen und Haltung. Meine Frau drehte ihren Kopf auf dem Kissen und lächelte matt, dann streckte

sie einen nackten Arm aus und strich mit den Fingerspitzen über das Zellophan und die Seidenschleifen des größten Buketts. »Wie nett die Leute sind«, sagte sie schwach, als wäre der Sturm ihr privates Unglück, zu dem ihr die Welt voller Mitgefühl kondolierte.

»Ich nehme an, du stehst nicht auf.«

»O nein, Mrs Clark ist so reizend.« Sie hatte die Gabe, immer ganz schnell die Namen des Personals zu lernen. »Mach dir keine Sorgen. Komm nur einfach ab und zu vorbei und erzähl mir, was es Neues gibt.«

»Lieber nicht«, sagte die Stewardess zu ihr, »je weniger wir gestört werden, umso besser.«

Meine Frau schien sogar aus der Seekrankheit einen heiligen, weiblichen Ritus zu machen.

Julias Kajüte, das wusste ich, befand sich irgendwo unter der unsrigen. Ich wartete neben dem Aufzug am Hauptdeck auf sie; als sie kam, drehten wir eine Runde auf der Promenade. Ich hielt mich am Geländer fest, und sie umfasste meinen freien Arm. Das Gehen war anstrengend; durch das triefende Glas sahen wir eine verzerrte Welt aus grauem Himmel und schwarzem Wasser. Als das Schiff einmal heftig schlingerte, schwang ich sie nach vorn, damit sie sich mit der anderen Hand am Geländer festhalten konnte. Das Heulen des Windes klang gedämpfter, doch das ganze Schiff ächzte unter der Belastung. Wir gingen einmal ganz herum, dann sagte Julia: »Es hat keinen Zweck. Diese Frau hat mich so durchgewalkt... und ich war schon vorher furchtbar schlapp. Setzen wir uns irgendwohin.«

Die großen Bronzetüren zum Aufenthaltsraum hatten sich losgerissen und schwangen zum Schlingern des Schiffes auf und zu. In regelmäßigen Abständen und scheinbar unaufhaltsam öffnete und schloss sich erst die eine, dann die andere; nach Vollendung eines Halbkreises hielten sie inne, setzten sich langsam wieder in Bewegung und knallten schließlich schnell und wuchtig zu. Es war nicht wirklich gefährlich, sie zu passieren, es sei denn, man rutschte aus und würde von diesem letzten raschen Schlag erwischt. Man hatte Zeit genug, ohne Eile hindurchzugehen, trotzdem lag etwas Abschreckendes im Anblick dieses tonnenschweren Metalls, das unkontrolliert hin- und herschwang. Eine schreckhafte Person hätte vielleicht einen Rückzieher gemacht oder wäre rasch hindurchgeschlüpft. Ich ging neben Julia her, spürte ihre Hand, die ganz ruhig auf meinem Arm lag, und freute mich, dass es ihr nicht das Geringste ausmachte.

»Bravo«, sagte ein Mann, der nicht weit entfernt saß. »Ich muss gestehen, dass ich lieber den anderen Eingang genommen habe. Irgendwie gefiel mir der Anblick dieser Türen nicht. Man versucht schon den ganzen Morgen, sie zu reparieren.«

Nur wenige Passagiere ließen sich an diesem Tag blicken, und diese wenigen machten den Eindruck, als wären sie aus gegenseitiger Hochachtung kameradschaftlich miteinander verbunden. Sie unternahmen nichts Besonderes, saßen nur verdrießlich in ihren Lehnsesseln, tranken hin und wieder etwas und beglückwünschten sich gegenseitig dazu, dass sie nicht seekrank waren.

»Sie sind die erste Dame, die ich sehe«, sagte der Mann.

»Ich habe Glück«, sagte sie.

»*Wir* haben Glück«, gab er zurück und machte eine Bewegung, die mit einer Verbeugung begann und mit einem Kniefall endete, als der Löschpapierboden zwischen uns abrupt zur Seite kippte. Das Schlingern trug uns von ihm fort, aneinandergeklammert, aber noch immer auf den Beinen, und so setzten wir uns dort, wo unser Tanz uns hingeführt hatte, schnell hin, auf der anderen Seite des Saals, wo niemand sonst saß. Man hatte ein Netz von Rettungsleinen im Aufenthaltsraum gezogen, so dass wir uns vorkamen wie Boxer in den Seilen des Rings.

Der Steward erschien. »Das Übliche, Sir? Whisky und leicht temperiertes Wasser, glaube ich. Und für die Dame? Darf ich einen Schluck Champagner empfehlen?«

»Weißt du, es ist schrecklich, aber ich würde tatsächlich sehr gern Champagner trinken«, sagte Julia. »Was für ein Luxusleben – Rosen, eine halbe Stunde mit einer Faustkämpferin und jetzt auch noch Champagner.«

»Ich wünschte, du würdest die Rosen nicht weiter erwähnen. Es war ohnehin nicht meine Idee. Irgendwer hatte sie Celia geschickt.«

»Oh, das ist was anderes. Damit bist du entschuldigt. Aber es macht die Massage noch schlimmer.«

»Ich habe mich im Bett rasieren lassen.«

»Ich bin froh wegen der Rosen«, sagte Julia. »Ehrlich gesagt waren sie ein Schock. Ich dachte schon, wir wären mit dem falschen Fuß aufgestanden.«

Ich wusste, was sie meinte. In diesem Moment fühlte ich mich, als hätte ich den Staub und den Schmutz der letzten zehn dürren Jahre zumindest zum Teil abgeschüttelt. Damals wie immer, wenn sie mit mir sprach – ob in Halbsätzen, einzelnen Worten, umgangssprachlichen Redewendungen, mit einem kaum wahrnehmbaren Zug um Augen oder

Mund, egal, wie unaussprechlich der jeweilige Gedanke war, wie schnell oder wie weit vom eigentlichen Thema entfernt, wie tief er von der Oberfläche auf den Grund gesunken war, was häufig vorkam –, selbst an jenem Tag, als ich noch still am äußersten Abgrund der Liebe stand, wusste ich, was sie meinte.

Wir tranken unseren Champagner, und wenig später hangelte sich unser neuer Freund an einer Rettungsleine entlang auf uns zu.

»Darf ich mich zu Ihnen setzen? Es gibt nichts Besseres als schlechtes Wetter, um Leute zusammenzubringen. Das ist meine zehnte Überfahrt, aber so etwas habe ich noch nicht erlebt. Ich sehe, dass Sie eine erfahrene junge Seereisende sind, meine Dame.«

»Nein. Tatsächlich bin ich vor meiner Reise nach New York nie zur See gefahren, abgesehen natürlich von den Überfahrten auf dem Ärmelkanal. Mir ist nicht flau im Magen, Gott sei Dank, ich bin nur müde. Zuerst dachte ich, es käme von der Massage, aber allmählich glaube ich, es ist das Schiff.«

»Meine Frau hat es übel erwischt. Und sie hat viel Erfahrung mit Seereisen. Da kann man mal sehen, nicht?«

Er setzte sich auch beim Lunch zu uns, und es machte mir nichts aus. Offensichtlich hatte er Interesse an Julia und hielt uns für ein Paar. Dieses Missverständnis, aber auch seine galante Art brachten Julia und mich einander irgendwie näher. »Ich habe Sie beide gestern Abend am Kapitänstisch gesehen«, sagte er. »Zusammen mit den hohen Tieren.«

»Sehr langweiligen hohen Tieren.«

»Das haben sie so an sich, wenn Sie mich fragen. Erst wenn

man in einen Sturm wie diesen gerät, stellt sich heraus, was die Menschen wirklich ausmacht.«

»Sie haben wohl eine Vorliebe für tüchtige Seereisende, wie?«

»Nun, so ist das wohl nicht ganz treffend formuliert – was ich meine, ist, der Sturm bringt die Menschen zusammen.«

»Ja.«

»Nehmen Sie uns zum Beispiel. Ohne den Sturm hätten wir uns niemals kennengelernt. Als ich jung war, hatte ich einige sehr romantische Begegnungen auf See. Wenn die Dame entschuldigt, würde ich Ihnen gern von einem kleinen Abenteuer im Löwengolf erzählen.«

Wir waren beide müde. Schlafmangel, der unaufhörliche Lärm und die Anstrengung, die jede Bewegung erforderte, hatten uns erschöpft. So verbrachten wir den Nachmittag getrennt in unseren Kajüten. Ich schlief ein, und als ich wieder wach wurde, war die See genauso aufgewühlt wie vorher. Tintenfarbene Wolken fegten über uns hinweg, und über das Fenster strömte immer noch das Wasser, aber im Schlaf hatte ich mich an den Sturm gewöhnt, hatte seinen Rhythmus zu meinem eigenen gemacht und war ein Teil davon geworden. Beim Aufwachen fühlte ich mich stark und zuversichtlich und stellte fest, dass Julia bereits auf war und es ihr genauso ging.

»Was meinst du?«, fragte sie. »Dieser Mann will heute Abend im Rauchersalon eine kleine spontane Party für alle wackeren Seereisenden geben. Er hat mich eingeladen, meinen Mann mitzubringen.«

»Sollen wir hingehen?«

»Natürlich ... ich frage mich, ob ich mich jetzt so fühlen muss wie die Dame, der unser Freund auf dem Weg nach Barcelona begegnet ist. Aber ich tue es nicht, Charles, kein bisschen.«

Achtzehn Personen erschienen auf der spontanen Party. Nichts verband uns, bis auf die Widerstandskraft gegen Seekrankheit. Wir tranken Champagner, als unser Gastgeber plötzlich meinte: »Ich sag Ihnen was, ich habe alles fürs Roulette dabei. Das Dumme ist, wir können nicht in meine Kajüte, wegen meiner Frau, und in der Öffentlichkeit sind Glücksspiele verboten.«

So verlegten wir die Party in meinen Salon und spielten mit kleinen Einsätzen bis spät in die Nacht. Als Julia ging, hatte unser Gastgeber zu viel getrunken, um sich noch darüber zu wundern, dass sie und ich nicht dieselben Räume bewohnten. Als alle bis auf ihn gegangen waren, schlief er in seinem Sessel ein, und ich ließ ihn einfach dort sitzen. Das war das Letzte, was ich von ihm sah, denn später – erzählte mir der Steward, nachdem er die Roulette-Sachen in die Kabine des Mannes zurückgebracht hatte – war er im Gang gestürzt, hatte sich den Oberschenkelhals gebrochen und musste auf die Krankenstation des Schiffes gebracht werden.

Den ganzen nächsten Tag verbrachten Julia und ich ohne Unterbrechung zusammen. Wir redeten, fast ohne uns zu bewegen, durch die Dünung des Meeres an unsere Sessel gefesselt. Nach dem Lunch zogen sich die letzten standhaften Passagiere zur Mittagsruhe zurück, und wir waren allein, als hätte man alles für uns geräumt, als hätte ein Taktgefühl von titanischen Ausmaßen jedermann veranlasst, auf

Zehenspitzen hinauszuschleichen, damit wir uns selbst überlassen blieben.

Die Bronzetüren des Gesellschaftsraums waren mittlerweile repariert, allerdings hatten sich zwei Matrosen dabei ernsthaft verletzt. Sie hatten verschiedene Möglichkeiten ausprobiert, zuerst Taue, und später, als das nicht funktionierte, Stahltrossen, doch es gab nichts, woran man diese hätte befestigen können. Am Ende hatten sie in dem kurzen Moment, in dem die Türflügel ganz offen waren, Holzkeile daruntergetrieben. Sie hielten.

Als Julia vor dem Abendessen in ihre Kajüte ging, um sich frisch zu machen (niemand zog sich an diesem Abend um), ging ich mit: unaufgefordert, unwidersprochen, nicht unerwartet. Hinter der geschlossenen Tür nahm ich sie in die Arme und küsste sie zum ersten Mal. Es veränderte die Stimmung des Nachmittags nicht im Geringsten. Als ich später darüber nachdachte, während ich mich zum Auf und Ab des Schiffes in jener langen, einsamen, schlaftrunkenen Nacht in meinem Bett herumwälzte, erinnerte ich mich an andere Zeiten der Liebe in den letzten – toten – zehn Jahren. Wie ich die Krawatte gebunden hatte, bevor ich aus dem Haus ging, eine Gardenie ins Knopfloch steckte, wie ich den Abend plante und dabei dachte: Zu diesem oder jenem Zeitpunkt, bei dieser oder jener Gelegenheit werde ich die Startlinie überschreiten und zum Angriff übergehen, egal, wie es ausgeht. Diese Phase der Schlacht hat nun lange genug gedauert, hatte ich mir damals gesagt, jetzt muss eine Entscheidung fallen. Mit Julia gab es keine Phasen, keine Startlinie, keine Taktik, nichts.

Doch als sie an diesem Abend schlafen ging und ich sie zur Tür ihrer Kajüte brachte, wies sie mich zurück.

»Nein, Charles, noch nicht. Vielleicht niemals. Ich weiß es nicht. Ich weiß nicht, ob ich Liebe will.«

Doch dann rührte mich etwas an, ein Geist aus jenen toten zehn Jahren, der noch umging – denn man stirbt nicht, auch nicht nur ein bisschen, ohne etwas zu verlieren –, und ich sagte: »Liebe? Ich erwarte keine Liebe.«

»O doch, Charles, das tust du«, sagte sie, strich mir sanft über die Wange und schloss dann die Tür.

Und ich taumelte zurück, prallte erst gegen eine Wand, dann gegen die andere in diesem langen, sanft beleuchteten, leeren Gang. Denn der Sturm, so schien es, hatte die Form eines Rings; den ganzen Tag waren wir durch sein ruhiges Zentrum gefahren, doch jetzt hatte sich seine Wut wieder gegen uns gerichtet – und diese Nacht war rauher als die zuvor.

Zehn Stunden Reden: Was hatten wir uns zu sagen? Meistens ging es um schlichte Fakten, die Zusammenfassung unserer beider Leben, die so lange weit voneinander getrennt verlaufen waren und nun miteinander verknüpft wurden. Während der ganzen sturmgepeitschten Nacht ging ich in Gedanken immer wieder durch, was sie gesagt hatte. Jetzt war sie nicht länger einmal Sukkubus und dann wieder sternenfunkelnde Vision wie in der Nacht zuvor, sondern hatte alles, was sie aus ihrer Vergangenheit weitergeben konnte, in meine Hände gelegt. Sie erzählte mir von ihrer Verlobungszeit und Ehe, Dinge, die ich schon geschildert habe; sie erzählte mir von ihrer Kindheit, als blätterte sie liebevoll in den Seiten eines alten Kinderbuchs. Ich durchlebte lange, sonnige Tage mit ihr auf den Wiesen, wo Nanny Hawkins auf ihrem Faltstuhl saß und Cordelia im Kinderwagen schlief, verbrachte stille Nächte unter der Kuppel von Brideshead, wo die Heiligenbilder rings um das Bett verblassten, wenn die Nachtlampen niederbrannten und die knackenden Scheite im Kamin zu Asche zerfielen. Sie erzählte von dem Leben mit Rex und der heimlichen, verwerflichen, katastrophalen Eskapade, die sie nach New York geführt hatte. Auch sie hatte tote Jahre hinter sich. Sie erzählte mir von dem langen Kampf mit Rex um ein Kind. Zuerst wollte sie eins, erfuhr aber nach etwa einem Jahr, dass sie sich operieren lassen müsste, um dazu in der Lage zu sein. Inzwischen war die Liebe zwischen ihnen verflogen, trotzdem wollte er noch immer sein Kind, und als sie schließlich tatsächlich schwanger wurde, kam es tot zur Welt.

»Rex war nie absichtlich rücksichtslos«, sagte sie. »Es ist nur so, dass er eigentlich kein richtiger Mensch ist. Er besteht aus ein paar hochentwickelten Fähigkeiten eines Menschen; der Rest fehlt ganz einfach. Er konnte nicht nachvollziehen, warum es mich verletzte, als ich zwei Monate nach der Rückkehr von unserer Hochzeitsreise nach London erfuhr, dass er immer noch in Verbindung mit Brenda Champion stand.«

»Ich war froh, als ich feststellte, dass Celia mich betrogen hatte«, sagte ich. »Damit, so schien mir, hatte ich ein Recht darauf, sie nicht zu mögen.«

»Hat sie das getan? Und magst du sie tatsächlich nicht? Da bin ich froh. Ich mag sie auch nicht. Warum hast du sie dann geheiratet?«

»Körperliche Anziehung. Berechnung. Alle fanden, dass sie die ideale Frau für einen Maler ist. Einsamkeit, Sehnsucht nach Sebastian.«

»Du hast ihn geliebt, nicht?«
»O ja. Er war der Vorläufer.«
Julia verstand.

Das Schiff ächzte und bebte, hob und senkte sich. Meine Frau rief aus dem Nachbarzimmer: »Charles, bist du da?«
»Ja.«
»Ich habe so lange geschlafen. Wie spät ist es?«
»Halb vier.«
»Es ist immer noch nicht besser, wie?«
»Schlimmer.«
»Es geht mir trotzdem besser. Glaubst du, sie würden mir ein bisschen Tee bringen, wenn ich läute?«

Ich bat den Nachtsteward, ihr Tee und Biskuits zu bringen.

»Hast du einen netten Abend gehabt?«
»Alle sind seekrank.«
»Armer Charles. Dabei hätte es eine so schöne Reise sein können. Vielleicht klart es morgen auf.«

Ich schaltete das Licht aus und schloss die Tür.

Zwischen Traum und Wachen, unter dem Vibrieren, Ächzen und Stampfen lag ich die ganze lange Nacht hindurch unbeweglich auf dem Rücken, mit gespreizten Armen und Beinen, um mich gegen das Schlingern zu wappnen, und dachte an Julia.

»... Wir glaubten, Papa käme nach Mummys Tod vielleicht nach England zurück oder würde ein zweites Mal heiraten, aber er lebt einfach genauso weiter wie zuvor. Rex und ich besuchen ihn mittlerweile häufig. Ich mag ihn ganz gern ... Sebastian ist komplett verschwunden ... Cordelia mit dem Roten Kreuz in Spanien ... Bridey führt sein eigenes, sonderbares Leben. Er hätte Brideshead am liebsten ganz geschlossen, nachdem Mummy gestorben war, aber davon wollte Papa aus irgendwelchen Gründen nichts wissen, deshalb sind Rex und ich dort hingezogen, und Bridey hat sich zwei Zimmer unter der Kuppel genommen, neben Nanny Hawkins, in den ehemaligen Kinderzimmern. Er ist wie eine Figur von Čechov. Manchmal begegnet man ihm beim Verlassen der Bibliothek oder auf der Treppe – ich weiß nie genau, wann er zu Hause ist –, hin und wieder erscheint er zum Abendessen wie ein Geist, völlig unerwartet.

... Ach ja, Rex und seine Partys! Politik und Geld. Sie unternehmen nichts, ohne sich dafür bezahlen zu lassen, und wenn sie um den See gehen, schließen sie Wetten ab, wie viele Schwäne sie sehen werden ... Dann sitzen sie bis zwei Uhr wach, unterhalten die von Rex eingeladenen Frauen und lauschen dem neuesten Tratsch. Die Frauen spielen endlos Backgammon, die Männer dagegen lieber Karten, und sie rauchen Zigarren. Dieser Zigarrenrauch. Ich kann ihn in meinem Haar riechen, wenn ich morgens aufwache; er sitzt in meinen Kleidern, wenn ich mich abends umziehe. Rieche ich jetzt auch danach? Glaubst du, dass die Frau, die mich massiert hat, ihn in meiner Haut spüren konnte?

... Zuerst begleitete ich Rex, wenn er seine Freunde besuchte. Heute zwingt er mich nicht mehr dazu. Er schämte sich meiner, als er merkte, dass ich nicht die Rolle spielte, die er sich gewünscht hatte, schämte sich auch für sich selbst, weil er auf mich hereingefallen war. Er hatte die Katze im Sack gekauft. Er versteht mich einfach nicht, aber immer, wenn er zu dem Schluss gekommen ist, dass es nichts zu verstehen gibt, und er sich etwas wohler fühlt, kommt die nächste Überraschung – ein Mann oder sogar eine Frau, die er respektiert, fressen einen Narren an mir, und plötzlich wird ihm klar, dass es eine ganze Welt von Dingen gibt, die wir verstehen und er nicht... Er hat sich wahnsinnig aufgeregt, als ich weggegangen bin. Er wird entzückt sein, mich wiederzuhaben. Ich war ihm immer treu, bis auf diese letzte Affäre. Es geht nichts über eine gute Erziehung. Stell dir vor, letztes Jahr, als ich glaubte, schwanger zu sein, habe ich beschlossen, mein Kind katholisch zu erziehen. Ich hatte vorher nicht viel über Religion nachgedacht und nachher auch nicht, aber in der Zeit, als ich kurz vor der Geburt stand, dachte ich: Das ist etwas, das ich ihr mitgeben kann. Mir selbst scheint es nicht viel Gutes gebracht zu haben, aber mein Kind soll es haben. Es war komisch, jemandem etwas geben zu wollen, das man selbst verloren hat. Am Ende war sogar das unmöglich: Ich konnte ihr nicht einmal das Leben schenken. Ich habe sie nie gesehen. Ich war zu krank, um zu verstehen, was los war, und später wollte ich lange nicht darüber sprechen, bis heute. Es war ein kleines Mädchen, deshalb war es für Rex nicht so schlimm, dass es tot zur Welt kam.

Ich bin also schon dafür bestraft worden, dass ich Rex geheiratet habe. Du siehst, ich kann all das – Tod, Jüngstes Gericht, Himmel, Hölle, Nanny Hawkins und den Katechismus – nicht wirklich ablegen. Man verinnerlicht es, wenn es einem früh genug eingetrichtert wird. Trotzdem wollte ich, dass mein Kind es bekommt... und jetzt werde ich vermutlich bestraft für das, was ich gerade getan habe. Vielleicht ist das der Grund, warum wir uns hier über den Weg gelaufen sind... als Teil eines Plans.«

Das war ungefähr das Letzte, was sie zu mir sagte – »Teil eines Plans« –, ehe wir nach unten gingen und ich mich an der Tür ihrer Kajüte verabschiedete.

Am nächsten Tag hatte der Wind erneut nachgelassen, und erneut schaukelten wir in der Dünung. Jetzt redete man weniger von Seekrankheit als von gebrochenen Knochen. Viele Passagiere waren nachts gestürzt oder hatten böse Unfälle auf Badezimmerböden gehabt.

An diesem Tag sprachen wir nur wenig, zum einen, weil wir uns am Tag davor so viel erzählt hatten, zum anderen, weil das, was wir uns zu sagen hatten, nur wenige Worte brauchte. Wir hatten unsere Bücher, und Julia fand ein Spiel, das ihr gefiel. Wenn einer von uns nach einem langen Schweigen das Wort ergriff, stellten wir fest, dass unsere Gedanken dicht beisammengeblieben waren.

Einmal sagte ich: »Du wachst über deine Traurigkeit.«

»Mehr habe ich nicht verdient. Das hast du gestern gesagt. Sie ist mein Lohn.«

»Ein Schuldschein des Lebens. Mit dem Versprechen, dafür zu bezahlen, wenn es von dir verlangt wird.«

Gegen Mittag hörte es auf zu regnen. Am Abend brach die Wolkendecke auf. Plötzlich flutete die Sonne von hinten in den Aufenthaltsraum, wo wir saßen, und beschämte alle Lampen.

»Sonnenuntergang«, sagte Julia. »Das Ende unseres Tages.«

Sie stand auf und führte mich ans Oberdeck, obgleich das Rollen und Schlingern des Schiffes scheinbar unvermindert anhielt. Sie hakte sich bei mir ein und schob ihre Hand in meiner Manteltasche in die meine. Das Deck lag trocken und leer vor uns. Nur die durch das fahrende Schiff erzeugte Brise strich darüber hinweg. Während wir uns langsam und mühsam vorwärtskämpften, weg von den umherschwirrenden Rußpartikeln aus dem Schornstein, wurden wir immer wieder erst gegeneinandergestoßen und dann voneinander fortgerissen, fast auseinandergezerrt, ohne dass sich jedoch unsere Arme und Finger voneinander lösten. Ich hielt mich am Geländer fest, und Julia klammerte sich an mich. Wieder rempelten wir uns gegenseitig an, wurden voneinander weggezerrt, und dann folgte ein Sturz, der steiler war als die vorangegangenen und mich gegen sie schleuderte. Ich presste sie gegen das Geländer und stützte mich ab, mit ausgebreiteten Armen, die sie auf beiden Seiten gefangen hielten, so dass, als das Schiff am Ende des Sturzes einen Moment lang innehielt, als wollte es Kraft für den Aufstieg sammeln, wir uns umarmt hielten, unter freiem Himmel, Wange an Wange, und ihr Haar über meine Augen flatterte. Der dunkle Horizont tosenden Wassers, das jetzt mit Gold gesprenkelt war, stand einen Moment still über uns, ehe er sich donnernd überschlug und ich durch Julias Haar hindurch in einen weiten, goldenen Himmel sah. Dann wurde sie gegen meine Brust gedrückt, von meinen Händen auf dem Geländer festgehalten, das Gesicht noch immer an das meine geschmiegt.

In dieser Minute, als ihre Lippen mein Ohr berührten und ich ihren heißen Atem im Salzwind spürte, flüsterte Julia, obwohl ich kein Wort gesagt hatte: »Ja, jetzt«, und als das Schiff sich wieder gerade richtete und wir einen Moment lang durch ruhigeres Wasser kamen, führte sie mich nach unten.

Dies war nicht die Zeit für süßen Luxus; sie würde später kommen, mit den Schwalben und den Lindenblüten. Jetzt, auf dem rauhen Wasser, musste man die Form wahren, nichts weiter. Es war, als wäre eine Übertragung ihrer schmalen Hüften auf mich vereinbart und besiegelt worden. Zum ersten Mal betrat ich als Eigentümer ein Land, das ich später erst ausgiebig genießen und erforschen würde.

In dieser Nacht aßen wir ganz oben, im Restaurant des Schiffes, und beobachteten durch die Fenster am Bug, wie die Sterne aufgingen und über den Himmel zogen, so wie ich sie, das fiel mir jetzt wieder ein, einmal über die Dächer und Türme von Oxford hatte ziehen sehen. Die Stewards versprachen, dass am nächsten Abend die Kapelle wieder spielen und das Restaurant gut gefüllt sein würde. Wenn wir einen guten Tisch haben wollten, sollten wir ihn lieber jetzt schon reservieren, rieten sie uns.

»Ach je«, sagte Julia, »wo sollen wir uns bei schönem Wetter verstecken, wir Waisen des Sturms?«

In dieser Nacht verließ ich sie nicht, doch als ich am nächsten Morgen in aller Frühe durch den Gang zu meiner Kajüte zurückkehrte, merkte ich, dass ich ohne Probleme gehen konnte. Das Schiff glitt mühelos durch die spiegelglatte See, und ich wusste, dass es um unsere Einsamkeit geschehen war.

»Charles, Charles, mir geht es wieder gut«, rief meine Frau fröhlich aus ihrer Kabine. »Was glaubst du, was ich zum Frühstück bestellt habe?«

Ich ging nachsehen. Sie aß ein Beefsteak.

»Ich habe mich schon beim Friseur angemeldet – stell dir

vor, ich muss bis vier Uhr nachmittags warten, so viel haben sie plötzlich zu tun. Vor heute Abend kann ich mich also nicht blicken lassen, aber vormittags kommen uns jede Menge Leute besuchen, und außerdem habe ich Miles und Janet zum Mittagessen in unseren Salon eingeladen. Ich fürchte, ich war dir in den letzten zwei Tagen keine gute Ehefrau. Was hast du in der Zeit gemacht?«

»An einem ziemlich lustigen Abend haben wir bis um zwei Uhr nachts Roulette gespielt, hier im Salon, und unser Gastgeber ist eingeschlafen.«

»Liebe Güte. Klingt ja sehr anrüchig. Hast du dich auch anständig benommen, Charles? Du hast doch wohl nicht mit einer Sirene angebändelt, oder?«

»Es waren kaum Frauen da. Die meiste Zeit habe ich mit Julia verbracht.«

»Ah, gut. Ich wollte euch ohnehin miteinander bekannt machen. Sie ist eine meiner Freundinnen, bei denen ich sicher war, dass du sie mögen würdest. Ich nehme an, du warst ein Geschenk des Himmels für sie. Es ging ihr in letzter Zeit nicht besonders gut. Vermutlich hat sie es nicht erwähnt, aber …« Dann lieferte mir meine Frau die gängige Version von Julias Reise nach New York. »Ich lade sie zum Cocktail heute Vormittag ein«, schloss sie.

Julia kam mit den anderen, und jetzt war es schon ein Glück, ihr nur nahe sein zu können.

»Wie ich höre, hast du dich um meinen Mann gekümmert«, sagte meine Frau.

»Ja, wir haben uns sehr angefreundet. Er, ich und ein Mann, dessen Namen wir nicht kennen.«

»Mr Kramm! Was ist denn mit Ihrem Arm passiert?«

»Ich bin im Badezimmer zu Boden gefallen«, sagte Mr Kramm und erklärte lang und breit, wie er gestürzt war.

An diesem Abend kam der Kapitän zum Essen herunter, und somit war der Kreis komplett, denn es waren auch die Gäste da, die die Plätze neben dem Bischof beanspruchten, zwei Japaner, die großes Interesse an seinem Weltverbrüderungsprojekt zeigten. Der Kapitän neckte Julia wegen ihrer Standhaftigkeit im Sturm und bot an, sie als Matrose anzuheuern; nach Jahren als Seemann hatte er Witze für jede Gelegenheit parat. Bei meiner Frau, die frisch aus dem Schönheitssalon kam, hatten die drei Tage Übelkeit keine Spuren hinterlassen, und in den Augen vieler schien sie sogar Julia zu übertrumpfen, deren Traurigkeit einer unerklärlichen Zufriedenheit und Ruhe gewichen war; unerklärlich für alle außer für mich. Sie und ich saßen getrennt von der großen Runde allein zusammen, dicht aneinandergeschmiegt, so wie wir die Nacht zuvor engumschlungen verbracht hatten.

An diesem Abend herrschte eine festliche Stimmung an Bord. Obwohl man im Morgengrauen hätte aufstehen müssen, um die Koffer zu packen, schienen heute alle entschlossen, den Luxus zu genießen, den der Sturm ihnen bislang verweigert hatte. Allein sein war unmöglich. Jede Ecke des Schiffes war voll, Tanzmusik und hohe, aufgeregte Stimmen, die durcheinanderredeten, Stewards, die mit Tabletts voller Gläser hin- und herflitzten, die Stimme des für das Bingospiel verantwortlichen Offiziers – Kellys Ei, Nummer zwei; Beine, elf, tanzen schnell, und jetzt schütteln wir den Sack – Mr Stuyvesant Oglander trug eine Papiermütze auf dem Kopf, Mr Kramm seinen Gipsverband am Arm, die beiden Japaner warfen würdevoll Luftschlangen und zischten wie Gänse.

Ich sprach nicht mit Julia allein, den ganzen Abend nicht. Am nächsten Tag trafen wir uns kurz auf der Steuerbordseite des Schiffs, als alle nach Backbord drängten, um die Zollbeamten an Bord kommen zu sehen und die grüne Küste von Devon zu bewundern.

»Was hast du für Pläne?«

»Eine Weile bleibe ich noch in London«, sagte sie.

»Celia will direkt nach Hause, um die Kinder zu sehen.«

»Du auch?«

»Nein.«

»Also dann in London.«

»Charles, der kleine rothaarige Mann – Foulenough. Hast du das gesehen? Zwei Beamte in Zivil haben ihn abgeführt.«

»Ich hab's verpasst. Es war so ein Gedränge auf dieser Seite.«

»Ich habe mir die Zugverbindungen geben lassen und ein Telegramm geschickt. Zum Abendessen sind wir zu Hause. Die Kinder werden schon schlafen. Aber vielleicht wecken wir Johnjohn auf, ausnahmsweise.«

»Fahr du voraus«, sagte ich. »Ich habe noch einiges in London zu tun.«

»Ach, Charles, du musst mitkommen! Du hast Caroline noch nicht gesehen.«

»Wird sie sich in ein, zwei Wochen sehr verändern?«

»Sie verändert sich jeden Tag, Liebling.«

»Was spielt es dann für eine Rolle, ob ich sie jetzt sehe? Tut mir leid, Schatz, aber ich will die Bilder auspacken lassen und sehen, wie sie den Transport überstanden haben. Außerdem muss ich mich so rasch wie möglich um die Ausstellung kümmern.«

»Musst du?«, fragte sie, doch ich wusste, dass sie ihren Widerstand aufgeben würde, wenn ich mich auf ein Gebot meines Gewerbes berief. »Das ist sehr enttäuschend. Außerdem weiß ich nicht, ob Andrew und Cynthia schon aus der Wohnung ausgezogen sind. Sie haben sie bis Ende des Monats gemietet.«

»Ich kann in ein Hotel gehen.«

»Aber das ist so trostlos! Ich ertrage es nicht, dass du die erste Nacht zu Hause allein verbringen musst. Ich bleibe bei dir und fahre erst morgen weiter.«

»Du darfst die Kinder nicht enttäuschen.«

»Nein.« Ihre Kinder, meine Kunst, die Gebote unserer Gewerbe.

»Kommst du am Wochenende?«

»Wenn ich kann.«

»Alle britischen Pässe bitte in den Rauchsalon«, sagte ein Steward.

»Ich habe dafür gesorgt, dass der nette Mann aus dem Außenministerium uns als Erste mit von Bord nimmt«, sagte meine Frau.

2

Es war die Idee meiner Frau, die Vernissage auf Freitag zu legen.

»Auf diese Weise schnappen wir uns die Kritiker«, sagte sie. »Es ist höchste Zeit, dass sie anfangen, dich ernst zu nehmen, und das wissen sie auch. Das ist ihre Chance. Wenn du die Vernissage auf Montag legst, sind die meisten gerade erst vom Wochenende auf dem Land zurück und kritzeln höchstens rasch ein paar Zeilen vor dem Essen hin – ich spreche natürlich nur von den Wochenzeitschriften. Wenn wir ihnen ein Wochenende geben, können sie in urbaner Sonntag-auf-dem-Lande-Stimmung darüber nachdenken. Nach einem guten Lunch setzen sie sich hin, krempeln die Ärmel hoch und schreiben in aller Ruhe einen hübschen langen Aufsatz, den man später in einer hübschen kleinen Anthologie nachdrucken kann. Darunter machen wir es diesmal nicht.«

Während der einmonatigen Vorbereitungszeit kam sie mehrmals von dem alten Pfarrhaus nach London, um die Liste der Einladungen zu überarbeiten und beim Hängen mitzuhelfen.

Am Morgen der Vernissage rief ich Julia an und sagte: »Ich kann die Bilder jetzt schon nicht mehr sehen und will sie auch nie wiedersehen, aber vermutlich muss ich mich dort blicken lassen.«

»Möchtest du, dass ich komme?«

»Lieber nicht.«

»Celia hat eine Einladung geschickt und mit grüner Tinte quer darüber geschrieben: ›Bring mit, wen du willst.‹ Wann treffen wir uns?«

»Im Zug. Vielleicht könntest du mein Gepäck mitnehmen.«

»Wenn du schnell packen kannst, hole ich dich ab und setz dich an der Galerie ab. Ich habe um zwölf eine Anprobe gleich um die Ecke.«

Als ich bei der Galerie ankam, stand meine Frau da und sah durch das Fenster auf die Straße. Hinter ihr bewegte sich ein halbes Dutzend unbekannter Kunstliebhaber mit dem Katalog in der Hand von einer Leinwand zur anderen. Es waren Leute, die schon mal einen Holzschnitt gekauft hatten und auf der Kundenliste der Galerie standen.

»Bisher ist noch niemand da«, sagte meine Frau. »Ich bin schon seit zehn hier, und es war ziemlich trist. Wessen Auto war das, mit dem du gekommen bist?«

»Julias.«

»Julias? Warum hast du sie nicht mitgebracht? Zufällig habe ich mich eben mit einem seltsamen kleinen Mann, der uns gut zu kennen schien, über Brideshead unterhalten. Er sagte, sein Name sei Mr Samgrass. Offenbar ist er einer von Lord Coppers jungen Männern mittleren Alters beim *Daily Beast*. Ich habe versucht, ihm ein paar Absätze zu soufflieren, aber er schien mehr über dich zu wissen als ich. Er behauptete, mich vor Jahren in Brideshead kennengelernt zu haben. Ich wünschte, Julia wäre mitgekommen, dann hätten wir sie nach ihm fragen können.«

»Ich erinnere mich gut an ihn. Er ist ein Gauner.«

»Ja, das riecht man aus einer Meile Entfernung. Er redete die ganze Zeit über das, was er als ›Brideshead-Clique‹ bezeichnete. Offenbar hat Rex Mottram das Haus zu einem Nest für Parteirebellen gemacht. Wusstest du das? Was hätte Teresa Marchmain bloß dazu gesagt?«

»Ich fahre heute Abend dorthin.«

»Nicht heute Abend, Charles, du kannst unmöglich *heute Abend* dahin fahren. Du wirst zu Hause erwartet. Du hast versprochen, nach Hause zu kommen, sobald die Ausstellung läuft. Johnjohn und Nanny haben ein Spruchband gebastelt mit der Aufschrift: ›Willkommen‹. Und du hast Caroline noch nicht gesehen.«

»Tut mir leid. Es ist alles arrangiert.«

»Abgesehen davon wird Daddy es bestimmt ungehörig finden. Und Boy kommt am Sonntag vorbei. Und du hast das neue Atelier noch nicht gesehen. Heute Abend kannst du nicht fahren. Haben sie mich auch eingeladen?«

»Natürlich, aber ich wusste, dass es dir nicht möglich sein würde.«

»Jetzt nicht mehr, aber wenn du mir früher Bescheid gegeben hättest, schon. Liebend gern hätte ich die ›Brideshead-Clique‹ bei sich zu Hause erlebt. Ich finde dein Verhalten einfach abscheulich, aber jetzt ist nicht der passende Augenblick für einen Ehekrach. Die Clarences haben versprochen, noch vor dem Lunch vorbeizuschauen, sie können jeden Moment da sein.«

Dann wurden wir unterbrochen, allerdings nicht von den Mitgliedern des Königshauses, sondern von der Reporterin einer Tageszeitung, die der Galerist uns in diesem Moment vorstellte. Sie war nicht gekommen, um die Bilder zu sehen, sondern um eine »Geschichte aus dem Leben« über die Gefahren meiner Reise zu schreiben. Ich überließ sie meiner Frau und las am nächsten Tag in ihrer Zeitung: *Charles Ryder, Maler herrschaftlicher Landsitze, ist wieder daheim. Die Schlangen und Vampire des Dschungels haben Mayfair nichts voraus – das ist die Meinung des prominenten Künstlers Ryder, der die Herrenhäuser der Schönen und Reichen gegen die Ruinen Äquatorialafrikas eintauschte…*

Allmählich füllten sich die Räume, und ich zeigte mich von meiner zivilisierten Seite. Meine Frau schwirrte herum, begrüßte die Leute, stellte sie einander vor und verwandelte die Menschenansammlung geschickt in eine Party. Ich sah, wie sie ihre Freunde einen nach dem anderen zu der Subskriptionsliste schleppte, die für *Ryders Lateinamerika* angelegt worden war; ich hörte sie sagen: »Nein, Darling, ich bin kein bisschen überrascht, aber das wäre ja auch ein wenig seltsam, oder? Charles lebt nur für eine Sache, weißt du: Schönheit. Ich vermute, die vorgefertigte hier in England hat ihn gelangweilt, deshalb musste er sich selbst eine schaffen. Er wollte neue Welten erobern. Schließlich hat er mit seinem Werk alles gesagt, was es über Schlösser und Landsitze zu sagen gibt, nicht wahr? Damit meine ich nicht, dass er das alles aufgegeben hat. Ich bin sicher, dass er für *Freunde* immer noch das eine oder andere Bild anfertigen wird.«

Ein Fotograf brachte uns zusammen, leuchtete uns mit einer Blitzlichtlampe ins Gesicht und ließ uns wieder auseinandergehen.

Plötzlich verebbte das Stimmengewirr, und die Menschen wichen ein wenig zurück, wie immer bei einem Auftritt der

Königlichen Familie. Ich sah, wie meine Frau einen Hofknicks machte, und hörte sie sagen: »Oh, wie reizend von Ihnen, Sir.« Dann wurde ich in den frei gewordenen Raum rings um ihn geführt, und der Herzog von Clarence sagte: »Ganz schön heiß da drüben, kann ich mir vorstellen.«

»Das war es, Sir.«

»Wirklich enorm, wie Sie den Eindruck der Hitze festgehalten haben. Mir wird ganz warm in meinem Überzieher.«

»Haha.«

Als sie wieder weg waren, sagte meine Frau: »Liebe Güte, wir kommen zu spät zum Lunch. Margot gibt eine Party für dich«, und im Taxi: »Mir ist gerade etwas eingefallen. Wie wär's, wenn du der Herzogin von Clarence schreibst und sie um die Erlaubnis bittest, *Lateinamerika* ihr zu widmen?«

»Warum sollte ich das?«

»Weil es sie bestimmt freuen würde.«

»Ich dachte eigentlich nicht daran, es irgendwem zu widmen.«

»Das ist wieder einmal typisch für dich, Charles. Warum soll man nicht jemandem eine Freude machen, wenn man es kann?«

Etwa ein Dutzend Gäste war zum Lunch eingeladen. Obwohl es meiner Gastgeberin und meiner Frau gefiel zu sagen, sie seien mir zu Ehren da, war mir klar, dass sie keine Ahnung von meiner Ausstellung hatten und nur gekommen waren, weil sie eingeladen waren und nichts anderes vorhatten. Während des ganzen Essens sprachen sie ohne Unterlass über Mrs Simpson, aber alle, oder fast alle, kamen anschließend mit uns zurück in die Galerie.

In der Stunde nach dem Lunch war am meisten los. Vertreter der Tate Gallery und des National Art Collection Fund erschienen, und alle versprachen, in Kürze mit ihren Kollegen wiederzukommen, und ließen sich vorläufig einige in Betracht kommende Bilder reservieren. Der einflussreichste Kunstkritiker, der mich in der Vergangenheit höchstens mit ein paar verletzenden Belobigungen abgetan hatte, spähte zwischen Schlapphut und Wollschal zu mir auf, packte mich am Arm und sagte: »Ich wusste, dass Sie es in sich haben. Ich erkannte es von Anfang an. Ich habe darauf gewartet.«

Von eleganten und weniger eleganten Besuchern gleichermaßen schnappte ich Bruchstücke von Komplimenten auf. »Hättest du mich raten lassen«, hörte ich im Vorübergehen, »wäre Ryder der Letzte gewesen, auf den ich getippt hätte. Sie sind so männlich, so leidenschaftlich.«

Sie alle glaubten, etwas Neues entdeckt zu haben. Nicht wie bei meiner letzten Ausstellung in denselben Räumen, kurz bevor ich ins Ausland gegangen war. Damals war die Stimmung von Überdruss unverkennbar gewesen. Die Gespräche hatten sich weniger um mich als um die abgebildeten Häuser oder ihre Besitzer gedreht. Dieselbe Frau, die gerade meine Männlichkeit und Leidenschaft herausstrich, hatte damals, so fiel mir jetzt ein, vor einem Gemälde gestanden, das mich sehr viel Arbeit gekostet hatte, und gesagt: »Wie oberflächlich!«

Auch aus einem anderen Grund erinnerte ich mich an diese Ausstellung: Es war die Woche, in der ich entdeckt hatte, dass meine Frau mich betrog. Damals wie heute war sie eine unermüdliche Gastgeberin, und ich hörte, wie sie zu jemandem sagte: »Immer wenn ich heutzutage etwas Schönes sehe – ein Gebäude oder eine Landschaft –, denke ich bei mir: Das ist von Charles. Ich sehe alles durch seine Augen. Für mich ist er der Inbegriff von England.«

Ich hörte, wie sie das sagte; solche Dinge sagte sie ständig. Während unserer gesamten Ehe hatte sich mir der Magen immer wieder umgedreht, wenn ich sie so reden hörte. Doch an jenem Tag, in dieser Galerie, brachte es mich nicht mehr aus der Fassung, und ich merkte plötzlich, dass sie mich nicht mehr verletzen konnte. Ich war ein freier Mann, mit diesem kurzen, heimlichen Fehltritt hatte sie mich in die Freiheit entlassen. Die Hörner des betrogenen Ehemanns machten mich zum Herrn der Wälder.

Am Ende dieses Tages sagte meine Frau: »Ich muss gehen, Liebling. Es war ein voller Erfolg, nicht wahr? Ich denke mir eine Ausrede für zu Hause aus, aber ich wünschte, es wäre nicht so weit gekommen.«

Sie weiß es also, dachte ich. Sie ist klug. Seit dem Mittagessen hat sie Witterung aufgenommen und eine Spur entdeckt.

Ich wartete, bis sie weg war, und wollte schon aufbrechen – die Räume waren jetzt fast leer –, als ich eine Stimme am Einlass hörte, die ich seit vielen Jahren nicht gehört hatte, ein unvergessliches, selbsterlerntes Stottern, einen scharfen Protest.

»Nein. Ich habe *keine* Einladung dabei. Ich weiß nicht einmal, ob ich eine bekommen habe. Ich bin nicht in einer gesellschaftlichen Funktion gekommen; ich möchte keine Bekanntschaft mit Lady Celia erschleichen; ich bin nicht darauf aus, mein Foto im *Tatler* zu sehen oder mich hier selbst zur Schau zu stellen. Ich bin gekommen, um die *Bilder* zu sehen. Vielleicht ist es Ihnen entgangen, dass es hier welche gibt. Zufälligerweise habe ich ein ureigenes Interesse an dem *Künstler* – falls dieser Begriff Ihnen etwas sagt.«

»Antoine«, sagte ich. »Komm rein.«

»Da sitzt ein D-d-drache, mein Lieber, der glaubt, ich wollte die P-p-party sprengen. Ich bin erst gestern in London angekommen und hörte heute beim Lunch zufällig von deiner Ausstellung, da eilte ich natürlich augenblicklich zum Schrein, um dir meine Ehrerbietung zu erweisen. Habe ich mich verändert? Hättest du mich wiedererkannt? Wo sind die Bilder? Ich möchte sie dir erklären.«

Anthony Blanche hatte sich nicht verändert, seit ich ihn das letzte Mal gesehen hatte, eigentlich nicht einmal, seit ich ihn zum ersten Mal gesehen hatte. Elegant rauschte er durch den Saal zu dem hervorstechendsten Gemälde – einer Dschungellandschaft –, hielt einen Moment inne, den Kopf zur Seite geneigt wie ein verständnisvoller Terrier, und fragte: »Wo hast du eine derart üppige Vegetation aufgetrieben, mein lieber Charles? In der Ecke eines T-t-treibhauses in T-t-trent oder T-t-tring? Welch fabelhafter Wucherer hat diese Wedel zu deinem Vergnügen hervorgebracht?«

Dann sah er sich alle Gemälde in den beiden Räumen an, seufzte ein- oder zweimal tief auf und blieb ansonsten stumm. Als er fertig war, seufzte er erneut, noch tiefer als zuvor, und sagte: »Aber wie man hört, bist du glücklich verliebt, mein Lieber. Das wiegt alles auf, nicht wahr, oder fast alles.«

»Sind sie so schlimm?«

Anthony dämpfte die Stimme zu einem durchdringenden Flüstern. »Lass uns deine kleine Hochstapelei nicht vor diesen braven, einfachen Leuten erörtern, mein Lieber.« Damit warf er einen verschwörerischen Blick auf die letzten Überreste der Menge. »Wir wollen ihnen doch nicht ihre unschuldige Freude verderben. Wir beide, du und ich, wissen, dass es sch-sch-schrecklicher Sch-sch-schund ist. Gehen wir lieber, bevor wir die Kenner vor den Kopf stoßen. Ich kenne eine *verrufene* kleine Bar gleich hier um die Ecke. Gehen wir dort hin und reden über andere E-e-eroberungen.«

Es hatte dieser Stimme aus der Vergangenheit bedurft, um mich zurückzuholen; die unkritische Lobhudelei an diesem ganzen, übervollen Tag hatte auf mich dieselbe Wirkung gehabt wie die Reklametafeln an einer langen Straße, die Kilometer für Kilometer zwischen den Pappeln stehen und einen drängen, in einem bestimmten neuen Hotel abzusteigen, so dass man sich unausweichlich für diese Unterkunft entscheidet, obwohl sie einen erst gelangweilt, dann geärgert hat und schließlich zu einem untrennbaren Bestandteil der Müdigkeit geworden ist, wenn man steif und staubig sein Ziel erreicht.

Anthony führte mich aus der Galerie und zu einer Tür zwischen einem berüchtigten Zeitungskiosk und einer berüchtigten Drogerie in einer Nebenstraße. Mit blauer Farbe war *Blue Grotto Club. Nur für Mitglieder* darauf gepinselt.

»Nicht ganz dein Milieu, mein Lieber, meins umso mehr, das kann ich dir versichern. Aber du hast schließlich schon den ganzen Tag in deinem Milieu verbracht.«

Er führte mich eine Treppe hinab; es stank nach Katze, dann nach Gin und Zigarettenstummeln, und es plärrte ein Radio.

»Diese Adresse hat mir ein schmutziger alter Mann im Bœuf sur le Toit gegeben. Ich bin ihm sehr dankbar. Ich war so lange von England fort, und wirklich ansprechende kleine Kneipen wie diese verändern sich schnell. Ich war gestern Abend zum ersten Mal hier und fühle mich bereits wie zu Hause. Guten Tag, Cyril.«

»Hallo, Toni, schon zurück?«, fragte ein junger Mann hinter der Bar.

»Wir nehmen unsere Gläser und setzen uns in eine Ecke. Du darfst nicht vergessen, mein Lieber, dass du hier genauso verdächtig und, ich möchte sagen, ungewöhnlich bist, wie ich es bei B-b-bratt's wäre.«

Der Raum war kobaltblau gestrichen, und auf dem Fußboden lag kobaltblaues Linoleum. Fische aus Gold- und Silberpapier waren planlos auf die Decke und die Wände geklebt. Ein halbes Dutzend junger Männer trank und spielte an den Münzautomaten; ein älterer Mann, elegant und leicht verkatert, schien der Boss zu sein. Am Spielautomaten hörte man jetzt jemanden kichern, dann kam ein Jugendlicher an unseren Tisch und fragte: »Möchte dein Freund vielleicht Rumba tanzen?«

»Nein, Tom, möchte er nicht, und ich werde dir auch keinen Drink ausgeben, jedenfalls noch nicht. Das ist ein sehr unverschämter L-l-lümmel, nur auf Geld aus, mein Lieber.«

»Nun«, sagte ich, eine Lässigkeit vortäuschend, von der ich in dieser Höhle weit entfernt war, »was hast du in all den Jahren gemacht?«

»Wir sind hier, um darüber zu reden, was *du* gemacht hast, mein Lieber. Ich habe dich beobachtet. Ich bin eine treue alte Seele und habe dich immer im Auge behalten.«

Während er sprach, schienen die Bar und der Barmann, die blauen Korbmöbel, die Spielautomaten, das Grammophon, die jungen Männer, die auf dem Linoleum tanzten, die kichernden Jungs an den Slotmaschinen, der steif gekleidete ältere Mann mit den blauen Venen, der in der Ecke uns gegenübersaß und trank, die ganze miese, illegale Kaschemme zu verblassen, und ich war wieder in Oxford und sah durch ein idealtypisch gotisches Fenster auf die Wiese von Christ Church. »Ich habe deine erste Ausstellung gesehen«, sagte Anthony, »und fand sie – charmant. Es war ein Interieur von Marchmain House darunter, sehr englisch, sehr korrekt, aber ganz zauberhaft. ›Charles hat etwas gezeigt‹, dachte ich, ›nicht alles, was er noch zeigen wird, nicht alles, was er zeigen kann, aber zumindest etwas.‹

Schon damals habe ich mich ein wenig gewundert, mein Lieber. Ich hatte den Eindruck, dass deine Malerei etwas von der Art eines Gentleman hatte. Du darfst nicht vergessen, ich bin kein Engländer, deshalb kann ich dieses eifrige Streben nach Wohlerzogenheit nicht verstehen. Englischer Snobismus erscheint mir noch makabrer als englische Moral. Doch ich sagte mir: ›Charles hat etwas Zauberhaftes geschaffen. Was wird er wohl als Nächstes tun?‹

Das Nächste, was ich sah, war ein sehr hübscher Bildband – *Dörfliche und provinzielle Architektur*, hieß er so? Ein ganz schöner Wälzer, mein Lieber, und was fand ich dort? Wieder Charme. Nicht ganz mein Geschmack, dachte ich, das ist mir zu englisch. Ich habe eine Schwäche für schärfere Dinge, weißt du, nicht für den Schatten der Zeder, das Gurken-Sandwich, das silberne Sahnekännchen, englische Mädchen in einer Kleidung, die englische Mädchen beim

Tennisspielen tragen – nicht das, nicht Jane Austen, nicht M-m-miss M-m-mitford. Da habe ich dich ehrlich gesagt aufgegeben, Charles. ›Ich bin ein degenerierter alter S-s-südländer‹, sagte ich mir, und Charles – ich spreche von deiner Kunst, mein Lieber – ist die Tochter eines Deans, die ein geblümtes Musselinkleid trägt.

Stell dir also meine Aufregung beim heutigen Lunch vor. Jedermann sprach von dir. Meine Gastgeberin war eine Freundin meiner Mutter, eine gewisse Mrs Stuyvesant Oglander, eine Freundin auch von dir, mein Lieber. Was für eine Vogelscheuche! Ganz und gar nicht die Gesellschaft, in der ich dich vermutet hätte. Wie auch immer, sie waren alle auf deiner Vernissage gewesen, aber im Grunde sprachen sie nur über dich, wie du ausgebrochen bist, mein Lieber, um dich in die Tropen abzusetzen und ein neuer Gauguin, ein Rimbaud zu werden. Du kannst dir vorstellen, wie mein altes Herz vor Freude hüpfte.

›Die arme Celia‹, sagten sie, ›nach allem, was sie für ihn getan hat.‹ ›Er verdankt ihr alles. Es ist wirklich schlimm.‹ ›Und ausgerechnet mit Julia‹, fuhren sie fort, ›nach dem, wie sie sich in Amerika aufgeführt hat.‹ ›Gerade als sie wieder zu Rex zurückkehren wollte.‹

›Aber die Bilder‹, sagte ich. ›Erzählt mir *davon*.‹

›Ach, die Bilder‹, sagten sie, ›die sind ziemlich sonderbar.‹ ›Ganz anders als das, was er sonst macht.‹ ›Sehr ausdrucksvoll.‹ ›Barbarisch.‹ ›Ich würde sie als ausgesprochen ungesund bezeichnen‹, meinte Mrs Stuyvesant Oglander.

Es hielt mich kaum auf meinem Platz, mein Lieber. Am liebsten wäre ich aus dem Haus gestürzt, in ein Taxi gesprungen und hätte den Fahrer angewiesen, mich zu Charles' ungesunden Bildern zu bringen. Ich kam tatsächlich her, aber am frühen Nachmittag war die Galerie dermaßen voll mit absurden Frauen, deren Hüte so aussahen, als wären sie zum *Essen* bestimmt, dass ich mich erst einmal ausruhte, und zwar hier, mit Cyril, Tom und den neckischen Jungs. Dann kam ich zu der altmodischen Zeit von fünf Uhr wieder, voller Vorfreude, und was muss ich sehen? Du hast ihnen einen sehr ungezogenen und sehr gelungenen Streich gespielt, mein Lieber. Es erinnerte mich an Sebastian, dem es Spaß machte, sich einen falschen Schnurrbart anzukleben. Und wieder war es Charme, mein Lieber, simpler, sahniger englischer Charme, der sich als wilder Tiger verkleidet hatte.«

»Du hast völlig recht«, sagte ich.

»Natürlich habe ich recht, mein Lieber. Ich hatte schon vor Jahren recht – mehr Jahren, als man es einem von uns anmerkt, wie ich zu meiner Freude bemerken darf –, als ich dich *gewarnt* habe. Ich habe dich damals zum Essen eingeladen, um dich vor dem Charme zu warnen. Ich habe dich ausdrücklich und detailliert vor der Flyte-Familie gewarnt. Charme ist die große englische Plage. Außerhalb dieser feuchten Insel existiert sie nicht. Sie erfasst und zerstört alles, was sie berührt. Sie zerstört die Liebe, sie zerstört die Kunst, und sie hat, so meine große Befürchtung, auch dich zerstört, Charles.«

Der Junge namens Tom trat erneut an unseren Tisch. »Sei kein Spielverderber, Toni, gib mir einen aus.« Ich dachte an meinen Zug und ließ Anthony mit ihm zurück.

Als ich neben dem Speisewagen auf dem Bahnsteig stand, sah ich unser Gepäck an mir vorbeikommen. Julias Mädchen marschierte mürrisch neben dem Träger her. Man hatte schon begonnen, die Abteiltüren zu schließen, als Julia ohne jede Eile einstieg und sich auf den Platz mir gegenüber setzte. Ich hatte einen Tisch für zwei bekommen. Es war eine sehr angenehme Verbindung, man hatte vor und nach dem Abendessen jeweils eine halbe Stunde Zeit. Anschließend würden wir, statt in den Bummelzug umsteigen zu müssen, wie es zu Lady Marchmains Zeiten üblich war, bereits dort am Bahnhof abgeholt. Es war schon Nacht, als wir aus Paddington Station hinausrollten. Der Glanz der Großstadt wich zunächst vereinzelten Lichtern in den Außenbezirken und dann der Dunkelheit der Felder.

»Es kommt mir vor, als hätte ich dich tagelang nicht gesehen«, sagte ich.

»Sechs Stunden, und gestern waren wir den ganzen Tag zusammen. Du siehst erschöpft aus.«

»Der Tag war ein einziger Alptraum – Besucher, Kritiker, die Clarences, eine Gesellschaft zum Lunch bei Margot und am Ende noch eine halbstündige, völlig berechtigte Schmähung meiner Bilder in einer Schwulenbar... Ich glaube, Celia weiß über uns Bescheid.«

»Nun, irgendwann musste sie es wohl erfahren.«

»Alle Welt scheint es zu wissen. Mein schwuler Freund war noch keine vierundzwanzig Stunden in London, als er davon hörte.«

»Sollen sie alle zur Hölle fahren.«

»Was ist mit Rex?«

»Rex ist niemand«, antwortete Julia. »Es gibt ihn gar nicht.«

Messer und Gabel klirrten auf den Tischen, während wir durch die Dunkelheit rasten, der kleine Kreis von Gin und Wermut in den Gläsern verlängerte sich zu einem Oval und zog sich dann wieder zusammen, im Einklang mit dem Schaukeln des Waggons, berührte den Rand, fiel wieder zurück, und nie schwappte etwas über. Ich ließ den Tag hinter mir. Julia nahm den Hut ab, warf ihn in das Gepäcknetz über sich und schüttelte mit einem kleinen behaglichen Seufzer ihr nachtdunkles Haar – bereit fürs Kopfkissen, das erlöschende Feuer im Kamin und ein Schlafzimmerfenster, das für die Sterne und das Flüstern der kahlen Bäume offen stand.

»Wie wunderbar, dich wieder mal hier zu haben, Charles, wie in alten Zeiten.«

›Wie in alten Zeiten?‹, dachte ich.

Rex war jetzt Anfang vierzig, schwerer als früher, mit einem roten Gesicht. Er hatte seinen kanadischen Akzent verloren und sich den heiseren, lauten Ton zugelegt, den auch all seine Freunde pflegten, als müssten ihre Stimmen ständig die anderen übertönen, als fehlte ihnen nun, da ihnen die Jugend abhandenkam, die Zeit abzuwarten, um im richtigen Moment das Wort zu ergreifen, die Zeit zuzuhören, die Zeit zu antworten; und wenn sie lachten, war es ein rauhes, freudloses Lachen, das grundsätzliches Wohlwollen ausdrücken sollte.

Ein halbes Dutzend dieser Freunde hatte sich im Gobelin-Zimmer eingefunden: Politiker, »junge Konservative« um die vierzig, mit schütterem Haar und hohem Blutdruck, ein Sozialist aus den Kohlebergwerken, der ihre Art zu reden schon übernommen hatte, dem die Zigarren auf den Lippen zerbröselten und dem die Hand zitterte, wenn er sich einen Drink einschenkte, ein Financier, der älter war als der Rest und wahrscheinlich auch reicher, so wie sie ihn behandelten, ein Kolumnist mit Liebeskummer, der als Einziger kein Wort sagte und düster die einzige Frau in der Runde anstarrte, eine gewisse »Grizel«, ein männermordender Vamp, den sie im Grunde ihres Herzens alle ein bisschen fürchteten.

Auch Julia fürchteten sie, inklusive Grizel. Sie begrüßte die ganze Gesellschaft und entschuldigte sich mit einer Förmlichkeit, die alle vorübergehend verstummen ließ, dass sie nicht da gewesen sei, um sie willkommen zu heißen. Dann setzte sie sich neben mich an den Kamin, während das stürmische Palaver hinter uns wieder einsetzte und uns um die Ohren schwirrte.

»Natürlich kann er sie heiraten und morgen zur Königin machen.«

»Im Oktober hatten wir unsere Chance. Warum haben wir die italienische Marine nicht auf den Grund des Mittelmeers versenkt? Warum haben wir La Spezia nicht in die Luft gesprengt? Warum sind wir nicht in Pantelleria gelandet?«

»Franco ist doch bloß ein deutscher Agent. Man wollte ihn dazu bringen, Luftstützpunkte für die Bombardierung von Frankreich zu schaffen. Aber das war ja so durchschaubar.«

»Mit ihm könnte die Monarchie stärker als in der Tudor-Zeit werden. Die Menschen unterstützen ihn.«

»Die Presse unterstützt ihn.«

»Ich unterstütze ihn.«

»Wen kümmert schon eine Scheidung, abgesehen von ein paar alten Jungfern, die ohnehin nicht verheiratet sind?«

»Wenn es zum Showdown mit der alten Garde kommt, werden sie verschwinden wie...«

»Warum haben wir den Suezkanal nicht einfach geschlossen? Warum haben wir Rom nicht bombardiert?«

»Das wäre gar nicht nötig gewesen. Ein einziges Machtwort...«

»Eine entschiedene Rede.«

»Eine Kraftprobe.«

»Wie auch immer. Franco wird sich bald wieder nach Marokko verziehen. Ich hab heute einen alten Freund getroffen, er kam gerade aus Barcelona...«

»...Freund getroffen, er kam gerade vom Fort Belvedere...«

»...Freund getroffen, er kam gerade aus dem Palazzo Venezia...«

»Wir wollen nichts weiter als eine Kraftprobe.«

»Eine Kraftprobe mit Baldwin.«

»Eine Kraftprobe mit Hitler.«

»Eine Kraftprobe mit der alten Garde.«

»...dass ich erleben muss, wie mein Land, das Land von Clive und Nelson...«

»...*mein* Land, das von Hawkins und Drake...«

»...*mein* Land, das von Palmerston...«

»Würde es dir was ausmachen, das zu unterlassen?«, sagte Grizel zu dem Kolumnisten, der rührselig versuchte, ihr das Handgelenk umzudrehen. »Ich finde das nicht besonders angenehm.«

»Ich frage mich, was grässlicher ist«, sagte ich. »Celias Kunst und Mode oder Rex' Politik und Finanzen.«

»Denken wir nicht an sie.«

»Ach Liebling, warum bringt mich die Liebe dazu, die

ganze Welt zu hassen? Eigentlich müsste es genau andersherum sein. Ich habe das Gefühl, als hätten die Menschheit und Gott dazu sich gegen uns verschworen.«

»Stimmt, das haben sie auch.«

»Aber wir sind trotzdem glücklich zusammen, hier und jetzt. Sie können uns doch unserem Glück nichts anhaben, oder?«

»Nicht heute Abend, nicht jetzt.«

»Und wie viele Abende noch?«

3

»Erinnerst du dich noch an den Sturm?«, fragte Julia an einem friedlichen, von Lindenduft erfüllten Abend.
»Die hin- und herschwingenden Bronzetüren.«
»Die Rosen in Zellophan.«
»Der Mann, der die spontane Party gab und nie wiedergesehen wurde.«
»Weißt du noch, wie die Sonne an unserem letzten Abend herauskam, genau wie heute?«
Es war ein wolkenverhangener Nachmittag mit mehreren sommerlichen Regenschauern gewesen, so düster, dass ich gelegentlich die Arbeit unterbrochen und Julia aus der leichten Trance gerissen hatte, in der sie vor mir saß. Sie hatte mir so oft posiert, und ich wurde es nie müde, sie zu malen, weil ich immer neue Schätze und Feinheiten an ihr entdeckte. Am Ende waren wir früh nach oben gegangen, um uns frisch zu machen, und als wir eine halbe Stunde vor der Abenddämmerung zum Essen umgekleidet wieder herunterkamen, war die Welt wie verwandelt: Die Sonne war herausgekommen, der Wind zu einer schwachen Brise abgeflaut, die sacht durch die Lindenblüten strich und frisch vom letzten Regen ihren Duft zu uns herübertrug, wo sie sich mit dem süßen Hauch von Buchsbaum und trocknendem Stein vermischte. Der Schatten des Obelisken lag über der Terrasse.

Ich hatte zwei Gartenkissen aus dem Schutz der Kolonnade geholt und sie auf den Rand des Brunnens gelegt. Dort saß Julia nun in einer schmalen goldenen Tunika und einem weißen Rock. Sie hatte eine Hand ins Wasser getaucht und spielte mit einem Smaragdring, um die Glut der untergehenden Sonne einzufangen. Die Tierfiguren erhoben sich in einer Wolke aus grünem Moos, glänzendem Stein und dunklen Schatten über ihrem Kopf, und das Wasser ringsum funkelte und plätscherte und zerfiel in einen Flammenregen.

»...so viele Erinnerungen«, sagte sie. »Wie viele Tage hat es seitdem gegeben, an denen wir uns nicht gesehen haben, was meinst du, hundert?«

»Nicht so viele.«

»Zwei Weihnachten« – trostlose, alljährliche Exkursionen zurück zu Sitte und Anstand. Boughton, das Heim meiner Familie, Heim meines Cousins Jasper, welch bedrückende Erinnerungen an die Kindheit fand ich in seinen mit hellem Kiefernholz ausgelegten Fluren und den triefenden Wänden! Wie missmutig saßen mein Vater und ich Seite an Seite im Wagen meines Onkels und fuhren über eine von Mammutbäumen gesäumte Landstraße, im Wissen, dass am Ende der Fahrt mein Onkel, meine Tante Philippa, mein Cousin Jasper und in letzter Zeit auch Jaspers Frau und Kinder uns erwarteten, und neben ihnen, vielleicht waren sie ja schon da oder wurden jeden Moment erwartet, meine Frau und meine Kinder. Dieses alljährliche Opfer verband uns; hier zwischen Stechpalme, Misteln und Tannenzweigen, den rituellen Gesellschaftsspielen, Weinbrandbutter und Karlsbader Pflaumen, dem Dorfchor auf der Spielmannsgalerie aus Kiefernholz, hier zwischen Goldschnüren und mit Tannenzweiglein geschmücktem Geschenkpapier galten sie und ich als Ehepaar, egal, welche hässlichen Gerüchte im vergangenen Jahr über uns verbreitet worden waren. »Wir müssen so tun als ob, egal, wie schwer es uns fällt, wegen der Kinder«, hatte meine Frau gesagt.

»Ja, zwei Weihnachten... und drei Anstandstage, bevor ich dir nach Capri gefolgt bin.«

»Unser erster Sommer.«

»Weißt du noch, wie ich in Neapel herumsaß, dann nachkam, wie wir uns wie verabredet auf dem Bergpfad trafen und dann alles aufflog?«

»Ich ging zurück zur Villa und sagte: ›Papa, rate mal, wer gerade im Hotel angekommen ist?‹ Und er antwortete: ›Charles Ryder vermutlich.‹ Als ich fragte, wie er denn darauf komme, meinte Papa: ›Cara kam mit der Nachricht aus Paris zurück, dass ihr unzertrennlich seid. Er scheint eine Schwäche für meine Kinder zu haben. Aber hol ihn doch her, ich denke, wir haben Platz genug.‹«

»Und dann gab es eine Zeit, als du Gelbsucht hattest und nicht wolltest, dass ich dich so sehe.«

»Und einmal hatte ich eine Erkältung, und du hattest Angst zu kommen.«

»Zahllose Besuche in Rex' Wahlkreis.«

»Und die Krönungswoche, als du Hals über Kopf aus London geflüchtet bist. Der Beschwichtigungsbesuch bei deinem Schwiegervater. Die Zeit, als du in Oxford warst, um das Bild zu malen, das ihnen dann nicht gefiel. O doch, es waren bestimmt hundert Tage.«

»Hundert vergeudete Tage in etwas mehr als zwei Jahren... aber keinen Tag Kälte, Misstrauen oder Enttäuschung.«

»Das nie.«

Wir verstummten, nur die Vögel schwatzten mit klaren, hellen Stimmen in den Linden, nur das Wasser murmelte zwischen dem behauenen Stein.

Julia nahm das Taschentuch aus meiner Brusttasche und trocknete sich die Hand, dann zündete sie sich eine Zigarette an. Ich hatte Angst, den Zauber der Erinnerungen zu brechen, doch dieses eine Mal waren unsere Gedanken verschiedene Wege gegangen, denn als Julia endlich das Wort ergriff, sagte sie traurig: »Wie viele noch? Hundert vielleicht?«

»Aufs ganze Leben gerechnet.«

»Ich will dich heiraten, Charles.«

»Eines Tages; warum jetzt?«

»Krieg«, sagte sie. »Dieses Jahr, oder nächstes, irgendwann bald. Ich möchte einen oder zwei Tage in Frieden mit dir leben.«

»Ist das hier kein Frieden?«

Die Sonne war hinter den Wipfeln des Waldes auf der anderen Seite des Tals versunken. Der Hang dort drüben lag bereits im Zwielicht, doch die Seen unter uns standen in Flammen. Das Licht nahm zu an Glanz und Intensität, je mehr es zu erlöschen drohte, zauberte lange Schatten auf die Weiden und erhellte die herrliche Steinfassade des Hauses, setzte die Scheiben in den Fensterrahmen in Brand, ließ Gesimse, Kolonnade und Kuppel aufleuchten, breitete die gesamte Palette von Farbe und Duft über Erde, Stein und Vegetation und verklärte den Kopf und die goldenen Schultern der Frau neben mir.

»Was verstehst du unter Frieden, wenn nicht das?«

»So viel mehr«, und dann fuhr sie in einem kalten, sachlichen Ton fort: »Eine Ehe geht man nicht aus einem Impuls heraus ein. Zuerst muss es eine Scheidung geben – zwei Scheidungen. Wir müssen es planen.«

»Pläne, Scheidungen, Krieg – an einem solchen Abend.«

»Manchmal spüre ich den Druck der Vergangenheit und der Zukunft von beiden Seiten so stark, dass für die Gegenwart kein Platz mehr ist.«

Dann kam Wilcox die Treppe herab in den Sonnenuntergang, um uns zu sagen, dass angerichtet sei.

Im Bemalten Salon waren die Fensterläden geschlossen, die Vorhänge zugezogen und die Kerzen angezündet.

»Oh, es ist ja für drei gedeckt!«

»Lord Brideshead ist vor einer halben Stunde gekommen, Mylady. Er lässt Ihnen ausrichten, dass Sie mit dem Abendessen bitte nicht warten sollen, es könne ein bisschen später werden.«

»Es kommt mir vor, als wäre er seit Monaten nicht hier gewesen«, sagte Julia. »Was macht er eigentlich in London?«

Wir spekulierten oft darüber – und ließen dabei unserer Phantasie freien Lauf, denn Bridey war ein Rätsel, ein unterirdisches Wesen, ein lichtscheues Tier mit harter Schnauze, das Gänge grub, wenn es nicht gerade Winterschlaf hielt. Er hatte während seines gesamten Erwachsenenlebens nichts gemacht; das Gerede über seinen Eintritt in die Armee, ins Parlament oder in ein Kloster hatte sich in nichts aufgelöst. Es gab nur eins, was man mit Sicherheit wusste, und das auch nur, weil in der Sauregurkenzeit einmal ein Artikel mit dem Titel *Spleen eines Edelmanns* über ihn erschienen war: dass er eine Sammlung von Streichholzschachteln besaß. Er hatte sie katalogisiert und in Regalen untergebracht, die mehr und mehr Platz in seiner kleinen Wohnung in Westminster beanspruchten. Zuerst war ihm die Berühmtheit peinlich, die die Zeitung ihm gebracht hatte, später aber war er froh darum, denn sie hatte ihm Kontakt zu anderen Sammlern in aller Welt verschafft, mit denen er jetzt korrespondierte oder doppelte Exemplare tauschte. Davon abgesehen hatte er keinerlei Interessen, soweit man wusste. Er blieb Anführer der Marchmain Hounds und jagte pflichtbewusst zweimal pro Woche mit ihnen, wenn er zu Hause war, nie mit der benachbarten Meute, die das bessere Terrain hatte. Im Grunde hatte er für die Jagd nicht wirklich viel übrig, und er war in dieser Saison nicht einmal ein Dutzend Male draußen gewesen. Er hatte nur wenige Freunde, besuchte seine Tanten und ging zu öffentlichen Abendessen für katholische Zwecke. Auf Brideshead erfüllte er alle unumgänglichen lokalen Pflichten, wobei er auf Tribünen, Festen und Komiteesitzungen immer einen Hauch von Unbeholfenheit und Distanziertheit ausstrahlte.

»In Wandsworth hat man letzte Woche ein junges Mädchen gefunden, das mit einem Stück Stacheldraht erdrosselt worden ist«, sagte ich und goss damit Öl ins Feuer einer alten Phantasie.

»Das war bestimmt Bridey. Er war wieder ungezogen.«

Eine Viertelstunde, nachdem wir uns zu Tisch gesetzt hatten, tauchte er auf. In seinem flaschengrünen Hausanzug aus Samt, den er immer trug, wenn er da war, betrat er gewichtig das Zimmer. Obwohl er erst achtunddreißig war, hätte man ihn für fünfundvierzig halten können, denn er war massig und fast kahlköpfig geworden.

»Ach«, sagte er, »nur ihr beide; ich hatte gehofft, Rex hier anzutreffen.«

Ich hatte mich schon oft gefragt, was er von mir und meiner ständigen Präsenz halten mochte. Er schien mich zu akzeptieren, ohne Neugier, als gehörte ich zur Familie. In den vergangenen zwei Jahren hatte er mich zweimal mit etwas überrascht, das aussah wie ein Zeichen der Freundschaft. Zum letzten Weihnachtsfest hatte er mir ein Foto von sich im Gewand des Malteserordens geschickt, und wenig später hatte er mich zum Essen in seinen Club eingeladen. Doch für beides gab es eine Erklärung. Er hatte mehr von seinen Fotos drucken lassen, als er tatsächlich brauchte, und er war stolz auf seinen Club. Es handelte sich um einen erstaunlichen Kreis von Männern, die es in ihrem Beruf zu Ansehen gebracht hatten und einmal im Monat zusammenkamen, um den ganzen Abend feierlich herumzualbern. Alle hatten einen Spitznamen – Bridey hieß Bruder Grande – und ein für jeden speziell entworfenes Schmuckstück, das sie trugen wie einen Ritterorden und das seinen jeweiligen Besitzer symbolisieren sollte. Sie hatten besondere Knöpfe für ihre Westen und ein kompliziertes Ritual für die Einführung von Gästen. Nach dem Essen hörte man einen Vortrag und hielt ein paar launige Reden. Offensichtlich wetteiferten die Mitglieder um die vornehmsten Gäste, und da Bridey nur wenige Freunde hatte und ich einigermaßen bekannt war, lud er mich ein. Selbst an einem so geselligen Abend wie jenem spürte ich, wie von meinem Gastgeber kleine Wellen des Unbehagens ausgingen, die einen Tümpel von Verlegenheit ihm gegenüber schafften, in dem er ruhig wie ein Holzklotz trieb.

Er nahm vis-à-vis von mir Platz und beugte sein spärlich bewachsenes, rosiges Haupt über den Teller.

»Nun, Bridey, was gibt's Neues?«

»Ich habe tatsächlich Neuigkeiten«, sagte er. »Aber die können warten.«

»Erzähl schon.«

Er zog eine Grimasse, die ich als »Nicht vor dem Personal« interpretierte und sagte: »Was macht das Bild, Charles?«

»Welches Bild?«

»Was immer du gerade in Arbeit hast.«

»Ich habe eine Skizze von Julia begonnen, aber das Licht war heute schwierig.«

»Julia? Ich glaubte, du hättest sie schon einmal gemalt. Vermutlich ist es etwas anderes als Architektur und bestimmt viel komplizierter.«

Seine Konversation bestand aus vielen langen Pausen, in denen sein Bewusstsein offenbar vorübergehend erstarrte. Dann machte er urplötzlich genau an dem Punkt weiter, an dem er stehengeblieben war. Jetzt sagte er nach mehr als einer Minute: »Die Welt ist voll von Motiven.«

»Fürwahr, Bridey.«

»Wenn ich Maler wäre, würde ich mir jedes Mal ein neues Motiv suchen«, sagte er. »Eins mit viel Leben, zum Beispiel...« Neue Pause. Was würde jetzt kommen, fragte ich mich. Der Schottlandexpress? Der Angriff der Leichten Brigade? Die Henley-Regatta? Dann sagte er überraschenderweise: »... Macbeth.« Es lag etwas unglaublich Groteskes darin, sich Bridey als Maler von Historienbildern vorzustellen. Er war eigentlich immer grotesk, wahrte jedoch eine gewisse Würde durch seine unnahbare Art und seine Alterslosigkeit. Er war halb Kind, halb Veteran, schien keinen Funken modernen Lebens zu haben, dafür aber so etwas wie gediegene Rechtschaffenheit, Undurchdringlichkeit und eine Gleichgültigkeit gegenüber der Welt, die Respekt verlangten. Obwohl wir oft über ihn lachten, war er nie wirklich lächerlich und manchmal sogar beeindruckend.

Wir unterhielten uns über die Nachrichten aus Mitteleuropa, bis Bridey das unergiebige Thema plötzlich fallenließ und und fragte: »Wo ist eigentlich Mummys Schmuck?«

»Das hier gehörte ihr«, sagte Julia. »Und das auch. Cordelia und ich haben ihre persönlichen Dinge unter uns aufgeteilt. Der Familienschmuck liegt auf der Bank.«

»Es ist so lange her, dass ich ihn gesehen habe – ich weiß nicht mal, ob ich ihn überhaupt je gesehen habe. Irgendwer hat mir von ein paar ziemlich berühmten Rubinen erzählt – ist das wahr?«

»Ja, ein Halsband. Mummy hat es häufig getragen, weißt du nicht mehr? Und die Perlen – die hatte sie auch immer hier. Aber das meiste liegt seit Jahren auf der Bank. Ich weiß noch, dass es ein paar scheußliche, mit Diamanten besetzte Haarklammern und ein viktorianisches Diamantenkollier gab, die heute kein Mensch mehr tragen könnte. Außerdem massenweise wertvolle Steine. Warum?«

»Ich würde sie mir eines Tages gern mal ansehen.«

»Moment mal, will Papa sie etwa verkaufen? Hat er schon wieder Schulden gemacht?«

»Nein, nein, nichts dergleichen.«

Bridey aß langsam und reichlich. Julia und ich sahen ihm zwischen den Kerzen zu. Plötzlich sagte er: »Wenn ich Rex wäre« – sein Kopf schien voll von solchen Annahmen zu sein: »Wenn ich Erzbischof von Westminster wäre«, »Wenn ich Direktor der Eisenbahn wäre«, »Wenn ich Schauspielerin wäre«, als wäre es bloß eine Laune des Schicksals, dass er nichts von alledem war, und er könnte jeden Morgen aufwachen und sehen, dass sich die Dinge von selbst geregelt hatten – »Wenn ich Rex wäre, würde ich in meinem Wahlkreis leben wollen.«

»Rex behauptet, man erspare sich pro Woche vier Tage Arbeit, wenn man es nicht tut.«

»Schade, dass er nicht hier ist. Ich habe eine Mitteilung zu machen.«

»Tu nicht so geheimnisvoll, Bridey! Raus damit!«

Erneut zog er seine »Nicht-vor-dem-Personal«-Grimasse.

Später, als der Port auf dem Tisch stand und wir drei allein waren, sagte Julia: »Ich bewege mich nicht von hier weg, bevor ich nicht die Mitteilung gehört habe.«

»Nun ja«, sagte Bridey, lehnte sich zurück und richtete den Blick auf sein Glas. »Ihr müsst bloß bis Montag warten, um es schwarz auf weiß in der Zeitung zu lesen. Ich habe mich verlobt. Ich hoffe, dass euch das freut.«

»Bridey! Wie... wie aufregend! Mit wem?«

»Ach, niemand, den ihr kennt.«

»Ist sie hübsch?«

»Ich glaube nicht, dass man sie als hübsch bezeichnen kann – ansehnlich wäre der Begriff, der mir in den Sinn kommt, wenn ich an sie denke. Sie ist eine stattliche Frau.«

»Dick?«

»Nein, stattlich. Sie heißt Mrs Beryl Muspratt. Ich kenne sie schon sehr lange, aber bis vor einem Jahr hatte sie noch einen Ehemann. Jetzt ist sie Witwe. Warum lachst du?«

»Tut mir leid. Es ist überhaupt nicht lustig. Es kommt nur so unerwartet. Ist sie ... ist sie in deinem Alter?«

»So in etwa, glaube ich. Sie hat drei Kinder, der älteste Sohn ist gerade nach Ampleforth gekommen. Sie ist nicht sehr begütert.«

»Aber wie bist du auf sie gekommen, Bridey?«

»Ihr verstorbener Mann, Admiral Muspratt, hat auch Streichholzschachteln gesammelt«, sagte er in vollem Ernst.

Julia bebte vor unterdrücktem Gelächter, riss sich zusammen und fragte: »Aber du heiratest sie nicht wegen der Streichholzschachteln, oder?«

»Nein, nein, die ganze Sammlung ging an die Bibliothek von Falmouth Town. Ich habe Mrs Muspratt aufrichtig gern. Trotz aller Schwierigkeiten hat sie ein sonniges Gemüt und interessiert sich sehr für das Theater. Sie hat Verbindungen zur Katholischen Theatergilde.«

»Weiß Papa davon?«

»Heute Morgen bekam ich einen Brief mit seiner Zustimmung. Er drängt mich schon seit einiger Zeit zum Heiraten.«

In diesem Augenblick fiel Julia und mir gleichzeitig auf, dass wir doch sehr überrascht und neugierig waren; jetzt gratulierten wir ihm herzlicher und fast ohne jeden Anflug von Spott.

»Danke«, sagte er. »Vielen Dank. Ich glaube, ich habe großes Glück.«

»Aber wann werden wir sie kennenlernen? Du hättest sie ruhig mitbringen können!«

Er sagte nichts, nahm einen Schluck und starrte vor sich hin.

»Bridey«, sagte Julia. »Du schlauer, alter Fuchs, warum hast du sie nicht mitgebracht?«

»Nun, das geht nicht, weißt du.«

»Warum denn nicht? Ich kann es kaum erwarten, sie kennenzulernen. Komm, wir rufen sie an und laden sie ein. Sie findet uns gewiss sehr seltsam, wenn wir sie an einem solchen Tag allein zu Hause sitzen lassen.«

»Sie hat die Kinder«, gab Brideshead zurück. »Und davon abgesehen seid ihr ja wirklich seltsam, oder etwa nicht?«

»Was meinst du damit?«

Brideshead hob den Kopf und sah seine Schwester feierlich an, dann fuhr er auf dieselbe schlichte Art fort, als unterschiede es sich nicht sonderlich von dem Vorangegangenen: »So wie die Dinge stehen, hätte ich sie unmöglich hierher einladen können. Es würde sich nicht gehören. Schließlich bin ich hier nur zu Gast. Im Moment gehört das Haus Rex, falls es überhaupt jemandem gehört. Was hier vorgeht, ist seine Sache. Aber Beryl hätte ich nicht hierherbringen können.«

»Das verstehe ich nicht«, sagte Julia scharf. Ich sah sie an. Aller freundlicher Spott war verflogen; sie war wachsam, beinahe nervös, wie es schien. »Natürlich würden Rex und ich uns beide freuen, wenn sie herkommt.«

»Oh, sicher, das bezweifle ich gar nicht. Die Schwierigkeit liegt woanders.« Er trank den Rest seines Portweins aus, schenkte sich nach und schob die Karaffe in meine Richtung. »Du musst wissen, dass Beryl eine Frau mit strengen katholischen Prinzipien ist, die durch die vorgefassten Meinungen des Mittelstandes noch verstärkt werden. Ich könnte sie beim besten Willen nicht hierherbringen. Mir ist es gleichgültig, ob du in Sünde mit Rex, Charles oder beiden leben willst – ich habe euch nie nach den Einzelheiten eurer *ménage* gefragt – aber auf gar keinen Fall käme es für Beryl in Frage, euer Gast zu sein.«

Julia stand auf. »Na schön, du aufgeblasener Wichtigtuer...«, sagte sie, verstummte dann und wandte sich zum Gehen.

Zuerst glaubte ich, dass sie sich kaum halten konnte vor Lachen, doch als ich ihr die Tür aufhielt, sah ich zu meiner Bestürzung, dass sie in Tränen aufgelöst war. Ich zögerte. Sie lief ohne einen Blick an mir vorbei.

»Vielleicht habe ich den Eindruck erweckt, dass es sich um eine Vernunftehe handelt«, fuhr Brideshead ruhig fort. »Ich kann nicht für Beryl sprechen, zweifellos hat meine gesicherte Existenz einen gewissen Einfluss auf sie, das hat sie sogar ausdrücklich gesagt. Doch was mich betrifft, so möchte ich unterstreichen, dass ich mich leidenschaftlich zu ihr hingezogen fühle.«

»Aber das war verdammt beleidigend Julia gegenüber, Bridey.«

»Es war nichts, worüber sie sich hätte aufregen müssen. Ich habe nur ausgesprochen, was ihr sehr wohl bewusst ist.«

In der Bibliothek war sie nicht. Ich ging zu ihrem Zimmer hinauf, da war sie auch nicht. Ich blieb vor ihrem überladenen Frisiertisch stehen und überlegte, ob sie wohl gleich hier sein würde. Dann sah ich durchs offene Fenster, dessen Licht über die Terrasse ins Dunkel bis zu dem Springbrunnen fiel – für uns hier im Haus anscheinend immer eine Verheißung von Trost und Erfrischung –, den Schimmer eines weißen Rocks vor der steinernen Einfassung. Es war schon beinahe Nacht. Ich fand sie in der dunkelsten Zuflucht, auf der Holzbank in einer Nische der getrimmten Buchsbaumhecke, die den Brunnen umgab. Ich legte den Arm um sie, und sie presste ihr Gesicht an meine Brust.

»Ist dir nicht kalt hier draußen?«

Sie gab keine Antwort, schmiegte sich nur enger an mich und bebte vor Schluchzen.

»Was ist los, Liebling? Was bedrückt dich? Spielt es denn eine Rolle, was der Dummkopf sagt?«

»Nein, natürlich nicht. Es ist nur der Schock. Lach mich nicht aus.«

In den zwei Jahren unserer Liebe, die sich wie ein ganzes Leben anfühlten, hatte ich sie noch nie so aufgewühlt gesehen oder mich so außerstande gefühlt, ihr zu helfen.

»Wie kann er es wagen, so mit dir zu sprechen?«, sagte ich. »Dieser grausame alte Trottel...« Aber das wollte sie offensichtlich nicht hören.

»Nein«, sagte sie. »Darum geht es nicht. Er hat ganz recht. Sie wissen es besser, Bridey und seine Witwe, sie haben es schwarz auf weiß, sie haben ihr Regelwerk für einen Penny an der Kirchentür gekauft. Dort bekommt man alles für einen Penny, schwarz auf weiß, und niemand sieht dich bezahlen, nur eine alte Frau mit einem Besen am anderen Ende, die bei den Beichtstühlen zugange ist, und eine junge Frau, die vor der Schmerzensreichen Muttergottes eine Kerze anzündet. Wirf einen Penny in den Kasten oder auch nicht, ganz wie du willst, und nimm deinen Katechismus mit. Da steht es, schwarz auf weiß.

Und alles zusammengefasst in einem einzigen Ausdruck,

einem kategorischen, tödlichen Begriff, der ein ganzes Leben erfasst:

›In Sünde leben‹. Damit meinen sie nicht nur unrecht tun, wie ich in Amerika – denn wer unrecht tut und weiß, dass es unrecht ist, kann damit aufhören und es vergessen. Es ist nicht das, was Brideys Pennymoral nicht duldet. Er meint genau das, was schwarz auf weiß dasteht.

›In Sünde leben‹, mit der Sünde, die unabänderlich und von der Welt abgeschirmt wie ein zurückgebliebenes Kind gehätschelt wird. ›Arme Julia‹, sagen sie. ›Sie kann nicht ausgehen. Sie muss sich um ihre Sünde kümmern. Wie unerfreulich, dass sie überlebt hat, aber sie ist so stark. Bei solchen Kindern ist das immer so. Julia ist so gut zu ihrer verrückten kleinen Sünde.‹«

Erst vor einer Stunde, bei Sonnenuntergang, hat sie ihren Ring im Wasser hin- und hergedreht und die Tage des Glücks gezählt, dachte ich. Und nun, unter den ersten Sternen, in dem letzten grauen Flüstern des Tages, dieser rätselhafte Ausbruch von Verzweiflung! Was war mit uns im Bemalten Salon geschehen? Welcher Schatten war im Schein der Kerzen auf uns gefallen? Zwei grausame Sätze und eine abgedroschene Redewendung. Sie war außer sich, ihre Stimme, mal erstickt an meiner Brust, mal klar und schmerzerfüllt, erreichte mich in einzelnen Worten und abgerissenen Sätzen.

»Vergangenheit und Zukunft; die Jahre, in denen ich versuchte, eine gute Ehefrau zu sein, inmitten des Zigarrenrauchs, während die Steine auf dem Backgammonbrett klapperten, und der Mann, der kein richtiger war, am Herrentisch die Gläser füllte; die Zeit, in der ich versuchte, sein Kind auf die

Welt zu bringen, zerrissen von etwas, das schon nicht mehr am Leben war; als ich ihn wegschob, ihn vergaß und dich fand, die letzten beiden Jahre mit dir, die ganze Zukunft mit dir, alle Zukunft mit dir oder ohne dich, der bevorstehende Krieg, das Ende der Welt – alles Sünde.

Ein Wort aus der Vorzeit, von Nanny Hawkins, die am Kamin saß und stickte, während das Nachtlicht vor der Herz-Jesu-Abbildung brannte. Cordelia und ich mit dem Katechismus, in Mummys Zimmer, sonntags vor dem Mittagessen. Mummy nahm meine Sünde mit in die Kirche, gebeugt unter dieser Last kniete sie mit ihrem schwarzen Spitzenschleier in der Kapelle nieder. In London stahl sie sich mit ihr aus dem Haus, bevor die Feuer im Kamin entzündet wurden, ging mit ihr durch die leeren Straßen, wo die Ponys des Milchmanns mit den Vorderhufen auf dem Pflaster standen. Mummy starb an meiner Sünde, die sie von innen her auffraß und grausamer war als ihre eigene tödliche Krankheit.

Mummy starb daran, Christus starb daran, Hände und Füße ans Kreuz genagelt, so hing er über dem Bett im nächtlichen Kinderzimmer, und so auch in dem dunklen kleinen Arbeitszimmer in der Farm Street mit dem glänzenden Wachstuch. Er hing in der dunklen Kirche, wo nur die alte Reinemachefrau Staub aufwirbelt und eine Kerze brennt. Er hängt dort um die Mittagszeit, hoch über der Menge und den Soldaten, und erhält keinen Trost bis auf einen in Essig getränkten Schwamm und die freundlichen Worte eines Diebes. So hängt er auf ewig; kein kühles Grab, keine leinenen Tücher darin, kein Öl und keine Spezereien, immer nur die Mittagssonne und die klappernden Würfel, mit denen die Soldaten um das aus einem Stück gewebte Gewand spielen.

Es gibt keinen Weg zurück, die Tore sind verschlossen, alle Heiligen und die Engel an der Mauer postiert. Weggeworfen, verscharrt, modernd. Der alte lupusgeplagte Mann, der beim Anbruch der Dunkelheit mit seinem gegabelten Holzstock hinaushumpelt, um in den Abfällen zu wühlen, in der Hoffnung auf etwas, das er in seinen Sack stecken kann, etwas, das sich zu Geld machen lässt, wendet sich schaudernd ab.

Namenlos und tot wie mein Baby, das sie in Tücher wickelten und mir wegnahmen, bevor ich es sehen konnte.«

Unter Tränen redete sie sich stumm. Ich konnte nichts tun; ich trieb auf einer seltsamen See, meine Hände ruhten kalt und steif auf den Metallfäden ihrer Tunika, meine Augen waren trocken. Als sie sich jetzt in der Dunkelheit an mich klammerte, war ich genauso weit von ihr entfernt wie damals vor Jahren, als ich ihr auf dem Weg vom Bahnhof eine Zigarette angezündet hatte, so weit weg wie in der Zeit, als ich nicht an sie dachte, in den dürren, leeren Jahren im alten Pfarrhaus und im Dschungel.

Tränen entspringen aus Worten; als sie schwieg, verebbte auch das Weinen. Sie richtete sich auf, rückte ein Stück von mir ab, nahm mein Taschentuch, fröstelte und stand auf.

»Tja«, sagte sie, und jetzt klang ihre Stimme fast wieder normal. »Bridey hat wirklich ein Talent dafür, eine Bombe platzen zu lassen, nicht?«

Ich folgte ihr ins Haus und in ihr Zimmer, wo sie sich vor den Spiegel setzte. »Dafür, dass ich gerade einen hysterischen Anfall hatte, ist es nicht allzu schlimm«, sagte sie. Ihre Augen schienen unnatürlich groß und hell, die Wangen blass mit zwei roten Flecken, wo sie als junges Mädchen Rouge aufgetragen hatte. »Die meisten hysterischen Frauen sehen aus, als hätten sie eine böse Erkältung gehabt. Du wechselst besser das Hemd, bevor du hinuntergehst, es ist voller Tränen und Lippenstift.«

»Gehen wir denn noch einmal hinunter?«

»Aber natürlich, wir können den armen Bridey am Abend seiner Verlobung doch nicht allein lassen.«

Als ich zu ihr zurückkam, sagte sie: »Diese entsetzliche Szene tut mir leid, Charles. Ich habe keine Erklärung dafür.«

Brideshead saß in der Bibliothek, rauchte seine Pfeife und las seelenruhig einen Kriminalroman.

»War es schön draußen? Wenn ich gewusst hätte, dass ihr noch einmal rausgeht, wäre ich mitgekommen.«

»Ziemlich kalt.«

»Ich hoffe, dass es Rex nichts ausmacht, wenn er hier ausziehen muss. Barton Street ist viel zu klein für uns und die drei Kinder. Außerdem gefällt es Beryl auf dem Land. In seinem Brief hat Papa den Vorschlag gemacht, mir das Anwesen gleich zu überschreiben.«

Ich erinnerte mich daran, wie Rex mich bei meinem ersten Besuch als Julias Gast begrüßt hatte. »Ein ausgezeichnetes Arrangement«, hatte er gesagt. »Genau nach meinem Geschmack. Der alte Herr hält alles in Schuss, Bridey kümmert sich um die Angelegenheiten mit den Pächtern, und ich kann kostenlos hier residieren. Ich muss nur für die Verpflegung und den Lohn der Hausangestellten aufkommen. Mehr kann man nicht verlangen, was?«

»Das wird ihm wohl kaum gefallen«, sagte ich.

»Ach, er findet bestimmt irgendein neues Schnäppchen«, sagte Julia. »Verlasst euch drauf.«

»Beryl hat ein paar Möbel, an denen sie sehr hängt. Ich weiß nicht, ob sie hierherpassen würden. Kommoden aus Eichenholz, Truhen und so weiter. Ich dachte, man könnte sie in Mummys altes Zimmer stellen.«

»Ja, da wären sie sicher gut untergebracht.«

So saßen Bruder und Schwester beieinander und diskutierten über die Umgestaltung des Hauses, bis es Zeit wurde, zu Bett zu gehen. ›Erst vor einer Stunde hat sie sich in der schwarzen Nische der Buchsbaumhecke über den Tod ihres Gottes die Augen ausgeweint‹, dachte ich, ›und jetzt debattiert sie darüber, ob Beryls Kinder den früheren Rauchsalon oder den Unterrichtsraum bekommen sollen.‹ Ich verstand gar nichts mehr.

»Julia«, sagte ich später, als Brideshead schon nach oben gegangen war. »Hast du je ein Bild von Holman Hunt mit dem Titel *Erwachendes Gewissen* gesehen?«

»Nein.«

Vor einigen Tagen hatte ich ein Exemplar von Ruskins Werk über die Präraffaeliten in der Bibliothek entdeckt; jetzt suchte ich es und las ihr seine Beschreibung vor. Sie lachte.

»Du hast völlig recht. Genau das ging in mir vor.«

»Aber, Liebling, ich kann nicht glauben, dass diese Tränenflut nur von ein paar Worten aus Brideys Mund ausgelöst wurde. Du musst dir schon vorher Gedanken darum gemacht haben.«

»Kaum, nur hin und wieder. In letzter Zeit mehr, wegen der Posaunen des Jüngsten Gerichts.«

»Sicher ist das eine Sache, die Psychologen erklären könnten, eine Vorkonditionierung aus der Kindheit, Schuldgefühle, die man dir als kleines Kind eingetrichtert hat. Im Grunde deines Herzens weißt du doch, dass es Unfug ist, oder?«

»Ich wünschte, es wäre so!«

»Sebastian hat einmal fast dasselbe zu mir gesagt.«

»Er hat übrigens wieder zur Kirche zurückgefunden. Natürlich hat er sie auch nie so konsequent verlassen wie ich. Ich bin zu weit gegangen, und jetzt gibt es kein Zurück mehr, das weiß ich, falls du das gemeint hast, als du Unfug sagtest. Ich kann nur darauf hoffen, dass ich mein Leben in irgendeiner Art auf menschliche Weise regeln kann, bevor alle menschliche Ordnung ein Ende hat. Ich will dich heiraten. Ein Kind von dir haben. Das ist etwas, das ich tun kann... Komm, wir gehen noch einmal nach draußen. Der Mond müsste jetzt aufgegangen sein.«

Der Mond war voll und stand sehr hoch. Wir gingen um das ganze Haus herum. Unter den Linden blieb Julia stehen und brach müßig einen der langen Triebe ab, die im letzten Jahr aus den Stämmen gesprossen waren. Im Gehen schälte sie die Rinde davon ab, um sich eine Rute zu machen, wie Kinder es tun, aber gereizt, gar nicht wie ein Kind. Nervös zerdrückte sie die Blätter zwischen den Fingern und kratzte mit den Nägeln am Holz.

Und wieder standen wir vor dem Brunnen.

»Es ist wie die Kulisse für eine Komödie«, sagte ich. »Szene: Barocker Springbrunnen auf einem Adelssitz. Erster Akt, Sonnenuntergang; zweiter Akt, Abenddämmerung; dritter Akt, Mondschein. Die Figuren versammeln sich ohne erkennbaren Grund immer wieder am Brunnen.«

»Komödie?«

»Drama. Tragödie. Farce. Was du willst. Das ist die Versöhnungsszene.«

»Gab es denn Streit?«

»Entfremdung und Missverständnisse im zweiten Akt.«

»Ach, rede doch nicht so verdammt besserwisserisch. Warum musst du immer alles aus zweiter Hand betrachten? Warum muss das ein Theaterstück sein? Warum mein Gewissen ein präraffaelitisches Gemälde?«

»So bin ich nun mal.«

»Ich hasse es.«

Ihr Zorn kam genauso unerwartet wie alles andere an diesem Abend voller wechselnder Stimmungen. Plötzlich schlug sie mir mit der Rute ins Gesicht. Es war ein böser, schmerzhafter Hieb, mit voller Kraft.

»Siehst du jetzt, wie ich es hasse?«

Sie schlug erneut zu.

»Na schön«, sagte ich. »Mach nur weiter.«

Da hielt sie mit erhobener Hand inne und warf die halb entrindete Rute ins Wasser, wo sie schwarz und weiß im Mondschein trieb.

»Hat es weh getan?«

»Ja.«

»Wirklich?... War ich das?«

Und schon war ihr Zorn wieder verflogen, und erneut benetzten Tränen meine Wange. Ich hielt sie auf Armeslänge von mir weg, und sie schmiegte den gesenkten Kopf an meine Hand auf ihrer Schulter. Dabei machte sie ein Gesicht wie eine Katze, im Gegensatz zu einer Katze aber lief ihr eine Träne über die Wange.

»Katze auf dem Dach«, sagte ich.

»Du Mistkerl!«

Sie biss nach meiner Hand, doch als ich sie nicht fortzog und ihre Zähne mich berührten, verwandelte sie den Biss in einen Kuss, und aus dem Kuss wurde eine leckende Zunge.

»Katze im Mondschein.«

Das war die Stimmung, in der ich sie kannte. Wir gingen zurück zum Haus. Als wir in die erleuchtete Halle traten, sagte sie: »Dein armes Gesicht«, und berührte die Striemen. »Wird man es morgen sehen können?«

»Vermutlich schon.«

»Charles, werde ich verrückt? Was ist heute Abend nur los mit mir? Ich bin so müde.«

Sie gähnte, und dann folgte ein richtiger Gähnanfall. Sie setzte sich an ihren Frisiertisch, mit gesenktem Kopf, so dass ihr die Haare ins Gesicht fielen, und konnte gar nicht mehr aufhören zu gähnen. Als sie wieder aufsah, erblickte ich über ihre Schulter hinweg im Spiegel ein Gesicht, das vor Müdigkeit ganz benommen war, wie das eines Soldaten auf dem Rückzug, und daneben mein eigenes, auf dem sich zwei dunkelrote Linien abzeichneten.

»So müde«, wiederholte sie, streifte die goldene Tunika ab und ließ sie zu Boden fallen, »müde, verrückt und zu nichts zu gebrauchen.«

Ich half ihr ins Bett; die blauen Lider schlossen sich über den Augen, die blassen Lippen bewegten sich auf dem Kopfkissen, doch ob sie mir gute Nacht sagte oder ein Gebet murmelte – irgendeinen Kindervers, der ihr jetzt in der dämmrigen Welt voller Kummer und Schlaf wieder einfiel: ein uralter frommer Reim, der aus der Zeit der Lasttiere auf dem Pilgerweg bis zu Nanny Hawkins gedrungen war und der sich nach Jahrhunderten abendlichen Flüsterns über alle Sprachveränderungen hinweg bis heute behauptet hatte –, das hätte ich nicht zu sagen vermocht.

Am nächsten Tag waren Rex und seine politischen Verbündeten im Haus.

»Sie werden nicht kämpfen.«

»Sie können nicht kämpfen, sie haben kein Geld, sie haben kein Öl.«

»Sie haben kein Wolfram und keine Männer.«

»Sie haben keinen Mumm.«

»Sie haben Angst.«

»Angst vor den Franzosen, Angst vor den Tschechen, Angst vor den Slowaken, Angst vor uns.«

»Sie bluffen nur.«

»Natürlich bluffen sie. Wo ist ihr Wolfram? Ihr Mangan?«

»Wo ist ihr Chrom?«

»Ich sage euch eins…«

»Hört mal zu, das ist gut; Rex wird euch was erzählen.«

»… ein Freund von mir, der mit dem Wagen im Schwarzwald unterwegs war, ist gerade wieder zurückgekommen und hat es mir beim Golfspielen erzählt. Also, er bog von einem Seitenweg auf die Hauptstraße ab, und worauf stieß er? Auf einen Militärkonvoi! Er konnte nicht rechtzeitig bremsen und prallte voll in einen Panzer. Er sah sich schon im Jenseits… Nein, wartet, das Lustige kommt erst.«

»Das Lustige kommt erst.«

»Er fuhr einfach durch den Wagen durch, ohne sich auch nur einen Kratzer im Lack zu holen! Ob ihr's glaubt oder nicht: Der Panzer bestand aus Segeltuch – ein Rahmen aus Bambus mit bemaltem Segeltuch.«

»Sie haben keinen Stahl.«

»Sie haben keine Werkzeuge. Sie haben keine Arbeitskräfte. Sie sind am Verhungern. Sie haben kein Fett. Die Kinder haben Rachitis.«

»Die Frauen sind unfruchtbar.«

»Die Männer sind impotent.«

»Sie haben keine Ärzte.«

»Die Ärzte waren Juden.«

»Jetzt haben sie die Schwindsucht.«

»Jetzt haben sie die Syphilis.«

»Göring hat einem Freund von mir gesagt...«

»Goebbels hat einem Freund von mir gesagt...«

»Ribbentrop hat mir gesagt, dass das Militär Hitler nur an der Macht hält, solange er leichtes Spiel hat. Sobald sich ihm jemand entgegenstellt, ist er erledigt. Das Militär wird ihn erschießen.«

»Die Liberalen werden ihn aufhängen.«

»Die Kommunisten werden ihn vierteilen.«

»Er wird sich selbst vernichten.«

»Ohne Chamberlain wäre es schon so weit.«

»Oder Halifax.«

»Oder Sir Samuel Hoare.«

»Und das Komitee von 1922.«

»Die Pazifisten.«

»Das Außenministerium.«

»Die New Yorker Banken.«

»Alles, was wir bräuchten, wären ein paar klare, entschiedene Worte.«

»Worte von Rex.«

»Und Worte von mir.«

»Wir werden Europa sagen, wo's langgeht. Europa wartet auf eine Rede von Rex.«

»Und eine Rede von mir.«

»Und von mir auch. Wir müssen die freiheitsliebenden Völker der Welt um uns scharen. Deutschland wird sich erheben, Österreich wird sich erheben. Die Tschechen und Slowaken wahrscheinlich ebenfalls.«

»Auf eine Rede von Rex und eine von mir.«

»Wie wär's mit einer Partie Bridge? Einem Whisky? Wer von euch Jungs möchte eine Zigarre? He, ihr beiden, geht ihr raus?«

»Ja, Rex«, sagte Julia. »Charles und ich schauen uns den Mond an.«

Wir schlossen die Flügeltüren hinter uns, und die Stimmen verebbten. Der Mondschein lag wie Rauhreif auf der Terrasse, und die Musik des Brunnens sickerte in unsere Ohren. Die steinernen Balustraden der Terrasse hätten die Mauern von Troja sein können, und in dem stillen Park hätten griechische Zelte stehen können, wo nachts Cressida ruhte.

»Ein paar Tage, ein paar Monate.«

»Wir dürfen keine Zeit verlieren.«

»Ein ganzes Leben zwischen dem Aufgehen des Mondes und seinem Untergang. Dann Dunkelheit.«

4

»Und natürlich wird Celia das Sorgerecht für die Kinder bekommen.«

»Natürlich.«

»Was soll aus dem alten Pfarrhaus werden? Ich kann mir nicht vorstellen, dass du dich mit Julia genau neben uns niederlassen willst. Die Kinder betrachten es als ihr Heim, verstehst du? Robin wird kein eigenes Zuhause haben, bis sein Onkel stirbt. Schließlich hast du das Atelier nie benutzt, oder? Robin hat erst neulich gesagt, was für ein schönes Spielzimmer es sein könnte – groß genug für Badminton.«

»Robin kann das alte Pfarrhaus haben.«

»Und nun zu den Finanzen. Celia und Robin wollen natürlich nichts für sich selbst, aber was ist mit der Ausbildung der Kinder?«

»Das ist kein Problem. Ich werde die Anwälte damit beauftragen.«

»Nun, ich denke, das wäre alles«, sagte Mulcaster. »Weißt du, ich habe schon viele Scheidungen im Leben erlebt, aber keine, bei der es so gut für alle Betroffenen ausging. Fast immer kommt es zum Streit, sobald man ins Detail geht, ganz gleich, welche guten Vorsätze man am Anfang noch gehabt haben mochte. Versteh mich recht, ich will damit nicht sagen, dass es in den letzten beiden Jahren nicht auch Zeiten gab, in denen du Celia meiner Meinung nach ein bisschen ruppig behandelt hast. Wenn es um die eigene Schwester geht, ist es zwar schwer zu beurteilen, aber ich fand sie immer sehr attraktiv, die Art von Frau, um die sich die Männer reißen – und obendrein mit einem Händchen für Kunst, genau das, was du brauchtest. Andererseits muss ich zugeben, dass du einen guten Geschmack hast. Ich hatte schon immer eine Schwäche für Julia. Na egal, so wie die Dinge sich entwickelt haben, scheinen alle zufrieden zu sein. Robin ist seit einem Jahr oder vielleicht auch schon länger verrückt nach Celia. Kennst du ihn eigentlich?«

»Flüchtig. Ein halbgares, pickliges Früchtchen, wenn ich mich recht erinnere.«

»Ach, das würde ich so nicht sagen. Er ist natürlich ziemlich jung, aber die Hauptsache ist, dass Johnjohn und Caroline ihn anhimmeln. Du hast zwei fabelhafte Kinder, Charles. Bestell Julia viele Grüße und alles Gute von ihrem alten Freund.«

»Du lässt dich also scheiden«, sagte mein Vater. »Ist das nicht völlig unnötig, nachdem ihr so viele Jahre glücklich wart?«

»Wir waren nicht besonders glücklich, weißt du.«

»Ach, wirklich nicht? Ich erinnere mich genau, wie ich euch letztes Jahr an Weihnachten gesehen und bei mir gedacht habe, wie glücklich du aussiehst und woran das wohl liegen mag. Du wirst feststellen, dass es sehr mühselig ist, noch einmal ganz von vorn anzufangen, weißt du? Wie alt bist du jetzt – vierunddreißig? In dem Alter beginnt man nichts Neues. Du solltest allmählich zur Ruhe kommen. Hast du schon irgendwelche Pläne?«

»Ja. Ich heirate wieder, sobald die Scheidung durch ist.«

»Was für ein ausgemachter Humbug! Ich kann ja verstehen, dass man wünscht, nie geheiratet zu haben, und versucht, aus der Ehe herauszukommen – obwohl ich selbst nie etwas in dieser Art empfunden habe –, aber sich von einer Frau zu trennen, nur um dann gleich eine andere zu heiraten, ist doch Unsinn. Celia war immer sehr zuvorkommend mir gegenüber. Auf gewisse Art mochte ich sie sogar ganz gern. Wenn du mit ihr nicht glücklich sein konntest, warum um alles in der Welt solltest du dann mit jemand anderem glücklich werden? Hör auf mich, mein lieber Junge, und gib den Plan auf.«

»Was haben Julia und ich damit zu tun?«, fragte Rex. »Wenn Celia wieder heiraten will, bitte sehr, dann soll sie es tun. Das ist deine Sache und ihre. Aber ich hätte gedacht, dass Julia und ich ganz gut mit dem jetzigen Arrangement leben können. Ihr könnt nicht behaupten, dass ich Schwierigkeiten gemacht hätte. Andere Männer wären verdammt unangenehm geworden. Ich denke, ich bin ein Mann von Welt. Ich habe eine Menge zu tun. Aber eine Scheidung ist eine andere Sache. Ich habe noch nie erlebt, dass eine Scheidung gut für jemanden war.«

»Das ist deine Angelegenheit und Julias.«

»Oh, Julia ist wild entschlossen. Ich hoffte, du könntest sie umstimmen. Ich habe, so gut ich konnte, versucht, euch nicht im Weg zu sein. Falls ihr es anders empfunden habt, sag es mir, ich bin euch nicht böse. Aber im Moment ist es ein bisschen viel, gerade jetzt, da Bridey mich aus dem Haus werfen will. Es ist lästig, und ich habe noch so viel anderes, worum ich mich kümmern muss.«

Sein öffentliches Leben stand vor einem entscheidenden Punkt. Die Dinge waren nicht so glatt gelaufen, wie er es sich erhofft hatte. Ich hatte keine Ahnung von Finanzgeschäften, doch war mir zu Ohren gekommen, dass seine Transaktionen bei eingefleischten Konservativen sehr schlecht angesehen waren, und selbst seine guten Eigenschaften, Freundlichkeit und Impulsivität, sprachen gegen ihn, denn über seine Partys auf Brideshead wurde viel getratscht. Die Zeitungen berichteten ständig in aller Ausführlichkeit über ihn, und er war mit Medienzaren und ihrem traurigen, lächelnden Gefolge auf Du und Du; in seinen Reden sagte er Dinge, die in der Fleet Street Schlagzeilen machten, und das brachte ihm bei der Spitze seiner eigenen Partei nicht unbedingt Ansehen ein. Nur der Krieg konnte sein Schicksal wieder ins Lot und ihn an die Macht bringen. Eine Scheidung hätte ihm nicht besonders geschadet; es war eher so, dass er sich gerade jetzt, da der Einsatz so hoch war, nicht vom Spieltisch lösen konnte.

»Wenn Julia auf einer Scheidung besteht, muss es wohl sein«, sagte er. »Aber sie hätte sich wirklich keinen schlechteren Zeitpunkt aussuchen können. Sag ihr, sie soll noch ein bisschen warten, Charles, tu mir den Gefallen.«

»Brideys Witwe sagte: ›Du lässt dich also von einem geschiedenen Mann scheiden und heiratest einen anderen Geschiedenen. Das klingt ziemlich kompliziert, meine Liebe‹ – sie hatte mich schon etwa zwanzigmal ›meine Liebe‹ genannt – ›aber für gewöhnlich gibt es in jeder katholischen Familie ein schwarzes Schaf, und das ist meistens das netteste Familienmitglied von allen.‹«

Julia war gerade von einem Mittagessen bei Lady Rosscommon zu Ehren von Bridesheads Verlobung gekommen.

»Wie ist sie?«

»Majestätisch und üppig, recht gewöhnlich natürlich, heisere Stimme, großer Mund, kleine Augen, gefärbtes Haar – ich sag dir eins, sie hat Bridey in Hinblick auf ihr Alter belogen. Sie ist mindestens fünfundvierzig. Ich glaube nicht, dass sie ihm noch einen Erben schenken wird. Bridey himmelt sie an. Er hat sie während des ganzen Essens angeglotzt, es war widerlich.«

»Ist sie nett?«

»Ach, du meine Güte, ja, auf eine herablassende Art. Weißt du, ich stelle mir vor, dass sie in ihren Marinekreisen einen bestimmten Kommandoton gewohnt war, kein Wunder bei all den Flaggleutnants in ihrer Umgebung und den jungen Offizieren, die sich bei ihr einschmeicheln wollten. Nun, bei Tante Fanny war das natürlich nicht angebracht, daher war sie wahrscheinlich ziemlich froh, mich als schwarzes Schaf dazuhaben. Sie hat sich völlig auf mich konzentriert, bat mich um Rat in puncto Einkaufen und dergleichen und erklärte dann ziemlich demonstrativ, dass sie mich *in London* oft zu sehen hoffte. Ich glaube, Brideys Skrupel beschränken sich darauf, dass er nicht will, dass sie und ich unter einem Dach schlafen. Offensichtlich kann ich ihr in einem Hutgeschäft, beim Friseur oder beim Lunch im Ritz nicht schaden. Jedenfalls sind es allein Brideys Skrupel; die Witwe ist gar nicht so zartbesaitet.«

»Kommandiert sie ihn herum?«

»Noch nicht sehr. Er ist ganz verrückt nach ihr, der arme Trottel, und weiß nicht so recht, woran er mit ihr ist. Sie ist eine gute Mutter, die ihren Kindern ein stabiles Zuhause verschaffen will und sich durch nichts davon abbringen lässt. Wenn du mich fragst, spielt sie die religiöse Karte nur aus, weil sie ihr nützt; ist erst einmal alles geregelt, wird sie alles gar nicht so streng sehen.«

Unsere Freunde zerrissen sich die Mäuler über die Scheidungen; selbst in diesem Sommer allgemeiner Alarmbereitschaft gab es noch stille Winkel, wo Privatangelegenheiten ein Höchstmaß an Aufmerksamkeit erzielten. Meine Frau schaffte es, den Eindruck zu erwecken, dass ihr die Glückwünsche und mir die Vorwürfe gebührten, nachdem sie sich so wundervoll verhalten und die Situation länger ertragen hatte, als irgendwer anders es je tun würde. Robin sei zwar sieben Jahre jünger und ein wenig unreif für sein Alter, tuschelte man hinter ihrem Rücken, aber er läge der armen Celia zu Füßen, und das hätte sie nach allem, was sie durchgemacht hatte, ja nun wirklich verdient. Was Julia und mich anging, so war es immer dasselbe. »Um es salopp auszudrücken«, meinte mein Cousin Jasper, als hätte er sich jemals anders ausgedrückt, »ich verstehe nicht, was dir eine Heirat überhaupt bringen soll.«

Der Sommer verging. Rasende Menschenmassen jubelten Neville Chamberlain nach seiner Rückkehr aus München zu, und Rex hielt eine fanatische Rede im Unterhaus, die sein Schicksal so oder so besiegelte. Es war ein Siegel, wie man es von Marinebefehlen kennt, die manchmal erst auf hoher See gelesen werden. Julias Familienanwälte, deren schwarze Blechkästen mit der Aufschrift »Marquis von Marchmain« ein ganzes Zimmer zu füllen schienen, setzten den langwierigen Prozess ihrer Scheidung in Gang, während meine erheblich effizientere Kanzlei nur zwei Türen weiter mit meiner Angelegenheit schon um Wochen weiter war. Rex und Julia mussten sich formell trennen, und da Brideshead momentan noch ihr Zuhause war, blieb sie dort, und Rex schaffte seine Truhen und seinen Kammerdiener in ihr gemeinsames Haus in London. Die Beweise gegen Julia und mich wurden in meiner Wohnung aufgenommen und das Datum für Bridesheads Hochzeit auf Anfang der Weihnachtsferien festgesetzt, damit seine zukünftigen Stiefkinder daran teilnehmen konnten.

Eines Nachmittags im November standen Julia und ich am Fenster des Salons und sahen zu, wie der Wind die Linden entlaubte. Er streifte die gelben Blätter ab und wirbelte sie auf und über die Terrasse und Wiesen, er schleifte sie durch Regenpfützen und nasses Gras, klebte sie an Mauern und Fensterscheiben und ließ sie am Ende in feuchten Häufchen vor dem Gemäuer liegen.

»Wir werden sie im Frühling nicht wiedersehen«, sagte Julia. »Vielleicht sogar nie wieder.«

»Ich bin schon einmal von hier fortgegangen und dachte, ich würde nie wiederkommen«, sagte ich.

»Vielleicht erst nach Jahren, zu dem, was dann noch übrig ist, mit dem, was dann von uns noch übrig ist...«

Eine Tür öffnete und schloss sich im dämmrigen Raum hinter uns. Wilcox kam durch das Licht vom Kamin ins Halbdunkel vor den hohen Fenstern.

»Lady Cordelia hat angerufen, Mylady.«

»Lady Cordelia! Wo ist sie?«

»In London, Mylady.«

»Wilcox, wie schön! Kommt sie nach Hause?«

»Sie war gerade auf dem Weg zum Bahnhof. Sie wird nach dem Abendessen hier eintreffen.«

»Ich habe sie seit zwölf Jahren nicht gesehen«, sagte ich, seit dem Abend, an dem wir zusammen gegessen hatten und sie davon sprach, Nonne zu werden, dem Abend, an dem ich den Salon im Marchmain House gemalt hatte. »Sie war ein bezauberndes Kind.«

»Sie hat ein seltsames Leben. Zuerst das Kloster, dann, als das nicht klappte, der Krieg in Spanien. Seitdem habe ich sie nicht mehr gesehen. Die anderen jungen Frauen, die mit dem Roten Kreuz dort waren, kamen zurück, nachdem der Krieg zu Ende war; sie aber blieb da, brachte die Leute zurück in ihre Häuser, half in den Gefangenenlagern. Ein seltsames Ding. Der Liebreiz ist weg.«

»Weiß sie von uns?«

»Ja, sie hat mir einen rührenden Brief geschrieben.«

Es tat weh, sich vorzustellen, dass Cordelia ihren Liebreiz verloren hatte, dass die Glut ihrer Liebe sich darin erschöpft hatte, Verwundeten Medikamente zu spritzen oder Entlausungspulver zu verteilen. Als sie ankam, erschöpft von der Reise, schäbig gekleidet und mit den Bewegungen eines Menschen, dem nichts daran liegt, anderen zu gefallen, fand ich sie hässlich. Seltsam, dachte ich, wie aus denselben Bestandteilen in unterschiedlicher Verteilung Brideshead, Sebastian, Julia und sie hatten hervorgehen können. Sie war unverkennbar ihre Schwester, doch ohne Julias oder Sebastians Anmut oder Brideshead Gesetztheit. Cordelia wirkte lebhaft und pragmatisch, geprägt von der Realität des Lagers oder des Verbandsplatzes, so gewöhnt an schweres Leiden, dass ihr die feineren Nuancen der Anmut abhandengekommen waren. Sie sah älter aus als sechsundzwanzig, das harte Leben hatte sie rauh gemacht, der ständige Gebrauch einer fremden Sprache die Eleganz ihrer Ausdrucksweise geschmälert. Sie saß ein bisschen breitbeinig vor dem Feuer, und als sie sagte: »Es ist wunderbar, wieder zu Hause zu sein«, klang es in meinen Ohren wie das Knurren eines Tiers, das in seinen Korb zurückkehrt.

Das waren meine Eindrücke in der ersten halben Stunde, und sie wurden noch verstärkt vom Kontrast zu Julias weißer Haut, ihrer Seide und den Juwelen im Haar, aber auch von meinen Erinnerungen an Cordelia als Kind.

»Meine Aufgabe in Spanien ist beendet«, sagte sie. »Die Obrigkeiten waren sehr höflich, bedankten sich für alles, was ich geleistet habe, verliehen mir einen Orden und schickten mich nach Hause. Sieht so aus, als würde es hier bald sehr viel Arbeit von der gleichen Sorte geben.«

Dann fragte sie: »Ist es zu spät, um Nanny zu besuchen?«

»Nein, sie sitzt Tag und Nacht vor ihrem Radio.«

So gingen wir hinauf, alle drei zusammen, zum alten Kinderzimmer. Julia und ich verbrachten immer einen Teil des Tages hier oben. Nanny Hawkins und mein Vater waren zwei Menschen, denen Veränderungen nichts anzuhaben schienen. Keiner von beiden wirkte auch nur eine Stunde älter als zu der Zeit, da ich sie zum ersten Mal gesehen hatte. Ein Radio war die neueste Errungenschaft in Nanny Hawkins' Sammlung kleiner Freuden auf dem Tisch – neben dem Rosenkranz, dem Adelsverzeichnis, das sauber in braunes Packpapier eingeschlagen war, um den rotgoldenen Umschlag zu schonen, den Fotos und Andenken aus den Ferien.

Als wir ihr erzählt hatten, dass Julia und ich heiraten würden, meinte sie: »Nun, mein Liebes, ich hoffe, es wird zu deinem Besten sein«, denn es gehörte nicht zu ihrer Frömmigkeit, darüber zu urteilen, ob Julias Handeln angemessen war.

Brideshead war nie ihr Liebling gewesen, daher hatte sie zu der Nachricht von seiner Verlobung nur gesagt: »Es wurde ja auch langsam Zeit«, und als die Suche im *Debrett's* keine Informationen über Mrs Muspratt und ihre Verwandtschaft erbrachte, setzte sie noch hinzu: »Da hat sie wirklich einen guten Fang gemacht.«

Jetzt trafen wir sie wie immer abends vor dem Kamin an, mit ihrer Teekanne und der Wolldecke, an der sie arbeitete.

»Ich wusste, dass du kommen würdest«, sagte sie. »Mr Wilcox hat mir ausrichten lassen, dass du unterwegs bist.«

»Ich habe dir Spitzen mitgebracht.«

»Ach, Kindchen, wie nett von dir. Genau solche, wie Ihre arme Ladyschaft sie zur Kirche getragen hat. Nur warum sie schwarz sein mussten, hab ich nie verstanden, wo doch Spitze von Natur aus weiß ist. Damit hast du mir eine große Freude gemacht!«

»Darf ich das Radio abstellen, Nanny?«

»Aber sicher, ich habe gar nicht gemerkt, dass es noch an war, so sehr freue ich mich, dich zu sehen. Was hast du denn mit deinem Haar gemacht?«

»Ich weiß, es ist schrecklich. Jetzt, da ich zurück bin, muss ich das alles wieder in Ordnung bringen. Liebste Nanny.«

Als wir so dasaßen und erzählten und ich sah, wie zärtlich Cordelia uns alle betrachtete, realisierte ich langsam, dass auch sie eine eigene Art von Schönheit besaß.

»Letzten Monat habe ich Sebastian gesehen.«

»Wie lange ist er jetzt schon fort! Geht es ihm gut?«

»Nicht besonders. Deshalb bin ich zu ihm gefahren. Von Spanien ist es nicht weit bis Tunis, weißt du? Er lebt dort bei den Mönchen.«

»Hoffentlich kümmern sie sich gut um ihn. Ich kann mir vorstellen, dass er es ihnen nicht leichtmacht. Er schreibt mir jedes Jahr zu Weihnachten, aber das ist nicht dasselbe, wie ihn zu Hause zu haben. Warum ihr alle ständig im Ausland sein müsst, habe ich nie verstanden. Genau wie Seine Lordschaft. Als man von einem Krieg gegen München sprach, sagte ich mir: ›Cordelia, Sebastian und Seine Lordschaft – alle im Ausland; das ist bestimmt sehr gefährlich für sie.‹«

»Ich wollte ihn mit nach Hause nehmen, aber er weigerte sich. Er hat sich einen Bart wachsen lassen und ist jetzt sehr fromm.«

»Das glaube ich nie im Leben. Er war immer ein kleiner Heide. Brideshead war für die Kirche bestimmt, nicht Sebastian. Und ein Bart, was sind das für Flausen! Er hatte so schöne helle Haut und sah immer frisch und sauber aus, auch wenn er sich den ganzen Tag nicht gewaschen hatte, aber bei Brideshead war nichts zu machen, egal, wie man ihn schrubbte.«

»Es ist erschreckend, wie sehr du Sebastian vergessen hast«, sagte Julia einmal.

»Er war der Vorläufer.«

»Das hast du in dem Sturm auch gesagt. Seitdem denke ich manchmal, vielleicht bin ich ja auch nur ein Vorläufer.«

Vielleicht, dachte ich, während ihre Worte noch zwischen

uns hingen wie eine Schwade Tabakrauch – ein Gedanke, der verblassen und spurlos verschwinden würde –, vielleicht sind all unsere Lieben nur Andeutungen und Symbole, eine Art Zinken, an Pförtnerhäuschen oder auf die Pflastersteine einer beschwerlichen Straße gekritzelt, die andere vor uns gegangen sind. Vielleicht sind du und ich nur Chiffren, und die Traurigkeit, die sich zuweilen zwischen uns auftut, entspringt der Enttäuschung, das Gesuchte noch nicht gefunden zu haben; jeder möchte mit Hilfe des anderen weiter- und über ihn hinwegkommen und erhascht hin und wieder einen Blick auf den Schatten, der um eine Ecke biegt, immer ein oder zwei Schritte voraus.

Ich hatte Sebastian nicht vergessen. In Julia war er täglich bei mir, oder vielleicht war es Julia, die ich in ihm gekannt hatte, in jenen fernen Tagen in Arkadien.

»Schwacher Trost für eine Frau«, sagte sie, als ich versuchte, es ihr zu erklären. »Was, wenn ich mich plötzlich als jemand ganz anderer erweise? Dann würdest du mir wohl einfach den Laufpass geben.«

Ich hatte Sebastian nicht vergessen; jeder Stein des Hauses barg eine Erinnerung an ihn, und als ich Cordelia, die ihn erst vor einem Monat gesehen hatte, von ihm erzählen hörte, sah ich meinen verlorenen Freund wieder vor mir. Beim Verlassen des Kinderzimmers sagte ich: »Ich möchte alles über Sebastian wissen.«

»Morgen. Es ist eine lange Geschichte.«

Am nächsten Tag gingen wir durch den windzerzausten Park, und sie erzählte sie mir.

»Ich hörte, dass er im Sterben lag«, sagte sie. »Ein Journalist, der gerade aus Nordafrika gekommen war, hatte es mir in Burgos erzählt. Ein armer Teufel namens Flyte, den Leuten zufolge ein englischer Lord, den die Patres halbverhungert in ihr Kloster unweit von Karthago aufgenommen hatten, erzählte man mir. Ich wusste, dass die Geschichte so nicht ganz stimmen konnte – wie wenig wir auch für Sebastian getan haben, zumindest sein Geld hat er regelmäßig bekommen –, trotzdem bin ich sofort losgefahren.

Es war ganz einfach. Ich bin zuerst zum Konsulat gegangen, und dort wusste man alles über ihn. Er lag auf der Krankenstation im Haupthaus irgendwelcher Missionare. Die Geschichte des Konsuls ging so, dass Sebastian eines Tages mit einem Bus aus Algier in Tunis aufgetaucht war und sich darum beworben hatte, als Laienbruder in der Mission aufgenommen zu werden. Die Mönche warfen einen Blick auf ihn und wiesen ihn ab. Dann fing er an zu trinken. Er wohnte in einem kleinen Hotel am Rand des arabischen Viertels. Ich bin später dorthin gegangen, um es mir anzusehen; es war eine Bar mit ein paar Zimmern im oberen Stock, geführt von einem Griechen. Es stank nach heißem Öl, Knoblauch, schalem Wein und schmutziger Wäsche. Griechische Kleinhändler kamen hierher, um Dame zu spielen und Radio zu hören. Dort blieb er einen Monat und trank griechischen Absinth, hin und wieder ging er aus, sie wussten nicht, wohin, kam zurück und trank weiter. Sie hatten Angst, dass er zu Schaden kommen könnte, und folgten ihm gelegentlich, aber er ging nur zur Kirche oder nahm einen Wagen zum Kloster außerhalb der Stadt. Die Leute liebten ihn. Man liebt ihn nach wie vor, weißt du, egal, wohin er geht, egal, in welchem Zustand er ist. Das ist etwas, das er nie verloren hat. Du hättest den Barbesitzer und seine Familie über ihn reden hören müssen, die Tränen liefen ihnen über das Gesicht. Natürlich hatten sie ihn nach Strich und Faden ausgenommen, aber sie hatten auch für ihn gesorgt und versucht, ihn zum Essen zu bewegen. Das hat sie am meisten entsetzt: dass er nicht essen wollte. Er hatte so viel Geld und war so dünn. Einige Stammkunden kamen herein, während wir uns in einem sehr kuriosen Französisch unterhielten, und alle sagten dasselbe, so ein *guter* Mensch, sagten sie, es habe sie traurig gemacht, ihn so heruntergekommen zu sehen. Sie dachten sehr schlecht über seine Familie, die ihn derart im Stich ließ; bei ihnen hätte so etwas nicht passieren können, sagten sie, und wenn du mich fragst, hatten sie recht.

Wie auch immer, das war später. Nach dem Konsul fuhr ich geradewegs zum Kloster und zum Vorsteher. Es war ein düsterer Holländer, der fünfzig Jahre in Zentralafrika verbracht hatte. Er erzählte mir seinen Teil der Geschichte, dass Sebastian vor der Tür gestanden habe, genau wie der Konsul gesagt hatte, mit seinem Bart und seinem Koffer, und darum gebeten habe, als Laienbruder aufgenommen zu werden. ›Er hat es vollkommen ernst gemeint‹, sagte der Missionar« – Cordelia machte seine tiefe Stimme nach; sie hatte schon zu Schulzeiten ein Talent zur Nachahmung gehabt, wie mir jetzt wieder einfiel –, »»bitte glauben Sie nicht, dass daran Zweifel bestehen, er ist absolut zurechnungsfähig und meint es durchaus ernst.‹ Er wollte in den Busch gehen, so weit weg wie möglich, zu den allerschlichtesten Menschen, zu den Kannibalen. Der Missionar erklärte ihm, dass sie keine Kannibalen in ihren Missionen hätten. Darauf er, nun, Pygmäen täten es auch, oder bloß ein primitives Dorf, irgendwo an einem Fluss, oder Leprakranke, Leprakranke wären das Allerbeste. Der Missionar sagte: ›Wir haben viele Leprakranke, aber sie leben in unseren Siedlungen, mit Ärzten und Nonnen. Es geht alles sehr ordentlich zu.‹ Daraufhin dachte Sebastian wieder nach und sagte, vielleicht wären Leprakranke doch nicht das, was er wollte, ob es nicht irgendwo eine kleine Kirche an einem Fluss gäbe – er wollte immer an einen Fluss, verstehst du –, auf die er aufpassen könnte, wenn der Priester nicht da war. Der Missionar sagte: ›Doch, solche Kirchen gibt es. Aber nun erzählen Sie mir mal von sich.‹ ›Ach, ich bin nichts‹, antwortete er. ›Verstehe, wir haben es mit einem schrägen Vogel zu tun‹« – wieder ahmte Cordelia ihn nach –, »»Er war ein schräger Vogel, aber er meinte es sehr ernst.‹ Der Missionar klärte ihn über das Noviziat und die Ausbildung auf und sagte: ›Sie sind kein junger Mann mehr. Sie wirken auch nicht besonders kräftig.‹ Daraufhin erwiderte Sebastian: ›Nein, ich möchte mich nicht ausbilden lassen. Ich möchte nichts tun, für das man ausgebildet sein muss.‹ Der Missionar erklärte: ›Mein Freund, was Sie brauchen, ist ein Missionar für Ihre eigene Seele‹, und er: ›Ja, das stimmt.‹ Dann schickte der Missionar ihn weg.

Am nächsten Tag kam er wieder. Er hatte getrunken. Er sagte, er habe beschlossen, Novize zu werden und sich ausbilden zu lassen. ›Gut‹, meinte der Missionar, ›es gibt allerdings einige Dinge, die ein Mann im Busch nicht tun darf. Zum Beispiel trinken. Es gibt Schlimmeres, aber es kann sich trotzdem fatal auswirken.‹ Er schickte ihn erneut weg. Dann kam er zwei- oder dreimal in der Woche, immer betrunken, bis der Missionar den Pförtner anwies, ihn nicht mehr hereinzulassen. Ich meinte: ›Ach Gott, er ist Ihnen bestimmt sehr auf die Nerven gegangen‹, aber das ist natürlich etwas, das man an einem solchen Ort nicht versteht. Der Missionar sagte nur: ›Ich glaubte nicht, dass es etwas gab, das ich hätte tun können, um ihm zu helfen, außer für ihn zu beten.‹ Er war ein sehr heiliger alter Mann und erkannte es auch in anderen.«

»Dass er heilig ist, meinst du?«

»O ja, Charles, das musst du einfach einsehen.

Nun, eines Tages fanden sie ihn bewusstlos vor dem Haupteingang. Er war zu Fuß gekommen – normalerweise nahm er ein Taxi –, war gestürzt und hatte die ganze Nacht dort gelegen. Zuerst hielten sie ihn nur wieder für betrunken, doch dann merkten sie, dass er sehr krank war, und brachten ihn auf die Krankenstation, wo er seitdem ist.

Ich blieb vierzehn Tage bei ihm, bis er das Schlimmste überstanden hatte. Er sah schrecklich aus, alt, kahlköpfig und mit einem zotteligen Bart, aber er hatte immer noch seine ursprüngliche bezaubernde Art. Sie hatten ihm ein eigenes Zimmer gegeben, kaum mehr als eine Mönchszelle mit einem Bett und einem Kruzifix und weißgekalkten Wänden. Zuerst konnte er nicht viel sprechen und war auch überhaupt nicht überrascht, mich zu sehen, dann war er überrascht und sprach ein wenig, bis er mir kurz vor meiner Abreise alles erzählte, was ihm zugestoßen war. Es hatte hauptsächlich mit Kurt zu tun, seinem deutschen Freund. Nun, du hast ihn ja kennengelernt, daher weißt du davon. Er scheint ein fürchterlicher Kerl gewesen zu sein, aber solange Sebastian sich um ihn kümmern konnte, war er glücklich. Er sagte, er hätte das Trinken während ihres Zusammenlebens praktisch aufgegeben. Kurt war krank und hatte eine Verletzung, die nicht heilen wollte. Sebastian pflegte ihn. Als es Kurt besserging, fuhren sie nach Griechenland. Du weißt ja, dass Deutsche gelegentlich ein Stilempfinden entwickeln, wenn sie in ein klassisches Land kommen. Das scheint bei Kurt der Fall gewesen zu sein. Sebastian sagte, er sei in Athen fast wieder zu einem richtigen Menschen geworden. Doch dann landete er im Gefängnis, warum, habe ich nicht ganz herauskriegen können; anscheinend war es nicht unbedingt seine Schuld – irgendeine Auseinandersetzung mit einem Beamten. Als er dort war, erfuhren die deutschen Behörden von ihm. Es war in der Zeit, als sie alle ihre Staatsbürger aus sämtlichen Teilen der Welt einsammelten, um sie zu Nazis zu machen. Kurt wollte Griechenland nicht verlassen, aber die Griechen wollten ihn auch nicht behalten, und so wurde er direkt vom Gefängnis mit einer Reihe von anderen Nichtsnutzen auf ein deutsches Schiff verfrachtet und nach Hause transportiert.

Sebastian fuhr hinterher und fand fast ein Jahr lang keine Spur von ihm. Als er ihn endlich in einer Provinzstadt entdeckte, trug er die Uniform der SS. Zuerst wollte er nichts mit Sebastian zu tun haben und wiederholte den ganzen offiziellen Humbug vom Erwachen des Vaterlandes, und dass er seinem Land verpflichtet sei und im Leben seiner Rasse Erfüllung finden könne. Aber es war alles nur oberflächliches Getue. Sechs Jahre mit Sebastian hatten ihn mehr geprägt als ein Jahr unter Hitler. Am Ende warf er alles hin und gab zu, Deutschland zu hassen und nur noch rauszuwollen. Ich weiß nicht, welche Rolle dabei die Aussicht auf ein komfortables Leben spielte, das er auf Sebastians Kosten führen konnte: im Mittelmeer baden, in Cafés herumsitzen und sich die Schuhe putzen lassen. Sebastian behauptete, es sei nicht nur das gewesen, Kurt habe in Athen gerade begonnen, erwachsen zu werden. Vielleicht stimmt es ja. Wie auch immer, Kurt versuchte, aus Deutschland herauszukommen. Aber es klappte nicht. Was immer er anfing, ging schief, erzählte Sebastian. Schließlich steckten sie ihn in ein Konzentrationslager. Sebastian verlor ihn aus den Augen, hörte nichts, konnte nicht einmal herausfinden, in welchem Lager er war. Er blieb noch fast ein Jahr in Deutschland und fing wieder an zu trinken, bis er eines Tages im Suff auf einen Mann stieß, der gerade aus dem Lager entlassen worden war, in dem Kurt gewesen war, und erfuhr, dass er sich schon in der ersten Woche in seiner Baracke erhängt hatte.

Damit war Europa für Sebastian erledigt. Er ging zurück nach Marokko, wo er glücklich gewesen war, und ließ sich langsam an der Küste entlangtreiben, von Ort zu Ort, bis er eines Tages, als er wieder mal nüchtern war – denn er trinkt in ziemlich regelmäßigen Schüben –, auf die Idee kam, zu den Wilden zu flüchten. Und so war er da gelandet.

Ich habe ihm nicht vorgeschlagen, nach Hause zu kommen. Ich wusste, dass er es nicht wollte, und außerdem war er zu schwach, um mit mir darüber zu streiten. Als ich abreiste, schien er sich ganz wohl zu fühlen. Er wird nie imstande sein, in den Busch zu gehen oder in den Orden einzutreten, aber der Missionar will sich um ihn kümmern. Sie hatten die Idee, ihn als eine Art Hilfspförtner zu beschäftigen. Es gibt immer ein paar Sonderlinge in einem Kloster, weißt du, Menschen, die weder so ganz in die normale Welt passen noch in einen Orden mit seinen strengen Regeln. Vermutlich bin ich selbst so ein Fall. Aber da ich nicht trinke, kann man mich besser einsetzen.«

Wir hatten den äußersten Punkt unseres Spaziergangs erreicht, eine Steinbrücke am Ende des letzten und kleinsten Sees, unter der das angestaute Wasser als Wasserfall in einen tiefer liegenden Fluss stürzte. Dahinter machte der Weg einen Knick und führte wieder zum Haus zurück. Wir blieben an der Brüstung stehen und sahen auf das dunkle Wasser hinab.

»Ich hatte einmal eine Gouvernante, die von dieser Brücke gesprungen und ertrunken ist.«

»Ja, ich weiß.«

»Woher?«

»Es war das Erste, was ich über dich gehört habe – noch bevor ich dich je gesehen hatte.«

»Wie seltsam...«

»Hast du Julia von Sebastian erzählt?«

»Das Wesentliche, aber nicht so ausführlich wie dir. Sie hat ihn ja nie so geliebt, wie wir es tun.«

Tun. Das Wort war wie ein Vorwurf, Cordelias »lieben« kannte keine Vergangenheit.

»Armer Sebastian!«, sagte ich. »Es ist ein Jammer. Wie soll das nur enden?«

»Ich glaube, das kann ich dir genau sagen, Charles. Ich habe einige wie ihn gesehen und bin überzeugt, dass sie Gott besonders am Herzen liegen. Er wird weiter dort leben, mit einem Bein in der Gemeinschaft und mit einem draußen, eine allgemein bekannte Gestalt, die mit Besen und Schlüsselbund im Garten vor sich hin werkelt. Die alten Brüder haben ihn gern, und die Novizen reißen gelegentlich Witze über ihn. Alle wissen, dass er trinkt; er verschwindet regelmäßig zwei, drei Tage im Monat, und sie nicken lächelnd und sagen mit ihren unterschiedlichen Akzenten: Der alte Sebastian ist mal wieder auf Zechtour. Dann kommt er zerzaust und beschämt zurück und ist ein, zwei Tage noch frömmer als sonst, wenn er in die Kapelle geht. Wahrscheinlich hat er seine kleinen Verstecke im Garten, wo er eine Flasche aufbewahrt und hin und wieder heimlich einen Schluck nimmt. Sie werden ihn bitten, als Fremdenführer einzuspringen, wenn englischsprachige Besucher kommen, und er ist so charmant, dass sie sich, bevor sie wieder gehen, nach ihm erkundigen und vielleicht erfahren, dass er aus gutem Hause stammt. Wenn er lange genug lebt, werden Generationen von Missionaren in allen möglichen Gegenden der Welt ihn als seltsamen Kauz in Erinnerung behalten, der in ihrer Ausbildungszeit irgendwie Teil ihres Zuhauses war, und in ihren Messen seiner gedenken. Er wird in seiner Frömmigkeit kleine exzentrische Gewohnheiten entwickeln, ausgeprägt persönliche Riten. Man kann ihn zu den ausgefallensten Zeiten in der Kapelle antreffen, nicht aber, wenn er eigentlich da sein sollte. Und eines Morgens, nach einer seiner Sauforgien, wird er sterbend vor dem Tor liegen, und nur am Flattern seines Lids kann man erkennen, dass er bei Bewusstsein ist, wenn man ihm die Sterbesakramente spendet. Nicht die schlechteste Art, sein Leben zu leben.«

Ich dachte an den jungen Mann mit dem Teddybär unter den blühenden Kastanien. »Aber auch nicht das, was man erwartet hätte«, sagte ich. »Zumindest leidet er nicht, oder?«

»O doch, ich glaube schon. Man macht sich keine Vorstellung davon, wie es in ihm drin aussieht, so kaputt, wie er ist – ohne jede Würde, ohne Willenskraft. Niemand kann heilig sein, ohne zu leiden. Bei ihm hat es diese Form angenommen... Ich habe so viel Leid gesehen in den letzten Jahren, und bald wird es noch viel mehr werden. Es ist die Quelle der Liebe...« Dann setzte sie mit Rücksicht auf mein Heidentum hinzu: »Er lebt an einem sehr schönen Ort, weißt du, am Meer – weißgekalkte Kreuzgänge, ein Glockenturm, Beete mit grünem Gemüse und ein Mönch, der sie gießt, wenn die Sonne untergeht.«

Ich lachte. »Du wusstest, dass ich es nicht verstehen würde?«

»Du und Julia...«, sagte sie. Und dann, als wir zum Haus zurückkehrten: »Als du mich gestern Abend gesehen hast, dachtest du da: ›Arme Cordelia, so ein bezauberndes Kind, und jetzt ist sie eine unansehnliche fromme Jungfer, die gute Werke vollbringt‹? ›Gescheitert‹ – hast du das gedacht?«

Es war keine Zeit für Ausflüchte. »Ja«, sagte ich. »Das habe ich; aber jetzt nicht mehr.«

»Komisch«, sagte sie, »das ist genau das Wort, das mir für Julia und dich einfiel. Als wir bei Nanny oben im Kinderzimmer war. ›Gescheiterte Leidenschaft‹, dachte ich.«

In ihrem Tonfall war etwas von diesem sanften, kaum merklichen Spott, den sie von ihrer Mutter übernommen hatte, doch im späteren Verlauf des Abends kamen mir diese Worte noch einmal eindringlich in den Sinn.

Julia trug das bestickte chinesische Gewand, wie so oft, wenn wir allein in Brideshead zu Abend aßen. Es war eine Robe, deren Gewicht und steife Falten ihre Ruhe unterstrichen. Der Hals erhob sich wundervoll aus dem schlichten goldenen Rund; ihre Hände lagen still zwischen den Drachen in ihrem Schoß. Diesen Anblick hatte ich an unzähligen Abenden genossen, und an diesem Tag, als ich sie zwischen dem Kaminfeuer und dem Lampenschirm sitzen sah und verliebt in ihre Schönheit den Blick nicht abwenden konnte, dachte ich plötzlich: ›Wann habe ich sie je so gesehen? Warum erinnert mich das an einen anderen denkwürdigen Augenblick?‹ Und dann fiel mir ein, dass ich sie so auf dem Schiff hatte sitzen sehen, vor dem Sturm; so hatte sie ausgesehen, und mir wurde bewusst, dass sie wieder etwas besaß, was ich für immer verloren geglaubt hatte, die magische Traurigkeit, die mich so angezogen hatte, der Blick, der zu sagen schien: Ich war doch zu etwas anderem bestimmt als hierzu.

In dieser Nacht wachte ich im Dunkeln auf, lag einfach so da und ging im Geist noch einmal das Gespräch mit Cordelia durch. Wie ich gesagt hatte: »Du wusstest, dass ich es nicht verstehen würde.« Nicht zum ersten Mal, so schien es mir, hatte man mich zu einem abrupten Stopp gebracht, wie ein Pferd, das im vollen Galopp plötzlich vor einem Hindernis scheut, sich gegen die Sporen wehrt und zu verängstigt ist, um darauf zuzugehen und es in Augenschein zu nehmen.

Und noch ein Bild fiel mir ein, von einer Hütte in der Arktis und einem Trapper, allein mit seinen Fellen, einer Petroleumlampe und einem Holzfeuer, drinnen ist alles trocken, tadellos sauber und warm, und draußen tobt der letzte Sturm des Winters und weht den Schnee vor die Tür. Unmerklich wird die Last, die sich gegen das Holz, gegen den Riegel in seiner Halterung presst, schwerer; Minute für Minute verschließt die weiße Masse in der Dunkelheit draußen mehr die Tür, doch schon bald, wenn der Sturm nachlässt, die Sonne über das Eis fällt und es anfängt zu tauen, setzt sich weit oben ein Eisblock in Bewegung, nimmt rutschend und fallend Gewicht auf, bis die ganze Bergflanke herabzustürzen scheint und die kleine erleuchtete Hütte auseinanderbricht, zersplittert und, von der Lawine in den Abgrund gerissen, verschwindet.

5

Mein Scheidungsprozess, oder besser gesagt, der meiner Frau sollte etwa zur selben Zeit verhandelt werden, wie Brideshead seine Hochzeit plante. Julias Prozess würde erst im neuen Jahr drankommen, und noch war das Bäumchen-wechsle-dich-Spiel – mein Hab und Gut wanderte aus dem alten Pfarrhaus in meine Wohnung, das meiner Frau aus der Wohnung ins alte Pfarrhaus, Julias Besitz aus Rex' Haus und Brideshead in meine Wohnung, die Sachen von Rex aus Brideshead in sein Haus und die von Mrs Muspratt aus Falmouth nach Brideshead –, noch also war all das voll im Gange und wir in unterschiedlichem Maße heimatlos, als unerwartet alles angehalten wurde und Lord Marchmain mit seinem Sinn für den falschen Moment, den sein ältester Sohn offensichtlich von ihm geerbt hatte, die Absicht kundtat, angesichts der politischen Situation nach England zurückzukehren und seine letzten Jahre in seinem einstigen Zuhause zu verbringen.

Das einzige Familienmitglied, dem diese Veränderung einen Vorteil bringen würde, war Cordelia, die in dem ganzen Durcheinander völlig untergegangen war. Brideshead hatte ihr zwar in aller Form angeboten, sein Heim als das ihre zu betrachten, solange sie wolle, doch als sie erfuhr, dass ihre Schwägerin vorgeschlagen hatte, die Kinder gleich nach der Hochzeit in den Ferien dort unterzubringen und der Obhut einer Schwester und deren Freundin anzuvertrauen, hatte Cordelia beschlossen, ebenfalls auszuziehen und in London eine Wohnung für sich allein zu suchen. Jetzt aber sah sie sich wie Aschenputtel plötzlich zur *châtelaine* befördert, während ihr Bruder und seine Frau, die sich bereits als Hausherren wähnten, plötzlich ohne Dach über dem Kopf dastanden. Die Übertragungsurkunde, die bereits aufgesetzt und unterschriftsreif war, wurde wieder eingerollt, verschnürt und in einen der schwarzen Blechkästen im Lincoln's Inn verstaut. Es war bitter für Mrs Muspratt; sie war keine ehrgeizige Frau, etwas viel weniger Bombastisches als Brideshead hätte ihr völlig genügt, aber sie musste ihre Kinder über Weihnachten irgendwo unterbringen. Das Haus in Falmouth war bereits ausgeräumt und stand zum Verkauf, überdies hatte Mrs Muspratt in puncto neues Heim, als sie sich verabschiedete, den Mund ein wenig voll genommen; dorthin konnte sie unmöglich zurück. Jetzt war sie genötigt, ihre Möbel eilig aus Lady Marchmains Zimmer in eine ungenutzte Remise zu verfrachten und sich eine möblierte Villa in Torquay zu nehmen. Wie gesagt, sie war keine besonders ehrgeizige Person, aber nachdem sie ihre Erwartungen so hoch geschraubt hatte, musste es irritierend sein, so plötzlich so tief zu fallen. Die Arbeiter im Dorf, die mit den Dekorationen für den Einzug des Brautpaars beschäftigt gewesen waren, zupften überall das »B« aus der Beflaggung und ersetzten es durch ein »M«, ließen die Perlenzinken auf den gemalten Adelskronen des Earls verschwinden und ersetzten sie durch neue Perlen und Erdbeerblätter, in Vorbereitung für die Rückkehr von Lord Marchmain.

Die Nachricht über seine Absichten erreichte zuerst die Anwälte, dann Cordelia, dann Julia und mich, in einer raschen Folge widersprüchlicher Telegramme. Lord Marchmain werde rechtzeitig für die Hochzeit zurück sein; er werde erst nach der Hochzeit eintreffen und Lord und Lady Brideshead auf der Durchreise in Paris treffen, er werde die beiden in Rom sehen. Es gehe ihm bei weitem nicht gut genug, um zu reisen; er breche gerade auf; er habe keine erfreulichen Erinnerungen an den Winter auf Brideshead und werde erst im späten Frühjahr kommen, wenn die Heizungsanlage überholt worden sei; er komme allein; er bringe seinen gesamten italienischen Haushalt mit; er wünsche nicht, dass seine Rückkehr bekannt gemacht werde, und beabsichtige, in völliger Zurückgezogenheit zu leben; er werde einen Ball geben. Schließlich wurde ein Datum im Januar festgesetzt, und dabei blieb es dann.

Plender traf ein paar Tage vor ihm ein; und prompt zeichneten sich Schwierigkeiten ab. Plender kam ursprünglich nicht aus dem Brideshead-Haushalt; er hatte Lord Marchmain bei der Yeomanry gedient und war Wilcox nur einmal begegnet, an jenem unangenehmen Tag, an dem er das Gepäck seines Herrn abholte, nachdem dieser beschlossen hatte, nach dem Krieg nicht nach Hause zurückzukehren. Damals war Plender ein Kammerdiener gewesen, als was er offiziell immer noch galt, obwohl er seit ein paar Jahren über einen Gehilfen im Haushalt verfügte, einen Schweizer Hausdiener, der sich um die Garderobe kümmerte und wenn es sein musste, auch bei weniger vornehmen Aufgaben im Haushalt einsprang. Praktisch war er zum Majordomus des fluktuierenden, mobilen Haushalts geworden; manchmal meldete er sich am Telefon sogar als »der Sekretär«. Beide bewegten sich auf dünnem Eis.

Zum Glück freundeten sie sich an, und alles wurde in einer Reihe von Gesprächen mit Cordelia geklärt. Plender und Wilcox wurden beide zu Kammerherren ernannt, ähnlich wie die beiden Kavallerieregimenter des Königs, die Blues and Royals und die Life Guards, mit gleichen Befugnissen, wobei Plender mehr für die Privaträume Seiner Lordschaft verantwortlich sein sollte, während Wilcox seinen Einflussbereich vorrangig im öffentlichen Bereich des Hauses hätte. Der älteste Hausdiener bekam einen schwarzen Gehrock und wurde zum Butler befördert; der nicht näher bezeichnete Schweizer sollte bei seiner Ankunft Zivilkleidung und den vollen Status eines Kammerdieners erhalten. Sämtliche Löhne wurden erhöht, um die neuen Weihen angemessen zu würdigen, und alle waren zufrieden.

Julia und ich hatten Brideshead einen Monat zuvor verlassen, in dem Glauben, nicht wieder zurückzukehren. Nun fuhren wir doch wieder hin für den Empfang. Am betreffenden Tag begleitete Cordelia den Chauffeur zum Bahnhof; wir anderen blieben im Haus, um Lord Marchmain dort zu begrüßen. Es war ein düsterer, windiger Tag. Häuser und Hütten waren geschmückt. Die Pläne für ein abendliches Freudenfeuer und den Auftritt der Blaskapelle aus dem Dorf auf der Terrasse von Brideshead wurden fallengelassen, doch die Hausflagge, die seit fünfundzwanzig Jahren nicht mehr geweht hatte, wurde über dem Giebeldreieck gehisst und flatterte heftig vor dem bleigrauen Himmel. Da mochten die Stimmen, die in Mitteleuropa in die Mikrophone brüllten, noch so scharf sein und was auf den Drehbänken der Rüstungsfabriken produziert wurde, noch so brutal, für die gesamte Gegend gab es nichts Wichtigeres als die Rückkehr von Lord Marchmain.

Um drei Uhr nachmittags sollte er ankommen. Julia und ich warteten im Salon, bis Wilcox, der den Bahnhofsvorsteher gebeten hatte, uns auf dem Laufenden zu halten, meldete, der Zug sei »angezeigt«, und eine Minute später, der Zug sei »eingefahren und Seine Lordschaft unterwegs«. Dann traten wir auf die vordere Terrasse und warteten dort mit dem höheren Hauspersonal. Wenig später tauchte der Rolls in der Biegung der Zufahrt auf, und in einigem Abstand dazu folgten zwei Gepäckwagen. Er fuhr vor, Cordelia stieg aus, dann Cara, es folgte eine Pause, man reichte dem Chauffeur einen Läufer und dem Lakaien einen Gehstock, dann kam zaghaft ein Bein zum Vorschein. Inzwischen stand auch Plender am Wagenschlag, ein anderer Diener – der Schweizer –, war aus dem Gepäckwagen aufgetaucht, gemeinsam hoben sie Lord Marchmain heraus und stellten ihn auf die Beine. Er tastete nach seinem Gehstock, umklammerte ihn und stand einen Augenblick nur da, um seine Kräfte für die wenigen niedrigen Stufen zu sammeln, die zur Eingangstür führten.

Julia seufzte überrascht auf und berührte meine Hand. Wir hatten ihn erst vor neun Monaten in Monte Carlo gesehen, da war er noch eine aufrechte und stattliche Figur gewesen, kaum anders, als ich ihn zum ersten Mal in Venedig gesehen hatte. Jetzt war er ein alter Mann. Plender hatte uns erzählt, dass es seinem Herrn in letzter Zeit nicht gutgegangen sei, aber auf diesen Anblick waren wir nicht vorbereitet.

Lord Marchmain stand gebeugt und in sich zusammengesunken da, niedergedrückt von seinem Mantel, ein weißer Schal flatterte unordentlich um seinen Hals, eine Stoffmütze war tief in die Stirn gezogen, das Gesicht war weiß und zerfurcht, die Nase vor Kälte gerötet. Die Tränen in seinen Augen waren nicht etwa Ausdruck seiner Gefühle, sondern dem Ostwind geschuldet. Sein Atem ging schwer. Cara steckte die Enden des Schals fest und murmelte ihm etwas zu. Er hob die behandschuhte Hand – es war ein Kinderhandschuh aus grauer Wolle – und grüßte die Gruppe an der Tür mit einer müden, kleinen Geste. Dann machte er sich ganz langsam, den Blick fest auf den Boden vor sich gerichtet, auf den Weg nach oben.

Dort nahm man ihm Mantel, Mütze und Schal ab und auch eine Art Lederwams, das er darunter trug. So wirkte er noch kränker als zuvor, aber auch eleganter. Er sah nicht mehr ganz so erschöpft und schäbig aus. Cara rückte ihm die Krawatte gerade; er wischte sich mit einem Taschentuch über die Augen und schlurfte dann mit Hilfe seines Gehstocks zum Kamin in der Halle.

Dort stand ein Wappenstuhl an der Wand, einer von einer ganzen Reihe, ein kleines, unbequemes Ding mit flachem Sitz, nichts als der Vorwand für ein kunstvoll gemaltes Wappen auf der Rückenlehne, auf dem vermutlich noch nie jemand, nicht einmal ein erschöpfter Diener je gesessen hatte, seit er gezimmert worden war. Darauf setzte sich Lord Marchmain jetzt und wischte sich die Augen.

»Es ist die Kälte«, sagte er. »Ich habe vergessen, wie kalt es in England ist. Das hat mich umgehauen.«

»Kann ich Ihnen etwas bringen, Mylord?«

»Nichts, danke. Cara, wo sind diese vermaledeiten Pillen?«

»Der Arzt hat gesagt, nicht mehr als drei pro Tag, Alex.«

»Zur Hölle mit dem Arzt. Ich bin völlig fertig.«

Cara kramte eine blaue Flasche aus ihrer Handtasche, und Lord Marchmain nahm eine Tablette. Was auch immer es war, es schien ihn wiederzubeleben. Er blieb sitzen, die langen Beine vor sich ausgestreckt, den Stock dazwischen, das Kinn auf den elfenbeinernen Griff gestützt, doch jetzt nahm er allmählich Notiz von uns allen, begrüßte uns und erteilte Befehle.

»Ich fürchte, ich bin heute nicht in bester Verfassung; die Reise war schrecklich anstrengend. Wir hätten eine Nacht in Dover bleiben sollen. Wilcox, welche Zimmer haben Sie für mich vorbereitet?«

»Ihre alten, Mylord.«

»Die tun's nicht, jedenfalls nicht, bis es mir wieder bessergeht. Zu viele Treppen; ich muss im Erdgeschoss wohnen. Plender, lassen Sie ein Bett für mich hier unten herrichten.«

Plender und Wilcox wechselten einen besorgten Blick.

»Sehr wohl, Mylord. In welchen Raum sollen wir es stellen?«

Lord Marchmain dachte einen Moment nach. »In den chinesischen Salon, und Wilcox – das Königinnenbett.«

»Der chinesische Salon, Mylord, und das Königinnenbett?«

»Ja, ja. Vielleicht muss ich in den nächsten Wochen eine Menge Zeit dort verbringen.«

Ich hatte noch nie erlebt, dass der chinesische Salon benutzt wurde. Tatsächlich konnte man ihn eigentlich nicht betreten, bis auf einen kleinen, von einem Seil abgetrennten Bereich rund um die Tür, wo an Besichtigungstagen die Touristen standen. Es war ein prunkvolles, unbewohnbares Museum voller Chippendale-Möbel, Porzellan, chinesischem Lackkunsthandwerk und bemalten Tapeten. Auch das Königinnenbett war ein Ausstellungsstück, ein riesiges Zelt aus Samt, ähnlich dem *baldacchino* im Petersdom. Hatte Lord Marchmain diese eigene Aufbahrung geplant, fragte ich mich, bevor er die Sonne Italiens verließ? Hatte er im tosenden Regen der langen, strapaziösen Reise daran gedacht? Oder war ihm die Idee erst in diesem Moment gekommen, als er sich an seine Kindheit zurückerinnerte, einen Traum aus dem Kinderzimmer – »Wenn ich groß bin, schlafe ich im Königinnenbett im chinesischen Salon« –, Verklärung der Erwachsenenherrlichkeit?

Kaum etwas hätte das Haus in größeren Aufruhr versetzen können. Was als feierlicher Tag geplant gewesen war, verwandelte sich in einen Tag körperlicher Anstrengung. Die Hausmädchen machten Feuer im Kamin, entfernten Möbeldecken, entfalteten Bettwäsche; Männer mit Schürzen, die man normalerweise nie zu Gesicht bekam, stellten Möbel um; die Schreiner des Hauses wurden gerufen, um das Bett auseinanderzunehmen. Den ganzen Nachmittag über kam es nach und nach in Einzelteilen die Treppe herab. Gewaltige Rokoko-Stücke des mit Samt bezogenen Himmels, gedrechselte, mit Gold und Samt geschmückte Säulen, die die Pfosten bildeten, Balken aus unbearbeitetem Holz, die unsichtbare Funktionen unter den Behängen hatten, Büschel gefärbter Federn, die sich aus Straußeneiern auf Goldsockeln erhoben und den Himmel krönten, und zum Schluss die

Matratzen, die von jeweils vier Männern mühevoll nach unten geschleppt werden mussten. Lord Marchmain schienen die Folgen seines schrulligen Einfalls Vergnügen zu bereiten; er saß am Feuer und beobachtete das Gewusel, während wir – Cara, Cordelia, Julia und ich – im Halbkreis um ihn herumstanden und uns mit ihm unterhielten.

Die Farbe kehrte auf seine Wangen zurück, und seine Augen funkelten wieder. »Brideshead und seine Frau haben in Rom mit mir zu Abend gegessen«, erzählte er. »Da wir alle zur Familie gehören« – und damit schweifte sein Blick ironisch von Cara zu mir –, »kann ich ja offen reden. Ich fand sie entsetzlich. Ihr früherer Gatte war, soweit ich verstanden habe, ein Seefahrer und daher vermutlich nicht besonders anspruchsvoll, aber wie sich mein Sohn im fortgeschrittenen Alter von achtunddreißig, angesichts freier Auswahl an englischen Frauen, es sei denn, die Dinge hätten sich sehr verändert, mit – ich nehme an, wir müssen sie so nennen – Beryl zufriedengeben konnte …« Der Satz blieb vielsagend offen.

Lord Marchmain machte keinerlei Anstalten, woanders Platz zu nehmen, deshalb rückten wir uns nach einer Weile Stühle heran – dieselben kleinen Wappenstühle, alles andere wäre in der Halle zu pompös gewesen – und setzten uns um ihn herum.

»Vermutlich werde ich nicht vor dem Sommer wieder auf dem Posten sein«, sagte er. »Ich hoffe, dass ihr vier mich unterhaltet.«

Im Augenblick fiel uns nichts ein, womit wir die eher düstere Stimmung hätten aufhellen können; im Gegenteil, er war der Heiterste von uns. »Erzählt mir von der Zeit, in der Brideshead ihr den Hof gemacht hat.«

Wir erzählten ihm, was wir wussten.

»Streichholzschachteln«, sagte er. »Streichholzschachteln. Ich glaube, sie wird keine Kinder mehr bekommen.«

Der Tee wurde am Kamin in der Halle serviert.

»In Italien glaubt kein Mensch an Krieg«, sagte er. »Die Leute meinen, es würde schon alles irgendwie ›geregelt‹. Julia, du hast sicher keinen Zugang mehr zu politischen Informationen, wie? Cara ist glücklicherweise durch ihre Heirat britische Staatsbürgerin geworden. Sie erwähnt es normalerweise nicht, aber es könnte sich als Segen erweisen. Sie ist eine rechtmäßige Mrs Hicks, nicht wahr, meine Liebe? Wir wissen nicht viel über Hicks, aber wir werden ihm trotzdem dankbar sein, falls es zum Krieg kommt. Und Sie«, sagte er und ging nun zum Angriff gegen mich über, »Sie werden sicher offizieller Kriegsmaler, wie?«

»Nein. Ich bemühe mich um eine Stelle als Offizier in der Reservearmee.«

»Ach, Sie sollten lieber als Künstler einrücken. Ich hatte im letzten Krieg wochenlang einen in meiner Schwadron – bis wir an die Front kamen.«

Dieses Gestichel war neu. Ich hatte schon immer eine gewisse Gehässigkeit unter seinem weltmännischen Äußeren vermutet, nun lugte sie durch die eingefallene Haut wie seine eigenen spitzen Knochen.

Es war schon dunkel, als das Bett fertig war. Wir gingen hinüber, um es zu bewundern, und Lord Marchmain tappte nun ganz forsch durch die dazwischenliegenden Räume.

»Meinen Glückwunsch. Es sieht wirklich außerordentlich gut aus. Wilcox, ich meine, mich undeutlich an ein silbernes Waschbecken mit Kanne zu erinnern – sie standen in einem Zimmer, das wir das ›Ankleidezimmer des Kardinals‹ nannten, glaube ich. Wir könnten sie hier auf die Konsole stellen. Und dann schicken Sie mir Plender und Gaston, das Gepäck kann bis morgen warten – sie sollen mir nur das Reisenecessaire bringen und was ich für die Nacht brauche. Plender weiß Bescheid. Wenn ihr mich jetzt bitte mit Plender und Gaston allein lasst, ich möchte zu Bett gehen. Wir sehen uns später; ihr werdet hier zu Abend essen und mich unterhalten.«

Wir wandten uns zum Gehen. Als ich an der Tür war, rief er mich noch einmal zu sich.

»Es sieht gut aus, nicht wahr?«

»Sehr gut.«

»Sie könnten es malen, was meinen Sie – unter dem Titel *Das Totenbett*?«

»Ja«, sagte Cara, »er ist zum Sterben nach Hause gekommen.«

»Aber bei der Ankunft sagte er doch, er sei bald wieder gesund.«

»Das lag daran, dass es ihm so schlechtging. Wenn er ganz bei sich ist, weiß er, dass er stirbt, und akzeptiert es auch. Seine Krankheit kommt und geht; mal ist er einen ganzen Tag lang oder sogar noch länger stark und munter und kann sich damit abfinden, dass er sterben wird. Dann wieder geht es ihm schlecht, und er hat Angst. Ich weiß nicht, wie es sein wird, wenn es weiter bergab geht. Damit müssen wir rechnen. Die Ärzte in Rom haben ihm weniger als ein Jahr gegeben. Es soll jemand aus London kommen, ich glaube, morgen, der uns Näheres sagen kann.«

»Was hat er?«

»Es ist das Herz, irgendein langes Wort, das mit Herz zu tun hat. Er stirbt an einem langen Wort.«

An diesem Abend war Lord Marchmain gut gelaunt. Das Zimmer hatte etwas von Hogarth mit dem für uns vier gedeckten Tisch neben dem grotesken, chinesisch angehauchten Kamin und dem alten Herrn, der aufrecht zwischen seinen Kissen im Bett saß, Champagner trank, das Essen kostete, lobte und dann doch nichts von den vielen Speisen aß, die zu seiner Begrüßung aufgetischt wurden. Wilcox hatte zu diesem besonderen Anlass eine goldene Platte herausgesucht, die ich noch nie gesehen hatte. Zusammen mit den vergoldeten Spiegeln, den Lackobjekten, den Vorhängen des gewaltigen Betts und Julias Mandaringewand gab das der Szenerie etwas Märchenhaftes, wie in Aladins Räuberhöhle.

Kurz bevor es Zeit war zu gehen, schlug Marchmains Stimmung um.

»Ich schlafe noch nicht«, sagte er. »Wer bleibt bei mir? Cara, *carissima*, du bist müde. Cordelia, wirst du noch eine Stunde in diesem Gethsemane mit mir wachen?«

Am Morgen fragte ich, wie die Nacht verlaufen war.

»Er ist fast sofort eingeschlafen. Um zwei bin ich noch einmal hineingegangen, um Holz nachzulegen; das Licht brannte, aber er schlief. Irgendwann muss er aufgewacht sein und die Lampe angeschaltet haben; dafür musste er sogar aufstehen. Ich glaube, er hat Angst vor der Dunkelheit.«

Es ergab sich von selbst, dass Cordelia mit ihrer Erfahrung als Krankenschwester die Pflege ihres Vaters übernahm. Als die Ärzte an diesem Tag erschienen, gaben sie instinktiv ihr die Anweisungen.

»Solange es geht, können der Kammerdiener und ich uns um ihn kümmern. Wir wollen keine Krankenschwestern im Haus haben, bevor es wirklich nötig ist.«

In diesem Stadium konnten die Ärzte nichts anderes empfehlen, als es ihm so angenehm wie möglich zu machen und ihm seine Medikamente zu geben, wenn er seine Herzanfälle bekam.

»Wie lange wird es dauern?«

»Es gibt Menschen, die sich noch im hohen Alter tapfer schlagen, obwohl die Ärzte ihnen keine Woche mehr gegeben haben, Lady Cordelia. Eins lernt man in der Medizin: Nichts ist vorhersehbar.«

Die beiden Männer waren von weit her gekommen, um ihr das zu sagen; der örtliche Arzt war auch da und bekam denselben Ratschlag im Fachjargon erteilt.

An diesem Abend kam Lord Marchmain noch einmal auf seine neue Schwiegertochter zu sprechen. Das Thema beschäftigte ihn fast ununterbrochen; den ganzen Tag hatte er immer wieder mit spitzen Bemerkungen darauf angespielt. Jetzt lehnte er sich in seine Kissen zurück und ließ sich ausführlich über sie aus.

»Das Los der Familie hat mich bislang nicht interessiert«, erklärte er. »Aber ehrlich gesagt bin ich entsetzt über die Aussicht, dass ... Beryl das übernehmen soll, was einmal der Platz meiner Mutter in diesem Haus war. Warum soll ein so ungehobeltes Paar kinderlos hier sitzen, während das Haus langsam, aber sicher um sie herum zerfällt? Ich möchte nicht verhehlen, dass Beryl mir nicht besonders sympathisch ist.

Vielleicht war es nicht von Vorteil, dass wir uns in Rom getroffen haben. Überall anders wäre es besser gewesen. Und doch, wenn man es recht bedenkt, wo hätte ich ihr begegnen können, ohne Abscheu zu empfinden? Wir aßen im Ranieri, das ist ein ruhiges kleines Lokal, in das ich seit Jahren gerne gehe – ihr kennt es sicher auch. Beryl schien den ganzen Raum auszufüllen. Natürlich war ich der Gastgeber, doch wenn man hörte, wie Beryl meinen Sohn zum Essen anhielt, wäre man nicht auf die Idee gekommen. Brideshead war schon immer ein gieriger Bursche; wenn seiner Frau sein Wohlergehen am Herzen läge, würde sie versuchen, ihn ein wenig zu zügeln. Aber das sind Petitessen.

Zweifellos hatte sie von meiner lockeren Lebensweise gehört. Ich kann ihr Verhalten mir gegenüber nur als impertinent bezeichnen. Offenbar hält sie mich für einen schlimmen alten Bock. Vermutlich hatte sie es mit schlimmen alten Admiralen zu tun gehabt und weiß, wie man mit ihnen umspringen muss... Ich könnte nicht einmal ansatzweise ihre Konversation wiedergeben, aber ich will euch ein Beispiel geben.

Sie waren am selben Morgen auf einer Audienz im Vatikan gewesen, offenbar, um sich den Segen für ihre Ehe zu holen – so genau habe ich nicht hingehört –, und irgendetwas Ähnliches muss sie schon einmal erlebt haben, mit einem anderen Mann, einem anderen Papst. Sie schilderte ziemlich lebhaft, wie sie bei dieser früheren Gelegenheit mit einer Gruppe von frischgetrauten Paaren dort gewesen waren, hauptsächlich Italienern aus allen gesellschaftlichen Schichten, einige Frauen aus einfachem Haus in ihren Brautkleidern, und wie sie sich alle gegenseitig beglückwünscht hatten, wie die Bräutigame die jungen Frauen gemustert und sie mit ihrer eigenen Frau verglichen hatten und so weiter. Dann sagte sie: ›Diesmal hatten wir natürlich eine Privataudienz, aber wissen Sie, Lord Marchmain, es kam mir vor, als wäre ich diejenige, die die Braut zum Altar führt.‹

Es war eine sehr taktlose Bemerkung. Mir ist nicht ganz klar, was sie damit meinte. War das eine Anspielung auf Brideys Namen, oder bezog sie sich auf seine unzweifelhafte Jungfräulichkeit? Ich vermute eher Letzteres. Wie auch immer, mit solchen Scherzen verbrachten wir den Abend.

Ich glaube nicht, dass sie hier in ihrem Element wäre, was meint ihr? Wem soll ich das Haus vermachen? Ich bin nicht mehr an die festgelegte Erbfolge gebunden, wie ihr wisst. Sebastian kommt leider nicht in Frage. Wer will es haben? *Quis?* Du, Cara? Nein, natürlich nicht. Cordelia? Ich glaube, ich werde es Julia und Charles vermachen.«

»Auf keinen Fall, Papa, es gehört Bridey.«

»Und ... Beryl? Ich muss demnächst einmal Gregson herauskommen lassen, damit wir darüber sprechen. Es wird Zeit, dass ich mein Testament erneuere, es ist voller Unstimmigkeiten und Anachronismen ... Eigentlich gefällt mir die Idee, Julia hier zu etablieren, am besten. Du bist so schön heute Abend, mein Liebes, und du warst schon immer so schön; du würdest viel, viel besser hierherpassen.«

Wenige Tage später ließ er seinen Anwalt aus London kommen, doch als er eintraf, bekam Lord Marchmain einen seiner Anfälle und konnte ihn nicht empfangen. »Wir haben noch viel Zeit«, keuchte er und schnappte mühsam nach Luft. »An einem anderen Tag, wenn ich bei Kräften bin.« Doch die Wahl seines Erben ließ ihn nicht los, und er sprach häufig von der Zeit, wenn Julia und ich verheiratet wären und Brideshead übernehmen würden.

»Meinst du wirklich, dass er es uns vererben will?«, fragte ich Julia.

»Ja, ich glaube schon.«

»Aber das wäre grässlich für Bridey.«

»Wirklich? Ich glaube nicht, dass ihm das Haus sehr am Herzen liegt. Mir ja, wie du weißt. Beryl und er wären in einem kleineren Haus irgendwo anders sicher zufriedener.«

»Du willst es annehmen?«

»Natürlich. Es ist Papas Recht, darüber zu verfügen, wie er will. Ich glaube, wir beide könnten hier sehr glücklich sein.«

Es eröffnete eine Aussicht, die Aussicht nach der Biegung in der Zufahrt, die ich zum ersten Mal mit Sebastian erlebt hatte, auf das abgeschiedene Tal, die Reihe der Seen, die einer in den anderen übergingen, auf das alte Gemäuer im Vordergrund, weit weg und vergessen vom Rest der Welt; auf einen eigenen Kosmos von Frieden, Liebe und Schönheit, von dem der Soldat im ausländischen Lager träumt; eine Aussicht vielleicht wie von der Zinne des Tempels nach Tagen des Hungerns in der Wüste und von Schakalen bedrohten Nächten. Muss ich mir vorwerfen, dass ich mich gelegentlich von dieser Vision verführen ließ?

Wochenlang schleppte sich die Krankheit dahin, und das Leben im Haus passte sich den schwindenden Kräften des Kranken an. Es gab Tage, an denen Lord Marchmain angekleidet war, an denen er am Fenster stand oder am Arm seines Kammerdieners durch die Räume des Erdgeschosses wanderte, von Kamin zu Kamin, an denen Besucher kamen und gingen – Nachbarn, Angestellte, Geschäftsleute aus London –, an denen man Pakete mit neuen Büchern auspackte und diskutierte oder einen Flügel in den chinesischen Salon schob. An einem unerwartet strahlenden Sonnentag Ende Februar ließ er einen Wagen vorfahren, kam im Pelzmantel in die Halle und ging bis zum Eingang. Dann verlor er plötzlich das Interesse an dem Ausflug. »Nicht jetzt«, sagte er. »Später. An einem Sommertag.« Dann ließ er sich, auf den Arm des Dieners gestützt, zu seinem Sessel zurückführen. Einmal hatte er die Idee, das Zimmer zu wechseln, und gab detaillierte Anweisungen für einen Umzug in den Bemalten Salon; die *chinoiserie*, so sagte er, störe seine Ruhe – er ließ alle Lampen bei Nacht brennen –, doch auch diesmal verlor er den Mut, machte alles rückgängig und blieb, wo er war.

An anderen Tagen herrschte gedämpfte Stimmung im Haus; er saß aufrecht in die Kissen gebettet und atmete mühsam. Selbst dann wollte er uns in der Nähe haben; weder tagsüber noch nachts ertrug er das Alleinsein. Wenn er nicht sprechen konnte, folgte uns sein Blick, und immer wenn jemand den Raum verließ, wirkte er bekümmert. Dann sagte Cara, die oft stundenlang neben ihm saß, wie er von den Kissen gestützt, ihren Arm unter den seinen geschoben: »Ist schon gut, Alex, sie kommt ja wieder.«

Brideshead und seine Frau kehrten von der Hochzeitsreise zurück und blieben ein paar Nächte; es war eine der schlechten Phasen, und Lord Marchmain wollte sie nicht empfangen. Für Beryl, die zum ersten Mal da war, wäre es sicher unnatürlich gewesen, nicht neugierig auf das zu sein, was um ein Haar schon ihr Zuhause gewesen wäre und es nun erneut zu werden versprach. Beryl aber benahm sich durchaus natürlich und nahm das Haus während ihres Aufenthalts ziemlich gründlich in Augenschein. In dem von Lord Marchmains Krankheit verursachten Durcheinander muss es ihr erheblich verbesserungsfähig erschienen sein; sie erwähnte ein- oder zweimal, wie Haushalte ähnlicher Größe in den Kolonien geführt worden waren, die sie auf ihren Reisen besucht hatte. Tagsüber war sie mit Brideshead unterwegs, um die Pächter kennenzulernen, und abends unterhielt sie sich, erfüllt von heiterer Selbstsicherheit, mit mir über Malerei, mit Cordelia über Krankenhäuser oder mit Julia über Mode. Der Schatten des Verrats, das Wissen darum, wie gefährdet ihre berechtigten Erwartungen waren, blieb einseitig. Ich fühlte mich unwohl in Gegenwart der beiden, aber das war nichts Neues für Brideshead; innerhalb seiner kleinen Welt, die er aus Unsicherheit nicht verließ, war mein schlechtes Gewissen nicht zu bemerken.

Schließlich wurde klar, dass Lord Marchmain nicht die Absicht hatte, sie zu sehen. Brideshead wurde zum Abschied ein paar Minuten allein vorgelassen; dann brachen sie auf.

»Wir können hier nichts tun, und für Beryl ist es schwierig«, sagte Brideshead. »Wir kommen wieder, wenn sich sein Zustand verschlechtert.«

Die schlechten Phasen wurden länger und häufiger, man engagierte eine Krankenschwester. »So einen Raum habe ich noch nie gesehen«, sagte sie, »und auch nichts Vergleichbares – ohne jeden Komfort.« Sie versuchte, ihren Patienten nach oben verlegen zu lassen, wo es fließendes Wasser gab, ein Ankleidezimmer für sie selbst, ein »vernünftiges« schmales Bett, um von allen Seiten »an ihn heranzukommen« – wie sie es gewohnt war –, doch Lord Marchmain ließ nicht mit sich reden. Bald darauf konnte er zwischen Tag und Nacht nicht mehr unterscheiden, eine zweite Schwester wurde eingestellt; die Spezialisten aus London kamen wieder und empfahlen eine neue, sehr gewagte Behandlung, doch sein Körper schien all der Medikamente überdrüssig zu sein und reagierte nicht. Bald gab es gar keine guten Phasen mehr, nur noch leichte Schwankungen im unaufhaltsamen Prozess des Verfalls.

Man ließ Brideshead kommen. Es war in den Osterferien, und Beryl hatte mit ihren Kindern zu tun. Er kam allein, und nachdem er ein paar Minuten stumm neben seinem Vater gestanden hatte, der im Bett saß und ihn ebenso stumm ansah, verließ er das Zimmer, kam zu uns in die Bibliothek und sagte: »Papa braucht einen Priester.«

Es war nicht das erste Mal, dass dieses Thema zur Sprache kam. Ganz zu Anfang, kurz nach der Ankunft von Lord Marchmain, hatte der Gemeindepfarrer einen Höflichkeitsbesuch gemacht, denn die Kapelle war geschlossen worden, und es gab jetzt eine neue Kirche mit Taufkapelle in Melstead. Cordelia hatte ihn mit Ausreden und Entschuldigungen wieder hinauskomplimentiert, doch als er gegangen war, hatte sie gesagt: »Noch nicht. Papa will ihn noch nicht.«

Julia, Cara und ich waren damals dabei gewesen; jeder von uns hatte etwas dazu zu sagen, setzte zum Sprechen an und besann sich dann eines Besseren. Zwischen uns vieren war es nicht wieder erwähnt worden, doch als wir allein waren, sagte Julia einmal zu mir: »Ich sehe einen großen Kirchenstreit heraufziehen, Charles.«

»Können sie ihn denn nicht in Frieden sterben lassen?«

»Sie verstehen etwas ganz anderes unter Frieden.«

»Es wäre unerhört. Niemand hätte klarer zum Ausdruck

bringen können, und zwar sein Leben lang, was er von der Religion hielt. Jetzt, da er nicht mehr Herr seines Denkens ist und keine Kraft hat, um Widerstand zu leisten, kommen sie und behaupten, jetzt, auf dem Totenbett, bereue er seine Sünden. Bis jetzt hatte ich immer einen gewissen Respekt vor ihrer Kirche. Aber wenn sie das tun, weiß ich, dass dumme Leute recht haben, wenn sie sagen, dass alles nur Aberglauben und Schwindel ist.« Julia schwieg. »Findest du nicht?« Noch immer gab sie keine Antwort. »Findest du nicht?«

»Ich weiß es nicht, Charles. Ich weiß es einfach nicht.«

Obwohl also niemand davon sprach, hatte ich das Gefühl, dass diese Frage stets im Raum hing und in all den Wochen von Lord Marchmains Krankheit gewichtiger wurde. Ich sah sie, wenn Cordelia am frühen Morgen zur Messe fuhr; ich sah sie, als Cara anfing, sie zu begleiten. Diese kleine Wolke, so groß wie die Hand eines Menschen, aus der ein Gewitter über uns hereinbrechen sollte.

Jetzt hatte uns Brideshead auf seine unbeholfene, rücksichtslose Art erneut mit der Nase darauf gestoßen.

»Oh, Bridey, glaubst du denn, dass er einverstanden wäre?«, fragte Cordelia.

»Dafür werde ich schon sorgen«, antwortete er. »Morgen hole ich Father Mackay her.«

Noch braute sich der Sturm zusammen und brach nicht aus; keiner von uns sagte etwas. Cara und Cordelia kehrten ins Krankenzimmer zurück; Brideshead suchte nach einem Buch, fand es und verließ uns ebenfalls.

»Wie können wir dieses alberne Theater verhindern, Julia?«

Eine Zeitlang gab sie keine Antwort, dann sagte sie: »Warum sollten wir das tun?«

»Das weißt du genauso gut wie ich. Es ist einfach – nicht anständig.«

»Wie könnte ich auf Anstand pochen?«, fragte sie traurig. »Und außerdem, was kann es schaden? Fragen wir den Arzt.«

Wir fragten den Arzt, und er antwortete: »Schwer zu sagen. Natürlich könnte es ihn aufregen, andererseits haben wir schon Fälle gehabt, in denen es einen wunderbar beruhigenden Einfluss hatte. Einmal habe ich sogar erlebt, dass es ausgesprochen gesundheitsfördernd wirkte. Bestimmt kann es ein großer Trost für die Angehörigen sein. Wirklich, ich glaube, das muss Lord Brideshead entscheiden. Wohlgemerkt, im Moment gibt es keinen Grund zur Sorge. Lord Marchmain ist heute sehr schwach; aber morgen kann es schon wieder ganz anders aussehen. Wäre es nicht besser, noch ein wenig zu warten?«

»Nun, das war keine große Hilfe«, sagte ich zu Julia, als wir ihn verließen.

»Hilfe? Ich verstehe wirklich nicht, warum es dir so am Herzen liegt, dass man meinem Vater die Sterbesakramente verwehrt.«

»Weil es nichts als Aberglaube und Hexerei ist.«

»Ist es das? Trotzdem hat der Brauch seit fast zweitausend Jahren überlebt. Ich weiß nicht, warum du dich da so aufregst.« Ihre Stimme erhob sich; sie war in den letzten Monaten sehr reizbar. »Um Himmels willen, schreib einen Leserbrief an die *Times*, geh und halte eine Rede im Hyde Park, organisiere eine Demonstration gegen das Pfaffentum, aber lass mich damit in Ruhe. Was geht es dich oder mich an, ob mein Vater den Gemeindepfarrer sieht?«

Ich kannte diese heftigen Launen an Julia. Es war wie damals am Brunnen im Mondschein, und ich hatte auch eine vage Vermutung, was der Auslöser war. Mit Worten war hier nichts auszurichten, so viel stand fest. Aber ich hätte auch gar nichts sagen können, denn die Antwort auf ihre Frage hatte sich noch nicht geformt. Nur ein Gefühl, dass es um das Schicksal von mehr Seelen als nur einer ging, dass der Schnee auf den höchsten Bergflanken zu tauen begann.

Brideshead und ich frühstückten am nächsten Tag zusammen mit der Nachtschwester, die soeben ihre Schicht beendet hatte.

»Heute ist er viel besser dran«, sagte sie. »Er hat fast drei Stunden am Stück geschlafen. Als Gaston kam, um ihn zu rasieren, war er richtig gesprächig.«

»Gut«, sagte Brideshead. »Cordelia ist zur Messe gefahren. Sie bringt Father Mackay mit zum Frühstück.«

Ich hatte Father Mackay mehrere Male getroffen; er war ein untersetzter freundlicher Ire aus Glasgow in mittleren Jahren, der es fertigbrachte, mir Fragen wie diese zu stellen: »Mr Ryder, was meinen Sie, war der Maler Tizian der wahrhaftere Künstler als der Maler Raffael?« Was aber noch schlimmer war, er merkte sich meine Antworten. »Um darauf zurückzukommen, was Sie sagten, als ich das letzte Mal das Vergnügen hatte, Mr Ryder, könnte man dann behaupten, dass der Maler Tizian...« Gewöhnlich endeten unsere Gespräche mit einem Gedanken folgender Art: »Ah, was für ein Glück es sein muss, ein Talent zu haben wie Sie, Mr Ryder, und auch die Muße, es zu pflegen.« Cordelia konnte ihn herrlich imitieren.

An diesem Morgen frühstückte er ausgiebig, warf einen Blick auf die Schlagzeilen in der Zeitung und sagte dann mit professioneller Munterkeit: »Was glauben Sie, Lord Brideshead, ob die arme Seele wohl jetzt bereit wäre, mich zu empfangen?«

Brideshead führte ihn hinaus, Cordelia folgte, und ich saß allein zwischen den Resten des Frühstücks. Nach weniger als einer Minute hörte ich alle drei vor der Tür durcheinandersprechen.

»... kann nur um Entschuldigung bitten.«

»... arme Seele. Es war sicher das fremde Gesicht, glauben Sie mir, das war es – ein Unbekannter, den er nicht erwartete. Das kann ich gut verstehen.«

»... es tut mir so leid, Father ... nachdem Sie den ganzen Weg hierhergekommen sind ...«

»Machen Sie sich keine Gedanken, Lady Cordelia. In den Gorbals hat man mich schon mal mit Flaschen beworfen ... Lassen Sie ihm Zeit. Ich habe schon schlimmere Fälle erlebt, die dann ganz wundervoll gestorben sind. Beten Sie für ihn ... Ich komme wieder ... Wenn Sie mich jetzt entschuldigen würden, ich muss noch Mrs Hawkins einen kleinen Besuch abstatten. Ja, gewiss, ich kenne den Weg.«

Dann kamen Cordelia und Brideshead wieder herein.

»Ich nehme an, der Besuch war nicht erwünscht.«

»Nein, das war er wirklich nicht. Cordelia, kannst du Father Mackay wieder nach Hause fahren, wenn er von Nanny herunterkommt? Ich werde Beryl anrufen und sehen, ob sie mich zu Hause braucht.«

»Bridey, das war entsetzlich. Wie sollen wir nur vorgehen?«

»Im Moment haben wir alles getan, was wir konnten.« Damit verließ er den Raum.

Cordelias Gesicht war ernst; sie nahm ein Stück gebratenen Speck, tunkte es in Senf und steckte es in den Mund. »Zur Hölle mit Bridey«, sagte sie. »Ich wusste doch, dass es nicht klappen würde.«

»Was ist passiert?«

»Willst du es wirklich wissen? Wir traten einer nach dem anderen ein, Cara las Papa gerade mit lauter Stimme aus der Zeitung vor. Bridey sagte: ›Ich habe Father Mackay hergebracht.‹ Darauf Papa: ›Ich fürchte, man hat Sie aufgrund eines Missverständnisses hergerufen. Ich bin nicht *in extremis* und seit fünfundzwanzig Jahren kein praktizierendes Mitglied Ihrer Kirche. Brideshead, bitte bring Father Mackay zur Tür.‹ Dann drehten wir uns alle um und gingen einer nach dem anderen wieder hinaus. Ich hörte, wie Cara ihm weiter aus der Zeitung vorlas, und das war's, Charles.«

Diese Neuigkeiten überbrachte ich Julia, die mit ihrem Frühstückstablett im Bett saß, umgeben von einem Durcheinander aus Zeitungen und Briefumschlägen. »Der Hokuspokus ist abgeblasen«, sagte ich. »Der Medizinmann ist wieder weg.«

»Armer Papa.«

»Für Bridey ist es richtig schlimm.«

Ich triumphierte. Ich hatte recht gehabt, im Gegensatz zu allen anderen, die Wahrheit hatte sich durchgesetzt. Die Gefahr, die ich seit dem Abend am Brunnen über Julia und mir hatte schweben sehen, war abgewendet, vielleicht für immer gebannt; aber – jetzt kann ich es ruhig zugeben – es gab noch einen anderen unausgesprochenen, unaussprechlichen, unanständigen kleinen Sieg, den ich heimlich feierte. Ich ging davon aus, dass dieser morgendliche Zwischenfall Brideshads Chancen auf sein rechtmäßiges Erbe in noch weitere Ferne gerückt hatte.

Darin behielt ich recht. Man schickte nach einem Anwalt der Londoner Kanzlei; ein oder zwei Tage später kam er, und jeder im Haus wusste, dass Lord Marchmain ein neues Testament aufgesetzt hatte. Dass die religiöse Kontroverse damit beendet sein würde, erwies sich allerdings als Irrtum. An Brideshads letztem Abend flammte sie nach dem Abendessen erneut auf.

»…Papa hat nur gesagt: ›Ich bin nicht *in extremis* und seit fünfundzwanzig Jahren kein praktizierendes Mitglied der Kirche.‹«

»Nicht ›der Kirche‹, sondern ›Ihrer Kirche‹.«

»Ich sehe da keinen Unterschied.«

»Das ist ein gewaltiger Unterschied.«

»Es ist sonnenklar, was er meinte, Bridey.«

»Ich gehe davon aus, dass er genau das meinte, was er sagte. Er meinte, dass er es nicht gewohnt ist, regelmäßig die Sakramente zu empfangen, und da er im betreffenden Augenblick nicht im Sterben lag, wollte er daran auch nichts ändern – noch nicht.«

»Das ist doch Haarspalterei.«

»Warum werfen die Menschen einem eigentlich immer Haarspalterei vor, bloß weil man versucht, präzise zu sein? Was er meinte, war eindeutig, dass er an diesem Tag keinen Priester sehen wollte und dass sich das ändern würde, wenn er ›*in extremis*‹ wäre.«

»Ich wünschte, jemand könnte mir erklären, wofür genau

diese Sakramente gut sind«, sagte ich. »Glaubt ihr, wenn er allein stirbt, fährt er zur Hölle, und wenn ein Priester ihm Öl auf die Stirn reibt –«

»Oh, nicht wegen des Öls«, sagte Cordelia, »das dient dazu, ihn zu heilen.«

»Es wird immer kurioser – also, was immer der Priester da tut –, dass er dann in den Himmel kommt? Glaubt ihr das?«

Cara meldete sich zu Wort: »Wenn ich mich recht erinnere, hat mir mein Kindermädchen oder sonst irgendwer mal erzählt, dass es auch gilt, wenn der Priester kommt, bevor der Körper kalt wird. Das stimmt doch, oder?«

Die anderen fielen über sie her.

»Nein, Cara, tut es nicht.«

»Natürlich nicht.«

»Das hast du ganz falsch verstanden, Cara.«

»Nun, jedenfalls weiß ich noch, als Alphonse de Grenet starb, hatte Madame de Grenet einen Priester vor der Tür versteckt – er konnte den Anblick von Priestern nicht ertragen – und holte ihn herein, *noch ehe der Körper erkaltet war*, so hat sie es mir selbst erklärt, außerdem ließen sie ein volles Requiem für ihn halten, ich war dabei.«

»Ein Requiem allein bewirkt nicht, dass man in den Himmel kommt.«

»Madame de Grenet glaubte es aber.«

»Nun, dann war sie eben auf dem Holzweg.«

»Weiß einer von euch Katholiken, wozu dieser Priester gut ist?«, fragte ich. »Braucht ihr ihn nur deshalb, damit euer Vater eine christliche Beerdigung bekommen kann? Oder wollt ihr ihm die Hölle ersparen? Ich möchte, dass mir das jemand erklärt.«

Brideshead erklärte es mir ausführlich, und als er fertig war, trübte Cara die Einheit der katholischen Front, indem sie erstaunt sagte: »Das habe ich noch nie gehört.«

»Halten wir fest«, meinte ich. »Er muss einen Willensakt vollbringen, muss bereuen und den Wunsch haben, Vergebung zu erlangen, richtig? Aber nur Gott allein kann wissen, ob der Willensakt aufrichtig war, der Priester nicht, und wenn kein Priester anwesend ist und er den Willensakt allein vollzieht, dann ist es so, als wäre ein Priester dabei gewesen. Und es ist durchaus möglich, dass der Wille auch dann noch funktioniert, wenn der Mensch zu schwach ist, um es nach außen hin zu zeigen, richtig? Er könnte wie tot daliegen und trotzdem die ganze Zeit ausgesöhnt werden wollen, Gott würde es verstehen und ihm vergeben, richtig?«

»Mehr oder weniger«, sagte Brideshead.

»Wozu um Himmels willen ist dann der Priester da?«

Eine kleine Pause entstand, in der Julia seufzte und Brideshead Luft holte, als wollte er die Theorie noch breiter auffächern. In diese Stille hinein sagte Cara: »Ich weiß nur, dass *ich* dann auf jeden Fall einen Priester bei mir haben möchte.«

»Bravo«, sagte Cordelia. »Ich glaube, das ist die beste Antwort.«

Und so ließen wir das Thema fallen, alle aus verschiedenen Gründen und obwohl es für niemanden befriedigend geklärt war.

Später sagte Julia: »Ich wünschte, du würdest nicht immer religiöse Debatten lostreten.«

»Das habe ich doch gar nicht.«

»Jedenfalls kannst du niemanden überzeugen, nicht mal dich selbst.«

»Ich will nur wissen, was diese Leute glauben. Sie behaupten, es sei alles völlig logisch.«

»Hättest du Bridey aussprechen lassen, hätte er dir die Logik erklärt.«

»Ihr wart zu viert«, sagte ich. »Cara hatte keine Ahnung, worum es ging. Vielleicht glaubt sie daran, vielleicht nicht. Du weißt ein bisschen was und glaubst kein Wort, Cordelia weiß ungefähr genauso viel und glaubt es inbrünstig; nur der arme Bridey weiß Bescheid und glaubt, trotzdem fand ich seine Erklärungen miserabel. Und die Leute gehen herum und sagen: ›Wenigstens wissen die Katholiken, was sie glauben.‹ Wir hatten einen prima Querschnitt heute Abend –«

»Ach, Charles, hör auf zu lästern, sonst glaube ich noch, dass du selber allmählich Zweifel bekommst.«

Die Wochen vergingen, und Lord Marchmain lebte weiter. Im Juni wurde meine Scheidung endgültig besiegelt, und meine ehemalige Frau heiratete zum zweiten Mal. Julia würde im September frei sein. Je näher unsere Hochzeit rückte, umso wehmütiger, das fiel mir auf, sprach Julia davon. Auch der Krieg rückte näher – keiner von uns beiden zweifelte daran –, doch Julias zärtliche, entrückte und manchmal, so hatte es den Anschein, verzweifelte Sehnsucht rührte nicht aus der Ungewissheit außerhalb ihrer selbst. Gelegentlich verdunkelte sie sich auch zu kurzen Anfällen von Hass, wenn sie gegen die Beschränkungen ihrer Liebe zu mir anrannte wie ein eingesperrtes Tier gegen die Gitter seines Käfigs.

Ich wurde ins Kriegsministerium bestellt, befragt und auf

eine Liste für den Notfall gesetzt; Cordelia auch, auf eine andere Liste. Listen wurden wieder zu einem Teil unseres Lebens, so wie damals in der Schule. Alles musste für den bevorstehenden »Notfall« vorbereitet werden. Niemand in diesem düsteren Büro sprach das Wort »Krieg« aus; es war tabu; wir würden »im Notfall« eingezogen – nicht im Fall eines Konflikts oder einer dem menschlichen Willen unterstehenden Aktion, nicht aus einem klaren und einfachen Grund wie Wut oder Vergeltung; ein Notfall, das war etwas, das aus den Wassern kam, ein Ungeheuer mit blicklosen Augen und peitschendem Schweif, das aus der Tiefe emporstieg.

Lord Marchmain interessierte sich kaum für das, was außerhalb seines Zimmers geschah. Wir brachten ihm täglich die Zeitungen und lasen ihm daraus vor, aber er drehte den Kopf auf dem Kissen zur Seite und folgte mit dem Blick den komplizierten Mustern ringsum. »Soll ich weiterlesen?« – »Ja, bitte, wenn es dir nicht zu langweilig ist.« Aber er hörte gar nicht zu. Gelegentlich, wenn ein bekannter Name fiel, flüsterte er: »Irwin... ich kannte ihn – ein mittelmäßiger Bursche«, und manchmal machte er auch unverständliche Bemerkungen: »Die Tschechen taugen als Kutscher, sonst zu nichts.« Doch seine Gedanken beschäftigten sich nicht mit politischen Angelegenheiten; sie waren hier, an diesem Ort, kreisten um sein eigenes Los; er hatte keine Kraft mehr für einen anderen Krieg als seinen einsamen Kampf, am Leben zu bleiben.

Einmal sagte ich zu dem Arzt, der uns täglich aufsuchte: »Er hat einen unglaublichen Lebenswillen, finden Sie nicht?«

»So kann man es vielleicht auch sehen. Ich würde eher sagen, er hat große Angst vor dem Tod.«

»Ist das ein Unterschied?«

»Liebe Güte, ja. Er zieht keine Kraft aus dieser Angst, wissen Sie. Im Gegenteil, sie laugt ihn aus.«

Gleich nach dem Tod, vielleicht weil sie ihm so ähnlich sind, fürchtete er Dunkelheit und Einsamkeit. Er hatte es gern, wenn wir bei ihm waren, und die Lampen zwischen den vergoldeten Figuren brannten die ganze Nacht. Er wollte nicht, dass wir allzu viel redeten, aber er selbst sprach vor sich hin, so leise, dass wir es häufig gar nicht bemerkten. Ich glaube, er sprach, weil es die einzige Stimme war, der er vertrauen konnte, wenn sie ihm versicherte, dass er noch am Leben war. Was er sagte, war nicht für uns oder sonst wen bestimmt, nur für sich selbst.

»Heute besser. Heute besser. Jetzt kann ich wieder sehen, in der Ecke des Kamins hält der Mandarin seine goldene Glocke, und unter seinen Füßen steht der verkrüppelte Baum in voller Blüte; gestern war ich so konfus, dass ich den kleinen Turm für eine andere Figur hielt. Bald werde ich auch die Brücke und die drei Störche wieder sehen und wissen, wohin der Pfad über den Hügel führt.

Besser morgen. In unserer Familie wird man alt und heiratet spät. Dreiundsiebzig ist doch kein Alter. Tante Julia, die Tante meines Vaters, wurde achtundachtzig, sie ist hier geboren und hier gestorben, hat nie geheiratet und sah noch die Freudenfeuer auf den Bergen nach der Schlacht von Trafalgar. Sie sagte immer ›das neue Haus‹, das war der Name, den sie ihm in den Kinderzimmern gegeben hatten und auf den Feldern, wo die Menschen, die nicht lesen und schreiben konnten, ein langes Gedächtnis hatten. Man kann noch sehen, wo die alte Burg gestanden hat, unweit der Dorfkirche. Sie nennen das Feld ›Castle Hill‹, Horlicks Feld, wo der Boden uneben und zur Hälfte von Unkraut, Nesseln und wilden Rosen überwuchert ist, mit Kuhlen, die zu tief zum Pflügen sind. Sie haben die Fundamente ausgegraben, um die Steinblöcke für das neue Haus zu verwenden, das Haus, das schon hundert Jahre alt war, als Tante Julia zur Welt kam. Dort drüben sind unsere Wurzeln, in den unfruchtbaren Kuhlen von Castle Hill, wo die Nesseln und wilden Rosen blühen, zwischen den Grabkammern der alten Kirche und der Kantorei, in der niemand singt.

Tante Julia kannte die Grabkammern, den Ritter mit den gekreuzten Beinen, den Earl im Wams, den Marquis, der wie ein römischer Senator aussah, zwischen Kalkstein, Alabaster und italienischem Marmor, klopfte mit ihrem Ebenholzstock auf die Wappenschilde, brachte den Helm über dem alten Sir Roger zum Klingen. Damals waren wir Ritter, nach Agincourt Barone, die höheren Ehren kamen erst mit den Georges. Sie kamen als Letztes und werden als Erstes verschwinden; nur die Baronie wird bleiben. Wenn ihr alle tot seid, wird Julias Sohn denselben Namen tragen wie seine Vorfahren vor den fetten Jahren, in den Zeiten der Schafschur und der weiten Kornfelder, den Zeiten des Wachstums und des Aufbaus, als man die Sümpfe trockenlegte und das Brachland urbar machte, als einer ein Schloss baute und sein Sohn die Kuppel hinzufügte und dessen Sohn die Flügel erweiterte und den Fluss eindämmte. Tante Julia war dabei, als sie den Springbrunnen aufbauten; er war schon alt und verwittert, zweihundert Jahre lang hatte er unter der Sonne von Neapel gestanden, bevor er mit einer portugiesischen Galeere zu Nelsons Zeiten hergeschafft wurde. Bald wird der Brunnen austrocknen, nur der Regen wird ihn füllen, das trockene Laub im Becken treiben, und über den Seen wird sich Röhricht ausbreiten und sie bedecken. Heute besser.

Heute besser. Ich habe achtsam gelebt, mich vor den kalten Winden geschützt, mäßig gegessen von dem, was die Jahreszeit bot, guten Rotwein getrunken, in meinen eigenen Laken geschlafen; ich werde lange leben. Fünfzig war ich, als wir von den Pferden absteigen und in die Gräben mussten; die Alten blieben im Lager, so lautete der Befehl, doch Walter Venables, mein Kommandeur, mein nächster Nachbar, sagte: ›Du bist besser in Form als die Jüngsten von ihnen, Alex.‹ Das war ich, das bin ich auch jetzt, wenn ich nur mehr Luft bekäme.

Keine Luft, kein Hauch regt sich unter dem Samthimmel. Wenn der Sommer kommt«, sagte Lord Marchmain, ohne sich der wogenden Kornfelder, der schwellenden Früchte oder der übersatten Bienen bewusst zu sein, die im schweren Licht der Nachmittagssonne vor seinen Fenstern langsam zu ihren Stöcken zurückkehrten, »wenn der Sommer kommt, werde ich aufstehen, mich an die frische Luft setzen und leichter atmen.

Wer hätte gedacht, dass all die kleinen goldenen Männer, Edelleute in ihrer Heimat, so lange leben könnten, ohne zu atmen? Wie Kröten in der Kohle, tief unten in der Grube, ganz ohne Angst. Warum, um Himmels willen, haben sie ein solches Loch für mich gegraben? Muss man denn in seinem eigenen Keller ersticken? Plender, Gaston, machen Sie doch die Fenster auf.«

»Die Fenster stehen weit offen, Mylord.«

Ein Sauerstoffzylinder wurde neben seinem Bett aufgestellt, mit einem langen Schlauch und einem Mundstück, und einem kleinen Hahn, den er selbst betätigen konnte. Häufig sagte er: »Er ist leer, schauen Sie, Schwester, es kommt nichts raus.«

»Nein, Lord Marchmain, er ist noch ganz voll, an der Blase hier im Glaskolben kann man es sehen; er hat vollen Druck, horchen Sie mal, können Sie das Zischen hören? Versuchen Sie, ganz langsam zu atmen, Lord Marchmain, ganz sacht, dann geht es am besten.«

»Frische Luft, so heißt es doch – ›frische Luft‹. Und jetzt bringt man mir die Luft in einem eisernen Zylinder.«

Einmal sagte er: »Cordelia, was ist aus der Kapelle geworden?«

»Sie wurde geschlossen, als Mummy starb, Papa.«

»Sie gehörte ihr, ich habe sie ihr geschenkt. Wir waren immer Bauherren in unserer Familie. Ich habe sie für sie gebaut, in einem der alten Gebäudeflügel, sie neu gebaut mit den alten Steinen hinter den alten Mauern, es war das Letzte, was dem neuen Haus hinzugefügt wurde, und das Erste, was verschwinden wird. Bis zum Krieg gab es dort einen Kaplan. Erinnerst du dich an ihn?«

»Ich war zu klein.«

»Dann ging ich weg – ließ sie bei ihrem Gebet in der Kapelle allein. Sie gehörte ihr. Es war genau das Richtige für sie. Ich kam nie wieder zurück, um ihre Gebete zu stören. Es hieß, wir kämpften für die Freiheit; ich errang meinen eigenen Sieg. War das ein Verbrechen?«

»Ich glaube schon, Papa.«

»Rache vom Himmel erflehen? Hat man mich deshalb in

dieser Höhle eingesperrt, was glaubst du, mit einem schwarzen Schlauch voller Luft und den kleinen gelben Männern an der Wand, die leben können, ohne zu atmen? Glaubst du das, Kind? Aber der Wind wird bald kommen, vielleicht morgen, und dann bekommen wir wieder Luft. Der kranke Wind, der mich gesund macht. Morgen besser.«

So lag Lord Marchmain bis Mitte Juli im Sterben und rieb sich auf bei seinem Kampf, am Leben zu bleiben. Da es nicht so aussah, als stünde eine Veränderung unmittelbar bevor, fuhr Cordelia nach London, um sich mit ihrem Frauenverband zu treffen. An diesem Tag verschlechterte sich plötzlich Lord Marchmains Zustand. Er lag stumm und fast reglos da, schwer atmend, nur die offenen Augen, die gelegentlich im Zimmer hin und her wanderten, deuteten darauf hin, dass er bei Bewusstsein war.

»Ist dies das Ende?«, fragte Julia.

»Das weiß man nicht«, antwortete der Arzt. »Wenn er tatsächlich stirbt, wird es wahrscheinlich so sein wie jetzt. Aber von der gegenwärtigen Attacke kann er sich noch einmal erholen. Das Wichtigste ist, ihn nicht zu stören. Die kleinste Aufregung könnte tödlich sein.«

»Ich hole Father Mackay«, sagte sie.

Ich war nicht überrascht. Den ganzen Sommer lang hatte ich mitbekommen, wie sie darüber nachdachte. Als sie weg war, sagte ich zu dem Arzt: »Wir müssen diesen Blödsinn verhindern.«

»Ich bin für den Körper zuständig«, sagte er. »Ich kann nicht sagen, ob es besser ist, wenn jemand tot oder lebendig ist, oder was nach dem Tod mit ihm geschieht, das geht mich nichts an. Ich versuche nur, ihn am Leben zu erhalten.«

»Aber Sie haben gerade selbst gesagt, dass die geringste Aufregung tödlich sein kann. Was könnte für einen Mann, der den Tod so fürchtet wie er, schlimmer sein, als dass man einen Priester für ihn ruft – einen Priester, den er selbst weggeschickt hat, als er noch die Kraft dazu hatte?«

»Ich glaube, es könnte ihn umbringen.«

»Werden Sie es dann verbieten?«

»Es liegt nicht in meiner Befugnis, etwas zu verbieten. Ich kann nur meine Meinung kundtun.«

»Cara, was meinst du?«

»Ich möchte nicht, dass er unglücklich ist. Die einzige Hoffnung, die wir jetzt haben können, ist, dass er stirbt, ohne es zu merken. Trotzdem wäre ich froh, wenn der Priester da wäre.«

»Wirst du versuchen, Julia zu überreden, dass sie ihn nicht in seine Nähe kommen lässt – bis es zu Ende ist? Danach kann er keinen Schaden mehr anrichten.«

»Ich werde sie bitten, Alex glücklich sterben zu lassen, ja.«

Nach einer halben Stunde war Julia mit Father Mackay wieder da. Wir trafen uns alle in der Bibliothek.

»Ich habe Bridey und Cordelia telegraphiert«, sagte ich. »Du stimmst doch hoffentlich mit mir überein, dass wir nichts unternehmen können, bevor sie da sind.«

»Ich wünschte, sie wären da«, sagte Julia.

»Du kannst die Verantwortung nicht allein übernehmen«, warnte ich. »Alle anderen sind gegen dich. Doktor Grant, erzählen Sie ihr, was Sie mir gerade gesagt haben.«

»Ich sagte, dass der Schock über den Anblick des Priesters ihn umbringen könnte; wenn ihm der erspart bleibt, kann er die Attacke möglicherweise überleben. Als sein Arzt bin ich gegen alles, was ihn aufregen könnte.«

»Cara?«

»Julia, Liebes, mir ist klar, dass du sein Bestes willst, aber du weißt selbst, dass Alex kein religiöser Mensch war. Er hat immer über die Kirche gespottet. Wir dürfen seine gegenwärtige Schwäche nicht ausnutzen, nur um unser eigenes Gewissen zu beschwichtigen. Wenn Father Mackay zu ihm käme, wenn er nicht bei Bewusstsein ist, dann könnte er doch auf angemessene Weise beerdigt werden, nicht wahr, Father?«

»Ich gehe einmal nach ihm schauen«, sagte der Arzt und verließ den Raum.

»Sie wissen, wie Lord Marchmain Sie beim letzten Mal begrüßt hat, Father Mackay«, sagte ich. »Halten Sie es für möglich, dass er seine Meinung geändert hat?«

»Dank der Gnade des Herrn ist alles möglich.«

»Vielleicht könnten Sie sich hineinstehlen, während er schläft, ihm die Absolution erteilen, und er würde es gar nicht merken«, schlug Cara vor.

»Ich habe viele Männer und Frauen sterben sehen«, sagte der Priester. »Keiner von ihnen hatte etwas dagegen, mich am Ende dabeizuhaben.«

»Aber das waren Katholiken. Lord Marchmain ist niemals einer gewesen, außer auf dem Papier – zumindest in den letzten Jahren. Er war ein Spötter, wie Cara bereits sagte.«

»Christus hat gesagt: ›Ich bin nicht gekommen, Gerechte zu rufen, sondern Sünder zur Buße.‹«

Der Arzt trat wieder ein. »Sein Zustand ist unverändert«, sagte er.

»Wie sollte ich jemanden erschrecken, Doktor?«, fragte der Priester und wandte erst ihm, dann auch uns sein mildes, unschuldiges, sachliches Gesicht zu. »Wissen Sie denn überhaupt, was ich tun würde? Es ist eine ganz kleine Sache, ohne jedes Brimborium. Ich ziehe mich nicht einmal um, wissen Sie. Ich gehe einfach so, wie ich bin. Er kennt mich ja jetzt. Es ist nichts Beunruhigendes dabei. Ich werde ihn nur fragen, ob er seine Sünden bereut. Wenn er mir ein kleines Zeichen der Zustimmung gibt oder mich zumindest nicht abweist, dann werde ich ihm die Absolution erteilen. Anschließend, aber das ist nicht unbedingt erforderlich, würde ich ihm die Letzte Ölung erteilen. Es ist nichts, eine sachte Berührung, nur ein wenig Öl aus dieser kleinen Dose, sehen Sie, es wird ihm auf keinen Fall weh tun.«

»Oh, Julia«, sagte Cara. »Was sollen wir sagen? Ich werde mit ihm sprechen.«

Sie ging hinüber in den chinesischen Salon; wir warteten schweigend; zwischen Julia und mir loderte eine Flammenwand. Nach einer Weile kam Cara zurück.

»Ich glaube, er hat mich nicht gehört«, sagte sie. »Ich dachte, ich wüsste, wie man es ihm erklären könnte. Ich sagte: ›Alex, du erinnerst dich doch an den Priester aus Melstead? Du warst sehr unhöflich, als er hier war. Du hast ihn gekränkt. Ich möchte, dass du ihn empfängst, nur aus Höflichkeit. Tu es mir zuliebe.‹ Aber er hat nicht geantwortet. Wenn er nicht bei Bewusstsein ist, wird es ihn nicht unglücklich machen, den Priester zu sehen, nicht wahr, Doktor?«

Julia, die still und schweigend danebengestanden hatte, regte sich plötzlich.

»Vielen Dank für Ihren Rat, Doktor«, sagte sie. »Ich übernehme die volle Verantwortung für alles, was jetzt geschieht. Bitte, begleiten Sie mich zu meinem Vater, Father Mackay.« Dann führte sie ihn, ohne mich auch nur anzusehen, zur Tür.

Wir alle folgten. Lord Marchmain lag genauso da, wie ich ihn am Morgen gesehen hatte, doch jetzt waren seine Augen geschlossen, die Hände lagen auf der Bettdecke, die Handflächen nach oben gewandt. Die Schwester fühlte gerade seinen Puls. »Kommen Sie herein«, sagte sie munter. »Sie stören jetzt nicht.«

»Meinen Sie...?«

»Nein, aber er nimmt jetzt nichts mehr wahr.«

Sie hielt ihm das Mundstück des Sauerstoffgeräts vor das Gesicht, und das Zischen des entweichenden Gases war das einzige Geräusch, das vom Bett kam.

Der Priester beugte sich über Lord Marchmain und segnete ihn. Julia und Cara knieten vor dem Bett nieder. Der Arzt, die Schwester und ich standen hinter ihnen.

»Nun«, sagte der Priester, »ich weiß, dass du alle Sünden in deinem Leben bereust, nicht wahr? Gib mir ein Zeichen, wenn du kannst. Sie tun dir leid, nicht wahr?« Doch es kam kein Zeichen. »Versuche, dich an deine Sünden zu erinnern, und sage Gott, dass du sie bereust. Ich werde dir die Absolution erteilen. Während ich das tue, sage Gott, dass du es bereust, gegen seine Gesetze verstoßen zu haben.« Dann begann er, Lateinisch zu sprechen. Ich erkannte die Worte *ego te absolvo in nomine Patris*... und sah, wie der Priester das Kreuzzeichen machte. Dann kniete auch ich nieder und betete: »O Gott, wenn es einen Gott gibt, vergib ihm seine Sünden, wenn es so etwas wie Sünde gibt.« In diesem Moment öffnete der Mann auf dem Bett die Augen und seufzte, seufzte so, wie in meiner Vorstellung Menschen im Augenblick des Todes seufzen, doch seine Augen bewegten sich, und wir wussten, dass noch ein Funke Leben in ihm war.

Plötzlich sehnte ich mich nach einem Zeichen, und wenn auch nur aus Höflichkeit. Um der Frau willen, die ich liebte, die vor mir kniete und um ein solches Zeichen betete, das wusste ich. Es schien eine so kleine Sache zu sein, die da erbeten wurde, nicht mehr als der Dank für ein Geschenk, ein Nicken in der Menge. Ich vereinfachte mein Gebet: »Gott, vergib ihm seine Sünden«, und: »Bitte, o Herr, lass ihn deine Vergebung annehmen.«

Es war so eine kleine Sache, um die ich bat.

Der Priester nahm die silberne Dose aus seiner Tasche und sprach wieder einige Worte auf Lateinisch, wobei er den sterbenden Mann mit einem in Öl getränkten Wattebausch berührte. Als er fertig war, steckte er die Dose ein und erteilte ihm einen allerletzten Segen. Plötzlich bewegte Lord Marchmain seine Hand zur Stirn. Ich glaubte, er habe das Chrisam gespürt und wolle es wegwischen. »O Gott«, betete ich, »lass das nicht zu.« Doch es gab keinen Grund zur Angst; die Hand bewegte sich langsam zur Brust, dann zur Schulter, Lord Marchmain bekreuzigte sich. Da wusste ich, dass das, worum ich gebeten hatte, keine kleine Sache war, nicht ein flüchtiges Nicken als Zeichen des Wiedererkennens. Ein Satz aus meiner Kindheit kam mir in den Sinn: *Und siehe, der Vorhang des Tempels zerriss in zwei Stücke, von oben bis unten.*

Es war vorüber; wir standen auf; die Schwester trat wieder zu dem Sauerstoffzylinder; der Arzt beugte sich über den

Patienten. Julia flüsterte mir zu: »Kannst du Father Mackay hinausbegleiten? Ich bleibe noch ein bisschen hier.«

Vor der Tür verwandelte sich Father Mackay wieder in den schlichten, freundlichen Mann, den ich zuvor gekannt hatte. »Nun, das war wirklich sehr schön mit anzusehen. Ich habe es immer wieder so erlebt. Der Teufel leistet Widerstand bis zum letzten Augenblick, doch letztlich ist die Gnade Gottes doch stärker. Ich glaube, Sie sind kein Katholik, Mr Ryder, aber wenigstens werden Sie sich freuen, dass die Damen darin Trost finden können.«

Während wir auf den Chauffeur warteten, fiel mir plötzlich ein, dass man Father Mackay für seine Dienste entlohnen müsste. Es war mir unangenehm, aber ich fragte ihn trotzdem. »Ach, machen Sie sich darüber keine Gedanken, Mr Ryder. Es war mir ein Vergnügen. Aber natürlich ist jede Spende in einer Gemeinde wie der meinen willkommen.« Ich hatte drei Pfund in meiner Brieftasche und gab sie ihm. »Das ist wirklich mehr als großzügig. Gott segne Sie, Mr Ryder. Ich werde wieder vorbeikommen, aber ich glaube nicht, dass die arme Seele noch lange in dieser Welt weilt.«

Julia blieb im chinesischen Salon, bis um fünf Uhr nachmittags ihr Vater starb, womit beide Seiten in diesem Disput recht behalten hatten: der Priester ebenso wie der Arzt.

Und so komme ich zu den abgerissenen Sätzen, den letzten Worten zwischen Julia und mir, den letzten Erinnerungen.

Als ihr Vater gestorben war, blieb Julia noch ein paar Minuten bei seiner Leiche; die Schwester kam ins angrenzende Zimmer, um uns die Nachricht zu überbringen, und ich erhaschte einen Blick durch die offene Tür, wo sie vor dem

Fußende kniete und Cara neben ihr saß. Wenig später kamen beide Frauen heraus, und Julia sagte zu mir: »Nicht jetzt; ich bringe nur Cara nach oben, später.«

Noch während sie oben war, trafen Brideshead und Cordelia aus London ein, und als wir uns endlich allein sahen, war es so verstohlen, als wären wir ein junges Liebespaar.

Julia sagte: »Eine Minute hier im Schatten, in dieser Ecke der Treppe – eine Minute, um Abschied zu nehmen.«

»So lange, um so wenig zu sagen.«

»Du hast es gewusst?«

»Seit heute Morgen, schon vor heute Morgen, das ganze Jahr.«

»Ich wusste es bis heute nicht. Oh, mein Liebster, wenn du es nur verstehen könntest! Dann würde ich diese Trennung ertragen, oder besser ertragen. Ich würde sagen, mir bricht das Herz, wenn ich glaubte, dass Herzen brechen können. Ich kann dich nicht heiraten, Charles. Ich kann nicht mehr mit dir zusammen sein.«

»Ich weiß.«

»Wie kannst du das wissen?«

»Was wirst du tun?«

»Einfach weitermachen – allein. Ich kann nicht sagen, was ich tun werde. Du kennst mich doch. Du weißt, dass ich nicht für ein Leben in Trauer geschaffen bin. Ich war schon immer ein schlechter Mensch. Wahrscheinlich werde ich das wieder sein und wieder bestraft werden. Aber je schlechter ich bin, umso mehr brauche ich Gott. Ich darf mich nicht vor seiner Gnade verschließen. Und das tue ich, wenn ich ein neues Leben mit dir beginne, ohne ihn. Man kann nur hoffen, wenigstens den nächsten Schritt vor sich zu sehen. Doch heute ist mir klargeworden, dass es etwas gibt, was ganz und gar unverzeihlich wäre – wie damals im Schulzimmer jene Dinge, die so schlimm waren, dass es keine Strafe dafür gab und mit denen nur Mummy umgehen konnte –, etwas Schlimmes, das ich beinahe getan hätte, wäre ich schlecht genug, um es zu tun: einen fremden Gott neben Gott zu stellen. Warum sollte es mir gewährt sein, das zu verstehen, und dir nicht, Charles? Vielleicht wegen Mummy, Nanny, Cordelia, Sebastian – vielleicht sogar wegen Bridey und Mrs Muspratt –, die weiter für mich beten. Oder es ist eine persönliche Vereinbarung zwischen mir und Gott, dass er mich am Ende nicht verstoßen wird, wenn ich das Einzige aufgebe, das ich mir so sehr gewünscht habe.

Jetzt werden wir beide allein sein, und ich kann dir nicht dabei helfen, es zu verstehen.«

»Ich möchte es dir nicht leichter machen. Ich hoffe, es bricht dir das Herz, aber ich verstehe es.«

Die Lawine war herabgestürzt, die Bergflanke blieb kahl zurück. Die letzten Echos verhallten auf den weißen Hängen; der neue Eishügel funkelte und lag still im schweigenden Tal.

Epilog

»Die schlimmste Unterkunft, die wir bislang hatten«, sagte der Kompaniechef. »Keinerlei Komfort, keine Annehmlichkeiten und die Brigade direkt im Nacken. Die Kneipe in Flyte St. Mary bietet Platz für höchstens zwanzig Mann – sie kommt für Offiziere natürlich nicht in Frage. Dann gibt es noch eine Armeekantine im Lagerbereich. Ich hoffe, dass ich einmal pro Woche einen Transport nach Melstead Carbury einrichten kann. Marchmain liegt zehn Meilen entfernt und ist ein gottverlassenes Nest. Daher müssen die Kompanieoffiziere zuallererst die Freizeit ihrer Männer organisieren. Schauen Sie sich mal die Seen an, Herr Stabsarzt, vielleicht kann man darin baden.«

»Jawohl, Sir!«

»In der Brigade erwartet man, dass wir das Schloss herrichten. Ich finde, die unrasierten Drückeberger, die im Hauptquartier herumlungern, hätten uns die Arbeit eigentlich ersparen können, aber ... Ryder, stellen Sie ein Arbeitskommando von fünfzig Mann auf und melden Sie sich um 10.45 Uhr beim Quartiermeister im Schloss; er wird Ihnen zeigen, welche Teile wir übernehmen.«

»Jawohl, Sir.«

»Unsere Vorgänger scheinen nicht besonders unternehmungslustig gewesen zu sein. Dabei ist das Tal bestens geeignet als Übungsgelände und Schießplatz für Mörsergranaten. Sie, Ausbildungsoffizier, erkunden heute Vormittag die Gegend und stellen etwas auf die Beine, bevor die Brigade eintrifft.«

»Jawohl, Sir.«

»Ich werde selbst mit dem Adjutanten losgehen, um geeignete Übungsplätze zu finden. Kennt jemand von Ihnen zufällig diese Gegend?«

Ich sagte nichts.

»Gut, das wär's dann, an die Arbeit.«

»Ein wundervolles altes Schloss, auf seine Art«, sagte der Quartiermeister, »wäre wirklich schade, es übermäßig zu demolieren.«

Er war ein alter, reaktivierter Lieutenant-Colonel a. D. aus der Umgebung. Wir trafen uns vor dem Haupteingang, wo ich meine halbe Kompanie antreten und auf weitere Befehle warten ließ. »Kommen Sie rein. Ich zeige Ihnen alles. Es ist ein riesiges Labyrinth, aber wir haben nur das Erdgeschoss und ein halbes Dutzend weiterer Räume beschlagnahmt. Alles andere da oben ist privat und größtenteils mit Möbeln vollgestellt. So was haben Sie noch nie gesehen, einige Stücke sind unbezahlbar.

Im Dachgeschoss wohnen noch ein Hausverwalter und zwei alte Dienstboten – die werden Sie nicht stören –, dazu kommt ein ausgebombter römisch-katholischer Priester, den Lady Julia hier aufgenommen hat. Ein schrulliger Kauz, bisschen nervös, macht aber keine Scherereien. Er hat die Kapelle geöffnet und sie den Truppen zugänglich gemacht; erstaunlich, wie viele sie nutzen.

Das Haus gehört Lady Julia Flyte, wie sie sich heute nennt. Sie war einmal mit Mottram verheiratet, dem Minister für ... was weiß ich. Sie ist mit einem Frauenhilfsdienst im Ausland, und ich versuche solange auf ihren Besitz aufzupassen. Komisch, dass der alte Marquis alles ihr hinterlassen hat – bitter für die Söhne.

Hier war das Büro Ihrer Vorgänger; jedenfalls ist reichlich Platz. Ich habe die Wände und den Kamin mit Brettern verschalen lassen, sehen Sie? Dahinter befinden sich wertvolle alte Arbeiten. Holla, hier hat aber offenbar jemand gewütet; was sind Soldaten doch für ein zerstörerisches Pack! Ein Glück, dass wir es gesehen haben, sonst hätte man es noch Ihren Leuten angekreidet.

Und hier ist noch ein ziemlich großzügiger Raum; früher einmal hing er voller Gobelins. Er wäre ideal für Besprechungen.«

»Ich bin nur hier, um zu sehen, ob alles ordentlich hinterlassen wurde, Sir. Jemand vom Brigadestab wird die Räume zuweisen.«

»Oh, dann haben Sie es leicht. Der letzte Trupp hat sich einigermaßen zurückgehalten. Aber den Kamin hätten sie lieber nicht anrühren sollen. Wie haben sie das bloß geschafft? Er sieht doch ganz massiv aus. Ob man das noch mal reparieren kann?

Vermutlich wird der Brigadekommandeur hier sein Büro einrichten; der letzte hat es jedenfalls getan. Dieses Zimmer hat eine Menge Malereien an den Wänden, die sich nicht entfernen lassen. Wie Sie sehen, habe ich sie, so gut es ging, verhängt, aber Soldaten kriegen alles kaputt, wie der Brigadier da in der Ecke bewiesen hat. Es gab noch einen anderen Raum mit Wandmalereien, draußen an der Kolonnade. Ziemlich modern, aber wenn Sie mich fragen, sind es die besten Arbeiten im ganzen Haus. Dort war der Fernmelderaum untergebracht, und den haben sie völlig ramponiert, wirklich, eine Schande!

Und dieses scheußliche Zimmer haben sie als Messe benutzt, deshalb habe ich hier nichts abgedeckt. Es wäre ohnehin nicht aufgefallen, wenn hier was beschädigt worden wäre. Hat etwas von einem besseren Puff, Sie verstehen schon – wie die *Maison Japonaise* –... und das hier war das Vorzimmer...«

Es dauerte nicht lange, bis wir unsere Tour durch die hallenden Räume beendet hatten. Dann traten wir nach draußen auf die Terrasse.

»Hier befinden sich die Latrinen und Waschhäuser für die übrigen Dienstgrade. Ich habe keine Ahnung, warum man sie ausgerechnet hierhin gebaut hat; das war schon so, als ich den Job übernahm. All das war früher von der Vorderseite des Hauses völlig abgetrennt. Wir haben die Straße durch die Bäume verlegt und sie mit der Hauptzufahrt verbunden. Hässlich, aber äußerst praktisch, denn hier finden jede Menge Transporte in beide Richtungen statt, und das bringt natürlich Beschädigungen mit sich. Sehen Sie nur, hier ist ein achtloser Hitzkopf mitten durch eine Buchsbaumhecke gerast und hat gleich die halbe Balustrade mitgenommen. Es war nur ein Dreitonner, aber man könnte meinen, es wäre mindestens ein Churchill-Panzer gewesen.

Der Springbrunnen hier... da ist die Dame des Hauses besonders empfindlich. Die jungen Offiziere haben sich an den Besuchsabenden einen Jux daraus gemacht, darin herumzualbern, und mit der Zeit war er so ramponiert, dass ich ihn mit Drahtzaun schützen und das Wasser abstellen lassen musste. Er sieht etwas verwahrlost aus, weil die Fahrer ihre Zigarettenstummel oder Reste von Butterbroten hineinwerfen, und jetzt, mit dem Draht, kommt man nicht mehr ran, um sauberzumachen. Herrlich schwülstiges Ding, was?...

So, haben Sie alles gesehen? Dann mache ich mich jetzt wieder auf den Weg. Guten Tag.«

Sein Fahrer warf eine Zigarette in das trockene Bassin des Brunnens, salutierte und öffnete den Wagenschlag. Ich salutierte ebenfalls, und dann fuhr der Quartiermeister über die neue Schotterstraße davon, die zwischen den Linden entlangführte.

»Hooper«, sagte ich, nachdem ich meinen Männern ihre Aufgabe erklärt hatte. »Glauben Sie, dass Sie eine halbe Stunde das Kommando über die Arbeitstruppe übernehmen könnten, ohne dass etwas passiert?«

»Ich habe gerade überlegt, wo wir wohl Tee herkriegen.«

»Herrgott«, sagte ich. »Die Männer haben doch gerade erst angefangen.«

»Sie haben es gründlich satt.«

»Halten Sie sie trotzdem bei der Stange.«

»Alles klar.«

Ich trödelte nicht lange in den trostlosen Parterreräumen herum, sondern ging nach oben, die vertrauten Gänge entlang, gelangte zu Türen, die abgeschlossen waren, und öffnete andere zu Räumen, die bis obenhin mit Möbeln vollgestopft waren. Nach einer Weile stieß ich auf ein altes Hausmädchen, das eine Tasse Tee trug. »Na so was!«, sagte es. »Ist das nicht Mr Ryder?«

»Ganz recht. Ich fragte mich schon, wann ich auf wohl auf ein bekanntes Gesicht stoße.«

»Mrs Hawkins wohnt noch da oben in ihrem alten Zimmer. Ich wollte ihr gerade den Tee bringen.«

»Lassen Sie mich das machen«, sagte ich und ging durch die grünbespannte Tür, die einfache Holztreppe hinauf zu den Kinderzimmern.

Nanny Hawkins erkannte mich erst, als ich etwas sagte, und meine Ankunft stürzte sie in einige Verwirrung. Ich musste eine Weile mit ihr am Kamin sitzen, bis sie ihre alte Ruhe zurückgewann. Sie, die sich in all den Jahren, die ich sie kannte, kaum verändert hatte, war in jüngster Zeit deutlich gealtert. Die Umbrüche der letzten Jahre waren zu spät in ihrem Leben eingetreten, als dass sie sie noch hätte akzeptieren und verstehen können. Ihr Sehvermögen lasse nach, erzählte sie, so dass sie nur noch die gröbste Handarbeit erkennen könne. Ihre Sprache, die durch den jahrelangen Umgang mit ihrer Herrschaft geschliffen worden war, hatte unterdessen wieder etwas von den stumpfen, bäuerlichen Tönen ihrer Jugend angenommen.

»...nur ich, die beiden Hausmädchen und der arme Father Membling, der ausgebombt wurde, so dass er weder ein Dach über dem Kopf noch ein Möbelstück mehr hatte, bis Julia mit ihrem großen Herzen ihn aufnahm. Seine Nerven sind ganz durcheinander... Die von Lady Brideshead übrigens auch, Marchmain heißt sie jetzt, eigentlich müsste ich ›Ihre Ladyschaft‹ sagen, aber das klingt so unnatürlich, bei ihr war es genau gleich. Als Julia und Cordelia in den Krieg zogen, kam sie mit den beiden Jungs her, und dann hat das Militär sie vor die Tür gesetzt, also gingen sie nach

London, aber sie hatten noch keinen Monat in ihrem Haus dort verbracht, und Bridey war mit der Freiwilligen Kavallerie weg, genau wie Seine arme Lordschaft damals, da wurden sie dort auch ausgebombt, und alles war verloren, die ganzen Möbel, die sie hingebracht und in der Remise verstaut hatte. Dann zog sie in ein anderes Haus außerhalb von London, und das Militär nahm auch das, und so ist sie jetzt, wie ich zuletzt hörte, in einem Hotel am Meer, was natürlich nicht dasselbe ist wie zu Hause, nicht wahr? Irgendwie scheint es nicht richtig.

... Haben Sie Mr Mottram gestern Abend gehört? Hat sich sehr böse über Hitler ausgelassen. Ich habe zu Effie gesagt, die für mich sorgt: ›Wenn Hitler das gehört hat und Englisch versteht, was ich allerdings bezweifle, dann wird er sich jetzt sehr klein vorkommen.‹ Wer hätte gedacht, dass Mr Mottram sich einmal so gut machen würde? Und so viele seiner Freunde, die er hierher eingeladen hat, auch? Ich habe zu Mr Wilcox gesagt, er kommt regelmäßig zweimal im Monat mit dem Bus her, um mich zu besuchen, was sehr nett von ihm ist und ich ihm hoch anrechne, also ich habe zu ihm gesagt: ›Wir hatten Engel zu Gast und wussten es nicht‹, denn Mr Wilcox konnte Mr Mottrams Freunde nicht leiden. Ich habe sie zwar nie gesehen, aber ihr habt ja alle von ihnen erzählt. Julia mochte sie auch nicht, aber sie haben sich gut gemacht, nicht wahr?«

Am Ende fragte ich: »Haben Sie von Julia gehört?«

»Über Cordelia, erst vor einer Woche; sie sind immer noch zusammen, so wie von Anfang an, und Julia hat ein paar Grüße unter den Brief geschrieben. Beiden geht es gut, obwohl sie nicht verraten können, wo sie sind, aber Father

Membling hat zwischen den Zeilen gelesen und meint, sie wären in Palästina, und da steht auch Brideys Freiwilligenregiment, das wäre ja sehr schön für sie alle. Cordelia schrieb, sie freuten sich darauf, nach dem Krieg nach Hause zu kommen, und das tun wir sicher alle, aber ob ich das noch erleben darf, steht woanders geschrieben.«

Ich blieb eine halbe Stunde bei ihr und versprach beim Gehen, sie oft zu besuchen. Als ich wieder in der Eingangshalle stand, hatte sich dort nichts verändert, und Hooper machte ein schuldbewusstes Gesicht.

»Sie mussten los und Bettstroh fassen. Ich hatte keine Ahnung, bis Sergeant Block es mir sagte. Ich weiß auch nicht, ob sie noch mal zurückkommen.«

»Sie wissen es nicht? Welche Befehle haben Sie denn erteilt?«

»Nun, ich habe Sergeant Block gesagt, dass er sie zurückbringen soll, wenn er meint, es lohne sich noch; ich meine, wenn noch Zeit ist bis zum Essen.«

Es war beinahe zwölf. »Man hat Sie schon wieder reingelegt, Hooper. Das Stroh konnte man bis sechs Uhr abends fassen.«

»Oje, tut mir leid, Ryder. Sergeant Block –«

»Es ist meine Schuld; ich hätte nicht weggehen dürfen... Lassen Sie dieselbe Truppe nach dem Essen antreten, bringen Sie sie her und halten Sie sie hier fest, bis die Arbeit getan ist.«

»Alles klar. Hören Sie, sagten Sie nicht, dass Sie das Haus kennen?«

»Ja, sehr gut sogar. Es gehört Freunden von mir«, und als ich die Worte aussprach, klangen sie genauso fremd wie damals Sebastians Worte, als er statt »Hier bin ich zu Hause« sagte: »Hier lebt meine Familie.«

»Das geht über meinen Verstand: Was macht eine Familie mit einem so großen Haus?«

»Nun, ich nehme an, die Brigade wird schon was damit anfangen können.«

»Aber dafür ist es nicht gebaut worden, oder?«

»Nein«, antwortete ich. »Dafür ist es nicht gebaut worden. Vielleicht ist das gerade das Schöne beim Bauen, so ähnlich, wie wenn man einen Sohn hat und gespannt ist, was aus ihm wird. Ich weiß es nicht; ich habe nie etwas gebaut und darf keinen Sohn heranwachsen sehen. Ich bin heimatlos, kinderlos, nicht mehr jung und ohne Liebe, Hooper.« Er warf mir einen Blick zu, um zu sehen, ob ich Spaß machte, meinte »ja« und lachte. »Jetzt gehen Sie zurück ins Lager, passen Sie auf, dass Sie dem Kompaniechef nicht über den Weg laufen, wenn er schon von seinem Erkundungsausflug zurück ist, und lassen Sie niemanden wissen, dass wir den Vormittag vertrödelt haben.«

»In Ordnung, Ryder.«

Es gab einen Teil des Hauses, den ich noch nicht aufgesucht hatte, und dort ging ich jetzt hin. Die Kapelle zeigte keine Spuren ihrer langjährigen Vernachlässigung. Die Jugendstil-Farbe war so frisch wie eh und je, die Jugendstil-Lampe brannte wieder am Altar. Ich sprach ein Gebet, uralte, neu erlernte Worte, und verließ die Kapelle. Als ich auf das Lager zuging und das Hornsignal aus der Feldküche hörte, dachte ich:

›Die Erbauer ahnten nicht, wie sehr man ihr Werk einmal missbrauchen würde. Sie bauten ein neues Haus aus den Steinen einer alten Burg, und Jahr für Jahr, Generation um Generation bereicherten und vergrößerten sie es. Jahr für Jahr reifte das Holz im Park heran, bis bei einem unerwarteten Frost Hoopers Zeitalter anbrach. Das Haus verkam und das ganze Werk wurde zunichtegemacht; *Quomodo sedet sola civitas.* Windhauch, Windhauch, das ist alles Windhauch.‹

Jetzt ging ich rascher auf das Lager zu, wo das Signalhorn nach einer kleinen Pause zum zweiten Mal ertönte und die Soldaten ermunterte: Greift-zu, greift-zu, heiße-Kartoffeln! ›Und doch ist das nicht das letzte Wort‹, dachte ich, ›es ist noch nicht einmal ein passendes Wort, es ist ein totes Wort, aus einer anderen Zeit.‹

Etwas ganz anderes als alles, was die Erbauer beabsichtigt haben mochten, ist aus ihrem Werk und aus der wilden kleinen menschlichen Tragödie entstanden, in der ich eine Rolle spielte, etwas, woran damals keiner von uns dachte, eine kleine rote Flamme – eine beklagenswert hässliche Lampe aus getriebenem Kupfer brennt wieder vor der Tabernakeltür aus getriebenem Kupfer. Die Flamme, die die alten Ritter in ihren Grabkammern brennen sahen, die sie erlöschen sahen, diese Flamme brennt jetzt wieder für andere Soldaten, fern von zu Hause, im Herzen noch ferner als Accra oder Jerusalem. Ohne die Erbauer und Mitwirkenden der Tragödie hätte sie nicht entzündet werden können, und da brannte sie auch an diesem Morgen, wieder entfacht in dem alten Gemäuer.

Ich beschleunigte meine Schritte und erreichte die Baracke, die uns als Vorzimmer diente.

»Sie sehen heute ungewöhnlich fröhlich aus«, stellte der stellvertretende Kompaniechef fest.

*Ein literarisches Arkadien –
contra mundum*

Nachwort von Daniel Kampa

Es gibt eine gewisse Analogie zwischen den Erfahrungen, die man bei einer Weinprobe macht, und dem, was uns auf den ersten Seiten eines Buches widerfährt. Nicht jeder Wein zeigt schon beim ersten Schluck, was in ihm steckt, mancher weist gar in eine falsche Richtung, und kaum einer offenbart gleich seine ganze Pracht. Ähnliches kann man bei der Lektüre eines Romans erleben. Bei einigen wenigen Büchern weiß man nach den ersten Sätzen, dass sie einen ein Leben lang begleiten werden. Bei anderen stellt sich dieses Gefühl erst ein, wenn die letzte Zeile gelesen ist. *Wiedersehen mit Brideshead* ist wieder anders, denn der Epilog irritiert so manchen Leser, und nicht wenige vehemente Fürsprecher dieses Romans geben Erstlesern den Tipp: Überspringen Sie den Prolog, und fangen Sie auf Seite 39 an!

Der Roman mit dem schwierigen Anfang (*Nein*, Sie lesen keinen Kriegsroman!) und dem rätselhaften Schluss (*Nein*, dies ist kein katholisches Traktat!) ähnelt vielleicht seinem Autor. Würde der Leser Evelyn Waugh persönlich begegnen, wäre der erste Eindruck vermutlich eher unvorteilhaft, dann jedoch würde er den Exzentriker schätzen lernen, seinen Witz, seinen sprühenden Esprit bewundern und sich seinen irrwitzigen, berührenden Erzählungen und seiner makellosen Sprache hingeben, auch wenn er einen am Schluss mit einem Gefühl der Irritation zurückließe.

Wiedersehen mit Brideshead ist ein Roman – und es gibt deren nicht viele –, in den man sich verlieben kann. Auch wenn es vielleicht nicht Liebe auf den ersten Blick ist. Wer diesem Roman verfällt, verfällt ihm nach allen Regeln der Liebe, wenn schon nicht nach allen Regeln der Kunst. Denn Liebe ist nachsichtig. Liebt man nicht dann erst wirklich, wenn man die Fehler des Liebsten oder der Geliebten hinnimmt und in ihnen etwas Liebenswürdiges sieht?

Wer dieses Buch liebt, liebt es bedingungslos: »*Wiedersehen mit Brideshead:* 18 Mal gelesen, 27 Mal verschenkt. Bisher«, schwärmt zum Beispiel die junge deutsche Autorin Astrid Rosenfeld. Und der um Generationen ältere englische Schriftsteller Anthony Burgess gestand: »Ich habe *Wiedersehen mit Brideshead* mindestens ein Dutzend Mal gelesen und war stets entzückt und gerührt, sogar zu Tränen.« Wie erklärt sich diese Hingabe? *Brideshead* ist reich an unvergesslichen Begebenheiten und Charakteren, und es gibt wohl nur wenige Romane, bei denen sogar die Nebenfiguren, wie der exzentrische Anthony Blanche, die alte Nanny oder der »aufgeblasene alte« Teddybär namens Aloysius einem im Kopf und im Herzen bleiben. Dafür gibt es ein schönes Bild im ersten Buch des Romans, in dem der Erzähler Charles Ryder von seinem neuen Freund Sebastian zu einer Spritztour in einem zweisitzigen Sportwagen eingeladen wird. Es ist ein wunderbarer Sommertag und irgendwann so heiß, dass die beiden jungen Männer Schatten suchen. Unter einer Gruppe von Ulmen trinken sie eine Flasche Château Peyraguey, essen dazu Erdbeeren und rauchen dann türkische Zigaretten. »›Genau die richtige Stelle, um einen Topf voller Gold zu verstecken‹, sagte Sebastian. ›Ich würde gern überall, wo ich glücklich war, etwas Kostbares vergraben. Dann kann ich später, wenn ich hässlich, alt und trübsinnig bin, zurückkommen, es ausgraben und mich daran erinnern.‹« *Wiedersehen mit Brideshead* ist reich an solchen kostbaren Momenten. Es gibt wenige Romane, die so glücklich machen – obwohl er einer der traurigsten Romane der Literaturgeschichte ist.

Brideshead erzählt von Erinnerungen an vergangene Zeiten, von großen Verlusten: dem Verlust von Liebe, Freundschaft, Jugend und Idealen und dem Glauben an eine bessere Zeit. Zugleich ist dieser Roman über weite Strecken aber auch unglaublich komisch, wie es sich für einen englischen Roman gehört. So sind besonders Edward, der Vater von Charles Ryder (eine echte Dickens-Figur), und Anthony Blanche regelrecht *high comedy*.

Evelyn Waugh gehört zu den amüsantesten englischen Schriftstellern des 20. Jahrhunderts, was aber nicht heißt, dass er ein bloßer Possenreißer war – ganz im Gegenteil: Er hat mit *Brideshead die* moderne Version des Landhausromans geschrieben, des urtypischen Genres der englischen Literatur (Ian McEwan sollte es ihm mit *Abbitte* ein halbes Jahrhundert später nachtun). Vor allem aber hat Waugh mit *Brideshead* den wohl englischsten Roman des 20. Jahrhundert verfasst, den Roman, der das englische Trauma – das Ende des Empires und den Niedergang des Adels, den Schlusspunkt einer Epoche und einer Welt – am eindringlichsten beschreibt. Die amerikanische Version davon hat F. Scott Fitzgerald einige Jahre früher mit dem *Großen Gatsby* geschaffen. Man kann Waughs *Wiedersehen mit Brideshead* durchaus als englisches Pendant zu Fitzgeralds Meisterwerk sehen.

Ein bedeutendes Motiv im *Gatsby* und in *Brideshead* ist die Zeit: Beide Romane sind vergebliche Versuche, die verlorene Zeit einzuholen. Gemäß Jean Paul ist die Erinnerung »das einzige Paradies, aus welchem wir nicht vertrieben werden können«. Doch Arthur Schnitzler setzte dem entgegen: »Die Erinnerung ist die einzige Hölle, in die wir schuldlos verdammt sind.« *Wiedersehen mit Brideshead* und *Der große Gatsby* sind Erinnerungsbücher, die diese Ambivalenz beschreiben. Der dritte Teil von *Brideshead* beginnt so: »Mein Leitmotiv ist die Erinnerung, jener geflügelte Schwarm von Bildern, der mich an einem grauen Morgen im Krieg umgab. Diese Erinnerungen, die mein Leben ausmachen – denn nichts gehört uns so gewiss wie unsere Vergangenheit –, hatten mich nie verlassen. Wie die Tauben von St. Markus waren sie überall zu meinen Füßen, einzeln, zu zweit, in kleinen gurrenden Gruppen, nickten, stolzierten und blinzelten sie, sträubten die zarten Federn im Nacken, ließen sich manchmal, wenn ich ganz still stand, auf meiner Schulter nieder, bis der mittägliche Kanonendonner erscholl und sie sich mit flatternden Flügeln erhoben. In Sekundenschnelle war das Pflaster leer, und der ganze Himmel verdüsterte sich unter dem Aufruhr der Vögel. So war es an diesem Kriegsmorgen.« Und F. Scott Fitzgerald lässt in seinem Roman Jay Gatsby ausrufen: »Die Vergangenheit nicht wiederholen? (...) Aber natürlich kann man das!« Und der letzte Satz in *Der Große Gatsby* lautet: »So kämpfen wir weiter, wie Boote gegen den Strom, und unablässig treibt es uns zurück in die Vergangenheit.«

Beide Romane sind Porträts der Schönen und Reichen in den Jahren zwischen den Weltkriegen, aber sie sind auch Chroniken der Vertreibung aus dem Paradies der Erinnerung, traurige Balladen einer Entzauberung. Fitzgerald hat den ultimativen Roman des amerikanischen Traums geschrieben – des Traums, reich zu werden, um seine Träume verwirklichen zu können; Waugh den vom englischen Traum, der richtigen Klasse anzugehören. Und beide Träume werden doch nur in der Beschreibung ihrer Unmöglichkeit fassbar. Gatsby muss erkennen, dass man mit Geld nicht alles kaufen kann, besonders nicht die Liebe einer Frau. Und Charles Ryder kann nicht dazugehören, denn man ist es entweder von Geburt an oder wird es nie sein. Gatsby und Ryder gehören zu den tragischen Außenseitern der Weltliteratur. Sie sind Idealisten, deren Lebensträume und Existenz mit der modernen Zeit kollidieren. Beide, Gatsby und Ryder, haben ihre Widersacher, bei Gatsby ist es Tom Buchanan, bei Ryder Rex Mottram, zwei Widersacher, die sich ähneln in ihrer Geldgier, Gleichgültigkeit, Taktlosigkeit und in ihrer Wissenschafts- und Fortschrittsgläubigkeit. Fitzgerald und Waugh, und das verkennt man schnell hinter dem üppigen Dekor ihrer Sprache und der dekadenten, mondänen Welt, die sie beschreiben, waren im eigentlichen Sinn Moralisten, denen die Moderne ein *waste land,* ein wüstes Land, war. Fitzgerald kannte das epische Gedicht *The Waste Land* von T. S. Eliot nahezu auswendig, und in einer der berühmtesten Szenen von *Brideshead* lässt Waugh Anthony Blanche Strophen des Gedichts durch ein Megaphon rezitieren. Die Szene hatte er als Oxford-

Student tatsächlich selbst erlebt, damals war Harold Acton der Rezitator gewesen.

Und vielleicht ist es auch kein Zufall, dass am Ende beider Romane ein Licht eine eminente Rolle spielt. In *Brideshead* heißt es da über das »ewige Licht« in der prunkvollen Kapelle des Landsitzes: »Etwas ganz anderes als alles, was die Erbauer beabsichtigt haben mochten, ist aus ihrem Werk und aus der wilden kleinen menschlichen Tragödie entstanden, in der ich eine Rolle spielte, etwas, woran damals keiner von uns dachte, eine kleine rote Flamme – eine beklagenswert hässliche Lampe aus getriebenem Kupfer brennt wieder vor der Tabernakeltür.« Bei Fitzgerald ist zu lesen: »Und wie ich so dasaß und über die alte, unbekannte Welt nachsann, dachte ich daran, welches Wunder es für Gatsby bedeutet haben musste, als er zum ersten Mal das grüne Licht am Ende von Daisys Steg erblickte. Er hatte einen weiten Weg bis zu diesem blauen Rasen zurückgelegt, und sein Traum muss ihm zum Greifen nah erschienen sein. Er wusste nicht, dass der Traum bereits hinter ihm lag, irgendwo in jener unermesslichen Finsternis jenseits der Stadt, wo die dunklen Felder des Landes unter dem Nachthimmel wogten. Gatsby glaubte an das grüne Licht, die wundervolle Zukunft, die Jahr für Jahr vor uns zurückweicht.« Ein grünes Licht am Ende der Bucht, ein rotes Licht, das ewige Licht in einer Kapelle – Zeichen der Hoffnung?

Sentimental in seinem ostentativen Kniefall vor der Welt des Adels, reaktionär und unglaubwürdig in Hinblick auf die Liebesgeschichte und die Entwicklung der Figuren – dies war die Kritik an Waughs Roman, die sich, wenn auch abgemildert, bis heute hält. *Wiedersehen mit Brideshead* wurde bei Erscheinen 1945 kontrovers aufgenommen. Der Doyen der amerikanischen Literaturkritik, Edmund Wilson, bis dato einer der stärksten Fürsprecher Waughs in den Vereinigten Staaten, zeigte sich im *New Yorker* »grausam enttäuscht«. Der Roman sei nicht mehr als ein »ein romantisches Hirngespinst; schamlos, ungezügelt und snobistisch«, und seine »unglaubwürdigen Figuren« gingen einem auf die Nerven. Dieser resolute Verriss rückte die zahlreichen Elogen, auch in bedeutenden Blättern, in den Hintergrund: »*Wiedersehen mit Brideshead* ist zuallererst eine bezaubernde Geschichte, die jeden Leser klüger und verständiger machen wird. Es steckt so viel Leben darin. Aber da ist noch etwas. Dieses Buch ist ein Vorbote: davon nämlich, wie aus einem eminent talentierten Mann sehr wahrscheinlich ein großer Romancier werden wird. Dafür, wie für diesen Roman, sollten wir sehr dankbar sein«, war etwa in der *Saturday Review* zu lesen. Für den Kritiker John K. Hutchens von der *New York Times* war *Brideshead* Evelyn Waughs »bester Roman«: »Denn Mr. Waugh ist ganz unbestreitbar ein Künstler mit einem nahezu genialen Talent für Präzision und Klarheit, wie kein englisch schreibender Romancier unserer Zeit es zu übertreffen vermag. Das war schon gleich zu Beginn seiner schriftstellerischen Karriere augenfällig – einer Karriere, für die *Wiedersehen mit Brideshead,* auch wenn es sich in der Wahl des Handlungsortes, im Ton und in der Erzählweise von all seinen früheren Werken unterscheidet, gleichwohl als eine logische Fortentwicklung erscheint.«

In Evelyn Waughs autobiographischem Roman *Gilbert Pinfolds Höllenfahrt* heißt es: »Dabei war Mr. Pinfold der

Ansicht, dass die meisten Autoren nur die Keimzellen für ein oder zwei Bücher in sich tragen.« *Wiedersehen mit Brideshead*, Waughs siebter Roman, 1944 geschrieben, ein Jahr später erschienen, nimmt im Schaffen des Autors eine besondere Stellung ein, umschließt er doch faktisch alle Bücher, die Waugh in seinem Leben geschrieben hat. Prolog und Epilog verweisen bereits auf die Kriegstrilogie *Schwert der Ehre*, die zwischen 1952 und 1961 erschien, und im ersten Teil gibt es Reminiszenzen an das satirisch-mondäne Frühwerk. Neu ist die religiöse Thematik, die in dem historisch-katholischen Roman *Helena* von 1950 vollends zu Tage tritt.

In seinem Essay *Fanfare*, 1946 im *Life Magazine* erschienen, setzte sich Evelyn Waugh gegen seine Kritiker zur Wehr. Der Artikel, auch als Replik auf die Kritik von Edmund Wilson gedacht, schließt so: »Eine letzte Frage: ›Halten Sie *Wiedersehen mit Brideshead* für Ihr bestes Buch?‹ Ja. *Eine Handvoll Staub*, mein bisheriger Favorit, befasste sich ausschließlich mit menschlichem Verhalten. Es war humanistisch und enthielt alles, was ich über Humanismus zu sagen hatte. *Wiedersehen mit Brideshead* ist um ein Vielfaches ehrgeiziger; möglicherweise weniger erfolgreich, aber weder der Applaus des Publikums noch der Tadel der Kritiker halten mich davon ab, recht stolz auf diesen Versuch zu sein. […] Auch der Vorwurf des Snobismus kümmert mich nicht. Das Klassenbewusstsein ist heutzutage, namentlich in England, derart aufgeheizt, dass einen Adligen zu erwähnen denselben Effekt hat wie vor sechzig Jahren die Erwähnung einer Prostituierten. Die neuen Prüden sagen: ›Solche Leute gibt es, klar, aber davon möchten wir lieber nichts wissen.‹

Ich behalte mir das Recht vor, mich mit der Art von Leuten zu befassen, die ich am besten kenne.«

Mittlerweile ist die Stellung Evelyn Waughs als moderner Klassiker unangefochten, und *Wiedersehen mit Brideshead* gilt als Meisterwerk der Literatur des 20. Jahrhunderts. »Evelyn Waughs Jahrhundertroman ist in Großbritannien so etwas wie ein nationaler Schatz, von einer ergebenen Fangemeinde verehrt«, schreibt etwas Daniel Sander im *Spiegel*. Und Christopher Hitchens spricht von der anhaltenden Faszination, die dieser Roman auch auf Leser ausübt, die niemals in England waren, geschweige denn ein Landhaus von innen gesehen haben. Dennoch: An diesem Roman scheiden sich nach wie vor die Geister. Es gibt noch immer Bridesheadianer und ebenso emphatische Anti-Bridesheadianer. Zu Letzteren gehören unter anderem Kingsley Amis (obwohl er selbst stark von Evelyn Waughs Frühwerk beeinflusst war) und sein Sohn Martin, der *Brideshead* einmal »den besten schlechten Roman der englischen Literaturgeschichte« nannte. Vielleicht hat Anthony Burgess die disparate Rezeption am treffendsten beschrieben: »Es ist einer dieser verstörenden Romane, bei denen die Mängel keine Rolle spielen. (Man kommt mehr und mehr zu der Erkenntnis, dass die größten Werke der Literatur die mit den meisten Schwächen sind – *Hamlet* zum Beispiel.)«

*

Wer denkt, der Autor von *Wiedersehen mit Brideshead*, dieser geniale Spötter und grandiose Snob, dessen Geburtsname Arthur Evelyn St. John Waugh Noblesse suggeriert, müsse in hochherrschaftlichen Verhältnissen aufgewachsen sein, irrt. Wollte man seinen Lebenslauf mit einer der Figuren in *Brideshead* vergleichen, bietet sich nicht Sebastian Flyte, sondern der Ich-Erzähler, Charles Ryder, an. Waugh hat sich wiederholt gegen biographische Lesarten gewehrt, und natürlich kann man diesen Roman – wie jedes wahre Meisterwerk – mit großem Gewinn lesen, ohne etwas über den Autor zu wissen. Doch die Parallelen zwischen Waughs Leben und seinem Werk sind zu augenfällig und ja, auch erhellend für das Verständnis seiner großen Themen, als dass man sie ignorieren könnte.

Evelyn Waugh wurde am 28. Oktober 1903 im Nordwesten Londons als Sohn von Arthur Waugh und Catherine Charlotte Raban geboren. Die Familienverhältnisse waren gutbürgerlich, man gehörte zur *upper middle class*: Unter Evelyns Vorfahren väterlicherseits finden sich Juristen, zahlreiche Naturwissenschaftler und Ärzte, aber auch presbyterianische Geistliche. Durch seinen Vater kam die Literatur in die Familie: Edward Waugh war ein *homme de lettres*, schrieb neben Lyrik Literaturkritiken und arbeitete in leitender Funktion beim Verlag Chapman & Hall, dem Verlag etwa von Charles Dickens. Später sollte es auch Evelyn Waughs Verlag sein, ohne Zutun des Vaters. Evelyns älterer Bruder Alexander Raban Waugh (genannt Alec) schrieb ebenfalls: Er war zu Lebzeiten in England ein populärer Romancier.

Früh trat Evelyns Ungeduld zu Tage: Noch ehe der Arzt das Haus in West Hampstead betreten hatte, war er schon auf der Welt. Die Beziehung zum Vater war distanziert, die zur Mutter eng. Evelyn war ein frühreifes Kind, sich selbst bezeichnete er im Rückblick wenig bescheiden als ein »cleveres Kerlchen«. Mit nur sieben Jahren schrieb er seine erste – melodramatische – Erzählung: *The Curse of the Horse Race*. Auf der Preparatory School gab er die Schülerzeitung mit dem bezeichnenden Namen *The Cynic* heraus. Auch sein militärisches Interesse erwachte früh, mit Ausbruch des Ersten Weltkriegs. Überzeugt, die Deutschen würden England überfallen, gründete er mit Freunden eine »Kampfeinheit«, die Pistol Troop: Der neunjährige Evelyn und seine Kameraden bauten Befestigungsanlagen, versammelten sich zu militärischen Manövern und veranstalteten Paraden in Militärkostümen.

Im Mai 1917 kam er aufs Internat, nach Lancing College – eine anständige Schule, aber keine vornehme Institution wie das berühmte Eton College. Evelyns Ruf als Schöngeist und Querdenker festigte sich, und er konnte einen ersten publizistischen Erfolg feiern: Das Kunstmagazin *Drawing and Design* veröffentlichte einen progressiven Essay des erst 14-Jährigen: *In Defence of Cubism*. Neben vielen anderen Auszeichnungen erhielt er zu guter Letzt ein Stipendium für das nicht sonderlich renommierte Hertford College in Oxford. Im Dezember 1921 brach er in die Universitätsstadt auf.

Ohne große Lust begann Waugh das Studium der Geschichte, er lernte wenig – »Ich arbeite nicht und gehe nie in die Kirche« –, trank dafür umso mehr, lernte Freunde fürs Leben kennen, darunter die Literaten Cyril Connolly und Harold Acton, und verliebte sich in einen Kommilitonen aus gutem Hause: Alistair Graham. Harold Acton, ein Etonian, der am altehrwürdigen Christ Church College studierte und vermutlich das Vorbild für den ebenso flamboyanten wie scharfsinnigen Anthony Blanche in *Brideshead* abgab, beschrieb den jungen Waugh wie folgt: »Ich sehe ihn immer noch als einen umhertollenden Faun, dem es nur knapp gelingt, sich hinter seiner konventionellen Gewandung zu verbergen. Seine weit auseinanderstehenden Augen, die jederzeit bereit sind, unter hochgezogenen Brauen Verblüffung zu signalisieren, diese geschwungenen sinnlichen Lippen, die gekräuselten Locken – das alles habe ich in Neapel in Marmor und Bronze gesehen.« Obwohl Waugh sich weitgehend den herrschenden Konventionen anpasste (Pfeife rauchen, Fahrradfahren, Reden schwingen), haftete ihm wie seinem Helden, Charles Ryder, in traditionellen Studentenkreisen das Image des gesellschaftlichen Emporkömmlings an: Er war keiner von ihnen und wurde es auch nicht. 1924 verließ er die Universität mit hohen Schulden und einem *third-class*-Examen (also strenggenommen ohne einen ordentlichen Abschluss), nachdem sein Stipendium nicht verlängert worden war. Zähneknirschend beglich der Vater Evelyns Ausstände, unter der Bedingung, dass sein Sohn von nun an seinen Lebensunterhalt selbst bestritt.

Zurück in London begann Waugh mit der Arbeit an seinem ersten Roman, *The Temple at Thatch,* und produzierte mit Freunden einen Film: *The Scarlet Woman,* den er hauptsächlich im elterlichen Garten in Golders Green drehte. Den Großteil seiner Zeit aber verbrachte er mit seinem Freund Alistair Graham. Über diese Beziehung sagte er später in *A Little Learning*, dem ersten Band seiner auf drei Teile angelegten, aber unvollendeten Autobiographie: »Ich könnte mir niemanden vorstellen, dessen Einfluss besser geeignet gewesen wäre, meine natürlichen Anlagen – Frivolität, Dilettantismus, Zügellosigkeit – zu fördern.« Am Ende eines langen Sommers verließ Alistair England, um nach Afrika zu reisen. Dort verfiel er dem Alkohol – nachdem er noch zum Katholizismus konvertiert war, was Waugh mit folgenden Worten kommentierte: »Ich habe meinen Liebhaber an den Papst verloren. Gott helfe mir!« Der Verlassene schrieb sich an der Londoner Kunstakademie Heatherly's ein. Auch Waughs Protagonist Charles, Sohn des verwitweten Kunsthändlers Edward Ryder, widmet sich nach dem Abbruch des Studiums am Hertford College in Oxford der bildenden Kunst und hat schließlich einigen Erfolg mit Architekturmalerei.

Es folgten schwere Zeiten: Waugh langweilte sich an der Kunstakademie und war bald häufiger auf Partys als im Unterricht anzutreffen. Finanzielle Sorgen zwangen ihn schließlich, als Lehrer an einer Schule in Wales anzuheuern, wo er sehr einsam war und sich erneut entsetzlich langweilte: »Es bereitet mir ein perverses Vergnügen, alles, was ich den Jungs beibringe, so langweilig zu machen, wie es für mich selbst war.« Im Sommer 1925 schien sich seine Lage zu verbessern: In der Hoffnung auf eine Stelle als Sekretär des schottischen Schriftstellers Charles Scott Moncrieff in Pisa kündigte er seinen Lehrerposten. Außerdem schickte er seinem Freund Harold Acton das vollendete Manuskript von *The Temple at Thatch*. Dann kamen die Hiobsbotschaften: Aus Pisa erhielt er eine Absage, und Acton verriss den Roman, den Waugh daraufhin verbrannte. Der 23-Jährige spielte mit Selbstmordgedanken. Wieso er davon wieder Abstand nahm, davon erzählt er – wunderbar selbstironisch – in seiner Autobiographie:

»Eines Nachts, kurz nachdem ich die Nachricht aus Pisa erhalten hatte, ging ich allein zum Strand, während meine Gedanken um den Tod kreisten. Ich zog mich aus und schwamm ins Meer hinaus. Hatte ich wirklich die Absicht, mich zu ertränken? Offenbar hatte ich das im Sinn, denn bei meinen Kleidern ließ ich einen Zettel zurück mit dem Euripides-Zitat über das Meer, das von allen menschlichen Übeln reinigt. Ich hatte mir die Mühe gemacht, es anhand der Schulausgabe samt allen Akzenten zu überprüfen.

Θάλασσα κλύζει πάντα τ'ανθρώπων κακά.

Rückschauend kann ich heute nicht mehr sagen, wie viel echte Verzweiflung und Entschlossenheit zu diesem Ausflug führten, und wie viel davon reine Theatralik war.

Es war eine herrliche Nacht im Licht des Dreiviertelmondes. Ich schwamm langsam hinaus, aber lange bevor ich den Punkt erreicht hatte, von dem es kein Zurück mehr gibt, irritierte den *Shropshire Lad* ein brennender Schmerz an der Schulter. Eine Qualle war mir in die Quere gekommen. Einige Schwimmzüge weiter ein zweiter, noch schmerzhafterer Stich. In der ruhigen See wimmelte es von diesen Kreaturen.

Ein Wink des Schicksals? Ein harscher Appell, zur Vernunft zu kommen [...]?

Ich machte kehrt und schwamm in der Spur des Mondlichts zurück zum Strand [...]. Es war mir ernst gewesen mit meinem Vorhaben, und deshalb hatte ich kein Handtuch mitgenommen. Mit einiger Mühe zog ich mich an, riss meinen hochtrabenden Wisch in kleine Fetzen und überließ sie dem Meer, das sich mit kräftigeren Wellen, als Euripides sie je erlebt hatte, dem kahlen Strand entgegenwarf, um seines reinigenden Amtes zu walten. Dann kletterte ich den steilen Hügel hinauf, der zu all den Jahren führte, die noch vor mir lagen.«

Einen weiteren Posten als Lehrer verlor Waugh wegen Trunkenheit. Zurück in London ging es dann aber endlich aufwärts. Er veröffentlichte seine erste, eher modernistische, Erzählung in einer Anthologie bei Chapman & Hall, dann einen Essay über die Präraphaeliten. Daraufhin erhielt er einen Verlagsvertrag für eine Biographie über Dante Gabriel Rossetti, den wohl populärsten Präraphaeliten, die bei Erscheinen wohlwollend aufgenommen wurde. Und er verarbeitete die Erfahrungen seiner entwürdigenden Lehrertätigkeit in einem Roman: Sein Debüt *Niedergang und Fall*, witzig und elegant geschrieben, machte ihn 1927 über Nacht berühmt und zum Darling der Mayfair Society der Schönen, Adligen und Reichen, der er in diesem Roman schonungslos den Spiegel vorhielt, deren Applaus ihm aber dennoch so wichtig war. Im selben Jahr trat auch wieder die Liebe in sein Leben, diesmal in Gestalt einer Frau: Evelyn Gardner, Tochter des Lord Burghclere. Bald waren die beiden stadtbekannt als He-Evelyn und She-Evelyn. 1928 heirateten sie – das perfekte Glamour-Paar, zumindest ein Jahr lang. Auf der späten Hochzeitsreise Anfang 1929 hatte Waugh als Reiselektüre Oswald Spenglers *Untergang des Abendlandes* in seinem Überseekoffer, den Untergang seiner Ehe sah er jedoch nicht voraus: Seine Frau eröffnete ihm wenig später, sie habe eine Affäre mit einem gemeinsamen Freund. Waugh reichte die Scheidung ein. Dem kurzen Glück folgten Jahre des Leidens.

Seinem Freund Harold Acton schrieb Waugh in einem Brief: »Ich hätte es nicht für möglich gehalten, dass man so verzweifelt sein und trotzdem leben kann.« Ein rastloses Leben ohne festen Wohnsitz folgte: Mal wohnte er im Haus seiner Eltern, dann wieder in Londoner Clubs oder kleinen Landhotels, wenn ihm nicht gerade Freunde Unterschlupf boten. Sein Ruhm als Literat jedoch mehrte sich: Er reiste viel und schrieb Reportagen, etwa aus Abessinien über die Krönung Haile Selassies, interviewte – den von ihm bewunderten – Mussolini, besuchte Sansibar, Ostafrika, Britisch-Guayana, Brasilien, Marokko und Jerusalem. Reisen, die er in verschiedenen Reisebüchern beschrieb, aber auch in den brillanten Romanen dieser Zeit wie *Schwarzes Unheil*, *Eine Handvoll Staub* und der Journalisten-Satire *Scoop*.

Die Lebenskrise, in die er nach der Trennung von seiner Frau stürzte, führte Waugh schließlich zum Glauben: Im September 1930 konvertierte er zum Katholizismus, da ihm das Leben ohne die Annahme göttlichen Wirkens als »unbegreiflich und unerträglich« erschien. Bis zuletzt befand Waugh, dass diese Entscheidung das wichtigste Ereignis in seinem Leben war. Sein Verhältnis zu den Frauen blieb schwierig in diesen Jahren, die wenigen Affären unbefriedigend. So heißt es einmal im Tagebuch: »Stundenlang wartete ich darauf, mit Audrey zu schlafen, aber sie war zu müde.« Irgendwann war er des Wartens müde und hielt nach einer neuen Gattin Ausschau, die sich ihm in Gestalt von Laura Herbert präsentierte: dreizehn Jahre jünger als er, aus adligem Hause – und vor allem katholisch. Zunächst musste sich Waugh um die Annullierung seiner ersten Ehe bemühen – ein langwieriges Verfahren, das erst 1936 von Erfolg gekrönt war. Umgehend hielt er um Lauras Hand an. Ihr Vater, Aubrey Herbert, Sohn des Earls Carnarvon, war ein Politiker, Diplomat und Entdeckungsreisender, dem zweimal der albanische Thron angeboten worden war. Der Katholik aus altem Adelsgeschlecht stand der Verbindung zwischen dem bürgerlichen, geschiedenen Waugh – »ein gewöhnlicher kleiner Mann« – und seiner Tochter skeptisch gegenüber. Erschwerend kam hinzu, dass Laura Herbert eine Cousine von Waughs erster Ehefrau war. Trotz aller Hindernisse wurde die Ehe schließlich am 17. April 1937 geschlossen. Das Hochzeitsgeschenk von Lauras Großmutter war ein kleines Landanwesen in Gloucestershire. Dort, auf Piers Court bei Stinchcombe, lebten die Eheleute Waugh bis zu ihrem Umzug nach Somerset im Jahr 1956.

*

Der Ausbruch des Zweiten Weltkriegs überraschte Evelyn Waugh bei der Arbeit an einem Roman, der 1942 als Fragment unter dem Titel *Work suspended* erschien. Waugh war 36 Jahre alt und körperlich nicht sonderlich fit, aber als wahrer Patriot meldete er sich 1939 als Freiwilliger. Nicht sofort wechselte er jedoch den Schreibtisch gegen den Schützengraben, lange musste er auf einen Einsatz warten; als er aber beim Angriff auf Kreta in einem SAS-Kommando eingesetzt wurde, konnte er sich durch geradezu selbstmörderischen Heldenmut auszeichnen. Beliebter unter seinen Kameraden machte ihn das nicht: Es heißt, er sei verhasst gewesen und habe seine Untergebenen so schlecht behandelt, dass Wachen vor seinem Schlafzimmer postiert werden mussten, damit er nicht von den eigenen Leuten erschlagen würde. Statt Heldentum und Aufopferung fand Waugh in der Armee Bürokratie, Langeweile und Duckmäusertum. Sein Dienst für das Vaterland war für ihn vor allem eine große Desillusionierung.

Anekdotisch jedoch war diese Zeit umso ergiebiger. An Lady Dorothy Lygon, eine enge Freundin, schrieb er am 23. März 1944: »Seit meinem Besuch bei Ihnen hat mein militärisches Leben einen ziemlichen Niedergang erfahren. Ich habe einen General buchstäblich in den Wahnsinn getrieben, bis sowohl er als auch ich des Hauptquartiers verwiesen wurden. Dann wurde ich Fallschirmjäger. Für jemanden, der die Abgeschiedenheit schätzt, gibt es kein größeres Vergnügen als das Gefühl der Einsamkeit, wenn man herabschwebt, aber das dauert alles viel zu kurz, der Boden ist sehr hart, und die Ärzte befanden – was ich ihnen vorher hätte sagen können –, ich sei zu alt, um noch auf viele solcher Vergnügungen hoffen zu dürfen.

Als mein Bein ausgeheilt war, wurde ich einem anderen General als Adjutant zugeteilt. Das ging 24 Stunden lang gut. Mir passierte das Missgeschick, ihm beim Abendessen ein Glas Rotwein in den Schoß zu kippen. Es ist erstaunlich, wie viel Wein so ein Glas enthält und wie weit das schwappen kann, wenn man es mit Verve umkippt. Er war ein sehr langweiliger Mensch, und ich war ihn rasch los und er mich. Dann wurde ich von noch einem anderen, etwas ranghöheren General beordert – von Miles Graham [...]. Aber entweder war er vorgewarnt oder selbst vor die Tür gesetzt worden – jedenfalls erhielt ich eine Nachricht, welche die Order hastig widerrief, bevor ich den Posten antreten konnte. Mein geduldiger Colonel hat die Angelegenheit nun in die

Hände des War Office gelegt, und unter deren Saumseligkeit habe ich früher so oft leiden müssen, dass es nur recht und billig ist, wenn ich jetzt davon profitiere.«

Zwei Monate zuvor hatte Waugh nämlich Diensturlaub beantragt, um einen Roman zu schreiben. Am 24. Januar 1944 schrieb er an den Leitenden Offizier des Ausbildungsregiments der Life Guards in Windsor: »Ich beehre mich, aus den nachstehend dargelegten Gründen für die Dauer von drei Monaten um unbezahlte Freistellung vom Dienst zu ersuchen.« Nach Aufzählung diverser Gründe für seinen Antrag kommt er zum entscheidenden Punkt: »Im zivilen Leben bin ich Romancier und plane nun einen Roman, den zu schreiben etwa drei Monate in Anspruch nehmen wird. Dieser Roman wird keinen direkten Bezug zum Krieg haben und erhebt keinen Anspruch auf unmittelbaren Propagandawert. Allerdings hoffe ich, dass er einer größeren Anzahl von Lesern harmloses Lesevergnügen und Entspannung bietet und Unterhaltung mittlerweile als legitimer Beitrag zu den Kriegsanstrengungen anerkannt wird.« Er unterstreicht die Dringlichkeit seines Anliegens wie folgt: »Es zählt zu den Eigenarten literarischen Schaffens, dass man eine Idee, sobald sie im Kopf des Autors ausgereift ist, nicht liegen lassen darf, sonst verkümmert sie. Das Buch wird nämlich entweder jetzt geschrieben oder nie.« Seinen Antrag schließt Waugh mit den Sätzen: »Nach Fertigstellung des Romans werde ich in der Lage sein, meinen Dienst wieder anzutreten, ohne dass meine Gedanken von anderen Vorhaben oder durch die finanzielle Unsicherheit abgelenkt sind, welche auf der Notwendigkeit beruht, eine große Familie mit dem Sold eines Leutnants zu ernähren. Ich hoffe, dass sich bis dahin eine Gelegenheit ergibt, die es mir erlaubt, meinem Regiment mit meinen Diensten von Nutzen sein zu können.«

Der Antrag wurde bewilligt, und Evelyn Waugh konnte mit der Niederschrift des Romans beginnen. Am 1. Februar 1944, als die Alliierten in verlustreichen Kämpfen gegen die deutsche 14. Armee versuchten, nach Rom vorzurücken, schrieb er die ersten Seiten. Der größte Teil von *Wiedersehen mit Brideshead* entstand in Chagford im County Devon, in einem kleinen Landhotel aus dem 14. Jahrhundert mit niedrigen, düsteren Zimmern. Für Ruhe war gesorgt – es hielten sich dort außer ihm lediglich ein paar ältere Damen auf. Störfaktoren waren eine kleine Erkältung und der Kamin in Waughs Arbeitszimmer, der dermaßen qualmte, dass Waugh nur die Wahl zwischen Erfrieren oder Erblinden blieb. Ein weitaus größeres Problem stellte der Mangel an genießbarem Alkohol dar. Erst nach zwei Wochen, in denen Waugh sich mit Apfelwein zufriedengeben musste, wurde Wein geliefert. »Der Pontet Canet '34 ist nicht gut, aber ich trinke ihn mit Genuss nach so langer Zeit mit Cider«, bemerkte er erleichtert in seinem Tagebuch.

Trotzdem bewahrte Waugh einen klaren Kopf – er wusste, dass er einen Wendepunkt in seiner Laufbahn erreicht hatte. »Ich strotze vor literarischer Kraft«, vertraute er seinem Tagebuch an, und in Briefen bezeichnete er den im Entstehen begriffenen Roman als »M.O.« (Magnum Opus) oder »G.E.C.« (Great English Classic) und setzte hinzu: »Ich glaube, dies ist eher mein erster Roman als mein letzter.« Seiner Frau berichtet er von seinen Arbeitsfortschritten: »Mein Liebling, anfangs wollte der Kopf nicht recht in Gang kommen, & ich musste die ersten tausend Wörter des *opus magnum* dreimal schreiben, bis sie saßen, aber jetzt läuft es besser, und ich habe 2387 Wörter in anderthalb Tagen geschafft. Bis zum Abend dürften es 3000 werden, & ich hoffe, bald auf 2000 am Tag zu kommen. Es ist von s. hoher Qualität.« Die Arbeit ging ihm schnell von der Hand, manchmal fast zu schnell: »Ich bin beim Schreiben immer versucht, alles an einem Tag geschehen zu lassen, innerhalb einer Stunde, auf einer Seite, und so die Dramatik und Spannung zu verlieren. Deshalb habe ich heute den ganzen Tag damit verbracht, alles umzuschreiben und zu strecken, bis ich ganz verkrampft war«, schreibt er am 22. März ins Tagebuch. Ungewöhnlich für Waugh ist, dass er das Geschriebene laufend überarbeitet: »Ich bin in einen ›Überarbeitungssumpf‹ hineingeraten [...]. In Stilfragen werde ich immer zimperlicher.«

»Mein *opus magnum* entwickelt sich zum Jeroboam. Ich habe 62 000 Wörter geschrieben«, teilt er am 3. April 1944 stolz seinem Literaturagenten A.D. Peters mit. Am 6. Juni 1944 erfährt Waugh vom Kellner beim Frühstück von der Landung der Alliierten in der Normandie. Schnell schreibt er die Sterbeszene von Lord Marchmain am Ende des Romans. Um 16 Uhr ist das letzte Kapitel von *Wiedersehen mit Brideshead* beendet, am 16. Juni, nach Niederschrift des Epilogs, der ganze Roman.

In den Satzfahnen überarbeitete Waugh sein Werk allerdings noch einmal stark. Dass er dazu überhaupt Gelegenheit hatte, gleicht einem Wunder: Fast wäre er nämlich bei einem Flugzeugabsturz ums Leben gekommen, und die

Korrekturen machte er mitten im Feindesgebiet, umzingelt von deutschen Truppen. Mit der Eröffnung der zweiten Front beginnt die Entscheidungsschlacht, und die Alliierten ziehen alle Kräfte zusammen. So kommt auch wieder der unmögliche Evelyn Waugh zum Einsatz. Er wird an der Seite seines engen Freundes Randolph Churchill, des Sohns von Winston Churchill, auf eine heikle Mission in den Balkan geschickt: Sie sollen im von deutschen Truppen besetzten Gebiet die dort operierenden Partisanen unterstützen. Bei der Landung zerschellt allerdings das Flugzeug, zehn der neunzehn Insassen sterben. Randolph Churchill und Evelyn Waugh überleben, wobei Letzterer schwere Verbrennungen erleidet. »Ich bin zwei Anschlägen auf mein Leben nur knapp entronnen«, schrieb Waugh am 17. August 1944 seiner Frau, »einmal, als die Royal Air Force mich beinahe verbrannt hätte, und das zweite Mal, als das RAMC (Royal Army Medical Corps) mich vergiften wollte, aber ich habe überlebt und bin nun auf dem Wege der Besserung...« Von Juli bis September war Waugh im Krankenhaus in Bari und auf Genesungsurlaub in Italien und auf Korsika. Danach kehrte er für sechs Monate wieder zurück in sein Einsatzgebiet in Kroatien.

Die Satzfahnen erreichten Waugh inmitten der Kriegswirren nur mit Beistand von oben. Ihre Zustellung war spektakulär und nur möglich, weil Randolph Churchill als Sohn des Premiers seine Kontakte spielen ließ. Bei der Beschreibung dieses Abenteuers konnte Waugh es sich natürlich nicht verkneifen, gegen seinen Freund und Gönner Randolph zu sticheln: »Die Fahnen wurden im Oktober 1944 von der Henrietta Street [der Verlagsadresse in London] in die Downing Street Nummer zehn geschickt. Von da aus reisten sie im Postsack des Premierministers nach Italien, mit dem Flugzeug ging es von Brindisi weiter nach Gajen in Kroatien – damals eine Widerstandsenklave –, wo sie mit einem Fallschirm abgeworfen wurden. Die Korrekturen wurden in Topusko vorgenommen und dann mit einem Jeep nach Split – der Feind war zurückgedrängt worden, kurzfristig zumindest –, weiter mit dem Schiff nach Italien und zurück nach Hause gebracht, erneut über Downing Street. Die Tatsache, dass Winston Churchill sein Vater war, hat mich über die anstrengende Gesellschaft Randolphs hinweggetröstet.«

Wiedersehen mit Brideshead erschien 1945 in England und den USA mit folgender »Warnung der Autors«, die in der heutigen Fassung fehlt: »Als ich vor sechzehn Jahren meinen ersten Roman schrieb, war ich sogleich mit dem Vorschlag meiner Verleger einverstanden, dem Buch die Warnung voranzustellen, es sei ›komisch gemeint‹. Dieser Hinweis war für verständnislose Kritiker ein gefundenes Fressen. Jetzt, in einem düstereren Jahrzehnt, bin ich ihnen einen neuen Text schuldig, und aus Respekt gegenüber den Gönnern, die mich bislang unterstützt haben, muss ich vorausschicken, dass *Wiedersehen mit Brideshead* nicht komisch gemeint ist. Es gibt einige burleske Szenen darin, aber das allgemeine Thema ist romantisch und eschatologisch zugleich. Es ist ein ehrgeiziges, vielleicht sogar unerträglich anmaßendes Buch, nämlich nichts Geringeres als der Versuch, das Wirken der göttlichen Bestimmung in einer heidnischen Welt nachzuzeichnen, und zwar in den Lebensgeschichten einer englischen Katholikenfamilie, die selbst halb paganisiert ist, in der Welt von 1923 bis 1939. Die Geschichte wird weder denen zusagen, die in ungetrübter Wehmut auf diese heidnische Welt zurückblicken, noch jenen, die diese Zeit als vergänglich, unbedeutend und inzwischen hoffentlich überwunden ansehen. Wem also kann ich zu gefallen hoffen? Vielleicht denen, die die Muße aufbringen, ein Buch Wort für Wort zu lesen, weil der Umgang des Autors mit der Sprache sie interessiert; vielleicht auch denen, die mit düsteren Vorahnungen in die Zukunft schauen und verlässlicheren Trost brauchen als rosige Erinnerungen. Für Letztere habe ich meinem Helden und damit, sofern sie es mir gestatten, auch ihnen eine Hoffnung gegeben – zwar nicht die, dass uns eine Katastrophe erspart bleibt, aber dass der menschliche Geist, sofern er Erlösung findet, jede Katastrophe überstehen kann.«

Die religiöse Thematik des Romans, die gegen Ende immer gewichtiger wird, störte damals einzelne Leser – und tut es auch heute noch. Vor allem wundert sich manch einer, dass Charles Ryder, der indirekt die zwei großen Lieben seines Lebens, Sebastian und Julia, verliert, weil sie im Katholizismus gefangen bleiben, am Ende selbst einen Anflug von Religiosität verspürt. Aber Waugh wäre nicht Waugh, wenn er Einwände nicht ernst genommen und sich sogar selbstkritisch dazu geäußert hätte: »Eine Kritik hat mich stark entmutigt: eine Postkarte von jemandem (meinem einzigen männlichen Briefpartner) aus Alexandria (Virginia). Er schreibt: ›Ihr *Wiedersehen mit Brideshead* ist eine merkwürdige Art zu zeigen, dass der Katholizismus eine Antwort auf alle Fragen sei. Scheint mir eher wie der Kuss des

Todes zu sein.‹ Dazu kann ich nur sagen: Tut mir leid, Mr. McClose, ich habe mein Bestes versucht. Mir ist nicht ganz klar, was Sie mit ›Kuss des Todes‹ meinen, aber ich bin mir sicher, dass es etwas Grausliges sein muss. Hat es etwas mit Mundgeruch zu tun? Wenn dem so ist, habe ich tatsächlich versagt und meine Figuren sind wieder einmal völlig aus dem Ruder gelaufen.«

»Ich bin nicht ich; du bist nicht er oder sie, sie sind nicht sie«, lautet das Motto, das Evelyn Waugh seinem Roman vorangestellt hat. Es gibt Vermutungen darüber, wer sich *nicht* angesprochen fühlen sollte, an wen sich diese Zeilen *ex negativo* richten. Zu offenkundig sind die Parallelen zwischen Evelyn Waugh und Charles Ryder: Die Figur ist im selben Monat geboren wie ihr Schöpfer und besucht wie er das Oxforder Hertford College – das spricht für sich. Aber wo die Parallelen aufhören, beginnt die künstlerische Freiheit. Ähnlich verhält es sich mit dem enigmatischem »du bist nicht er oder sie«. Waugh soll aus Alistair Graham und Hugh Lygon, den Freunden aus unbeschwerten Studententagen, die Figur des Sebastian Flyte geformt haben. Hugh Lygon hatte in Oxford etwa ständig einen Teddybären dabei, so wie Sebastian Flyte im Roman. Und was bedeutet »sie sind nicht sie«? Die Schriftstellerkollegin und enge Freundin Nancy Mitford schrieb nach der Lektüre von *Brideshead*: »Sich in eine Familie zu verlieben – das ist wahrlich wie im echten Leben.« Denn so, wie Charles Ryder im Roman den Marchmains verfällt, verliebte sich im wahren Leben Evelyn Waugh in die aristokratische Familie der Lygons von Madresfield. Hugh Lygon, der Kompagnon aus Oxforder Tagen, hatte

Waugh 1931 mit seinen Schwestern Lady Sibell, Lady Mary und Lady Dorothy bekannt gemacht. Aus der Bekanntschaft wurde Freundschaft. Bis zu seinem Lebensende korrespondierte er mit den Schwestern, von denen Dorothy als Vorbild für Cordelia im Roman gilt. In den dreißiger Jahren, als Evelyn Waugh kein eigenes Zuhause hatte, wurde das herrschaftliche Anwesen des Lygons, Madresfield Court in den Malvernhills von Worcestershire, zu einer Art Zuhause für den jungen Autor. Die Lygons waren Waughs Marchmains, Madresfield sein Brideshead. Vier verschiedene Alleen, gesäumt von Eichen, Zedern, Pappeln und Zypressen, führten durch prachtvollen Gärten auf 4000 Morgen Land hin zum Stammhaus mit seinen 136 Zimmern, das die Lygons seit acht Jahrhunderten bewohnten. In den weitläufigen Gärten von Madresfield Court stand eine bronzene Sonnenuhr mit der Inschrift »Jeder Tag ohne Lachen ist ein verlorener Tag«. Aber das luxuriöse und unbeschwerte Leben der Lygons endete abrupt. Denn ein Skandal erschütterte die Familie: Der Vater, Lord William Beauchamp, der hohe öffentliche Ämter bekleidete, hatte eine Schwäche für schöne männliche Dienstboten. Homosexualität war zur damaligen Zeit in England strafbar (und wurde wohl stillschweigend nur unter Studenten geduldet). Als seine Neigung publik wurde, musste Lord Beauchamp England für immer verlassen. Die Kinder litten fürchterlich unter dem Verlust des geliebten Vaters und dem Skandal, und auch die finanzielle Sorglosigkeit fand bald ein Ende.

In einem Brief an seinen Agenten im Februar 1944 äußert Waugh die Vermutung, dass *Wiedersehen mit Brideshead*

»nur eine kleine Leserschaft erreichen« wird: »Ich schätze, dass es keine sechs Amerikaner gibt, die ihn verstehen würden.« Er täuschte sich. Der Roman wurde ein Verkaufserfolg und in den USA, was Waugh selbst nicht glauben konnte, sogar zum Bestseller. »Nahezu unbemerkt sind in den letzten siebzehn Jahren etliche meiner Bücher in den Vereinigten Staaten erschienen«, schrieb Waugh. »Niemand nahm davon Notiz. Von Zeit zu Zeit tauchte auf meinem Frühstückstisch ein Paket auf, das ein vertrautes Werk mit einem seltsamen Schutzumschlag und mitunter einem seltsamen Titel enthielt; in der Abrechnung meines Agenten fand sich mehrfach der Eintrag: ›Noch zu verrechnender Honorarvorschuss für amerikanische Ausgabe‹, und damit hatte es sich. Jetzt, aus heiterem Himmel, stelle ich – wie ein scheuer Schwimmvogel, der ein Drachenei ausgebrütet hat – fest, dass ich einen *Bestseller* geschrieben habe.«

Zwei Jahre nach Erscheinen wurde Hollywood auf den Roman aufmerksam. Anfang 1947 reiste Waugh mit seiner Frau Laura für Verhandlungen über die Verfilmung von *Brideshead* nach Los Angeles, wobei er das, wie er selbst zugab, primär wegen der Luxusüberfahrt tat, die das Hollywood-Studio inklusive Spesen bezahlte. So konnte Waugh mit seiner Frau Gratisferien auf Kosten der von ihm so genannten »kalifornischen Wilden« machen.

Am Ende schlug Waugh ein Angebot der MGM von über 125 000 Dollar für die Filmrechte aus, eine beträchtliche Summe zu dieser Zeit. Zwei Jahre später bemühte sich David Selznick, der Produzent von *Vom Winde verweht*, um die Filmrechte – kein Geringerer als Graham Greene, der zweite berühmte Konvertit der englischen Literatur, sollte das

Drehbuch schreiben. Da wurde der sonst so bissige Waugh plötzlich zahm wie ein Lamm. So schrieb er an Greene: »Das ist mehr, als ich je für möglich gehalten habe«, und: »Ich bin sicher, das wird ein ausgezeichneter Film.« Gleichzeitig bemühte er sich in einem Brief vom Juli 1950, seinem schlechten Ruf entgegenzuwirken: »Ich bin zänkisch, aber nicht in solchen Dingen – nur wenn es ums Essen, um Theologie und Kleidung, Grammatik oder Hunde geht.« Doch auch dieses Projekt zerschlug sich.

Erst 1981 wurde der Roman schließlich verfilmt – jedoch nicht für die große Leinwand, sondern als elfteilige Serie für den englischen Fernsehsender ITV. Die Granada-Television-Produktion gilt als eine der besten Literaturverfilmungen überhaupt und als ein Meilenstein der Fernsehgeschichte, handelte es sich dabei doch um die erste Fernsehserie, die wie ein Kinospektakel inszeniert und produziert wurde und dennoch dem Text der literarischen Vorlage treu blieb. Die Hauptdarsteller Jeremy Irons (Charles Ryder) und Anthony Andrews (Sebastian Flyte) wurden über Nacht zu Stars. Der große Erfolg verdankte sich auch der Tatsache, dass das Kostüm- und Ausstattungsspektakel just am Ende einer längeren wirtschaftlichen Durststrecke ausgestrahlt wurde, als die Sehnsucht des englischen Publikums nach den guten alten Zeiten größer war denn je.

Auch in den USA war der Mehrteiler ein Erfolg und führte zu einer Renaissance des Romans. Die *Washington Post* feierte *Brideshead* als »beste Fernsehserie, die je im amerikanischen Fernsehen ausgestrahlt wurde«, die *New York Times* nannte sie die »größte englische Invasion seit den Beatles«. In den Schaufenstern auf der Fifth Avenue wurde

Mode aus der Zeit zwischen den Weltkriegen gezeigt, wie sie in der Serie zu sehen war, und *Brideshead*-Partys waren in Manhattan der letzte Schrei.

Im Jahr 2008 wurde *Brideshead* für das Kino verfilmt – mit Ben Wishaw als Sebastian, Matthew Goode als Charles und Emma Thompson, Michael Gambon und Greta Scacchi hervorragend besetzt. Aber nach der fulminanten TV-Serie hatte dieser Kinofilm bei den eingefleischten Fans keine wirkliche Chance.

Waugh selbst war nicht immer glücklich mit seinem Roman. Fünf Jahre nach der Veröffentlichung, am 3. April 1950, gestand er Nancy Mitford: »Neulich habe ich *Wiedersehen mit Brideshead* noch einmal gelesen und war entsetzt. Alles, was diese boshaften Kritiker sagten, stimmte haargenau. Aber der Handlungsverlauf erschien mir vortrefflich. Also werde ich mich diesen Sommer hinsetzen und es von Grund auf neu schreiben.« Die überarbeitete Version von *Brideshead* erschien erst 1960, »mit zahlreichen kleinen Ergänzungen und einigen massiven Kürzungen«. Es war die Üppigkeit des Stils und der Beschreibungen, die ihn gestört hatte und die er auf die Entstehungsbedingungen des Romans zurückführte: Dieses Buch »ist eindeutig ein Kind seiner Zeit«, erklärte er 1962 in einem Interview mit der *Paris Review*. »Wäre es nicht damals geschrieben worden, in jenen schrecklichen Kriegstagen, als es nichts zu essen gab, es wäre ein ganz anderes Buch geworden. Dass es diese atmosphärische Dichte hat – diesen Reichtum an üppigen Beschreibungen –, ist eine direkte Auswirkung der Entbehrungen dieser Zeit.«

*

Als Evelyn Waugh 1939 in die Armee eintrat, war er Vater einer Tochter, bei Kriegsende war die Familie um zwei Mädchen und einen Jungen angewachsen, zwei weitere Kinder sollten folgen. Privat zog er sich nach dem Krieg auf sein Landgut zurück, ganz der *country gentleman*, in Tweed gekleidet, der seine große Familie autoritär und nach außen hin mit eiserner Hand regierte. Glaubt man Waugh, täuschte dieser Eindruck, zumindest teilweise: »Ich lebe in einem schäbigen Steinhaus auf dem Land, wo nichts unter hundert Jahre alt ist, mit Ausnahme der Wasserleitung, und die funktioniert nicht. Ich sammle alte Bücher, aber auf preiswerte, halbherzige Weise. Ich habe einen Weinkeller, der sich rasch leert, und Gärten, die sich rasch in einen Dschungel zurückverwandeln. Ich bin sehr zufriedenstellend verheiratet. Ich habe zahlreiche Kinder, die ich einmal täglich zehn – hoffentlich Ehrfurcht einflößende – Minuten lang sehe. In den ersten zehn Jahren meines Erwachsenenlebens habe ich zahlreiche Freunde gewonnen. Inzwischen gewinne ich jedes Jahr einen dazu und verliere zwei. Sie sehen, es ist alles recht eintönig: Nichts hier ist es wert, dass ein Tourist mit seinem Sonnenschirm darin herumstochert.«

Zwar konnte er an den Erfolg von *Wiedersehen mit Brideshead* in seiner zweiten Schaffensperiode nicht anknüpfen, doch finden sich auch in Waughs Spätwerk einige wunderbare Bücher: Die Satire *Tod in Hollywood*, die bereits 1948 erschien, kann man als glänzendes Gegenstück zu George Orwells Fabel *Farm der Tiere* lesen – wo bei Orwell die Sowjetunion entlarvt wird, sind es bei Waugh die Vereinigten Staaten. Waughs Hauptwerk nach 1945 indes ist die Trilogie *Schwert der Ehre* (1952–1961), in der er seine Kriegserlebnisse verarbeitet hat.

Im meisterlichen Schandmaul-Roman *Gilbert Pinfolds Höllenfahrt* von 1957 wird ein weltbekannter Schriftsteller von Rheuma und Neuralgien geplagt und unternimmt eine Schiffsreise in die Tropen, um sich zu kurieren. Doch ein gefährlicher Mix aus Alkohol und Medikamenten löst bei ihm Halluzinationen aus, die die Reise in einen wahren Höllentrip verwandeln. Natürlich ist der Schriftsteller Gilbert Pinfold in diesem Roman niemand anderes als Waugh *himself*. Es ist eine böse, ironische Selbstbespiegelung à la Waugh, der hier den Spiegel erst auf dem Boden zerschmettert, um dann sein Gesicht in den Scherben zu betrachten.

Im Roman heißt es über sein Alter Ego: »Er wünschte niemandem ein Unglück, aber er betrachtete die Welt *sub specie aeternitatis* und fand sie flach wie eine Landkarte. Allerdings, wenn er sich, was häufig vorkam, über irgendeine Kleinigkeit ärgerte, kam er augenblicklich von seinem erhabenen Standpunkt herunter. Über eine einzige Flasche schlechten Weins, einen aufdringlichen Besucher oder über nachlässigen Stil in einem Buch regte er sich so auf, dass sein Bewusstsein sich wie ein Kameraobjektiv verengte und nur noch den jeweiligen Stein des Anstoßes wahrnehmen konnte. Wie ein Unteroffizier, der in übertriebenem, teilweise gespielten Zorn, halb ungläubig, halb humorvoll seine Mannschaft anbrüllt, wirkte er dann auf andere teils komisch, teils erschreckend. Es hatte eine Zeit gegeben, in der seine Bekannten all dies amüsant fanden. Sie zitierten seine sarkastischen Aussprüche und erfanden sogar Anekdoten über seine Bärbeißigkeiten, die als ›typisch Pinfold‹ weitererzählt wurden. Jetzt musste er sich manchmal eingestehen, dass seine Eigenheiten etwas von ihrer Anziehungskraft auf die anderen verloren hatten, aber er fühlte sich zu alt, um sich zu ändern.« Selbsterkenntnis war die große Stärke des Schriftstellers Waugh, sie paarte sich mit der Schwäche des Privatmanns, der sich nicht ändern konnte und wollte.

Waugh galt als Misanthrop und bedingungsloser Verehrer der Aristokratie, als eitel, arrogant und borniert. Er war ein gefürchteter Querulant, verdeckter Antisemit und konservativer Grantler, der in seiner Rückwärtsgewandtheit eine Tugend sah: »Ein Künstler muss reaktionär sein. Er muss sich vom allgemeinen Tenor seiner Zeit abheben, statt im Strom mitzuschwimmen. Er muss ein wenig Widerstand leisten.« Lieber als im zwanzigsten Jahrhundert hätte Waugh im siebzehnten Jahrhundert gelebt, einer, wie er sagte »hochdramatischen und sehr romantischen Zeit«, oder im dreizehnten Jahrhundert. In späteren Jahren hatte er kein Ohr mehr für die Anliegen und Probleme seiner Zeitgenossen. Wie ein Symbol für seine Haltung zur Moderne wirkte das altertümliche, viktorianische Hörrohr, das der alte Waugh benutzte. Dass sich nach dem Zweiten Vatikanischen Konzil auch noch die römisch-katholische Kirche reformierte, empfand er als einen weiteren herben Schlag – wie viele Konvertiten gab er sich päpstlicher als der Papst. Einer seiner liebsten Zeitvertreibe, neben dem Trinken, war es, mit rechtlichen Mitteln gegen seine Gegner vorzugehen. So verklagte er den *Daily Express*, als die Zeitung behauptete, er sei eifersüchtig auf den schriftstellerischen Erfolg seines Bruders Alec (dessen Werk heute vergessen ist). Mit den 2000

Pfund Schadenersatz, die ihm – steuerfrei – zugesprochen wurden, ließ er sich einen Teppich nach einem Vorbild aus dem Jahr 1851 knüpfen.

Evelyn Waugh war ein leidenschaftlicher Hasser: Er verachtete alles Moderne und Ausländische, den Sport, Steuern, den späten James Joyce (»absoluter Quatsch«), William Faulkner (»unerträglich schlecht«), die *Times* (zu »rot«), Politiker im Allgemeinen, ja sogar die konservativen Tories, die ihm zu »bolschewistisch« waren, oder wie sein Alter Ego Gilbert Pinfold: »Picasso, Sonnenbaden und Jazz – eigentlich alles, was sich im Laufe seines Lebens entwickelt hatte und bekannt geworden war.« Waugh machte nie den Führerschein, benutzte nur ungern das Telefon, selten das Radio und ignorierte das Fernsehen. Am meisten aber hasste er die Presse, und als ihn einmal zwei Journalisten auf seinem Landsitz für ein Gespräch aufsuchten, hätte er am liebsten das Anwesen verkauft, weil es von der schreibenden Kanaille entweiht worden sei. Sein BBC-Interview von 1953 gilt bis heute als eines der bösartigsten Interviews in der Geschichte des Senders. Darin brach Waugh unter anderem eine Lanze für die Todesstrafe, in der er eine »besonders liebenswürdige Maßnahme niederträchtigen Menschen gegenüber« sah. Als der Journalist ihn fragte, ob er selbst eine Hinrichtung durchführen würde, wunderte sich Waugh: »Sie meinen, ob ich den Part des Henkers übernehmen würde? Ehrlich gesagt, fände ich das recht seltsam, solche Aufgaben einem Romancier zu übertragen.« – »Und wenn man Ihnen einen Schulungskurs anböte?« Darauf Waugh lapidar: »Dann ja, warum nicht?« Im selben Interview beantwortete er die Frage: »Wie kommen Sie mit dem Mann auf der Straße zurecht?«, überheblich mit: »So jemandem bin ich noch nie begegnet.« Evelyn Waugh war vor allem eines: ein vor Witz und Bonmots sprühender Exzentriker, der nur eine Sorge kannte: »*to be a bore*«, ein Langeweiler zu sein – in den Kreisen der englischen Upperclass bis heute eine Todsünde.

Doch sollte man ihn nicht auf den Typus des *agent provocateur* reduzieren. Denn es gab auch ganz andere Wahrnehmungen: Einer seiner Nachbarn nannte ihn »den charmantesten, bezauberndsten und absolut unübertrefflich liebenswertesten Menschen, dem ich je begegnet bin«. Und sein katholischer Kollege Graham Greene schrieb, Waugh »hatte die seltene Eigenart, einen Freund schroff, geistreich und von Angesicht zu Angesicht zu kritisieren, hinter dessen Rücken aber stets nur gütig und wohlwollend von ihm zu sprechen«.

Als Waugh 1962 der *Paris Review* sein berühmtes Interview gab, in einer Suite in seinem Londoner Lieblingshotel, dem Hyde Park Hotel, im Bett liegend und Zigarre rauchend, nahm der Journalist Julian Jebb den Schriftsteller in Schutz: »Ich würde gerne dazu beitragen, mit dem Mythos von Evelyn Waugh als Inbegriff von Arroganz und Rückständigkeit aufzuräumen. Zwar vermied er es sorgfältig, sich am literarischen Zirkus mit seinen Konferenzen und Preisverleihungen zu beteiligen, dennoch war er gut informiert und hatte eine klare Meinung über seine Zeitgenossen und jüngeren Kollegen. Während der drei Stunden, die ich mit ihm verbrachte, war er stets hilfsbereit, aufmerksam und höflich und gestattete sich höchstens kleine Anflüge von ironischer Verzweiflung, wenn er meine Fragen irrelevant oder schlecht formuliert fand.«

Evelyn Waugh starb im Jahr 1966 an einem Herzinfarkt – er wurde nur 62 alt. Es war der 10. April, Ostersonntag, und er war gerade von der Messe nach Hause gekommen, einer Messe, die ihm besondere Freude gemacht hatte, da sie auf Latein gehalten worden war. Der Tod kam plötzlich, im Badezimmer. Man sagt, er sei kopfüber in die Toilettenschüssel gefallen. Die Tür soll verschlossen gewesen sein, so dass man sie aufbrechen musste. Ob die Geschichte stimmt oder nicht, Waugh hätte sie dankbar in einen Roman aufgenommen.

*

»Evelyn Waugh, wie ich ihn sehe, war ein antikes Stück auf der Suche nach einem passenden Zeitalter, ein Snob auf der Suche nach einer Klasse; und schließlich ein Mystiker auf der Suche nach einer seligmachenden Vision«, schrieb in einem Nachruf Malcolm Muggeridge, der Waugh persönlich gekannt hatte und wie so viele schwankte zwischen Bewunderung für den großen Autor und Aversionen dem großen Schandmaul gegenüber: »Seine Launen und sein schlechtes Benehmen waren mehr Symptome eines unbewussten Sehnens als irgendeiner angeborenen Boshaftigkeit. Wie alle gescheiterten Heiligen (zum Beispiel auch Swift) neigte er zum Jähzorn und zum Humor.«

Für Graham Greene war Evelyn Waugh der größte Romanautor seiner Epoche. Waugh habe an seinen Sätzen gefeilt, bis sie waren »wie das Mittelmeer vor dem Krieg: so klar, dass man den Meeresboden sehen kann«. Und George Orwell schrieb 1949, kurz vor seinem Tod, in einer nicht mehr vollendeten Besprechung von *Wiedersehen mit Brideshead*:

»Waugh ist als Romancier so gut, wie man es nur sein kann (d. h. was Romanschreiber heutzutage taugen).«

Wiedersehen mit Brideshead hat, um die Analogie mit der Weinprobe wieder aufzugreifen, auch nach über einem halben Jahrhundert seine Frische bewahrt und gleichzeitig eine Reife entwickelt, die viele zunächst nicht für möglich hielten. Einige wenige Romane sind wie Bordeaux aus den besten Lagen und Jahrgängen, sie brauchen Zeit, um zu reifen, und werden mit den Jahren immer besser. *Brideshead* ist einer der schönsten Lesegenüsse, die die englische Literatur des 20. Jahrhunderts zu bieten hat, und hat bis heute nichts von seinem unwiderstehlichen Charme verloren.

1945 zum ersten Mal auf Deutsch erschienen, litt der Roman unter einer verstaubten Übersetzung. Die Übersetzerin pociao, die unter anderem Werke von Paul Bowles, Tom Robbins oder Zelda Fitzgerald ins Deutsche übertragen hat, hat *Wiedersehen mit Brideshead* für das deutschsprachige Publikum neu erschlossen. Endlich kann der Roman nun auch auf Deutsch wiederentdeckt werden – es ist ein Wiedersehen mit einem magischen Roman.

Vom Dichter forderte Waugh nur das eine: »Er möge singen.« Mit *Wiedersehen mit Brideshead* hat Evelyn Waugh den schönsten Schwanengesang auf das alte England geschrieben. Wer sich auf dieses Leseabenteuer einlässt, wird sich im literarischen Arkadien wiederfinden, und wer diesen Roman liebt, wird sich Charles Ryder und Sebastian Flyte anschließen in ihrem Ausruf: »*Contra mundum!*« Gegen alle, die diesen Roman nicht mögen oder noch schlimmer: nicht kennen.

*Bitte beachten Sie
auch die folgenden Seiten*

Evelyn Waugh
im Diogenes Verlag

Evelyn Waugh, geboren 1903 in Hampstead, brach sein Geschichtsstudium in Oxford ab, um sich zum Maler ausbilden zu lassen. Er war Lehrer, Reporter und Kunsttischler, bis er in der Schriftstellerei sein Metier fand. 1930 konvertierte er zum Katholizismus. Im Krieg war er bei den Kommandotruppen im Mittelmeergebiet und zuletzt als Verbindungsoffizier bei jugoslawischen Partisanen. Wie die Reisen der dreißiger Jahre fanden auch jene nach dem Krieg ihren literarischen Niederschlag. Er starb 1966 in Taunton (Somerset).

»Einer der großen Meister der englischen Prosa des 20. Jahrhunderts. Es ist nie zu spät, Evelyn Waugh zu lesen und wiederzulesen.«
Time Magazine, New York

»Sollte ich Evelyn Waugh in meinem nächsten Leben, im Himmel oder in der Hölle begegnen – ich werde niederknien und ihn anflehen, mir eine Geschichte zu erzählen.« *Astrid Rosenfeld*

Ausflug ins wirkliche Leben und andere Meistererzählungen
Ausgewählt von Margaux de Weck und Daniel Kampa
Aus dem Englischen von Otto Bayer und Hans-Ulrich Möhring

Scoop
Roman. Aus dem Englischen von Elisabeth Schnack

Scott-Kings moderne Welt
Erzählung. Aus dem Englischen von Otto Bayer

Wiedersehen mit Brideshead
Die heiligen und profanen Erinnerungen des Captain Charles Ryder
Roman. Aus dem Englischen von pociao. Mit einem Nachwort von Daniel Kampa
Auch als Diogenes Hörbuch erschienen, gelesen von Sylvester Groth

Weitere Werke in neuer oder überarbeiteter Übersetzung in Vorbereitung